KB010762

서문문고
40

지성과 사랑

헤르만 헤세 지음
이 병 찬 옮김

Narziss und Goldmund

by

Herman Hesse

해 설

한때 신교 계통의 선교사로서 인도에서 전도중이던 군데르트(Gundert)는 그곳에서 딸을 하나 얻었는데, 그녀가 곧 헤르만 헤세(Herman Hesse, 1877~1962)의 어머니 마리 군데르트(1842~1902)다. 처음 영국의 선교사 아이젠베르크와 결혼하여 세 차례나 인도에 건너가 전도에 힘썼다. 그러나 아이젠베르크의 지병(持病)으로 인해 마리의 고향인 독일 남부에 자리잡은 슈바벤주(州)의 칼부라는 자그마한 산간 도시로 돌아왔다. 여기서 남편 아이젠베르크와 사별하고 아버지의 조수에게 재가(再嫁)하게 됐다. 이가 곧 헤세의 아버지 요하네스 헤세(Johannes Hesse, 1847~1916)다.

이와 같이 헤세는 경건한 선교사 가정에서 태어났다. 물론 그의 양친은 그가 목사나 신학자가 되기를 바랐다. 그러나 헤세는 벌써 열세 살 때부터 '나는 시인이 되든가 아니면 아무것도 되지 않는 게 차라리 낫다'는 것을 명확하게 자각하고 있었다는 것이다. 여기서 그의 가정과 그의 내심이 갈등하기 시작했다. 이 갈등이 헤세에게 어떤 내적 영향을 주었을까? 그의 유년시절의 체험을 토대로 엮은 작품 ≪차륜(車輪) 밑에서(Unterm Red)≫(1906)에서 보면 시민 생활에 대한 레지스트를 그의 유일한 세대적(世代的) 운명으로 보고 있다. 여기에는 학교 생활의 속박과 교사들, 부모들의 야만적인 허영심, 다시 말하면 차륜 밑에 희생된 소년의 비극이 그대로 헤세 자신의 비극으로 그려져 있다. 여기 나오는 주인공 한스는 슈발츠발트 숲이나 골짜기나 언덕배기 사이에서 혼자 외로이, 그러나 자연을 벗삼아 성장하지만, 이 평화로운 행복은 이내 빼앗기지 않으면 안 됐다. 아버지는 이기적인 명예욕에서 아들이 목사가 되기를 바라는 나머지, 그에게 과중한 부담을 짊어지도록 하며, 누구나 향유할 수 있는 청춘의 권리를 약탈하고 만다. 입시 준비를 하는 가혹한 1년이 지난 다음, 말브론 신학교 생활이 시작되나 그에게는 옥중 생활과 다름없었다. 마침내 학교에서도 추방되어 상처받은 가슴을 부여안고 고향에 돌아왔으나, 그를 이해해 주는 사람은 아무도 없었다. 학교에서는 추방되고, 취직할 능력은 없고, 공장에서 일하기에는 육체적으로 너무나 허약했다. 그는 마침내 죽음의 신에게 자신을 맡기지 않을 수 없었다. 물론 여기까지의 줄거리는 헤세 자신이 소년시절 학교나 가정이나 사회에서 체험한 쓰디쓴 환멸과 반항적 심리를 얼마간 아이러닉한 색채로 그리고 있다. 여기에 부각된 형식은 하나하나가 그의 존재로서, 동시에 그의 산 발전으로서 파악할 수 있다. 여기서 보듯 그가 괴로워하며, 간혹 위험한 상태에까지 함입하고 마는 비관주의적 경향은 '내면에의 길'을 지향하는 새로운 성웅적 철인(聖雄的哲人)으로 변모할 때까지, 또 그의 심경이 현저하게 동양적 체념관에 기울어질 때까지 낭만적인 동시에 은둔적인 환상 속에서 헤매고 있었다. 관망적(觀望的)이요, 고독한 유랑자 소설인 ≪페터 카멘친트(Peter Camenzind≫(1904)는 젊은 주인공 페터의 영혼을 소재로 한 교양 소설이다. 박종서(朴鍾緖) 교수는, '이 작품에서 그는 자기 자신을 자연의 일부로 느끼며, 자연 속에 안주하려는 인간이 어디까지나 내향적인 우울한 기분에서 벗어나려는 적극적인 의지를 보여 주고 있다. 이 작품의 주인공은 우울한 기분에서 벗어나지 못한 고독한 인간이지만 언제나 강한 의욕을 갖고 인생과 자연 속에 뛰어들어가서 산이나 태양이나 구름이나 숲을 즐기며, 죽음까지도 가까이 대하는 그 애정이 비현실적인 색채를 띠고 있듯이, 그의 사랑도 비현실적이어서 애인을 자기 수중에 넣으려는 현실적인 행동으로 흐르지 않고 어디까지나 사랑을 위한 사랑을 했다. 이 주인공이 구하는 것은 현실 문제 해결이 아니라 시간과 영원에 대한 개인의 관계를 밝히려고 했다. 시로써 말없는 자연을 표현하는 동시에 자기 마음속 거룩한 소원을 표현하며, 신의 품에 뛰어들어 무한한 것이나 초시간적인 것에 자기의 보잘것없는 생을 결부시키는 데서 시인의 천직을 구하려고 했다.' 여기서 보다시피 헤세는 인간의 신비보다는 자연의 신비에 귀를 기울이는 시인이다. '어떤 경우 현실은 우리에게 도리어 방해가 된다.'고까지 말할 정도로 현실의 시인이 아니고 초현실의 시인이다. 이 점을 자각하고 있는 그는 '나는 원래 소설 작가가 아니라는 것을 잘 알고 있다. 오늘날의 소위 소설 작가는 행동하는 인간을 작품 가운데 활동시키는 것을 목적으로 하고 있지만, 나는 오히려 고독한 사람이나 인간의 내면생활을 표현할 욕망을 더 많이 느낀다.'고 말했다. 그의 모든 작품 가운데 흐르고 있는 이 고독감에 대한 고백은 천편일률적으로 정적인 것, 즉 전원 풍경이나 구름이나 어린이나 고향이나 대지 등으로 변모해 있다. 그는 이 고독감을 ≪이쪽(Diesseits)≫(1907)이라는 단편소설이나, ≪이웃(Nachbarn)≫(1908)이라는 단편에서 우울한 아이러니를 가지고 표현한 것이 대표적이라 하겠다. 뿐만 아니라 음악가를 주인공으로 한 ≪게르트루드(Gertrud)≫(1910)라든지, 화가를 주인공으로 한 ≪로스할데(Roshalde)≫(1914) 같은 것은 인간 대 인간, 인간 대 운명의 갈등을 그리려는 작품으로서 모두가 아침 안개 속을 헤매 다니는 것처럼 고독하고 서글픈 사람들의 생활 속의 이야기다. ≪로스할데≫에서는 단지 아이들에 대한 사랑에 얽매여 차디찬 결혼생활을 끌고 가는 남녀가 그려져 있으나, 아이들의 생활이 어른들의 정신과 생활에 어떻게 반영되는가 하는 것이 헤세의 독특하고 섬세한 필치로 그려져 있다. 그러면 ≪이쪽≫에서 부른 노래에는 그의 고독감을 얼마나 상징적으로 표현하고 있는가를 보자.

안개 속을 방황하니 야릇한 마음 깊어간다!
수풀도 돌도 모두 고적하고
한 그루 나무도 다른 나무를 분간 못하여
모두가 한결같이 외롭기만 하다.

나의 생명이 그래도 밝았을 적엔
날 위해 세상은 친구로 넘쳐났건만
지금 안개 덮인 이곳에는
벗의 얼굴 하나 볼 수 없구나.

정말이지 사뿐히 안아 주듯
만상을 나와 떼어 주는 어둠.
이 어둠을 알지 못하는 이
그이는 정녕 현명하지 못하다오.

안개 속을 방황하니 야릇한 마음 깊어간다!
인생은 고적하다.
사람들 서로 분간 못하여
모두가 한결같이 외롭기만 하다.

제1차세계대전의 종결과 동시에 인간으로서, 예술가로서의 헤세의 내면생활은 격렬한 동요와 자각 속에서 헤매었다. '나는 모든 전쟁의 잔학상, 온 세계에 창일하는 대량 살인의 쾌감, 온갖 흉악스런 향락의 추구, 모든 죄악 등을 나 자신 속에서 다시 발견했다. 글을 쓴다는 것은 이제 나한테 아무런 기쁨도 주지 않는다.' 그러나 그는 결코 시인을 폐업한 것은 아니었다. 하지만 ≪페터 카멘친트≫ 이래 줄곧 계속되는 고뇌에 찬 목가적·향토적 예술가는 아니었다. 이후부터는 계속 '내면에의 길'을 지향하는 새로운 성웅적 철인으로 변모했다. 대전을 전후한 그의 작품 ≪데미안(Demian)≫(1919)에 대해 다시 박종서 교수 해설을 들어 보기로 한다.

'제1차세계대전에서 적지 않은 충격을 받은 헤세는 도피적인 태도를 취하며 로망롤랑과 가까워지게 되었다. 괴로운 생활 가운데서도 평화스럽고 아름다운 온갖 세계에 도취한 방랑자의 생활을 그린 ≪크늘프≫와 ≪청춘은 아름다워라≫, 그 밖에 그 시대와는 너무나 거리가 먼 동화 같은 작품을 발표하였다. 이때 그는 정신분석학에 기울어져 에밀 싱클레어라는 익명으로 ≪데미안≫을 발표해서 그 당시의 젊은 세대에게 많은 감명을 주었다. 자기가 나갈 길을 찾아, 자기의 운명을 발견하고 그것을 어디까지나 철저하게 살아나가려는 데 이 작품의 요점이 들어 있다. 죽어가는 데미안은 이렇게 말하고 있다.

'싱클레어야, 알겠지? 나는 가야 해, 아마 너는 내가 필요할 때가 있을 거야. 그때 네가 나를 부르면 나는 이미 말을 타거나 기차를 타며, 그렇게 번거롭게 나타나지는 않을 거야. 그때 너는 네 마음속에 귀를 기울여 봐. 그러면 그 속에 내가 있다는 것을 알 수 있을 테니까.'

이 작품에서 헤세는 젊은이들에게 '사람의 진정한 사명은 자기한테로 돌아가는 것'이라고 말해 주고 있다. ≪데미안≫에서 헤세는 현대인의 영혼의 방황과 서방 문명의 위대한 자살을 상징시키고 있다. 그 다음 ≪싯다르타(Siddhartha)≫(1922)에서는 눈을 동양 정신문화의 발상지인 인도로 옮겨 쇼펜하우에르(Schopenhauer, 1788~1860)가 '이 지상에 존재할 수 있는 최고 최귀의 사상'이라고까지 한 고대 인도의 우파니샤드〔奧義〕적 사상에서 출발하는 신비적·해탈적인 놀라운 '인도의 시'를 창작했다. 그러나 그것은 단순히 시 혹은 소설이라기에는 대단히 엄숙하고 명상적·종교적이며, 하나의 성서라기에는 매우 인간적이고, 더할 수 없는 시적인 소설로서 타의 추종을 불허하는 작품이다. 여기에서 시인의 심경은 현저하게 동양적 체관(諦觀)에 기울어져 있다.

50세 이후 헤세의 작품은 이때까지의 경향과는 약간 다른 각도를 취하였다. 즉 그는 소설적 묘사나 구체성과는 먼 거리를 취하여 관념과 환상의 세계에서 헤매는 시인이 됐다. 그의 50회 탄생을 기념한 ≪황야의 늑대(Der Steppenwolf)≫(1927)에서는 자기를 폭로하고 자학적인 구성을 취했다. 즉 시인은 자기 자신의 내면에서 예리하게 대립하는 두 개의 것 —신성(神性)을 동경하는 인간적 성질과 본능으로 향해 돌진하는 '늑대'적 성질— 을 한데 뭉쳐서 '두 개의 시대, 두 개의 문화, 두 개의 종교가 교차하고 있다.'고 하며, 현대를 사는 지성인의 고민과 운명을 폭로시킨다. 그것은 마치 머나먼 황야에서 근대적인 대도시에 잘못 들어온 한 마리 늑대다. 모든 시민적 병폐를 의식하면서도 영원히 이 시민적인 것에서 탈피 못하는 어설픈 인간, 요컨대 그는 현대에 생을 이어받은 베르테르라고도 할 수 있다. 헤세의 전작품 가운데서 ≪싯다르타≫처럼 인도의 사상과 불교적 세계관이 담겨있는 것도 없다. 이러한 관점에서 본다면 그것은 현대 유럽에 대한 일종의 문명 비판이라고도 해석할 수 있다.

중세기 어둠침침한 신비적인 세계에 들어가서 같은 수도원의 형제보다 더욱 굳은 결합을 이룬, 두 사람의 우정을 그린 이 소설 ≪지성과 사랑(Narziss und Goldmund≫(1930)은 다음 에 상세한 해설을 달기로 하고 여기서는 생략하겠다. 그 후 ≪동방행(Die Morgenlandfahrt)≫(1932)에서는 환상적인 경향이 한층 더 자유분방한 경지에 들어선다. 그것은 모든 인간의 영혼이 동경하는 정토(淨土), 아마 이 세상에서는 발견할 수 없는 영혼의 '아침의 나라'로 떠나는 순례자들의 일단을 그린 것이다. 더욱이 이 작품에 일관하는 것은 고도의 낭만적 아이러니며, 항상 수수께끼와 사실의 희롱이 교차하고 있다. 이 작품이 출간된 지 10년 후 ≪유리알 유희(Glasperlenspiel)≫(1943)에 이르러서는 비유적·희화적(戱畵的) 경향이 한층 짙어지나 그 내용은 노경에 접어든 시인이라기보다는 철인(哲人)의 예지를 총결산했다고 볼 만큼 유감없이 번뜩이며, 중국의 고전도 도처에 인용하고 있다. 이처럼 시인이요, 철인이요, 동시에 한 사람의 인간인 헤세에게 1946년 괴테 상과 노벨 문학상을 수여한 것은 독특한 향기와 고귀한 품격을 지닌 그의 예술품에 제공된 표창임에는 틀림없으나 한편 생각해 보면, 세계의 평화와 휴머니즘을 위해 봉사한 그의 기나긴 생애의 노력에 대한 대가일 것이다.

≪나르치스와 골드문트(지성과 사랑)≫는 헤세가 쉰세 살 되던 해에 발표하였다. 쉰을 넘어섰다는 것은 작가로서는 난숙기에 달했다고 할 수 있으며, 아직도 정열의 불꽃이 식지 않는 관능적인 세계에서 허우적거리고 있을 나이다. 이즈음에 발표된 작품은 헤세의 전 작품 가운데서도 가장 윤기가 흐르고 파릇파릇한 버들강아지의 움이 트는 소리를 듣는 듯, 신선한 느낌을 준다. 지성과 애정의 역정(歷程)이 이 속에서 주마등처럼 돌아간다. 앞의 작품 개관에서 본 ≪페터 카멘친트≫·≪차륜 밑에서≫·≪데미안≫·≪싯다르타≫·≪황야의 늑대≫ 등의 모든 작품이 한 풀무 솥에 몽땅 들어가서 다시 모루채에 다듬어진 듯한 작품이다.

파우스트가 '아, 내 가슴 속엔 두 낱의 영혼이 도사리고 있다.'라고 외쳤다. 이 두 낱의 가장 근본적인 인간적 욕구, 즉 정신과 의지를 대표하는 지성과, 늑대와 본능과 피를 대표하는 사랑이 서로 양극단을 헤매면서도 언제나 서로를 그리워하며 애태우는 모습이 사향(麝香) 향기를 풍기듯 알록달록한 무늬와 가슴이 뭉클해지는 듯한 에로틱으로서 그려 놓고 있다. 그래서 ≪나르치스와 골드문트≫라는 원명을 그 대표적인 성격을 따서 ≪지성과 사랑≫이라 이름붙일 수 있었다.

나르치스는 정신에 충실하며 지성에 사는 학자이고, 나중에는 수도원 원장이 된다. 이와 반면에 골드문트는 유랑길에서 애욕의 역정을 거듭하며, 미에 충실하고 사랑에 사는 예술가가 된다. 나르치스는 원래 그리스 신화에 나오는 아름다운 소년의 이름이다. 님프(Nymph)의 하나인 에코(Echo)의 사랑에 응하여 주지 않았기 때문에 도의의 신 네메시스(Nemesis)의 벌을 받는다. 그는 호수에 비치는 자기의 아름다운 모습을 보고 침식을 잊은 채 도취해 있다가 차차 여위어져서 마침내 수선화가 되었다. 그래서 나르치스라고 하면 으레 용모 단정하고 자존심이 강한 남자의 대명사로 쓰이고 있다. 그러나 여기 나오는 나르치스는 물론 미소년이기도 하나, 용모가 아니고 정신적인 면에서 굳건한 자기 세계를 가지고 있다. 정신의 길을 걸어가는 자기의 천직에는 반석 같은 의지의 소유자다. 하지만 반성과 자제력에서도 강한 면을 보여 주고 있다. 이런 점으로 미루어 '내면에의 길'을 지향하고 있던 헤세의 일면을 짐작할 수 있다.

골드문트(Goldmund)를 직역하면 황금의 입이 된다. 그 이름으로 보면, 수만 군중을 앞에 놓고 기염을 토하는 듯한 능변과 자신의 이상적 환상으로 청중을 도취케 하는 것 같다. 그러나 여기 나오는 골드문트는 그런 환상경(幻想境)을 헤매는 이상주의자가 아니고 오히려 신화에 나오는 나르치스와 같은 관능적인 인간이다. 그의 행각은 관능적인 향락에 그치고 있으나 그렇다고 해서 단순한 돈환적인 관능아도 아니다. 항상 새로운 시련에 봉착할 때마다 그는 그의 이름이 명시하듯 청중을 상대하여 기염을 토하는 것이 아니라, 자기 자신에게 가차없는 질책을 가하면서 그 마음의 소리에 귀를 기울이는 인간이다.

골드문트는 아버지의 권유에 못 이겨 정신적인 세계에 충실하기 위해 수도원 학교에 들어간다. 그의 행로는 그 출발점에서 이미 작정된 셈이다. 그러나 그 학교에서 싹튼 우정의 씨가 다시 자신의 행로에 비판을 가하지 않을 수 없게 한다. 그와 거의 동년배인 교사 나르치스는 그가 결코 정신적인 세계에 정착할 인간이 아니라는 것을 교시한다. 그가 정착할 길은 예술의 세계요, 그의 운명은 까다로운 아버지의 길이 아니고 정열적인 어머니의 길을 가는 것이라 했다. 그의 내심은 두 갈래 길에서 방황한다. 즉, 아버지의 명령과 희망을 어기지 않기 위해 수도원에 그냥 남아 있느냐, 아니면 자신의 본성과 자유를 찾기 위해 제도의 인습에서 탈출하느냐 하는 선택에서 결국 후자를 택한다. 그리운 사우(師友) 나르치스와 하직하고 애욕과 방랑의 표류를 시작한다. 천고의 숲속에서 집시 여인 리제와 희롱하고, 어느 때는 어느 농가 아낙네와 상통하고, 또 기사의 성에서 두 누이 리디아와 율리에에게 불 같은 사랑을 속삭이기도 하고, 한때는 가정부·처녀·유부녀 등등 다채로운 연애의 변주곡을 울리면서 강산을 유랑했다. 그러나 그는 이런 애욕적 방랑생활을 거듭하면서도 그 속에 침잠해 버리거나 그 속에서 자위하는 돈환은 아니었다. 항상 자아 발견을 위해 모색의 길을 더듬었던 것이다. 그의 모색은 어디까지나 나르치스에게 명시받은 추억의 어머니, 영원한 이브, 어머니의 원형에 대한 추구였다.

유랑생활을 계속하던 어느 날, 그는 한 성당에서 그가 추구하던 빛을 발견한다. 설교단 옆에 비치된 마리아상은 그가 이때까지 찾아 헤매던 보람도 무색하게 순식간에 거룩한 광채로 그를 사로잡아 버리고 말았다. 즉시 그는 그 성모상의 제작자 니콜라우스를 찾아가 그곳에서 그의 제자가 된다. 그의 일생을 통해 가장 명랑한 생활을 그곳에서 보내게 된 것은 물론이다. 예술가가 되려는 그의 욕망을 채워 주었기 때문이다. 그러나 그곳에서도 1년 남짓 시간이 지나자 다시 방랑의 길을 떠난다. 여기서 그는 니콜라우스 스승이 경탄해 마지아니한 작품 나르치스 상을 제작하기는 했으나, 그의 머릿속에 항상 자리잡고 있는 것은 인류의 어머니 이브 상을 새기는 것이 있었다. 그러나 그것을 부각하는 데는 그의 체험이 아직 미숙했다. 또 예술의 본질을 추구하지 않고는 못 배기는 그의 성품을 일개 직공으로서는 도저히 감당할 수가 없었던 것이다. 물론 ≪페터 카멘친트≫에서 보듯 '구름이 하늘과 땅 사이에서 망설이고 뭔가 동경하면서 끈기있게 떠 있는 것과 같이', 사람의 마음도 시간과 영원 사이에 망설이고 무엇을 그리며 굳세게 떠 있다.'는 그리움이 예술에 대한 근본 충동이라는 것을 알기는 했으나, 영원한 신이나 진리에 충실하는 정신세계에 피가 통하게 하는 사랑의 세계가 개입하지 않으면, 그것은 한낱 사멸한 예술에 불과한 것이라고 생각했다.

니콜라우스 스승과 그의 딸 리스벳의 애절한 부탁을 물리치고 다시 괴나리봇짐을 싸 짊어졌다. 방랑길에 오른 지 며칠 안 돼서 온 강산에 페스트가 창궐하기 시작했다. 그는 이 속을 헤매면서 죽음, 무상, 인간의 추악상을 속속들이 체험한다. 그 사이 한 여염집 딸 레네와 유태계 처녀 레베카를 사랑하여, 죽어가는 그 둘의 애절한 모습에서 그의 예술적 영감이 다시 번뜩이기 시작했다. 이 충동에 재촉받아 니콜라우스에게 돌아오나, 그는 이미 사망하고 리스벳은 페스트를 앓아 모습이 변해 있었다. 전의 하숙집 주인 딸 마리와 작별하려던 어느 날, 그의 사랑의 변전곡(變轉曲)에 종지부를 찍어 준 여인인 그가 여태 사랑한 뭇 여인 중에서 가장 아름다운 여인, 총독의 애인 아그네스를 발견하고 애욕의 불꽃 속을 헤맨다. 그러나 그는 총독에게 체포되어 다음날 아침 교수대에 목이 걸릴 운명이었다. 그런데 날이 밝자 그를 찾아온 사람은 천만 뜻밖에도 그의 친구, 수도원장 나르치스였다. 지성과 사랑은 필연적으로 결합할 운명에 있었던 것이다. 한 사람은 정신과 진리의 세계에 충실한 수도원장이요, 또 한 사람은 한낱 사랑의 세계에 충실한 예술가로, 모두 극에서 극으로 치닫는 두 운명이지만 언제나 서로의 극을 그리워하는 친구였다. 냉혹하고 숭고하고 금욕적인 나르치스도 초라한 모습의 골드문트를 대했을 때, 비로소 사랑이 무엇이라는 것을 깨닫는다. 속세의 먼지와 관능에 산 표랑자 골드문트에게서 철학과 로고스에 충실한 나르치스가 진정한 신과 빛을 발견한 것이다.

옮 긴 이

지성과 사랑

제 1 장

말브론 수도원 입구, 두 겹의 조그만 원주(圓柱)로 받친 아치형 출입문 앞, 바로 옆에 한 그루 상수리나무가 서 있다. 예전에 롬 순례자 한 사람이 가지고 온 남국의 단 한 개 기념품인 줄기가 단단하고 곧은 밤나무다. 소복한 잎의 둥근 가지를 대로에 늘어뜨리고 있다. 바람이 불면 잎새들은 그냥 곧추 서서 숨을 들이켠다. 이곳 저곳이 온통 파릇파릇하고 수도원 안뜰 호두나무까지 벌써 불그스레한 새싹을 트이게 하는 봄, 잎 나기를 무척 기다리는 이 밤나무의 아련한 모습이 가엾다. 밤도 제일 짧은 여름철이 되어야 푸른색이 짙어지는데다 하얀 별살 같은 꽃이 무성한 잎새들 사이에서 어쩐지 낯설게 얼굴을 내민다. 이내 코를 들면 가슴이 울컥치미는 듯 텁텁한 향내가 풍겨온다. 과일이나 포도도 수확한 시월에는 가을 바람을 받아 노랗게 물들어 가는 탐스런 잎새의 가지에서 가시가 빽빽한 열매를 딴다. 고스란히 익은 알밤을 따 보지는 못한다. 수도원 학생들이 서로 뺏아 갖기도 하지만 이탈리아 출신 부원장 그레고리가 자기 방 난로불에 구워먹는 경우가 많기 때문이다. 수도원 출입구 위에 자리잡은 이 예쁜 나무는 어쩐지 낯선 듯 소복한 잎새들을 바람에 아늑히 흩날리고 있다. 본적을 다른 나라에 둔 탓인지 부드러운 감정에다 추위에는 정말 약한 나무이다. 정문의 두 겹 조그만 사암석(砂岩石)의 날름한 원주와 아치형 창문이나 기둥들의 석조 장식물과는 은근히 상통한 데가 있다. 이탈리아 사람이나 라틴 계통 사람들에게서 무척 호감을 받고, 이곳 사람들에게는 희귀한 진품(珍品)으로 아낌을 받고 있는 터다.

벌써 몇 세대의 수도원 학생이 이 외래종(外來種) 밤나무 밑을 지나갔다. 석판을 팔밑에 끼고 호들갑을 떨고 간 학생도, 연방 킬킬대는 학생도, 끊임없이 지껄이는 학생도, 실랑이를 하는 학생도 때에 따라 맨발로도, 지나다녔다. 또 계절에 따라 꽃을 입에 물고 갈 때도 있고, 호두를 까먹으며 갈 때도 있다. 안 그러면 손에 눈덩이를 들고 가는 학생도 있다. 이렇듯 새로운 학생이 쉴 새 없이 오고 갔다. 얼굴들은 2, 3년마다 변하여 갔어도 비슷했다. 금발이나 혹은 곱슬곱슬한 머리칼은 안 변한다.

대개는 이곳에 남아서 수사가 되거나 보좌신부가 된다. 다들 머리를 빡빡 깎고 사제복에 노끈 띠를 매는 것은 물론, 책도 읽고 학생들도 가르친다. 그러다가는 늙어갔다. 나머지 학생들은 학창시절이 끝나면 그네들 기사 성(騎士城)이나 상인 집이나 직공 집이나 양친이 계신 집으로 제각기 찾아간다. 곧 세상에 나가 자기 생활을 이끌어 나간다. 한 번쯤은 수도원을 찾아올 때도 있다. 어른이 되어 아직도 어린 아들을 학생이랍시고 데리고 와서는 신부에게 맡긴다. 잠시 감회가 새로운 듯 밤나무를 쳐다보다가는 돌아가 버린다. 수도원의 집회실 안에서 둥근 아치형 묵직한 창문과 빨간 석조 두 겹의 단단한 원주가 서 있는 이 사이에서, 생활은 물론 수업이나 연구 결과를 볼 수도 있었고, 관리나 지배 등도 착실히 이어 나갔다. 온갖 예술과 학업을 이곳에서 하였고 세대에서 세대로 계승되어졌다. 종교적인 것도, 세속적인 것도, 밝은 것도, 어두운 것도 책들이 씌어지고 주석이 가해졌다. 체계가 고안되고 고인들의 문헌이 수집되었다. 장식문자가 그려지고, 민족신앙이 보호되기도 했다. 지식과 신앙, 단순과 교활, 복음서의 지혜와 그리스 사람들의 지혜, 속이 하얀 마술과 속이 까만 마술, 이 온갖 것이 여기서는 번창해 갔다. 이 온갖 것을 착실히 쌓아 둘 자리도 있다. 은둔 생활과 참회 생활은 물론, 사교 생활도 받아들여졌다. 이것이 우위(優位)냐, 저것이 지배적이냐? 결정의 초점은 그때 그

때 원장의 인물됨과 지배적인 시대의 흐름에 따랐다. 이 수도원은 마귀를 쫓아내는 사람이나 악령 정통자 때문에 유명해질 때도 있고 더러는 무안도 당한다. 어떤 때는 뛰어난 음악가 때문에, 때로 치료와 기적을 베푸는 신부님 때문에, 그리고 천렵한 잉어 수프 아니면 사슴의 간으로 만든 만두 때문에 그때마다 조금씩 유명해졌다. 수도사나 학생들 가운데는 믿음이 강한 사람, 태도가 흐릿한 사람, 단식하는 사람, 살이 뚱뚱하게 찐 사람 등, 별별 사람들이 있다. 여기 와서 생활하고 또한 죽어간 많은 사람들이 있다. 그들 가운데는 언제든지 유난히 모난 사람이 있다. 그 중 누구는 사랑을 받고 누구는 경원을 받는다. 어떤 사람은 선택된 사람같이 보이고, 어떤 사람은 같은 시대 사람들 기억에는 사라진 지 오래더라도 후세 사람들 입에 오르내린다.

이번에도 말브론 수도원에는 고립된 모난 사람이 둘 있었다. 한 사람은 늙은이요, 한 사람은 젊은이다. 수많은 수도자들 무리가 대침실(大寢室)이나 성당이나 교실 등을 가득 채우고 있었지만 그 중에서도 모르는 사람이 없고 누구에게나 주목받는 두 사람이 있었다. 늙은이는 원장 다니엘이요, 젊은이는 제자 나르치스였다. 나르치스는 최근 수습수사가 되었지만 그의 특별난 재주와 그리스어 실력 때문에 모든 관습을 어기고 벌써 교사의 직무를 맡아 보고 있었다. 한 사람은 원장, 한 사람은 수습수사인, 이들은 수도원 안에서 세력도 가졌고 주목도 받았으며, 호기심도 일으켰고 흠모도 받았고 또 부러움도 받았다. 동시에 비난도 받았다.

원장을 사랑하지 않는 사람은 별로 없었다. 적이 없었다. 원장은 적선(積善)과 소박과 겸허함이 한데 어우러진 사람이었다. 다만 수도원의 학자들만은 그네들 사랑 속에 다소간 멸시감을 품었다. 다니엘 원장은 성자(聖者)일는지는 모르지만 학자는 아니었기 때문이다. 지혜라 해도 좋을 소박성은 가지고 있었지만 라틴 말은 그다지 잘하지 못했고 그리스 말은 전혀 하지도 못했다.

가끔 원장의 소박성을 비웃는 몇몇 사람은 그만큼 나르치스에게서 매력을 느꼈다.

이 천재는 기품 있는 그리스 말을 하고, 행동 거지가 기사답게 어디 하나 나무랄 데가 없고, 사색가와 같은 눈매는 조용하지만 사물을 날카롭게 꿰뚫어 보는 듯했다. 엄숙하지만 아름답게 윤곽이 드러나는 가느다란 입술을 꼭 다문 이 아름다운 젊은이는 그리스 말을 뛰어나게 잘할 수 있어 학자들에게서 사랑을 받았다. 이 천재의 고귀함과 품성에 거의 모든 사람이 사랑을 아끼지 않았다. 많은 사람이 이 청년에게 반했다. 그러나 그의 조용한 태도와 대단한 자제력, 절도있는 궁중(宮中) 풍습의 예의범절을 아니꼽게 생각하는 사람도 적지 않았다.

원장이나 수습수사 둘다 선택된 자의 운명을 짊어진 채·제 분수에 따라 지배도 하고 괴로워도 하였다. 둘다 수도원의 다른 어떤 사람보다도 더 서로에게 친밀감을 느끼고 끌리는 데가 있었다. 그런데도 두 사람은 서로 친하거나 열의를 가지지도 못했다. 원장은 이 청년을 더할 수 없는 염려와 관심을 가지고 대하며 형제로서 마음을 썼다. 즉 이 청년을 희귀하고, 연약하고, 너무 이른 나이에 성숙하고, 위험에 자신을 드러낸 형제로서, 청년은 원장의 온갖 명령이나 충고나 칭찬을 어디 하나 결점없는 태도로써 받아들였을 뿐더러 또한 그의 단 한 가지 악덕이 거만이라면 그것마저도 훌륭히 감추어 나갈 자신이 서 있었다. 이 청년에 대해서는 할말이 전혀 없었다. 완벽하고 탁월한 청년이었다. 학자들을 빼놓고서 그의 친구가 되는 사람은 드물었다. 다만 그의 고귀한 품성이 냉각시키는 공기같이 그를 둘러쌌다.

"나르치스", 참회가 있은 다음 원장이 입을 열었다. "나는 자네한테 심한 판단을 내린 죄를 고백하겠네. 나는 자네가 거만하다고 생각했던 걸세. 아마 그것은 부당한 생각이었을 테지. 자네는 정말 외로워. 젊은 형제여! 자네는 고독하네. 흠모하는 사람은 있지만 친구는 없네. 자네를 가끔 나무라 줄 거리를 찾아볼 마음도 없지 않으나 그럴 것이 없단 말일세. 자네 나이 또래의 젊은 친구들이 빠지기 쉬운 것처럼 자네도 좀 버릇없이 굴어 주었으면 하는 희망을 가지게 된단 말일세. 자네는 그런 일이 한 번이나 있었나? 나는 말일세, 가끔 자네가 좀 걱정이 되네, 나르치스."

젊은이는 검은 두 눈을 노인에게 돌리며 말했다.

"원장 선생님, 제발 염려를 거두어 주십시오. 선생님, 제가 거만할지도 모릅니다. 소망입니다. 그 점에는 벌을 내려 주십시오. 때로는 자신을 벌주고 싶을 때도 없지 않습니다. 저를 은자의 장소로 보내 주십시오. 안 그러면 저로 하여금 힘든 봉사를 하게 하십시오."

"어떤 일을 하든 자네는 젊네, 형제여." 원장이 말했다. "게다가 또 자네는 고도의 언어와 사색 능력을 가지고 있거든. 자네에게 힘든 봉사를 시키는 것은 하느님의 은혜를 남용하는 결과가 될걸세. 아마 자네는 교사에다 학자가 될 테지. 자네 자신도 그렇게 바라지 않는가?"

"선생님 황송한 말씀이지만 제 소망은 그다지 자상한 분별력을 가지고 있지 않습니다. 저는 언제나 학문에서 기쁨을 얻으리라 짐작은 됩니다. 어째서 거기에 다른 마음이 있겠습니까? 그러나 학문이 저의 유일한 영역이라고는 믿어지지 않습니다. 한 인간의 운명이나 사명을 결정함은 숙명적인 것이 아닐까요."

원장은 귀를 기울였다. 그리고 심각하여졌다. 그런데도 늙은 얼굴에 웃음을 띠며 말했다. "내가 인간을 알고 있는 한에서는 우리는 특히 젊을 때 모두 조금은 하느님의 뜻과 우리의 소망을 혼동하기 쉬운 경향이 있다네. 그러나 자네는 자네의 천직을 짐작하고 있는 것 같으니 그 점에 대해 말 좀 해보게나. 대체 자네는 어떤 천직을 가지고 있다고 믿나?"

나르치스가 검은 두 눈을 지그시 감아 버렸기 때문에 두 눈은 기다란 속눈썹 밑에 숨어 버리고 말았다. 나르치스는 아무 말이 없었다.

"나르치스, 말해보게." 한참 후에 원장이 입을 열었다. 목소리를 나지막이 하고 눈은 아래로 내리깐 채 나르치스가 말하기 시작했다.

"저는 뭐니 뭐니 하여도 수도원 생활을 하도록 운명지어져 있는 듯합니다. 신부가 되고, 주교가 되고, 부원장이 된 뒤 아마 원장이 될지도 모릅니다. 저의 소망이라고 해서 이렇게 믿는 것은 아닙니다. 저의 소망은 직위에 목표를 두고 있는 것은 아닙니다. 그러나 그것을 저에게 맡기리라 생각이 듭니다."

오랫동안 두 사람은 말이 없었다.

"왜 자네는 그런 것을 믿는 거지?"

노인은 망설이다가 물었다. "학식을 빼놓고 자네에게 무슨 특성이 있어서 그런 신념이 생긴다는 말인가?"

"그것은," 나르치스가 더듬거리며 말했다. "제 자신뿐이 아니라 다른 사람들에게서도 인간의 성질과 천직을 감지할 수 있다는 특성때문입니다. 이런 특성이 저를 강요하여 다른 사람을 지배함이 도리어 그들에게 봉사하는 것이 됩니다. 제가 수도원 생활을 하기 위해 태어나지 않았다면 법관이나 정치가가 되지 않으면 안 되었을 것입니다."

"그럴지도 모르지." 원장이 머리를 끄덕였다. "인간과 그 인간의 운명을 안다는 자네의 능력을 실제로 시험하여 보았는가?"

"시험하여 보았습니다."

"이 사람에게 말해볼 용의는 있는가?"

"있습니다."

"좋네. 형제들이 안 보는 곳에서 그들 비밀에 뛰어드는 것을 좋아하지 않으니 자네의 원장 다니엘, 즉 나에 대해서 알고 있다고 생각하는 것을 말하여 주겠나?"

나르치스가 속눈썹을 치켜올리며 원장의 두 눈을 쳐다보았다.

"원장 선생님, 명령이십니까?"

"명령일세."

"원장 선생님, 말씀드리기 곤란합니다."

"억지로 자네 입을 열게 하기는 힘들걸세. 하지만 나도 쉽지는 않다네. 말하여 보게나!"

나르치스가 머리를 숙이고 속삭이듯 말했다. "제가 선생님에 대해 알고 있는 것이 별로 없음을 말씀드립니다. 제가 알고 있는 것이라면 당신께서는 하느님의 종이며 염소를 지키거나 은둔자의 거처에서 종을 치거나 백성들의 참회를 들으시는 것을 커다란 수도원을 지배하는 것보다 즐기시는 일이라 믿습니다. 당신께서는 성모께 특별한 사랑을 가지고 유난히 기도드리심을 알고 있습니다. 그러기에 당신께서는 때때로 이 수도원에서 장려되는 그리스 말이나 그 밖에 다른 학문이 당신을 의지한 자들의 영혼에 혼란이나 위험을 가져오지 않도록 기도드리고 계십니다. 그레고리 부원장에게도 관용을 잃지 않길 가끔 기도드립니다. 또 때로는 고요한 임종을 맞게 되길 기도드립니다. 하느님은 그것을 들으시고 고요한 임종을 내리시리라 믿습니다."

원장의 아담한 응접실 안은 조용하였다. 마침내 노인이 입을 열었다.

"자네는 몽상가네, 또한 노파심을 갖고 있네." 노 원장은 부드럽게 말했다. "노파심이라는 것은 경건하고 악의가 없는 것이라도 착각을 일으키는 것이라네. 내가 그런 것을 믿고 있지 않듯이 자네도 그걸 믿지 말게나. 몽상가인 형제여, 내가 그것에 대해 마음 속에서 어떻게 생각하고 있는지 자네는 아는가?"

"당신께서 매우 호의를 가지고 생각한다는 것은 알고 있습니다. 당신께서는 이렇게 생각하고 계십니다. '이 젊은 제자는 약간 위험에 빠져들어가 있다. 이놈은 노파심을 가지고 있다. 아마 명상이 지나친 탓이겠지. 이놈에게 참회를 시켜도 좋으련만. 이것이 이놈에게 해를 주는 것은 아니렷다. 하지만 이놈에게 떠맡기는 참회를 나 자신도 짊어지자.'라고 지금 당신께서는 생각하십니다."

원장이 일어섰다. 만면에 미소를 띠며 수습수사에게 물러가라는 눈짓을 했다.

"좋아. 자네의 노파심을 너무 지나칠 정도로 심각히 생각지 말게나. 젊은 형제여, 하느님은 노파심을 갖는 것 이외에도 또다른 많은 것을 우리들에게 요구하고 계시네. 자네는 노인에게 편한 죽음을 약속한 그것으로써 이 노인에게 아첨을 하였다고 하자꾸나. 노인은 한때 이 약속을 즐겨 들었다고 하자. 그러니 이제 충분하다. 자네는 내일 아침 미사를 드린 후에 기도를 드리게. 경건하게 온 정성을 다 기울여 기도드려야 하네. 형식적이 아니고 말일세. 나도 하겠네. 자 물러가게나 나르치스, 이야기는 실컷 하였네."

어느 날 다니엘 원장은 교직은 맡고 있는 제일 나이 젊은 신부와 나르치스가 어떤 교안(教案) 면에서 의견이 맞지 않아 중재를 하지 않으면 안 되었다. 나르치스는 매우 열의를 가지고 일종의 변혁을 수업에 반영시킬 것을 주장하였다. 그는 확신시킬 수 있는 어떤 근거를 가지고 있었을 뿐만 아니라 그것을 정당화시키는 방법도 알고 있었다. 그러나 로렌츠 신부는 질투심 때문에 그것에 동의하려고 하지 않았다. 새롭게 건의할 때마다 무뚝뚝한 침묵과 오만상을 찌푸리는 날이 며칠 동안 계속되었다. 나르치스는 끝까지 자기 주장의 정당성을 믿고 그 문제를 끄집어 내었다. 결국에는 로렌츠 신부가 화가 나서 말했다. "이봐, 나르치스, 말다툼은 그만두세. 자네도 아다시피 결정권은 내게 있고 자네에게는 없어. 자네는 내 동료가 아니고 내 조수다. 그러니 내 의사에 따라야 한다. 그러나 이것은 자네에게는 중대한 것 같고, 내가 자네 약점을 잡고 있는 건 직권에서 그렇지 지식이나 재주 때문이 아니니까, 내가 결정지을 것이 아니라 원장님께 말씀드려 결정을 내리도록 하세."

다니엘 원장은 문법 수업 해석에 대한 두 학자의 논쟁을 꾸준히 호의를 가지고 들었다. 두 사람이 그네들 의견•을 자상하게 진술하고 논증을 하고 나자, 노 원장은 두 사람을 쳐다보았다. 그리 나쁜 얼굴색은 아니었다. 백발머리를 약간 흔들어 보이며 말했다. "형제들, 내가 자네들과 마찬가지로 이해를 갖고 있다고 믿지 말게. 나르치스로 말하면 학교 일에 관심을 가지고 애쓴 것은 물론이요, 교안을 고쳐 보겠다는 노력은 가상할 만한 일일세. 하지만 상관이 다른 의견을 가지고 있다면 나르치스는 잠자코 복종해야 할 걸세. 만약 그 때문에 이 수도원에서 위계질서가 흐트러진다면 학교를 개선하려는 어떤 노력도 그것을 보충하지 못하네. 나르치스가 양보할 줄 모른다는 점에서 나는 그를 나무라는 걸세. 자네들 젊은 두 학자를 위해서 나는 자네들보다 어리석은 상관이 언제든지 자네들 위에 있길 바라는 사람일세. 오만함을 고치는 데 그 이상의 방법은 없을 테니까."

이런 쾌활한 농담으로 원장은 두 사람을 내보냈다. 그리고 원장은 그 후에도 며칠 동안 두 사람 사이가 어떤지 주시하기를 게을리하지 않았다.

며칠 뒤 수없이 많은 얼굴들이 오고가는 수도원에 새 얼굴이 하나 나타났다. 이 새 얼굴은 주목도 받지 못하고 이내 잊혀지고 마는 얼굴과는 다른 부류에 속하는 얼굴이었다. 벌써 오래 전부터 그의 아버지한테서 신청을 받고 있는 학생으로 수도원 내 학교에서 공부하기 위해 어느 봄날 도착하였다. 아버지와 학생은 우리가 잘 아는 그 밤나무에 말을 매었다. 문지기가 현관으로 마중나왔다.

소년은 한 그루 나무가 앙상하게 치솟아 아직도 겨울 모습을 아련하게 드러낸 것을 쳐다보며, "이런 나무는 보지 못했는걸. 희귀하기도 하고 아름다운 나문걸! 이름을 무엇인지 알고 싶은데." 하고 말했다.

좀 지쳐 보이고 거기다가 찌푸린 표정에 나이가 들어뵈는 아버지는 아들의 말에 별 상관하지 않았으나 문지기가 이내 소년이 마음에 들어 나무 이름을 가르쳐 주었다. 그에게 감사 인사를 하는 소년은 어딘지 다정스러워 보였다. 소년은 그에게 악수를 청하며 말했다. "골드문트라고 합니다. 이 학교에 들어오게 됐습니다." 문지기도 정답게 미소를 던지며 신입생보다 앞서 현관을 지나 폭넓은 돌계단을 올라갔다. 골드문트는 아무 거리낌 없이 수도원에 발을 들여놓았다. 이곳에서 벌써 그 나무와 문지기를 만나서 친구가 되었다는 생각을 했다.

두 사람은 우선 교장 신부를, 저녁에는 친히 원장을 면회하였다. 그 두 곳에서 제국의 관리인 아버지는 아들 골드문트를 소개하였다. 아버지는 수도원의 손님으로 잠시 머물다 갈 것을 초대받았다. 그러나 아버지는 하룻밤만은 손님 대접을 받겠지만 내일은 꼭 떠나야 하는 사정을 이야기했다. 아버지는 두 마리 말 중에서 한 마리를 수도원에 선물로 드리고 싶다고 제의하였다. 그 제의는 수락되었다. 성직에 있는 사람들과의 대화는 시종일관 정중하고 쌀쌀한 바람이 이는 것같이 진행되었다. 그러나 원장도 신부도 송구스레 말없이 앉아 있는 골드문트를 흐뭇하게 바라보고 있었다.

곱살스레 생긴 순진한 이 소년은 이내 그들 마음에 들었다.

그들은 이튿날 아버지를 아무 미련 없이 보내고 아들은 기꺼이 맡았다. 골드문트는 선생들에게 소개되고, 학생들이 쓰는 넓은 침실에 침대 하나를 차지했다. 말을 타고 떠나는 아버지와 이별하는 골드문트의 태도는 정중하였으나 얼굴에는 슬픈 기운이 감돌았다. 그냥 제자리에 멍청히 서서 아버지가 수도원 바깥 마당의 좁다란 아치형 정문을 돌아서 곡물 창고와 물방앗간 사이로 사라질 때까지 바라보고 있었다. 몸을 돌렸을 때, 기다란 그의 금빛 속눈썹 끝에는 한 방울 눈물이 맺혀 있었다. 문지기가 어루만지듯 그의 어깨를 톡톡 쳤다.

"이보게, 학생," 달래듯하는 문지기의 말이다. "그런 서러운 표정을 짓지 말게. 처음에는 아버지나 어머니나 남매를 대개 조금씩은 보고 싶어하지. 그러나 여기도 살만하고 그다지 나쁘지 않은 곳임을 이내 알게 될 거네."

"아저씨, 고마워요. 그러나 나는 형제도 어머니도 없어요, 아버지뿐이지요."

"그 대신 여기서는 친구나 학문이나 음악이나 학생이 아직 모르는 새로운 유희도 있는걸. 여러 가지를 곧 알게 돼. 만약 속시원하게 털어놓고 이야기라도 하고 싶은 사람이 필요하거든 내게라도 오려무나."

골드문트는 웃으며 말했다. "정말 고맙습니다. 만약 날 기쁘게 해주시겠다면 아버지가 놓고 가신 말을 좀 보여 주세요. 그놈도 정말 잘 있는지 어떤지 보고 싶어요."

문지기는 곧바로 그를 데리고 고장 옆의 마구간으로 갔다. 미적지근한 냄새가 풍겨오는 어둠 속에서 말과 말똥과 보리 냄새로 범벅이 되어 코를 찔렀다. 골드문트는 죽 이어 있는 어느 칸에서 그를 여기에 태우고 온 갈색 말이 서 있는 것을 발견했다. 벌써 그를 알아차리고 고개를 길게 빼고 있는 말의 목을 두 손으로 부둥켜안아 하얀 얼룩이 있는 넓적한 이마빼기에다 그의 뺨을 갖다대고 부드럽게 비벼대면서 말의 귀에 대고 속삭였다. “블레스, 안녕. 나의 용감한 블레스, 어때? 넌 아직도 날 좋아해? 먹을 게 있나? 네 집 생각도 하니? 블레스, 네가 남아 주었다니 나는 얼마나 좋은지 몰라. 종종 널 보러 올게.” 골드문트는 소매깃 속에 남겨 둔 아침식사의 빵 한 조각을 끄집어 내었다. 그것을 잘게 부셔서 말에게 먹였다. 그리고 나서는 헤어져서 문지기를 따라 안마당을 지나갔다. 안마당은 큰 도시의 장터처럼 넓고 한쪽엔 보리수가 심어져 있었다. 안쪽 입구에서 문지기에게 고맙다고 사례를 한 다음 악수를 나누었다. 골드문트는 교실로 가는 길을 어제 들었는데도 벌써 잊어버리자 얼굴이 빨개 가지고 약간 쓴웃음을 지으며 문지기에게 안내를 부탁했다. 문지기는 쾌히 인도해 주었다. 그래서 겨우 교실에 들어갔다. 열두 명 가량의 소년들과 청년들이 긴의자에 앉아 있었다. 조교사(助教師) 나르치스가 얼굴을 돌렸다.

“신입생 골드문트입니다.” 그가 말했다.

나르치스는 웃지도 않고 약간 고개를 갸우뚱하며 위에 있는 긴의자에 자리를 지정하여 주곤 이내 수업을 계속하였다.

골드문트는 자리를 잡았다. 그는 자기보다 두세 살 나이가 많아 보이는 젊은 선생을 보고 놀랐다. 이 젊은 선생이 어찌나 아름답고 고상하고 진실해 보이는지, 그뿐 아니라 어찌나 사람의 마음을 끌어당기고 상냥한지 놀랐을 뿐 아니라 마음속에서는 기쁨이 샘솟았다. 문지기는 그에게 상냥했고 또 원장은 그에게 친절하게 대해 주었다. 저쪽 마구간에는 한 토막 고향의 향취를 느끼게 해주는 블레스가 있었다. 지금 여기는 학자풍의 진실하고 귀족적인 젊은 선생이 있다. 냉정하고 자제력도 있으며 요지에 딱딱 들어맞기도 하여 감탄을 보내지 않을 수 없는 목소리다. 그는 무슨 말을 하고 있는지 얼른 이해할 수 없었지만 감사한 마음으로 경청했다. 흐뭇했다. 친절하고 선량한 사람들한테 온 것이다. 이 사람들을 사랑하고 우애를 구할 마음의 준비가 되었다. 아침에 침대에서 눈을 떴을 때는 답답한 생각이 들었다. 우선 기나긴 여행에 몸이 지쳤다. 아버지와 헤어졌을 때 얼마간 울기도 하였다. 그러나 지금은 만족해하고 있다. 오랫동안 자꾸 젊은 선생의 얼굴만 쳐다보았다. 야무지고 늘씬한 자태, 쌀쌀맞게 반짝이는 눈, 또렷하게 한 마디 한 마디 만들어 가는 그의 야무진 입술 등을 보며, 지칠 줄 모르는 그의 목소리를 듣고 한결 마음이 기뻤다.

그러나 수업시간이 끝나고 학생들이 떠들썩하게 자리를 뜨며 일어나자 골드문트는 깜짝 놀랐다. 오랜 시간 잠을 자고 있었던 걸 알고 좀 부끄러웠다. 자신도 그것을 알았을 뿐 아니라 옆에 앉았던 아이도 죽 구경하고 있다가 친구들한테 알린다고 한창 소곤대고 있었다. 젊은 선생이 교실에서 나가자 학생들은 골드문트를 사방에서 잡아당기고 끌어당겼다.

"다 잤나?" 한 명이 질문을 하더니 연방 이를 내보이며 낄낄 웃어댔다.

"그 자식 걸물이다!" 한 명은 조롱을 했다. "이놈은 종문(宗門)의 훌륭한 선구자가 될 거야. 첫 시간부터 코를 골지 않았나!"

"이 아길 침대에 갖다 눕혀라." 한 명이 입을 열기가 무섭게 모두들 그의 팔과 다리를 하나씩 붙들고는 호들갑스럽게 그를 떠메고 가려고 하였다.

골드문트는 사뭇 놀라움과 동시에 화가 났다. 그는 닥치는 대로 때려대고 빠져나오려고 하였으나 몇 대 얻어맞고는 결국 바닥에 엎어지고 말았다. 한 명이 아직도 그의 발목을 꾹 누르고 있었다. 그가 그것을 호되게 걷어차 버리고 손에 붙잡히는 대로 노리고 있는 놈에게 덤벼들었다. 대뜸 그와 심한 격투에 휩쓸려 들어갔다.

그의 상대는 힘깨나 쓸 줄 알았다. 모두가 이 싸움에 침을 삼키며 구경하고 있었다. 골드문트가 지지 않고 센 상대에게 주먹을 몇 대 먹였을 때 그는 아직 아무도 이름은 알지 못했지만 벌써 학생들간에 친구가 생겼다. 그러나 별안간 다들 달아나 버렸다. 모두 없어지자 이내 교장 마르틴 신부가 들어왔다. 그는 혼자 남아 있는 소년 앞에 와서 섰다. 괴이하게 생각한 교장은 소년을 쳐다보았다. 소년의 파란 눈이 새빨개졌다. 두들겨 맞아서 좀 부어오른 얼굴에 당황한 눈동자를 굴리며 마주 보고 있었다.

"대관절 어떻게 된 거냐?" 그가 물었다. "너 골드문트였구나, 그렇지? 놈팡이 놈들이 네게 무슨 짓을 한 게로구나?"

"아니에요, 아니에요. 제가 그놈을 쳤습니다."

"도대체 누굴?"

"모르겠습니다. 저는 아직 아무도 모릅니다. 누구 한 놈이 저와 맞붙었습니다."

"그래? 그놈이 먼저 시작했나?"

"모르겠습니다. 아닙니다. 제가 먼저 시작한 것 같습니다. 모두 저를 깔보기 때문에 화가 났습니다."

"그래, 시작한 거는 좋아. 하지만 한 번 더 이 교실에서 심한 주먹다짐을 시작했다가는 벌이야. 그럼 점심이나 먹으러 가! 자, 앞으로!"

골드문트가 부끄러워 그곳에서 달아나면서 흐트러진 황금빛 머리칼을 손가락으로 부지런히 가다듬고 있는 것을 바라보며 교장은 미소를 지었다.

골드문트 자신도 이 수도원에서의 최초의 행동은 정말로 당돌하고 또 어리석었다고 생각했다. 상당히 후회하면서 동료들을 찾아 헤매다가 점심을 들고 있는 것을 발견했다. 그러나 골드문트는 존경과 우애로써 영접을 받았다. 싸움의 상대방과는 신사답게 화해하였다. 그때부터 이 분위기 속에 쾌히 받아들여져 그들과 어울리게 되었다.

제 2 장

그동안 그는 친구들과 사귀었지만 진정한 친구는 얼른 찾아낼 수가 없었다. 동급생들 가운데 특별히 친근하게 마음이 끌리는 사람이 없었다. 그러나 그들은 이 과감한 권투가를 밉지 않은 싸움패로 돌리기 쉬웠는데도 그가 오히려 모범학생의 명성을 획득하려는 듯 극히 얌전한 동급생이라는 걸 알고 의외라고 생각했다.

골드문트가 마음이 이끌리고, 호감을 갖고 언제나 머리에 새겨두고, 경탄과 사랑과 존경심을 느끼고 있는 사람이 수도원 안에 두 사람 있었다. 원장 다니엘과 조교사 나르치스였다. 골드문트는 원장을 성자(聖者)라고 생각하곤 했다. 그의 소박성과 친절, 맑고 자애가 넘치는 눈초리, 명령과 지배를 경건하게 봉사함으로써 실행하는 태도, 조용하고 선량한 행동거지 등, 온갖 것이 커다란 힘을 갖고 그를 끌어당겼다. 될 수만 있다면 이 경건한 이의 개인적인 종이 되고 싶었다. 언제나 그의 곁에서 시키는 대로 따르며 모셔보고 싶었다. 복종과 헌신에 대한 소년다운 그의 모든 소망을 끊임없는 희생의 제물로 바치고 싶었다. 그리고 맑고 고귀하고 또 성자다운 생활을 그에게서 배우고 싶었다. 왜냐하면 골드문트는 수도원 학교를 졸업할 뿐만 아니라 영원히 그대로 수도원에 남아서 그의 일생을 하느님에게 바칠 마음을 가지고 있었다. 그것은 그의 의사이기도 하지만 아버지의 소망이며 분부였다. 또 하느님 스스로 정한 바이기도 하며 요구이기도 하였다. 아무도 이 아름답고 빛나는 소년을 보고 그렇게는 생각지 않은 것 같았으나 어떤 부담이 그를 내리누르고 있었다. 혈통의 부담, 보이지 않는 속죄와 희생의 천명(天命)이 그를 압박하고 있었다. 원장도 거기까지는 생각이 미치지 못했다. 골드문트 아버지가 원장에게 얼마간 암시적인 언질을 주고 아들을 언제까지나 수도원에 놓아두고 싶다고 분명히 말했지만 무슨 보이지 않는 오점이 골드문트가 날 때부터 달라붙어 있는 것같이, 밝히지 않는 무엇이 속죄를 요구하고 있는 것같이 보였다. 그러나 소년의 아버지는 원장의 환심을 별로 사지 못하였다. 원장은 아버지의 말투와 좀 우쭐해하는 태도에 겸손한 냉담성을 가지고 대했을 뿐 그의 암시에는 별 다른 뜻을 인정하지 않았다.

골드문트에게 사랑을 눈뜨게 한 또다른 한 사람은 더 날카롭게 보고, 더 많이 예감하고 있었으나 날뛰지 않고 얌전히 물러서 있었다. 나르치스는 얼마나 아름다운 황금새가 날아들었는가를 잘 알고 있었다. 그의 고귀한 성품 때문에 고립하고 있던 나르치스는 골드문트가 모든 점에 있어서 그와 반대인 것같이 보였는데도 동류의 인물이라는 걸 이내 깨닫게 되었다. 나르치스는 어둡고 우울한 성격인 반면에 골드문트는 눈부셨고 밝았다. 나르치스는 사색가요 분석가였는데, 골드문트는 몽상가요 동심의 소유자인 것 같았다. 그러나 이 차이점을 이어주는 공통점이 있었다. 둘다 고귀한 성품을 가진 인간이었다. 둘다 두드러진 재간과 특징에 의해서 다른 어떤 사람보다도 뛰어나 보였다. 둘다 운명에게서 특별한 경고를 받고 있었다.

나르치스는 곧 이 젊은 영혼의 성질과 운명을 뚫어보고 정열적인 관심을 보냈다. 골드문트는 아름답고 누구보다 뛰어나게 총명한 선생께 열렬히 찬사를 보냈다. 그러나 골드문트는 내성적이었다. 골드문트는 조심성 있고 교양 있는 학생이 하는 것처럼 지쳐 빠질 때까지 노력하는 것 외에, 나르치스의 사랑을 구하는 다른 방법을 알지 못하였다. 그러나 그를 엉거주춤하게 한 것은 부끄럼 때문 만은 아니었다. 나르치스가 골드문트 자신을 위해서 위험하다는 감정이 그를 엉거주춤하게 만들었다. 골드문트는 겸손하고 선량한 원장은 물론이요, 영리하고 학식이 풍부하고 명민한 나르치스를 이상과 모범으로 할 수는 없었다. 골드문트는 그의 청춘의 온갖 힘을 기울여서 결합하기 힘든 두 개의 이상을 향하여 노력하였다. 이것이 줄곧 그를 괴롭혔다. 입학 당시 몇 개월 간 골드문트는 가끔 마음속이 정리가 되지 않는 것 같아 거기서 도망치든가 안 그러면 친구들과 사귀는 동안 괴로움과 분노를 발산시켜 버리자는 강한 유혹 속에 빠져들었다. 선량한 골드문트는 자주 무슨 일에든지 놀림을 받거나 학생들간에 흔히 있을 수 있는 당돌한 말을 듣게 되면 그 자리에서 머리 끝까지 화가 치밀어오르기 때문에 보기에도 딱할 정도로 간신히 자신을 억제하였다. 두 눈을 딱 감고, 얼굴은 백짓장처럼 창백해지고, 아무 말 없이 다른 데로 얼굴을 돌려 버리는 것이었다. 그러다가는 마구간으로 블레스를 찾아가 말의 목에다 키스를 하다가는 그 자리에서 울어 버렸다. 그의 괴로움은 차츰 더해 갔다. 그리고 그것이 눈에 띌 정도까지 되었다. 뺨은 수척해지고 눈가는 움푹 들어갔다. 모든 사람들에게서 귀염을 받던 그의 웃음마저 드물어져 갔다.

골드문트 자신도 상태가 어떻게 되어 있는가를 알지 못했다. 그의 성실한 소망과 의지는 선량한 학생이 되고, 이내 수습수사로 채용되어 신부들의 경건하고 조용한 형제가 되는 것이었다. 그의 힘과 재간은 모두 이 경건하고 순탄한 목표를 향해서 노력하고 있다는 것을 믿고 있을 뿐 다른 노력에 대해서는 아무것도 알지 못했다. 그러기 때문에 이 단조롭고 아름다운 목표가 이다지도 도달하기 어려운가를 알아야 한다는 것이 얼마나 이상하고 슬픈 일이었을까! 때때로 비난을 받아야 마땅할 경향이나 상태를 자신에게서 발견하고 얼마나 낙담하고 낯설었을까! 가령, 공부할 때 마음이 흐트러진다든가 싫증이 나는 것, 수업중에 꿈을 꾼다거나 공상에 빠진다거나 졸고 있는 것, 라틴어 선생에 대한 반항과 기피, 동급생들에 대한 신경과민이라든가 화내기 쉬운 성질 등이다. 그의 마음을 제일 산란하게 한 것은 나르치스에 대한 사랑이 다니엘 원장에 대한 사랑과 양립할 수 없는 것이었다. 더욱이 골드문트는 나르치스도 그를 사랑하고, 그에게 동정을 보내며, 그를 기대하고 있다는 것을 뚜렷이 확신을 가지고 느껴질 때가 많았다.

소년이 예상하고 있는 것보다도 훨씬 더 많이 나르치스의 관심은 소년에게 향하고 있었다. 나르치스는 이 귀엽고 맑은 소년을 친구로 삼고 싶었다. 이 소년과 그는 너무 다르지만 서로에게 필요한 존재임을 어렴풋이 느끼고 있었다. 나르치스는 이 소년을 인도하고 계몽시켜 주고 또 향상시켜 주고 싶었다. 그러나 자신을 억제하고 있었다. 그렇게 한 것은 여러 가지 이유에서였다. 그는 그것을 좀 어렴풋하게 자각하고 있는 정도였다. 별로 이상한 것도 아니지만 학생이나 수습수사한테 반하는 교사나 신부들에 대해 골드문트가 느끼는 혐오심이 그를 속박하고 저지시켰다.

그는 나이 먹은 사람들의 욕정을 품은 눈초리가 자신에게 쏠려 있는 것을 느낄 때가 가끔 있었다. 그 사람들의 호의나 애무에 무언의 방어로써 대할 때도 자주 있었다. 지금 그는 그 사람들의 기분을 잘 이해할 수가 있었다. 자신도 귀여운 골드문트를 사랑하고 애정이 깃든 손으로 밝은 황금색 머리칼을 만져주고 싶은 충동을 느꼈다. 그러나 결코 그는 그렇게 하지는 않았다. 결코 그 밖에도 그는 교사의 직권이나 권위까지야 가지고 있지는 않지만 교사 계급에 있는 조교사로서 특별한 주의와 경계심을 갖는 버릇이 있었다. 그는 두세 살 나이가 더 위였지만 마치 스무 살이나 연상인 것같이 행세했다. 어느 한 학생을 특히 두둔한다는 것을 일체 엄중하게 금지하고 있으며 반면에 미운 학생이라도 모두 공평하게 돌보아 주었다. 그의 봉사는 정신에 대한 봉사요, 그의 엄격한 생활은 정신에 바쳐진 것이었다. 다만 가장 편안한 순간만은 몰래 남보다 뛰어난 지식과 총명을 자랑하고 만족해하였다. 아니, 골드문트와의 우정은 매우 유혹적이기는 하였으나 위험했다. 그러한 것이 생활의 핵심에 저촉해서는 안 되었다. 그의 생활의 핵심과 의미는 정신에 대한 봉사, 언어에 대한 봉사였다. 자신의 이익을 단념하고 자신의 학생들을 — 아니, 자신의 학생들뿐이 아니고 — 조용히 훌륭하게 고도의 정신적인 목표를 향하여 인도하는 것이었다.

골드문트가 말브론 수도원 학생이 되고 나서 벌써 1 년 이상의 세월이 흘렀다. 벌써 백 번이나 안마당 보리수와 밤나무 밑에서 친구들과 유희를 하고 놀았다. 경주, 공치기, 도둑 잡기, 눈 싸움 등. 벌써 봄이 되었으나 골드문트는 지쳐서 몸이 쇠약해진 것같이 느껴졌다. 때때로 두통이 나고, 학교에서는 졸지 않도록 애쓰는데 진땀이 났다.

그러던 어느 날 저녁, 아돌프가 그에게 말을 걸어왔다. 처음으로 만났을 때 대뜸 주먹다짐을 한 그 학생이었다. 아돌프와 골드문트는 올 겨울에 유클리드 공부를 시작하였다. 저녁 식사 후, 자유시간이었다. 그 시간에는 침실에서 노는 것과 자습실에서 떠들썩하게 수선을 떠는 것과 수도원 바깥 마당에서 산보하는 것이 허락되어 있었다.

"골드문트," 계단을 끌고 내려가면서 아돌프가 말했다. "좀 재미난 이야기를 해줄게. 그러나 네가 모범생이라는 게 탈이거든. 한 번은 꼭 주교가 될 테지. 아무튼 친구와의 의리를 지켜서 선생한테 고해 바치지 않는다는 약속부터 해 줘."

골드문트가 당장에 약속하고 말았다. 수도원의 명예만 있는 것이 아니라 학생의 명예도 있었다. 양자간에 가끔 충돌이 있었다. 그는 그것을 알고 있었다. 그러나 어디서든지 불문율은 성문율보다 강했다. 그가 학생인 한에는 학생의 규율과 명예 관념을 배반한다는 것은 있을 수 없는 일이었다.

아돌프는 소곤거리면서 현관을 빠져서 그를 나무 밑으로 데리고 가 이야기하였다. 그 이야기는 그도 가입해 있는 대담한 몇 사람의 좋은 친구들이 신부가 아니라는 걸 으쓱대며 하룻밤쯤 수도원을 빠져 마을로 나가는 몇 대(代) 전부터의 습관을 이어받고 있다. 그것은 정상적인 남자라면 빠뜨릴 수 없는 즐거움이요 모험이다. 밤중에 돌아온다는 것이었다.

"그렇지만 그때는 벌써 문이 닫혀 있을걸." 하고 골드문트가 말을 가로채었다.

"물론이지, 문은 꼭 닫혀져 있다. 하지만 그것이 재미나는 거야. 아무도 모르는 길로 아무도 눈치채지 않게 들어올 수 있다. 별로 새삼스러운 게 아니야."

골드문트는 '마을에 간다.'는 소문은 벌써 들은 적이 있었다. 그러고 보니 남모르는 여러가지 향락이나 모험을 한다는 것이 학생들에게는 밤소풍을 뜻하는 것이었다. 그것은 수도원의 규칙으로는 중한 벌로서 금하고 있었다. 골드문트가 깜짝 놀랐다. 마을에 가는 것은 벌이요, 금지되어 있었다. 그러나 대담하게 이런 위험한 짓을 한다는 것이 '정상적인 남자'간에는 학생의 명예로 간주된다는 것, 이 모험에 가담할 것을 요구받는다는 것은 일종의 우대를 의미한다는 것을 그는 잘 알고 있었다.

할 수만 있으면 '안 돼.' 하고는 돌아가 드러눕고 싶었다. 몹시 지치고 비참한 생각이 들어 오후에는 자꾸 두통이 났다. 그러나 골드문트는 아돌프에 대해서 좀 부끄러운 생각이 들었다. 밖에 나가 모험을 해보면 어떤 아름답고 새로운 무엇이, 그 밖에 여러가지 비참한 것을 잊어버릴 수 있는 무엇이 있을지도 몰랐다. 그것은 속세로의 소풍, 금지되고 남이 모르는 것, 그다지 명예스럽지 않은 것이었으나, 그래도 결국은 하나의 해방과 체험이 될지도 몰랐다. 아돌프가 골드문트를 설복시키고 있을 동안 골드문트는 망설이며 서 있다가 별안간 하하 하고 웃으며 승낙했다.

남의 눈에 띄지 않게 골드문트는 아돌프와 함께 벌써 어두워진 넓은 안마당 보리수 숲속에 가 숨었다. 바깥문은 그 시간이면 벌써 닫혀 있었다. 아돌프는 그를 수도원 물방앗간 속으로 데리고 들어갔다. 거기는 어두컴컴하고 물레바퀴 소리가 쉬지 않고 나기 때문에 다른 사람이 알지 못하게 빠져나오는 것쯤이야 쉬운 일이었다. 벌써 어둠이 짙은 가운데 창문을 빠져 차곡차곡 쌓인 두꺼운 널빤지가 젖어서 미끌미끌한 더미 위에 내렸다. 두꺼운 널빤지를 한 장 빼내어 개울 위에 걸친 다음 건너가지 않으면 안 되었다. 그래야 희미하게 비치고 있는 한길로 나설 수 있었다. 길은 어두운 숲속으로 들어가서 사라져 버렸다. 모든 것이 다 신비스럽고 가슴을 두근거리게 하면서 골드문트의 마음에 썩 들었다.

숲 기슭에 벌써 콘라트가 서 있었다. 한참 기다리고 있으니까 또 하나가 발을 구르며 찾아왔다. 키가 큰 에버하르트였다. 네 소년은 숲을 빠져 행진해 갔다. 머리 위에서 밤새들이 파다닥 소리를 내었다. 구름 사이에서 별이 두셋 야릇하게 빛을 던지고 있었다. 콘라트는 수선을 떨며 익살을 부렸다. 때때로 다른 소년들도 같이 웃었다. 불안하고 잔칫날 밤 같은 느낌이 그들 가운데에 떠돌았다. 가슴이 심하게 고동치고 있었다.

약 한 시간 쯤 뒤 숲 저쪽 마을에 도착하였다. 거기는 벌써 쥐도 새도 다 잠자는 것 같았다. 검은 용마루 대들보 사이에 조금씩 드러내고 있는 나지막한 박공 벽이 어슴푸레 빛을 던지고 있었으나 아무곳이고 불빛은 없었다. 아돌프가 앞장서 걸어갔다. 아무 말도 없이 살금살금 몇 집을 돌아서 울타리를 넘고, 정원에 내려서 화단의 부드러운 흙을 밟고, 계단에선 발을 헛디뎌 넘어지면서 어느 집 담 앞에서 걸음을 멈추었다. 아돌프가 들창문을 두들겼다. 한참 기다리다가 또 두들겼다. 안에서 소리가 났다. 이내 불빛이 환히 비쳤다. 들창문이 열렸다. 한 사람씩 한 사람씩 들어가 검은 굴뚝이 있는 흙바닥 부엌으로 들어갔다. 부뚜막 위에 조그만 석유 등잔이 놓여 있어 가느다란 심지에 약한 불이 바람에 흔들흔들하며 타오르고 있었다. 소녀가 하나 거기 서 있었다. 농부집 말라깽이 하녀로 침입자들과 악수를 나누었다. 소녀 뒤, 어둠 속에는 또 하나의 소녀가 얼굴을 내밀었다. 검고 긴 머리를 땋은 나이 어린 소녀였다. 아돌프는 올 때 선물할 것을 가지고 왔다. 수도원의 하얀 빵 반 조각과 무슨 종이뭉치였다. 골드문트는 그건 도둑질해 온 향(香)이나 초, 혹은 대개는 그런 것이거니 하고 추측했다. 머리를 땋은 소녀는 등잔도 가지지 않고 더듬어서 문을 빠져나가 오래도록 돌아오지 않았다.이윽고 잿빛 점토로 만든 푸른 꽃무늬가 그려진 단지를 가지고 와서 콘라트에게 내밀었다. 콘라트는 그 자리에서 좀 부어 마시다가 다음 차례로 넘겼다. 네 사람은 모두 마셨다.독한 사과 술이었다.

조그만 등잔 불빛을 받으며 그들은 자리를 잡았다. 소녀 둘은 딱딱하고 조그만 의자 위에 앉고 학생들은 소녀를 빙 둘러싸 바닥에 주저앉았다. 소곤소곤 이야기를 하며 틈틈이 사과 술을 마셨다. 아돌프와 콘라트가 화제를 끌고 나갔다. 가끔 한 사람이 일어서서 말라깽이 소녀의 머리칼과 목덜미를 어루만지며 귀에다 대고 무언지 속삭였다. 조그만 소녀는 만지지 않았다. 아마 키큰 소녀는 하녀고, 예쁘장한 조그만 소녀는 이 집의 딸이라고 골드문트는 짐작했다. 그러나 그런 것은 아무래도 좋았다. 그는 두 번 다시는 이런 데 오지 않을 테니까. 몰래 빠져나와서 밤에 숲 속을 걸으면 속시원하기도 하고, 서먹서먹하기도 하고, 가슴이 두근거리며 신비스럽기도 하였다. 그러면서도 위험하지는 않았다. 물론 금지되어 있어도 그것을 범하는 것이 그다지 양심의 가책은 되지 않았다. 하지만 밤에 이렇게 소녀들을 습격한다는 것은 단순히 금지뿐이 아니라 죄악이라고 느껴졌다. 물론 다른 사람들이야 약간 옆길에 뛰어든 데 불과했지만 신부의 생활과 금욕을 천명으로 의식하고 있는 그에게는 소녀들과의 희롱은 허락할 수 없는 일이었다. 아니, 이제 두 번 다시는 같이 오지 않으리라. 하지만 그의 가슴은 보잘것없는 부엌에 달린 등불 밑의 어둠 속에서 불안에 싸여 몹시 격동하고 있었다.

그의 친구들은 소녀앞에서 제법 뭐나 된 듯이 뽐내며, 이야기하는 틈틈이 라틴어 숙어를 사용해 가면서 신바람을 내고 있었다. 세 놈 다 하녀한테 호감을 받고 있는 모양이었다. 가끔 소녀 앞에 가서 서투른 짤막한 애무를 보냈는데 수줍은 키스 정도였다. 그들은 어느 정도가 허락되어 있는가 잘 알고 있는 것 같았다. 이야기를 다 귓속말로 해야 하기 때문에 이 장면은 다소간 익살스런 데가 있었다. 하지만 골드문트는 그렇게는 생각지 않았다. 그는 가만히 바닥에 웅크리고 앉아 조그만 등잔불을 쳐다보며 한 마디도 하지 않았다. 가끔, 얼마간 무엇을 바라는 듯한 옆눈으로 다른 친구들 사이에서 교환되는 애정의 한 토막을 잡아내었다. 그는 가만히 앞만 쳐다보았다. 팔과 다리가 딱딱하게 굳었다. 머리를 땋은 키가 조그만 소녀를 보고 싶어 못 견딜 지경이었다. 하지만 그것도 해서는 안 된다고 자신에게 명령했다. 그러나 그의 의지가 탁 풀려서 그의 눈초리가 그윽하고 고요한 소녀의 얼굴을 향해서 돌아갈 때마다 소녀의 검은 두 눈은 틀림없이 그의 얼굴을 향해 쏠리고 있음을 알았다. 소녀는 매혹된 듯 그를 쳐다보고 있었다.

아마 한 시간이나 지났을까. 골드문트는 이렇게 기나긴 한 시간을 맛본 적이 없었다. 학생들의 대담함도 애정의 기미도 가라앉고 고요해졌다. 모두 얼마간 당황한 듯 앉아 있었다. 에버하르트는 하품을 하기 시작했다. 그러자 하녀가 일어나서 가라고 재촉했다. 모두들 일어서서 하녀와 악수를 나누었다. 골드문트는 맨 마지막으로 악수를 했다. 그 다음에는 나이어린 소녀와 악수를 교환했다. 그리고 콘라트가 창에서 바깥으로 뛰어내렸다. 에버하르트와 아돌프가 뒤따랐다. 골드문트도 바깥으로 뛰어내릴 때 웬 손이 어깨를 붙잡고 가지 못하게 하는 촉감을 느꼈다. 그는 멈출 수가 없었다. 땅바닥에 내려섰을 때 그는 비로소 주저하면서 뒤를 돌아보았다. 창문에서 머리 땋은 소녀가 상체를 내밀고 있었다.

"골드문트." 소녀가 속삭였다. 그가 발걸음을 멈추었다. "또 오시지요?" 소녀가 물었다. 수줍은 그의 목소리는 입김에 지나지 않았다. 골드문트는 고개를 살래살래 저었다. 소녀는 두 손을 뻗쳐서 그의 머리를 잡았다. 골드문트는 소녀의 조그만 두 손을 관자놀이에서 따스하게 느낄 수 있었다. 소녀는 검은 그 눈이 그의 눈 바로 앞에 닿을 때까지 허리를 굽혔다.

"또 오세요!" 소녀가 속삭였다. 처녀의 입술이 그의 입술에 가만히 닿았다.

그는 얼른 다른 친구들의 뒤를 쫓아 아담한 뜰을 달렸다. 그러다가 화단에서 돌부리에 채어 넘어지기도 하였다. 이슬에 젖은 흙냄새와 거름 냄새를 맡았다. 장미꽃 넝쿨에 손을 찔려 상처가 나기도 하였으나, 울타리를 기어올라 뛰어넘어 다른 친구들을 뒤따라 마을을 빠져 숲으로 향하였다. '이 이상 절대!' 그의 의지는 명령하듯 말했다. '내일 또 와요!' 그의 가슴은 흐느껴 우는 듯 애원했다.

밤 놀이꾼들은 아무한테도 들키지도 방해받지도 않고, 말브론으로 돌아왔다. 개울을 건너고, 물방앗간을 빠져, 보리수 숲 광장을 지나 차양을 넘고, 조그만 기둥으로 따로따로 되어 있는 창으로 빠지는 사잇길을 지나서 수도원 안으로, 침실로 들어갔다. 이튿날 아침 키다리 에버하르트는 몇 대 얻어맞고서야 겨우 자리에서 눈을 떴다. 그만큼 곤히 잠이 들었다. 그들은 모두 아침 미사에도, 아침 식사에도, 강당에도 늦지 않게 나갔다. 그러나 골드문트는 얼굴색이 말이 아니었다. 너무나 혈색이 좋지 않아 마르틴 신부가 아프냐고 물었다. 아돌프가 경계하는 눈초리를 그에게 던졌기 때문에 골드문트는 아무렇지 않다고 대답했다. 그러나 점심때쯤 그리스어 시간에 나르치스가 그에게서 두 눈을 떼지 않았다. 나르치스도 골드문트가 아픈 것을 짐작했으나 아무 말도 하지 않고 매섭게 그를 관찰하고 있었다. 수업을 마치자 나르치스가 골드문트를 불러들였다. 다른 학생들이 눈치채지 못하게 하기 위해 도서실로 심부름 보냈다. 그리고 자신이 그 뒤를 따라갔다.

"골드문트," 그가 말했다. "뭐 내가 널 도와줄 게 없을까? 네가 곤란을 받고 있는 게 뻔하구나. 아마 너는 앓고 있지? 그렇다면 널 침대에 눕혀서 병자들이 마시는 수프와 포도주 한 잔을 보내 주지. 오늘은 그리스어도 머리에 안 들어가." 한참 동안 나르치스는 대답을 고대했다. 창백해진 소년은 어쩔 줄 모르는 눈으로 그를 쳐다보며 고개를 숙이다가는 다시 들고, 입술을 실룩거리며 말을 하려고 하였으나 하지 못했다. 갑자기 옆으로 넘어지더니 책상에 머리를 처박았다. 책상가에 참나무 장식으로 만든 두 개의 조그만 천사의 머리 사이에 고개를 처박고 어찌나 심하게 흐느껴 울었는지 나르치스도 어찌할 바를 몰라 잠시 시선을 다른 데로 돌려버렸다. 한참 후에야 겨우 울고 있는 소년을 안아 일으켰다.

"좋아, 좋아." 골드문트가 여태껏 들어 볼 수 없었던 다정한 나르치스의 말이었다. "좋아 친구. 울려무나, 울면 이내 좋아져. 자, 앉아. 아무 말 안해도 좋아. 안 그래도 너는 충분히 이야기하고도 남음이 있으니 말이야. 아마 너는 오전중에는 줄곧 아무 탈 없이 그대로 견뎌서 아무도 눈치채지 못하도록 무진 애를 쓴 것 같아.

네가 한 짓은 정말 용감하였어. 자 이제는 울어. 네가 지금 할 수 있는 최상의 방법은 우는 것뿐이니 말이야. 안 울어? 벌써 다 울었나? 벌써 다 나왔어? 자, 그럼 병실에 가보자. 침대에 드러누워. 오늘 저녁이면 말짱하게 나아질 테니. 자, 이리 와!"

나르치스는 학생들 방을 피해서 다른 길로 병실을 향해 그를 데리고 갔다. 비어 있는 두 개의 침대 가운데서 하나를 그에게 배당해 주었다. 골드문트가 순순히 옷을 벗기 시작하자, 교장한테 골드문트가 아프다는 걸 알리기 위해서 밖으로 나갔다. 약속한 대로 나르치스는 수프와 병자용 포도주 한 잔을 그를 위해 주방에 주문해 놓았다. 수도원의 습관인 이 두 가지 은혜는 병이 가벼운 환자들에게 호응을 얻었다.

골드문트는 환자용 침대에 드러누워서 뒤죽박죽이 되고 혼란스러운 생각에서 빠져나오려고 애를 썼다. 한 시간 전만 하더라도 무엇이 그를 그다지도 피곤하게 하며 얼마나 하염없는 마음의 긴장이 머리를 공허하게 하고 두 눈을 태우게 하는가를 명백히 캐낼 수가 있었다. 그것은 어제저녁 사건을 잊어버리기 위해 잠시도 쉬지 않고 애를 쓰는데도 그때마다 허탕을 치고 마는 강인한 노력이었다. 아니, 어제저녁 사건을 잊어버리려고 한 것이 아니다. 오히려 잊어버리고 싶은 것은 닫혀진 수도원에서의 어리석고도 즐거운 소풍도, 숲속에서의 방랑도, 물방앗간에 이르는 검은색이 짙은 물이 흐르는 개울을 건너기 위해 임시 가설한 미끄러운 다리도, 울타리나 창문이나 골목길 등을 건너 뛰어 출입한 것도 모두 아니다. 오직 하나 있다면 어두컴컴한 그 부엌의 창가에 기대었던 한 순간, 소녀의 호흡과 말, 소녀와의 악수, 소녀의 입술에 닿은 자기 입술이었다.

그러나 지금 또 어떤 것이, 새로운 공포가, 새로운 체험이 증가했다. 나르치스가 그의 시중을 들어 주었다. 그를 사랑하고 그를 위해 곱고 고귀한 품위를 가진 나르치스가, 조소를 띠기 쉬운 가느다란 입술을 한 영리한 나르치스가 자신은 나르치스 앞에서 바보처럼 굴고 말았다. 그는 나르치스 앞에 서서 수줍어하다가 또 머뭇머뭇하다가 결국에는 통곡을 하고 말았다.! 그리스어나 철학이나 정신적인 사나이다움과 품위가 높은 스토아적 평정, 이같은 고귀한 무기로써 그 훌륭한 인물을 자신의 것으로 만들어 버리는 대신에 보잘것없이, 그 앞에서 쓰러지고 말았다. 그 자신도 그것을 용서할 수 없었다. 수치심을 가지지 않고 결코 나르치스의 눈 속을 들여다볼 수는 없으리라.

그러나 울고 나니 크나큰 긴장은 풀어지고 말았다. 병실의 고요한 고독과 편한 침대는 마음에 썩 들었다. 절망은 반 이상이나 무력하게 되었다. 한 식경쯤 지나 수도자가 들어와서 밀가루 수프와 흰 빵 한 조각을 먹여 주었다. 거기다가 또 보통때 같으면 축제일 이외에는 보지 못하는 붉은 포도주를 조그만 잔에 한 잔 부어 주었다. 골드문트는 반쯤 먹고 쟁반을 옆에다 밀쳐놓고 또 생각하기 시작했다. 그러나 생각이 안 났다. 또 쟁반을 가져다가 숟갈로 몇 술 떴다. 얼마간 시간이 흐르자 문이 살짝 열리며 나르치스가 환자를 보기 위해 들어왔다. 그때 그는 잠이 들어 있었다. 뺨에는 벌써 생기가 돌았다. 나르치스는 한참 동안 사랑과 호기심과 얼마간 시기심을 가지고 그를 쳐다보고 있었다. 골드문트는 병이 아니다. 내일은 그에게 포도주를 보낼 필요가 없다고 보았다. 그러나 나르치스는 자기들을 묶어놓고 있던 족쇄가 이제 부서지고 그들은 친구가 되리라는 것을 믿었다. 오늘은 골드문트가 그를 필요로 하고 그의 봉사를 받고 있지만 그 자신이 약해져서 골드문트의 도움과 사랑을 필요로 할 때가 언제가 될지 모를 일이다. 그런 일이 있다면 그는 이 소년에게서 그것을 받을 수 있으리라.

제 3 장

나르치스와 골드문트 사이에서 시작한 우정은 기묘하였지만 거기 호감을 갖는 사람은 적었다. 때로는 두 사람 자신들이 보아도 마땅치 않은 사이 같았다.

이 일로 우선 괴로워한 자는 사색가 나르치스였다. 그에게는 온갖 것이, 사랑까지도 정신이었다. 아무것도 생각하지 않고 끌려가는 대로 몸을 맡긴다는 것은 있을 수 없는 일이었다. 그가 이 우정을 이끌고 가는 정신이었다. 이 우정의 운명을 자각하고 결정짓는 것도 나르치스뿐이었다. 오랜 시간 그는 사랑하면서도 고독하였다. 그리고 그가 골드문트를 깨닫게 하여 주었을 때 비로소 나르치스의 참다운 친구가 되어 주리라는 것을 알았다. 골드문트는 열렬히, 아무 거리낌 없이, 군소리 없이 새 생활에 자신을 바쳤다. 나르치스는 자각과 책임을 가지고 운명을 받아들였다.

골드문트에게 그것은 우선 구원과 완쾌였다. 사랑에 대한 그의 청춘의 요구는 예쁜 소녀를 보았다는 것과 키스를 했다는 것으로 크게 눈이 떠졌다. 동시에 놀라움과 절망적인 상태에서 뒷방아를 찧고 난 다음이었다. 왜냐하면 지금까지의 인생의 꿈도, 믿고 있었던 일체도, 천명이요 또한 천직이라고 생각하고 있었던 일체도, 창가에서의 키스와 검은 눈동자에 의해서 근본부터 위태로워진 것을 마음속에서 느끼고 있었기 때문이다. 아버지의 희망으로 신부의 생활을 하게끔 정해지기도 하였지만 자진해서 그 정한 바를 받아들이고 청춘의 첫 정열로 경건하고 금욕적이며 사나이다운 이상을 추구했던 골드문트였다. 그는 최초의 무상한 봉변을 당하여, 관능적인 것에의 생명의 첫 초대를 당하여, 또한 여성의 최초의 인사를 당하여, 거기 자신의 적과 악마가 있으며 여자라는 것은 자신에게 위험한 존재라는 것을 확연히 느꼈다. 그러나 지금 운명은 그에게 구원의 손을 뻗었다. 절박한 위기에 이 우정이 그를 맞이하였다. 그의 소망에는 꽃이 만발한 화원을, 그의 공경하는 마음에는 새로 제단을 제공해 주었다. 거기서는 그가 사랑하는 것을 허락하고 있었다. 죄를 범하지 않고도 몸을 바칠 수 있었다. 나이로도 그럴 뿐더러 지혜로도 자신보다 월등한 흠모하는 친구에게 그의 마음을 바칠 수 있었다. 관능적인 위험한 불꽃을 고귀한 희생에 대한 불꽃으로 변화시켜 정신화하는 것을 허락하고 있었다.

하지만 이 우정은 첫봄에 벌써 기묘한 장애에, 뜻하지 않은 수수께끼 같은 냉담성에, 가슴 속을 위협하는 요구에 부딪혔다. 이 친구를 자신과 양립할 수 없는 반대물로 생각한다는 것은 천만뜻밖의 일이었다. 두 개를 하나로 하고, 차별을 없애고, 대립에 다리를 놓아 주기 위해서는 사랑과 성실한 헌신만 있으면 괜찮은 일이라 생각했다. 그러나 나르치스는 얼마나 딱딱하고 확실하고, 또 얼마나 분명하고 흐트러지지 않는 사람이었던가! 그는 무심히 몸을 바친다든가 우정의 나라를 감사하면서 같이 걸어간다는 것은 알지도 못하고 바라지도 않는 것 같았다. 목표가 없는 길이라든가 몽상적인 방랑 같은 것은 참을 수도 없는 것 같았다. 물론 그는 골드문트가 병이 든 것 같았을 때에는 걱정을 하며 보살펴 주었고, 학교나 공부에 관해서 모든 면에서 충실하게 도와 주고 충고도 하였다. 책에서 어려운 대목이 나오면 설명해 주었고, 문법과 논리학·신학에도 눈을 뜨게 해주었다. 하지만 한 번도 그는 친구에게 진실로 만족한 적도 융합한 적도 없는 것 같았다. 뿐만 아니라 친구를 비웃거나 대수롭지 않게 상대해 버리는 것이 다반사인 것 같았다. 그것은 단순히 교사 근성이나 지혜에 능숙한 연장자의 본때가 아니고 다른 무엇이, 더욱 깊고 중요한 것이 그 배후에 있다고 골드문트는 믿었다. 그러나 더 깊은 것을 알지 못하였기 때문에 이 우정은 그를 이따금 슬프게도 하고 당황하게도 하였다.

사실 나르치스는 그의 친구의 힘을 잘 알고 있었다. 친구의 꽃다운 아름다움에 대해서도, 자연 그대로의 생활력이나 충만함에 대해서도 장님은 아니었다. 그는 불타오르는 듯한 젊은 혼을 그리스어로써 먹여 주고 천진한 사랑에 논리학으로써 답하려고 하는 그런 선생은 절대 아니었다. 오히려 그는 금발의 소년을 너무 지나칠 정도로 사랑하고 있었다. 그것은 그로서는 위험한 짓이었다. 왜냐하면 사랑한다는 것은 그에게는 자연 상태가 아니고 기적이었기 때문이다. 반해서는 안 되었다. 그는 이 아름다운 눈을 흐뭇하게 쳐다보는데, 이 밝은 금발의 꽃향기 가까이 있는 것에 만족해서는 안 되었다. 이 사랑 때문에 한 순간이라도 감히 관능적인 것에 지체해서는 안 되었다. 골드문트가 신부가 되고 금욕자가 되고, 평생 신성한 것을 지향해서 노력을 하게끔 정해져 있다고 느낀다면 나르치스는 물론 그런 생활을 하게끔 정해져 있었다. 그에게는 오직 하나 최고 형태의 사랑만이 허락되어 있었다. 이와 반면에 금욕자가 된다는 골드문트의 천명을 나르치스는 믿지 않았다. 나르치스는 다른 사람보다도 똑똑히 인간의 마음을 읽을 줄 알았다. 특히 사랑하고 있는 이런 경우에 나르치스는 한층 더 명백하게 읽을 수 있었다. 그와 정반대인데도 불구하고 마음속까지 이해하고 있었던 골드문트의 성질이 그에게는 잘 보였다. 왜냐하면 그것은 나르치스가 잃어버린 성질의 한 부분이었기 때문이다. 나르치스는 그 성질이 공상이나 교육의 과오나 아버지의 말 등의 딱딱한 껍질에 싸여 있다는 것을 알고, 이 젊은 생명의 복잡하지 않은 비밀을 훨씬 전부터 예감하고 있었다. 그의 임무는 분명하였다. 그것은 이 비밀을 당사자한테 폭로해 주어 그 껍질에서 해방시켜 주고 본래의 성질을 도로 찾아주는 것이었다. 물론 그것은 괴로운 일이다. 가장 괴로운 점은 그 때문에 이 친구를 잃어버리지나 않을까 하는 우려였다.

아주 천천히 그는 목표를 향하여 다가갔다. 몇 개월이 지났으나 진지하게 착수할 수도, 파고들어가 이야기나눌 수도 없었다. 우정에 금이야 가지 않았지만 그만큼 두 사람 사이는 지리멸렬하였고, 그만큼 두 사람 사이의 포물선은 폭이 넓었다. 눈뜬 사람과 장님이 나란히 걸어갔다. 장님이 자기 자신의 눈먼 것을 전혀 눈치채지 못했다는 것은 장님 자신을 위해서는 편안한 일이었다.

먼저 타개책을 강구한 자는 나르치스였다. 당시 마음이 뒤흔들려 허덕이고 있던 소년을 몰아부친 것은 어떤 경험이었던가를 캐물으려고 하였을 때다. 캐내는 일은 생각한 것보다는 쉬웠다. 골드문트는 전부터 그날밤의 경험을 참회하고 싶은 기분이었다. 하지만 충분히 신뢰할 수 있는 사람은 원장 이외는 없었다. 원장은 그의 고해 신부가 아니었다. 그래서 나르치스가 좋은 기회라고 생각했을 때, 두 사람이 결합했던 첫 사건을 골드문트에게 상기시켜 몰래 그 비밀을 만지자 상대는 솔직히 말했다 "당신이 아직 성직을 가지지 않았고 참회를 들을 수 없다는 것은 섭섭한 일입니다. 나는 참회를 하고서 그 사건에서 해방하고 싶었습니다. 그 때문에 벌을 받는 것도 사양하지 않았을 겁니다. 하지만 나의 신부에게 말할 수는 없었습니다."

신중하게 그리고 빈틈 없이 나르치스는 파고 들어갔다. "네가 병이 든 것같이 보이던 그날 아침을 너는 기억하고 있구나. 잊어버리지는 않았을 테지, 왜? 그때 우리는 친구가 되었으니 말이다. 나는 가끔 그때 일을 생각하지 않을 수 없단 말이야. 아마 너는 눈치채지 못했을 테지만 나는 그때 말이야, 정말 막막했어."

"당신이 막막했어?" 믿을 수 없다는 듯이 골드문트가 외쳤다. "그러나 정말 막막한 사람은 나지요! 뻿뻿이 선 채 콧물을 삼키며 한 마디 말도 하지 못하고, 결국 어린애와 같이 울음을 터뜨리기 시작한 나지요! 참, 나는 아직도 그때 일을 부끄러워하고 있어요. 나는 두 번 다시는 당신 앞에 나타날 수 없으리라 생각했습니다. 당신한테 불쌍하게 맥없이 쓰러진 것을 발견당했다는 걸 생각하면요!"

사건에 손이라도 대어보고 싶은 듯이 나르치스가 바짝 다가섰다.

"네가 불쾌했다는 것은 알고 있어. 너같이 야무지고 용감한 사람이 낯선 사람 앞에서, 더욱이 선생 앞에서 운다는 것은 사실 걸맞지 않은 일이었단 말이야. 아니, 그때 나는 네가 병이 들었다고 생각했지. 열에 벌벌 떨면 아리스토텔레스인들 기묘한 행동을 했을는지 누가 알아. 그러나 그때 너는 정말 병이 아니었구나! 열도 전혀 없었구나! 그거야 네 수치지. 열에 지는 것을 부끄러워하는 사람은 없지. 안 그래? 너는 무슨 다른 일에 졌기 때문에, 무슨 일에 압도되었기 때문에 부끄러워한 거지. 대관절 무슨 특별한 일이라도 있었나?"

골드문트는 약간 멈칫거리다가는 천천히 말했다. "네, 어떤 특별한 일이 생겼던 겁니다. 당신이 나의 고해 신부라는 걸 생각케 하여 주십시오. 언젠가 한 번은 꼭 말해야 됩니다."

고개를 숙이며 그는 친구에게 그날밤 사건을 이야기하였다.

이 말을 듣고 나르치스가 미소를 지으며 말했다. "그거야 '마을에 간다.'는 것은 사실 금지되어 있지. 그러나 금지되어 있는 것은 얼마든지 할 수가 있고, 금지되어 있는 것을 비웃을 수도 있어. 안 그러면 참회라도 할 수 있는 일이야. 그걸로 끝나 버리고 이제는 아무런 관련이 없게 되는 거다. 학생들이 대개 하는 것처럼 넌들 한 번쯤은 그런 사소한 어리석은 짓을 하지 말라는 법도 없지 않아. 도대체 그다지도 나쁜 일이냔 말이야?"

자제를 잃고 약이 바짝 올라 골드문트가 소리질렀다. "당신은 정말 교사와 같은 말씀을 하십니다. 당신은 무엇이 문제의 초점인가를 충분히 알고 계실 겁니다! 물론 저도 수도원의 규칙을 한 번쯤 코웃음치고 장난에 가담한 것이 그다지 커다란 죄악이라고 생각지는 않습니다. 그것이 수도원 생활에서 수업의 예습이 되는 터는 아니지만."

"기다려!" 날카롭게 나르치스가 말했다. "많은 경건한 신부들에게는 그와 같은 수업의 예습이 필요했다는 걸 너는 모른다. 방탕자의 생활이 성자의 생활에 제일 가까운 길일 수 있다는 걸 너는 몰라!"

"제발, 그런 말씀 마세요!" 골드문트가 말을 막았다. "제 양심을 때려 누른 것은 규칙을 약간 어겼다는 것이 아니라는 걸 말씀드리고자 했던 겁니다. 다른 것이었습니다. 처녀였습니다. 당신께 설명해 드릴 수 없는 기분이었습니다! 이 유혹에 따라 처녀를 만져보기 위해 한 손이라도 뻗는 날에는 나는 두 번 다시는 돌아오지 못하리라. 죄가 지옥의 아가리처럼 나를 들이삼켜 버리고 영 놓아주지 않으리라는 기분이었습니다. 온갖 아름다운 꿈이, 온갖 덕이, 하느님과 선에 대한 온갖 사랑이 끝나 버리리라는 기분이었습니다."

나르치스가 명상에 잠기면서 끄덕였다.

"하느님에 대한 사랑은," 그는 말을 하나하나 되씹듯 천천히 말했다. "반드시 선에 대한 사랑과 일치하지 않거든. 아, 그 정도로 간단한 것이라면 얼마나 좋겠어! 무엇이 선인가를 우리는 알고 있다. 그것은 계율에 씌어 있어. 그러나 하느님은 계율 속에만 있다고 할 수 없어. 계율은 하느님의 아주 작은 부분에 지나지 않는단 말이야. 계율은 지키고 있으나 하느님에게서 멀리 떨어져 있을 수도 있다."

"내 기분을 이해해 주실 수 없습니까?" 하고 골드문트가 탄식했다.

"물론 이해하고 있어. 너는 여인 속에, 성(性) 속에 네가 '세상'이라 하고 '죄악'이라 하는 일체의 것의 정수를 느끼고 있어. 다른 모든 죄는 범할 수 없는가? 가령 범했다고 하더라도 자신을 때려누르지는 않을 거야. 그런 것은 참회해서 바로 할 수 있다고 생각하고 있다. 오직 하나의 죄악만은 그렇지가 않아!"

"그렇습니다. 확실히 나도 그렇게 짐작은 하고 있습니다."

"그것 봐. 나는 너를 이해하고 있단 말이야. 네 생각은 그다지 틀리지 않거든. 이브와 뱀의 이야기는 확실히 쓸데없는 우화는 아니란 말이야. 그렇지만 너는 아무튼 옳지 않다. 만일 네가 원장 다니엘이든지 아니면 너의 대부(代父)인 성 크리소스토무스든지, 주교, 사제, 혹은 평범한 수도사이기라도 하다면 네 생각은 옳을 테지. 그러나 너는 그런 사람이 아니거든. 너는 학생이란 말이야. 가령 네가 평생 수도원에 있고 싶어하고, 네 아버지도 그렇게 바랐다 하더라도 너는 아직 맹세를 한 것도, 성직을 얻은 것도 아니란 말이야. 가령 네가 오늘이나 내일 예쁘장한 처녀한테 유혹을 받아 그 유혹에 졌다 하더라도 어떤 맹세를 깨뜨린 것도, 상처를 준 것도 아닐 테지."

"문서로 써둔 맹세는 없습니다!" 매우 흥분해서 골드문트가 소리질렀다. "그러나 씌어지지 않은 맹세, 마음속에 품고 있는 가장 신성한 맹세에 상처를 준 결과가 됩니다. 다른 많은 사람에게는 통용될지도 모르는 것이 제게는 통용되지 않는다는 것을 모르십니까? 당신 자신도 성직을 얻은 것도, 맹세를 한 것도 아니지만 당신은 여인을 만지는 짓은 결코 하지 않겠지요! 안 그러면 거기 대한 제 생각은 잘못일까요? 당신은 전혀 그렇지 않습니까? 당신은 제가 생각하고 있는 그런 사람이 전혀 아니십니까? 당신은 상관의 신부들 앞에만은 아직 맹세하고 있지 않지만 마음속에서는 벌써 오래 전에 그 맹세를 하고, 그 맹세에 의해서 영원히 의무를 짊어지고 있다는 기분을 가지고 있지 않습니까? 당신은 저와 같은 인간이 아니십니까?"

"아니, 골드문트, 나는 너와 같은 인간이 아니야. 네가 믿고 있는 그런 인간도 아니야. 물론 나는 입밖에 내지 않는 맹세를 지키고 있어. 그 점에는 네가 말하는 것이 옳아. 그러나 너와 같은 인간은 결코 아니란 말이야. 오늘 내가 네게 말하는 것을 언젠가 한 번은 꼭 너도 생각해 내리라. 나는 네게 말해 두겠어. 우리의 우정은 네가 완전히 나를 닮지 않았다는 것을 표시한다는 것 이외에 다른 아무런 목적도 의미도 전혀 가지고 있지 않다는 걸."

골드문트는 마치 한 대 얻어맞은 듯이 멍청히 서 있었다. 도무지 거역할 수 없는 눈초리와 어조로써 말을 끝맺자 잠잠해졌다. 그러나 왜 나르치스가 그런 말을 했을까? 왜 나르치스의 무언의 맹세는 그의 맹세보다 신성하지 않으면 안 되었을까? 나르치스는 그에게 전혀 진정으로 대해 준 것이 아니었단 말인가? 그를 단순히 어린아이라고만 생각하고 있는가? 여기에 이 기묘한 우정의 혼란과 비애가 다시 시작되었다.

나르치스는 이제 골드문트의 비밀에 관해서 의심하지 않았다. 그 배후에 있는 것은 인류 최초의 어머니 이브였다. 그러나 그다지도 아름답고 건강하고 향기로운 청년의 마음속에서 눈 떠 있는 성이 어떻게 그다지도 과격한 반대에 부딪혀 버릴 수 있었을까? 무슨 악마가, 보이지 않는 적이 일을 하고 있었음에 틀림없으리라. 이 훌륭한 인간을 내부에서 분열시켜 그의 근본적인 본능과 싸우게 하는 데 성공한 것이다. 옳지, 악마를 발견하여 기도의 힘으로 불러내야 한다. 본체를 드러내게 하지 않으면 안 된다. 그렇게 해야 퇴치할 수 있다.

그동안 골드문트는 친구들에게서 차츰 버림을 받았다. 오히려 친구들이 골드문트한테 버림을 받아 말하자면 배반을 당한 것같이 느꼈다. 누구 하나 그와 나르치스의 우정을 좋아하는 사람은 없었다. 음흉한 자들은 두 사람이 자연을 배반하는 거라고 악담을 퍼부었다. 특히 두 청년 가운데서 어느 하나에게 반한 사람은 그랬다. 두 사람 사이에 아무런 추잡한 관계를 추측해볼 여지가 없다는 것을 알고 있는 다른 사람들도 고개를 갸우뚱거렸다. 누구 하나 이 두 사람의 관계를 인정하지 않았다. 두 사람은 이 결합에 의해서 귀족적이며 거만스런 균열이 생긴 듯이 그들에게 충분히 호의를 보내지 않는 다른 사람에게서 떨어지고 만 것같이 보였다. 그 결합은 동료 같지가 않았다. 수도원에 있는 것 같지가 않았다. 기독교인 같지가 않았다.

두 사람에 대한 온갖 이야기가 다니엘 원장 귀에 들어갔다. 소문이나 탄핵이나 비난이. 원장은 사십 년 이상이나 되는 수도원 생활에서 청년의 우정을 수많이 보아왔다. 그것은 한 폭 수도원의 그림이요, 아름다운 경치요, 때로는 위안이요, 때로는 위험한 것이었다. 원장은 한 발자국 뒤로 물러서서 바짝 신경을 곤두세우고 있었으나 간섭은 하지 않았다. 이만큼 과격하게 배타적인 우정은 드물었다. 위험한 것이 아님에는 틀림없고 그들의 순결함을 한순간도 의심하지 않았기 때문에 원장은 일이 익어가는 대로 보고만 있었다. 만약 나르치스가 학생과 교사간의 예외적 지위에 있지 않았더라면 원장은 주저하지 않고 두 사람 사이를 끊으려는 조처를 취했을 것이다. 골드문트가 동급생에게서 벗어나 연상의 교사와만 유독 친근한 관계를 갖는다는 것은 당사자에게는 좋지 않은 일이었다. 남보다 훨씬 뛰어나고 재간있는 나르치스가 모든 교사보다 정신적으로 동등하게, 아니 더 뛰어난 나르치스가 특히 좋아하는 길을 가는데 방해를 해도 좋단 말인가. 교사로서 그의 활동을 정지시켜 버리는 것이 옳단 말인가? 나르치스가 교사로서 실적을 보이지 않고, 그의 우상이 그를 태만과 불공평으로 빠지게 하였다면 당장에 불러들였으리라. 그러나 그에게 불리한 사실은 존재하지 않았다. 소문 이외에는, 다른 사람의 질투심이 만든 많은 곡해 이외에는, 아무것도 없었다. 거기다가 원장은 나르치스의 두드러질 정도로 예리하고 다소 거만하다고 할 특별한 천성을 그의 인간 감식안으로 알고 있었다. 원장은 그런 천성을 그다지 높이 평가하지는 않았다. 나르치스에게 다른 천성이 있었다면 원장은 필경 좋아하지 않았으리라.

그러나 나르치스가 학생 골드문트에게서 무슨 특별한 것을 인지했으며 원장이나 다른 어떤 사람보다도 골드문트를 훨씬 더 잘 알고 있다는 것을 원장은 의심하지 않았다. 원장 자신은 골드문트의 태도에 나타난 애교있는 우아한 품위 외에 특별히 눈치챈 것은 없었다. 다만 학생으로서만, 손님으로서만 수도원의 일원이 되었다는 것 이외에는 아는 게 없었다. 또한 지금부터 벌써 수도사의 일원인 것같이 느끼고 있는 얼마간 겉늙은 열의 이외에는. 좀 감동적이긴 하지만 미숙한 열의를 나르치스가 두둔해서 한층 격려해 주는 것은 걱정할 필요가 없다고 믿었다. 골드문트를 위해 두려워할 것은 오히려 나르치스가 일종의 정신적인 자부와 학자적인 거만을 전염시키지나 않나 하는 것이었다. 그러나 그런 위험성은 이 학생에게는 그다지 없었다. 되어가는 대로 맡겨두는 편이 나았다. 훌륭하고 강한 성질의 인간을 지배하는 것보다 평범한 인간을 지배하는 것이 감독자에게는 얼마나 간단하고 평화롭고 수월한지 모른다는 걸 생각하면 원장도 탄식과 동시에 미소를 짓지 않을 수가 없었다. 아니 자신까지 곡해에 전염되어서는 안 된다. 두 사람의 특별한 인간을 자신에게 맡겨준 것을 감사히 여겨야 하리라 생각했다.

나르치스는 그의 친구에 관해서 여러 가지로 생각했다. 인간의 성질과 천분을 인식하는 그의 특수한 능력은 골드문트에 대해서 벌써 오래 전에 해답을 내려주고 있었다. 이 청년의 온갖 악동적인 것과 눈부신 것은 분명히 이같이 말해 주었다. 즉, 그는 감각도 영혼도 풍부하게 부여받고 있는 강한 인간의 모든 특징을, 아마 예술가의 특징을 가지고 있다. 그러나 그것은 크나큰 사랑의 힘을 가진 인간의 특징으로서, 그의 천명과 행복은 불붙기 쉽고 헌신할 수 있는 점이라는 걸. 그런데 이 사랑의 인간이, 섬세하고 풍부한 감각을 가진 인간이, 꽃향기나 아침 해나 말이나 새나 음악을 깊이 맛보고 사랑할 수 있는 인간이, 대관절 무엇 때문에 정신적인 인간이나 금욕주의자가 되는 일에 열중하고 있을까? 나르치스는 자주 그 점에 대해서 파고들어가 보았다. 골드문트의 아버지가 이 열중을 조장시켰다는 것은 알고 있었다. 그러나 아버지가 그것을 드러내게 할 수 있었을까? 어떠한 마법을 가지고 아들을 홀렸기에 아들은 이런 천명과 의무를 믿게 되었을까? 아버지는 어떤 인간일까? 나르치스는 일부러 화제를 심할 정도로 자주 아버지한테 갖다대고, 골드문트도 아버지 이야기를 적지않게 하였는데도 불구하고 나르치스는 이 아버지를 그려낼 수가 없었다. 눈으로 볼 수가 없었다. 그것은 기묘하고 이상한 일이 아닌가? 골드문트가 어릴 적에 잡은 송어 이야기를 할 때, 나비를 묘사할 때, 새 소리를 흉내낼 때, 친구나 개나 거지에 대해서 이야기할 때, 그럴 때는 하나씩 하나씩 광경이 눈앞에 떠올랐다. 그러나 아버지 이야기를 하면 아무것도 안 보였다. 아니, 아버지가 정말 골드문트의 생활 속에서 그만큼 중대하고 강한, 지배적인 인물이었다면 그는 아버지의 이야기를 달리 묘사할 수도 있고 아버지에 대해 다른 모습을 그려줄 수도 있을 텐데! 나르치스는 이 아버지를 그리 높이 평가하지는 않았다. 그의 마음에 들지 않는 인물이었다. 정말 골드문트의 아버지인지 어떤지조차 의심하였다. 공허한 우상에 지나지 않았다. 그러나 그 힘을 어디에서 얻었는가? 골드문트의 혼을 본질과는 동떨어진 꿈으로 어떻게 채울 수 있었을까? 골드문트도 수없이 생각해 보았다. 친구의 마음속에서의 사랑을 굳게 믿고 있기는 하였으나 구태의연한 친구에게서 조금도 진지한 대우를 받지 못하고 언제나 어린아이 같은 취급을 받고 있다는 쑥스러운 생각에 사로잡혀 있었다. 친구가 자꾸 자기는 너와 같은 인간이 아니라는 걸 이해시키려고 하는 것은 무엇을 의미하는 것일까?

그렇지만 골드문트가 이런 생각으로만 시간을 보낸 것은 아니다. 오랫동안 명상에 잠기는 것은 그로서는 할 수 없는 일이었다. 온종일 할 일이 달리 있었다. 그는 마음에 드는 문지기 수도자에게 자주 찾아갔다. 그리고 언제나 부탁하거나 좋은 말로 꾀어서 한 시간 혹은 두 시간 그의 말 블레스를 탈 기회를 놓치지 않았다. 수도원 주위의 주민 두세 명이, 특히 밀가루 집 사람이 그를 매우 좋아하였다. 가끔 골드문트는 그 집 하인과 같이 물개를 노리거나 냄새만으로 여러 종류의 밀가루 가운데서도 구분하는 상등품 푸랠라트 밀가루로 과자를 굽기도 하였다. 나르치스와 함께 있을 때도 많았지만 옛 습관이나 즐거움에 젖어볼 시간은 많이 있었다. 예배 시간도 즐거웠다. 학생들의 합창단에 들어가 같이 노래불렀다. 또 즐겨 좋아하는 제단 앞에서 묵주를 돌리며 기도를 드리고, 미사 때의 아름답고 엄숙한 라틴 말을 듣고, 향 연기 속에 기구나 장식물이 황금빛으로 반짝이는 것을 보고, 기둥에 동물들을 데리고 있는 복음서 저자들이나 모자를 쓰고 순례자의 주머니를 찬 야고보 등 조용하고 거룩한 성자상이 서 있는 것을 보았다.

이들 인물들이 그를 이끄는 듯한 감명을 받았다. 골드문트는 이들 돌이나 나무의 모습들이 자신과 신비적인 연관성을 갖는 듯한 감정에 젖어 있었다. 가령 불사(不死)의 전지 전능하신 교부(教父), 자신의 생활의 보호자, 이정표로서 동시에 기둥이나 창문이나 출입문의 주두(柱頭), 제단의 장식, 아름답게 측면을 보이고 있는 여러 가지 모양의 부연 장식, 기둥의 돌 속에서 불거져나와 산 모양 그대로 박력을 가지고 펼쳐진 꽃무늬, 잡초처럼 엉켜 있는 잎무늬에 애착과 남모르는 사랑을 느꼈다. 식물이나 동물 등의 자연 이외에도 인간이 만든 제이의 무언의 자연, 즉 돌이나 나무로 만든 인간과 동물과 식물이 있다는 것은 그에게는 귀중하기도 하고 마음속 비밀이라고 여겨졌다. 이런 입상(立像), 동물의 머리, 잎새의 다발을 묘사하면서 자유로운 한 시간을 보내는 것도 희귀한 일이 아니었다. 때로는 꽃이나 말, 인간의 얼굴을 소묘하기도 하였다.

찬송가, 특히 마리아의 노래를 골드문트는 몹시 좋아했다. 이들 노래의 빈틈없고 엄격한 구절을 자꾸 반복하는 애원과 찬송을 좋아했다. 기도드리면서 그 거룩한 의미를 좇아가거나 아니면 그 의미를 잊어버려도 그 시구의 장엄한 운율을 사랑하고, 그로 인해 길게 뽑혀지는 깊숙한 음에서, 낭랑하게 울리는 모음에서, 경건한 반복에서 충만함을 느꼈다. 거기에는 나름대로의 독특한 아름다움이 있더라도 그의 마음 한구석에서는 학식·문법·논리학을 사랑하고 있지 않았다. 오히려 그것보다는 예배식의 형식과 음의 세계를 사랑했다.

골드문트는 동급생과 벌어진 사이를 몇 번이나 좁혀 보려고 노력했다. 오랫동안 주위 사람들에게서 배척당하고 냉대받는 것은 불쾌하기도 하고 지루했기 때문이다. 그는 자꾸 옆 책상에 앉아 있는 잔소리깨나 늘어놓을 듯한 학생을 웃기기도 하고, 옆 침대에 드러누워 자는 말없는 학생에게 수선스런 장난을 벌이기도 했다. 한 시간 가량이나 무진 애를 써서 몇 개의 시선과 얼굴과 마음을 잠시 동안이나마 자신을 위해 돌리게 했다. 정말 그의 본의는 아니었으나 그와 같은 접근으로 골드문트는 같이 '마을에 가자.'는 권유를 두 번이나 받는 데까지 이르렀다. 그러나 권유를 받으면 깜짝 놀라서 얼른 뒤로 물러섰다. 그는 마을에 가지 않았다. 머리를 땋은 처녀를 잊어버리는 데 성공했다. 처녀를 이제는 두 번 다시, 아니 도무지 생각하지 않게 되었다.

제 4 장

나르치스는 오랫동안 골드문트의 비밀을 건드리지 않고 있었다. 그의 잠을 깨워서 비밀을 이야기하는 말을 가르쳐 주려고 벼르고 있었으나 허사로 돌아간 것 같았다.

골드문트가 자신의 내력과 고향에 관해서 이야기한 것은 도무지 구체적인 형태가 없었다. 거기에 나타난 것은 존경은 받고 있지만 그림자와 같이 형태가 없는 아버지였다. 그 다음은 훨씬 오래 전에 없어졌거나 죽어버린 어머니의 전설이었다. 어머니라고 해도 퇴색해 버린 이름에 불과했다. 혼을 읽어낼 수 있는 나르치스는 차츰 그의 친구가 생활의 한 조각을 잃어버린 사람, 다른 어떤 괴로움이나 마력의 압박 밑에서 과거의 일부를 잊어버리는 데 동의한 사람, 그런 사람 가운데 하나라는 걸 알게 되었다. 그리고 이런 사람에게는 단지 물어 보거나 가르쳐 준다는 것은 아무 소용이 없다는 것을 깨달았다. 또 자신이 너무도 이성의 힘을 과신하고 무익한 잔소리를 늘어놓았다는 걸 깨닫게 되었다.

그러나 그를 친구와 결합시킨 사랑은 헛된 일이 아니었다. 종종 같이 있는 습관도 무익하지 않았다. 두 사람의 본성이 여러 가지로 깊은 차이점을 가지고 있는데도 불구하고, 두 사람은 서로 많은 점을 배웠다. 그들 사이에는 이성의 말과 병행해서 차츰 혼의 말과 특징적인 말이 생겼다. 마치 두 주택 사이에는 마차나 승마하는 사람이 달릴 수 있는 한길이 있을지도 모르지만, 그 옆에는 놀기 위한 조그만 길이나 옆길이나 사잇길이 수없이 생기는 것과 마찬가지로, 어린이들을 위한 조그만 길이나 애인들을 위한 오솔길이나 거의 눈에 띄지 않는 개나 고양이가 다니는 길이 생기는 것처럼 골드문트의 활발한 상상력은 차츰 마술 같은 길을 지나서 친구의 생각과 두 사람의 말 속으로 들어갔다. 또 그의 친구는 골드문트의 마음과 성질을 말을 쓰지 않고 이해하고 공감하는 방법을 배웠다. 사랑의 빛 속에 혼에서 혼으로 새로운 결합이 점차 익어가자 비로소 말이 찾아왔다. 이와 같이 해서 어느 날, 누구도 예상하지 않았는데 두 사람 사이에 대화가 이루어졌다. 수업이 없던 날 도서실에서 두 사람을 우정의 핵심과 의미의 한가운데 놓고 멀리까지 새로운 빛을 던지는 것 같은 대화를 주고받았다.

두 사람은 수도원에서는 연구하지도 않을 뿐더러 금지되어 있던 점성술에 관해 이야기했다. 점성술이라는 것은 여러 족속들의 운명이나 천명에 질서와 조직을 갖다주는 시도라고 나르치스가 말했다. 여기서 골드문트가 이론을 제기했다. "언제나 당신은 차이에 대해서 말씀을 하십니다. 그것이 당신의 가장 특별한 성질이라는 것을 차츰 깨달았습니다. 가령 당신과 나 사이에 있는 커다란 차이에 대해서 당신이 말씀하실 때, 그 차이는 언제나 차이를 발견하려고 열중하고 계시는 그 묘한 태도 속에 있는 거라고 생각했습니다!"

"확실히 자네는 핵심을 뚫었네. 사실 자네한테는 구별이라는 것은 그다지 중요하지 않네. 그러나 나는 그것이 오직 하나 중요한 것이라고 생각한단 말이야. 나는 나의 본성으로 말해서 학자이고, 나의 천직은 학문일세. 학문이라는 것은 자네 말을 인용해 본다면, '구별을 발견하려고 열중한다.'는 것 이외 다른 아무것도 아니란 말이야. 이보다 더 잘 학문의 본질을 내세울 수는 없지. 우리들 학문적인 인간에게는 차이의 확인보다도 더 중요한 것은 없다는 말일세. 학문이라는 것은 구별의 기술일세. 가령 한 사람 한 사람에 대해서 그 사람을 다른 사람들과 구별하는 특징을 발견하는 것이 바로 그 사람을 인식하는 것일세."

"그거야 그렇습니다. 어떤 사람은 농부의 신을 신고 있기 때문에 농부이고, 어떤 사람은 왕관을 쓰고 있기 때문에 임금이지요. 그것은 확실히 구별입니다. 그러나 그런 것은 학문을 모르는 사람이라도 또 어린아이들도 알고 있는 겁니다."

"그러나 농부와 왕이 둘다 같은 차림을 하고 있다면 어린아이도 그때는 구별할 수가 없잖아."

"학문도 그런 구별은 할 수가 없습니다."

"아니, 아니. 할걸세. 물론 학문은 어린아이보다는 영리하지 못하지. 그것은 인정해 두지. 그러나, 학문이 더 끈덕지단 말이야. 학문은 가장 딱딱한 특징에만 주의를 하지 않는단 말이야."

"그것은 영리한 아이라면 누구든지 하는 거죠. 어린애는 눈짓이나 태도로 임금을 알아낼 수 있을 겁니다. 한 마디로 말씀드리면, 당신들 학자들은 거만합니다. 당신들은 우리 같은 사람을 매일 당신들보다 바보라고 생각하십니다. 학문이 없더라도 매우 영리한 사람일 수 있습니다."

"자네가 그걸 깨달아 가기 시작했다는 것은 기쁜 일이야. 그래서 내가 자네와 나 사이의 구별에 대해서 말할 때, 현명하다는 것을 뜻하고 있지 않다는 것도 곧 깨닫게 될 거야. 나는 말이야, 자네가 영리하다느니 바보라느니 혹은 좋다느니 나쁘다느니 하는 말은 안해. 나는 단지 자네는 다르다는 것을 말하고 있을 뿐이야."

"그것을 이해하는 것은 별로 어렵지 않습니다. 그러나 당신은 특징의 구별에 관해서는 물론이고 운명이나 천명의 구별에 관해서도 종종 말씀하십니다. 예를 들어 보겠습니다. 당신은 왜 나와 다른 천명을 가지고 있다고 하십니까? 당신이나 나나 똑같이 천주교도입니다. 나와 마찬가지로 수도원 생활을 하실 결심을 하고 계십니다. 나와 매일반으로 하늘에 계신 아버지의 아들이십니다. 우리 두 사람의 목표는 똑같습니다. 즉, 하느님한테 돌아가는 겁니다."

"대단히 좋은 말이야. 교의학(教義學) 교본에서는 물론 인간은 모두 똑같다. 그러나 생활에서는 안 그렇거든. 구세주를 가슴에 안고 있는 애제자(愛弟子)와 구세주를 배반한 다른 제자, 이 두 사람은 같은 천명을 가지지는 않았으리라고 생각한단 말이야."

"당신은 괴변가입니다, 나르치스. 이런 길을 갔다가는 우리는 접근할 수가 없습니다."

"어떤 길을 가더라도 우리는 접근할 수 없지."

"그렇게 말씀하지 마십시오."

"나는 진정이야. 해와 달이 바다와 육지가 서로 접근할 수 없는 것과 똑같이 서로 접근하지 못하는 것이 우리한테 가해진 과제란 말이야. 이봐, 우리 두 사람은 해와 달, 바다와 육지야. 우리의 목표는 서로 융합하는 게 아니라, 서로 인식하고 상대방에게 그 사람이 무엇인가를, 즉 상대방의 장점과 결점을 보고 그것을 존경하는 걸 배우는 거야."

골드문트는 얼떨떨해져서 고개를 숙였다. 슬픈 표정으로 간신히 그가 말했다. "당신이 나의 생각을 그렇게 진지하게 받아 주시지 않는 것은 그 때문입니까?"

나르치스는 약간 망설였다. 조금 있다가 그는 좀 딱딱하지만 맑은 목소리로 말했다. "그 때문이야. 이봐 골드문트, 내가 너 자신만을 진지하게 받아들인다는 것에 너는 익숙하지 않으면 안 된단 말이야. 네 목소리의 모든 음조, 네 모든 몸짓, 네 모든 미소를 진실로 받아들이고 있다는 걸 믿어주게. 하지만 네 생각을 나는 그다지 심각하게 받아들이지는 않아. 네 본질이요 필연이라고 생각하는 그 점을 심각하게 받아들이는 거야. 너는 다른 많은 천분을 가지고 있는데도 왜 특히 너의 생각에만 특별한 주의를 보내 달라는 것일까?"

골드문트는 쓰디 쓰게 미소를 지었다. "나는 그렇게 말하지 않았습니다. 당신은 항상 나를 어린아이라고만 생각하고 있습니다!"

나르치스는 꼼짝하지 않았다. "네 생각의 일부를 나는 어린아이의 생각이라고 본단 말이야. 영리한 아이는 학자보다 바보가 아니라는 그 점에 대해서 아까 서로 이야기한 것을 생각해 봐. 그러나 어린아이가 학문에 대해서 입을 놀리려고 한다면 학자는 그것을 심각하게 받아들이지 않을 거야."

골드문트가 날카롭게 소리질렀다. "학문에 대해서 이야기하지 않을 때도 당신은 나를 비웃습니다! 가령 내 신앙 전체, 학습에서 진보하려는 내 노력, 신부가 되기 위한 내 소망은 단지 어린아이의 행동에 불과한 듯이 당신은 날마다 비웃고만 계십니다."

나르치스는 진실되게 그를 쳐다보았다. "만약 네가 골드문트라면 나는 너를 심각하게 받아들이겠어. 그러나 네가 언제나 골드문트라는 법은 없어. 나는 네가 완전히 골드문트가 되기를 원할 뿐이야. 너는 학자도 아니거니와 신부도 아니야. 학자나 신부는 아주 보잘것없는 제목에서도 나올 수 있어. 너는 내게서 학문이 모자라는 논리가가 아니라 경건한 마음이 모자란다고 믿고 있지. 얼토당토 않은 말이야. 그러나 나는 네게서 너 자신이라는 것이 모자란다고 믿고 있다는 말이야."

골드문트가 이 대화가 끝난 다음 당황하고 자존심까지도 상해서 물러갔으나 며칠 뒤에는 자신이 먼저 대화를 계속할 의사를 보였다. 이번에는 나르치스가 두 사람의 성질이 갖는 차이에 대해 구체적인 관념을 제공하는 데 성공했다. 골드문트도 그것을 이전보다는 더 잘 받아들일 수 있었다.

나르치스가 열심히 이야기했다. 그는 골드문트가 전보다는 마음을 털어놓고 자발적으로 자신의 이야기를 받아들이고 있고 또 자신이 골드문트를 압도하고 있다는 것을 느꼈다. 그 성공에 고무

되어서 자신이 의도한 이상으로 이야기를 하고 자기 자신의 이야기에 도취해 버렸다.

"이봐," 그가 말했다. "내가 너보다 우월하다는 것은 단지 한 가지 점밖에 없다. 말하자면 너는 눈을 지그시 감고 졸고 있으며, 때로는 완전히 잠을 자고 있는데도 나는 깨어 있다는 것뿐이야. 내가 깨어 있다고 말하는 사람은 지성과 의식을 가지고, 자기 자신과 자신의 마음속에 있는 비이성적인 힘이나 충동이나 약점을 알고, 그것을 계산에 넣을 줄 아는 사람을 말하는 거야. 그것을 배우는 것만이 나와 만나서 네가 얻을 수 있는 점이야. 골드문트, 네게는 정신과 자연, 의식과 꿈의 세계가 아주 멀리 떨어져 있어. 너는 네 유년시절을 잊어버리고 있어. 네 영혼 깊숙한 곳에서 유년시절이 너를 빼앗아 가지려고 한다. 네가 그것을 들어줄 때까지 너는 괴로워할 거야. 그것은 이 정도로 그치지! 아까도 말했지만 깨어 있다는 점에서 나는 너보다 강하다. 그 점은 너보다 우월하다. 그러니까 네게 소용될 수 있는 거야. 다른 모든 점에서는 네가 나보다 우월하다. 이 말보다 네가 너 자신을 발견하면 너는 나보다 우월하게 되는 거야."

골드문트는 한편 놀라면서 귀를 기울이고 있었으나, '너는 네 유년시절을 잊어버리고 있다.'는 말을 듣자 살을 맞은 것처럼 전신을 움츠렸다. 나르치스는 눈치를 못 챘다. 그는 이야기하고 있는 동안 눈을 감거나 앞을 가만히 보고 있었기 때문에 골드문트의 얼굴이 별안간 경련을 일으키며 창백해진 것을 몰랐다.

"우월하다, 내가 당신보다!" 골드문트가 다만 무엇을 말하려고 하며 말을 더듬었다. 그의 사지가 뻣뻣이 굳은 것 같았다.

"확실히," 나르치스가 말을 이어갔다. "너와 같은 성질의 사람, 강하고 예민한 감각을 가진 사람, 영감을 받은 사람, 몽상가, 시인, 연애하는 사람, 그와 같은 사람은 우리 같은 정신적 인간보다는 대개 우월하다. 너희들의 본성은 모성적이다. 너희들은 충실한 것 속에서 살고 있다. 너희들은 사랑의 힘과 체험할 수 있는 힘을 갖고 있다. 우리들 정신적인 인간은 가끔 다른 사람들을 인도하고 지배하고 있는 것같이 보일지 모르지만 충실한 것 속에 살고 있지 않고 메마른 생활을 하고 있다. 충실한 생활, 과실의 즙, 사랑의 뜰, 예술의 아름다운 나라가 너희들의 것이다. 너희들의 고향은 대지이지만 우리들의 고향은 관념이야. 너희들의 위험은 감각세계에 빠지는 것이지만 우리들의 위험은 진공의 공간에서 질식하는 거다. 너는 예술가고 나는 사색가다. 너는 어머니의 품에 안겨 잠을 자지만 나는 황야에서 깨어 있다. 내게는 해가 비치고 있으나 네게는 달과 별이 비치고 있다. 네 꿈속에는 소녀가 보이지만 내 꿈속에는 어린아이가 보인다……."

두 눈을 크게 뜨고 골드문트는 나르치스가 웅변가처럼 자기 도취에 빠져서 이야기하는 소리에 귀를 기울이고 있었다. 그 말 대부분이 칼처럼 그를 찔렀으나 마지막 말을 듣자 얼굴이 창백해져 눈을 감았다. 나르치스가 눈치를 채고 놀라서 물어보니 몹시 창백해진 소년은 힘없는 목소리로 말했다. "요전에도 일어난 일입니다만 내가 당신 앞에 쓰러져서 울지 않을 수 없었던 때를 기억하시겠지요. 그런 일은 두 번 다시 일어났다가는 큰일나겠지요. 나는 그러한 일을 결코 자신에게 용서하지 않을 겁니다. 당신한테도! 얼른 떠나 주세요. 나 혼자 있게 해주세요. 당신은 무서운 말을 내게 하셨습니다."

나르치스가 매우 망설였다. 그는 말에 이끌려 다른 때보다 더 잘 이야기했다는 감정이 들었지만 지금 그 말 중 어떤 것이 친구를 이렇게도 깊이 감동시키기도 했을 뿐더러 어딘지 급소를 찌르기도 하였다는 것을 알고 놀랐다. 이런 때 차마 그를 혼자 둘 수는 없었다. 그는 잠시 망설였다. 골드문트의 양미간의 주름이 그를 재촉하고 있었다. 그는 친구의 소망대로 혼자 내버려두고 생각은 어지러우면서도 얼른 나가 버렸다.

이번에는 골드문트의 긴장된 마음은 눈물로써 대답하는 것이 아니었다. 친구가 갑자기 그의 가슴 한복판에 칼이라도 꽂은 것처럼 대단히 깊고 절망적인 상처를 받은 감정으로 간신히 숨을 내뿜으며 장승처럼 서 있었다. 심장은 죽을 지경으로 죄어들고, 얼굴은 촛대같이 창백해지고, 두 손은 감각을 잃고 있었다. 그때의 비참한 상태를 재현하는 것 같았는데 그것도 몇 단계 더 강한 것이었다. 마음속에서는 마치 목을 죄는 것 같고, 무슨 흉악스러운 것, 도무지 참을 수 없는 것을 똑바로 쳐다보지 않으면 안 되는 감정이었다. 그러나 이번에는 구원의 손길인 흐느낌조차 그 비참한 상태를 극복하는 데 도움이 되지 않았다. 오, 성모 마리아, 이 일이 어찌된 일입니까? 무슨 일이 일어났을까요? 그를 죽여 버렸을까요? 그가 죽였을까요? 어떤 흉악한 말을 했을까요?

그는 헐떡거리며 숨을 내쉬었다. 자신 속에 깊이 숨어 있는 어떤 치명적인 것에서 자신을 구하지 않으면 안 된다는 감정에 가득 차서, 그는 마치 독약을 마신 사람처럼 가슴이 찢어질 것 같았다. 헤엄치는 사람과 같은 동작으로 그는 방에서 뛰쳐나와 수도원에서 제일 조용하고 사람 그림자 하나 보이지 않는 곳으로 무의식 중에 복도를 빠져나오고, 계단을 넘어, 지붕이 없는 곳으로, 하늘이 보이는 곳으로 도망쳐 갔다. 그는 수도원 제일 구석진 피난처, 즉 안마당을 둘러싸는 회랑으로 들어갔다. 몇 개의 파란색 화단 위에 해가 밝게 비치는 하늘이 있었다. 돌로 만든 지하실 안과 같은 차가운 공기를 뚫고 감미롭게 하늘거리는 실처럼 장미꽃 향내가 풍겨왔다.

나르치스는 아무 예감도 없이 오래 전부터 하려고 애태우던 것을 하고야 말았다. 즉 그의 친구에게 달라붙어 있는 마귀의 이름을 불러내어 때려눕히고 말았다. 골드문트의 마음속의 비밀은 이 말의 어떤 것에 의해서 흐트러지고, 미칠 듯한 고통 때문에 뛰어 일어난 것이었다. 나르치스는 오랫동안 수도원 안을 헤매면서 친구를 찾았으나 어느 곳에서도 발견할 수 없었다.

골드문트는 회랑에서 아담한 안마당으로 통하는 둥글고 묵직한 아치형 돌문밑에 서 있었다. 기둥에는 동물 대가리 세 개가 그를 뚫어지게 노려보고 있었다. 돌로 만든 개나 늑대였다. 상처가 그의 마음속을 흉악스럽게 헤집고 있었다. 빛과 이성에 이르는 길은 끝내 나타나지 않은 채 죽고 싶은 괴로움이 그의 목구멍과 위장을 죄어붙이고 있었다. 기계적으로 위를 쳐다보니 머리 위에 동물 대가리 세 개가 붙은 주두(柱頭)의 하나가 보였다. 그러자 연방 그의 내장 한가운데서는 광포한 대가리 세 개가 자리를 잡고 앉아서 노려보며 막 짖어대려는 듯했다.

'곧 죽고 만다.'는 생각이 들어 오싹해졌다. 다음 순간에 불안에 마구 떨었다. '나는 지금 막 미쳐 버렸다. 동물의 아가리에 먹히고 말 것이다.'

그는 부들부들 떨며 기둥뿌리에 주저앉고 말았다. 고통은 너무나 커서 최고조에 이르렀다. 실신(失神)이란 담요가 그를 싸매었다. 가물거려 가는 얼굴을 안으며 못내 그리운 무(無)의 세계로 의식은 사라져 버렸다.

다니엘 원장한테는 그다지 고맙지 않은 하루였다. 나이깨나 든 수도사 두 사람이 아무것도 아닌 일을 가지고 옛날부터 있어온 샘 때문에 야수같이 싸움을 일으켜 원장한테로 왔다. 찾아와서는 흥분을 해서 서로에게 욕을 해대었다. 원장은 둘의 변명을 한참 듣고는 둘다 나무랐으나 아무 소용도 없었다. 할 수 없이 한 사람 한 사람에게 상당히 엄한 벌을 내린 다음에 엄숙히 물러가라 했다.그러나 소용없는 짓을 했다 싶은 감정이 가슴 속에 남아 있었다. 원장은 맥이 다 빠진 채 아래층 성당 예배실에 들어가서 기도를 드렸으나 가뿐한 마음도 가지지 못한 채 다시 일어섰다. 그리고 희미하게 풍겨 들어오는 장미꽃 향기에 이끌려 잠시 방향(芳香)을 들이키려고 회랑으로 들어갔다. 그러자 징검다리 위에 골드문트가 실신한 채 쓰러져 있는 것을 발견했다. 평소에는 그렇게도 아름답고 젊음에 넘치던 얼굴이 창백해지고 까무러친 데 놀라 원장은 슬픈 얼굴을 하고 그를 쳐다보았다. 오늘같이 언짢은 날에 또 이런 일까지 일어나나! 원장은 소년을 안아 일으키려고 하였으나 무거워서 손을 댈 수가 없었다. 깊이 한숨을 쉬면서 노인은 젊은 수도자 둘을 불러 소년을 옮겨 놓으려고 그 자리를 떠나서 의술 지식이 있는 안젤름 신부를 현장에 보냈다. 그리고 나르치스를 불렀다. 나르치스는 곧 원장 앞에 나타났다.

"자네는 벌써 알고 있는가?" 원장이 그에게 물었다.

"골드문트 말씀입니까? 네, 원장 선생님. 지금 막 병인지 다쳤는지 아무튼 옮겨 왔다는 소리를 들었습니다."

"그렇다네, 그가 회랑에 쓰러져 있는 걸 내가 발견하였네. 그런 데서 아무것도 찾을 것이 없을 텐데. 다치지는 않았어. 기절했어. 상서롭지 못하단 말이야. 이 일은 틀림없이 자네와 관련이 있으렷다. 안 그러면 뭘 알고 있을 거라고 짐작하네만. 그는 자네와 절친한 사이니까 말일세. 그래서 자네를 부른 걸세. 말해 보게나."

나르치스는 여느때와 마찬가지로 자제하는 태도와 말로 골드문트와 있었던 조금 전의 대화에 대해서, 또 그것이 골드문트에게 뜻밖에도 얼마나 심한 영향을 주었는지에 대해서 간단한 보고를 했다. 원장은 적지않게 불만스러워 고개를 흔들었다. "그것은 이상한 대화일세." 원장은 말을 하고 억지로 진정하려고 애썼다. "자네 설명을 들어보면, 그것은 다른 사람의 혼에 대한 간섭이라고도 할 수 있는 대화네. 영혼 구제에 대한 대화라고도 말할 수 있을 정도네. 하지만 자네는 골드문트의 영혼 구제자가 아니네. 무엇보다 자네는 영혼 구제자가 아니네. 아직 성직을 받지 않았단 말일세. 영혼 구제를 맡아보는 성직자만 다룰 수 있는 일에 대해서 조언자의 어조로 학생과 이야기한다는 것을 어떻게 생각하는가? 결과는 보다시피 좋지 않은 것만은 사실이야."

"원장 선생님," 나르치스가 부드러운 말씨로 그러나 명확하게 말했다. "결과는 아직 모릅니다. 심한 반응을 일으켰다는 것에 대해서 놀라움을 금치 못했으나 우리들의 대화의 결과가 골드문트를 위해서 좋은 영향을 끼치리라 믿어 의심치 않습니다."

"조만간 결과는 알게 되겠지만 지금 나는 결과에 대해서가 아니라 자네의 행동에 대해서 이야기하고 있는 중일세. 무슨 연유로 자네는 골드문트와 그런 대화를 하게 되었는가?"

"아시고 계시듯이 그는 제 친구입니다. 저는 그에게 각별한 마음을 갖고 있습니다. 그를 특히 잘 이해하고 있는 줄 믿습니다. 당신께서는 그에 대한 제 태도를 영혼 구제자라 하시지만 저는 신부의 권위를 범해본 적은 한 번도 없습니다. 단지 그가 자기 자신을 알고 있는 것보다는 어느 정도 제가 더 잘 그를 알고 있다 믿었습니다."

원장은 어깨를 으쓱했다.

"그것이 자네의 장기라는 것은 나도 알고 있네만 자네가 한 행동이 나쁜 결과를 일으키지 않으면 좋을 텐데. 도대체 골드문트는 병인가? 어디 나쁜 데라도 있나? 몸이 허약한가? 잠을 잘 이루지 못하는가? 아무것도 먹지 않는가? 어디 아픈 것일까?"

"아닙니다. 오늘까지 건강했습니다. 몸에는 아무 이상이 없습니다."

"다른 데는?"

"영혼은 확실히 병들었습니다. 알고 계시듯이 그는 성욕과 싸움을 시작할 나이입니다."

"내가 알기로는 열일곱인 것 같은데?"

"열여덟입니다."

"열여덟, 그렇구먼. 그 나이는 충분히 되었을 테지. 그러나 그 싸움은 누구나 통과하지 않으면 안 되는 자연스런 것이야. 그러니 그의 영혼이 병들었다고는 말할 수 없네."

"아닙니다, 선생님. 그것만이 아닙니다. 골드문트는 벌써 오랫동안 영혼에 병이 들어 있습니다. 그래서 이 싸움이 그에게는 다른 사람보다 위험한 것입니다. 믿건대, 그는 과거의 일부분을 망각한 데 대하여 괴로워하고 있습니다."

"그래 어떤 부분이란 말인가?"

"그의 어머니 일입니다. 어머니와 관계되는 모든 것입니다. 그것에 대해서는 저도 모릅니다. 거기에 병의 원천이 있다는 것을 알 뿐입니다. 이유를 말씀드리면 골드문트 자신, 어머니를 일찍 잃었다는 것 이외는 어머니에 대해서는 아무것도 모르기 때문입니다. 그러나 그는 어머니를 부끄러워하는 듯한 인상을 줍니다. 더욱이 그의 재간의 대부분은 어머니한테서 받은 것임에 틀림없습니다. 왜냐하면 그가 아버지에 대해서 말하는 것을 들어보면 아버지는 저런 아름답고 재간 덩어리인 특별한 아들을 가진 사람이라고는 보이지 않기 때문입니다. 저는 이 모든 것을 들어서 알고 있는 것이 아니라 추론해 낸 데 불과합니다."

원장은 처음에 이야기를 들으면서 나르치스가 나이가 들었다고 골드문트보다 우월하다는 생각을 갖고 있구나 하고 마음속으로 비웃으며 사건 전체를 성가시고 귀찮게 여겼는데 차츰 생각에 잠기게 되었다. 원장은 허식이 심하고, 신뢰심이 가지 않던 골드문트의 아버지를 생각해 보았다. 곰곰히 생각하자 비로소 골드문트의 아버지가 어머니에 대해서 그때 원장한테 하던 이야기가 별안간 떠올랐다. 어머니는 아버지 체면을 손상시킬 만한 행동을 한 다음 도망쳐 버렸다는 이야기였다. 아버지는 어린 아들의 마음속에서 어머니에 대한 기억과 어머니한테서 이어받았을지도 모르는 악덕을 짓밟아 없애려고 갖은 애를 썼다. 그것은 아마 성공한 듯해서, 소년은 어머니가 저지른 과실을 보상하기 위해 한평생을 하느님께 바칠 작정이라는 것이었다.

원장한테는 오늘만큼 나르치스가 보기 싫은 날이 없었다. 그렇지만 이 생각 깊은 사람은 얼마나 훌륭하게 추단을 내렸는가! 사실 얼마나 예리하게 골드문트를 알고 있는가!

마지막으로 오늘 일어난 일에 대해서 재차 질문을 받자 나르치스가 말했다. "오늘 골드문트가 빠져들어간 격동은 제가 의도한 바가 아닙니다. 그에게 생각을 더듬게 한 것은 그가 자기 자신을 인식하지 못한다는 것, 자신의 유년시절과 자신의 어머니를 망각했다는 것입니다. 제 말 가운데서 어느 하나가 그의 마음에 충격을 주고, 저는 벌써 오랫동안 싸움의 목표로 하고 있던 암흑 속을 밀고 들어간 데 불과합니다. 그는 마치 방심한 사람같이 되어 제 것은 인식하나 자기 자신의 것은 인식하지 못하는 것같이 저를 쳐다보았습니다. 저는 자주 그에게 잠을 자고 있다, 정말로 깨어 있지는 않다고 말하여 주었습니다. 지금 그는 깨어났습니다. 그것을 저는 의심치 않습니다."

그는 훈계도 받지 않고 놓여났으나 당분간 환자를 찾아가는 것은 금지당했다.

그때 안젤름 신부는 기절한 소년을 침대에 눕히고 옆에 앉았다. 무리한 수단을 써서 놀라게 하여 의식을 돌이키게 하는 것은 좋은 방법이 아닌 것 같았다. 소년의 병세는 너무나 나빴다. 노인은 인정이 많고 주름살뿐인 선량한 얼굴로 소년을 쳐다보았다. 임시조처로 맥을 짚어보고 심장에 귀를 갖다대었다. 확실히 이놈은 무슨 어처구니 없는 것을, 무슨 몹쓸 것을 먹었다. 그것은 알고 있었다. 혓바닥을 볼 수는 없었다. 안젤름 신부는 골드문트를 좋아했으나 그의 친구인 조숙한 젊은 교사를 좋아하지 않았다. 결국 큰일을 저지르고야 말았다. 나르치스가 이 바보 같은 사건에 공범이라는 것은 확실하였다. 이다지도 귀엽고 시원한 눈매를 한 소년이, 이다지도 사랑스런 자연의 아들이, 이 세상의 어떠한 것보다도 그리스어를 소중히 여기는 저 거만한 문법학자를 무엇 때문에 상대할 필요가 있었을까!

오랜 시간이 지난 뒤, 문이 열리고 원장이 들어왔을 때 안젤름 신부는 여전히 자리를 지킨 채 기절한 소년의 얼굴을 가만히 들여다보고 있었다. 얼마나 귀엽고 앳되고 티없는 얼굴이었던가! 이렇게 옆에 앉아서 도와주지 않으면 안 되는데도 아마 도와줄 수는 없으리라. 확실히 원인은 복통이었다. 따뜻하게 데운 향료가 든 포도주를, 혹은 대황(大黃)을 처방하리라. 그러나 아무 핏기 없이 창백해지고 찌푸린 얼굴을 오래 쳐다볼수록 그의 의심은 더 염려스러운 방향으로 기울었다. 안젤름 신부도 경험이 있었다. 그의 기나긴 일생 동안에 몇 번이나 악마에 홀린 인간을 본 일이 있었다. 그는 그러한 의심을 입에 담기를 주저하였다. 하지만 가엾은 이 소년이 정말 마술에 잡혔다면 범인은 멀리 있지 않으리라, 그냥 두지 않으리라 하고 쓸쓸하게 분개하고 있었다. 원장은 한 걸음 다가서서 환자를 가만히 들여다보았다. 원장은 한쪽 눈썹을 얼마간 인자하게 위로 치켜 떴다.

"깨워도 괜찮아?" 그가 물었다.

"좀 기다려 보는 게 좋을 듯합니다. 심장은 이상 없습니다. 아무도 가까이 해서는 안 되겠습니다."

"위험성이라도 있나?"

"그렇지는 않습니다. 아무데도 상처가 없고, 맞았거나 어디서 떨어진 흔적도 보이지 않습니다. 기절했습니다. 아마 심한 복통일 겁니다. 괴로움이 너무 심하면 의식을 잃게 됩니다. 중독을 일으켰다면 열이 날 것입니다. 아니, 다시 눈을 뜰 겁니다. 생명에는 지장이 없습니다."

"마음에 받은 상처에서 오는 것은 아닌지 몰라?"

"그것을 부정하지는 않겠습니다. 다른 사람은 아무것도 모르는 것인지? 아마, 심한 공포감을 가졌거나, 죽음의 통지를 받았거나, 심한 싸움을 했거나, 모욕을 받았거나 한 것이 아닐까요? 만일 그런 일이 있다치면 모든 것은 해결이 될 텐데요."

"몰라. 아무도 가까이 오지 못하게 조심해요. 눈을 뜰 때까지 옆에 있어줘요. 더 심해지는 것 같으면 밤중이라도 무관하니 나를 불러요."

나가기 전에 노 원장은 한 번 더 환자 위로 허리를 굽혔다. 원장은 이 소년의 아버지와, 이 귀엽고 밝은 금발의 소년을 수도원에 데리고 온 그날, 모두가 그를 금방 좋아하게 된 것등, 이런저런 생각을 해보았다. 원장도 이 소년을 보는 것이 즐거웠다. 그러나 나르치스가 한 말은 사실 옳았다. 이 소년의 어떤 면도 아버지를 머릿속에 그리게 할 수 없었다. 아, 수많은 근심 걱정이 없는 데가 어딘가! 우리들의 행위는 얼마나 무력한가! 이 가엾은 소년에게 소홀하게 한 점이 내게는 없었던가? 그는 적당한 고해 신부를 가지고 있었을까? 수도원 안에서 이 학생에 대하여 아무도 나르치스만큼 사정을 알고 있지 못했으나 그래도 좋았다는 말일까? 아직 수습수도사의 처지에 있는 사람이, 수도자도 아니고 또한 성직도 얻지 못한 사람이, 그를 도울 수 있었다는 말일까? 사물을 보고 생각하는 데도 불쾌한 우월감, 아니 적개심 같은 것까지도 가지고 있는 사나이가. 하지만 나르치스도 상당히 오래 전부터 잘못된 대접을 받고 있었는지 어떤지 누가 보증할 수 있단 말이냐? 나르치스가 복종이란 가면의 배후에 악의를 숨기고 있었는지 아니면 이교도인지 누가 알겠느냐? 이 젊은 두 사람이 장차 어떠한 사람이 되든지 원장 자신도 책임이 있는 일이었다.

골드문트가 정신을 차렸을 때 날은 이미 어두웠다. 그의 머리는 텅비고 어지러웠다. 침대에 누워 있다는 것은 짐작이 갔지만 어디에 있는지는 알 수가 없었다. 그런 것은 생각해 보려고도 하지 않았다. 아무래도 무관했다. 그러나 대관절 어딜 갔다왔나? 온갖 것을 보고 부딪쳐 보았으나 그 낯선 나라는 어디였던가? 어딘지 매우 먼 곳에 있었다. 무엇을, 무슨 이상한 것을, 무슨 으리으리한 것을, 무슨 흉악한 것을, 잊어서는 안 되는 것을 그는 보았다. 그러나 그것을 망각해 버렸다. 그곳은 어디였나? 거기서 그 앞에 그다지도 커다랗게, 쓸쓸하게, 즐겁게 솟았다가는 또 잠겨 버리고 만 것은 무엇이었나?

오늘 무언가가 찢어져서, 무언가가 발생한 곳을 향하여, 그는 깊이 귀를 기울였다. 그것은 무엇이었나? 아무렇게나 그저 얼기설기한 온갖 형태가 솟아올랐다. 세 마리의 개의 대가리가 보였다. 장미꽃 향내가 났다. 아, 얼마나 괴로웠던가! 그는 눈을 감았다. 아, 얼마나 흉악한 괴로움이었던가! 그는 다시 잠이 들었다.

다시 그가 눈을 떴을 때 그는 얼른 미끄러지며 떠나가는 꿈나라 소멸의 순간에 그것을 보았다. 그 모습을 재차 발견하고 하염없는 환희에 젖기라도 하듯이 온몸이 펄쩍 하며 주저앉았다. 그는 보았다. 그 여인을 보았다. 커다랗고 눈부신 여인을, 꽃이 만발한 듯한 입술과 빛나는 머리칼을 가진 여인을 보았다. 그는 자신의 어머니를 보았다. 동시에 '너는 유년시절을 망각해 버렸구나.' 하는 소리를 분명히 들은 것 같았다. 그러나 그것은 누구의 소리였나? 그는 귀를 기울이고 생각하고 발견했다. 그것은 나르치스였다. 나르치스? 한순간에, 단숨에 온갖 것이 다시 나타났다. 그는 기억이 났다. 알게 되었다. 아, 어머니, 어머니! 쓰레기의 산, 망각의 바다가 사라져 버렸다. 왕자와 같은 검푸른 눈으로, 잃어버린 사람, 말할 수도 없이 그리운 사람이 다시 그를 응시하고 있었다.

침대 옆, 안락의자에 기대어 졸고 있던 안젤름 신부가 눈을 떴다. 병자가 움직이며 호흡하는 소리가 들렸다. 그가 조심스레 일어섰다.

"누가 여기 있습니까?" 골드문트가 물었다.

"나야, 걱정하지 마. 불을 켜자."

그는 거는 등잔에 불을 켰다. 주름살뿐인 친절한 얼굴 위에 빛이 떨어졌다.

"제가 앓아 누웠습니까?"

"기절했단다. 골드문트, 손을 내밀어 봐. 맥을 좀 짚어 보자꾸나. 기분은 어때?"

"좋습니다. 안젤름 신부님, 감사합니다. 이 친절을 어떻게 보답하나요? 이제 아무렇지도 않습니다. 좀 피곤할 뿐입니다."

"물론 피곤할 테지. 이내 잠이 들 것이니 그 전에 미리 따뜻한 포도주를 한 잔 마시게. 여기 준비해둔 게 있어. 같이 한 잔 마시자꾸나, 우정의 표시로 말이야."

조심조심해서 그는 따뜻하게 데운 향료가 든 포도주를 준비해 놓고 그릇에다 따뜻한 물을 부었다.

"우리 둘다 한숨 실컷 잤구나." 의사인 신부는 킬킬 웃었다. "날, 잠에 곯아떨어져서 정신을 차리지 못하는 인간이라고, 훌륭한 간호사라고 생각할지 모르지만, 안 그래? 우리는 같은 인간이란 말이야. 자, 이 마법을, 음료수를 좀 마시자. 이봐, 밤중에 홀짝 거리는 것만큼 기분 좋은 거는 없단 말이야. 자, 그럼 건배!"

골드문트는 미소 지으며 컵을 서로 부딪치고 맛을 보았다. 따뜻한 포도주에는 육계(肉桂)와 정향나무 향료를 넣었고 사탕이 들어가 달콤했다. 이런 것은 아직 한 번도 맛본 일이 없었다. 전에 그가 앓아 드러누워 있었을 때, 나르치스가 그를 돌보아 주었다. 그때 일이 머릿속에 떠올랐다. 이번에는 안젤름 신부가 친절하게 해주는 것이었다. 희미한 등잔불 밑에 드러누워서 한밤중에 늙은 신부와 같이 달콤하고 따뜻한 포도주를 한 잔 마신다는 것은 최상의 기분이기도 하였고 매우 유쾌하였으며 뭐라 말할 수 없는 기분이었다.

"배가 아프냐?" 노 신부가 물었다.

"아녜요."

"그래. 복통이 틀림없을 거라고 생각했지 뭐냐. 그럼 아무것도 아니군 그래. 혓바닥을 보자. 아니 좋아. 요 안젤름 영감도 잘못 보았구나. 내일도 가만히 누워 있어야 한다. 와서 봐줄 테니. 포도주는 다 마셨지? 그래야지, 틀림없이 효과가 있을 거다. 한 번 보자, 얼만큼 남았나? 정직하게 잘 나누면 각자 반 잔씩은 마시겠구나. 골드문트! 넌 정말 우릴 놀려 주었어! 송장처럼 회랑에 쓰러져 있었으니 말이야. 정말 배는 아프지 않아?"

두 사람은 킬킬대고 웃으며 환자용 포도주의 나머지를 사이 좋게 나누었다. 신부는 농담을 하고, 골드문트는 다시 맑아진 눈매로 감사와 즐거운 마음으로 신부를 쳐다보았다. 그리고는 노인은 잠자리에 들기 위해 그 자리를 떴다.

골드문트는 잠시 동안 눈을 뜨고 있었다. 차차 여러 가지 모습들이 또 마음속에서 걸어나왔다. 친구의 말이 재차 불타오르며 혼의 한가운데서 금발로 반짝거리는 여인이, 어머니가 또 나타났다. 그 모습은 남풍(南風)과도 같이, 목숨과 열과 애정과 마음속 경고와도 같이 그의 마음속을 스쳐지나갔다. 아, 어머니! 아, 그가 어떻게 해서 어머니를 잊을 수 있었단 말인가!

제 5 장

여태껏 골드문트는 그의 어머니에 관해서 다소 알고 있기는 하였으나 다른 사람들의 이야기 가운데서 들은 데 불과하였다. 어머니의 모습이 조금도 기억나지 않았다. 어머니에 대해서 알고 있다고 믿는 것이 조금 있기는 하였으나 나르치스한테는 침묵하고 있었다. 어머니는 입에 담아서는 안 되는 무엇이었다. 수치스런 것이었다. 어머니는 댄서였다. 품위는 있으나 이교도의 아름답고 야성적인 여인이었다. 골드문트의 아버지는 그 여인을 빈곤과 굴욕 속에서 구해 내었다고 늘 이야기하였다. 그 여인이 이교도인지 아닌지 몰랐기 때문에 아버지는 어머니에게 세례를 받게 하고 종교를 가르쳤다. 결혼을 하고 존경받을 만한 여인으로 만들어 놓았다.

그러나 어머니는 몇 년 동안 얌전하게 질서있는 생활을 보낸 다음, 옛 재주와 기술이 다시 머릿속에 떠올랐음인지 추문을 일으켰다, 사나이들을 유혹한다, 며칠이나 몇 주일이나 집을 비운다는 소문을 퍼뜨리다가 몇 번이나 남편한테 붙들려 돌아왔다가는 결국에는 영영 모습을 감추고 말았다. 어머니의 소문은 그 후에도 그칠 줄 몰랐다. 악평은 혜성의 꼬리와도 같이 가늘어지다가는 꺼져 버리고 말았다. 그 여인의 남편은 불안과 공포와 굴욕과 그 여인이 뒤집어 놓고 간 그칠 줄 모르는 놀라움 때문에 몇 년이 지난 다음에야 차츰 안정을 회복해 갔다. 고약한 아내 대신에 이번에는 아들을 교육시켰다. 아들은 모습이나 얼굴이 어머니를 매우 닮았다. 남편은 비탄 때문에 몸은 초췌해질 대로 초췌해지고 마음은 경건한 무엇을 찾게 되었다. 골드문트의 마음속에다 어머니의 죄악을 보상하기 위해 일생을 하느님께 바치지 않으면 안 된다는 신앙심을 심어 주었다.

골드문트의 아버지는 거기에 대해서 말하기를 좋아하지 않았지만 행방을 감춘 아내에 대해서 언제나 입버릇처럼 하는 이야기는 대개 이런 것이었다. 그것은 골드문트를 맡길 때 원장한테도 암시를 준 것이었다. 이것만은 무시무시한 전설로서 아들도 알고 있었다. 더욱이 그는 그런 것은 염두에 두지 않고 잊으려고 노력해 왔다. 그러나 그는 어머니의 참다운 모습을 완전히 잊은 상태였다. 그것은 아버지나 하인들의 이야기나 어둡고 야만적인 소문에서 비롯한 모습이 아니라 다른, 아주 다른 모습이었다. 말하자면 그 자신의 어머니, 실제의 어머니, 체험한 어머니에 대한 추억을 망각하고 있었다. 그러나 지금 그 모습이, 그가 아주 어렸을 때의 별이 다시 떠올라왔다.

"어째서 잊을 수 있었는지 알 수가 없습니다. 태어나서부터 나는 어머니만큼 사랑한 사람은 없습니다. 그만큼 무조건적으로 열렬히 사랑한 사람은 없습니다. 누구도 그만큼 존경하고 흠모한 사람은 없습니다. 어머니는 나한테는 태양이며 달이었습니다. 내 영혼 속에 빛나는 이 모습을 어둡게 하고, 차츰 어머니를 창백하고 형태도 없는 나쁜 아내로 만들어 버리다니, 아버지나 나나 어머니를 몇 해 전부터 어떻게 그렇게 만들어 버릴 수 있었는지 알 수가 없습니다."

나르치스는 얼마 전에 수사 과정을 마치고 가운을 입게 되었다. 골드문트에 대한 그의 태도는 두드러지게 달라졌다. 골드문트는 전에는 나르치스의 주의나 경고를 귀찮은 지식이나 행동의 우월감이라고 해서 거부했으나, 그때의 커다란 체험 이후로 친구의 예지에 대해 흠모에 가득찬 마음이었다. 친구의 말 가운데서 얼마나 많은 말이 예언과도 같이 실현되었던가! 얼마나 깊이 그의 마음속을 들여다보고 있었던가! 그의 생활의 비밀과 보이지 않는 상처를 얼마나 정확하게 추측했던가! 얼마나 영리하게 그의 병을 고쳐 주었던가!

사실 소년은 씻은 듯이 나은 것같이 보였다. 그때의 기절은 나쁜 흔적을 남기지 않았을 뿐 아니라 골드문트의 태도 속에 있던, 말하자면 유희적이며 오만하고 조숙하며 아주 특별한 예배 의무를 짊어지고 있다는 신념은 마치 눈녹듯 녹아 없어지고 말았다. 소년은 자기 자신에의 길을 발견하고 나서부터는 한층 더 젊어지는 동시에 점잖아진 것같았다. 그 모든 것이 나르치스의 덕분이었다.

그러나 나르치스는 며칠 전부터 그의 친구에 대해서 독특하게 신중한 태도를 취하게 되었다. 골드문트는 그를 매우 흠모하고 있는데도 나르치스는 대단히 겸손하게, 이제는 도무지 사람을 깔보는 듯한 또는 가르치는 듯한 눈초리로 쳐다보지는 않았다. 나르치스는 골드문트가 자신과는 아무 상관도 없는 힘을, 보이지 않는 근원에서 가져오고 있는 것을 느꼈다. 그는 그 힘의 성장을 촉진할 수는 있었으나 거기에 관련성을 가질 수는 없었다. 그는 친구가 자신의 지도적인 영향 하에서 벗어가는 것을 기쁨으로 바라보는 동시에 슬픔도 느꼈다. 그는 스스로를 밟고 넘어선 계단, 벗겨야 할 껍질이라고 느꼈다. 그에게 그다지도 의의가 깊었던 우정도 종말이 가까워 오는 것 같았다. 지금도 그는 골드문트에 대해서, 골드문트가 자기 자신을 알고 있는 이상으로 알고 있었다. 왜냐하면 골드문트는 자신의 혼을 재차 발견하고 부름에 따를 준비는 되어 있었어도, 그것에 의해서 어디로 이끌려 갈지 예상하지 못했기 때문이다. 나르치스는 그것을 예상하고 있었으나 힘이 없었다. 사랑하는 친구의 길은 나르치스 자신은 결코 밟지 않을 나라로 통하고 있었다.

학문에 대한 골드문트의 욕망은 아주 보잘것없어졌다. 친구들과 대화할 때 논쟁하는 버릇도 없어졌다. 예전에 하던 여러 가지 대화를 생각할 때마다 그는 부끄러웠다. 한편 나르치스는 최근 수습수사 과정을 완료한 탓인지, 골드문트와의 체험 탓인지 은거(隱居)와 금욕, 종교적 수련에 대한 욕구가 일깨워져 단식과 기나긴 기도, 빈번한 참회와 자발적인 고행을 하는 버릇이 생겼다. 이런 경향을 골드문트도 잘 알고 있을 뿐 아니라 같이 참여 할 때도 있었다. 기운을 회복하고부터 그의 본능은 대단히 예민해졌다. 자신의 장래 목표에 대해서는 아직 조금도 알고 있지 못했으나 그래도 그는 강한, 가끔 가슴이 답답할 정도의 명확성을 가지고 자신의 운명의 받침이 되고, 천진과 휴식의 소년시절은 지나가 버리고 그의 체내에 있는 온갖 것이 긴장하여 준비 태세를 갖추고 있는 것을 느꼈다. 그 예감은 가끔 마음을 들뜨게 하여 달콤하게 연애하는 심정과도 같이 한밤중까지 그를 잠못들게 하였다. 또 그것은 가끔 어두컴컴하게 깊숙이 그의 가슴을 내리눌렀다.

오랫동안 상실하고 있던 어머니가 다시 그를 찾아온 것이었다. 그것은 오붓한 행복이었다. 그러나 어머니가 이끄는 목소리는 어디로 통하고 있는가? 확실치 못한 것 속으로, 덫 속으로, 괴로움 속으로, 아마 죽음 속으로 통하고 있었다. 고요함과 부드러움과 안전함과 기도실과 평생의 수도원 생활에는 통하지 않았다. 어머니가 목놓아 부르는 소리는, 그가 그다지도 오랫동안 자신의 본래의 소망이라고 잘못 생각하고 있던 아버지의 명령과 공통된 점은 조금도 없었다. 격심한 육체적 감정과도 같이 자주 강하게 불안스레 타는 듯이 뜨거웠던 그 감정에 의해서 골드문트의 신앙심은 성장했다. 성모 마리아께 기나긴 기도를 되풀이하는 가운데서 자신을 낳아준 어머니에게로 자신을 끌어당겨 주는 감정의 물결이 넘쳐 흘렀다. 그러나 그의 기도는 가끔 그 기괴하고 장엄한 꿈속에서 끝나 버렸다. 그는 지금 그것을 실컷 맛보는 백일몽 상태, 온갖 감각이 달라붙어 있는 어머니의 꿈속에 있었다. 그 속에서는 어머니의 세계가 향수를 가지고 그를 휘어감고, 수수께끼는 같은 사랑의 눈매로 가만히 쳐다보며, 바다나 천당과도 같이 깊숙이 떠들어대며, 의미가 넘쳐 흐르는 정다운 목소리로 알랑거리듯 감미롭고 씁쓸한 맛을 느끼게 하고, 굶주림에 허덕이는 입술과 눈매를 명주실 같은 머리칼로 어루만졌다. 어머니한테는 고운 것, 달콤하고 푸른 사랑의 눈매뿐만 아니라 행복을 약속하는 부드러운 미소, 애정에 넘치는 위안이 있었다. 어머니한테는 어딘지 우아한 포장 밑에 모든 흉악한 것, 어두운 것, 모든 욕정·불안·죄악·비참·탄생·죽음의 필연이 감추어져 있었다.

소년은 이 꿈속에, 영혼을 눈뜨게 한 감각으로 몇 겹이나 둘러싸인 꿈속에 깊이 빠져들어갔다. 그 속에서는 황금빛 눈부신 생명의 아침인 유년시절과 어머니의 사랑과도 같이 그리운 과거가 매혹적으로 되살아났다. 그리고 그 속에서는 협박·약속·유혹·위험 이런 것이 있는 미래도 또한 떠들고 있었다. 이 꿈속에서는 어머니와 마돈나와 애인이 하나였으며 그것은 때때로 끔직한 범죄와 하느님의 모독과 같이 결코 보상할 수 없는 사죄(死罪)와도 같이 생각되었다. 또다른 때는 꿈속에서 모든 구원과 조화를 발견하였다. 생명이 신비에 가득차서 그를 응시하고 있었다. 어둡고 측량할 수 없는 세계가, 동화적인 위험에 가득찬, 가만히 움직이지도 않는 가시덤불 숲이 그를 향해 있었다. 그러나 그것은 어머니의 신비였다. 어머니에게서 오고 어머니한테로 통하고 있었다. 어머니의 밝은 눈 속에 있는 조그만 어두운 원(圓), 조그맣고 무시무시한 심연이었다.

잊어버리고 있었던 유년시절이 어머니에 대한 그리움과 함께 꿈속에 자주 나타났다. 끝 모르는 깊이와 망각 속에서 수많은 조그만 추억의 꽃이 피어 황금빛 무늬를 그리며 가득한 예감을 실은 향내를 풍겼다. 그 꿈은 유년시절 감정에 대한, 아마도 체험에 대한, 아마 꿈에 대한 추억이었다. 그는 고기 꿈을 꿀 때가 많았다. 고기는 까맣게 그리고 하얗게 그를 향하여 헤엄쳐 왔다. 차갑게 그리고 미끌미끌하게 그의 안으로 헤엄쳐 와서는 재빨리 지나갔다. 더 아름다운 현실에서 귀여운 행운의 소식을 가지고 오는 심부름꾼처럼 왔다가는 꼬리를 치며 그림자처럼 사라져 소식 대신에 새로운 비밀을 가지고 왔다. 종종 그는 헤엄치는 고기나 날아가는 새를 꿈꾸었다. 고기나 새는 모두 자신이 만든 것이었다. 자신의 호흡처럼 자신이 마음 내키는 대로, 자신이 조종하는 대로였다. 자신의 시선이 생각처럼 그에게서 나가고 그의 안으로 돌아왔다. 그는 가끔 정원의 꿈을 주었다. 동화 같은 나무들이나 엄청나게 큰 꽃이나 깊고 검푸른 동굴이 있는 기괴한 뜰을 꿈꾸었다. 풀들 사이에는 이름조차 모르는 동물들의 전등불 같은 눈초리가 노려보고 있다. 가지마다 미끌미끌하고 억센 뱀들이 기어다니고 있다. 덤불에는 커다란 딸기들이 이슬을 머금어 햇빛에 반짝이며 달려 있다. 그 딸기는 꺾어 들자 이내 손바닥에서 부풀어올라 피같이 따뜻한 즙을 쏟아냈다. 혹은 눈을 가지고 있어, 그 눈을 애타는 듯 그리고 빈틈없이 움직였다. 그는 더듬어서 한 나무에 기대어 가지를 하나 휘어잡았다. 그러자 줄기와 가지 사이에서 겨드랑이의 털같이 뒤얽힌 두툼하고 곱슬곱슬한 털이 달라붙어 있는 것이 보이기도 하고 느껴지기도 하였다. 어느 날 그는 자기 자신이거나 아니면 같은 이름을 가진 성자의 꿈을 꾸었다. 골드문트 즉 크리소스토무스('황금의 입'이라는 뜻)의 꿈을 꾸었다. 그 성자는 황금의 입을 가지고 있었다. 그 황금의 입으로써 이야기를 하였다. 그 이야기는 떼를 짓는 작은 새들 같이 날개를 파다닥거리며 날아가 버렸다.

어느 때는 이런 꿈도 꾸었다. 그는 커서 어른이 되었으나 어린

아이처럼 땅바닥에 주저앉아 점토를 앞에다 쌓아 놓았다. 어린애처럼 그것을 가지고 작은 말과 황소, 남자와 여자 같은 여러 가지 형상을 빚고 있었다. 빚는 것이 그에게는 재미있었다. 동물이나 사나이들에게는 우스꽝스럽레 성기(性器)를 크게 만들었다. 꿈속에서는 그것이 매우 익살맞게 보였다. 마지막에는 그 장난도 싫증이 나서 앞으로 나갔다. 그러자 자신의 뒤쪽에서 어떤 살아 있는 것이, 소리도 나지 않는 큼직한 것이 가까이 오는 것을 느끼고 뒤를 돌아보았다. 거기서 조그만 점토의 형상이 살아서 커진 것을 보고 심한 놀라움과 크나큰 공포감을 가졌다. 하지만 그 공포에는 기쁨이 없는 것도 아니었다. 온갖 형태가 무언의 거인이 되어서 압박하듯 당당하게 그의 옆을 지나갔다. 한층 더 커지면서 탑처럼 거룩하게, 묵묵히, 높다랗게 앞만 보고 나아가 속세로 들어가고 있었다.

그는 현실 세계보다도 이 꿈의 세계에서 더 많이 생존하였다. 강당·수도원 뜰·도서실·침실·예배당 등, 현실 세계는 표피에 불과하였다. 현실 세계는 꿈으로 충만한 초현실적인 형태의 세계 위에서 떨고 있는 얇은 표피에 지나지 않았다. 이 얇은 표피에다 구멍을 뚫는 것은 대수로운 일이 아니었다. 따분한 수업이 한창일 때 울려 나오는 그리스어 음향 속에서 무슨 예감에 충만한 것, 식물 채집을 하는 안젤름 신부의 약초 주머니 속에서 풍기는 향기, 아치형 창문의 기둥에서 위로 불쑥 솟은 석조를 뒤덮은 담쟁이덩굴, 그런 보잘것없는 자극들은 벌써 표피를 뚫고 평화롭고 메마른 현실의 배후에 저 영혼의 사납게 날뛰는 형상 세계의 나락과 격랑과 은하수를 풀어헤쳐 놓기에는 충분하였다. 라틴어의 머리 글자 하나가 어머니의 향기로운 얼굴이 되었다. 성모의 기도 속에서 길게 잇대어 나는 음은 천당으로 가는 대문이 되었다. 그리스어의 자모(字母)는 달리는 말이 되고 곧추선 뱀이 되었으나, 그것은 몰래 꽃잎 밑으로 굴러들어가 버리고 그 대신에 벌써 문법책의 빳빳한 책장이 나타났다.

그것에 대해서 이야기하는 일은 그다지 흔하지 않았다. 단지 몇 번 나르치스한테 이 꿈의 세계에 대한 암시를 준 데 불과했다.

"나는," 어느 날 그가 말했다. "꽃잎 하나, 길 위의 조그만 벌레 한 마리가 도서실의 많은 책보다도 훨씬 더 풍부한 이야기를 할 뿐더러 내용도 있다는 생각이 듭니다. 문자나 말로써는 아무것도 말할 수가 없습니다. 나는 가끔 델타나 오메가 같은 어떤 그리스 문자를 씁니다. 펜을 조금만 놀리기만 해도 문자는 꼬리를 치는 것은 고사하고 고기가 되기도 하며 대뜸 세계의 크고 작은 시내나, 온갖 시원한 것이나 젖은 것이나, 호메로스의 대양(大洋)이나, 페트루스가 걸어간 물이 되기도 합니다. 혹은 그 문자는 새가 되어 꼬리를 치기도 하며 깃을 곧추세우기도 하고 몸을 늘리고 웃으며 날아가 버립니다. 나르치스 선생님, 당신은 그런 문자를 그다지 대수롭게 생각하지 않겠지요? 그러나 나는 그런 문자로 하느님은 세계를 쓰셨다고 말하고 싶습니다."

"나도 그것은 대단하다고 생각해." 나르치스가 슬픔에 잠겨 말했다. "그것은 마법의 문자일세. 그 문자를 가지고 모든 악마를 불러낼 수가 있단 말이야. 물론 학문을 하는 데는 적합하지 않아. 정신은 고정한 것을, 형성된 것을 사랑하고 그 기호에 신뢰심을 갖기를 바래. 또 생성하는 것이 아니라 존재하는 것을 사랑하고, 가능한 것이 아니고 현실의 것을 사랑한다. 오메가라는 글자가 뱀이나 새가 되기를 허용하지 않는다. 정신은 자연 속에서는 생존할 수가 없어. 정신은 자연을 거역하고서만, 자연의 반대물로서 생존할 수가 있다. 골드문트, 이제 너는 결코 학자가 될 수 없다는 것을 믿겠지?"

정말 그 말대로 골드문트는 오래 전부터 그것을 믿고 있었다.

그것에 동의하고 있었다.

"나는 당신들이 정신으로 향하는 노력을 물고늘어질 사람은 아닙니다." 방긋 웃으며 그가 말했다. "나의 정신이나 학문에 대한 태도는 아버지에 대한 태도와 같습니다. 말하자면 나는 아버지를 대단히 사랑하고 그를 닮았다고 생각했습니다. 아버지가 말씀하신 것은 절대적으로 믿고 있었습니다. 그러나 어머니가 다시 나타나자 비로소 나는 사랑이 무엇인가를 알게 되었습니다. 어머니의 모습과 나란히 한 아버지의 모습이 별안간 조그맣고 불쾌하고 거의 가엾게 여기게까지 되었습니다. 지금 나는 모든 정신적인 것을 부성적인 것, 모성적이 아닌 것, 모성에 적대하는 거라고 보며, 또한 그것을 얼마간 경시하는 경향이 생기고 있습니다."

그는 농담 비슷하게 말했으나 친구의 슬픈 얼굴을 명랑하게 하여줄 수는 없었다. 나르치스는 잠자코 그를 쳐다보았다. 그의 시선은 마치 일종의 애무 같았다. 드디어 그가 말했다. "네 기분은 잘 안다. 우리는 지금 의론을 내세울 필요가 없어. 너는 눈을 떴다. 지금은 너도 너와 나 사이의 차이, 어머니의 혈통과 아버지의 혈통 사이의 차이, 영혼과 정신 사이의 차이를 인식하였어. 결국 이제는 수도원에서의 너의 생활이나 수도사 생활을 지향하는 네 노력이 과오였다는 것을, 그리고 그것이 네 아버지의 착안이었다는 것을 인식하겠지? 네 아버지는 그것으로 네 어머니에 대한 기억을 씻든가 안 그러면 최소한 어머니한테 복수하겠다는 결심이었던 거네. 그렇지 않다면 한평생 수도원에 있는 것이 너의 천명이라고 여전히 믿고 있단 말인가?"

생각에 잠긴 골드문트는 친구의 두 손을 쳐다보았다. 품위도 있을 뿐 아니라 준엄하고 또한 수척한 흰 손을, 이것이 금욕주의자의 손이며 학자의 손이라는 것을 누구도 의심할 수가 없었다.

"나는 모릅니다." 그의 말소리는 노래부르듯 더듬거리며 한 음

절마다 오래 지체하였다. 조금전부터 그는 그런 말버릇을 갖게 되었다. "나는 정말 모릅니다. 당신은 아버지에 대해서 지나친 판단을 내리십니다. 아버지는 그다지 쉽지는 않았습니다. 그러나 당신은 이 점에서는 정당합니다. 이 수도원에 온 지 3년 이상 되었지만 아버지는 아직 한 번도 나를 찾아주지 않았습니다. 내가 영원히 여기 있길 아버지는 바라고 있습니다. 그렇게 하는 것이 아마 제일 상책일 겁니다. 나 자신도 그렇게 원하고 있었습니다. 그러나 이제 내가 실제로 무엇을 원하고 또 바라고 있는지 알 수 없습니다. 전에는 모든 것이 간단하였습니다. 독본(讀本) 속에 있는 문자나 마찬가지로 간단하였습니다. 지금은 어떤것도 그렇게 간단하지는 않습니다. 문자조차도 그렇게 간단하지 않습니다. 온갖 것이 많은 의미와 얼굴들을 갖게 되었습니다. 내가 어떻게 하면 좋을지 모르겠습니다. 지금은 그런 것을 생각할 수가 없습니다."

"그렇게 안해도 좋네. 네 행로가 어디를 향하는지 꼭 알게 될 거야. 네 행로는 너를 어머니에게로 데리고 가기 시작했다. 너를 어머니한테 더욱 가깝게 해줄 거다. 그러나 네 아버지한테는 지나친 판단을 내리지는 않는다. 너는 아버지한테 돌아가고 싶으냐."

"아녜요, 나르치스. 결코 그렇지는 않습니다. 그렇지만 학교를 마치면 이내 그렇게 할 겁니다. 아니면 지금이라도. 왜냐하면 나는 학자가 될 것도 아니기 때문이지요. 라틴어·그리스어·수학 같은 것은 이제 많이 배웠습니다. 아니오, 아버지한테 가고 싶지는 않습니다……."

골드문트가 생각에 잠겨 앞만 쳐다보고 있더니 별안간 소리쳤다. "도대체 당신은 무엇 때문에 자꾸 내 마음속을 비추고 나를 나 자신에게 분명하게 해주는 이야기를 하거나 질문을 던지는 그런 일만 하십니까? 지금도 또 아버지한테 가고 싶은지 아닌지 묻는 당신은 내가 가고 싶지 않다는 것을 별안간 내게 확실히 보여

준 겁니다. 어째서 그러십니까? 당신은 모르는 것이 없는 것 같습니다. 당신은 당신과 나에 대해서 여러 가지로 이야기하여 주셨습니다. 그 이야기는 듣는 순간 잘못 알아들었지만 나중에는 매우 중대해졌습니다. 내 혈통을 어머니의 혈통이라고 말씀하신 이는 당신이었습니다. 내가 어떤 마력의 지배를 받고 있으며, 유년시절을 망각하고 있다는 것을 발견하신 이도 당신이었습니다. 어째서 당신은 인간을 그다지도 잘 아십니까? 나도 그것을 배울 수 없을까요?"

빙그레 웃으며 나르치스는 고개를 저었다.

"안 돼, 골드문트. 너는 할 수 없을걸. 많은 것을 배울 수 있는 인간이 있으나 너는 그런 축에 들지 못하네. 너는 결코 배울 사람은 못 돼. 또 무엇 때문에 그럴 필요가 있나? 너는 다른 재간을 가지고 있어. 너는 나보다 많은 재간을 가지고 나보다 더 풍부하지만 동시에 나보다 약하네. 너는 나보다 아름답고 어려운 행로를 가게 될 거야. 너는 내가 하는 이야기를 이해하려고 듣지 않을 때가 많았지. 가끔 너는 망아지처럼 거역했다. 그것은 반드시 쉽지도 않았다. 때때로 나는 너에게 고통을 주지 않으면 안 되었다. 나는 또 너를 깨우지 않으면 안 되었어. 너는 잠을 자고 있었으니 말이야. 네게 어머니를 생각케 한 것도 처음에는 고통을, 심한 고통을 주었지. 네가 회랑에 시체처럼 쓰러진 것을 누가 발견했지. 그렇게 되어야만 했어. 아니, 내 머리칼을 쓰다듬지 마! 아니, 그만둬! 난 참을 수 없어."

"그럼, 나는 아무것도 배울 수 없다는 말씀입니까? 자꾸 바보가 되어가고 어린아이가 되어야만 한다는 말씀입니까?"

"네게 가르쳐 줄 만한 다른 사람이 또 나타나겠지. 나한테서 배울 것은 이제 이걸로 끝이라네."

"아닙니다. 그 때문에 우리가 친구가 된 것은 아닙니다! 짧은 도정을 지나고 다음 목표에 도달하자 간단하게 끝내버릴 수 있는 것은 어떠한 우정입니까? 당신은 벌써 나한테 싫증이 나신 겁니까, 내가 당신이 싫어졌단 말씀입니까?"

나르치스는 시선을 땅바닥에 떨어뜨린 채 격분하여 왔다갔다 하였다. 드디어 친구 앞에 걸음을 멈췄다.

"그 정도로 그만하지." 나르치스가 부드럽게 말했다. "네가 나한테 싫증이 안 났다는 것은 네가 잘 알고 있지 않나."

이상하다는 듯이 나르치스는 친구의 얼굴을 빤히 쳐다보다가는 다시 왔다갔다 하였다. 또 걸음을 멈추고 서서 매섭고 수척한 얼굴에서 눈동자를 빛내며 골드문트를 쳐다보았다. 나지막한 목소리로 그러나 야무지고 매정하게 말했다. "이것 봐, 골드문트! 우리들의 우정은 좋았어. 목표가 있어 거기 도달했네. 너는 눈을 떴거든. 이 우정이 끝나지 않길 바라네. 그것이 한 번 더 그리고 자꾸 소생하고 새로운 목표에 도달하길 바라네. 지금은 목표도 없다. 네 목표는 확실치가 않아. 나는 너를 그곳으로 인도할 수도 없을 뿐 아니라 따라갈 수도 없다. 네 어머니한테 물어봐! 어머니의 모습에 물어봐! 어머니한테 귀를 기울여봐! 그러나 내 목표는 불확실한 데가 없어. 그것은 여기 수도원에 있고 매일 매시간 나를 요구하고 있단 말이야. 내가 네 친구가 되는 것은 허락되지만 사랑해도 좋다는 허락은 없다. 나는 수도사야. 맹세를 했거든. 내가 성직을 얻기 전에 교직에서 휴가를 얻어 몇 주일 동안 단식과 예배를 위해 물러앉게 될거야. 그동안 세속적인 것에 관해서는 일체 말하지 않는다. 너하고도 말이야."

골드문트는 이해하였다. 슬픔에 잠겨 그가 말했다. "내가 수도사가 되어 하였을지 모르는 것을 당신은 하게 되는군요. 수업이 끝나고 단식도 기도도 철야도 충분히 끝맺는다면 당신은 무엇을 목표로 할 겁니까?"

"너도 알고 있을 텐데." 나르치스가 말했다.

"아, 그렇군요. 당신은 이삼 년 안에 교무주임, 그리고는 교장이 될 테지요. 수업을 개선하고 시설을 확장하시겠지요. 아마 저술도 하시겠지요. 안 쓰세요? 그럼, 안 쓴다고 합시다. 그러나 목표는 어디에 있을까요?"

나르치스가 슬프게 미소지었다. "목표? 나는 교장으로 죽을지도 모르고 안 그러면 수도원장 혹은 교사로서 죽을지도 모르지. 그것은 아무래도 마찬가지야. 목표는 이렇다. 내가 제일 잘 봉사드릴 수 있는 곳에, 나의 성질이나 특성이나 재간이 최상의 지반과 최대의 활동 분야를 발견할 수 있는 곳에 항상 자신을 갖다놓는 일이다. 그 밖에 다른 목표는 없네."

"수도사를 위해 다른 목표는 없습니까?"

"그래, 목표는 그걸로 충분하다. 수도사한테는 히브리어를 배우는 것, 아리스토텔레스를 주석하는 것, 수도원의 성당을 꾸미는 것, 들어앉아서 명상을 하거나 그 밖에도 여러 가지 일을 하는 것이 생활의 목표일 수 있네. 내게는 그것이 목표가 아니다. 나는 수도원의 재산을 늘리거나 교단과 교회를 개혁하거나 하지는 않아. 내게 가능한 범위 안에서 내가 이해하는 대로 정신한테 봉사하려는 것뿐이지 그 밖에는 아무것도 바라지 않는다. 그것도 목표가 아닐까?"

골드문트는 오랫동안 대답을 생각했다.

"당신이 말씀하시는 대로입니다. 당신이 목표를 향하여 가는데 내가 혹시 방해라도 했습니까?"

"방해를 했다니? 아, 골드문트. 너만큼 내 갈길을 재촉해준 사람은 없었다. 너는 나한테 여러 가지 어려운 고비를 맛보게 해주었고, 나는 또 어려운 고비를 싫어하는 사람은 아니야. 나는 어려운 고비에 의해서 배우고 부분적으로는 그걸 정복하기도 했네."

골드문트는 상대의 말을 가로채어 반은 농담조로 말했다. "당신은 아주 훌륭하게 곤란을 극복하셨습니다. 그렇지만, 나를 돕고 인도하시고 또한 해방시켜 주시고, 또한 나의 정신을 건강하게 하여 주셨다면 그것으로 당신이 정말 정신에 봉사하였다는 말씀입니까? 그것으로 아마 당신은 열의있고 선한 마음을 가진 한 수사를 수도원에서 내몰고 정신에 대항하는 적을, 당신이 좋다고 생각하시는 것과는 정반대의 것을 행하고 믿고 노력하는 적을 하나 양성한 셈이 될 겁니다!"

"어째서 그렇다고 할 수가 있나?" 아주 심각하게 나르치스가 물었다. "이보게 너는 아무래도 나를 이해 못하고 있다! 나는 장차 수도사가 될 너를 망쳤을지 모르지만, 그 대신 비범한 운명으로 가는 길을 네 마음속에 터놓아 주었다. 가령 내일 네가 우리들의 아름다운 수도원을 송두리째 태워 없애 버린다 하더라도, 혹은 미치광이 같은 무슨 사교를 세상에 퍼뜨린다 하더라도, 내가 너를 도와서 그 길을 향하게 한 것을 한순간이라도 후회하지 않겠네."

그는 다정스레 친구의 어깨에 두 손을 얹었다.

"이봐, 골드문트. 이것도 내 목표의 하나야. 말하자면 내가 교사거나 원장이거나, 고해 신부거나 다른 무엇이든간에 강하고 가치 있는 특별한 인간을 만나서 그 사람의 이해력을 터줄 수도 없고 재촉시켜 줄 수도 없는 그런 상태에 빠지기는 싫단 말이야. 감히 나는 네게 말하겠어. 너와 내가 무엇이 되든, 어떤 처지에 이르게 되더라도, 네가 나를 진지하게 부르고 필요하다고 생각하는 순간에 나는 결코 너에게서 마음에 자물쇠를 채우지는 않을 것이네. 결코."

그것은 작별의 소리같이 들렸다. 사실 그것은 이별의 전주곡이었다. 골드문트는 친구 앞에 서서 친구를, 그 확고한 얼굴을, 목표를 향한 눈을 보고 있으면 두 사람은 형제도 친구도 그것과 유사한 것도 아니요, 두 사람의 길은 이미 벌어져 있다는 것을 확실히 느꼈다. 여기에 있는 이 사람, 그의 앞에 서 있는 이 사람은 몽상가도 아니고 운명의 무엇을 기다리고 있는 사람도 아니었다. 그는 수도사이고, 맹세도 끝내버린 사람, 굳은 질서와 의무에 얽매인 사람, 교단과 교회와 정신의 봉사자요 병사였다. 그러나 자기 자신은 여기에 예속한 일원이 아니라는 것이 오늘 확실해졌다. 그에게는 고향도 없고, 미지의 세계만이 그를 기다리고 있었다. 지난날 그의 어머니도 마찬가지 신세였다. 어머니는 가정을, 남편과 아들을, 공동생활과 질서를, 의무와 명예를 버리고 하염없는 세계로 뛰쳐나가 오래 전에 그 속에 빠져들고 말았다. 어머니도 그와 마찬가지로 목표를 가지지 않았다. 목표를 가진다는 것은 다른 사람한테 주어진 것이지 그에게 주어진 것은 아니었다. 아, 나르치스가 이 모든 것을 이미 통찰하고 있지 않았던가! 그가 한 말은 얼마나 정당하였나!

이런 일이 있은 다음 며칠 뒤 나르치스는 벌써 사라져 없어진 것 같았다. 별안간에 보이지 않게 되었다. 다른 선생이 대신 수업에 들어왔다. 도서실에 있는 그의 책상은 비어 있었다. 그는 아직 있기는 하였다. 완전히 보이지 않는 것은 아니었다. 그가 회랑을 지나가는 것을 가끔 볼 수 있었다. 어딘지 예배당 돌바닥 위에 무릎을 꿇고 앉아 중얼거리고 있는 소리를 들을 수도 있었다. 그가 커다란 수업을 시작했다는 것을, 단식하며 밤중에 세 번 예배를 드리기 위해 일어난다는 것을 모두 알고 있었다. 그는 아직 있기는 있었으나 다른 세계로 옮아가고 있었다. 간혹 그를 볼 수 있었으나 그에게 가까이 갈 수도, 무엇을 같이 할 수도, 말을 걸 수도 없었다. 나르치스가 다시 나타나 책상과 식당에 있는 의자를 차지하고 다시 이야기하게 되리라는 것을, 그러나 지나간 것은 두 번 다시는 돌아오지 않을 뿐 아니라 나르치스는 다시는 그의 것이 될 수 없다는 것을 골드문트는 알고 있었다. 그것을 생각해 보면, 수도원이나 수도사의 신분, 문법이나 논리학, 연구나 정신 등이 중요하게 또한 훌륭하게 여겨졌던 것은 오직 나르치스 덕분이었다는 것도 분명해졌다. 나르치스에 대한 모방이 그를 유혹하였다. 나르치스와 같이 되는 것이 그의 이상이었다. 물론 그는 원장을 존경하며 사랑하고 고귀한 모범으로서 보고 있었다. 그러나 교사나 학생, 침실, 식당, 학교 수업, 예배, 수도원이 나르치스가 없으면 그에게는 아무런 의미가 없었다. 그는 더이상 여기서 무엇을 할 것인가? 골드문트는 어느 처마 밑이나 나무 아래에 걸음을 멈추고 비를 피하면서, 가야 할 길도 모르는 나그네처럼 서 있었다. 다만 기다리기 위해, 다만 손님으로서, 다만 타향의 낯설음이 불안하기 때문에.

이때 골드문트의 생활은 망설임과 작별에 불과하였다. 그는 사랑스럽다거나 의의가 깊은 곳은 어디든지 찾아다녔다. 그는 헤어지는 것이 괴롭게 생각되는 사람들이나 얼굴들이 얼마나 적은가를 알고 말할 수 없이 묘한 마음의 충격을 받았다. 나르치스와 다니엘, 노 원장과 선량하고 다정스런 안젤름 신부, 또 거기다가 친절한 문지기와 쾌활한 이웃 제분업자도 있었다. 그러나 이런 사람들도 벌써 그림자처럼 되어 버리고 말았다. 그들보다도 예배당에 있는 커다란 돌로 만든 마돈나나 현관문의 사도상과 헤어지는 것이 훨씬 괴로웠다. 오랫동안 그는 그들 앞에서 걸음을 멈추고 서 있었다. 코라스 단(壇) 의자의 아름다운 조각품 앞에서, 회랑의 샘물 앞에서, 동물 머리 세 개를 가진 기둥 앞에서 걸음을 멈추었다. 안마당 보리수와 밤나무에 기대어 섰다. 그 모든 것이 그에게는 어느 때든 한 번은 추억으로 가슴 속에서 조그만 그림책이 될 것이었다. 아직까지도 그 한복판에 있는 현재 속에서 벌써 그것은 그에게서 떨어져 나가 현실성을 잃고 도깨비처럼 과거의 것으로 변하고 말았다. 그를 가까이 두고 싶어하는 안젤름 신부와 약초를 찾으러 나갔다. 수도원의 물방앗간에서 하인들을 쳐다볼 때도 있었으며 가끔 포도주나 구운 고기 파티에도 초대받았다. 하지만 모든 것이 벌써 추억처럼 서먹서먹하고 어슴푸레해져 갔다. 저쪽에서는 황혼의 성당과 고해실 안을 친구인 나르치스가 걸어다니며 살고 있었으나, 그에게는 그림자가 되어버린 것처럼 주위의 일체가 현실성을 잃고 가을과 무상을 호흡할 뿐이었다.

현실에 생생하게 존재하고 있는 것은 그의 내부에 있는 생명, 심장의 불안스런 고동, 그리움의 아픈 가시, 꿈과 기쁨과 불안뿐이었다. 그는 그들의 것이 되고, 그들에게 몸을 맡겼다. 독서나 학습하는 도중에 학생들 한가운데서, 그는 자신 속에 침잠해 버리고, 온갖 것을 망각하고, 자신을 싣고 가버리는 내심의 흐름이나 소리에만 몸을 맡길 수가 있었다. 아직도 어두운 멜로디에, 출렁출렁한 깊은 샘물에, 동화 같은 체험에 충만한 알록달록한 심연에 빠져들 수가 있었다. 이 소리는 모두 다 어머니의 목소리였고, 그 수를 헤아릴 수 없는 눈은 모두 어머니의 눈이었다.

제 6 장

어느 날, 안젤름 신부는 골드문트를 그의 약초실로 불러들였다. 향긋한 냄새가 풍기는 아담한 약초실이었다. 아무리 구석진 데라도 골드문트는 잘 알고 있었다. 신부는 그에게 책장 사이에 깨끗이 보존되어 있는 바싹 마른 식물을 보이며, 이 식물을 아는가, 들판에 피어 있을 때는 어떤 모양으로 보이는지 정확하게 설명할 수가 있는가 라고 물었다. "네, 할 수 있습니다." 골드문트가 대답했다. 식물의 이름은 고추나물이라고 했다. 그는 그 특징을 하나도 남김없이 자세하게 설명하였다. 노 신부는 만족해하며 오후에 그 식물을 한 다발 모으도록 젊은 친구한테 부탁하고 그것이 많이 자라난 곳을 가르쳐 주었다.

"그 대신 오후 수업은 쉬게 해주마. 반대 안하겠지. 별로 손해 보는 것도 아니니까 말이야. 미련한 문법뿐만 아니라, 자연의 지식도 학문이란 말이야."

골드문트는 학교에 앉아 있는 대신에 두세 시간 꽃을 모으라는 매우 고마운 분부에 감사드렸다. 그 기쁨을 만끽하기 위해, 그는 마구간지기 수도자한테 요전번의 블레스를 빌려달라 하였다. 식사를 끝내자 그를 매우 환영해 주는 말을 마구간에서 끄집어내어 집어타고 아주 흐뭇한 감정으로 따스하게 비치고 있는 햇빛 속으로 달려나갔다. 한 식경, 혹은 더 오랜 시간을 할 일 없이 타고 다니며, 들판의 향내를 맡고 승마를 즐겼다. 그 다음은 분부받은 것이 기억나서 신부가 그에게 일러준 장소를 찾았다. 거기서 단풍나무 그늘에 말을 매어두고, 말과 장난을 치다가 빵을 먹였다. 그리고 나서는 식물 채집을 하기 시작했다. 몇 마지기의 밭 두렁에 일손이 없었던 탓인지 여러 가지 잡초들이 무성하게 자라 있었다. 조그맣고 호리호리한 양귀비풀이 마지막 색이 다 낡아빠진 꽃과 벌써 익은 많은 양귀비씨 벙거지를 둘러쓴 채 바싹 마른 완두 덩굴이나 하늘색 꽃이 피어 있는 국화상치나 색이 변한 여뀌 사이에서 있었다. 두 개의 밭 사이에 차곡차곡 쌓여진 경계석에는 도마뱀이 살고 있었다. 거기에는 벌써 노란 꽃을 피우는 고추나물이 보였다. 골드문트는 뽑기 시작했다. 한 아름 잔뜩 모으자 돌 위에 앉아 쉬었다. 더웠다. 먼 숲 기슭 어둡게 그림자 진 곳을 건너다보자 충동을 받았으나, 고추나물이나 말에서 멀리 떨어지기 싫었다. 여기서라면 말도 잘 볼 수가 있었다. 따뜻해진 밭의 잔돌 위에 앉은 채, 가만히 숨을 들이키며 달아난 도마뱀이 또 나오지 않나 하고 살피고 있었다. 또 고추나물 냄새를 맡으며 그 조그만 잎새들을 햇빛에 갖다대고 바늘구멍처럼 조그만 점이나 한 번 관찰해 보기로 하였다.

그는 이상하다고 생각했다. 무수한 조그만 잎사귀 한 개 한 개에 눈곱만한 별 하늘이 자수처럼 곱게 찔려 있었다. 모든 것이 이상하였다. 도마뱀도, 풀도, 돌도, 온갖 것이. 그를 좋아하고 있는 안젤름 신부는 이제 자신이 고추나물을 따러갈 수가 없었다. 다리가 나빠져서 옴쭉달싹할 수 없는 날이 많았다. 그의 의술로도 그것을 고칠 수가 없었다. 아마 머지않아 죽게 되겠지. 약초실의 약초는 계속해서 향기를 풍기겠지만 노 신부는 이제 거기에 얼마 있지 못할 것이다. 아마 오랫동안 생명이 붙어 있을지도 모른다. 십 년이나 이십 년쯤, 그리고 여전히 똑같은 가느다란 백발머리에 두 눈가에 똑같은 익살맞은 주름살을 잡고 있겠지. 그러나 그 자신은, 골드문트는 이십 년이 지나면 어떻게 될 것인가? 아, 온갖 것은 정말 알 수 없었고 정말 슬펐다. 아름답기도 하였지만 아무것도 몰랐다. 사람은 생활하고, 지상을 쫓아다니거나 숲속을 말을 타고 달리기도 하였다. 여러 가지가 재촉하듯이, 약속하듯이 그리움을 불러일으키듯이 사람을 쳐다보았다. 저녁나절의 별이라든가 파란 물복숭아, 파란 갈대가 자란 호수, 인간이나 황소의 눈 같은 그런 것이 여태껏 한 번도 보지 못했지만 아득한 먼 옛날부터 그리워하고 있던 것이 대뜸 나타날 것임에 틀림없으리라. 모든 것에서 포장이 떨어질 것임에 틀림없으리라고 생각할 때가 많았다. 그러나 그것만으로 아무것도 일어나지 않았다. 수수께끼는 풀려지지 않고 숨은 마력은 제거되지 않았다. 마지막에는 모두 나이가 들어 안젤름 신부처럼 교활하고 혹은 다니엘 원장처럼 현명한 얼굴이 되겠지만 아마 여전히 아무것도 모르고, 기다리며 자꾸 귀를 기울이리라.

그는 안이 텅빈 달팽이 껍질을 주워들었다. 돌 사이에서 가느다랗게 까랑까랑 소리가 났다. 햇빛이 속까지 따뜻하게 만들었다. 껍질의 굴곡, 잔금이 새겨진 듯 들어 있는 나선형 조그만 벙거지의 이상스런 축도, 진주알처럼 반빡이며 비치는 텅빈 구멍 등의 관찰에 그는 바빴다. 그는 손가락으로 더듬어서 형태를 느껴보려고 눈을 감았다. 그것은 오랜 습관이기도 할 뿐 아니라 장난이었다. 맥이 탁 풀린 손가락 사이에서 달팽이를 돌리면서 누르지도 않고 어루만지듯 형태를 더듬으며 그 형태의 기적과 물질의 매력에 행복감을 가졌다. 이것이야말로 학교나 학식의 단점 중 하나라고 꿈꾸듯 생각했다. 말하자면 모든 것이 편편하고 두 개의 차원밖에는 갖지 않는 것처럼 보거나 표현하는 것만이 정신의 경향인 것 같았다. 하여간 그것으로 지성적 존재 전체의 결함과 무가치가 분명히 드러난 것 같았다. 그러나 그는 그 생각을 확실히 파악할 수는 없었다. 달팽이는 그의 손가락 사이에서 미끄러져서 떨어졌다. 그는 피곤해진 탓인지 졸음이 왔다. 시들어지자 자꾸 향기를 풍기는 약초 위에 고개를 숙이고 햇빛 속에서 잠이 들었다. 그의 신발 위를 도마뱀이 지나가고, 무릎 위에서는 약초가 시들고, 단풍나무 밑에서 기다리고 있는 말은 초조해하였다.

누군가 저 숲에서 걸어왔다. 색이 바랜 낡은 스커트를 입은 젊은 여인이 검은 머리칼에 빨간 수건을 감고 있었다. 햇볕에 그은 갈색 얼굴이었다. 여인은 손에 보자기를 들고, 빨갛게 타는 듯한 조그만 카네이션을 입에 물고 다가왔다. 그 여인은 앉아 있는 사람을 보았다. 얼마간 멀찌감치에서 호기심과 의혹을 가지고 관찰하였다. 잠이 든 것을 알자, 햇볕에 탄 맨발로 조심스레 가까이 가서 골드문트 바로 앞에 걸음을 멈추고 그를 쳐다보았다. 그 여인의 의혹은 사라졌다. 자고 있는 아름다운 청년은 위험스럽게 보이지 않고 그 여인의 마음에 썩 들었다. 그가 어떻게 해서 이 휴간지에 찾아왔을까? 꽃을 꺾기는 꺾었으나 꽃이 반쯤 시든 것을 보자 그 여인은 생긋 웃었다.

골드문트는 꿈의 숲속에서 정신을 차리고 눈을 떴다. 그의 고개는 부드럽게 모로 드러누워 있었다. 여인의 무릎을 베고 누워 있었던 것이다. 잠이 덜 깨어 어리둥절해하는 눈을 낯선 갈색눈이 바로 가까이에서 따스하게, 들여다보고 있었다. 골드문트는 놀라지 않았다. 위험하지는 않았다. 그 여인은 놀라고 있는 그의 눈초리를 받으며 생긋 웃었다. 매우 정다운 미소였다. 그도 차차 입가에 미소를 그려가기 시작했다. 생긋 웃는 그의 입술 위에 그 여인의 입술이 닿았다. 둘은 가볍게 키스를 하며 서로 인사를 나누었다. 그때 골드문트는 대뜸 마을에서의 그날 저녁과 머리를 땋은 조그만 처녀를 생각지 않을 수 없었다. 그러나 키스는 아직 끝나지 않았다. 여인의 입술은 그의 입술을 떠나지 않고, 자꾸 희롱을 해가며 비벼대며 유혹하더니 나중에는 갈증에 허덕이는 사람처럼 덤벼들었다. 그의 피에 덤벼들어 마음속 밑바닥까지 눈을 뜨게 했다. 기나긴 무언의 희롱 속에서 갈색의 여인은 소년에게 천천히 타이르듯 몸을 맡기며 그가 찾아내고 발견하는 대로 맡겨 버리고, 그를 불타오르게 하며 식혀 주기도 했다. 매혹적이며 동시에 짧은 사랑의 행복은 그의 위에 뭉게뭉게 피어올랐다가 황금빛으로 빨갛게 타고 기울어지더니 꺼져 버렸다. 그는 두 눈을 감고, 얼굴을 여인의 가슴 위에 얹고 누워 있었다. 한 마디 이야기도 할 수 없었다. 여인은 가만히 앉아서 그의 머리칼을 살며시 어루만지며, 그가 천천히 제정신으로 돌아오기를 기다렸다. 결국 그가 두 눈을 떴다.

"이봐요! 당신은 대관절 누구예요?"

"리제예요." 여인이 대답하였다.

"리제." 그는 그 이름을 맛보면서 되받았다. "리제, 당신 예뻐요."

여인은 입술을 그의 귀에 갖다대고 소곤거렸다. "당신 처음이었어? 나 이전에 아무도 사랑한 사람이 없었어요?"

그가 고개를 살래살래 저었다. 그러다가는 얼른 일어나서 주위를 살펴보고, 들판을 쳐다보고, 하늘을 쳐다보았다.

"아!" 그가 소리쳤다. "해가 벌써 졌구나. 가야지."

"대체 어딜?"

"수도원으로, 안젤름 신부한테로."

"말브론? 당신 그곳에 살아요? 나하고 더 있고 싶지 않아요?"

"있고 싶어."

"그럼 가지 말아요!"

"아니, 그건 안 돼. 약초를 더 많이 모으지 않으면 안 돼."

"당신은 수도원에 있어요?"

"응, 난 학생이야. 하지만 나는 거기 있을 수 없어. 너한테 가도 좋니, 리제? 대체 너는 어디 사니? 집이 어디냐?"

"나는 아무데도 살고 있지 않아. 당신 이름 안 가르쳐 줄래요? 그래, 골드문트라고? 한 번 더 키스해 줘요, 귀여운 골드문트. 이젠 가도 좋아요."

"넌 아무데도 살고 있지 않아? 그럼 어디서 자니?"

"마음만 있다면, 당신하고 같이 숲속이나 건초 위에서 자지. 오늘 저녁에 오겠어요?"

"응, 그래. 어디서 만나나요?"

"부엉이 소리를 낼 수 있나요?"

"한 번도 해본 일 없는걸."

"한번 해봐요."

그는 해보았다. 여인은 깔깔대며 흐뭇해하였다.

"그럼, 오늘 저녁 수도원에서 나와 조그만 부엉이 소리를 내요. 난 가까운 데 있을게. 내가 마음에 들어요? 골드문트, 내 사랑."

"응. 내 마음에 정말 들었어. 리제, 안녕. 난 가야 해."

말이 거품을 확확 내뿜도록 달려서 골드문트는 해질 무렵에 수도원으로 돌아왔다. 안젤름 신부가 매우 분주해 보인 것은 고마운 일이었다. 수도자가 한 사람 맨발로 개울에서 시간을 보내다가 파편을 밟은 것이었다.

이제는 나르치스를 찾아내지 않으면 안 되었다. 식당에서 시중드는 한 수도자한테 물어보았다. 나르치스는 단식하는 날이라서 저녁 먹으러 오지 않고 밤에는 예배를 보기 때문에 지금쯤은 자고 있을 거라고 했다. 골드문트는 달려갔다. 기나긴 수양 기간 동안, 나르치스의 침실은 수도원 안쪽 참회실의 하나였다. 앞뒤 생각도 않고 달려갔다. 문에 귀를 갖다대었다. 아무 소리도 들을 수 없었다. 가만히 들어갔다. 엄격히 금지되어 있다는 것도 고려하지 않았다.

좁다란 나무침대에 나르치스가 누워 있었다. 어둠 속에서 창백하고 수척한 얼굴에 두 손을 가슴 위에 포갠 채 가만히 누워 있는 모습이 마치 송장 같았다. 그러나 눈을 뜬 채 아무 말 없이 골드문트를 쳐다보았다. 비난도 하지 않을 뿐 아니라 꼼짝도 하지 않고 명상에 잠겨 다른 시대와 세계에 들어가 있는 것처럼 친구를 알아내고 말을 이해하는 데 안간힘을 썼다.

"나르치스! 용서하여 주십시오. 당신을 방해한 것을 용서하여 주십시오. 그러나 망나니 버릇에서 하는 짓은 아닙니다. 당신이 지금 나와 이야기를 해서는 안 된다는 것을 알고 있습니다. 그러나 그럼에도 불구하고 제발 소원입니다."

나르치스가 정신을 차리려고 무진 애를 쓰는 사람처럼 잠시 심하게 눈을 깜박였다.

"꼭 필요한가?" 그는 울리지 않는 목소리로 물었다.

"네, 꼭 필요합니다. 당신과 이별을 고하러 왔습니다."

"그럼, 네가 온 것을 헛되이 할 수 없군. 이리와 내 옆에 앉아. 십오 분쯤 시간이 있다. 이 시간이 지나면 밤의 첫예배가 시작되네."

그는 수척한 몸을 일으키고 아무것도 깔지 않은 나무침대 위에 앉았다. 골드문트도 나란히 앉았다.

"제발 용서해 주십시요!" 골드문트는 죄를 자각하고 말했다. 골방, 아무것도 깔지 않은 나무 침대, 밤을 꼬박 새워 과도하게 긴장한 나르치스의 얼굴, 반쯤 방심하고 있는 눈초리 등, 모든 것이 그가 얼마나 방해하고 있는가를 똑똑히 보여주고 있었다.

"아무것도 용서할 거는 없어. 내게 염려할 것은 없다. 나는 아무렇지도 않아. 지금 이별을 고하고 싶다 하였지? 그럼, 가버릴 건가?"

"오늘 갑니다. 아, 나는 이야기할 수가 없습니다! 별안간에 모든 것을 결정짓고 말았습니다."

"네 아버지가 왔나? 안 그러면 아버지한테 소식을 전했나?"

"아녜요. 그렇지 않아요. 생명 그 자체가 내게 왔습니다. 나는 떠납니다. 아버지와 상관없이, 허락도 없이. 나는 당신한테 수치스러운 일을 합니다. 나는 달아납니다."

나르치스는 그의 여윈 흰 손가락을 내려다보았다. 손가락은 넓은 가운 소매에서 가느다랗게 유령처럼 보였다. "시간이 조금밖에 없다. 필요한 것만 말해줘. 똑똑히 그리고 간단히. 내가 네 신상에 일어난 것을 먼저 이야기하지 않으면 안 된단 말이냐?" 이렇게 말했을 때 그의 준엄하고 지친 얼굴에서는 느낄 수 없었으나 그 목소리 가운데는 미소를 느낄 수 있었다.

"그걸 말씀해 주십시오." 골드문트가 간청했다.

"너는 연앨 하고 있구나. 여자를 알았구나."

"어떻게 또 그걸 알 수 있었습니까?"

"네가 그걸 쉽게 풀어주고 있다. 네 모습은, 친구여. 사랑이라고들 하는 종류가 갖는 도취의 특징을 모두 띠고 있다. 자, 말해보렴, 어서."

머뭇거리며 골드문트가 친구의 어깨 위에 손을 얹었다.

"당신이 말씀하신 대로입니다. 하지만 이번 말씀은 그다지 맞지는 않습니다. 나르치스, 맞지 않아요. 전혀 다릅니다. 나는 들판에 나가서 따뜻한 햇볕에 잠이 들었습니다. 눈을 떠보니 나의 머리는 아름다운 어느 여인의 무릎 위에 있었습니다. 나는 얼른 어머니가 이제야 나를 데리러 왔나 보다고 생각했습니다. 그 여인을 어머니라고 생각한 것은 아닙니다. 그 여인은 짙은 갈색의 눈매와 검은 머리칼을 갖고 있었습니다. 어머니는 나와 마찬가지로 금발이었기 때문에 전혀 달랐습니다. 그러나 아무튼 어머니였습니다. 어머니의 부르는 소리, 어머니한테서 온 심부름꾼이었습니다. 내 가슴속 꿈에서 찾아온 것처럼 갑자기 낯선, 아름다운 한 여인이 찾아와서 내 머리를 그의 무릎 위에 얹고 꽃과 같이 나를 향해 생긋 웃으며 나를 애무해 주었습니다. 맨처음 키스할 때 나는 마음속에서 무엇이 녹아 형용할 수 없는 아픈 감정을 느꼈습니다. 이때까지 내가 느꼈던 모든 그리움, 모든 꿈, 달콤한 모든 불안, 내 마음 속에 잠자고 있었던 모든 비밀, 그 모든 것이 눈뜨고, 모든 것이 변화하고, 모든 것이 마법에 잡히고, 모든 것이 의미를 얻었습니다. 그 여인이 내게 여자가 무엇인지, 어떤 신비한 비밀을 가르쳐 주었습니다. 그 여인은 불과 반 시간 동안에 나를 몇 해나 더 나이 먹게 했습니다. 이제 나는 많은 사실을 알았습니다. 지금은 이 수도원에 있을 수 없고, 단지 하루도 있을 수 없다는 것을 별안간에 깨달았습니다. 밤이 되면 나는 떠납니다."

나르치스가 귀를 기울이고 끄떡였다.

"별안간에 찾아온 거라. 그러나 그것은 내가 예상하고 있었던 바다. 나는 자주 너를 생각할 것이다. 너는 내가 옆에 있어 주었으면 하고 생각할 것이다. 친구여, 너를 위해 도움이 될 게 있을까?"

"할 수만 있다면 나를 완전히 단죄해 버리시지 말도록 원장님께 한 마디 말씀해 주십시오. 이 수도원에서도 당신 이외에는 그 사람뿐입니다. 나에 대해서 어떤 생각을 갖고 있는지, 나한테 무관심하지 못한 분은 그 사람과 당신뿐입니다."

"알았다……. 다른 무슨 소원은?"

"네, 하나 있습니다. 훗날 내가 생각나는 일이 있으시거든 나를 위해 기도라도 한 번 해주십시오! 그리고 나는 당신한테 감사드립니다."

"무엇 때문에, 골드문트?"

"당신의 우정에 대해서, 당신의 참을성에 대해서, 모든 것에 대해서. 오늘은 어려운데도 내 이야기를 들어주신 것에 대해서도. 당신이 나를 붙잡아 두려고 노력하시지 않는 데 대해서도."

"어째서 내가 너를 붙잡아둘 마음이 있겠느냐? 내가 어떻게 생각하고 있는지는 너도 알 텐데. 그러나 어디로 갈 것인가, 골드문트? 목적이 있나? 그 여인한테 갈래?"

"네, 그 여인과 같이 가겠습니다. 목표는 없습니다. 그 여인은 낯선 사람이며 유랑하는 여인입니다. 보기에 집시인 것 같습니다."

"그런가, 그러나 이봐. 그 여인과의 행로는 극히 짧을지 모른다. 지나치게 그 여인을 의지해서는 안 되리라고 생각하는데. 아마 친척이나, 남편이 있을지도 몰라. 거기 가면 너를 어떻게 맞이하여 줄지 모르지 않는가."

골드문트가 친구한테 기대어 섰다.

"알고 있습니다. 나는 이때까지 그것은 생각지 않았지만 나한테는 목표가 없다고 당신에게 말한 적이 있습니다. 그 여인이 나한테 아무리 잘해준다 하더라도 나의 목표는 아닙니다. 그 여인한테 가기는 합니다만 그 여자 때문에 가는 것은 아닙니다. 가지 않으면 안 되기 때문에, 나를 부르기 때문에 갑니다."

그는 입을 다물고 한숨을 쉬었다. 둘은 나란히 기대 앉았다. 슬픔에 잠겨, 그러나 부서지지 않는 우정을 지니는 감정 속에서 행복한 마음으로 앉아 있었다. 잠시 후 골드문트가 이야기를 계속하였다. "내가 눈먼 봉사고 아무것도 눈치채지 못한다고 믿지는 말아 주세요. 아니오, 나는 그렇게 하지 않으면 안 된다는 것을 느끼기 때문에, 오늘 실로 기적적인 것을 맛보았기 때문에 즐겁게 가는 것입니다. 그러나 내가 행복과 만족 속으로만 들어간다고는 생각지 않습니다. 이 행로는 어려울 것입니다. 그렇지만 아름다우리라고도 기대합니다. 어느 여인의 것이 되고 몸을 맡긴다는 것은 대단히 아름답습니다. 내가 하는 이야기가 어리석게 들리더라도 나를 조롱하진 마십시오. 그러나, 어느 여인을 사랑하고, 그 여인에게 몸을 맡기고, 그것을 완전히 안아 갖고 동시에 그 여인에게 안겨져 있다는 것을 느낀다는 것은 당신이 약간 농담조로 '반해 있다.'고 말씀하시는 것과 똑같지는 않습니다. 그것을 조롱해서는 안 됩니다. 그것은 내게는 인생을 향한 행로, 인생의 의미를 향한 행로입니다. 아, 나르치스, 나는 당신한테서 떠나지 않으면 안 됩니다. 나는 당신을 사랑하고 있습니다, 나르치스. 당신이 오늘 나를 위해 잠을 희생해 주신 것을 감사드립니다. 당신한테서 떠나간다는 것은 쓰디쓴 일입니다. 당신은 나를 잊어버리시지나 않을까요?"

"마음을 무겁게 하지 말아줘! 나는 너를 결코 잊지 않는다. 너는 또 올 것이다. 그렇게 해줘. 나는 그걸 기대하고 있겠어. 형편이 안 좋을 때는 내게 오든가 나를 부르든가 해. 잘 가게, 골드문트. 하느님이 너와 함께 하시기를!"

그가 일어섰다. 골드문트는 친구를 포옹했다. 그는 친구가 애무하는 것을 두려워하기 때문에 키스를 하지 않고 다만 두 손을 어루만지기만 하였다.

밤이 되었다. 나르치스는 골방을 나서서 문을 닫고 성당 쪽으로 건너갔다. 샌들이 포석 위에서 덜그럭거리며 소리를 내었다. 골드문트는 애정을 담뿍 담은 눈초리로 수척한 친구의 뒷모습을 바라보았다. 친구의 모습은 드디어 복도 끝에서 그림자같이 사라져 성당 현관 어둠 속으로 삼켜지고 말았다. 수양과 의무와 덕에 흡수되고 재촉받아서. 아, 모든 것은 얼마나 이상야릇하고, 끝없이 기묘하고, 혼란스러운 것인가! 친구가 명상에 잠겨 단식과 철야로 몸은 초췌해지고, 청춘과 마음과 감각을 십자가에 걸고 희생으로 갖다놓고, 복종이란 가장 엄격한 단련에 따라서 일심전력 정신에 봉사드리며, 완전히 하느님의 말씀에 봉사드리는 자가 되어 있는 이 시간에, 용솟음쳐 흐르는 가슴을 안고 꽃봉오리 움트는 사랑에 취하여 찾아오다니 이것은 또 얼마나 기묘하고 놀라운 사실인가! 친구는 송장처럼 지쳐 창백한 얼굴을 하고 바싹 여윈 뼈만 남은 손을 하고 누워 보기에도 시체 같았다. 그렇지만 이내 분명한 의식을 가지고 다정스레 상대가 되어 주었다. 여인의 냄새를 풍기는 연애하는 남자에게 귀를 기울이고 참회, 수양 사이의 보잘것없는 휴식 시간을 희생하여 주었다! 이런 종류의 사랑, 자아를 잃은 완전한 정신적인 사랑이 존재한다는 것은 뭐라 표현할 수 없을 만큼 아름답다. 오늘, 햇빛이 쨍쨍 내리쬐는 들판에서 맛본 사랑, 아찔한 감각, 흠씬 취한 희롱과는 얼마나 판이한 사랑인가! 그렇지만 두 가지 다 사랑이었다. 아, 나르치스는 마지막 시간에 분명히 두 사람이 전혀 닮지 않았다는 것을 그에게 보여주고 나서 이제 사라지고 말았다. 지금 나르치스는 제단 앞에서 지친 무릎을 꿇고, 기도와 성찰의 밤을 맞이할 준비를 마치고 정결해져 있을 것이다. 밤에는 두 시간 이상 쉬는 것도, 자는 것도 허락되지 않았다.

한편 골드문트는 어느 나무 아래서 리제를 발견하여 달콤하고 동물적인 희롱을 맛보기 위해 달아나 버린 것이다. 나르치스라면 거기에 대해서 주목할 만한 것을 말할 수 있었으리라. 그러나 골드문트는 나르치스가 아니었다. 이 아름답고 소름이 오싹 끼치는 수수께끼와 혼란을 캐내고, 거기에 대해서 중대한 사실을 이야기하는 의무가 그에게는 없었다. 그는 막연하고 어리석은 골드문트의 행로를 걸어나가는 이외에 다른 의무는 없었다. 그에게는 몸을 맡겨서 자신을 기다리고 있는 아름답고 따뜻한 젊은 여인을 사랑하는 것 못지않게, 밤에 성당에서 기도드리고 있는 친구를 사랑하는 것 이외에 다른 의무는 없었다.

가슴은 수없이 싸움을 거는 감정에 흥분되어 안마당의 보리수 밑을 살짝 빠져나와 물방앗간에서 출구를 찾았을 때, 그가 '마을에 가기' 위해 콘라트와 함께 똑같은 샛길을 지나서 수도원을 빠져나온 그날밤 생각이 얼른 머릿속에 떠올라 웃음을 삼킬 수 없었다. 그때는 얼마나 흥분하고 가슴 두근거리며 금지된 조그만 소풍에 나갔던가. 오늘 그는 영원히 나가 버리는 것이다. 훨씬 더 엄격하게 금지되고, 훨씬 더 위험한 길을 가는 것이다. 거기다가 겁도 내지 않고 문지기, 원장, 선생도 생각하지 않았다.

이번에는 개울에 널빤지가 가로놓여 있지 않았다. 다리가 없는 대로 건너가지 않으면 안 되었다. 그는 옷을 벗어서 저쪽 둑에 훌쩍 던졌다. 발가벗고 가슴까지 차는 차갑고 깊숙이 세차게 흘러가는 개울을 건넜다.

둑에서 옷을 입으면서 생각은 다시 나르치스한테로 옮아갔다. 지금 나르치스가 예견한 것을 실행에 옮기고, 그를 인도한 곳으로 걸어가고 있다는 것 이외에 다른 무엇을 하는 것이 아니라는 것을 아주 분명히 깨닫고 수치스런 감정이 들었다. 저 영리하고 코웃음을 잘치는 나르치스가 눈부실 만큼 선명하게 그의 눈앞에 떠올랐다. 아주 어리석은 이야기를 들어준 나르치스, 지난날 중요한 시간에 고통 가운데서 눈을 뜨게 해준 나르치스, 그때 나르치스가 그에게 이야기하여 준 두세 마디가 지금 또 똑똑히 들렸다. '너는 어머니의 품 속에 잠자지만 나는 황야에서 눈뜨고 있다. 네 꿈은 소녀의 꿈을 꾸지만, 내 꿈은 소년을 꿈꾼다.'

잠시 그의 가슴은 얼어붙는 듯이 죄어들었다. 그는 홀로 어둠속에 서 있었다. 뒤에는 수도원이 있었다. 외견상의 고향에 불과하였으나 그래도 오래 살던 고향이었다.

동시에 그는 또 나르치스가 이제는 그를 경고하거나 우월한 식견을 가진 인도자요 선각자가 아니라는 것을 느꼈다. 오늘 그는 제아무리 나르치스라도 그를 인도할 수 없을 뿐 아니라 혼자 행로를 발견하는 나라로 발을 들여 놓았다는 것을 느꼈다. 그가 이것을 자각하게 된 것을 기뻐하였다. 독립하지 않았던 시절을 되돌아본다는 것은 무거운 짐에 억눌리는 것 같기도 하고 부끄럽기도 하였다.이제야 그는 볼 수도 있었고 어린아이도 학생도 아니었다. 그것을 안다는 것은 흐뭇했다. 그렇지만 이별을 고하기란 얼마나 어려운 고비였던가! 그가 건너편 성당에 무릎을 꿇고 있는 것을 알고 그에게 아무것도 줄 수가 없고, 도울 수도 없고, 그한테는 아무것도 아닐 수 있다는 것을, 그리고 이제부터 기나긴 시간 동안 아마 영원히 그와 헤어져서 살고, 그에 관한 소식은 전혀 듣지 못하고 그의 목소리도 듣지 못할 뿐더러 그의 고귀한 눈을 볼 수 없다는 것은 얼마나 고통스러운가!

그는 소매를 뿌리치듯 자갈밭 오솔길을 더듬어 나갔다. 수도원 벽에서 백 발자국쯤 떨어지자 멈춰서서, 숨을 가쁘게 내뿜으며 있는 힘을 다해서 부엉이 우는 소리를 내었다. 똑같은 부엉이 울음소리가 저편 개울 밑에서 대답했다.

'서로들 동물처럼 울고 있구나.' 하고 생각하지 않을 수 없었다. 그리고 사랑을 희롱하던 오후 한때를 떠올렸다. 그와 리제 사이에는 애무의 최후에야 겨우 말을, 아무것도 아닌 평범한 대화를 나눈 데 불과하다는 의식이 이제야 기억났다. 이와 반면에 나르치스와는 얼마나 긴 대화를 나누었던가! 그러나 지금은 이야기를 하는 것이 아니라 서로 부엉이 울음 소리로 꾀어내는, 언어가 아무런 뜻을 갖지 않는 세계에 들어온 것 같았다. 그것은 알고도 남음이 있었다. 그는 오늘 언어나 생각에 대해서는 아무런 욕구를 가지지 않았다. 다만 리제에 대해서, 언어는 물론 없거니와 봉사요 벙어리 같은 감정과 탐색에 대해서, 한숨을 쉬며 용해하여 버리고 마는 것에 대해서 욕구를 가질 뿐이었다.

리제는 거기에 있었다. 벌써 그 여인은 숲속에서 그를 마중하러 나왔다. 그는 여인을 잡기 위해 두 손을 벌렸다. 애정에 넘친 두 손을 더듬으며 여인의 머리, 머리칼, 목덜미, 탄력있는 허리를 안았다. 한 팔은 여인의 허리를 안은 채, 아무 말도 않고 어디 가냐고 묻지도 않고 앞으로 자꾸 걸어갔다. 여인은 위험한 길을 하나 밟지 않고 밤의 숲속으로 들어갔다. 발걸음을 맞추어 나가는데 진땀이 흘렀다. 여인은 마치 여우나 담비처럼 밤눈을 가진 듯이 부딪치지도 않고 걸리지도 않고 걸어갔다. 그는 어둠 속으로, 숲속으로 언어도 생각도 없는 눈먼 신비 가득한 나라로 끌려가는 대로 자신을 내맡기고 있었다. 그는 벌써 생각조차 달아나 버렸다. 버리고 온 수도원과 나르치스도 생각하지 않았다.

때로는 쿠션처럼 부드러운 이끼 위를, 때로는 광대뼈같이 불거진 딱딱한 뿌리 위를 지나 두 사람은 아무 말 없이 어두운 숲 길을 달려갔다. 때로는 높다란 곳 소복한 잎새 사이로 밝은 하늘이 보였다. 때로는 새까만 칠흑이었다. 관목들이 얼굴에 부딪히기도 하고 딸기덩굴이 옷에 걸려 그를 붙잡기도 하였다. 어디를 가도 리제는 능숙하게 길을 열어 주었다. 멈추어 서거나 망서릴 때는 거의 없었다. 한참 뒤 두 사람은 드문드문 서 있는 솔밭에 도착했다. 멀리 어슴푸레한 밤 하늘이 트여 있었다. 숲은 끝나고 초원이 있는 골짜기가 두 사람을 맞이했다. 건초 냄새가 달콤하게 났다. 그들은 소리도 없이 흘러가는 개울을 그냥 건넜다. 이 활짝 트인 장소는 숲속보다 한층 더 고요하였다. 관목들의 속삭임 소리도, 밤 동물의 팔짝 뛰어넘는 소리도, 고목들이 부러지는 소리도 나지 않았다.

커다란 건초더미 옆에서 리제가 멋었다.

"여기서 쉬죠." 리제가 말했다.

두 사람은 건초더미에 주저앉아, 우선 숨을 쉬고 휴식을 즐겼다. 얼마간 피곤하였다. 두 사람은 팔다리를 뻗고 정적에 귀를 곤두세우고 있으려니 이마가 말라오고 얼굴이 차츰 식어가는 것이 느껴졌다. 골드문트는 나른한 피곤 속에 젖어들어 웅크리고 앉아 희롱하듯 무릎을 끌어당겼다가 폈다가 하였다. 길게 호흡하며 밤과 건초 냄새를 빨아들이기도 하였다. 과거도 생각하지 않았고 미래도 생각하지 않았다. 서서히 애인의 향기와 따스함에 이끌리고 매혹당할 뿐이었다. 때때로 여인의 애무에 답하기도 하며, 옆에 있는 여인이 차츰 열이 오르기 시작하여 자꾸 몸을 밀착시켜 왔다. 아니, 여기서는 언어도 생각도 소용이 없었다. 그는 중요하고 아름다운 온갖 것을, 여인의 몸에 깃든 젊음에 찬 포동포동한 힘과 단순하고 건강한 아름다움을, 그 몸이 차츰 뜨거워져서 욕정이 더해가는 것을 똑똑히 느꼈다. 또 이번에는 그 여인이 첫번째와 다른 방법으로 사랑을 받고 싶어하는 것을, 이번에는 그를 유혹하거나 가르치는 것이 아니라 그의 공격과 욕망을 기대하고 있는 것을 똑똑히 알 수 있었다. 그는 거센 물결이 몸을 휘감는 대로 내버려두었다. 소리도 없이 가만히 증가하는 불이 두 사람 마음속에 살아서, 두 사람의 아늑한 침상을 말없는 밤 전체의 중심으로 만드는 것을 느끼고 욕정을 채웠다.

리제의 얼굴 위에 허리를 굽히고 어둠 속에서 리제의 입술에 키스를 시작하자 대뜸 리제의 눈매와 이마가 부드러운 빛 속에서 흔들리는 것이 보였다. 놀라서 눈을 뜨고 그 빛이 뽀얗게 비치다가 얼른 강해지는 것을 보고 있었다. 나중에야 그 뜻을 알고 뒤를 돌아다보았다. 기다랗게 줄지어 있는 검은 숲 기슭 위에 달이 뜬 것이었다. 하얗고 보드라운 빛이 리제의 이마와 뺨 위에, 둥그스름한 하얀 어깨 위에 흐르는 것을 보고 정신이 아뜩하였다. 그는 나지막이 꿈결같은 목소리로 말했다. "아름다운 널 뭐라 하면 좋을까!"

리제는 선사라도 받은 것처럼 방긋 웃었다. 그는 리제의 상체를 일으키고, 가만히 리제가 옷을 벗는 것을 도와 주었다. 리제는 어깨와 가슴이 차디찬 달빛 속에서 알몸으로 깜박깜박 비칠 때까지 옷을 벗고 있었다. 그는 가만히 쳐다보다가 입을 맞추며 보드라운 그림자 뒤를 쫓아갔다. 리제는 마치 신들린 듯 눈을 내리깐 채 엄숙한 표정으로 꼼짝 않고 있었다. 자신의 아름다움을 이 순간에 처음으로 자기 자신도 발견하고 알몸으로 드러내기나 한 듯이.

제 7 장

들판 위가 차가워지고 점점 더 달이 중천을 향하는 동안, 두 연인은 사랑의 희롱에 빠져들어가 함께 졸며, 잠자며, 부드럽게 빛이 던져지고 있는 침상에서 쉬고 있었다. 눈을 뜨면 마주 누워 서로 열정적으로 부둥켜 안았다. 그러다가는 다시 잠들었다. 최후의 포옹을 하고서는 두 사람은 지칠 대로 지쳐 버렸다. 리제는 건초에 깊이 몸을 파묻고, 꿍꿍 앓는 듯 숨을 쉬고 있었다. 골드문트는 반듯이 누워 꼼짝도 하지 않고 희멀건 달, 하늘을 언제까지나 보고 있었다. 두 사람의 마음속에는 크나큰 슬픔이 솟아올랐다. 두 사람은 그것을 피해 잠을 청했다. 절망에 싸여 깊이 잠들었다. 마치 이걸로 마지막이라는 듯이, 굶주림에 허덕이는 황소처럼 잠들었다. 두 사람은 영원히 깨어 있어야만 하는 선고를 받고 이 시간 안에 세상의 온갖 잠을 들이삼키지 않으면 안 되듯이 잠들었다.

눈을 떠보니 골드문트는 리제가 검은 머리칼을 빗고 있는 것을 보았다. 그는 멍청히 겨우 반쯤 눈을 뜨고 잠시 리제를 쳐다보았다.

"벌써 일어났나?" 결국 골드문트가 물었다.

리제가 깜짝 놀란 듯 골드문트 쪽으로 얼른 얼굴을 돌렸다.

"나는 지금 가야만 돼요." 여인은 좀 속절없다는 듯, 당황해하면서 말했다. "당신을 깨우기 싫었어."

"벌써 일어난걸. 이제 우리는 떠나야 해. 하기야 우리는 갈 데도 없는 신세지만."

"그래요." 리제가 말했다. "하지만 당신은 수도원에 갈 사람이 아니에요"

"이제는 수도원 같은 데 가진 않아. 나도 너와 같아. 아주 외로운 몸이고 목표도 없거든. 너하고 같이 갈래."

여인은 고개를 옆으로 돌렸다.

"골드문트, 당신은 나하고 같이 못 가요. 나는 이제부터 내 남편한테 가야 해요. 밤에 집을 비웠기 때문에 가면 남편한테 두들겨 맞을 거예요. 길을 잃었다고는 말하겠지만 그 양반 그런 말을 안 믿을 거예요."

그때 골드문트는 나르치스가 이 사실을 예견하여 준 것이 생각났다.

그는 일어서서 여인에게 악수를 청했다.

"내 계산이 틀렸어." 그가 말했다. "우리 둘은 같이 있을 수 있을 거라구 믿었단 말이야. 하지만 너는 나를 정말 잠재워 놓고 작별인사도 없이 달아날 작정이었나?"

"당신이 화내며 나를 때릴 거라고 생각했어요. 남편한테 매 맞는 것은 할 수 없는 일 이지만, 으레 그런 거지요. 하지만 당신한테 매맞는 건 싫었어요."

그가 리제의 손을 꽉 잡았다.

"리제," 그가 말했다. "나는 널 안 때려. 오늘도 그리고 이 다음에도 절대 안 때려. 네 남편이 그렇게 매질한다면 차라리 나와 같이 가자."

리제가 손을 뿌리치기 위해 힘껏 잡아당겼다.

"싫어, 싫어." 막 울듯한 목소리로 소리질렀다. 여인이 그에게서 떠나고 싶어하고 또 그에게 다정스런 말을 듣는 것보다는 남편에게 차라리 매맞고 싶어하는 것을 그는 충분히 짐작했기 때문에 손을 놓아 버렸다. 그러자 여인은 울기 시작하더니 젖은 눈을 두 손으로 가리고 달아나 버렸다. 그는 아무 말 없이 여인을 바라보았다. 베어낸 풀밭 위를 무슨 힘에 의해 잡아당겨지듯 달아나는 리제가 가여웠다. 그 미지의 힘이 무엇인가 그는 생각하지 않을 수 없었다. 리제가 불쌍해 보였으나 동시에 자기 자신도 처량했다. 아무래도 운수가 좋지 못한 것 같았다. 얼마간 멍청하게 버림을 받고 남겨진 채 주저앉아 있었다. 그 사이에도 여전히 몸은 지치고 졸음이 왔다. 이다지도 고달픈 적은 한 번도 없었다. 불운에 처하는 것은 훗날이라도 좋았다. 그는 또 잤다. 겨우 정신을 차렸을 때는 벌써 중천에 떠오른 태양이 따갑게 그를 내리쬐고 있었다.

이번에는 실컷 쉴 수 있었다. 얼른 일어나서 개울로 쫓아가 세수를 하고 물을 마셨다. 문득 추억이 되살아났다. 어제저녁 연애놀이의 갖가지 장면과 귀엽고 애정에 넘친 감정이 마치 낯선 꽃향기같이 풍겨왔다. 기운차게 걸어나가면서 그는 그 생각을 되풀이하고, 모든 것을 다시 느껴보며 모든 것을 자꾸만 맛보고 냄새를 풍기고 더듬어 보았다. 낯선 갈색의 여인은 얼마나 많은 꿈을 실현시켜 주었던가! 얼마나 많은 봉오리를 꽃피게 하고 얼마나 많은 호기심과 그리움을 진정시켜 주고 또 새롭게 눈뜨게 해주었는가!

그의 눈앞에는 들판이 있었다. 바싹 마른 휴간지와 어두컴컴한 숲이 있었다. 뒤에는 농가나 물방앗간이나 마을이나 도시가 있을지도 몰랐다. 처음으로 세계가 그의 눈앞에 광막하게 기다리고 있었다. 그를 맞이해 주고, 그를 반겨주고, 괴롭혀줄 준비를 잔뜩 한 채. 그는 이제 세상을 창으로 내다보는 학생이 아니었다. 그의 방랑은 싫든 좋든 돌아가지 않으면 안 되었던 이전의 산보가 아니었다. 이 크나큰 세계가 지금은 현실이 되었다. 그는 그의 일부가 되었다. 그의 운명은 그 속에서 휴식을 취하고 있으며, 하늘은 그의 하늘이었으며, 날씨는 그의 날씨였다. 이 커다란 세계 안에서 그는 토끼나 아니면 딱정벌레처럼 작았지만 푸르름과 무한한 세계를 달렸다. 여기서는 기상이나 예배나 수업이나 점심때를 알리는 종은 울리지 않았다.

아, 이 배고픔! 보리빵 반 인분과, 한 컵의 밀크와 밀가루 수프, 그것은 얼마나 매혹적인 기억인가! 그의 위장은 늑대와 같이 눈떴다. 곡식밭을 지나갔다. 이삭은 반이나 익어 있었다. 그는 손가락과 이빨로 껍질을 벗기고, 조그마하고 미끄러운 곡식 알을 부지런히 비벼가며 자꾸 새것을 따서는 호주머니에 가득 채웠다. 그러다가 개암을 발견했다. 아직은 파랬지만 즐겁게 껍질을 깨물었다. 이것도 저장할 셈으로 집어 넣었다.

또 숲이 시작되었다. 떡갈나무와 물푸레나무가 섞인 전나무 숲이었다. 여기서는 월귤나무가 많이 있었다. 그는 여기서 쉬며 먹고, 더위를 피했다. 가느다랗고 딱딱한 풀 사이에 파란 며느리꽃이 피어 있었고, 갈색으로 반짝거리며 빛나는 나비가 이리저리 맴돌더니 사라져 버렸다. 이런 숲속에 성녀(聖女) 게노페바가 살고 있을 거다. 성녀의 이야기가 그는 언제나 좋았다. 아, 성녀 게노페바를 만날 수가 있다면! 안 그러면 숲속에는 은둔자의 거처 같은 것이 있어서 수염이 허연 노 신부가 동굴이나 나무껍질 오두막집에 살고 있을지도 모른다. 어쩌면 이 숲속에는 숯 굽는 사람이 살고 있을지도 모른다. 있기만 하면 기쁘게 인사를 할 텐데. 도둑이 살고 있을지 몰라도 내게는 아무 짓도 안하겠지. 어떤 사람이라도 좋다. 사람을 만난다면 기쁠 텐데. 그러나 그는 알고 있었다. 그것도 그의 천명이라면 참지 않으면 안 되었다. 이렇다 저렇다 생각해서는 안 되었다. 뭐든지 닥치는 대로 맡겨 두지 않으면 안 되었다.

딱딱 치는 딱다구리 소리가 들려 그놈을 잡아보려고 했다. 딱다구리가 있는 데를 찾아내려고 오랫동안 애를 써서 기어이 찾아내었다. 딱다구리가 한 마리 나무둥지에 철썩 달라붙어서 딱딱 쪼며 부지런히 고개를 움직이는 것을 잠시 바라보았다. 동물과 이야기 나눌 수 없다는 것이 섭섭하였다. 딱다구리를 불러내어 무슨 다정한 이야기를 걸어서 나무 속의 생활이나 그의 일이나 기쁨에 대해서 무슨 말을 들을 수 있다면 좋을 텐데. 아, 변신할 수 있다면 오죽 좋으랴!

그가 한가할 때 자주 스케치를 한 것과 석판에 꽃이나 잎새, 나무나 사람의 머리 등 온갖 그림을 그린 생각이 떠올랐다. 그렇게 하면서 오랜 시간을 보냈던 것이다. 때때로 그는 아기 하느님처럼, 마음 내키는 대로 생물을 만들었다. 꽃잎에다 눈이나 입을 그려넣고, 가지에서 봉오리를 내고 있는 잎새 다발을 손가락 모양으로 만들고, 나무 위에 머리를 만들어 놓았다. 이런 유희를 하며 한 시간 동안이나 즐겁게 멍한 상태로 자주 있었다. 그는 요술을 부릴 수가 있었다. 선을 그어 가지로 시작된 형태가 나뭇잎이 되는지, 물고기의 주둥아리가 되는지, 여우의 꼬리가 되는지, 사람의 눈썹이 되는지, 자신으로서도 뜻밖의 생각을 하였다. 그때 조그만 널빤지 위에 그어진 선이 그러했듯이 변신할 능력이 있어야 한다고 그는 생각했다. 골드문트는 하루나 한 달쯤 딱다구리가 되고 싶었다. 그리고 언제나 나뭇가지에 살며 미끄러운 줄기를 높이 기어올라가서 강한 주둥아리로 나무껍질을 쪼며, 꼬리 깃으로 전신을 곧추세우고, 딱다구리의 이야기를 하며 맛있는 것을 나무껍질 속에서 빼내고 싶었다. 잘 울리는 나무 속에서 딱다구리가 치는 소리가 달콤하고 날카롭게 들려왔다.

골드문트는 숲속을 거닐다가 도중에 온갖 동물을 만났다. 덤불 속에서 불쑥 튀어나온 토끼와 자주 부딪혔다. 그가 가까이 가자 토끼들은 그를 쳐다보다가는 방향을 돌리고 귀를 숙이며 쏜살같이 달아나 버렸다. 꼬리 밑이 하얬다. 작은 빈터에서 기다란 뱀을 보았다. 그놈은 도망치지 않았다. 살아 있는 뱀이 아니고 속이 텅빈 허물이었다. 그것을 들고 관찰해 보았다. 허리에는 아름다운 무늬가 회색과 갈색으로 이어내려져 있었다. 햇빛이 뚫고 들어왔다.

거미줄같이 가늘었다. 노란 주둥아리를 한 검은 티티새가 보였다. 티티새들은 불안에 찬 새까만 눈동자로 가만히 모여들어서 쳐다보고 있다가 땅바닥에 닿을 듯이 나직이 날아가 버렸다. 북멧새나 피리새도 많이 있었다. 숲 한 곳에 구멍이 있었다. 거기에 파랗고 진한 물이 가득 괴어 있었다. 그 위를 다리가 긴 거미가 이유 모를 장난에 도취하여 부지런히 미친놈처럼 뒤엉키며 달리고 있었다. 그 위를 진한 물새의 날개를 가진 잠자리가 몇 마리 날아다니고 있었다. 벌써 저녁 때가 가까웠다. 밑바닥에는 짓밟혀서 흐트러진 나뭇잎뿐이었다.나뭇가지가 꺾여지고 젖은 흙덩이가 털그덩하는 소리가 들렸다. 통 보이지도 않는 커다란 동물이 맹렬한 기세로 덤불을 꺾으며 돌진해 갔다. 사슴이거나 멧돼지였을 테지만 그는 정확히는 몰랐다. 오랫동안 무서움에 크게 숨을 내쉬며 장승처럼 서 있었다. 매우 흥분하여 그 동물의 움직임에 귀를 기울이고 있었다. 벌써 만물이 고요해졌는데도 아직 가슴이 두근거리며 주위를 살피고 있었다.

숲에서 나오는 길을 찾을 수가 없었다. 숲속에서 밤을 새우지 않으면 안 되었다. 잠자리를 찾고 이끼의 침상을 만들고 있을 동안, 이제 숲속에서 빠져나올 수가 없어서 언제까지나 이 속에 있지 않으면 안 된다면 어떻게 하나 하고 여러 가지 생각을 해보았다. 크나큰 불행일 것이다. 딸기로 연명하는 것은 결코 불가능한 일은 아니었다. 이끼 위에서 자는 것도. 그 밖에도 오두막을 짓는다든가, 불을 만드는 것까지도 틀림없이 성공할 것이다. 그러나 언제나 혼자 있다는 것, 잠자고 있는 고요한 나무줄기 사이에서 살고, 사람을 피해서 달아나는 동물, 이야기도 나눌 수 없는 동물 사이에서 살아나간다는 것은 참을 수 없을 만큼 슬픈 사실일 것이다. 인간이라고는 얼굴도 볼 수 없을 뿐 아니라 그 누구하고도 낮인사나 저녁인사를 나눌 수도 없고, 얼굴이나 눈도 들여다볼 수 없고, 처녀도 여인도 구경할 수가 없고, 키스도 맛볼 수 없고, 입술과 손발의 그윽하고 부드러운 희롱도 할 수가 없다는 것은, 아, 아무래도 생각해볼 수 없는 사실이다! 차라리 그런 신세가 될 몸이라면 곰이나 사슴 같은 동물이라도 될 노력을 할 텐데. 가령 그 때문에 내세의 행복을 단념하는 한이 있더라도 곰이 되어 암곰을 사랑하는 것은 싫은 일도 아닐 것이다. 적어도 이성이나 언어 등 온갖 것을 가지고 있으면서도 혼자 쓸쓸히 사랑도 받지 못하고 생을 이어나가기보다는 훨씬 낫겠다.

이끼의 침상에서 잠들기 전에 물론 뜻이야 모르지만 수수께끼 같은 숲속의 밤이 주는 온갖 이야기를 호기심과 불안한 마음으로 듣고 있었다. 그것이 지금은 그의 친구들이었다. 그들과 함께 살고, 그들의 습성에 따르고, 그들과 내기를 하고, 화합해 나가지 않으면 안 되었다. 이 시간부터 그는 여우나 작은 사슴이나, 전나무나 노송나무의 친구였다. 그들과 같이 대기와 태양을 나누고 그들과 함께 점심때를 기다리고, 그들과 함께 배를 곯고, 그들의 손님이 되지 않으면 안 되었다.

그러다가는 잠을 잤다. 동물이나 인간의 꿈을 꾸었다. 꿈속에서 곰이 되어 리제를 애무하다가 잡아먹었다. 한밤중에 소스라치게 놀라며 그는 눈을 떴다. 왜 그런지 알 수 없었으나 가슴은 한없는 불안감에 싸이고 오랫동안 어지러운 마음으로 곰곰이 생각에 골똘해지고 말았다. 어제도 오늘도 밤에 기도드리지 않고 잠이 들었다는 생각이 떠올랐다. 그는 일어나서 침상 옆에 무릎을 꿇고 어제 것과 오늘 것을 합해서 두 번 저녁기도를 드렸다. 이내 또 잠이 들었다.

아침이 되자 이상한 생각에 잠겨 그는 숲속을 두리번거렸다. 그가 지금 어디 있는 것조차 잊어버리고 있었다. 숲에 대한 불안은 가시기 시작했다. 새로운 환희를 가지고 숲 생활에 몸을 맡기고 해가 뜨는 곳을 향하여 계속 앞으로 걸었다. 아주 편편한 장소를 발견하였다. 밑 가지가 없고 대단히 두껍고 곧은 전나무 고목뿐이었다. 그 기둥들 사이로 잠시 걸으니 수도원 대성당의 기둥들이 생각났다. 그럴 때 막 성당의 검은 현관으로 그의 친구 나르치스가 빠져나가는 모습을 보는 느낌이었다. 그러나 언제? 정말 불과 이틀 전 일이었을까?

이틀 낮, 이틀 밤이 지나서야 겨우 그는 숲속에서 빠져나왔다. 인간이 가까이 있다는 징조를 알아차리고 기뻤다. 갈아놓은 토지, 밀이나 귀리가 피어 있는 가느다란 밭이랑, 초원 등, 그곳에는 여기저기에 멀리까지는 안 보이지만 사람이 지나다니는 오솔길이 나 있었다. 골드문트는 밀을 한 주먹 쥐어서 그것을 씹었다. 다듬은 농토들이 정답게 그를 쳐다보았다. 황량한 숲속에서 오랜 시간 있어서 그런지 그에게는 오솔길, 귀리, 꽃이 시들어서 하얘진 밀 깜부기도 모두 다 인정스럽고 상냥한 기분을 던져주는 듯했다. 지금은 인간이 있는 데로 갈 수가 있겠지. 한 식경이나 지난 다음 밭이랑 옆을 지나갔다. 그 옆에 십자가가 서 있었다. 그는 무릎을 꿇고 기도를 드렸다. 불쑥 튀어나온 언덕허리를 돌아가자 갑자기 그늘이 우거진 보리수 앞에 섰다. 그는 황홀한 마음으로 샘물의 멜로디에 귀를 기울였다. 그 물은 나무 틈으로 해서 기다란 나무통에 떨어졌다. 차갑고 맛있는 물을 마셔 보았다. 말오줌나무 사이에서 두세 개의 짚 지붕이 솟아 있는 것을 보니 한없이 기뻤다. 말오줌나무 열매는 벌써 까맣게 익어 있었다. 이런 그리운 특징보다도 한결 더 깊숙이 그의 마음을 움직인 것은 암소의 울음소리였다. 그 소리는 반갑게 환영 인사라도 하여 주는 듯, 흐뭇하고 따스하고 평화로운 소리를 바람에 실어 그의 귀에 울려 주었다.

이곳 저곳을 두리번거리며 암소의 울음소리가 들려 나오는 오두막 집으로 걸음을 옮겼다. 빨간 머리칼과 연파란색 눈을 한 조그만 사내아이가 먼지투성이가 되어 대문 앞에 앉아 있었다. 사내아이는 옆에 물이 가득 든 점토 항아리를 놓고 흙과 물을 가지고 반죽을 만들고 있었다. 그의 맨발은 벌써 반죽으로 범벅이 되어 있었다. 물론 반죽한 진흙을 교묘하게 두 손으로 누르고 있었다. 매우 열중해 있는 모습이었다. 손가락 사이에서 진흙이 불쑥 솟아 올랐다. 사내아이는 그것을 가지고 공을 만들고 있었다. 주무르고 또한 형상을 만들어 나가는데 턱도 한 몫 거들었다.

"꼬마야, 안녕." 골드문트가 정답게 말했다. 그러나 꼬마는 웬 낯선 사람을 발견하자 입은 크게 벌어지고 통통한 얼굴은 울상이 되어 찌푸려진 채 기어서 대문 안으로 들어가고 말았다. 골드문트는 뒤를 쫓아서 부엌으로 들어갔다. 그곳은 매우 어둠침침해서 한낮의 햇빛 속에 있던 그로서는 처음에는 아무것도 볼 수 없었다. 그는 극진히 인사를 했다. 대답은 없었다. 그러나 놀란 사내아이의 울음소리가 그치지 않는 가운데 꼬마를 달래는 노인의 가느다란 목소리가 들려왔다. 한참 후 키가 조그만 노파가 어둠 속에서 일어서더니 그에게 다가와 한 손으로 눈을 가리며 손님을 쳐다보았다.

"실례합니다. 할머니." 골드문트가 소리쳤다. "성자들이 다들 당신의 선량한 얼굴을 축복하여 주옵기를! 사흘 전부터 저는 인간의 얼굴을 통 보지 못했습니다."

조그만 노파는 노안(老眼)으로 한참 동안 그의 얼굴을 빤히 쳐다보고 있었다.

"원참, 무슨 일이냐?"

노파는 불안스레 물었다

골드문트가 악수를 청하여 노파의 손을 어루만졌다.

"인사를 하려고 했더랬어요, 할머니. 그리고 쉴 자리를 얻어서 불을 피우는 심부름이나 해드리겠습니다. 빵을 한 조각 얻을 수 있다면 사양은 않겠습니다만. 하지만 서둘 것까지야 없습니다."

그는 벽에 붙여놓은 긴의자로 가서 앉았다. 한편 노파는 꼬마 때문에 빵을 한 조각 잘랐다. 꼬마는 이제 긴장과 호기심을 가지고 그러나 지금이라도 울며 달아날 태세를 갖추고 낯선 사람을 흘겨보고 있었다. 노파는 빵을 한 조각 더 잘라서 골드문트에게 가지고 왔다.

"참 고맙습니다." 그가 말했다. "하느님의 은총이 있으시길!"

"뱃속이 비었나?" 노파가 물었다.

"텅 비지는 않았어요. 월귤나무 열매로 가득 채웠습니다."

"그럼 어디서 왔나?"

"말브론의 수도원서요."

"수도사냐?"

"아뇨, 학생입니다. 여행하는 중입니다."

노파는 비웃음을 머금고 멍청하게 그를 쳐다보았다. 그리고 주름살 투성이의 말라빠진 목 위에 얹혀 있는 머리를 조금 흔들었다. 노파는 그가 빵을 먹게 놓아 두고, 꼬마를 데리고 나가더니 곧 돌아왔다. 호기심 때문이었다. "무슨 새 소식을 알고 있나?" 하고 물었다. "뭐 그다지. 안젤름 신부를 아시나요?"

"몰라. 그 사람이 뭐 어떻다는 거냐?"

"앓고 있어요."

"앓고 있어? 죽겠나?"

"몰라요. 다리가 상했어요. 잘 걷지 못하는 걸요."

"죽겠나?"

"모르겠어요. 아마 죽을 테죠."

"그럼, 죽게 내버려두지 그래. 국을 끓여야겠는걸. 나무 찍는 걸 도와줘."

노파는 그에게 아궁이 옆에서 바짝 마른 전나무 장작과 칼을 내

주었다. 그는 노파가 원하는 대로 땔나무를 찍어 주었다. 노파는 그걸 모닥불 속에 집어 넣었다. 골드문트는 그 위에 허리를 구부리고 불이 붙을 때까지 연상 입김으로 부는 것을 구경하고 있었다. 노파는 단정하고 독특한 배열로 전나무와 죽도화나무를 차곡차곡 쌓았다. 활짝 열어놓은 아궁이 위에서 불은 빨갛게 지펴졌다. 그을음으로 새까만 철사 줄로 삼발이 위에 매달아 놓은 검정색 솥을 불꽃 위에서 빙빙 돌렸다. 골드문트는 노파의 명령으로 샘에서 물을 길어오기도 하며, 우유 쟁반에서 크림을 긁어내기도 하며, 연기가 자욱한 어둠 속에 앉아서 불꽃의 희롱이나, 그 위에서 광대뼈가 튀어나오고 주름살 투성이인 노파의 얼굴이 빨간 불빛을 받아서 나타났다가 또 사라지는 것을 바라보기도 하였다. 옆에서는 널빤지 벽 저쪽의 암소가 죽통을 덜그럭거리기도 하고 밀어붙이기도 하는 소리가 들렸다. 그의 마음은 한결 흐뭇하였다. 보리수나 샘물, 가마솥에서 펄럭이는 불꽃이나 암소가 풀을 뜯으며 콧방귀를 뀌고, 파헤치고, 벽에 쾅 하고 부딪치는 소리나 테이블이며 긴의자가 있는 어두컴컴한 방이나, 한시를 쉬지 못하고 움직이는 조그만 노파 등, 그 모든 것이 아름답고 선량하고 음식과 평화, 인간과 온정, 고향 등의 냄새를 풍기고 있었다. 염소도 두 마리 있었다. 노파한테서 집 뒤에 돼지우리도 있다는 것을 듣고 알았다. 노파는 농부의 할머니로서 꼬마의 증조할머니였다. 꼬마는 쿠노라 부르며 가끔 안에 들어왔다 한 마디 말도 하지 않고 얼마간 염려스런 눈짓은 하였으나 울지는 않았다.

농부가 아내와 같이 돌아왔다. 낯선 사람이 집안에 있는 것을 보고 몹시 놀랐다. 농부는 당장이라도 퍼부울 기세로 괴이하게 여기면서 청년의 팔을 붙들고 문간으로 끌고 나가, 한낮의 햇빛 아래서 얼굴을 자세히 들여다보았다. 그러더니 웃음을 띠고 청년의 어깨를 정답게 툭툭 치며 식사에 초대했다. 두 사람은 앉았다. 각각 빵을 함께 쓰는 우유 접시에 넣어서 적셨다. 드디어 우유는 밑바닥을 보이고 농부는 나머지를 훌쩍 마셔 버렸다.

골드문트는 내일까지 이곳에서 자도 좋은지를 물었더니 그럴 장소는 없으나 바깥에 나가면 얼마든지 건초가 있으니 잠자리 정도야 찾아낼 수 있을 것이라고 농부가 말했다.

농부의 아내는 꼬마를 옆에 놓고 이야기에는 한몫 끼지 않았으나, 식사를 하는 동안 호기심 가득찬 시선은 그 젊은 나그네에게 쏠려 있었다. 그의 곱슬머리와 눈매는 처음부터 여자의 마음을 끌었다. 그리고 곱상한 그의 하얀 목, 품위가 있어 보이는 그의 매끄러운 손, 죽 뻗은 손의 아름다운 동작, 이런 것도 마음에 흐뭇하였다. 아낙네에게는 나그네가 훌륭하게 비쳐졌다. 게다가 무척 젊었다. 그러나 그녀의 마음을 제일 많이 끌어당기고 반하게 한 것은 나그네의 목소리였다. 그윽하고 노래부르는 듯, 따스하게 빛나는 듯, 부드러이 사랑을 구하는 듯 한 젊은 남자의 목소리가 애무와도 같이 들렸다. 좀더 오래 이 목소리를 듣고 싶었다.

식사 후, 농부는 외양간에 볼일이 있었다. 골드문트는 집을 나왔다. 샘에서 손을 씻고 나지막한 샘물터에 앉아서 몸을 식히며 물 소리에 귀를 기울였다. 마음을 정하지 못했다. 여기서는 이제 아무것도 구할 것이 없었다. 벌써 떠나지 않으면 안 된다는 것은 서운한 일이었다. 그곳에 농부의 아내가 통을 들고 나와 흐르는 물 밑에 갖다놓고 한 동이 가득 채웠다. 나지막한 소리로 그 여자가 말했다. "이봐요. 오늘밤에 멀리 안 가면 내가 먹을 것을 갖다 줄게요. 저기 기다란 보리밭 뒤에 건초더미가 있어요. 저건 내일 날라올 거예요. 거기 있겠어요?"

그는 주근깨가 박힌 여인의 얼굴을 쳐다보았다. 여인의 굵은 팔이 통을 움직이는 것을 보았다. 여인의 맑고 커다란 눈은 열기를 띠고 있었다. 그는 여인에게 방긋이 웃어주며 끄덕였다. 벌써 여인은 물이 출렁출렁 넘치는 통을 가지고 문간의 어둠 속으로 사라져 버렸다. 감사한 마음을 감추지 못하고 그는 거기 앉아 있었다. 마음이 한결 흐뭇하였다. 흐르는 물에 귀를 기울였다. 조금 있다가 안에 들어가 농부를 찾았다. 농부와 할머니한테 악수를 하고 감사를 드렸다. 오두막 안에서는 연기와 그을음과 우유 냄새가 났다. 방금까지도 이 오두막은 밤이슬을 피하는 피난처요 고향이었는데 이제 서먹서먹한 타향이 되고 말았다. 그는 인사를 하고 밖으로 나왔다.

오두막 건너편에 예배당이 보였다. 그 근처에 아름다운 숲이 있고 굵직굵직한 참나무 고목 한 무더기가 있었다. 그 밑에는 짧은 풀이 나 있었다. 그 그림자 밑에 그는 발걸음을 멈추고 두툼한 나무줄기 사이를 할 일 없이 왔다갔다 하였다. 여인과의 사랑이란 것은 괴상한 거라고 생각했다. 그것은 사실 언어를 요하지 않았다. 아까 그 여인은 그에게 밀회 장소를 가르쳐 줄 때만 언어를 사용했다. 다른 모든 것에 대해서는 언어를 쓰지 않았다. 대관절 뭘로 말하나? 눈으로, 그렇다. 그리고 얼마간 쉰 목소리가 섞인 일종의 음향을 가지고 그리고 또 무엇으로, 아마 냄새로, 피부에서 미묘하게 발산하는 걸로, 남녀가 서로 낚아채려 한다면 그 발산으로 금방 알아차릴 수가 있었다. 그것은 마치 미묘한 밀어처럼 묘한 것이었다. 그만큼 빨리 그는 이 언어를 배우고 말았다. 그는 그날밤 매우 즐겁게 기다리고 있었다. 그 커다란 금발의 여인이 어떠한 모습인지에, 어떠한 눈매와 음향과 팔다리와 동작과 키스를 할 줄 아는지 무척 궁금해졌다. 확실히 리제와는 딴판이었다. 리제는 어디 있을까? 리제, 단정하고 검은 머리칼과 갈색 살결과 짤막한 한숨을 쉬는 리제, 남편한테 죽도록 얻어맞았을까? 지금도 그를 생각하고 있을까? 그가 오늘 새로운 여인을 발견한 것같이 리제도 지금쯤 새 애인을 발견했을까? 왜 모든 일이 그다지도 빨리 지나갈까! 왜 행복이란 놈은 길가에 뒹굴고 있을까! 왜 아름답고 뜨겁게 그리고 왜 기묘하게 변천하고 말았나! 죄악이요 간음이었다. 며칠 전만 하더라도 그런 죄악을 저지르는 것보다는 차라리 맞아죽는 것을 바랐으리라. 이제 벌써 두번째 여인을 기다리고 있는 터였다. 그의 양심은 조용하게 안정을 얻고 있었다. 그렇다고 하더라도 아마 안정감까지는 얻지 못했을 것이다.

그러나 그의 양심이 간혹 침착성을 잃고 중압감을 갖는 것은 간통이나 환락 때문이 아니었다. 다른 무엇인지 이름도 붙일 수 없는 것이었다. 그것은 그가 저지른 죄의 감정이 아니고 타고날 때부터 가지고 있던 죄의 감정이었다. 아마 그것은 신학에서 말하는 원죄라고 하는 것일까? 그럴지도 몰랐다. 사실 살아 있는 그 자체가 죄와 같은 무엇을 안에 간직하고 있었다. 그렇지 않다면 나르치스 같은 순결하고 지혜로운 인간이 무엇 때문에 심판받은 인간처럼 참회의 수양에 따랐을까? 또 왜 골드문트 자신이 어딘지 마음속에서 그 죄를 느끼지 않으면 안 되었을까? 행복하지 않았단 말인가? 젊고 튼튼하지 못했단 말인가? 하늘을 나는 새와 같이 자유롭지 못했단 말인가? 여인들이 그를 사랑하지 않았단 말인가? 그가 느낀 깊은 환희를 아낙네에게 주어도 좋겠다고 느낀 것은 아름답지 못하단 말인가? 그럼에도 불구하고 그는 왜 완전히 행복하지 못했을까? 왜 나르치스의 덕과 지혜 속으로 들어가는 것과 똑같이 그의 젊은 행복 속으로, 그 기묘한 괴로움이나 엷은 불안이나 무상의 애통이 들어올 수 있었을까? 그는 사색가가 아니라는 것을 알고 있는데도 불구하고 왜 그다지도 자주 명상에 잠기지 않으면 안 되었을까?

그러나 산다는 것은 즐거웠다. 그는 풀 속에서 보라색의 조그만 꽃을 따서 눈 가까이에 갖다대었다. 조그맣고 좁은 줄기 속을 들여다보았다. 거기에는 맥이 뛰놀아 미립자같이 아주 조그만 머리칼 같은 기관이 살고 있었다. 여인의 태 속같이 혹은 생각하는 사람의 뇌 속과 같이 생명이 약동하고 기쁨이 떨고 있었다. 아! 왜 이다지도 무지했을까? 왜 이 꽃과 이야기를 나눌 수 없었을까? 하기야 두 인간조차도 사실상 서로 이야기를 나눌 수 없는 거다. 거기에는 행운과 특별한 우정과 준비가 필요하였다. 아니, 사랑이 언어를 필요로 하지 않는다는 것은 고마운 일이었다. 만약 사랑이 언어를 필요로 했다면 오해와 어리석음만이 충만했을 테지. 아, 리제의 눈, 지그시 감은 리제의 그 눈, 넘쳐흐르는 환희 속에서 왜 그리 애끓는 흐느낌같이 되었던가! 정말, 깜빡거리는는 눈까풀 사이에서 간신히 흰자위를 드러내고 있는데 지나지 않았다. 학문이나 시의 언어를 일만 마디 소비하더라도 그것을 표현해낼 수는 없었다! 한마디 말도, 아! 한 토막 생각도 표현할 수도, 생각할 수도 없었다. 그럼에도 불구하고 사람들은 마음속에서 쉴 새 없이 이야기하려고 밀고나오는 욕구와 생각하려고 하는 영원의 충동을 가지고 있다. 그는 조그만 식물의 잎이 줄기 둘레에서 참 아름답게 또 기묘하고도 영리하게 가지런히 줄을 지어 있는 것을 관찰했다. 베르길리우스의 시는 아름다웠다. 그는 그 노래가 좋았다. 그러나 그 속에는 나선형으로 가지런히 줄지은 이 줄기의 조그만 잎새의 반만큼도 아름답거나 의미가 있어 보이지 않는 시구가 얼마든지 솟아나 있었다. 이런 꽃을 단지 한 개라도 만들어낼 수가 있다면 얼마나 즐겁고 행복하고 매혹적이고 고귀하며 의미 깊은 행위일는지! 그러나 그런 일은 아무도 할 수가 없었다. 어떠한 영웅도 황제도 법왕도 성자도 할 수가 없었다.

해가 기울자 그는 자리를 떠나서 농부의 아내가 일러준 장소를 찾아냈다. 이렇게 한 사람의 부인이 오직 사랑만을 가지고 찾아오는 걸 알고 기다린다는 것은 흐뭇한 감정이었다.

여인은 린넬 보자기를 가지고 왔다. 안에는 커다란 빵 하나와 베이컨 한 조각이 들어 있었다. 여인은 그것을 풀어서 그에게 내밀었다.

"당신에게 주는 거예요. 먹어요!"

"나중에 먹겠어. 난 말이야 빵에 미친 게 아니라, 당신한테 미쳤소. 당신이 얼마나 멋진 것을 가지고 왔는가 보여줘요!"

여인은 멋진 것을 많이 가지고 왔다. 갈증에 허덕이는 힘찬 입술, 불꽃을 이는 단단한 이빨, 힘찬 팔은 햇볕에 그을어 빨갰으나 목에서 아래로 내려가자 하얗고 보드라웠다. 여인은 언어로 표현하지는 못했지만 목구멍 속에서는 사람의 간장을 녹이는 야릇한 가락을 탄주했다. 여인은 한 번도 느껴 보지 못한 보드랍고 애정이 넘치는 두 손이 몸에 닿자 전율을 느꼈다. 여인의 목구멍은 고양이 목구멍같이 울렸다. 그 여인은 리제만큼은 기교를 몰랐다. 그러나 그 여인은 놀라울 만큼 힘있게 그를 껴안았다. 애인의 목을 부러뜨리지나 않나 할 만큼 눌러 대었다. 여인의 사랑은 어린아이 같아 물어뜯을 것 같았다. 단순하고 굉장히 힘이 센데도 왜 그리 부끄럼을 타는지! 골드문트는 그 여인에게 대단히 만족하였다.

이윽고 여인은 한숨을 쉬면서 가버렸다. 뿌리치고 떠나가는 것은 어려웠으나 계속 있을 수는 없었다.

골드문트는 혼자 뒤에 처졌다. 행복에 젖고 동시에 슬픔에 잠겨 나중에야 비로소 시장기를 느끼며 빵과 베이컨이 별안간 머릿속에 떠올랐다. 벌써 밤은 이슥해졌다.

제 8 장

지루하다 할 만큼 골드문트의 기나긴 방랑은 계속되었다. 같은 장소에서 연거푸 밤을 새우는 일은 드물었다. 곳곳에서 여인들의 열망을 받고 행복을 얻었다. 피부는 햇빛에 그을어 갈색이 되고, 방랑과 험한 음식 때문에 수척해졌다. 수많은 여인들이 이른아침에 그에게 이별을 고했다. 눈물을 흘리며 헤어지는 여인이 많았다.

몇 번이나 이렇게 생각해 보았다. '왜 한 사람의 여인도 내 곁에 머무르지 않는가? 나를 사랑하고 사랑의 하룻밤 때문에 정열을 불태웠건만 왜 다들 그네들 남편한테로 이내 돌아가는 걸까? 다들 매를 맞을 염려가 있는데도.' 한 사람의 여인도 진정으로 가지 말라고 빌지는 않았다. 단 한 사람도 같이 데려가 달라고 빌지 않았다. 사랑이기에 방랑의 기쁨과 괴로움을 나눌 각오를 하는 사람은 없었다. 물론 골드문트가 그렇게 하자고 꾀지도 않았다. 어떤 여인도 그런 생각을 귀띔해 주지는 않았다. 스스로에게 물어보니 자기에게도 자유가 그립다는 것을 알았다. 다음 차례 여자의 팔에 안기었을 때, 지난번 애인에 대한 그리움이 남아 있었구나 하는 기억은 없었다. 그럼에도 불구하고 곳곳에 여인의 사랑이라 하더라도 그 자신의 사랑과 마찬가지로 이다지도 무상하고, 불타는 것도 빠르지만 싫증나는 것도 빠른 것은 이상하기도 할 뿐 아니라 약간 슬프기도 하였다. 그래도 옳았는가? 언제나, 어디서든지, 그랬는가? 안 그러면 그것은 그 자신의 책임이었나? 어떻게 생각해 보면 여인들은 물론 그를 탐내고 감미롭다고 생각할지 모르지만, 건초더미 속이나 이끼 위에서 짧은 순간의 말없는 교제를 바라나,

그와 함께 살기를 바라지 않도록 운명지어진 것이 아닌가? 그가 방랑생활을 하는 탓인가? 정착하고 있는 사람은 유랑자의 생활에 공포감을 갖고 있는 탓인가? 안 그러면 여인들이 그를 아름다운 인형과도 같이 탐내고 부둥켜 안으나, 남편한테 매 타작을 당하더라도 돌아가는 것은 순전히 그의 인격 탓이었을까? 그는 알 수 없었다. 여인들과 교제하는 것에는 싫증이 나지 않았다. 확실히 그는 더 많은 소녀들에게, 아직 남편을 가지지 않고 아무것도 모르는 아주 나이 어린 처녀들에게 마음이 쏠렸다. 처녀들한테는 열렬히 반할 수가 있었다. 그러나 대개의 경우, 사랑을 받고 있는 수줍은 여염집 처녀한테는 손이 미치지 않았다. 어느 여자든 그에게 뭔가를 남겨 주었다. 몸짓이나 일종의 키스, 독특한 기교, 몸을 맡긴다든가 혹은 가누는 방법을 부인들한테도 그는 즐겨 배웠다. 골드문트는 뭐든지 응해 주었다. 어린아이처럼 싫증을 모르고 응하였다. 어떤 유혹에도 공개적이었다. 그렇게 함으로써만 그 자신이 대단히 유혹적이 되는 것이었다. 그의 아름다움만으로는 부인들을 그다지 용이하게 유혹할 수 없었을 것이다. 그것은 순진한 행동, 공개적인 행동, 욕망의 우격다짐의 천진성, 여인이 그한테 무엇을 요구하든 거기 대해서는 실패 하나 없는 조심성, 그런 것이었다.

그는 스스로 알아채지는 않았지만 애인 하나하나가 그에게 바라는 대로 꿈꾸는 대로 해주었다. 어느 여인한테는 부드럽고 좀 천천히, 다른 여인한테는 격렬히 집어삼킬 듯이, 어느 때는 처음으로 여자를 안 소년과도 같이, 어느 때는 기술적으로 또한 경험자처럼 대했다. 그는 유희, 싸움, 탄식, 웃음, 수줍음, 철면피다운 것에도 자유로웠다. 여자가 탐내지 않는 것은 조금도 하지 않았다. 여자가 그에게서 원하지 않는 것은 전혀 하지 않았다. 바로 그것이 빈틈 하나 없는 감각을 가진 모든 여성이 그에게서 느끼는 매력이었다. 그것이 그를 여성들한테 호감을 주는 사나이로 만든 것이다.

그러나 그는 짧은 시기에 수많은 사랑하는 방법, 사랑의 기교를 배웠다. 수많은 애인과 경험했을 뿐만 아니라 여성을 보고, 느끼고, 만지고, 냄새 맡는 것을 배웠다. 온갖 종류의 목소리에 대해서 민감한 귀를 얻게 되고, 많은 여성의 목소리를 듣고 벌써 그 여자의 사랑의 능력의 종류와 범위를 틀림없이 알아맞히는 방법을 배웠다. 머리가 목 위에서 어떠한 모양으로 자리잡고 있는가, 머리칼이 자라나는 데서 이마가 어떠한 모양으로 윤곽을 드러내고 있는가, 무릎이 어떠한 모양으로 움직이는가, 그 무한한 갖가지 모양을 그는 계속 황홀하게 관찰했다. 그는 어둠 속에서 눈을 감고 손가락으로 가만히 더듬으며 살결이나 부드러운 털의 종류를 하나하나 구별해 내는 방법을 배웠다. 아마 여기에 그의 방랑의 의미가 있는 거다. 식별하는 능력을 섬세하게 깊이 몸에 갖추기 위해 이 여자한테서 저 여자한테로 전전해 가는 거다 하고 그는 이미 깨달았다. 수많은 음악가가 한 개의 악기뿐만 아니라 세 개나 네 개, 혹은 더 많은 악기를 연주 할 줄 아는 것과 마찬가지로 여자와 하는 사랑을 수많은 종류를 거쳐서, 무수한 차이를 통해 완전무결하게 알아내는 것이야말로 아마 그의 천명이었을 것이다.

물론 그것이 어디에 소용이 있는가, 어디에 귀착하는가, 그것은 몰랐다. 그는 다만 자신의 행로 위에 서 있다는 것을 느끼고 있었다. 그는 라틴어나 논리학의 능력은 있었을지 모르지만 그 방면에 놀라울 정도의 희귀한 천성은 부여받지 못했다. 사람이나 여자와의 희롱에는 그런 천성을 부여받았다. 그 점에서는 고생하지 않고 배우고, 아무것도 잊어버리지 않고, 경험이 저절로 쌓여지고 정리가 되어 나갔다.

방랑생활을 시작한 지 벌써 이 년째 접어든 어느날, 골드문트는 아름다운 딸을 둘 가진 어느 유복한 기사의 저택으로 갔다. 이른 가을이었다. 얼마 지나지 않아 밤은 차가워질 것이다. 이미 지나간 일 년의 가을과 겨울에 그것을 맛보았다. 앞으로 다가올 몇 개월을 생각하면 걱정스러웠다. 겨울의 방랑은 어려웠다. 그는 식사와 잠자리를 부탁했다. 모두 그를 정중히 맞이했다. 기사는 나그네가 학문을 한 사람이요 그리스어를 할 수 있다는 이야기를 듣고는 그를 하인의 식탁에서 자기의 식탁으로 초대하여 융숭하게 대접하였다. 딸 둘은 눈을 내리깔고 있었다. 큰 딸은 열여덟 살이요 작은딸은 열여섯 살도 채 되지 못했다. 이름은 리디아와 율리에라 했다.

이튿날 골드문트는 나그네 길을 떠나고자 했다. 이 아름다운 금발의 아가씨 중 어느 하나도 손에 넣을 가망은 없었다. 그를 붙잡아둘 만한 다른 여자는 없었다. 그런데 어쩐 일인지, 아침식사 후 기사가 그를 옆에 앉히더니 특별한 목적을 위해 그를 방안으로 안내하였다. 노 기사는 학문과 서적에 대한 그의 도락(道樂)에 대해 젊은이한테 점잖게 이야기하였다. 그가 수집한 책이 가득한 책꽂이, 일부러 만들어 놓은 책상, 책상 위의 종이와 양피지 꾸러미 등을 보여 주었다. 이 경건한 기사는 골드문트가 뒤에 차차 들은 바에 의하면, 젊을 때 학교에 다닌 일이 있었지만 그 후에는 죽 전쟁과 세속적인 생활에 몸을 바쳤다가는 결국 중한 병에 걸려 하느님의 경고를 받았다. 그래서 순례 행각을 떠나 젊은 시절 죄악에 대한 참회를 했다. 로마와 콘스탄티노플까지 갔었는데 집에 돌아와 보니 아버지는 돌아가시고 집은 텅비어 있었다. 할 수 없이 거기서 주저앉아 결혼을 했는데 부인을 잃고 딸들을 길러왔다. 노경에 접어들기 시작하여 그는 책상 앞에 앉아서 옛 순례행각에 대한 자세한 보고서를 쓰기 시작했다. 몇 장을 적어나갔지만 라틴어의 실력이 모자라서 자주 곤란을 받는다는 것이었다. 골드문트가 여태껏 쓴 그의 서류를 정정해 주고, 그를 계속 도와 준다면 새 의복과 자유로운 숙식을 제공하겠다는 것이었다.

가을이었다. 방랑자한테는 그것이 무엇을 의미하는가를 골드문트는 알고 있었다. 새 의복도 절실했지만 젊은이를 무엇보다 기쁘게 해준 것은 계속해서 아름다운 이 두 자매와 같이 한 집에 있게 된다는 것이었다. 그는 즉석에서 응낙했다. 며칠 되지 않아서 하녀장(下女長)은 장롱을 열어 고운 무늬의 갈색 천을 발견하고는 그것으로 골드문트의 의복과 모자를 만들게 하였다. 기사는 검은 색으로 일종의 학생복을 만들게 하려고 생각하고 있었다. 반은 학생 같고 반은 사냥꾼 같은 예쁜 옷이 만들어졌다. 그에게 정말 잘 어울렸다.

라틴어도 잘 되어갔다. 이때까지 쓴 곳을 둘이 같이 조사해 나갔다. 골드문트는 정확치 못하고 불충분한 많은 단어를 정정할 뿐 아니라 여기저기에서 기사의 짧고 서투른 문장을 단단한 구조와 깨끗한 시정을 가지고 아름다운 라틴어의 완전한 문장으로 바꾸어 고쳤다. 기사는 매우 기뻐했으며 칭찬도 아끼지 않았다. 매일 적어도 두 시간을 두 사람은 이 일로 소일했다.

산성(山城)에서 — 그것은 얼마간 방비된 넓은 농부의 저택이었지만 — 골드문트는 여러 가지 소일거리를 발견했다. 사냥에 참가하기도 하고, 사냥꾼 힌리히를 따라다니며 쇠뇌(弩)를 쏘는 방법을 배우기도 하고, 개와 친구가 되기도 하고, 실컷 말도 탈 수도 있었다. 혼자 있는 시간은 드물었다. 이야기 상대는 개나 말이나, 혹은 힌리히나 하녀장 레아였다. 이 여자는 남자의 목소리를 내며 매우 농담을 즐기고 수선스럽게 웃음판을 벌여놓는 뚱뚱한 노파였다. 개를 돌보는 소년이나 양을 지키는 목동이 이야기 상대가 될 때도 있었다. 바로 이웃에 있는 방앗간의 부인을 유혹하는 것도 가능한 일이었을 테지만 그는 물러서서 미경험자 행세를 하였다.

기사의 딸 둘은 완전히 그를 매혹시키고 말았다. 작은딸이 더 아름다웠으나 매우 새침한 처녀여서 골드문트와는 거의 한 마디도 나누지 않았다. 그는 극도의 조심성과 은근한 태도로 두 처녀한테 접근했으나 처녀들은 그의 접근을 그칠 줄 모르는 구애라고 느끼고 있었다. 작은딸은 수줍음 때문에 거만해 보이기도 하였다. 큰딸 리디아는 그에게서 특별한 음향을 발견하였다. 학자의 변종으로 보는 듯이 반은 존경으로 반은 조롱으로 그를 대하고, 여러 가지로 흥미 있는 질문을 하며 수도원에서의 생활에 대해 물었다. 그러나 언제나 조소적인 귀부인 같은 우월감을 드러냈다. 그는 한 가지 일에도 거역하지 않고 리디아를 대할 때는 귀부인과 같이, 율리에를 대할 때는 어린 수녀를 대하듯이 했다. 그는 이야기를 하며 저녁식사 후에는 평상시보다는 오랜 시간 처녀들을 식탁 옆에 붙잡아 두거나, 간혹 안마당이나 정원에서 리디아가 그에게 이야기를 걸며 희롱하면 그는 만족해하며 하나의 진보라고 생각했다.

이 가을, 안마당에 있는 높다란 물푸레나무 잎은 오랫동안 떨어지지 않고 정원에도 들국화와 장미꽃이 한동안 피어 있었다. 어느 날 손님이 찾아왔다. 이웃 영주가 부인과 마부를 데리고 말을 타고 왔다. 온화한 햇살에 유혹당해 평소에 없는 먼 소풍을 하다보니 여기까지 와서 숙박을 청한 것이었다. 사람들은 매우 은근히 맞이하였다. 대뜸 골드문트의 침대는 객실에서 서재로 옮겨지고 그 방은 손님을 위해 마련되었다. 닭을 몇 마리 잡고 물방앗간에 고기를 얻으러 보내는 등 분주하였다. 골드문트는 즐겁게 잔치 소동에 끼어들어 낯선 귀부인이 그에게 마음을 가누지 못하고 있다는 것을 이내 알아차렸다. 그 귀부인의 목소리나 눈매 속에 있는 무엇에 의해서 그는 부인의 호감과 탐욕을 눈치챘으나, 동시에 리디아가 가만히 뾰로통해 가지고 그와 귀부인을 관찰하기 시작한 것을 알아채고 긴장하였다.

만찬이 시작되자 귀부인의 발이 테이블 밑에서 골드문트의 발을 희롱하기 시작했을 때, 그 이상으로 리디아가 이글이글 타는 듯한 호기심의 눈초리로 그 희롱을 관찰하는 음울한 무언의 긴장이 그를 매혹시켰다. 나중에 그는 일부러 나이프를 마룻바닥에 떨어뜨리고는 테이블 밑으로 허리를 굽혀 그것을 주워들면서, 귀부인의 허벅지와 발목을 손으로 애무했다. 그러자 리디아의 얼굴이 창백해지더니 입술을 깨무는 것이 보였다. 그는 수도원의 일화를 이야기했으나 귀부인은 이야기보다는 그의 구애의 소리에 경청하고 있는 듯이 느껴졌다. 다른 사람도 그의 이야기에 귀를 기울였다. 노 기사는 호의를 가지고 이웃 영주는 표정 하나 변하지 않았다. 그러나 이 손님도 젊은이 속에 불붙고 있는 불길에 감동하였다. 그가 그렇게 이야기하는 소리를 리디아는 한 번도 들어본 적이 없었다. 그는 만발한 꽃과 같았다. 기쁨이 공중에서 춤추고, 눈은 반짝이고, 목소리 속에서는 행복이 노래하고, 사랑을 애원하고 있었다. 어린 율리에는 격렬히 반대하고 거역하면서, 영주의 부인은 황홀한 만족감으로, 리디아는 가슴을 괴롭게 파동치면서. 그것을 느꼈다. 그것은 마음속에서의 동경과 가냘픈 저항과 격렬한 질투가 뒤범벅이 된 것으로 급기야는 리디아의 얼굴을 뾰로통하게 하고 눈초리까지 불붙게 하였다. 그러한 격동을 골드문트는 하나 빠짐없이 느꼈다. 그것은 그의 구애에 대한 그윽한 대답과도 같이 골드문트한테로 톡 튀어왔다. 몸을 맡기는 사랑의 생각, 저항하는 사랑의 생각, 서로 부딪치며 싸우는 사랑의 생각이 나는 새와도 같이 그의 주변을 날아다녔다.

식사가 끝난 다음 율리에는 들어가 버렸다. 벌써 밤도 이슥하였다. 율리에는 토기 촛대에 촛불을 켜 조그만 수녀처럼 쌀쌀하게 방을 나갔다. 다른 사람들은 한 시간이나 지나도록 자리에서 떠나지 않았다. 두 사나이가 추수나 황제나 사교(司教) 이야기를 주고

받는 동안 리디아는 골드문트와 귀부인이 대수롭지도 않는 것에 대해서 쓸데없는 잡담을 나누고 있는 데에 질투가 나서 귀를 귀울이고 있었다. 추잡한 이야기의 실마리 사이, 주고받는 말, 눈초리, 악센트, 하늘하늘한 몸짓의 두텁고 달콤한 그물이 만들어져 갔다. 그 어느 것이나 의미심장한 것이요, 열정을 띠고 있는 것이었다. 리디아는 그 분위기를 군침을 삼키며 그러나 동시에 구역질나는 감정으로 빨아당기고 있었다. 골드문트의 무릎이 테이블 밑에서 낯선 귀부인의 무릎에 닿는 것을 보거나 느끼기라도 하면 리디아는 자신의 육체에 닿는 듯이 펄쩍 뛰었다.

그날밤 리디아는 잠을 이루지 못하고 저 두 사람은 하나가 될 것이라고 확신하고 한밤중까지 가슴을 조이며 귀를 기울였다. 두 사람한테 성공하지 못한 것을 리디아는 상상 속에서 실현하고 말았다. 리디아는 두 사람이 부둥켜안는 것을 보고 두 사람이 키스하는 소리를 들었다. 동시에 기만당한 기사가 사랑의 행위를 하는 두 사람을 불의에 습격해서 깜찍스런 골드문트의 가슴에 칼을 꽂지나 않나 하고 겁내기도 하면서 흥분한 나머지 온몸을 떨고 있었다.

이튿날 아침 하늘에 구름이 끼어 축축한 바람이 불고 있었다. 좀더 있으라는 권고를 일체 뿌리치고 손님은 출발을 서둘렀다. 손님 부처가 말을 탈 때, 리디아는 옆에 서서 악수를 하고 작별인사를 하였으나 그런 것은 얼토당토 않은 거짓말이었다. 리디아의 오관은 하나 남김없이 눈초리 속에 집중하고 있었다. 기사의 아내가 말을 탈 때 발을 골드문트가 내민 두 손에 얹는 꼴을, 골드문트의 오른쪽 손이 부인의 신을 단단히 붙들고 힘을 주어서 여자의 발을 잠깐 어루만지는 모양을 뚫어지게 바라보고 있었다.

손님들은 박차를 가하며 떠나 버렸다. 골드문트는 서재에 들어가서 일을 하지 않으면 안 되었다. 반 시간 후에 아래서 리디아의 명령하는 목소리가 들리고 말을 끄집어내는 소리가 들렸다. 주인은 창가로 걸어가서 아래를 내려다보았다. 방긋이 웃으며 고개를 저었다. 그리고 두 사람은 리디아가 저택에서 말 타고 나가는 것을 구경하였다. 오늘은 두 사람 다 라틴어의 저작에 그리 진도가 나가지 않았다. 골드문트의 마음은 산란했다. 주인은 친절하게도 평소보다 빨리 그를 해방시켜 주었다.

골드문트는 몰래 말을 타고 저택을 빠져나와 차갑고 축축한 가을바람을 받으며 퇴색한 풍경 속으로 달려나갔다. 점점 빨리 달리고 있으려니까 안장 밑의 말이 따뜻해짐과 동시에 그 자신의 피도 뜨거워 오는 것을 느꼈다. 추수가 끝난 들판과 휴지를 넘고, 갈대가 자란 황야와 늪지대를 지나, 음산한 날씨를 맛보며 깊이 숨을 들이쉬고 앞으로 나아갔다. 오리나무의 조그만 골짜기나, 이끼 냄새가 풍기는 전나무숲을 뚫고 다시 갈색이 짙은 적막한 들판을 넘어섰다.

높다란 언덕배기에 진회색으로 구름이 낀 하늘 아래 아련히 리디아의 모습이 보였다. 천천히 뛰어가는 말에 높이 올라앉아 있었다. 그는 리디아한테 돌진해 갔다. 리디아는 추격을 받고 있다는 것을 알자 말을 채찍질하고 달아났다. 안 보인다고 생각하면 또 머리칼을 바람에 나부끼고 있는 모습이 보였다. 미끼를 쫓듯 그는 추격해 갔다. 다정한 작은 소리로 말을 격려했다. 말을 달리면서 기꺼운 눈으로 경치의 특징을 읽어갔다. 웅크리고 앉은 밭이랑, 오리나무숲, 단풍나무 그루들과 늪의 진흙탕 기슭 등. 그러나 그는 시선을 쉴 새 없이 목표를 향해서, 달아나는 아름다운 여인을 향해서 집중시켰다. 얼마 안 가서 따라잡을 것임에 틀림없었다.

리디아는 그가 따라붙은 것을 알자 달아나는 것을 단념하고 말을 걷게 하였다. 리디아는 추격자를 거들떠보지도 않았다. 늘씬하게, 보기에도 무관심하게, 마치 아무 일도 없었던 듯이, 오만하게 말을 앞으로만 자꾸 몰아갔다. 그는 말을 리디아의 말과 나란히 했다. 두 마리의 말은 찰싹 붙어서 한가로이 걸어갔다. 그러나 말 탄 사람도, 말도 달음박질 때문에 상기해 있었다.

"리디아!" 그가 나지막이 불렀다.

리디아는 대답하지 않았다.

"리디아!"

아무 대답이 없었다.

"리디아. 당신이 말타고 있는 것을 멀리서 보니 정말 아름답던데요. 당신의 머리칼은 황금색 번갯불같이 나부끼고. 정말 멋져요! 아, 당신이 나한테서 도망치는 것이 왜 그다지도 멋지게보였을까요! 그래서 당신이 나를 조금은 사랑하고 있다는 걸 알았지요. 그런 줄은 몰랐어요. 어제저녁까지도 의심하고 있었죠. 당신이 나한테서 도망치려고 하였을 때 비로소 나는 갑자기 알았어요. 아름답고 그리운 리디아! 피곤하지 않아요? 내립시다!"

그는 말에서 얼른 뛰어내림과 동시에 리디아가 또 도망치지 못하도록 그 고삐를 잡았다. 백설같이 하얀 얼굴이 그를 내려다보았다. 말에서 안아 내려주었을 때 리디아는 왈칵 눈물을 쏟았다. 조심조심 그는 리디아를 몇 발자국 이끌어 가다가 마른 풀 위에 앉히고 그 옆에 무릎을 꿇었다. 그러자 처녀는 앉아서 흐느낌과 싸우고 있었다. 그녀는 애처롭게 싸우더니 드디어 울음을 그쳤다.

"아, 당신이 그렇게도 나쁜 사람일 줄이야!" 말을 하였으나 더 이상 통 말이 나오질 않았다.

"내가 그렇게 나쁜 사람이에요?"

"골드문트, 당신은 여자를 유혹하는 사람이에요. 아까 당신이 나한테 말한 것을 잊어줘요. 침이라도 뱉고 싶은 말이에요. 나와 이야기를 하다니요. 염치도 없어요. 내가 당신을 사랑하다니요, 어지간히 할 말도 없는 모양이죠? 잊어줘요! 하지만 내가 어제저녁에 보지 않으면 안 되었던 광경을 어떻게 잊을 수 있나요?"

"어제저녁에? 대관절 뭘 보았다는 말이오?"

"흥, 시끄러워요! 제발 그런 거짓말은 두었다가 해요! 내 눈앞에서 그 여자한테 추파를 던지다니요 깜찍해요! 수치도 모르는 행동이에요! 대관절 당신은 수치라는 걸 알아요? 그것도 테이블 밑에서, 우리 테이블 밑에서 그 여자의 발을 만지다니요! 내 앞에서, 내 눈앞에서! 이제 그 여자가 가버리자 내 뒤를 쫓다니요! 당신은 정말 수치를 몰라요!"

골드문트는 리디아를 말에서 내리기 전에 리디아한테 한 말을 아까부터 후회했다. 얼마나 어리석었던가! 사랑에는 말이 없어도 좋은 거다. 침묵을 지키고 있어야 했던 거다.

그는 이제 아무 말도 안했다. 리디아 옆에 무릎을 꿇고 있었다. 리디아가 너무나 아름답고 슬프게 그를 쳐다보기 때문에 리디아의 괴로움이 그에게도 전염되었다. 그 자신도 무엇을 호소하지 않으면 안 될 감정이었다. 그러나 처녀가 뭐라 말하더라도 그는 처녀의 눈동자 속에서 사랑을 볼 수 있었다. 실룩거리는 입술 위에 있는 괴로움도 사랑이었다. 그는 리디아의 말보다도 리디아의 눈을 믿었다.

하지만 리디아는 대답을 기다리고 있었다. 대답이 없기 때문에 리디아는 입술을 더욱 삐죽거리며 울어서 시야가 흐려진 눈으로 그를 쳐다보며 거듭 말했다. "대관절 당신은 수치라는 걸 정말 몰라요?"

"용서해 주세요." 그는 점잖게 말했다. "우리는 이야기하여서는 안 되는 것을 이야기하고 있습니다. 그것은 나의 책임입니다. 용서하여 주세요! 수치를 모르냐고 당신은 묻고 있습니다. 물론 나는 수치를 충분히 알고 있습니다. 하지만 나는 당신을 사랑합니다. 사랑은 수치 같은 걸 전혀 모릅니다. 화내지 마십시오!"

리디아는 통 듣고 있지 않는 것 같았다. 주저앉은 채 입술을 꼭 다물고 옆에 아무도 없는 것처럼 까마득히 먼 곳으로 눈을 던지고 있었다. 그가 이런 상태에 놓여진 적은 한 번도 없었다. 말을 했기 때문이다.

가만히 그는 얼굴을 리디아의 무릎에다 얹었다. 접촉은 이내 그에게 쾌감을 가져다 주었다. 하지만 어쩔 줄을 몰라서 슬퍼졌다. 리디아도 여전히 슬픈 것만 같았다. 꼼짝하지 않고 앉아서 아무 말 없이 멀리 보고 있었다. 그러나 리디아의 무릎은 그가 비벼대는 뺨을 다정스레 받아 주었다. 그를 뿌리치지 않았다. 그의 얼굴은 눈을 감고 리디아의 무릎 위에 얹혀져 있는 동안 서서히 그 우아한 형태를 자신 속에 빨아들였다. 품위있어 보이고 부드러운 이 무릎이 기다랗고 아름답고 팽팽한 반월형 손톱과 얼마나 잘 어울리는가를 생각하고 골드문트는 환희와 감동을 가졌다. 감사한 마음으로 그는 무릎에 얼굴을 비벼대고 뺨과 입술로 무릎에 이야기를 시켰다.

이번에는 리디아의 손이 망설이는 듯 하면서도 나는 새와 같이 사뿐히 그의 머리칼 위에 얹히는 것을 느꼈다. 부드러운 손이 가만히 그의 머리칼을 만지작거리는 것을 느꼈다. 그 손은 벌써 몇 번이나 자세히 관찰하고 경탄한 손이다. 가느다란 손가락과 기다랗고 곱게 반월형으로 균형을 이루고 있는 장미색 손톱, 그는 그런 리디아의 손을 자기 자신의 손인 양 잘 알고 있었다. 지금 리디아의 길쭉하고 보드라운 손가락이 수줍어하며 그의 곱슬머리와 이야기하고 있었다. 리디아는 어린아이처럼 깜짝깜짝 놀라고 있었으나 그것은 사랑이었다. 감사한 마음을 감추지 못하는 그는 얼굴을 리디아의 손바닥에 대고 비비며 목덜미로, 뺨으로, 리디아의 손바닥을 만지작거렸다. 그러자 리디아가 말했다. "이제 갈 때가 됐어요."

그는 고개를 들고 애정 어린 얼굴로 리디아를 쳐다보며 고사리 같은 손가락에 가만히 입을 맞추었다.

"제발, 일어나요." 처녀가 말했다. "집에 가야 해요."

그는 얼른 순종했다. 둘은 일어서서 말을 타고 달렸다. 골드문트의 가슴에는 행복이 물결치고 있었다. 리디아는 얼마나 아름답고 어린아이같이 순진하고 부드러운가! 아직 한 번도 리디아와 키스한 적은 없지만 은혜를 잔뜩 받고 리디아에 의해서 충만해 있었다. 둘은 질풍같이 달렸다. 저택 바로 근처까지 달려 비로소 리디아가 깜짝 놀라서 말했다. "둘이 같이 들어가서는 안 돼요. 어지간히 어리석구먼!" 두 사람은 말에서 내려 벌써 마부가 달려오는 바로 그 순간이 되어서야 리디아는 불쑥 불붙은 듯이 얼른 그의 귀에 대고 소곤거렸다. "당신 어제저녁에 그 여자한테 갔는지 안 갔는지 말해요!" 그는 몇 번이나 고개를 저으며 안장을 풀기 시작했다.

오후에 아버지가 외출하자 리디아가 서재에 나타났다.

"정말이에요?" 리디아가 정열에 넘친 목소리로 물었다. 그 뜻을 그는 이내 알 수 있었다. "왜 그 여자하고 장난쳤죠? 그렇게 얄밉게"

"정말은 당신한테 눈독을 들이고 있었거든요." 그가 말했다. "실은 그 여자의 발보다 당신 발을 천 배나 더 만지고 싶었지요. 하지만 당신 발은 테이블 밑에서 한 번도 나에게로 오지도 않았고 내가 당신을 사랑하느냐고 물어 주지도 않았어요."

"정말 내가 좋아요? 골드문트."

"물론이죠."

"하지만, 그래서 어떻다는 거죠?"

"모르겠어요, 리디아. 그런 거는 아무래도 상관없습니다. 당신을 사랑하는 것이 나를 행복하게 만들어요. 어떻게 된다는 것은 생각도 해보지 않았습니다. 당신이 말을 타고 있는 모습을 보고, 당신의 목소리를 듣고 당신의 손가락이 나의 머리칼을 만져주는 것이 나를 즐겁게 합니다. 키스를 하게 되면 기쁠 겁니다."

"신부한테만 키스할 수 있어요, 골드문트. 그걸 생각해본 일 없어요?"

"그럼요, 그런 걸 생각해본 적은 없어요. 왜 나는 안 되나요? 당신이 나의 신부가 될 수 없다는 것은 나와 마찬가지로 잘 알고 있잖아요?"

"그래요. 당신이 내 남편이 될 수가 없고 자꾸 내 옆에만 있을 수 없기 때문에 내게 사랑의 이야기 같은 걸 하시는 건 큰 과오예요. 당신은 나를 유혹할 수가 있다고 믿었나요?"

"나는 그런 걸 믿지도 않았고 생각도 하지 않았습니다. 리디아, 나는 대개 당신이 생각하는 만큼의 것을 생각하지 않습니다. 언젠가 한 번은 당신한테서 키스를 얻고 싶다는 욕망밖에는 없습니다. 우리는 할 이야기가 너무 많습니다. 사랑하는 사람은 그런 말을 하지 않습니다. 당신은 나를 좋아하지 않죠."

"오늘 아침에 당신은 반대의 말을 하였습니다."

"그리고 당신은 반대의 행동을 하였습니다."

"내가? 그것은 무슨 뜻이에요?"

"처음에, 당신은 내가 오는 것을 보자 나를 피해서 달아났습니다. 이 사람은 나를 사랑하고 있다고 나는 믿었습니다. 그 다음에 당신은 울고 말았습니다. 이것은 나를 사랑하기 때문이라고 나는 생각했습니다. 그 다음 나의 머리를 당신의 무릎 위에 눕혔습니다. 당신이 나를 쓰다듬어 주셨습니다. 이것이 사랑이라고 나는 믿었습니다. 그러나 지금은 도무지 부드럽게 대해주지 않는군요."

"나는 당신이 어젯밤에 발을 만진 여자하고는 다릅니다. 당신은 벌써 그런 여자한테는 익숙해 있는 것 같아요."

"천만의 말씀을. 당신은 그 여자보다 훨씬 아름답고 곱습니다."

"나는 그런 말을 하고 있는 게 아닙니다."

"그러나 그렇습니다. 대관절 당신은 당신이 얼마나 아름다운가를 알기나 합니까?"

"거울쯤이야 갖고 있지요."

"그걸 가지고 당신의 이마를 한 번이라도 본 일이 있습니까? 리디아. 그리고 어깨를, 손톱을, 그리고 무릎을? 그 모든 것이 서로 닮기도 하고 어울리기도 한 것을. 모두가 닮았어요. 기다랗고 늘씬하고 단단하고 이렇게 조화를 이룬 모습을 본 일이나 있습니까?"

"어쩌면 그런 말을! 사실 그런 거는 한 번도 본 일은 없지만 지금 당신이 그런 말을 했기 때문에 당신 마음속을 알았어요. 들어봐요! 당신은 여자를 홀리는 사람이에요. 지금도 당신은 나한테 허영심을 넣어 주려고 애쓰고 있지요."

"섭섭한 일이지만요, 당신한테는 정말 그렇게 할 수 없어요. 하지만 당신한테 허영심을 넣어줄 필요가 어디 있어요? 당신은 아름다워요. 나는 거기 대해서 감사하고 있다는 것을 보여주고 싶은 거요. 당신이 억지로 그 말을 나한테 하게 합니다. 나는 말을 쓰는 것보다 천 배나 더 잘 말할 수 있을 겁니다. 말로써는 나는 아무것도 당신한테 줄 수가 없습니다! 말로써는 나는 아무것도 당신한테서 배울 게 없고 당신 또한 나한테서 아무것도 배우지 못해요."

"대관절 당신한테서 뭘 배우라는 거예요?"

"리디아, 나는 당신한테서, 당신은 나한테서. 하지만 당신은 그것을 바라지 않습니다. 당신은 당신을 신부로 맞아들이려고 하는 사람만을 사랑하려고 합니다. 그 사람은 당신이 아무것도 배우지 않았다는 것을, 키스를 하는 것조차도 배우지 않았다는 것을 알게 되는 날에는 웃을 겁니다."

"그래요. 그렇다면 키스하는 방법을 당신은 나한테 가르쳐 주려 하는군요, 학사님?"

그는 리디아에게 생긋이 웃어 보였다. 리디아의 말은 그의 기분을 뒤틀어 놓았지만 리디아의 다소 과격하고 영리한 말솜씨 뒤에는 처녀다운 욕망에 휘몰려 그 정열을 거역해 나가고 있는 것을 짐작했다. 그는 이제 대답도 하지 않았다. 단지 리디아에게 방긋이 웃어주며 리디아의 불안스런 눈초리를 그의 눈초리가 붙들어 사로잡고 말았다. 리디아가 저항을 하면서도 마력에 굴복하는 데 따라 그는 서서히 얼굴을 리디아의 얼굴에 갖다대었다. 드디어 입술이 맞부딪혔다. 그는 가만히 리디아의 입술을 스쳤다. 리디아의 입술은 어린아이들의 짤막한 키스로서 그에게 대답해 주었으나 그가 이제 놓아주지 않으려는 것을 알자, 놀라움의 충격을 받은 것처럼 벌어졌다. 그는 사랑을 하면서 도망쳐 가는 리디아의 입술이 주저하면서도 다시 향하여 올 때까지 쫓아갔다. 그리고 황홀하게 서 있는 처녀에게 완력도 쓰지 않고 키스를 주고받는 방법을 가르쳤다. 드디어 리디아는 힘이 풀려서 얼굴을 그의 어깨에다 파묻었다. 그는 가만히 쉬게 하고서는 리디아의 강한 금발 냄새를 즐겁게 맡고 있었다. 애정이 어리고 위안해 주는 듯한 말씨로 리디아의 귀에다 대고 속삭였다. 그렇게 하고 있는 순간, 근심 걱정 없던 학생시절, 집시 여인 리제에 의해서 비밀을 교도받은 것을 기억했다. 리제의 머리칼은 얼마나 까맣고, 그 살결은 얼마나 갈색이었던가! 얼마나 태양은 내리쬐고 시든 고추나물은 얼마나 향기를 풍겼던가! 그것은 이미 오래 전의 일이고 얼마나 멀리에서 반짝여온 것이었을까! 이다지도 빨리, 또 꽃도 피기 전에 온갖 것은 시들고 마는 것이었다.

천천히 리디아는 일어섰다. 표정이 조금전과는 달랐다. 리디아는 눈을 크게 뜨고 심각하게 쳐다보고 있었다.

"가게 해줘요, 골드문트." 리디아가 말했다. "정말 오래 당신 곁에 있었어요. 아, 사랑하는 사람!"

둘은 매일 비밀의 시간을 찾아내었다. 골드문트는 임 그리워하는 여인에게 모든 것을 맡겨 버렸다. 이 처녀의 사랑은 그를 뭐라 표현할 수 없이 행복하게 하고 감동시켰다. 리디아는 약 한 시간 동안 그의 두 손을 붙들고, 그의 두 눈을 쳐다보기만 하고서는 가벼운 키스로써 헤어질 때가 자주 있었다. 그런가 하면 몸을 맡긴 채, 싫증을 모를 정도로 키스를 했지만 몸을 만지는 것만은 허락하지 않았다. 어느 때, 얼굴이 홍당무가 돼 가지고 그를 잔뜩 기쁘게 해줄 생각에서 리디아는 한쪽 젖가슴을 간신히 보여 주었다. 수줍으면서도 조그맣고 하얀 과실과 같은 것을 옷 속에서 끄집어내었다. 그는 무릎을 꿇고 거기 키스하자, 리디아는 그것을 조심성 있게 옷 속에 감추었으나 그래도 목까지 새빨개졌다. 둘은 이야기도 하였으나 아주 해로운 방법이고, 이제는 첫날과 같은 이야기 방법이 아니었다. 둘은 서로의 애정을 창작해 내었다. 리디아는 즐겨 자신의 유년시절이나 꿈이나 유희에 대해서 이야기를 하였다. 또 그가 리디아와 결혼할 수가 없기 때문에 두 사람의 사랑은 참다운 사랑이 아니라는 것도 자주 이야기하였다. 슬픔에 잠겨 흉금을 털어놓았던 것이다. 검은 베일을 가지고 하는 것처럼 이 슬픔의 비밀을 가지고 리디아의 사랑을 장식하고 있었다. 처음으로 골드문트는 여자한테서 욕망뿐 아니라 사랑받고 있다는 기분을 느꼈다.

어느 날 리디아가 말했다. "당신은 정말 아름답고 명랑해 뵈지만요, 당신의 두 눈 속에는 명랑성이 조금도 없고, 슬픔만이 있을 뿐이에요. 마치 당신의 눈은 행복 같은 것은 존재하지도 않고 아름다운 것도 사랑하는 것도 결코 오랫동안 우리 곁에 있지 않을 것을 알고 있는 것 같아요. 당신의 눈만큼 슬픈 눈도 없어요. 그것은 당신이 고향을 가지지 않은 탓인가 봐요. 당신은 숲속에서 나한테 왔었지요. 그리고 언젠가 한 번은 또 떠나서 이끼 위에서 잠자고 방랑할 테죠. 하지만 나의 고향은 대관절 어딜까요? 당신이 떠나더라도 나는 아버지와 동생과 방과 거기 앉아서 당신을 생각할 수 있는 창문을 가질 테지만, 하지만 고향은 이제 가지지 않게 되겠지요."

그는 리디아에게 이야기를 시켜놓고 때때로 그 이야기에 방긋이 웃어 주었다. 슬퍼질 때도 많았다. 말로써 위안을 주지는 않았다. 단지 살짝 만져 주었을 뿐이다. 리디아의 머리를 가슴에 안고, 마치 어린아이가 울 때 유모가 그것을 달래기 위해 중얼중얼 하듯이, 아무 뜻도 없는 주문을 외우듯이, 나직히 주워섬겼다. 어느 날 리디아가 이렇게 말했다. "골드문트, 당신이 어떻게 되는가 나는 알고 싶어요. 나는 그런 생각을 자주 해요. 정상적인 편안한 생활은 되지 않을 테지요. 아, 당신이 제발 행복하게 지내시기를! 틀림없이 당신은 시인이 될 거라고, 환상과 꿈을 가지고 그것을 아름답게 표현할 수 있는 시인이 될 수 있을 거라고 생각할 때도 많아요. 아, 당신은 온 세상을 헤매다닐 테지요. 그리고 모든 여자가 당신을 사랑할 테지요. 그러나 당신은 외로울 거예요. 차라리 수도원 친구에게 돌아가는 게 좋지 않겠어요? 당신이 늘 말씀하시는 친구한테로! 언제든 당신이 쓸쓸히 숲속에서 죽어가지 않도록 나는 당신을 위해 기도드릴 겁니다."

어찌할 줄 모르는 눈초리로 리디아는 차근차근 이런 이야기를 할 때가 있었다. 그러나 그 다음에는 또 킬킬대고 웃으며 그와 함께 늦가을 들판으로 말을 몰고 나가거나 그에게 농담을 하거나 시든 잎새나 윤기나는 도토리를 집어던질 때도 있었다.

어느 날, 골드문트는 그의 방 침상에서 잠을 청하여 누워 있었다. 가슴이 아늑하고 하염없는 기분에 싸여 답답해졌다. 가슴 속이 사랑으로, 슬픔과 막막한 감정으로 충만하여 무겁게 또한 넘쳐 흐를 듯이 고동쳤다. 12월 바람이 지붕을 흔드는 소리를 들었다. 잠들기 전에 오랜 시간을 두고 그렇게 지내며 잠들지 못하는 것이 벌써 습관이 되어 있었다. 매일밤 습관대로 그는 나지막한 목소리로 마리아의 노래를 불렀다.

당신은 진정 아름다워라, 마리아여.
더러운 흔적은 가슴 속에 없어라.
당신은 이스라엘 땅의 환희,
죄 지은 자들의 어머니이시다!

부드러운 음악과 함께 노래는 그의 영혼의 한가운데로 가라앉았다. 동시에 바깥에서는 바람이 노래부르고 있었다. 불화(不和)와 방랑의 노래를, 숲이나 가을이나 유랑생활의 노래를. 생각은 리디아한테로, 나르치스한테로, 어머니한테로 흘러갔다. 그의 가슴은 불안으로 넘쳐흐르고 답답하였다.

그때 그는 정신을 바짝 차리고 믿기지 않는 듯이 한쪽을 응시했다. 방문이 열린 것이다. 어둠 속으로 길고 하얀 잠옷의 모습이 들어섰다. 리디아가 소리도 없이 맨발로 포석 위를 걸어서 가만히 문을 닫고 그의 침대에 앉았다.

"리디아," 그가 소곤거렸다. "나의 사슴, 나의 하얀 꽃! 리디아, 어쩐 일이야?"

"당신한테 왔죠. 잠깐, 나의 골드문트가 침대에서 어떤 모양으로 잠자는가 한 번 보고 싶었어. 내 황금의 심장(골드 헤르츠)!"

리디아는 그의 옆구리에 달라붙어 괴로운 듯 가슴을 격동시키며 가만히 드러누웠다. 그가 마음대로 키스하는 것을 내버려두었다. 놀라움을 감추지 못하는 그의 두 손이 리디아의 손발을 마음껏 애무하는 것을 막지 않았으나 그 이상은 허락해 주지 않았다. 잠시 후 처녀는 그의 두 손을 부드럽게 뿌리치고 그의 눈에 키스를 한 다음 소리 없이 일어서서 연기같이 사라졌다. 문이 덜커덩 소리를 내고 용마루에 바람을 받아서 소리를 내었다. 모든 것이 요술에 걸린 것처럼 비밀과 불안과 약속과 위협으로 충만해 있었다. 골드문트는 어떻게 생각하고 어떻게 했으면 좋을지 몰랐다. 불안에 싸인 졸음 다음에 다시 눈을 뜨자 베개는 눈물에 젖어 있었다.

리디아는 며칠 후에 다시 찾아왔다. 감미롭고 하얀 유령은 요전 때나 마찬가지로 십오 분간 그의 옆에 드러누었다. 그의 팔에 안겨 리디아는 그의 귀속에다 대고 호소하고 싶은 것이 많다고 속삭였다. 아늑한 마음에 사로잡혀 그는 경청하였다. 그는 리디아를 그의 왼팔 위에 눕히고 오른손으로 무릎을 만지작거렸다.

"골드문트," 리디아가 소리를 낮추어 그의 뺨에 입을 대고 말했다. "이제 두 번 다시 당신하고 같이 있을 수 없게 된 것이 무척 슬퍼요. 우리들의 아늑한 행복과 비밀은 오래 가지 못할 거예요. 율리에가 벌써 의심을 품고 있어요. 얼마 안 있으면 나한테 고백하라고 강요할 거예요. 안 그러면 아버지가 눈치챌지도 몰라요. 당신 침대에 같이 누워 있는 것이 발각되면, 나의 어여쁜 황금 새님, 당신의 리디아는 혼날 거예요. 두 눈은 눈물에 부르트고, 나무들을 쳐다보며, 제일 사랑하는 사람의 목이 매달려 바람에 나부끼는 걸 보게 될 테죠. 아, 차라리 달아나요. 차라리 지금 얼른 달아나요. 아버지가 당신을 묶고 목을 매달지 않게. 요전번에 한 번 목을 매다는 사람을 보았어요. 도둑이었어요. 당신의 목을 매다는 것은 볼 수가 없어요. 이봐요, 차라리 달아나서 나를 잊어요. 당신이 죽지 않아도 좋도록, 당신의 파란 눈을 새들이 쪼지 않도록! 아니, 아니, 그리운 님, 가서는 안 돼요. 아, 당신이 나를 버려두고 가면, 어쩌면 좋아요."

"나하고 같이 가는 것은 싫어요? 리디아. 같이 도망갑시다. 세상은 넓어요!"

"그렇게 한다면 얼마나 좋겠어요."

리디아가 탄식했다. "당신하고 같이 온 세상을 걸어다닌다면 얼마나 아름다울까요! 하지만 나는 할 수 없어요. 숲속에서 잠자거나 집 없는 천사가 되거나, 지푸라기를 머리칼에 붙이거나, 그런 짓은 못해요. 아버지한테 수치를 줄 수 없어요. 아니, 공상이 아니에요. 난 할 수 없어요! 더러운 쟁반에 든 것을 먹지도 못하지만 문둥병 환자의 침대에서 잠잘 수 없는 것과 같이 그런 행동은 정말 못하겠어요. 아, 우리한테는 좋은 것도 아름다운 것도 모두 다 금지되어 있어요. 우리 두 사람은 괴로움만 잔뜩 받기 위해 태어난 거예요. 나의 가엾은 사랑이여! 결국 나는 당신의 목을 매다는 것을 보지 않으면 안 될 거예요. 그리고 나는 감금되어서 수도원으로 보내지게 되겠지요. 이봐요 나에게서 떠나서 다시 집시나 농부들 아내 곁에서 잠자요. 네! 가요! 가요! 잡혀서 묶이기 전에 가요! 우리는 절대 행복해지지 못할 거예요, 결코!"

그는 살며시 리디아의 무릎을 만지작거렸다. 그리고 부드럽게 리디아의 음부를 만지면서 말했다.

"나의 꽃봉오리여! 우리는 정말 행복해질 수 있어요! 안 돼?"

리디아는 화를 내지 않았지만 힘을 주어서 그의 손을 뿌리치고 조금 그에게서 비켜났다.

"안 돼," 리디아가 말했다. "안 돼, 안 돼요. 그것은 허락할 수 없어요. 당신 같은 집시는 아마 모를 거예요. 그래요, 나는 옳지 못한 짓을 하고 있어요. 나는 나쁜 계집애예요. 온 집안에 불명예를 가지고 와요. 하지만 마음 한구석에는 그래도 자존심이라는 게 있어요. 거기는 아무도 들어와서는 안 돼요. 그걸 인정해 주지 않으면 안 돼요. 안 그러면, 나는 이제 당신 방에 들어오지 못해요."

리디아의 긍지나 소망이나 암시를 그는 결코 무시하지 않았다. 그 자신도 리디아가 얼마나 강하게 그를 지배하는 힘을 가지고 있는지에 놀랐다. 그러나 그는 괴로워하였다. 그의 욕정을 진정시킬 수가 없었다. 그의 마음은 의존하는 생활에 가끔 과격하게 거역하였다. 그것을 탈피하려고 노력도 몇 번 하였다. 조그만 율리에한테 매우 겸손하게 마음을 떠보기도 하였다. 무엇보다, 이 중요한 인물과 유연한 관계를 맺어서 될 수 있는 한 그 마음을 빼어 버려야 할 필요성이 있었다. 율리에라는 소녀는 그에게는 매우 기묘한 존재였다. 때로는 아주 어린아이같이 보이지만 때로는 뭐든지 알고 있는 것 같았다. 그러나 틀림없이 그 소녀는 리디아보다 아름다웠다. 흔히 볼 수 없는 미인이었다. 그것이 얼마간 나이 지긋해 뵈는 어린아이 같은 순진성과 함께 골드문트한테는 크나큰 매력이었다. 그는 가끔 강하게 율리에한테 반할 때가 있었다. 다른 사람 아닌 이 동생이 그의 관능을 자극하는 강한 매력으로 그는 종종 욕정과 사랑의 구별을 알고 놀랐다. 처음, 그는 똑같은 눈으로 두 자매를 보고 둘다 손에 넣을 가치가 있고 율리에 쪽이 더 아름답고 유혹해 볼 가치가 있다고 생각했으나, 구별없이 둘한테 사랑을 구하고 둘을 동시에 주시하고 있었다. 그리고 지금은 리디아가 그를 제어할 힘을 획득하고 말았다. 그는 리디아를 사랑하기 때문에 리디아를 완전히 수중에 넣는 것을 단념할 만큼 리디아를 사랑하고 있었다. 리디아의 마음속을 알고 사랑하게 되었다. 리디아의 티없는 순진성, 애정, 비관에 흐르기 쉬운 성질 등, 그 모든 것이 자기 자신을 닮은 것 같았다. 몇 번이나 그는 그 마음속이 얼마나 육체와 상응하고 있는가를 보고 놀라기도 하였으며 감탄하기도 하였다. 무엇을 하든, 무엇을 이야기하든, 어떤 소원이나 판단을 표현하든 그 말과 마음의 태도는 그녀의 눈매나 손가락의 형태와 똑같았다.

골드문트가 리디아라는 인간을, 그 육체나 마찬가지로 마음을 형성하고 있는 원형과 법칙을 발견하였다고 믿었던 순간, 그의 마음속에는 가끔 이 모습의 무슨 환상을 붙들고 묘사시켜 보려는 욕망이 생겼다. 그는 남몰래 극진히 보관하고 있던 몇 장의 종이에 펜으로 그 여자의 머리의 윤곽, 속눈썹의 선, 손, 무릎 등을 기억을 더듬어서 소묘해 보려고 시도했다.

율리에와의 관계는 다소 어려워졌다. 율리에는 명백히 언니가 사랑의 큰 파도에 흔들리고 있는 것을 느꼈다. 율리에의 외고집의 이성은 납득하지 않았지만 관능은 호기심과 욕정에 넘쳐서 낙원으로 향하였다. 율리에는 골드문트에게 과장된 냉담성과 반감을 보였지만 열중한 순간에는 경탄과 음탕한 호기심을 가지고 그를 바라볼 때도 있었다. 리디아에게 율리에는 매우 상냥하게 하였다. 때때로 침대에 언니를 찾아갔다. 거기서는 사랑과 성의 영역 속에서 정욕을 감추고 호흡을 하였다. 금지되고 있는 비밀에 관해 말이 오갈 때도 있었다. 또 율리에는 리디아가 숨기고 있는 과실을 알며, 그것을 멸시하고 있다는 것을, 상대방의 가슴을 쓰라리게 하는 방법으로 눈치채게 하였다. 이 아름다운 변덕쟁이 처녀는 서로 사랑을 속삭이는 리디아와 골드문트 사이에서 하늘하늘 타오르며 자극을 주기도 하고 방해를 하기도 하였다. 갈증에 허덕이는 꿈을 그리며 두 사람의 밀어를 훔쳐먹었다. 때로는 아무것도 모르는 처녀로 가장하기도 하고, 때로는 사정을 다 알고 있는 위험한 처녀라는 것을 눈치채게도 하였다.

갑자기 율리에는 어린아이라는 존재에서 유력한 존재로 변모하였다. 식사 때 이외에는 절대 율리에와 얼굴을 마주치지 않는 골드문트보다 리디아는 율리에의 그와 같은 태도 때문에 더 괴로워하지 않으면 안 되었다. 골드문트가 율리에의 매력에 대해서 결코 무신경하지 않다는 것은 리디아도 눈치채지 않을 수 없었다. 그의 눈초리가 감탄해 마지않으며 즐겁게 동생한테 쏠려 있는 것을 리디아는 자주 보았다. 리디아는 뭐라 말을 할 수도 없었다. 모든 것은 매우 어렵고 위험으로 가득찼다. 특히 율리에의 기분을 그릇되게 하고 괴롭혀서는 안 되었다. 언제 어느 때에 리디아의 사랑의 비밀이 발각되고, 어려움과 불안에 찬 행복에 종말이 고해지고, 얼마나 무서운 벌이 내려지게 될지 아무도 보증할 수 없는 일이었다.

때때로 골드문트는 왜 자신이 벌써 도망치지 않았는가에 대해서 기이하게 여기고 있었다. 지금 같은 생활을 계속하기는 힘들었다. 사랑을 받고 있으면서도, 허락된 영속적인 행복도, 가냘픈 실현도 바랄 수 없었다. 끊임없이 자극을 받고 갈증에 허덕이며, 결코 안정을 얻을 수 없는 충동을 안아 가지며, 거기다가 하루도 빠짐없이 위험에 몸을 드러내고 있었던 것이다. 왜 떠나지 않고 여기 그냥 머물러서 온갖 혼돈과 얼기설기 뒤얽힌 감정을 죽여나가야 하는가? 그것은 정착하고 있는 사람들이나 합법적인 사람들이나, 따뜻한 방에 살고 있는 사람들을 위한 체험이나 감정이나 양심의 상태가 아니란 말인가? 이와 반대로 그는 그런 아늑한 감정과 복잡한 상태를 탈피해서 그런 것들을 조소하는 욕심 없는 방랑자의 권리를 가지고 있기나 한가? 그렇다. 그는 이런 권리를 가지고 있었다. 여기서 고향과 같은 무엇을 구하고, 이만큼의 고통과 이만큼의 곤궁으로써 그 값을 치른다는 것은 정말 바보같은 일이었다. 그럼에도 불구하고 그는 그 값을 치르고 괴로워하였다. 즐겨 괴로워하고 몰래 행복에 젖었다.

그렇게 사랑하는 방법은 어리석기도 하고, 어렵기도 하고, 복잡하고 힘도 들었으나 후련한 기분이었다. 그 사랑의 어둡고 아름다운 비애와 어리석음과 절망감은 속시원한 기분이었다. 잠 한숨 이루지 못하고 명상에 잠겨 가슴을 두근대는 밤마다 아름다웠다. 리디아의 입술 위의 괴로운 표정과도 같이, 그 여자가 사랑과 우수에 대해서 이야기할 때 목소리의 무심한 음향과도 같이, 그 모든 것이 아름답고 즐거웠다. 몇 주일 사이에 리디아의 어여쁜 얼굴에 괴로움의 표정이 나타나더니 결국에는 뿌리를 박고 말았다. 이 선을 펜을 가지고 묘사한다는 것은 그에게는 매우 아름답고도 중요하였다. 그리고 이 몇 주일 사이에 그 자신도 변하고 몇 해나 더 나이 먹은 느낌이었다. 그다지 영리해지지는 않았지만 더욱 경험을 쌓게 되었고, 그다지 행복하지는 않았지만 마음속이 훨씬 더 성숙해지고 풍부해진 것 같았다. 그는 이제 소년이 아니었다.

리디아는 부드러우면서도 자신을 잃은 목소리로 그에게 말했다. "당신은 나 때문에 슬퍼해서는 안 돼요. 나는 당신을 즐겁게 해드리고 행복하게 지내시는 걸 보고 싶을 뿐이에요. 용서해 주세요, 네. 당신을 슬프게 해드리고 나의 불안과 슬픔을 당신한테 전염시켜 드렸으니 말이에요. 나는 밤에 참 이상한 꿈을 꿔요. 매일밤 말도 할 수 없는 커다랗고 어두운 황무지를 걷고 있는 거예요. 그곳을 걸으며 당신을 찾지만 당신은 없거든요. 당신을 잃어버렸다는 것은 알고 있지만 나는 자꾸 그렇게 혼자서 걸어다니지 않으면 안 되는 걸요. 그러다가 눈을 뜨면 생각은 자꾸만 그분이 아직 계셔준다는 것은, 그분을 만나게 된다는 것은 얼마나 고맙고 얼마나 멋진지, 하게 되는군요. 어쩌면 또 몇 주일, 안 그러면 며칠, 아무래도 매일반이지만 그러나 그분은 아직 계신다하고 생각해요."

어느 날 아침, 골드문트는 동이 트자 이내 눈을 뜨고 침대에 누운 채 잠시 생각에 잠겼다. 꿈속의 온갖 경치들이 아직 그의 몸에서 떠나지 않고 있었다. 하지만 아무 연관성도 없이 어머니와 나르치스를 꿈에 본 것이다. 두 사람의 모습이 아직도 눈에 선하였다. 꿈의 실타래를 벗어나자 이상한 빛이 새어들었다. 조그만 창살 구멍을 뚫고 들어오는 독특한 밝음이었다. 그는 뛰어 일어나서 창가로 쫓아갔다. 거기에는 창틀의 지붕도, 마구간의 지붕도, 저택의 입구도, 저편 경치 전체도, 올 겨울 첫눈에 뒤덮여 푸른 색깔을 띠고 하얗게 반짝이고 있었다. 그의 가슴의 불안과 고요하게 골몰하는 겨울 세계 사이의 대조가 그를 어리둥절하게 만들었다. 밭과 숲, 언덕과 황무지가 태양과 바람과 비와 앙상한 겨울 옷과 눈에 싸여서 얼마나 고요히, 감동적으로, 그리고 거룩하게 몸을 맡기고 있는가! 단풍나무와 물푸레나무가 얼마나 아름답고 온화하게 겨울의 무거운 짐을 끙끙 앓으며 참고 있는가! 그와 같은 사람이 될 수 없을까? 그런 것들에게 배울 수는 없을까? 많은 생각을 하며, 그는 안마당으로 나섰다. 눈 속을 걸으며 두 손으로 눈을 만져 보기도 하며, 정원으로 건너갔다. 그리고 높이 눈이 쌓여 있는 울타리 너머로 눈 때문에 휘영청 굽어들어간 장미나무 줄기를 보았다.

아침식사로 모두 밀가루 수프를 먹으며 첫눈 이야기를 하였다. 모두들 벌써 바깥에 나갔다가 들어왔다. 올해는 눈이 늦게 내렸다. 벌써 크리스마스가 며칠 남지 않았다. 기사는 눈이 내리지 않는 남국의 이야기를 하였다. 그러나 이 겨울의 첫날을 골드문트로 하여금 결코 잊지 못하게 한 사건이 밤이 이슥해서야 일어났다.

자매는 이날 말다툼을 했다. 그것을 골드문트는 몰랐다. 밤에 집안이 고요해지고 어두워졌을 때 평상시처럼 리디아가 그에게 왔다. 아무 말도 없이 리디아는 그의 옆에 드러누웠다. 그의 심장의 고동소리를 듣고 싶기도 하고 또 그를 위로해 주기 위해 머리를 그의 가슴에다 갖다대었다. 리디아는 불안해 보이고 또 슬퍼 보였다. 리디아는 율리에의 배반을 겁내고 있었지만 애인한테 그 이야기를 해주어 걱정을 끼쳐줄 생각은 없었다. 그래서 리디아는 가만히 그의 가슴에 기대어 드러누운 채, 애인이 가끔 사랑의 말을 속삭여 주고 애인의 손이 리디아의 머리칼을 만지작거리는 것을 느끼고만 있었다.

그러나 별안간 리디아가 누운 지 채 얼마 되지 않아서 소스라쳐 놀라 눈을 크게 뜨고 자리에서 벌떡 뛰어 일어났다. 골드문트도 방문이 열리고 놀란 나머지 얼른 알아볼 수 없는 그림자가 하나 들어오는 것을 보고는 적지않게 놀랐다. 그 그림자가 침대머리에 서서 침대 위에 허리를 굽혔을 때, 그것이 율리에라는 것을 알고 그는 가슴이 답답해졌다. 율리에는 잠옷 위에 걸치고 있던 망토를 홀랑 벗어서 마룻바닥에 집어던졌다. 마치 단검에라도 꽂힌 것처럼 비명을 지르며 리디아는 반듯이 쓰러지면서 골드문트에게 매달렸다.

리디아의 불행을 비웃는 기분과 멸시가 뒤섞인 말씨로, 그러나 자신없는 목소리로 율리에가 말했다. "난 혼자 쓸쓸히 방에서 딩굴고 싶지 않아. 나도 한몫 들어서 셋이서 눕든가 안 그러면 난 가서 아버지를 깨울 테야."

"좋습니다. 자 와요." 골드문트는 대답하고 이불을 들쳤다. "이를 어쩌나! 발이 얼었구먼." 율리에는 침대속으로 들어왔다. 그는 비좁은 침대에 얼마간 자리를 만드는 데 진땀을 뺐다. 왜냐하면 리디아가 얼굴을 베개에 파묻고 꼼짝하지 않고 누워 있었기 때문이다. 결국 골드문트의 양쪽에 처녀가 하나씩, 조금 전까지도 이런 상태를 원했었다는 생각을 그는 잠시 억제할 수가 없었다. 어떻게 해야 좋을지 모르는 불안과 동시에 남모르는 황홀경에 빠져 가면서 그는 율리에의 엉덩이를 그의 허리에 느꼈다.

"언니가 그리도 자주," 율리에가 말문을 열었다. "찾아드는 당신 침대 속이 어떻게 생겼는가 꼭 한 번 보아야 할 것 같았어요."

골드문트는 율리에를 진정시키기 위해 가만히 그의 뺨을 소녀의 머리칼에 비벼댔다. 그리고 마치 고양이를 쓰다듬듯이 보드라운 손길로 소녀의 엉덩이와 무릎을 어루만졌다. 소녀는 그의 손이 가는 대로 아무 말도 없이 그리고 흥미있게 자신을 맡기고 있었다. 마술에라도 걸린 듯이 황홀하고 경건한 감정으로 조금도 반항하지 않았다. 이렇듯 마술을 걸고 있을 동안 그는 똑같이 리디아한테도 수고를 아끼지 않았다. 다정한 사랑의 속삭임을 리디아의 귀에다 대고 나지막이 속삭였다. 안 되면 얼굴이라도 들어서 자신에게 향하도록 차근차근히 꾀었다. 소리나지 않게 그는 리디아의 입술과 눈에 키스했다. 한편 그의 손은 반대쪽의 동생을 꼼짝도 못하게 붙들고 있었다. 몸을 에는 듯한 그런 상태, 비굴한 그 상태가 도무지 견딜 수 없는 지경으로 의식되었다. 그의 왼쪽 손이 그것을 깨닫게 하였다. 그 손이 잠잠히 기다리고 있는 아름다운 율리에의 손발과 익숙해지고 있을 동안, 그는 처음으로 리디아에 대한 사랑이 아름답기는 하지만 전혀 희망성이 없다는 것을 감지했을 뿐만 아니라 가소롭다고까지 느꼈다. 그의 입술이 리디아를, 그의 손이 율리에를 만지고 있을 동안, 리디아를 시켜서 억지로 자신에게 몸을 맡기게 하든가 안 그러면 자신이 떠나지 않으면 안 될 것 같은 생각이 들었다. 그 여자를 사랑하면서도 체념해야 한다는 것은 무의미한 일이요 정당치 못하였다.

"이봐, 리디아," 그가 리디아의 귀에 소곤대었다. "우린 쓸데없이 앓고 있단 말이야. 지금 우리 셋이 어떻게 행복해질 수 있을까! 우리 피가 요구하는 걸 하자구!"

리디아가 부들부들 떨며 몸부림을 치자 그의 욕망은 다른 사람한테로 도망쳤다. 그의 손이 율리에의 마음을 매우 흡족하게 해주었기 때문에 율리에는 부들부들 떨리는 기나긴 탄식으로 쾌감을 표시했다.

리디아는 탄식하는 소리를 듣자 마치 독약이라도 방울져 떨어진 것처럼, 질투 때문에 가슴이 죄어들었다. 리디아는 불시에 침대에서 몸을 일으키고 이불을 벗겨 던지며 장승처럼 서서 고함쳤다. "율리에, 가자!"

율리에는 전신을 오들오들 떨었다. 그렇게 고함을 치면 셋 다 발각될지도 모르기 때문에 앞뒤 생각없는 흥분에 위험을 느끼고 아무 말 없이 일어섰다.

그러나 욕망이 짓밟히고 기만당한 골드문트는 일어나는 율리에를 얼른 얼싸안더니 양쪽 가슴에다 입을 맞추며, 타는 듯이 그 귀에 속삭였다. "내일이에요. 율리에, 내일!"

리디아는 맨발에 잠옷 바람으로 서 있었다. 돌마루 위에서 추위 때문에 발끝을 오므리고 있었다. 리디아는 율리에의 망토를 마루에서 주워들고 괴롭고도 비굴한 몸짓으로 동생의 몸에 걸쳐 주었다. 어둠 속이었지만 동생은 그것을 알아보고 충격을 받아 화해할 마음이 생겼다. 자매는 방에서 소리 없이 나가 버렸다. 골드문트는 모순된 감정으로 자매의 뒷모습에 귀를 기울였다. 집안이 공동묘지같이 고요해졌을 때야 한숨을 쉬었다.

이와같이 젊은 세 사람은 기묘하고도 부자연스런 동침이 있은 뒤 온갖 생각이 뒤얽히는 고독으로 내몰렸다. 자매도 그들 침대에 이르르자 누구 하나 입을 열려 하지 않고 쓸쓸하게 말 없이 그들 침대 속에서 눈을 깜박이고 있었다. 불행과 모순의 정령이, 무분별과 고립과 정신착란의 마귀가 이 집을 차압하고 만 것 같았다. 새벽녘에야 골드문트는 잠이 들었다. 율리에는 아침녘이 되어서야 겨우, 리디아는 잠도 이루지 못하고 앓고 있는 사이에 희멀건 아침이 찾아 들었다. 리디아는 얼른 일어나서 옷을 바꾸어 입고 나무로 만든 조그만 구세주 상 앞에 무릎을 꿇고 오랫동안 기도하였다. 계단에서 아버지의 발자국 소리가 들리자 리디아는 달려가서 이야기하고 싶다고 청을 드렸다. 율리에의 순결을 근심하는 기분과 자신의 질투를 구별하려고 들지 않고 리디아는 이 사건의 종말을 맺으려는 결심을 하였다.

리디아가 아버지한테 알려도 좋다고 생각하는 모든 것을 말했을 때까지도 골드문트와 율리에는 잠을 자고 있었다. 리디아는 이 사랑의 모험에 율리에가 관계하고 있다는 것은 밝히지 않았다.

골드문트가 평소와 같은 시간에 서재에 나타났을 때, 기사는 보통때 같으면 덧신을 신고 펠트 윗저고리를 입고 글쓰기에 한창일 텐데, 장화를 신고 재킷을 입고 칼을 차고 있었다. 골드문트는 그것이 무엇을 뜻하는지 얼른 알아챘다.

"모자를 써!" 기사가 말했다. "너하고 같이 가야 할 곳이 있어."

골드문트는 못에서 모자를 벗겨들고 주인을 따라 계단을 내려갔다. 안마당을 지나서 바깥으로 나갔다. 두 사람의 신발 밑창이 살짝 얼어붙은 눈 위에서 바스락 소리를 내었다. 하늘에는 아직도 아침놀이 가시지 않았다. 기사는 아무 말 없이 앞장 서서 걸어갔다. 젊은 친구는 따라가면서 몇 번이나 저택을, 자기 방의 창문을, 눈에 덮인 급경사의 지붕을 되돌아보았다. 마지막에는 그것도 숨어 버리고 아무것도 보이지 않았다. 저 지붕, 창문, 서재, 침실, 두 자매를 이제 두 번 다시는 보지 못하게 되리라. 별안간에 헤어지게 되리라는 것은 이미 익숙해 있었지만, 그래도 가슴은 터질 듯 죄어들었다. 이 이별은 그에게 심한 고통을 주었다.

계속해서 그들은 한 시간가량 걸었다. 주인이 앞장서고, 둘다 말없이, 골드문트는 자신의 운명을 생각하기 시작했다. 기사는 무장하고 있었다. 아마 그는 자기를 때려죽일지도 모른다. 그렇지만 그는 그런 걸 믿지 않았다. 그런 위험은 적었다. 달아나면 상관없는 일이었다. 그렇게 한다면 노인은 단검을 가지고 있다 해도 손을 쓸 수가 없을 것이다. 아니, 그의 생명에는 위험이 없었다. 하지만 모욕을 받고, 엄숙하게 걸어가는 이 사나이 뒤에서 이렇게 묵묵히 말도 없이 끌려간다는 것이 그로서는 발자국을 뗄 때마다 괴로움이 더했다. 이윽고 기사가 걸음을 멈추고 섰다.

"지금부터 너 혼자서 앞으로 계속 가." 찢어지는 듯한 소리로 그가 말했다. "이쪽으로 계속 가거라. 너의 익숙한 유랑생활로 인도하는 거다. 언젠가 또 내 집 가까이에 얼굴을 내밀었다가는 쏘아 죽일 테니. 너한테 보복할 생각은 없다. 내가 좀더 현명했어야 했다. 이런 젊은 놈을 내 딸 가까이 두지 말았어야 했다. 감히 돌아오기만 했단 봐라, 네 생명은 없다. 자, 가! 하느님이 널 용서해 주시길!"

그는 서 있었다. 눈 내린 아침의 빛 속에 회색 수염에 뒤덮인 그의 얼굴이 사라진 듯이 보였다. 마치 유령처럼 서서, 골드문트가 바로 가까이에 있는 언덕배기 저 너머로 사라질 때까지 노인은 그 자리에 그대로 서 있었다. 구름 낀 하늘에서 빨갛게 물든 미광이 사라졌다. 해는 나타나지 않았다. 눈발이 떨며 천천히 내리기 시작했다.

제 9 장

몇 번이나 말을 달렸기 때문에 골드문트는 이 지방을 알고 있었다. 얼어붙은 늪 저쪽에 기사의 고장이 있다는 것을 그는 알고 있었다. 더 먼쪽에 그가 알고 있는 농가도 있었다. 그곳 아무데서나 밤을 새울 수도 있을 테지. 그 다음 것은 내일 어떻게 하지 않으면 안 되었다. 차츰 자유와 타향의 감정이 돌아왔다. 얼마동안 잊고 있었던 감정이었다. 이렇게 얼음처럼 쌀쌀한 겨울날에는 타향과 같은 것은 고마운 것이 아니었다. 고생과 굶주림과 곤궁의 냄새가 몹시 풍겨왔다. 하지만 그 넓이와 크기와 가차없는 무자비등이 사치에 멀미도 나고 얼기설기 뒤얽히기도 한 그의 가슴에 안정을 주고, 위로해 주는 듯도 하였다.

그는 걷다가 지쳤다. 이제 말을 탈 수 없게 되었구나 하고 생각했다. 아, 넓은 세계! 눈은 그다지 내리지 않았다. 먼 데서 숲의 모습과 구름이 회색빛으로 교차하고 있었다. 정적이 세계의 끝까지 무한히 가로놓여 있었다. 그 가엾은 겁쟁이 리디아는 지금쯤 무얼 하고 있을까? 리디아가 매우 불쌍해졌다. 공허한 갈대 늪 한가운데 외로이 혼자 서서, 잎마저 떨어진 물푸레나무 밑에 앉아 쉬면서, 생각은 아늑히 리디아에게 흘러가고 있었다. 결국 추위에 가만히 있을 수 없어서 뻣뻣해진 다리로 일어섰다. 서서히 힘찬 발자국을 옮겨갔다. 구름 낀 해의 엷은 빛은 벌써 기울어지기 시작하는 것 같았다. 사람 하나 없는 광막한 들판을 걷는 동안에 머릿속은 텅 비었다. 애정이 깃든 것이든 아름다운 것이든, 지금은 생각을 하거나 감정을 품거나 하는 것은 문제도 되지 않았다. 몸을 따뜻하게 하고 얼른 잠자리에 드는 것, 담비나 여우처럼 이 차갑고도 광막한 세계를 뚫고 지나가는 것, 이런 들판에서 항복하지 않는 것이 문제였다. 다른 것은 전혀 중요하지 않았다.

멀리서 오는 말발굽 소리를 들은 것 같아, 기이하게 여기며 뒤를 돌아다보았다. 추격받고 있는 것일까? 그는 주머니에서 사냥할 때 쓰는 조그만 단검을 꺼내들고 나무로 만든 칼집을 늦추었다. 말탄 사람의 얼굴을 볼 수 있게 되었다. 그 기사의 말이라는 것을 멀리서도 알 수 있었다. 그는 끈질지게 그를 쫓아왔다. 달아난다는 것은 소용없는 일이다. 발걸음을 멈추고 기다렸다. 별로 무섭지는 않지만 극도의 긴장과 호기심으로 가슴의 고동치고 있었다. 순간 강력히 그의 머리를 스쳐지나가는 것이 있었다. '만약 말탄 놈을 죽일 수 있다면 얼마나 형편이 호전될 건가! 말 한 마리가 생기겠다. 또 온 세상이 내것이 될 거고!' 하지만 말을 타고 오는 놈이 나이 어린 마부, 연파란색 눈과 얌전하고도 무엇에든지 고분고분하며 소년 같은 얼굴을 한 한스라는 것을 알자 그는 웃지 않을 수 없었다. 이렇게 착하고도 귀여운 놈을 죽이자면 돌의 심장이 필요할 거다. 그는 정답게 한스한테 인사를 하였다. 그리고 하니발이라는 말한테도 정다운 인사를 보냈다. 말도 이내 그라는 것을 알았다. 그는 미지근한 땀에 젖은 말의 목덜미를 어루만져 주었다.

"한스, 어딜 가려고 그러나?" 그가 물었다.

"당신한테 왔죠." 총각은 이빨을 하얗게 드러내며 웃었다. "벌써 걷기도 어지간히 걸었습니다! 저는 이제 괴로움 끼칠 시간도 없어졌습니다. 당신한테 인사나 전하고 이것을 드리면 이제 제 일은 끝납니다."

"누가 나한테 인사 전하라고 하던가?"

"리디아 아가씨가요. 골드문트 학사님! 당신 덕분에 따분한 하루를 보냈습니다. 전 좀 도망이라도 쳐서 좋았지만요. 제가 부탁을 받고 떠난 것을 주인은 눈치도 못 채고 있지요. 아무튼 목이 달아날 판이거든요. 그럼, 자, 받아요!"

그가 내민 조그만 꾸러미를 골드문트가 받아 쥐었다.

"얘, 한스! 빵이라도 한 조각 없나? 있으면 줘."

"빵은 왜? 한 부스러기쯤 남았을 겁니다." 한스는 주머니에 손을 집어넣어서 까만 빵을 한 조각 꺼냈다. 그리고 다시 말을 집어 타고 가려고 했다.

"아가씨는 무엇하고 있나?" 골드문트가 물었다. "너한테 아무 부탁도 없던? 종이쪽지라도 가지고 온 게 없나?"

"아무것도 없는데요. 잠깐 보았을 뿐인데요, 짐작하세요. 집안은 저기압입니다. 주인은 사울 왕처럼 설치고 있습니다. 저는 그것을 전해 드리라는 분부를 받았을 뿐인걸요. 그 밖에는 아무것도 없습니다. 자, 돌아가야 합니다."

"좋아, 하지만 잠깐 기다려줘! 얘, 한스, 너 사냥할 때 쓰는 그 단검 말이야, 나한테 양보할 수 없겠나? 내가 가진 거는 조그만 것뿐이야. 늑대라도 만나게 되면 손에 좀 믿음직한 걸 가지고 있어야 좋단 말이야."

하지만 한스는 막무가내였다. 골드문트 학사님한테 무슨 변이라도 생긴다면 안됐다는 말은 하겠지만 단검은 절대 내줄 수 없다고 하였다. 가령 돈을 받더라도, 바꾸더라도, 게노페바 성녀한테 부탁을 받더라도 절대 안 된다고 했다. "얼른 가지 않으면 안 됩니다. 부디 안녕하십시오. 미안합니다." 하고 말하는 것이었다.

두 사람은 악수를 나누고는 말을 타고 가버렸다. 뒷모습을 바라보는 골드문트의 가슴은 야릇한 슬픔에 잠겼다. 꾸러미를 끌러 보았다. 송아지 가죽 끈을 가지고 묶어놓은 것을 보고 고맙게 여겼다. 안에는 단단한 회색 털실로 짠 재킷이 들어 있었다. 틀림없이 리디아가 주려고 만든 것이었다. 재킷 안에는 무슨 딱딱한 것이 잘 싸여서 들어 있었다. 한 조각의 햄이었다. 햄 속에 조그맣게 자른 자국이 나 있었다. 그 자국 속에 반짝 빛나는 금화가 하나 들어 있었다. 편지는 없었다. 리디아의 선물을 손에 들고 마음은 허공으로 달리며 눈 속에 서 있었다. 한참 후 저고리를 벗고 재킷을 껴 입었다. 따뜻한 게 마음에 들었다. 얼른 저고리를 입고 금화를 제일 안전한 주머니에다 숨겼다. 가죽끈을 맨 다음 들판을 가로질러 계속 걸었다. 쉴 장소에 도달할 시간이었다. 발은 천 근 만 근 무거웠다. 하지만 농부 집에는 가고 싶지 않았다. 거기 가면 좀더 따뜻하게 쉴 수 있고 우유도 얻어먹을 수 있을지는 몰라도 가기 싫었다. 너절하게 늘어놓고 꼬치꼬치 캐묻는 것이 질색이었다. 그는 어느 헛간에서 밤을 새우고 이른아침 된서리와 매서운 바람을 받으며 계속 걸었다. 추위에 쫓겨 강행군을 하였다. 밤마다 기사가 아니면 그의 칼, 아니면 두 자매의 꿈을 꾸었다. 날이면 날마다 외로움과 침울한 여신이 그의 가슴을 누르고 놓지 않았다.

며칠이 지난 어느 날 밤, 어느 마을에서 숙소를 구했다. 그곳, 가난한 농부 집에는 빵은 없었지만 강냉이 수프가 나왔다. 새로운 체험이 여기서 그를 기다리고 있었다. 그가 손님으로 들어 있는 이 집 아내가 밤중에 애기를 낳았다. 골드문트도 그 자리에 참여했다. 거들기 위해서 붙들려 나왔던 것이다. 산파가 쫓아다니고 있을 동안에 등잔을 잡아주는 일밖에 별로 할 일도 없었다. 생전 처음으로 그는 해산하는 것을 보았다. 놀라움과 빛나는 눈초리로 산모의 얼굴을 보고 뜻밖에 새로운 체험을 했다. 적어도 산모의 얼굴에서 그가 인정한 것은 매우 주목할 만한 가치가 있는 것 같았다. 고통 속에 나자빠져 진통의 비명을 지르는 부인의 얼굴을 불빛에서 가만히 보고 있자니, 예기치 않던 무엇이 머릿속에 떠올랐다. 울부짖는 여인의 얼굴은 사랑에 도취된 순간에 다른 여인의 얼굴에 비친 표정과 거의 다를 바가 없었다. 얼굴에 나타난 커다란 고통의 표정은 크나큰 쾌락의 표정보다는 물론 격하기도 하고 훨씬 더 흉해 보였다. 하지만 궁극적으로 다를 바 없었다. 얼마간 오만상을 찌푸리다가 수축하는 점도, 이글이글 타오르다가 꺼져 가는 점도 똑같았다. 왜 그런지는 알 수 없지만 고통과 쾌락이 같을 수 있다는 것을 알고, 경악감을 가지게 되었다.

또 다른 무엇을 이 마을에서 체험하였다. 순산한 밤이 지나고 이튿날 아침, 그가 발견한 이웃집 부인이 추파를 던지는 그에게 얼른 응했기 때문에 그 마을에서 하룻밤 더 묵으며 그녀를 대단히 행복하게 해주었다. 최근 몇 주일 동안 어지간히 자극을 받다가는 실패를 거듭한 후라서 오래간만에 겨우 그의 충동은 안정을 얻었다. 이렇게 망설이고 있었기 때문에 새로운 체험을 얻게 되었다. 그 덕택으로 이틀째 같은 농촌에서 빅토르라는 키가 크고 염치도 어지간히 없는 사람을 만났다. 얼핏 보면 신부 같기도 하고 또 얼핏 보면 부랑자 같기도 한 그는 어디서 주워들은 라틴어로 그에게 인사를 걸어왔다. 학생 나이는 벌써 지났지만 유랑 학생이라고 떠들어댔다.

뾰족한 턱수염이 난 이 사내는 성실성과 방랑자의 익살을 섞어 가며 골드문트한테 인사하고, 그 익살을 가지고 젊은 친구한테 얼른 싸여들었다. 대체 어디 학생이었으며 여행 목적지는 어디냐고 물어보자, 별난 이 친구는 연설조로 주워섬기기 시작했다.

"맹세하고 말하지만, 나는 여러 대학에서 수학하고 또 쾰른이나 파리에서도 수학한 일이 있었습니다. 또 라이덴의 학위논문에서 내가 한 것보다 충실한 내용이 간장의 형이상학에 대해서 언급된 일은 희귀합니다. 친구여 그 이후, 불쌍한 나는 측량할 수 없는 갈증에 마음을 괴롭히며 독일 제국을 헤매 다녔다오. 나는 농부의 눈물을 흘리게 하는 자라 불리며, 젊은 아낙네들한테 라틴어를 가르치고, 요술을 부려서 먹고 사는 놈이오. 이 사람의 목표는 시장

부인의 침대이며, 미리 까마귀 밥이 되지 않을 것 같으면 대승정의 나른한 직무에 내 몸을 바치지 않으면 안 될 지경에 이를 테지. 젊은 친구여! 손에서 입으로 그날 하루살이를 한다는 것은 그 반대보다는 낫다네. 결론으로 토끼 고기는 이 사람의 불쌍한 위 속에서보다 더 흐뭇하게 느껴본 적은 없는 바라네.

보리미아 왕은 나의 형제일세. 우리 모두의 아버지는 나와 마찬가지로 그를 길러주고 있네. 하지만 그것을 완성하는 것은 나 자신에 맡겨져 있는 바일세. 그저께도 우리들의 아버지는 무정하게 나를 학대하여, 굶주린 늑대의 생명을 구해 주려고 하였네. 만약 내가 그놈의 짐승을 때려죽이지 않았던들 그대는 나와 상종하게 될 영광을 갖지 못하였을 테지 영원히 아멘."

이런 종류의 자포자기적 익살과 유랑자의 라틴어에 아직 친근하지 못한 골드문트는 망나니 같은 털보와 독특한 익살을 반주하는 유쾌하지 못한 웃음소리에 얼마간 겁을 집어먹기는 하였지만, 이 유랑자의 무엇인가가 마음에 들었다. 그래서 쉽게 설복당하여 같이 여행하게 되었다. 늑대를 때려죽였다는 이야기가 거짓이든 아니든, 하여간 둘이 있는 것이 마음 든든하고 겁나지 않았기 때문이다. 하지만 출발하기 전에 빅토르는 소위 그의 라틴어로써 농부와 이야기하고 싶다고 해서 어느 소작농 집에 들기로 하였다. 그런데 빅토르는 골드문트가 이때까지 방랑길에 오를 때마다 농가나 마을에 손님이 되었을 때 하던 버릇과는 달랐다. 그는 오두막집에서 오두막집으로 서성대면서 아무 부인이나 붙들고 쓸데없는 이야기를 하다가 마구간이나 부엌이나 닥치는 대로 코를 처박고, 어느 집에서나 선물을 손에 넣기 전에는 그곳을 떠나지 않을 작정인 것같이 보였다. 그는 농부들한테 이탈리아전쟁 이야기를 하기도 하며, 부뚜막 옆에서 파비아 전투의 노래를 불러 주기도 하며 할머니한테 관절염이나 빠진 이빨 약을 권하기도 하였다. 뭐든지 알고 어디든지 안 가본 데가 없는 것 같았다. 그는 빵 부스러기나 호두나 배를 쪼갠 것을 잔뜩 얻어 가지고 바지춤에처넣었다.

그는 싫증도 내지 않고 원정을 계속하며 사람들을 놀래 주기도 하고, 아양을 떨어서 환심을 사기도 하고, 잘난 체 뽐내다가 눈을 휘둥그레 뜨기도 하고, 라틴어의 부스러기를 주워모아서는 학자 행세를 하고, 얼토당토 않는 태도로 상대방을 탄복시키기도 하고, 이야기나 학자 행세를 하는 도중에 날카롭고 빈틈 하나 없는 눈으로 각자의 얼굴이나 열려 있는 책상 서랍이나 열쇠나 빵 덩어리를 하나하나 적어두는 것을 골드문트는 기가 막혀 보고 있었다. 이것은 교활하고도 어디 하나 빈 틈 없는 유랑자로, 온갖 것을 보기도 하고, 체험도 하고, 굶주림에 허덕인 때도 전신이 꽁꽁 언 때도 자주 있기도 하고, 위험에 몸을 드러내 살기 위해서 악전 고투를 거듭해 왔기 때문에 영리해지기도 하고 당돌해진 사나이라는 것을 골드문트는 알았다. 기나긴 유랑생활을 하는 자는 이렇게 되는 것이다. 그도 언젠가는 이런 신세가 될 것인가?

이튿날, 두 사람은 출발했다. 골드문트는 처음으로 두 사람이 하는 유랑을 맛보았다. 사흘 동안 같이 걸었다. 골드문트는 빅토르한테서 이것 저것 배웠다. 유랑자한테 세 개의 커다란 요건, 즉 생명의 위협에 대한 안전과, 야숙의 발견과, 식량 입수에 만사를 결합시켜야 한다는 습관이 본능이 되어 기나긴 세월을 유랑하는 사나이에게는 많은 것을 배웠다. 겨울이든 밤이든 어떤 작은 징조로도 인가가 가깝다는 것을 알거나, 숲이나 밭의 어떤 모퉁이에서도 휴식하는 장소 혹은 잠잘 자리로서 적당한가 어떤가를 자세하게 조사하거나, 방에 들어선 순간 주인 생활의 빈부 정도, 그의 친절과 호기심과 염려의 정도를 알아내는 것. 그것은 빅토르가 대가의 경지에 들어서고 있는 기술이었다. 여러 가지 교훈이 될 만한 것을 그는 젊은 친구에게 이야기하여 주었다. 어느 날, 골드문트가 빅토르에게 자기는 그런 빈틈 없는 준비태세를 갖추고 인간에게 가까이 가고 싶지 않고 여태껏 그런 기술을 조금도 알지 못했어도 정답게 부탁하면 손님으로서 영접받는 것을 거절당한 일은 극히 드물다고 말했다. 빅토르가 웃으며 악의 없이 말했다. "그거야, 골드문트, 너야 잘 돼 나갈 테지. 너는 앳되고 멋있고 순진해 보인다. 그게 훌륭한 숙박권이야. 여자들은 널 밉지 않게 보고, 남자들은 이거 이놈은 악의가 없다, 누구한테도 폐를 끼치지 않을 거다 하고 생각한다. 하지만 생각해 봐, 인간은 나이를 먹는다. 어린아이의 얼굴에 수염이 나고 주름이 잡혀. 바지에는 구멍이 뚫린다. 뜻하지도 않는 사이에 밉살맞고 환영받지 못하는 손님이 되어 버리는 거야. 젊음과 순진 대신에 갈증만이 두 눈에서 내다보이게 되지. 그럴 때를 생각하면 인간은 딱딱하게만 되어 있을 수 없단 말이야. 다소 세상을 알지 않으면 안 돼. 안 그러면 이내 거름 무더기 위에서 잠을 자고 개한테 오줌 벼락을 맞지. 하지만 보아하니 너는 언제까지나 유랑할 인간은 아닌 것 같다. 돌아다니는 놈 치고는 두 손이 매우 곱고 곱슬머리도 탐스럽단 말이야. 언젠가 꼭 좀더 편안히 살 수 있는 구멍으로 기어들어갈 거야. 깔끔하고 따뜻한 부부 침대라든가 영양이 좋은 말짱한 수도원이든가, 훈훈한 서재로 들어갈 거다. 너는 말쑥한 차림을 하고 있다. 귀공자라 해도 안 믿을 사람이 없을 거야."

빅토르는 자꾸 웃으면서 골드문트의 옷 위에 손을 갖다대었다. 그 손이 봉창이나 실밥을 하나 남기지 않고 더듬어 찾는 것을 알고 몇 발자국 뒤로 물러섰다. 가지고 있는 금화 두 카텐이 생각났기 때문이다. 그는 기사 집에서 잠시 머물렀으며 라틴어 문장을 써서 좋은 옷을 얻었다는 것을 이야기하였다. 하지만 빅토르는 왜 이 엄동설한에 그런 따뜻한 보금자리를 떴는가고 물었다. 골드문트는 거짓말을 할 줄 몰랐기 때문에 기사의 두 딸 이야기를 했다.

그러자 두 사람 사이에 처음으로 말다툼이 벌어졌다. 빅토르는 골드문트가 둘도 없는 바보 같은 놈이며 미련 없이 그곳을 도망쳐서 산성과 두 딸을 헌신짝 버리듯 했다는 것이다. 사태를 벌여놓고 관망만 했느냐는 것이었다. 둘이서 성을 찾아가, 물론 골드문트는 얼굴을 보여서는 안 되지만 애는 쓰지 않으면 안 된다. 리디아한테 편지를 쓰든지 어쩌든지, 그것을 가지고 빅토르 자신이 산성을 찾아가서 돈이나 재산을 이것 저것 가지고 나오지 않는다면 맹세코 돌아오지 않겠다는 것이다. 골드문트는 거절했지만 드디어 화가 났다. 그의 말은 한 마디도 들어주지 않겠다, 기사의 이름이나 성의 위치도 가르쳐 주기 싫다고 거절했다.

빅토르는 그가 약이 바짝 오른 것을 보자 또 웃으며 샌님으로 가장했다.

"이봐," 그가 말했다. "그렇게 이빨을 달달 떨지 않아도 좋아! 좋은 미끼를 놓쳐 버리는 거라고 한 건데 뭘 그래. 이봐, 사실 친구로서의 호의가 매우 적단 말이야. 하지만 너는 싫단 말이지? 거룩한 신사로 말을 타고 성으로 돌아가서 아가씨와 결혼할 수도 있을 텐데! 젊은이, 너는 왜 그다지도 귀하신 바보 같은 머리만 가지고 있다지! 아무튼, 할 수 없다. 앞으로 가자. 발톱이 얼어붙겠다."

골드문트는 저녁 때까지 무뚝뚝하게 아무 말도 하지 않았다. 하지만 그날은 인가도 사람의 발자국 소리도 듣지 못했기 때문에, 빅토르가 잠잘 자리를 발견하고 숲의 두 개의 나무줄기 사이에 뒤쪽을 병풍처럼 만들어 가지고 전나무 가지를 잔뜩 쌓아올려서 잠자리를 만들어 주는 것을 고맙게 받아들였다. 빅토르의 주머니에서 빵과 치즈를 끄집어 내어서 먹었다. 골드문트는 화를 낸 것을 부끄러워하며 정답게 굴었다. 그는 친구한테 밤 동안 재킷을 제공하고, 짐승을 경계하기 위해 교대로 파수를 보기로 정하여 골드문트가 먼저 파수를 보기로 하고 빅토르는 전나무 가지 위에 드러누웠다.

골드문트는 오랫동안 소나무 줄기에 기대어 친구가 잠드는 것을 방해하지 않기 위해 잠자코 있었다. 그 다음에는 몸이 시려와서 왔다갔다 하기 시작했다. 차츰 왕복 거리를 멀리하고, 전나무 가지 끝이 희멀건 하늘에 우뚝 솟은 것을 보고, 겨울 밤 깊은 정적을 엄숙히 또한 얼마간 불안하게 느끼고, 따뜻하게 생명이 뛰노는 그의 심장이 대답없는 차가운 정적 속에서 고동치는 것을 느끼고, 살며시 돌아오면서 잠들어 있는 친구의 숨소리에 귀를 기울였다. 자신과 커다란 불안 사이에 집이나 성이나 수도원의 벽을 쌓지 않고, 불가사의하고 마음 하나 놓을 수 없는 세계를 지나서, 쌀쌀맞은 별 사이를, 웅크리고 앉은 동물 사이를, 끈질기고도 꿋꿋이 서 있는 나무 사이를 외로이 걷고 있는 유랑자의 감정을 어느 때보다도 강하게 느꼈다.

아니, 나는 결코 빅토르처럼 되지 않는다. 가령 한평생 방랑을 계속한다 하더라도 하고 그는 생각했다. 무서운 것에 대한 이런 자위법 도둑놈 같은 교활한 발자국, 저 호들갑스럽고 밉살맞음, 입심 좋은 저 허풍선이의 자포자기적인 익살, 그런 것을 배울 수는 없다. 아무튼 영리하고도 밉살맞은 사나이가 말하듯이 골드문트는 결코 그의 동류가 될 수는 없을 것이다. 완전히 유랑자도 되지 못하고 언젠가는 어느 집에 기어들어가고 말 것이다. 하지만 그렇다 하더라도 언제나 고향도 목표도 가지지 않으리라. 결코 그는 정말로 안전하게 방비되어 있다는 것을 느끼지도 못하고 언제나 세계가 그를 수수께끼 같은 아름다움으로써, 수수께끼같이 괴상한 힘을 가지고 포위하고 말 것이다. 그는 쉬지 않고 이 정적에 귀를 기울이지 않으면 안 된다. 그 정적 한가운데서 심장만이 고동쳤다. 별은 통 보이지도 않고 바람도 없었으나 하늘에는 구름이 흐르는 것 같았다.

이슥한 후에야 빅토르는 눈을 떴다. 골드문트는 그를 깨우고 싶지 않았던 것이다.

"이리 와." 그가 소리질렀다. "이번에는 네가 잘 차례야. 안 그러면 내일은 망치고 만다."

골드문트는 그가 시키는 대로 했다. 자리 위에 누워 눈을 감았다. 몹시 고단했지만 잠은 오지 않았다. 온갖 생각이 그를 잠들지 못하게 했다. 또 자신도 인정하고 싶지 않지만 친구에 대한 불안과 의혹의 감정이 그를 잠들지 못하게 하였다. 킬킬 웃어대는 이 거친 인간에게, 방정맞은 거지에게 리디아 이야기를 할 마음이 왜 생겼는가. 이제 생각하면 도무지 이해할 수가 없었다. 그는 친구에게, 자기 자신에게 화가 났다. 그리고 그와 헤어지는 제일 좋은 방법과 기회를 차근차근 생각하게 되었다.

그렇더라도 그는 어슴푸레 잠에 곯아떨어진 것이 틀림없었다. 빅토르의 두 손이 그의 몸을 만지작거리며 의복을 조심스레 뒤지는 것을 느끼고 깜짝 놀라 잠을 깼다. 한쪽 주머니에는 주머니칼이 다른 쪽에는 금화가 들어 있었다. 빅토르가 만약 그것을 발견한다면 틀림없이 둘다 훔쳐갈 것이다. 그는 잠자는 체하고 몸부림을 치듯이 이리 뒹굴고 저리 뒹굴다가 팔을 놀렸다. 빅토르가 물러섰다. 내일은 헤어질 결심을 했다.

또다시 한 시간이 채 못 되어 빅토르가 또 웅크리고 앉아 뒤지기 시작하자, 골드문트는 분노를 일으킨 나머지 쌀쌀해졌다. 그는 꼼짝 않고 눈을 뜨고 멸시하는 어조로 말했다. "비켜, 여긴 도적질할 건 하나도 없다."

호통 소리를 듣고 깜짝 놀란 도둑은 손을 내밀어 골드문트의 멱살을 움켜쥐었다. 골드문트가 이에 저항해서 일어서려고 하자 그는 더욱 단단히 졸라매며 동시에 그의 가슴팍에 정강이를 올려 놓았다. 골드문트는 숨을 쉴 수 없게 되자 전신에 힘을 주고 무던히도 버둥거렸으나, 그래도 떨어지지 않자 별안간 죽음의 공포감을 전신에 느끼고 머리가 명료해지고 꾀가 생겼다. 그는 한 손을 주머니에 집어넣고, 그가 자꾸 졸라매고 있을 동안에 조그만 사냥칼을 끄집어 내어 두 말 없이 맹목적으로 그를 짓누르고 있는 빅토르를 닥치는 대로 찔렀다. 잠시 후 빅토르의 두 손은 늦추어졌다. 숨을 쉴 수가 있었다. 골드문트는 깊이 또한 거칠게 숨을 쉬면서 구원받은 생명을 맛보았다. 그런데 몸을 일으켜 세우려고 하자, 길쭉한 빅토르의 몸뚱이가 무섭게 앓는 소리를 내면서 맥없이 털썩 넘어지면서 피가 골드문트의 얼굴 위로 흘러내렸다. 그는 간신히 일어날 수 있었다. 회색빛 속에 빅토르가 털썩 나자빠지는 것이 보였다. 손을 뻗치자 피투성이가 되었다. 그는 그놈의 머리를 일으켜 세웠으나 묵직하게 맥도 없이 포대처럼 나둥그러졌다. 가슴과 목에서 자꾸 피가 흘러내리고, 입에서는 빅토르의 생명이 풍전등화처럼 가는 한숨이 흘렀다.

'결국 나도 사람을 죽이고 말았다.' 하고 골드문트는 생각했다. 죽어가는 사내 위에 무릎을 꿇고 그 얼굴에 희멀건 빛이 번져가는 것을 보며 자꾸 그런 생각을 하였다. '성모 마리아여! 지금 저는 사람을 죽였습니다.' 하고 자기 자신이 말하는 소리가 들렸다.

별안간, 여기 있는 것이 참을 수가 없어졌다. 그는 칼을 집어 들고 털재킷에 피를 닦아냈다. 그것은 리디아의 두 손이 가장 사랑하는 사람을 위해 짜준 것이었는데도 다른 놈이 입고 있었다. 그는 칼을 나무 칼집에 집어넣고 주머니에 쑤셔넣었다. 그리고 뛰어 일어나서 있는 힘을 다해 거기서 달아났다.

명쾌한 유랑자의 주검은 그의 마음에 무겁게 도사리고 있었다. 날이 새자 그는 몸을 부들부들 떨며 그가 흘린 피를 눈으로 말짱하게 씻어내었다. 그리고 하루종일 불안 속에서 목적도 없이 헤매

다녔다. 드디어 육체의 고통이 그를 흔들어서 쓰디 쓴 회한에 종말을 고하게 했다.

눈에 덮인 황무지를 헤매며 숙소, 길, 먹을 것, 거의 잠도 잘 수 없게 되자 크나큰 절망감에 빠져 들어갔다. 갈증이 그의 몸뚱이에서 야수와 같이 울부짖고 있었다. 몇 번이나 지친 몸을 이끌고 들판 한가운데 드러누워 두 눈을 감고 이제는 만사 그만이다라는 생각과 잠자는 것, 눈 속에서 죽는 것 이외 아무런 희망도 없었다. 하지만 그때마다 마음을 채찍질해서 자포자기와 미치광이 같은 탐욕 속에서 생명을 구해 달렸다. 극도의 고통 속에서 죽고 싶지 않다는 욕망의 포악한 힘과 야성이 그를 깨워주고 취하게 했다. 그것은 홀랑 벗은 무시무시한 강도를 지닌 본능적인 생명력이었다. 눈이 쌓여 있는 두송나무 숲에서 파랗게 얼어붙은 손으로 바싹 마른 조그만 열매를 따서, 혓바닥에 대기 힘든 씁쓸한 것을 전나무 침엽과 섞어서 먹었다. 지독하게 매웠다. 그는 갈증을 막기 위해서 두 손으로 한움큼의 눈을 집어삼켰다. 뻣뻣해진 두 손에 확확 입김을 내뿜으며 고개 위에 앉아 잠시 쉬었다. 그리고 애타는 듯 사방을 휘 둘러보았다. 황무지와 숲 이외에는 아무것도 보이지 않고 사람의 기척은 한 군데도 없었다. 머리 위를 몇 마리의 까마귀가 날아갔다. 원망스럽게 그것을 보았다. 아니, 저놈의 밥이 되다니, 그의 뼈 속에 조금이라도 힘이 남아 있고, 그의 피 속에 따스한 흐느낌이 조금이라도 감도는 한 먹히지 않겠다 하며 그는 일어서서 죽음과 가차없는 경주를 시작하였다. 그는 뛰고 또 뛰었다. 피로와 마지막 노력 때문에 그는 묘한 생각에 사로잡혀 어느 때는 거의 들릴락말락하게 어느 때는 큰 소리로 혼자서 뇌까렸다. 그는 찔러죽인 빅토르와 이야기를 하였다. 사납게 조롱 비슷하게 이야기하였다. "어이, 교활한 형제여, 어때? 너의 장(腸)에 달빛이 새나? 어이, 네 귀를 여우가 찢고 있나? 너는 늑대를 죽였다지? 늑대 목구멍을 물어 뜯었나? 안 그러면 꼬리를 뺐나? 요놈아, 내 금화를 훔치려고 했지? 요 늙은 놈아! 하지만 조그만 골드문트야, 널 좀 놀래 주어서 네 갈빗대를 간지럽게 해주었다! 그때 또 너는 빵이나 치즈가 잔뜩 든 배낭을 가지고 있었다.이 돼지 같은 자식!" 그런 말을 혼자서 내뱉듯이 또 울부짖듯이 말했다. 그는 죽은 놈을 모욕하였다. 그는 개가를 올리며 저 멋적은 자식이, 바보 같은 대포장이가 일그러져 버린 것을 조롱했다.

드디어 그는 가엾은 빅토르 같은 건 이제 상대도 안했다. 지금은 율리에를 눈앞에 전개시켰다. 그날밤 헤어진 채로 있는 키가 조그만 아름다운 아가씨 율리에를. 그는 율리에에게 사랑을 수없이 속삭였다. 얼빠지고 파렴치한 애정으로써 그는 율리에가 그에게 찾아오기를, 옷을 벗도록, 죽기 한 시간 전에 비참하게 횡사하기 전에 그와 같이 천당에 가도록 유혹하려고 애썼다. 애원하는 듯이, 재촉하는 듯이, 율리에의 귀엽게 부푼 조그만 젖가슴과 다리와 겨드랑 밑 금빛의 곱슬곱슬한 털과 이야기를 하였다. 뻣뻣이 굳은, 다리로 눈에 뒤덮인 바싹 마른 싸리풀 사이를 괴로움에 취하기도 하고, 가물거리는 생명의 야욕에 개가를 올리기도 하며 달리고 달리다가는 또 속삭이기 시작했다. 이번 말상대는 나르치스였다. 새로운 생각과 지혜와 농담을 알리는 상대는 나르치스였다.

"나르치스, 당신은 무서워요? 몸이 떨려요? 무엇을 알았나요? 아니, 선생님, 세상은 죽음으로 충만해 있습니다. 어느 울타리에도 죽음이 도사리고 앉았습니다. 어느 나무그늘에도 죽음은 서 있습니다. 당신이 벽이나 침실이나, 예배당이나 성당을 세운들 소용이 없습니다. 죽음이 창문에서 들여다보고 킬킬대고 있습니다. 당신들 하나 하나를 자세하게 알고 있습니다. 한밤중에 당신 창 밖에서 죽음이 킬킬대며 당신네들 이름을 부르는 소리가 들릴 겁니다. 찬송가를 불러요! 제단에 곱게 촛불을 켜놓으시오! 저녁 예배나 아침 미사를 드리시오! 처방실에 약초를 모으고 도서실에 책을 모으시오! 당신은 단식을 하고 있습니까? 자지 않고 있습니까? 죽음의 귀신 하인이 손을 써서 뼈 이외에는 죄다 당신한테서 빼앗아 갈 겁니다. 얼른 달리시오. 들판을 죽음의 혼이 걷고 있습니다. 달리며 뼈를 단단히 붙들고 계세요. 뼈는 사방으로 흩어지려고 합니다. 언제까지나 가만히 있지 않을 겁니다. 아, 우리들의 가엾은 뼈, 불쌍한 목구멍과 위, 두개골 밑의 눈곱만한 뇌수! 그런 것은 모두 달아나려고, 나가 뻗으려고들 합니다. 나무 위에 불길한 까마귀가 앉아 있습니다."

헤매고 있는 사나이는 지금 어디를 향하여 달리는지, 지금 어디에 있는지, 지금 무엇을 말하고 있는지, 누워 있는 것인지 서 있는 것인지 통 의식하지 못했다. 그는 덤불 위에 쓰러지기도 하고, 나무에 부딪히기도 하고 자빠지면서 눈을 쥐기도 하고, 가시를 잡기도 하였다. 하지만 그의 마음속의 의지는 강하였다. 그것이 자꾸 그를 끌고 가기도 하고 맹목적으로 도망치는 자를 연상 몰고 가기도 했다. 마침내 나가떨어져 드러누운 곳은 며칠 전 유랑 학생 빅토르와 만난 곳, 밤중에 산모 옆에 서서 등불을 들고 있었던 그 조그만 마을이었다. 거기에 쓰러져 있었다. 사람들이 우르르 쫓아와서 그를 빙 둘러서서 저마다 떠들어댔으나 그는 아무 소리도 들을 수 없었다. 그때 사랑을 실컷 맛본 여자가 그를 알아보고 놀랐다. 측은한 마음이 들어 남편한테 욕을 먹어가며 생명이 경각에 달린 그를 외양간으로 끌고 갔다.

얼마 뒤 골드문트는 일어나서 걸을 수 있게 되었다. 마구간의 온기와 수면과 그 여자가 그에게 먹여준 염소 젖 덕분에 정신이 돌아 기운을 차릴 수 있었다. 단지 막 체험하고 난 온갖 것이 그 이후 기나긴 시간이라도 흐른 것처럼 뒤로 밀쳐지고 있었다. 빅토르와의 행군, 전나무 밑에서 새운 불안에 찬 엄동설한의 밤, 잠자리 위에서의 무시무시한 싸움, 길동무의 흉악스런 죽음, 굶주림에 허덕이며 전신이 꽁꽁 얼어붙은 채 헤매다닌 낮과 밤, 그 모든 것이 과거가 되고 거의 망각하고 말았다. 하지만 망각한 것이 아니고 뚫고 지나온 데 불과하였다. 과거에 지나지 않았다. 표현할 수 없는 무엇이, 흉악스럽긴 하지만 가치 있는 무엇이 가라앉고 말았지만 결코 잊을 수 없는 무엇이, 어떤 체험이, 혓바닥 위의 맛이, 주위의 반지가 뒤에 남았다. 2년도 못 된 사이에 그는 유랑생활의 단맛과 쓴맛을 마음 구석구석에까지 맛보았다. 고독과 자유와 숲과 동물에 귀를 기울이는 것과 전전하는 들뜬 사랑과 죽도록 쓰디쓴 고생을 겪었다. 며칠은 여름 들판의 손님이 되기도 하고, 며칠이나 몇 주일을 숲속과 눈 속에서, 죽음에 대한 불안 속에서 죽음에 직면해서 생활했다. 그 중에서도 제일 기이하게 여긴 것은 죽음에 거역하면서도 자신이 조그맣게 비참하게 위협받고 있는 것을 자각하고 있는데도 불구하고, 죽음에 대한 마지막 자포자기의 싸움에서 생명의 아름답고도 무서운 힘과 끈기를 자신의 마음속에서 느낀 사실이었다. 그것은 여운을 남기고 그의 마음속에 새겨졌다. 마치 순산하는 어머니나 죽어가는 사람들의 몸짓이나 표정과 욕정의 몸짓과 표정이 똑같다는 사실이다. 지난번에 아기를 낳던 부인은 얼마나 울부짖었으며 얼굴을 지푸렸던가! 길동무 빅토르는 어떻게 쓰러지고 순식간에 피를 흘리고 말았던가! 아, 굶주림에 허덕이던 날에는 죽음이 자기를 빙 둘러서서 기웃거리고 있다는 것을 뼈저리게 느꼈다. 굶주림은 얼마나 큰 아픔이었던가! 그는 얼마나 지독한 추위에 사지를 떨었던가! 그는 죽음과 싸우고, 얼마나 단말마의 고민과 흉악스런 쾌감을 가지고 저항하였던가! 그에게는 이 이상의 체험은 절대 없을 것 같았다. 나르치스하고라면 그것에 대해서 이야기할 수 있을지 모른다. 아무데도 그것을 이야기할 상대는 없었다.

골드문트는 마구간의 짚단 잠자리에서 겨우 제정신이 돌아왔을 때 주머니 안에 든 금화가 없어진 것을 알았다. 무서운 빈사상태에서 비틀거리며 걸어다닌 마지막 날에 잃어버린 것일까? 오랫동안 그는 거기 대해서 곰곰이 생각해 보았다. 그 금화는 매우 귀중한 것이었다. 도저히 단념하고 싶지 않았다. 돈쯤이야 그한테 별 대단한 뜻도 가지지 않았다. 그는 돈의 가치를 영 알지 못했다. 하지만 그 금화는 두 가지 이유에서 그에게는 귀중하였다. 그것은 그에게 남겨진 리디아의 유일한 선물이었다. 재킷은 빅토르와 함께 숲속에 피투성이가 된 채 버렸다. 그리고 또 한 가지, 그 금화를 빼앗기는 것을 참을 수 없어 빅토르에게 저항하다 보니 위급에 직면해서 그를 죽인 것이었다. 지금 그 금화 두 카텐이 없어졌다 치면 몸서리쳐지는 그날밤의 체험은 모든 의미와 가치를 상실해 버렸대도 과언이 아니다. 그는 오래 생각한 끝에 아까 그 농부의 아내한테 고백하였다. " 크리티네," 그는 그 여자한테 속삭였다. "주머니에 금화를 넣어 두었는데 없어져 버렸어."

"그래? 이제 알았어요?" 여자가 말했다. 그 얼굴은 애정에 넘치고 동시에 교활하게 킬킬댔다. 그 미소가 그의 마음을 사로잡았기 때문에 몸이 아주 쇠약한데도 그 여자의 목덜미에 팔을 휘감았다.

"당신도 어지간히 딱한 사람이군요. 그리 영리하고 말짱한 사람이 무던히도 바보 같은 행동도 하는군요! 아무것으로도 싸지 않은 금화를 호주머니에 집어넣고 다니는 사람이 어디 있어요? 순진한 아기! 요, 밉살스러운 바보! 당신을 짚단에 눕혔을 때 당신 금화를 내가 주웠어요."

"당신이 가졌수? 어디 있어요?"

"찾아봐요." 여자는 웃었다. 한참 찾게 한 다음에야 겨우 금화를 꼭꼭 꿰매놓은 웃옷을 가리켰다. 그 여자는 어머니처럼 친절한 충고를 수없이 늘어놓았다. 그는 그것을 이내 잊어버렸으나 그 여자의 친절과 선량한 미소를 결코 잊지 않았다. 그는 무던히 애를 써서 그 여자에게 감사의 뜻을 표했다.

얼마 지나지 않아 그는 다시 걸음을 옮길 수 있게 되자 여행을 계속하려 했다. 그 여자는 곧 달이 바뀌면 날씨가 온화해질 거라며 그를 가지 못하게 말렸다. 그가 출발했을 때 눈은 회색으로 녹아가고 있었다. 공기는 습기를 머금고 무거웠다. 하늘에는 미지근한 바람이 신음하고 있는 소리가 들렸다.

제 10 장

얼음이 녹아 강을 흘러내리고, 썩은 잎사귀 밑에서 오랑캐꽃 냄새가 풍겨왔다. 또 골드문트는 알록달록한 네 계절을 통해서 걸음을 옮기고, 싫증을 모르는 눈초리로 숲과 산, 구름을 맛보면서 이 집에서 저 집으로, 이 마을에서 저 마을로, 이 여자에게서 저 여자한테로 헤매 다녔다. 차디찬 밤, 숨가쁘게 가슴에는 아픔을 안고 창문 밑에 웅크리고 앉은 적도 몇 번 있었다. 창문 속에서 불빛이 있어서, 그 불빛 속에서 이 지상에 존재하는 행복이나 고향이나 평화 등, 이 모두가 그를 향하여 부드럽기는 하지만 손도 못 미치게 빨간 불빛을 던지고 있었다. 지금은 이미 그가 잘 알고 있는 모든 것이 자꾸자꾸 찾아왔다. 그리고 찾아올 때마다 모양은 달랐다. 들판이나 황무지나 혹은 돌 많은 길 위에 오랫동안 헤맨다. 여름철 숲속에서 잠, 손에 손을 맞잡고 건초갈이나 홉 따기에서 돌아오는 어여쁜 색시들의 행렬, 가을 장마, 심보 나쁜 첫서리, 이런 온갖 것이 한 번씩, 두 번씩 자꾸 되풀이되었다. 알록달록한 실꾸리가 그의 눈앞에 끝없이 이어지고 있었다.

몇 번이나 비와 눈을 맞은 다음, 골드문트는 어느 날 어둡지는 않지만 벌써 밝고 푸른 싹을 튀우고 있는 느티나무 숲에 올라 산등성이에서 새로운 경치가 눈앞에 전개되는 것을 구경하였다. 그것은 그의 두 눈을 즐겁게 해주고, 그의 마음속에 예감과 욕정과 희망의 물결이 넘치게 하였다. 며칠 전부터 이 지방에 근접하고 있다는 것을 느끼고 기대를 걸고 있었다. 지금 한낮의 경치가 그를 놀라게 하였다. 이 경치를 처음으로 죽 훑어보았을 때 그가 느낀 것은 기대를 밝혀주고 강하게 하여주는 것이었다. 그는 회색

줄기와 가만히 흔들리고 있는 나뭇가지 사이에서 갈색과 파란색의 골짜기를 내려다보았다. 그 한가운데 널따란 물결이 파란색을 띤 유리알같이 반짝이고 있었다. 이제는 황무지와 숲과 고독이 충만한 지방, 저택이나 조그만 마을을 만나기도 힘든 지방, 그런 지방을 길도 없이 헤매는 것과 당분간 이별을 고해도 좋다고 생각했다. 저쪽 밑으로 강이 흐르고 있었다. 강을 따라 전국에서 제일 좋고 가장 유명한 한길이 하나 나 있었다. 거기에는 기름진 땅이 있었다. 뗏목과 나룻배가 다니고, 한길에 아름다운 마을, 산성, 수도원, 풍성한 도시로 통하고 있었다. 희망하는 사람은 아무나 이 한길을 걸으며 며칠이나 몇 주일이나 여행할 수가 있었다. 그리고 그 길이 보기에도 딱한 농촌의 오솔길처럼 별안간 어떤 숲속이나 축축한 늪지에서 없어지는 것을 걱정할 필요는 없었다. 새로운 세계에 도착한 것이다. 그는 즐거웠다.

그날 저녁 무렵에 벌써 그는 어느 아름다운 마을에 도착하였다. 넓은 차도를 따라서 빨간 포도밭과 강 사이에 있는 마을이었다. 집집마다 맵시 좋은 지붕은 빨갛게 색칠되어 있었다. 아치 대문과 돌계단 골목길이 있었다. 대장장이가 빨갛게 단 불과 모루를 두들기는 맑은 소리가 들렸다.

지금 막 도착한 사나이 골드문트는 오솔길은 물론 구석구석까지 신기하다는 듯이 쏘다녔다. 지하실 입구에서는 통이나 포도주 냄새를 맡고, 강가에서 비늘 냄새가 섞인 차디찬 물 냄새를 맡았다. 예배당과 묘지를 구경하고 밤을 새울 만한 창고를 찾는 데도 게을리하지 않았다. 그러나 그 전에 미리 목사 집을 찾아가서 먹을 것을 청해 보려고 생각했다. 뚱뚱한 빨간 머리칼의 목사가 있었다. 목사는 골드문트에게 찬찬히 캐물었다. 그는 얼마간은 감추고 적당히 이야기를 꾸며대어 그의 신세타령을 들려 주었다. 그러자 친절히 안내되어 맛난 음식과 포도주를 대접받고, 주인과 오래 이야기를 나누는 사이에 그날밤을 새우게까지 되었다. 이튿날 그는 강을 따라 자꾸 내려갔다. 뗏목과 짐 실은 배가 가는 것을 보기도 하고, 탈 것을 앞질러가기도 하였다. 몇 마장 그를 태워주는 배도 더러 있었다. 봄날은 다채롭게 빨리 지나갔다. 마을이나 조그만 읍들이 그를 맞이하여 주었다. 여자들이 바로 뒤에서 깔깔거리기도 하고 갈색 흙무더기에 웅크리고 앉아 나무를 심기도 하였다. 처녀들이 놀이 지는 마을의 골목길에서 노래를 부르고 있었다. 어느 물방앗간에서 버들잎 같은 색시 하나가 그를 꾀었기 때문에 이틀 동안이나 그곳에 걸음을 멈추고 그 색시 주위를 맴돌았다. 그녀는 생글거리며 기꺼이 그와 호들갑판을 벌였다. 그는 무엇보다도 물방앗간 머슴이 되어서 언제까지나 거기에 있고 싶은 마음이었다.

그는 어부들 옆에 앉아 쉬기도 하며, 마부들이 말에 사료를 주거나 솔질을 하는 데 돕기도 하였다. 그 대신 빵이나 고기를 얻어먹기도 하고 같이 타고 가기도 하였다. 기나긴 시간 혼자서 지낸 다음 길동무가 있는 이 여행의 세계는, 기나긴 시간 명상에 잠긴 다음 이야기를 좋아하고 불안 하나 없는 사람들 사이의 명랑한 분위기는, 기나긴 시간 굶주림에 허덕인 다음 넉넉한 식사에 나날이 만복을 즐긴다는 것은 불쾌하지 않았다. 그는 기꺼이 즐거운 파도에 실리어 갔다. 그 파도를 타고 주교(主敎)의 도시에 가까워지면 가까워질수록 큰길은 들썩거리고 명랑해져 갔다.

밤이 되자 그는 잎이 우거진 어느 마을의 나무 아래 물가를 따라 산책하고 있었다. 강은 조용히 기운차게 흘러가고 있었다. 나무뿌리 밑에서 흘러가는 물결이 소리를 내며 한숨 쉬고 있었다. 언덕 위에 달이 떠올라 강 위에는 빛을, 나무 아래에는 그림자를 던지고 있었다. 거기에 한 처녀가 앉아서 울고 있는 것을 발견하였다. 처녀는 막 애인과 말다툼을 해서 애인은 가버리고 혼자 남아 있었다. 골드문트는 처녀 옆에 앉아 그의 호소를 들으며 처녀의 손을 어루만져 주었다. 그리고 숲이나 어린 사슴 이야기를 들려주며 처녀를 조금 위로하여 주고 웃겨도 주었다. 처녀는 그가 키스하는 것을 거절하지는 않았다. 하지만 그곳으로 처녀의 애인이 처녀를 찾기 위해 다시 왔다. 그는 마음의 안정을 찾고 싸움을 후회하였던 것이다. 골드문트가 옆에 앉아 있는 것을 보자 대뜸 달려들어서 두 주먹으로 쳤다. 골드문트는 막아내는 데 무던히 애를 썼지만 결국 상대편을 때려눕히고 말았다.

그는 욕을 퍼부으며 마을을 향해 달아났다. 처녀는 이미 달아나 버렸다. 그러나 골드문트는 그것으로 사태가 끝났다고 생각지 않았기 때문에 숙소를 버리고 한밤중에 달빛 속에서 은빛 무언의 세계를 자꾸자꾸 헤매어 갔다. 그는 힘깨나 쓰게 된 것을 기뻐하며 매우 흐뭇한 기분이었으나, 이슬이 신발에서 하얀 먼지를 씻어주게 되자 별안간 피곤이 찾아들어 발끝에 닿은 나무 밑에 누워 잠이 들었다.

낯을 간지럽히는 것이 있어 눈을 떴을 때는 벌써 한낮이 되어 있었다. 잠에 취한 그는 손가락으로 벅벅 긁다가 얼굴을 간질간질하는 것을 탁 쳐버리고 또 잠이 들었으나 또 똑같이 간지럽히는 놈이 훼방을 놓아서 눈을 뜨고 말았다. 거기에는 어느 농가의 하녀가 서서 그를 쳐다보며 버드나무 가지 끝으로 그를 간지럽히고 있었다. 다리를 비틀거리며 그는 일어섰다. 서로 마주보며 끄덕였다. 하녀는 좀더 편히 잘 수 있는 어느 헛간으로 그를 데리고 갔다. 거기서 함께 잠시 잠을 잤다. 잠시 후 그녀는 자리를 뜨더니 암소에게서 방금 막 짜온 듯한 따뜻한 우유를 조그만 통에다 한 통 가지고 들어왔다. 그는 요전에 골목길에서 주워넣어 둔 파란 리본을 그녀에게 선물로 주었다. 그는 떠나기 전에 한 번 더 키스를 하였다. 그녀는 이름이 프란체스카였다. 그는 그녀에게서 떠나는 것이 괴로웠다.

그날밤 그는 어느 수도원에서 잠자리를 얻어 아침 미사에 나갔다. 그의 가슴 속에서는 무수한 추억이 뭐라 형용할 수 없이 들끓고 있었다. 아치형 천정의 차디찬 돌에서 풍기는 바람이나 돌로 깐 복도를 걸을 때, 슬리퍼 소리가 애를 끓는 듯 그리운 고향의 향기를 풍겼다. 미사가 끝나서 성당 안이 조용해진 후에도 골드문트는 무릎을 꿇고만 있었다. 그의 가슴은 이상스레 뛰놀고 있었다. 그는 지난밤에 수없이 꿈을 꾸었다. 무슨 수단을 쓰든 과거를 탈피하고 생활을 바꾸고 싶다는 욕망을 느끼고 있었다. 무슨 이유인지 몰랐으나 그를 움직인 것은 아마 말브론과 경건하였던 소년 시절의 추억이었으리라. 그는 참회를 하고 자신을 정하게 가지자는 충동을 억제치 못하고 있었다. 고백하지 않으면 안 되는 사소한 죄악이나 악행은 얼마든지 있었다. 하지만 무엇보다 그의 가슴을 짓누른 것은 그의 손으로 죽인 빅토르의 최후였다. 그는 신부를 찾아가 참회하였다. 이것 저것에 대해서 특히 빅토르의 목덜미나 등을 칼로 찌른 것에 대해서 참회를 했다. 아, 얼마나 기나긴 기간 참회를 하지 않고 있었던가! 그의 죄악의 수와 무게는 끝을 모르는 것 같았다. 그는 어떠한 벌이라도 받고 싶었다. 그러나 고해 신부는 나그네 생활을 알고 있는 것 같아 놀라지도 않고 조용히 듣고만 있다가, 신중하게 그러나 정답게 그를 나무랐으나 단죄하지는 않았다.

골드문트는 홀가분한 마음으로 일어나서 신부의 지시에 따라 제단 앞에서 기도를 올리고 성당을 다시 떠나려고 하였을 때, 햇빛이 한 줄기 창살틈으로 새어 들어왔다. 그의 눈이 그 광선을 쫓았다. 그러자 성당의 측면, 예배당 안에 입상이 하나 서 있는 것이 보였다. 그것이 크나큰 힘으로 그에게 이야기를 걸어오며 또 그를 끌어당겼기 때문에, 그는 사랑에 넘친 눈으로 그쪽을 향해 경건하게 또 깊은 감동을 억제하며 쳐다보았다. 그것은 나무로 만든 성모 마리아였다. 그것을 부드럽고 온화하게 고개를 숙여 보고 있었다. 파란 망토가 가느다란 어깨에서 축 처져 있는 형상, 소녀 같이 손을 벌리고 있는 모습, 괴로운 듯한 입술 위에 가만히 내려다보고 있는 눈매와 둥그스름하게 보이는 아름다운 이마의 모습, 그런 모든 것이 그가 이때까지 한 번도 보지 못했다고 생각할 만큼 생기에 넘쳐 있고 아름답고도 또 깊이 영혼을 감추고 있는 것 같았다. 이 입술과 목덜미의 사랑스럽고도 깊이 있는 동작은 아무리 보아도 싫증를 느낄 수가 없었다. 그는 거기에 꿈과 예감 속에서 이때까지 몇 번이나 보았고 몇 번이나 그리움을 보내준 무엇이 서 있는 것을 본 듯했다. 몇 번이나 물러서서 돌아갈까 했으나 그때마다 그는 뒷머리를 잡히고 말았다.

할 수 없이 돌아서려고 하는데, 그의 뒤에 아까 그 참회를 들어준 신부가 서 있었다.

"저걸 아름답다고 생각하나요?" 정답게 신부가 물었다.

"말할 수 없이 아름답습니다." 골드문트가 대답했다.

"그렇게 말하는 사람이 적지 않죠. 그리고 또 이것은 진짜 성모 마리아가 아니다, 이것은 너무 지나치게 현대적이요 세속적이다, 모든 점이 과장되고 사실과 다르다고들 이야기하는 사람이 있습니다. 그 점에서 상당히 논쟁을 하는 것을 듣게 됩니다. 아무튼 당신 마음에 들었다니 기쁩니다. 저것은 겨우 일 년 전부터 우리 교회에 세워지게 된 겁니다. 우리 성당의 독지가가 기부해준 것이지요. 니콜라우스 스승이 만들었습니다."

"니콜라우스 스승이요? 누구예요? 어디 계셔요? 당신은 그분을 아십니까? 아, 제발, 그분에 대해서 좀 말씀해 주세요! 이런 것을 만들 수 있는 걸 보니 훌륭하고 은혜받은 분임에 틀림없습니다."

"나는 그분에 대해서 별로 아는 바가 없습니다. 우리들 주교의 도시에 사는 조각가입니다. 여기서 한나절의 여행 거립니다. 예술가로서 높은 평판을 받고 있습니다. 예술가는 대부분 성자가 아닙니다. 이분도 성자는 아니지만 확실히 천성이 있고 고매하신 분입니다. 나는 몇 차례 만나 뵌 일이 있습니다."

"네, 만나뵌 일이 있으십니까? 어떤 분입니까?"

"당신 그분한테 홀딱 반한 모양입니다. 그렇다면 찾아가서 보니파키우스 신부가 인사드리더라고 전해 주시오."

골드문트는 거듭 감사를 드렸다. 신부는 미소를 띠며 자리를 떴으나 골드문트는 한참 동안 이 신비로운 입상 앞에서 떠날 줄 몰랐다. 그 가슴은 호흡을 하는 것 같았다. 그리고 그 얼굴에는 수많은 괴로움과 감미로움이 똑같이 깃들어 있었기 때문에 그의 가슴이 죄어들었다.

그는 다른 사람이 되어 성당에서 나왔다. 아주 달라진 세계를 돌아서 그의 발자국은 그를 데리고 나왔다. 나무로 깎은 감미롭고 거룩한 입상 앞에 선 그 순간부터 골드문트는 이때까지 한 번도 가져보지 못한 무엇을, 즉 목표를 가지게 되었다. 그는 아마 그 목표에 도달할 것이다. 그렇게 되면 그의 지리멸렬한 생활 전체가 고귀한 의미와 가치를 얻게 될 것이다. 이 새로운 감정이 기쁨과 무서움을 가지고 그를 충족시켰다. 그러자 그는 걸음을 재촉했다. 그가 걸어가는 아름답고 명랑한 길은 이제 어제와 같지 않았다. 잔칫날 기분의 난장판이나 유쾌한 체류지는 아니었다. 그것은 하나의 길에 불과했다. 도시로 스승을 찾아가는 길에 불과했다. 그는 성급하게 달려갔다. 저녁때가 되기 전에 벌써 도착했다. 성벽 뒤에는 탑들이 우뚝 솟아 있었고, 성문 위에는 끌로 아로새겨 놓은 문장들이나 색칠한 문패들이 보였다. 가슴을 두근거리며 그는 이리 빠지고 저리 빠져 나갔다. 골목길의 혼잡스러움이나 말을 타고 가는 기사나 의장마차 등에는 통 한눈을 팔지 않았다. 기사도

마차도 도시도 주교도 그한테는 별것이 아니었다. 성문 밑에서 맨 처음 만난 사람에게 다짜고짜 니콜라우스 스승이 어디 사느냐고 물어 보았으나, 아무것도 모르자 상당히 실망하였다.

커다란 집들이 가득차 있는 광장으로 나왔다. 집들은 대개 그림이나 조각으로 꾸며져 있었다. 어느 집 대문 위에 쾌활한 색을 맞추어 멋들어지게 보병(步兵)의 입상을 큼지막하게 눈부실 듯 세워 놓은 것이 보였다. 그것은 아까 그 수도원 성당의 입상처럼 곱지는 못하지만, 종아리를 드러내고 수염난 턱을 이 보란 듯이 드리밀고 있는 모습이 아주 독특하였기 때문에, 골드문트는 그것도 동일한 스승이 만들었을 거라고 생각했다. 그는 그 집에 들어가서 문을 두드리고 계단을 올라가자, 겨우 털 테두리를 한 벨벳 저고리를 입고 있는 사람과 마주 부딪혔다. 그 사람을 붙들고 니콜라우스 스승은 어디 있느냐고 물었다. 스승에게 무슨 볼일이 있느냐고 물어오자 골드문트는 마음을 가다듬고 스승에게 부탁드릴 것이 있다고 간신히 말하였다. 그 사람은 스승이 살고 있는 골목길의 이름을 가르쳐 주었다. 길을 묻고 물어서 가는 도중에 해는 지고 말았다. 불안하기는 하지만 그래도 대단히 행복한 마음으로 그는 스승의 집 앞에서 걸음을 멈추었다. 창 구멍으로 들여다보고 하마터면 안에 뛰어들어갈 뻔하였다. 하지만 지금은 날도 저물고 걸었기 때문에 땀과 먼지로 범벅이 되어 있다는 생각이 들자 마음을 억제하고 기다리기로 하였다. 그러나 그러고도 얼마 동안 집 앞에서 떠나지 않았다. 창 안에서 불을 켜는 것이 보였다. 그가 막 떠나려고 몸을 돌리자, 어떤 그림자 하나가 창문 앞으로 다가오는 것이 보였다. 정말 아름다운 금발의 처녀였다. 머리칼을 뚫고 처녀 뒤에서 부드러운 등잔 불빛이 새어나왔다.

이튿날 아침, 도시가 다시 눈을 뜨고 떠들썩 해지자, 골드문트는 밤의 손님이 되어 있었던 수도원에서 얼굴과 손을 씻고 옷매

무새를 가다듬고 신발에 먼지를 턴 다음, 그 골목길을 찾아 들어가 대문을 두드렸다. 문을 열어준 하녀가 얼른 스승한테 데려다주려고 하지 않았지만 간신히 이 노파의 마음을 돌리는 데 성공하였다. 노파는 그를 안으로 안내하였다. 작업실이 된 조그만 응접실에서 스승은 일을 할 때 쓰는 앞치마를 두르고 서 있었다. 골드문트의 생각에는 사십이나 오십쯤 되어 보이는 수염이 있고 키가 큰 남자였다. 그는 검푸른 눈으로 날카롭게 쏘아보며 무슨 일이냐고 간단히 물었다. 골드문트는 보니파키우스 신부의 안부를 전하였다.

"그 말뿐인가?"

"스승님." 숨을 할딱거리며 골드문트가 말했다. "저는 스승께서 만드신 성모를 그곳 수도원에서 보았습니다. 아, 그리 무정하게 저를 쳐다보지 말아 주세요. 저는 다만 사랑과 존경의 인도를 받아 당신한테 온 겁니다. 저는 겁나지 않습니다. 기나긴 세월 유랑생활을 했으며 숲이나 눈이나 굶주림도 실컷 맛보았습니다. 누구 앞이라도 무섭지는 않습니다. 하지만 당신 앞에 서면 무섭습니다. 아, 저는 단 한 가지 커다란 소원이 있습니다. 그 때문에 저는 괴로움으로 가득 차 있습니다."

"대관절 무슨 소원이냐?"

"스승님의 제자가 되고 스승님 밑에서 배우고자 합니다."

"그런 소원을 가진 자는 유독 자네만이 아닐세. 하지만 나는 제자를 원치 않네. 내게 있는 조수만 해도 두 사람이네. 대관절 자네는 어디서 왔는가? 양친은 누구지?"

"양친은 없습니다. 어디에서 온 것도 아닙니다. 저는 어느 수도원의 학생이었습니다. 라틴어나 그리스어를 배우다가는 도망을 친 놈입니다. 그때부터 오늘날까지 하늘을 지붕 삼고 있습니다."

"왜 조각가가 되지 않으면 안 된다고 생각하느냐? 이제까지 이런 짓을 해본 일이라도 있나? 스케치를 가지고 있나?"

"스케치는 많이 했습니다. 그러나 지금 가진 것은 없습니다. 그러나 왜 이런 기술을 배우고 싶은가는 말씀드릴 수가 있습니다. 저는 여러 가지를 생각했습니다. 여러 가지 얼굴이나 모습을 보고 거기에 대해 명상도 해보았습니다. 그 생각 가운데서 몇몇이 자꾸 괴롭히고 저에게 안정을 가져다 주지 않습니다. 특히 제 눈에 띈 것은 어떤 사람의 모습이, 도처에서 일종의 형태라든가 선이 자꾸 반복해서 나타나는 것, 이를테면 이마가 무릎에 어깨가 허리에 상응해 들어가는 것, 모든 것이 가장 깊숙한 내부에 있어서는 똑같고, 그리고 그와 같은 무릎이나 어깨나 이마를 가지고 있는 인간의 성질과 정조는 하나라는 것입니다. 어느 날 밤 아이를 낳는 산모 곁에서 심부름을 해주어야 했을 때 깨달은 사실이지만, 최대의 고통과 최고의 쾌락은 완전히 유사한 표정을 갖는다는 것도 눈에 띄었습니다."

스승은 마음을 꿰뚫듯이 날카롭게 나그네를 쳐다보았다.

"자네가 지금 무엇을 이야기하고 있는지 알고 있나?"

"네, 스승님, 그렇습니다. 바로 그것이 스승님이 만드신 성모상에 표현되어 있는 것을 보고 더이상의 기쁨과 놀라움을 느낄 수 없을 정도였습니다. 그래서 찾아온 것입니다. 아, 그 아름답고 우아한 얼굴에는 너무도 많은 괴로움이 나타나 있습니다. 동시에 모든 괴로움이 그대로 말짱하게 행복과 미소가 되어 버렸습니다. 그것을 보았을 때 저의 마음속에서는 불과 같은 것이 스쳐지나갔습니다. 기나긴 세월 동안 저의 머릿속에 있던 생각과 꿈이 확증을 얻은 것 같았으며, 별안간 무익한 생각은 없어졌습니다. 그리고 제가 무엇을 할 것이며 어디로 가야 할 것인가를 이내 깨달았습니다. 니콜라우스 스승님, 진정 소원입니다. 스승님 밑에서 배우게 해주십시오!"

니콜라우스는 무정한 얼굴 색 하나 변하지 않고 주의 깊게 듣고 있었다.

"젊은 친구, 자네는 놀라울 정도로 훌륭하게 예술에 대해서 이야기를 할 줄 아네. 자네 같은 나이에 그처럼 여러 가지로 쾌락이나 고통에 대해서 말할 줄 아는 것도 놀라운 사실이야. 저녁에 한 번, 자네와 포도주 잔이나 기울이면서 그런 이야기를 나눈다면 즐거울 걸세. 하지만 이 사람아! 듣기에도 즐겁고 또 그것이 모순되지 않는 이야기로써 서로 담소한다는 것과 몇 년 동안 같이 생활하고 일한다는 것은 별개 문제야. 여기는 일터란 말이야. 여기는 일을 하는 곳이고 잡담하는 곳이 아니란 말이야. 여기서 가치를 알아주는 것은 무엇을 생각해 내었다거나 무엇을 입으로 말할 줄 아는 것이 아니고, 자기 손으로 무엇을 만들어낼 줄 아는가 하는 것뿐이야. 자네는 보기에도 진심으로 말하는 것 같으니 깨끗이 쫓아내고 싶지는 않아. 자네가 무엇을 할 줄 아는가 한번 보기로 하자. 자넨 여태 점토나 촛덩어리를 가지고 무얼 만들어본 경험은 있나?"

골드문트는 요전에 한 번꿈 속에서 본 광경이 대뜸 머리에 떠올랐다. 그 꿈속에서 그가 점토를 주물럭거리다가 조그만 모양을 하나 만들어 놓았다. 그것이 발딱 일어서더니 이내 거인이 되었던 것이다. 하지만 그런 이야기는 하지 않고 아직 한 번도 그런 일을 시도해본 적이 없다고 대답했다.

"좋아, 그럼 뭐든지 스케치라도 해보려무나. 저 책상에 종이와 숯이 있다. 앉아서 스케치를 해봐! 시간은 걸려도 좋다. 점심때까지, 아니 저녁때까지라도 좋다. 그려 본다면 자네가 무슨 일에 쓸모가 있는지 알게 될 테지. 그럼 이제 이야기도 충분히 했겠다. 나는 일을 시작해야겠다. 자네도 일을 시작하는 게 어때?"

니콜라우스가 가리킨 의자에 앉아서 골드문트는 스케치 대를 향했다. 그는 일을 서두르지 않았다. 우선 그는 서두르지 않고 가만히 기다렸다. 그리고 그에게 반쯤 등을 대고 점토로 조그만 모양을 다듬고 있는 스승 쪽을 호기심과 애정에 넘친 눈으로 응시했다. 이 사람을 주의 깊게 쳐다보고 있자니, 그 엄숙하고 벌써 희끗희끗한 머리와 딱딱하기는 하지만 품위 있고 정령이 깃들어 보이는 손에는 미묘한 마력이 깃들어 있었다. 골드문트가 상상하고 있던 것과는 달랐다. 생각한 것보다 나이도 많고 겸허하기도 하고 냉정하기도 하고, 훨씬 메마르고 무뚝뚝하며 도무지 행복한 것 같지도 않았다. 이리저리 뜯어보는 눈초리가 온통 날카롭게 일에만 쏠려 있었다. 거기에서 떠나 골드문트는 스승의 모습 전체를 조심스레 그의 마음속에 받아들였다. 이 사람은 학자라고도 할 수 있을지 모른다고 생각했다. 이 사람보다 먼저 수많은 선진들이 착수하였던 일, 어느 때든 그의 후계자들에게 맡기지 않으면 안 될 일, 몇 세대에 걸친 사람들의 노고와 헌신이 집중되어야 하는 끈기도 필요하고 기나긴 세월이 걸리기도 하고 결코 완결을 볼 수 없는 일, 그런 일에 심신을 바치고 있는 고요하고도 엄격한 탐구자라고도 할 수 있을지 모른다고 생각했다. 관찰하고 있는 사이에 스승의 머리에서 적어도 그런 것 정도는 읽어 내었다. 많은 인내, 수양과 심사숙고, 겸양과 모든 인간 노동의 불가사의한 가치를 둘러싸고 있는 깨달음 등이 그 얼굴에 씌어 있었다. 그의 두 손의 언어는 또 별개였다. 손과 머리 사이에는 모순이 있었다. 그 두 손은 단단하지만 매우 민감한 손가락을 가지고 점토 속에서 모양을 만들고 있었다. 점토를 주물럭거리는 솜씨는 사랑을 하는 남자의 손이 몸을 맡기고 있는 애인을 애무하는 것 같았다. 반하고 있으면서도 아늑히 뛰노는 감정에 꽉 차 있고, 열성적이지만 받는 것과 주는 것 사이에 구별이 없고, 욕정을 품고 있으나 그런대로 경건하고, 매우 오랜 깊은 경험에서 출발한 것같이 안정되고 대가다웠다. 마음을 빼앗기고 경탄에 잠긴 골드문트는 이 은혜 받은 두 손을 바라보고 있었다. 얼굴과 손 사이의 모순만 없더라도 그는 즐겨 이 스승을 스케치했을 텐데 그 모순이 그를 무력하게 만들어 버렸다.

그는 약 한 시간 가량 무심하게 일하고 있는 예술가를 쳐다보며 이 사람의 비밀을 캐내는 생각에 충만해 있었으나 그의 마음속에서는 다른 모습이 형성되어 그의 영혼 앞에 드러나 보이기 시작했다. 그것은 그가 누구보다도 잘 알고 있기도 하지만 그가 매우 사랑하고 흠모해 마지않는 사람의 모습이었다. 그 모습에는 분열은 물론 모순도 없었다. 그 형태도 다각도의 특징을 지니고 있으며 여러 가지 갈등을 생각하게 하였다. 그것은 친구 나르치스의 모습이었다. 그것은 자꾸 응집되어서 하나가 되고 전체가 되었다. 자꾸 뚜렷하게 그리운 사람의 내심의 법칙이 그의 환영 속에 나타났다. 고귀한 머리는 정신에 의하여 형성되어 있었다. 자기 억제를 한 아름다운 입과 얼마간 애수를 띤 눈은 정신에 대한 봉사로 다물어져 있었으며 동시에 기품을 드러내고 있었다. 그리고 수척한 어깨와 기다란 목덜미와 부드럽고 품위있는 손은 정신화를 위한 싸움에 의해서 영적으로 변해 있었다. 수도원에서 헤어진 이래, 친구를 이다지도 똑똑히 보고 친구의 환영을 이다지도 완전히 그의 마음속에서 가져본 적은 없었다.

골드문트는 꿈이라도 꾸는 듯이, 의지를 가하지 않았지만 그래도 준비와 필연성에 가득찬 마음으로 열심히 스케치를 시작했다. 그는 스승도, 자신도, 그가 지금 앉아 있는 장소도 잊어버리고 애정에 넘친 손가락으로 가슴에 깃들고 있는 모습을 경건하게 다듬어 갔다. 그는 실내 광선이 서서히 이동하는 것도 스승이 몇 번이나 넘어다보는 것도 알지 못했다. 그는 마치 희생 제물을 바치는 의식과도 같이 그에게 부과된 과제를, 그의 마음이 그에게 가져다

준 과제를, 즉 친구의 환영을 높이 쳐들고 오늘 그의 마음속에 살고 있는 그대로 보존하는 일을 집행하였다. 그는 그것에 대해서 생각하지 않고 자신의 행위를 빛의 변상이나 감사의 보답처럼 느끼고 있었다.

니콜라우스가 스케치 대 앞에 다가와서 "점심시간이야. 이제 식사하러 갈 텐데, 너도 같이 와도 괜찮아. 어디 보자, 뭘 좀 그렸나?" 하고 말했다.

그는 골드문트 뒤를 돌아서서 커다란 도화지를 내려다보았다. 그리고는 그를 옆으로 밀쳐놓고 도화지를 조심스레 그의 교묘한 손으로 집어 들었다. 골드문트가 꿈에서 깨어났다. 그리고 불안한 기대를 가지고 스승을 쳐다보았다. 스승은 스케치를 두 손에 들고 섰다. 그대로 그는 엄숙하고 검푸른 눈에서 매서운 광채를 띠며 매우 자세하게 들여다보고 있었다.

"자네가 그려놓은 이분은 누군가?" 얼마 후 니콜라우스가 물었다.

"제 친구인데, 젊은 수도사며 학자올시다."

"좋아, 손을 씻게. 저쪽 안마당에 샘물이 흐르고 있으니. 그 다음에 식사하러 가자. 조수는 바깥에 일하고 갔어."

골드문트는 순순히 따라 나갔다. 안마당에서 샘물을 발견하고 손을 씻었다. 그리고 스승의 본심을 알기만 한다면 좀더 마음 편할 텐데 하고 생각했다. 그가 돌아오자 스승은 거기에 없었다. 그는 스승이 옆방에서 움직거리는 소리를 들었다. 바깥으로 나왔을 때, 스승도 손을 씻고 앞치마 대신에 아름다운 나사 저고리를 입었다. 그걸 입으니 훌륭하고 당당해 보였다. 스승은 앞장 서서 계단을 올라갔다. 그 손잡이 기둥은 호두나무로, 조그만 천사의 머리가 새겨져 있었다. 새것과 헌것들이 꽉 찬 입상의 행렬이 이어 있는 복도를 지나서 깔끔한 방안으로 들어갔다. 그 마룻바닥도 벽도 천정도 단단한 나무로 되어 있었으며, 창문 모퉁이에 식탁이 준비되어 있었다. 아가씨가 들어왔다. 골드문트는 그 아가씨를 알고 있었다. 어젯밤의 그 아름다운 처녀였다.

"리스벳" 스승은 말했다. "한 사람 식사를 더 가지고 와야지. 손님을 데리고 왔단다. 그건 그렇고, 아니, 참 그 사람 이름을 아직 못 들었구나."

스승에게 골드문트라고 이름을 말했다.

"골드문트의 식사도 준비되겠니?"

"곧 됩니다. 아버지."

소녀는 쟁반을 가지고 쫓아나갔으나 이내 돼지고기와 완두콩과 흰 빵을 하녀에게 들려 가지고 돌아왔다. 식사중, 아버지는 딸과 이것저것 이야기를 나누고 있었다. 골드문트는 아무 말도 않고 앉아서 식사하였다. 매우 불안스럽고 답답한 기분이었다. 딸은 몹시 그의 마음을 끌었다. 그의 아버지만큼이나 키가 크고 조화를 이룬 아름다운 몸매를 하고 있었다. 그러나 얌전하게 앉아서 유리그릇에라도 앉아 있는 것처럼 도무지 가까이 하기가 어려웠으며 손님에게 말 한 마디도, 눈길 한 번 주지 않았다.

식사가 끝나자 스승이 말했다. "지금부터 반 시간쯤 쉬겠다. 자네는 일터에 가거나 바깥에서 산보라도 하려무나. 나중에 용건을 말하기로 하지."

골드문트가 인사를 하고 밖으로 나왔다. 스승이 그의 스케치를 보고 나서 한 시간이 더 흘렀는데도 거기 대해서 한 마디 말도 하지 않았다. 하지만 어떻게 할 수도 없었다. 그는 기다렸다. 일터에는 들어가지 않았다. 그의 스케치를 또 볼 용기는 나지 않았다. 그는 안마당에 나가서 우물 통 위에 앉아 끊임없이 관에서 흘러내려 깊은 돌대접 속에 떨어지는 물줄기를 쳐다보았다. 물은 떨어지자 분말 같은 파도를 일으키며 공기를 자꾸자꾸 밑바닥으로 조금씩 빨아당겼다. 그러나 공기는 자꾸만 하얀 방울이 되어 위로 되돌아오려고 하였다. 어두운 우물 속 수면에서 그는 그 자신의 모습을 보았다. 그리고 물 속에서 그를 쳐다보고 있는 이 골드문트는 이제 까마득한 옛날 수도원에 있던 골드문트도 아니고 리디아의 골드문트도 아닌 듯하였다. 숲속을 헤매던 골드문트도 아니었다. 그의 생각으로는 그나 다른 사람이나 다 흘러가 버리고 자꾸 변화해 마지막에는 녹아 없어지고 말지만 예술가에 의해서 만들어진 형상은 언제 가도 변하지 않고 똑같은 형상을 지니는 것 같았다.

모든 예술의 근본과 모든 정신의 근본은 사멸에 대한 공포인 것 같았다. 우리는 죽음을 겁낸다. 무상에 대해서 몸서리를 친다. 우리는 슬픔에 잠긴 마음으로 꽃이 시들고 잎이 떨어지는 것을 자주 쳐다본다. 그리고 우리들 가슴 속에서는 우리가 무상하고 금세 시들고 마는 확실성을 느끼는 것이다. 우리가 예술가로서 형상을 만들거나 사상가로서 법칙을 구하고 사상을 공식화할 때, 우리는 커다란 죽음의 무도(舞蹈)에서 최소한 무엇을 구하고, 우리들 자신보다 더 기나긴 수명을 가지는 무엇을 수립하기 위해 그런 행동을 하는 것이다. 스승이 아름다운 마돈나를 만드실 때 모델로 한 여자는 아마 벌써 시들어 버렸거나 죽었을 것이다. 얼마 안 있으면 스승도 또한 죽고 말리라. 다른 사람이 스승의 집에서 살고 스승의 식탁에서 식사를 하리라. 하지만 그의 작품은 언제까지나 그대로 남아서 조용한 수도원의 성당에서 백 년이나 혹은 그 후에라도 빛을 던질 것이다. 언제까지나 아름다움은 변치 않는다. 그리고 꽃향기를 풍기면서도 슬픔이 가시지 않는 듯한 입가에는 똑같은 미소를 머금고 있으리라.

스승이 계단을 내려오는 소리가 들렸기 때문에 그는 일터로 달려갔다. 니콜라우스 스승은 왔다갔다 하면서 자꾸 골드문트의 스케치를 들여다보다가는 결국 창가에서 걸음을 딱 멈추었다. 그리고 좀 망설이는 듯하면서도 뾰로통한 소리로 말했다. "이 지방 관습으로 제자는 최소한 4년간은 교육을 받고 제자의 아버지가 스승한테 월사금을 내게 돼 있다."

스승의 말소리가 잠깐 그쳤기 때문에 이것은 골드문트가 스승한테 월사금을 낼 수 없을 거라고 생각하는 듯했다. 눈 깜짝 하는 사이에 그는 주머니칼을 꺼내어 감춰둔 금화를 꿰어맨 실밥을 뜯어서 그것을 끄집어 냈다. 니콜라우스는 그를 보고 놀랐다. 골드문트가 스승에게 돈을 내밀자 스승은 웃었다.

"아, 그렇게 생각했더랬나? 아니, 여보게, 자네 돈은 넣어 두게나. 자, 들어봐! 나는 우리들 조합에서의 관습이 제자를 어떻게 취급하고 있는가를 말했을 뿐이야. 하지만 나도 그저 저속한 스승이 아니고 너도 너저분한 제자는 아니란 말이야. 즉, 그저 보통 제자라면 열세 살이나 열네 살, 아무리 나이를 많이 먹었다치더라도 열다섯 살에 제자 시절로 들어가는 게 관습이야. 그리고 그 시절의 반은 죽 일꾼 노릇을 해야 되고 막일도 해야 하네. 하지만 자네는 기골이 늠름한 장골이네. 나이로 보아서도 벌써 직공이 되었거나 스승이라도 돼 있었을 거야. 우리 조합에서는 수염이 텁수룩한 제자는 아직 못 본걸. 그뿐인가, 아까도 이야기했지만 내 집에 제자 같은 걸 둘 마음이 없네. 보아하니 자네는 시키는 대로 부리기에 그렇게 고분고분한 사람 같지는 않네."

골드문트는 초조감에 전신을 가눌 수가 없었다. 스승의 신중한 말 한 마디 한 마디가 그는 감당하기 어려웠다. 그리고 그 말이 기막힐 지경으로 지루하기도 하고 그저 가슴이 막힌 듯 답답하였다. 분통을 터뜨리며 그는 소리쳤다. "당신께서 저를 제자로 맞이해 주실 의사가 전혀 없으시다면 왜 그다지도 하나하나 따지고 드십니까?"

스승은 꼼짝도 않고 이때까지의 태도를 그대로 견지하면서 이야기를 계속했다. "나는 한 시간 동안이나 자네 소망에 대해서 숙

고해 보았다. 그러니 자네도 꾹 참고 내 이야기를 들어 주어야 하네. 자네 스케치를 보니 결점은 있지만 아름답다. 안 그랬더라면 자네한테 반 굴덴쯤 주어서 쫓아보내고 잊어버렸을 거네. 자네 스케치에 대해 그 이상 말하기는 싫어. 자네가 예술가가 되는 데 도와주고 싶네. 아마 자네는 천상 예술가가 되라고 한 것인가보네. 하지만 이제 제자는 될 수 없네. 제자도 안 되어보고, 또 제자 연한을 채우지 못한 사람은 우리 조합에서는 직공도 스승도 될 수가 없다네. 이걸 미리 자네한테 이야기하여 두는 걸세. 하지만 시험해 보는 것을 허락하네. 잠시 이 도시에 머무를 수 있거든 나한테 와서 좀 배워도 좋네. 의무도 계약도 없이 하지. 언제 떠나도 좋네. 조각할 때 쓰는 끌을 여기서 몇 개쯤 부러뜨려도, 통나무를 몇 개쯤 망가뜨려도 상관 없네. 자네가 조각가가 아니라는 것을 알게 된다면야 다른 것을 바라야 할걸세. 뭐 불만은 없는가?"

골드문트는 황송하고 감동해서 듣고만 있었다.

"진심으로 감사드립니다." 그가 소리쳤다. "저는 집도 절도 없는 자입니다. 숲속에서도 지낸 놈이 여기 이 도시에서 못 살 이유가 있겠습니까? 당신께서 저한테 대하여 제자를 대할 때처럼 애를 쓰시거나 책임을 지시거나 할 의무를 갖고 싶지 않으시다는 것은 잘 알겠습니다. 단지 저는 당신 밑에서 수업받는 것을 허락받았다는 사실이 무한한 행복이라 생각됩니다. 당신께서 절 받아주시는 데 대해서 충심으로 감사를 드립니다."

제 11 장

이 도시에서는 새로운 정경이 골드문트를 에워쌌다. 이 지방과 도시가 명랑하게 그를 맞이하여 준 것처럼 이 새로운 생활은 기쁨과 여러 가지 약속으로 그를 맞이하여 주었다. 그의 영혼 속에 깃든 비애와 예지의 밑바닥은 조금도 흐트러지지 않았으나 그의 생활의 표면은 조금씩 변화되어 가고 있었다. 지금 시작된 이 시기는 골드문트의 일생을 통해서 가장 즐거운 시절인 동시에 가장 홀가분한 시절이었다. 외부세계에서는 기름진 주교의 도시가 온갖 예술과 여자와 마음 흐뭇한 무수한 유희와 정경으로써 그를 맞이하여 주었다. 내부세계에서 눈 뜨기 시작한 예술가 정신이 새로운 감정과 경험을 그에게 가져다 주었다. 그는 스승의 도움으로 생선시장 근처, 어느 도금 공장 주인 집에 하숙을 구하였다. 이리하여 그는 스승 슬하에 가 있을 때도 도금 공장 주인 집에서도, 통나무나 석고나 물감이나 옻이나 금박 등을 다루는 기술을 습득하였다.

골드문트는 고도의 재주를 가지고 있지만 그것을 표현하는 데 적당한 방법을 찾지 못하는 예술가들, 그런 불행한 예술가들의 족속은 아니었다. 세계의 아름다움을 깊이 또한 넓게 느끼는 동시에 그들 영혼 속에 고귀한 형상을 실을 천분은 부여받았으나, 그 형상은 단념하여 버리고 다른 사람들을 즐겁게 해주기 위해 그것을 표현하여서 다른 사람한테 나누어 주는 길을 발견할 수 없는 사람도 적지 않은 법이다. 골드문트는 그런 결함에 괴로워하지는 않았다. 대개 그들은 하루 일을 끝낸 저녁, 몇몇 친구들이 모인 가운데서 기타를 켜는 법을 배운다. 또 일요일에는 마을의 무도 장에서 춤을 배운다. 이런 놀이처럼 골드문트한테는 두 손을 놀리는 방법이나 공작품을 다듬는 방법이나 그것을 완성시키는 방법을 습득하는 것이 수월하기도 하였고 즐겁기도 하였다. 쉽게 몸에 익히고 혼자서도 잘 되어갔다. 뭐니뭐니 해도 토막나무를 새기는 데는 있는 성의를 다해 노력도 해야 했지만 어려움과 실망도 겪어야 했다. 그뿐만 아니라 아름드리 나무를 이것저것 다 망치기도 하고 몇 번이나 손가락에 큰 상처를 내면서도 노력해야 했다. 하지만 초보 정도는 속히 끝내고 제법 연장을 다루어 나갈 수가 있었다. 그렇건만 스승은 가끔 그에게 매우 씁쓸한 입맛을 다시며 이렇게 말하는 것이었다. "골드문트, 자네가 내 제자도 직공도 아니라는 것은 좋은 일이야. 자네가 숲속에서부터 내게 찾아와서 언제 한 번은, 또 거기 돌아갈 것임을 서로가 알고 있다는 것은 좋은 일이야. 자네가 이곳 시민도 밥벌이꾼도 아니고, 고향을 가지지 않는 유랑자라는 것을 알지 못하는 사람이라면, 보통 스승들이 그들 제자한테 요구하는 것을 이것저것 다 자네한테 요구할 욕망들을 가졌을 거야. 자네로 말하면 바로 할 의욕을 단단히 가질 때는 정말 훌륭한 일꾼이야. 하지만 지난 주일에는 이틀이나 자네는 놀지 않았나? 어제는 또 안마당 작업장에서 천사 두 개를 매끈하게 닦을 계획이었는데 반나절이나 코를 골았고."

스승의 비난은 지당했다. 골드문트도 변명하지 않고 가만히 듣고만 있었다. 그는 자신이 신뢰를 가질 수 있는 인간도 부지런한 인간도 아니라는 것을 알고 있었다. 어떤 한 가지 일이 그를 붙들어 매어서 그에게 어려운 과제를 떠맡기거나 그의 기교를 의식시켜 주며 동시에 기쁘게 해줄 때는 부지런한 일꾼이었다. 그는 어려운 손일을 싫어하였다. 어렵지는 않지만 시간과 근면을 필요로 하는 일, 그 일의 대부분이 손일을 하는 데 소비하며 충실하게 또한 끈기있게 해놓지 않으면 안 될 일, 그런 일을 하는 데는 도무지 견뎌 내기가 힘들었다. 자신도 거기 대해서 의심스러울 때가 많았다. 불과 2,3년간의 방랑이 그의 마음을 게으름과 불신에 가득찬 인간으로 만들어 버렸는가? 그것을 그의 마음속에서 성장과 만연을 거듭하던 어머니로부터 이어받았을까? 혹은 그에게 무엇이 결핍되어 있는가? 그는 흔히 자신이 매우 부지런하고 선량한 학생이었던 초기 수도원 시절을 머릿속에 그려 보았다. 지금은 그에게서 찾아볼 수 없는 끈기가 대관절 그때는 왜 그다지도 많았던가? 마음 한구석에서는 그다지 대단한 것이라고는 생각하지 않았는데도 왜 라틴어의 문장론에 그리 싫증도 내지 않고 심신을 바칠 수 있었으며, 또한 그리스어의 과거형을 남김없이 외울 수 있었던가? 그는 몇 번이나 그곳 생각을 해보았다. 그때 그를 격려하고 기운 내게 하였던 것은 사랑이었다. 그의 학습은 나르치스의 사랑을 얻으려는 꾸준한 노력에 불과했다. 나르치스의 사랑을 얻는 방법은 그의 주의를 끄는 방법과 그의 인정을 받는 방법 두 가지가 있었다. 그때는 몇 시간 혹은 며칠, 사랑하는 선생한테서 인정받는 시선을 얻으려고 무진 애를 썼다. 그리하여 그가 동경했던 목표에 간신히 도달하여 나르치스를 그의 친구로 맞이할 수 있었던 것이다. 괴이하게도 바로 이 나르치스 학자는 골드문트가 학자로서 부적합함을 지적하고, 잃어버린 어머니의 형상을 불러일으켜 주었다. 학식이나 수도사 생활이나 덕성 대신에 그의 본성에 깃든 강한 근본적 충동, 즉 성욕이나 여인의 사랑이나 자유에의 욕구나 유랑 등이 그를 지배하고 말았다. 하지만 그는 스승이 만든 마리아상을 보고 나서는 자신 안에서 예술가를 발견했다. 그리고 새로운 길에 걸음을 옮겨 다시 정착하게 된 것이다. 그럼 지금 상태는? 앞으로 길은 어디로? 장애는 어디서?

무엇보다 그것을 알 수가 없었다. 다만 이것만은 알 수 있었다. 니콜라우스 스승을 매우 흠모한다. 그러나 한때 나르치스를 사랑한 것만큼은 결코 사랑하고 있지 않다. 아니, 스승을 실망하게 하고 화나게 하는 것이 때로는 기뻤다. 마치 그것은 스승의 본성 안에 있는 분열과 관련을 갖고 있는 것 같았다. 니콜라우스의 손으로 이루어지는 형상, 적어도 그 중에서도 제일 잘 된 것, 그것은 골드문트에게는 존경을 아끼지 않아도 좋을 모범이었다. 하지만 스승, 그 자체는 모범이 될 수 없었다.

입가에 그 이상 표현할 수 없는 괴로움과 아름다움을 그려 낸 성모상을 새긴 예술가, 깊은 경험과 예감을 시각에 담을 수 있는 형상으로 만들어 놓는 불가사의한 두 손을 가진 예견과 예지의 인간, 이런 인간과 나란히 서서 니콜라우스 속에는 또 한 사람의 인간이 살고 있었다. 얼마간 엄격하고 신경질인 가장인 조합장, 딸과 흉하게 생긴 하녀와 같이 조용한 집에서 세파에 시달림 없이 얼마간 침울한 생활을 보내고 있는 홀아비, 골드문트의 과격한 충동에 대해서 강력히 거역하는 사나이, 정적·억제·규율·염치 등이 도사리고 있는 생활에 순응하는 사나이, 이런 인간이 그의 마음속에는 살고 있었다.

골드문트는 스승을 잘 모셨다. 다른 사람한테 스승의 인격을 꼬치꼬치 캐물어 본다거나 다른 사람 앞에서 스승을 비판하는 그런 수작은 그자체부터 결코 용서하지 않았다. 하지만 1년 후 사태는 달라졌다. 니콜라우스에 대해서 알 수 있는 것은 뭐든지 아주 세세한 부분까지 다 알게 되었다. 이 스승은 그에게 중요한 존재였다. 스승은 그를 사랑하는 만큼 또 미워도 하고 그에게 안정을 주지도 않았다. 이런 식으로 제자도 사랑과 불신과 그리고 자꾸 눈떠가는 호기심을 가지고 스승의 특성과 생활의 비밀을 파고들어갔다. 니콜라우스는 방을 넉넉히 가졌는데도 집에 제자도 직공도 재우지 않고 외출하는 일도 집에 손님을 초대하는 일도 없다는 것을 골드문트는 알게 되었다. 스승은 예쁜 딸을 감동과 투기심에 얽힌 감정으로 사랑하고 있다. 누구한테 대해서도 딸을 숨기려고 한다는 것을 그는 알았다. 홀아비의 준엄하고 조로(早老)의 금욕적 정서의 배후에는 아직도 왕성한 충동이 작용하고 있다. 그리고 다른 부탁 때문에 간혹 여정에 오를 때면 며칠 동안 이상하게 사람이 변하여서 젊어질 때가 많다는 것도 그는 알게 되었다. 어느 땐가, 니콜라우스는 조각한 설교단(說教壇)을 설치하러 간 마을에서 하루 저녁 몰래 창부를 찾아갔다. 그 후 며칠 동안은 무슨 일에도 초조해져 얼굴을 찌푸리고 있는 것도 골드문트는 알게 되었다.

시간이 지날수록 이런 호기심 이외에도 또다른 무엇이 골드문트를 스승의 집에 붙들어 두고 그를 무슨 일에도 초조해지게 하는 것이 있었다. 그것은 그의 마음을 매우 흐뭇하게 하여준 예쁜 딸 리스벳이었다. 딸의 얼굴을 구경하기는 힘들었다. 처녀는 작업장에 좀체로 들어오지 않았다. 처녀의 매정한 태도는 아버지한테서 강요받고 있는 것인가? 안 그러면 그 처녀 자신의 천성에 의한 것인가? 그에게는 확실치가 않았다. 스승이 그를 식탁에 초대하지 않았다는 것, 딸과 만나는 기회를 극력 피하였다는 것 등은 놓칠 수 없는 사실이었다. 리스벳은 매우 금지옥엽으로 기르고 있는 딸이라는 것을 그는 알게 되었다. 결혼을 전제하지 않는 사랑을 즐길 가망은 이 처녀한테는 하나도 없었다. 그리고 그 처녀와 결혼하고 싶은 사람은 첫째 양가집 청년이라야 하고 상급에 속하는 조합원의 일원이어야 하였다. 가능하다면 돈과 집 정도는 가지고 있지 않으면 안 되었다.

리스벳의 미모는 유랑의 여인이나 농가 아낙네들의 외모와 판이한 차이가 있었다. 그녀는 첫날에 이미 골드문트의 시선을 끌었던 것이다. 그 처녀 속에는 그에게 알려지지 않는 것, 그를 과격하게 끌어당기는 동시에 의혹을 품게 하는 것, 아니 화를 내게 하는 묘한 것이 있었다. 즉, 고귀한 침착성과 순진성, 규율과 순결성이 있었다. 그러면서도 어린아이 가운데는 없는 예의와 염치의 뒷구석에 보이지 않는 싸늘한 공기와 거만스러움이 숨어 있었다. 그러기 때문에 그 처녀의 순진성은 그를 감동시키지도, 무력하게도 만들지 않았다(그가 결코 어린아이를 유혹할 수는 없었을 테지만). 오히려 그를 자극시키고 흥분시켰다. 그 처녀의 자태가 그에게 마음속의 형상으로서 조금 친근감을 갖게 되자 그의 소망도 언제 한 번 그 처녀의 형상을 만들어 보자는 생각이 들었다. 하지만 지금 그대로의 처녀가 아니고 눈이 뜬 여인, 관능적인 여인, 괴로워하고 있는 용모의 여인으로서, 키가 작달막한 처녀로서가 아니고 막달레나로서. 간혹 그는 이 차분하고 예쁜 얼굴, 그러면서도 무표정한 얼굴이 쾌감에서든 고통에서든 언젠가 한 번은 일그러지며 싹을 피게 하여 그의 비밀을 폭로하는 것을 보고 싶은 안타까운 마음에 사로잡혔다.

그 밖에도 또 하나 다른 얼굴이 있었다. 그것은 그의 영혼 속에서 둥지를 틀고 있는 것이었다. 하지만 완전히 그의 것이 되지 못하고 한 번은 붙들어서 예술가로서 표현하고 싶은 열망에 사로잡혀 있는데도, 그때마다 자꾸 꽁무니를 빼고 달아나서는 연기처럼 숨어 버리고 마는 것이었다. 그것은 어머니의 얼굴이었다. 이 얼굴은 지난날 나르치스와 대화한 후 사라진 기억의 밑바닥에서 다시 나타난 것과 똑같은 얼굴이었다. 벌써 아득한 옛날부터 그 얼굴은 그의 마음속에는 하나도 없었다. 이곳저곳을 떠돌던 하루 하루, 사랑을 소곤대던 밤마다 그리움과 생명의 위험과 죽음과 친근하던 시절, 이러던 때 어머니의 얼굴은 서서히 변화와 풍부와 깊이와 복잡성을 거듭하여 갔다. 그것은 이제 그 자신의 어머니의 형상이 아니었다. 그의 표정과 색깔은 자꾸 개인적이 아닌 어머니 형상, 즉 인간의 어머니인 이브의 형상으로 변해갔다. 니콜라우스 스승이 만든 두세 개의 마돈나상 가운데는 골드문트가 도저히 따라갈 수 없을 것 같은 표현의 완성과 극치로써 다듬어 놓은 애처로운 성모 마리아상이 있다. 스승이 이런 형상을 다듬어 놓은 것과 똑같이 골드문트 자신도 언젠가 한 번은 지금보다 더 성숙하고 더 확실한 능력을 갖게 되면 세속적인 어머니, 이브의 상을 가장 오래고 사랑스런 것의 거룩한 상징으로서 그의 마음속에 존재하고 있는 그대로 만들어 보자는 희망을 가졌다. 하지만 마음속에 있는 이 형상은 한때 그 자신의 어머니와 어머니에 대한 그의 사랑의 추억의 형상에 불과했지만 그것은 끊임없는 변화와 성장을 거듭하여 갔다. 집시 여인 리제의 표정, 기사의 딸 리디아의 표정, 그리고 수많은 다른 여인의 얼굴들은 모두 그 근원적인 형상 속으로 몰려 들어가고 있었다. 그가 한 번 사랑한 여인의 얼굴 전체가 이 형상에 작용을 계속했음은 물론이요, 모든 감동과 경험과 체험도 형태를 제공하고 표정을 가져다 주었다. 언젠가 이 형상을 구체적으로 상징해낼 수 있다면 그것은 어느 특정한 여인을 표현해내는 것이 아니라 인류의 어머니로서 생명 그 자체를 표현할 작정이었다. 그는 가끔 그것이 눈에 보이는 듯했다. 꿈속에 나타날 때도 자주 있었다. 하지만 이 이브의 얼굴과 그것이 표현할 작정이었던 것에 대해서 그가 말할 수 있는 것은 이런 것 외에 아무것도 아니었다. 즉, 그것은 고통과 죽음의 내면적 친화력을 갖는 생명의 쾌감을 표현해낼 작정이었던 것 외에 아무것도 아니라는 것이었다.

1년 동안 골드문트가 배운 것도 많았다. 스케치를 하는 데는 빠르고 안정된 솜씨를 갖게 되었다. 통나무 조각을 하는 한편, 니콜라우스는 골드문트에게 틈을 타서 점토로 모형을 만들어 보도록 했다. 제일 먼저 성공한 그의 작품은 높이가 한 자는 너끈히 되는 점토의 모형이었다. 그것은 리디아의 동생, 조그만 율리에의 감미롭고 매혹적인 자태였다. 스승은 이 작품을 칭찬하여 주었다. 하지만 놋쇠에 부어넣어 보자는 골드문트의 소망을 들어 주지는 않았다. 스승은 그 모형을 순결성이 너무 없고 또한 세속적이라고 생각하였다. 그러기 때문에 대부(代父)의 역할을 맡아 보는 것이 싫었던 모양이다. 그 다음에는 나르치스의 모형을 뜨는 일에 착수하였다. 골드문트는 그것을 통나무로 덤벼들었다. 더욱이나 요한 사도를 모형으로 하였다. 왜 그러냐 하면 그것이 잘만 된다면 니콜라우스가 맨나중에 가서는 떠맡을 징조, 즉 니콜라우스가 그 전부터 부탁을 받아 벌써 오래 전부터 조수들한테 떠맡겨 놓은 것의 끝마감을 니콜라우스 자신이 떠맡을 거라는 징조가 보이는 십자가책형군상(十字架磔刑群像)에 그것을 선택시켜 보자는 희망을 가졌기 때문이다.

골드문트는 나르치스의 모형을 뜨는 일에 깊은 애정을 기울이고 덤벼들었다. 그는 탈선을 할 때마다 자기 자신을, 그의 예술가로서의 천직을, 그의 혼을 다시 발견하였다. 그리고 이런 일도 그리 희귀한 일은 아니었다. 오입, 춤 잔치, 친구들과의 주연, 노름, 그리고 간혹 주먹다짐의 싸움에까지도 자심(滋甚)하였다. 그래서 하루나 혹은 여러 날 작업장을 피해 달아나거나 혹은 일에 착수했다 하여도 뒤숭숭하고 불쾌한 사람처럼 서 있는 것이 보통이었다. 사랑하는 사도, 요한의 명상에 잠긴 자태는 점차 순수한 입김을 내뿜으며 통나무 속에서 걸어나오기 때문에 마음의 준비를 갖추었을 때만 그는 경건하게 몸을 바쳐 일에 손을 대었다. 그런 시간에는 즐겁지도 슬프지도 않았고 생의 환희도 인생의 무상도 잊어버렸다. 한때 그 친구에게 몸을 내던져 그의 인도를 기꺼워 하였던 때 어두운 그림자 하나 던지지 않던 그 때의 맑고 경건했던 감정이 새롭게 그의 가슴 속을 찾아 주었다. 그런 감정을 갖고 자신의 의지로써 초상을 새기고 있는 사람은 골드문트가 아니고 오히려 다른 사람, 즉 나르치스였다. 나르치스가 무상 변천하는 생활에서 빠져나와 그의 본질에 대한 순수한 초상을 표현하기 위해 예술가 골드문트의 수족을 이용하고 있었던 것이다.

이런 과정을 거쳐 참다운 작품은 생산되는 것이었다. 골드문트는 그런 생각을 하며 온몸을 부들부들 떨었다. 잊을 수 없는 스승의 마돈나도 그렇게 생겼다. 골드문트는 그것을 시작하고부터 수도원에 그 입상을 보러간 일요일도 수없이 많았다. 스승이 이층 복도에 죽 세워놓은 먼지 앉은 초상들 가운데, 이런 과정을 거쳐 어느 때 한 번은 그 초상, 그에게는 더 한층 신비에 가득 차고 거룩하며 유일한 것이 될 초상, 또 말해서 이브의 초상이 생기게 될 테지. 인간의 수족으로도 그런 예술작품, 거룩하고 필연적이며 어떠한 욕망이나 허영에도 더럽혀지지 않는 그런 초상만이 생겨날 수가 있다면! 하지만 그런 것만은 아니었다. 그는 그것을 진작부터 알고 있었다. 사람들은 다른 초상도 만들 수가 있었다. 아주 교묘하게 만들어진 말쑥하고 매혹적인 것을, 그것은 예술 애호가를 즐겁게 해주고 성당이나 회의실의 장식이 되는 아름다운 것이기는 하였지만 거룩하고 참다운 영혼의 초상은 아니었다. 니콜라우스나 다른 대가들이 만든 작품에도 그 구상의 고상한 품위라든지 그 작품의 빈 틈 없는 조심성이 결핍한 것은 아니지만 그래도 한때 희롱에 불과한 그런 작품 같은 것이 얼마든지 있다는 것을 그는 알고만 있는 것이 아니었다. 그가 무척 부끄러워하고 슬퍼한 사실은 아무리 예술가라 하더라도 자신의 능력에 도취하거나, 명예욕에 날뛰거나, 제 홍에 겨워서 그런 예쁜 것을 세상에 내놓을 수가 있다는 것을 자신의 가슴 속에 비추어 알고 있었고, 자기 자신의 손발에서도 느끼고 있었다.

그런 것을 최초로 자각했을 때, 슬픈 자기 환상에 죽지 않는 것만도 다행이었다. 아, 곱살스런 천사의 초상이나 다른 너절한 것을 만들기 위해 예술가가 된다는 것은 아무 쓸모 없는 일이었다. 가령 일꾼들이나 시민이나 평범하고 불만 없는 사람들한테는 보람 있는 일이었을는지 모르지만 그에게는 아무 보람도 없는 일이었다. 그한테는 예술도, 예술가도 그것이 태양처럼 이글이글 타오르지 않는다면, 폭풍우와 같은 힘을 가지지 않는다면, 쾌감이나 쾌락이나 눈곱만한 행복을 갖다 주는데 불과하다면, 아무 쓸모도 없는 일이었다. 그는 다른 것을 찾았다. 가령 아무리 보수가 좋다 하더라도 레이스처럼 곱게 만든 마리아의 화관을 반짝반짝 빛나는 금박으로써 보기 좋게 도금를 한다는 것은 그가 할 일이 아니었다. 스승 니콜라우스는 왜 그런 청을 일일이 받아들였을까? 왜 조수를 둘이나 데리고 있었던가? 시 참사원이나 수도원장들이 정문 문간이나 설교단을 주문할 때 왜 그는 몇 시간이나 자를 손에 들고 그네들 이야기를 듣고 있었을까? 그것은 하찮은 두 가지 이유에서 그렇게 한 것이었다. 주문이 산더미 같은 유명한 예술가라는 것을 중히 여긴 것이 그 한 가지 이유요, 돈을 모으고 싶은 것이 또 한 가지 이유였다.

돈이라고 하여도 큰 사업이나 향락을 위해서가 아니다. 벌써 옛날에 부자가 된 딸을 위해서, 그 딸을 시집보낼 밑천을 모으기 위해서, 레이스의 칼라나 옷장에 옷을 챙겨넣기 위해서, 호두나무로 만든 더블 베드에 값비싼 이불이나 우단 요 이불을 잔뜩 쌓아주기 위해서였다. 마치 그 예쁜 처녀가 어떤 건초더미 위에서도 똑같이 사랑을 즐길 수가 있다는 것을 모르기라도 하듯이! 그런 관찰을 하고 있으면 골드문트의 마음속에서는 어머니의 피가, 정착하고 있는 사람이나 물건을 가진 사람에 대해서 가지는 방랑객의 긍지와 멸시의 감정이 불꽃처럼 날뛰었다. 손에 잡은 일이나 스승이 깍지 줄이 튀어나온 완두콩처럼 구역질이 나서 거기서 도망치고 싶은 생각을 가질 때도 간혹 있었다.

스승도 마찬가지였다. 벌써 몇 번이나 화를 삭이고 있었다. 이렇게도 다루기 힘들고 신용할 수 없는 놈을 물고 들어온 것을 후회하기도 하였다. 이놈은 간혹 그의 인내력을 실험대에 올려놓는 것이었다. 골드문트의 행적, 돈이나 소유에 대한 그의 무관심, 낭비하는 버릇, 수많은 애정 관계, 흔해빠진 주먹다짐 등을 듣는 것도 그의 마음을 너그럽게 할 수가 없었다. 한 집시를, 신용할 수 없는 직공을 물고 들어온 셈이었다. 이 유랑자가 그의 딸 리스벳을 어떤 시선으로 보고 있는지도 니콜라우스는 놓치지 않았다. 그럼에도 불구하고 화를 꾹꾹 참고 있는 것은 무슨 의무 관념이나 불안에서 그러는 것은 아니다. 그것은 막 다 되어가다시피 한 사도 요한의 초상 때문이었다. 니콜라우스는 그가 완전히 자인한 것은 아니었지만 그래도 사랑과 상통한 영혼을 가지고 있다는 감정을 가지고, 숲속에서 그에게 달려온 이 집시 골드문트가 지금 차근차근히 또 변덕스럽기는 하지만 그래도 야무지게 어디 하나 비뚤어진 데 없이 사도의 통나무 조각품을 만들어 가는 것을 보고 있었다. 사실상 지난번에 이 집시를 붙들어 놓은 것도 좀 서툴기는 하지만 아름답고 감동을 주던 그의 스케치가 어지간히 니콜라우스의 마음에 들지만 않았더라도 그러지는 않았을 것이다. 지금도 니콜라우스는 그의 변덕과 중단 때문에 계속적으로 해나가지는 못하지만 언젠가는 그것이 완성될 것을 믿어 의심치 않았다. 그것이 완성되는 날에는 여태 그의 직공 가운데서 어느 누구도 만들어 낼 수 없었으며 하물며 위대한 대가들도 성공의 도수가 그리 흔하다고 볼 수 없는 그런 작품이 될 것이다. 스승은 이 제자에 대해서 여러 가지 불만이 많았다. 이 제자를 나무란 적도 여러번 있었다. 또 화를 낸 적도 한두 번이 아니다. 하지만 사도 요한의 초상에 대해서만은 한 마디도 언급하지 않았다.

골드문트는 씩씩한 그의 청년다운 품위와 어린이 같은 솔직성 때문에 많은 사람들의 호감을 받아 왔으나, 그 자취도 이 몇 해 동안에 점차 쇠퇴 과정을 밟고 말았다. 이제는 제법 믿음직한 어른이 되어 있었으며, 여자들한테서는 자주 추파를 받기는 하였으나 남자들한테서는 귀여움을 못 받았다. 나르치스가 수도원 시절 골드문트의 포근한 잠을 깨워주던 날, 세상을 떠도는 생활에 몸을 던졌던 그날 이후로 그의 심정이나 내면적인 용모는 크나큰 변화를 갖게 되었다. 말쑥하고 온화한, 누구한테서나 사랑을 받는, 경건한, 충실한 등의 모든 형용사를 한몸에 지녔던 수도원의 학생은 벌써 아득한 옛날에 완전히 다른 사람이 되어 있었다. 나르치스는 그를 깨워 주었고, 여자들은 그를 자각시켜 주었고, 방랑은 그의 솜털을 깎아 주었다. 그는 친구를 가지지 않았다. 그의 마음은 여자들의 것이었다. 여자들은 별 힘들이지 않고 그를 손에 넣을 수 있었다. 원망의 눈짓 한 번이면 충분하였다. 그는 어느 여자든 거부하지 않고 아무리 사소한 추파에도 응하였다. 그는 아름다움에 대하여 아주 섬세한 감각을 가지고 있었다. 그리고 봄철의 고운 털 속에 싸여 있는 버들잎 같은 소녀를 언제나 사랑하였다. 그러면서도 그다지 아름답지도 못하고 젊지도 못한 여자한테도 마음이 움직여 유혹을 받았다. 춤추는 모임에서는 간혹 마음이 약한 과년한 처녀들은 대개 아무도 탐내는 자가 없거나 동정심, 아니 동정심뿐이 아니라 언제나 호기심에서 골드문트에게 추파를 던지는 것이었다. 그가 아무 여자한테 몸을 맡기기 시작하면 몇 주일이 계속되든 불과 몇 시간이 걸리든 그 여자는 그에게는 아름다운 여자가 되었다. 또 그는 완전히 자신을 맡겨 버렸다. 어떤 여자라도 행복하게 해줄 수가 있었다, 못생긴 여자나 남자들한테 멸시를 받는 여자나 다 불꽃 같은 정열로써 몸을 던져왔다. 꽃이 활짝 피는 듯한 여자라도 모성적인 애정 이상의 하염없이 달콤한 애정을 드러낼 수 있었고 또 어떤 여자라도 나름대로 비밀과 매력을 가지고 있었다. 또 그 매력의 열쇠를 여는 것은 정말 즐거웠다. 이런 사실들을 그는 경험으로 배우게 되었다. 그 점에서는 어떤 여자도 예외가 없었다. 젊음이나 아름다움의 결함은 무슨 독특한 몸짓에 의해서 보충되었다. 하지만 어떤 여자도 한결같이 그를 오래 붙들어 놓을 수는 없었다. 그는 아무리 나이가 어린 여자나 아무리 아름다운 여자라고해서 못생긴 여자한테보다 더한 애정이나 감사를 표시하지는 않았다. 그는 결코 하다가 살그머니 집어치우는 사랑은 하지 않았다. 하지만 그를 싸고도는 여자들 가운데는 사흘이나 열흘 동안 사랑의 밤을 보낸 다음에야 비로소 그를 묶어놓는 여자도 있었고, 첫날밤에 벌써 흡수할 것은 다 흡수하고 잊어버리고 마는 여자도 있었다.

사랑과 성의 쾌락은 생명을 참으로 따뜻하게 해주고 가치를 가지고 채워줄 수 있는 유일한 것 같았다. 그는 명예욕이라는 것을 알지 못했다. 그에게는 주교나 거지나 똑같은 인간이었다. 소득도 재산도 그를 붙들어 놓을 수 없었다. 그는 그런 것을 멸시했다. 그런 것을 위해서라면 눈곱만큼의 희생도 하지 않았을 것이다. 가끔 돈을 벌 때가 있어도 아낌없이 던져 버렸다. 여자의 사랑과 성의 유희가 그에게는 중요한 부분을 차지했다. 그가 가끔 슬픔과 멀미의 시궁창으로 빠져 들어가는 이유를 캐내보면 성적 쾌락의 무상에 의해서였다. 신속하고 헛되고 황홀한 환락의 연소, 그리움에 애태우는 순식간의 불꽃, 대뜸 꺼져 버리는 소멸 등이 그에게는 모든 체험의 핵심이었으며, 이것이 그에게는 인생의 환희와 번뇌의 상징이 되었다. 그 비애와 무상의 전율에 대해서도 그는 사랑을 대하는 것과 다름없이 몸과 마음을 바치고 있었다. 이 우수도 또한 사랑이요, 둘도 없는 쾌감이었다. 애정의 환희가 가장 높고 가장 행복한 긴장의 순간에도 바로 다음의 호흡과 함께 사라져 버리지 않으면 안 되는 것이 확실한 것처럼, 아무리 몸에 밴 고독과 우수에 젖어 있어도 별안간 소망에 휩쓸려 들어가 인생의 밝은 면으로 새롭게 몸과 마음이 떠오르는 것이 확실하였다. 죽음과 쾌락은 하나였다. 생명의 어머니를 사랑이나 혹은 환희라고 부를 수도 있고 무덤과 부패라고 부를 수도 있었다. 어머니는 이브요, 행복의 원천인 동시에 죽음의 원천이었다. 어머니에게는 사랑과 무자비는 하나였다. 그가 어머니의 자태를 그의 마음속에 오래 간직하고 있으면 있을수록 그것은 비유가 되고 거룩한 상징이 되었다.

그는 언어나 의식이 아니라 더 깊은 피의 자각을 가지고 자신의 행로가 어머니를 향하여, 쾌락과 죽음을 향하여 달리고 있다는 것을 알았다.

아버지에게서 이어받은 생명적인 면, 즉 정신이나 의지는 그의 보금자리가 아니었다. 그곳은 나르치스의 보금자리였다. 골드문트는 지금 비로소 친구의 말이 전신에 흘러내리고 있음을 느낀 것은 물론이요, 그 친구의 말을 완전히 이해하고 그 친구가 자신의 경쟁자라는 것도 깨닫게 되었다. 그는 이것을 요한의 초상에다 새겨 형상화시켰다. 눈물을 흘리며 나르치스를 그리워할 수 있었다. 굉장한 꿈을 꿀 수도 있었다. 하지만 그를 따라가거나 그와 같이 되기는 불가능한 일이었다.

골드문트는 어떤 보이지 않는 감각을 가지고 자신의 예술가적 기질의 비밀, 예술에 대한 깊은 애정, 예술에 대한 일시적인 과격한 증오감 같은 것을 어슴푸레 짐작하고 있었다. 생각도 없이, 막연한 감정적 기분에서 여러 가지 비유의 형태로 이렇게 짐작하고 있었다. 즉, 예술은 아버지의 세계와 어머니의 세계의 결합, 정신과 피의 결합이었다. 예술은 가장 감각적인 것에서 시작하여 가장 추상적인 것으로 흘러갈 수가 있었다. 혹은 순수한 관념의 세계에서 시작하여 가장 피가 많은 살덩어리로 끝날 수도 있었다. 정말 숭고한 예술작품, 교묘한 마술일 뿐 아니라 영원의 비밀로 가득차 있는 예술작품, 예를 들면 스승이 만든 성모상과 같은 예술작품, 진짜인 동시에 완벽한 예술작품은 위험하기 짝이 없는, 그러고도 방긋이 웃음짓는 이중의 얼굴을, 그 남성적이요 동시에 여성적인 것을, 본능적인 것과 순수한 정신성을 동시에 가지고 있었다. 하지만 만약 골드문트가 어느 때든 한 번 인류의 어머니 이브의 초상을 만들어 내는 데 성공하는 날에는 그것은 그 이중의 얼굴을 가장 잘 표현해낸 것이 될 것이다.

골드문트를 위해서는 예술과 예술적 활동 속에서만 가장 심오한 그의 대립과 융화의 가능성, 혹은 그의 성질의 분열을 상징하는 훌륭한 언제나 새로운 비유의 가능성이 있었다. 하지만 예술은 결코 순수한 선사품은 아니었다. 공짜로는 어디서도 얻어볼 길이 없었다. 예술은 수많은 값을 치러야 하는 것이었다. 예술은 희생을 요구하였다. 골드문트는 3년 이상이나 애정의 쾌락 다음으로 알고 있는 최고 불가결한 것, 즉 자유를 예술을 위해 희생하였다. 끝없는 경지로 헤매다니는 것, 유랑생활의 자유로움, 독립하여 의존하는 생활을 하지 않는 것, 이런 모든 것을 그는 포기하고 말았다. 그가 가끔 발작을 일으켜 일터나 공사에 소홀히 한다든지 하면 다른 사람들은 그를 변덕쟁이에다 외고집에 자기 본위라고 생각했을지 모르지만 그 자신에게 그런 생활은 간혹 그를 참을 수 없는 경지에까지 몰아넣고마는 굴종적 생활을 의미했다. 그가 복종하지 않으면 안 되었던 것은 스승이나 장래나 생활의 필요성 때문은 아니었다. 그것은 예술 그 자체 때문이었다. 그런데도 얼핏 보아서 매우 정신적인 여신(女神)인 예술도 하고많은 가운데서 보잘것없는 것을 수없이 필요로 하였다. 예술도 비바람을 막는 지붕, 연장, 통나무, 점토, 물감, 돈을 필요로 하였다. 노동과 인내를 요구하였다. 그는 예술을 위해 야성적인 숲속의 자유를, 허허벌판의 도취를, 위험에 찬 쓰디쓴 쾌감을, 불행의 긍지를 희생하고 말았다. 그는 숨통을 틀어막고 이를 갈면서도 다시금 새롭게 자꾸 희생을 하지 않으면 안 되었다.

그는 이미 희생에 바쳐진 일부분을 후에 다시 생각해 냈다. 그는 현재의 노예적인 질서와 뿌리를 박은 생활에 대해서, 사랑과 연관성을 가진 일종의 모험이나 경쟁 상대와의 격투에서 말하자면 복수를 하였다. 감금된 그의 본성의 야만성과 억압된 힘은 온통 들고 일어나서 비상구를 찾아헤맸다. 대개 그를 무법자로 알고 있기도 했고 무서워 피하기도 하였다. 처녀를 찾아가는 길목, 혹은 무도장에서의 귀로, 별안간 어두운 골목길에서 습격을 당하거나 몽둥이로 몇 대 얻어맞는다. 이럴 때는 으레 번개같이 몸을 솟구쳐 방위태세에서 공격을 개시한다. 숨이차서 헐떡이는 놈을 때려 눕혀서는 턱 밑에 주먹을 한 대 세게 먹인다. 그리고는 머리칼을 잡고 질질 끌거나 멱살을 잡는다. 이렇게 해야 좀 밥맛도 있고 침울한 기분도 잠시 가셨다. 그것은 여자들한테도 호감을 샀다.

그러한 모든 사건들이 그의 하루 하루를 싫증나지 않게 채워주고 있었다. 사도 요한의 제작을 계속하고 있는 동안 모든 것에 의미가 있었다. 일은 오래 계속되었다. 얼굴과 수족의 모형을 뜨는 맨마지막의 미묘한 작업은 엄숙하고 끈기있는 정신통일을 한 가운데서 행해졌다. 직공들이 일하는 작업장 뒤쪽의 조그만 통나무집에서 그의 일을 끝맺었다. 날이 새자 조각은 완성되었다. 골드문트는 비를 끄집어 내어 집안을 말짱하게 쓸었다. 요한의 머리칼 속에 든 나무밥을 하나도 남기지 않고 조심스레 털어낸 뒤 그 앞에 한참 동안, 아마 한 시간 이상이나 서 있었다. 그는 흔히 볼 수 없는 위대한 체험의 감정에 엄숙하게 젖어 있었다. 한평생을 지나는 가운데 이런 감정을 한 번 더 겪을 수 있을까? 안 그러면 유일하게 끝맺을지도 모른다. 남자는 결혼식날이나 기사로 임명되는 날, 여자는 첫 순산을 한 다음 똑같은 동요를 마음속에 느낄지도 모른다. 그것은 드높은 감격, 심오한 엄숙함이요, 동시에 그 숭고한 단 한 번의 체험이 경과하여 틀에 잡혀지고 평상시의 걸음에 휩쓸려 들어가고 말 때를 몰래 두려워하는 것이었다.

그는 앉지도 않았다. 고개를 들어 무엇을 기웃거리는 얼굴, 아름다운 사랑의 사도 차림, 꽃봉오리가 방긋하는 듯한 미소, 고독과 헌신과 경건으로 아로새긴 표정, 이런 모습의 초상, 그의 소년 시절의 지도자, 그의 친구 나르치스가 서 있는 것을 보았다. 이런 아름답고 경건하고 정신적인 얼굴, 허공에 뜬 것 같은 날씬한 이 모습, 품위와 믿음의 표본인 양 위로 쳐든 기다란 두 손, 이 모든 것은 젊음과 내면적인 음악에 충만해 있는데도 번뇌와 죽음을 모를 리 없었다. 하지만 절망과 혼란과 반항은 모르고 있었다. 그 영혼은 그런 고귀한 표정의 뒤쪽에서 즐거움을 가지든 슬픔을 가지든 순수한 균형을 잃지 않고 있었다. 그 영혼은 부조화에 시달리고 있지 않았다.

골드문트는 작품을 관찰하였다. 관찰은 그의 최초의 청춘과 우정에 대한 기념 기도로서 시작한 것이나, 우려와 무거운 생각의 폭풍우로 끝을 맺었다. 지금 여기에 그의 작품이 서 있다. 이 아름다운 사도는 언제까지나 여기 남겨질 것이요, 그 버들가지 같은 보드라운 젊음은 끝을 모를 테지. 하지만, 그것을 만들어 놓은 그는 이미 그의 작품과 이별을 나누지 않으면 안 되었다. 내일이면 벌써 그것은 그의 것이 아니다. 이제 그의 두 손을 기다리지도 않을 것이다. 이제는 그의 두 손 밑에서 크거나 꽃피지도 않을 것이다. 이것은 이제 그에게 생활의 피난처나 위안이나 의미를 가져다 주지도 않을 것이다. 그는 허무한 경지로 몰려가 버렸다. 그래서 그는 오늘중이라도 이 요한상과 이별을 고할 뿐만 아니라 스승과 도시와 예술과도 재빨리 이별을 고하는 것이 최선의 방법인 것 같았다. 여기서는 이제 할 일도 없었다. 그가 만들어볼 만한 형상은 그의 영혼 속에 존재하질 않았다. 수많은 초상 가운데서도 동경의 적인 저 초상, 인류의 어머니 이브의 형상은 아직도 좀처럼 그의 손이 미치지 못했다. 지금부터 또 천사의 입상을 문지르거나 장식을 새겨야만 하는가?

그는 뿌리치다시피 그 자리를 하직하고 스승의 작업장으로 돌아왔다. 살며시 안으로 들어가서 니콜라우스가 그를 알아보고 말을 건네올 때까지 문앞에서 기다렸다.

"골드문트, 무슨 일이지?"

"조각품이 다 완성되었습니다. 식사하러 가시기 전에 한 번 들러서 보아 주세요."

"가고말고. 지금 당장 가지."

두 사람은 건너가서 더 밝아 보이도록 문을 활짝 열어젖혔다. 니콜라우스는 그동안 잊어버릴 정도로 이 조각품의 진전 상태에 눈을 떼어 골드문트의 일을 방해하지 않았던 것이다. 그는 이제 주의 깊은 침묵 속에서 그 작품을 관찰했다. 무뚝뚝한 그의 얼굴이 차차 밝아지기 시작했다. 골드문트는 스승의 푸른 눈동자가 기쁨에 차오르는 것을 보았다.

"잘 됐다. 썩 잘 됐어. 골드문트, 이 작품으로 이제 직공은 졸업일세. 자네는 벌써 수업을 끝마쳤네. 나는 자네의 그 조각품을 조합 사람들에게 보여, 스승의 면허장을 내 주길 신청하겠다. 자네는 그만한 일은 해내었으니 말이야."

골드문트는 조합에 대해서 별 신통스레 보고 있지는 않았지만 스승의 말이 얼마만큼의 칭찬을 의미하고 있는가를 알고는 무척 기뻤다.

니콜라우스는 한 번 더 서서히 요한상 둘레를 돌아가면서 한숨과 함께 말을 내뱉었다. "이 형상은 경건함과 밝음에 꽉 차 있다. 엄숙하지만 그 속에는 행복과 평화가 충만해 있다. 매우 명랑하고 쾌활한 마음씨를 가진 사람이 이것을 만들었으리라고 생각할 거야"

골드문트가 빙그레 웃었다.

"제가 이 조각품에서 모델로 취한 것은 제 자신이 아니고 저의 친구라는 것을 당신은 알고 계십니다. 이 형상에 밝음과 평화를 가져다준 사람은 그 사람이지 제가 아닙니다. 이것을 만든 것은 사실 제가 아니고 그 사람이 저의 영혼 속에 이것을 가져다준 것입니다."

"그렇다고도 할 수 있겠지. 어떻게 이런 형상이 생겨날 수 있었는가는 하나의 비밀이다. 나는 겸손하지는 않지만 이렇게 말하지 않을 수 없단 말이야. 나는 기교나 정성에서는 뒤지지 않지만 진실성에서는 자네 작품에 못미치는 것들을 많이 만들었네. 아마 자네 자신도 이런 작품을 두 번 다시 만들어낼 수 없으리라는 것을 알 테지. 이것은 비밀이야."

"그렇습니다. 이 조각이 완성되자 저는 이런 작품을 또 만들지는 못할 것이라고 생각했습니다. 그렇기 때문에 스승님, 저는 곧 다시 방랑길에 오르리라 믿어집니다."

니콜라우스는 깜짝 놀라 마땅치 않은 듯 그를 노려보았다. 그의 눈은 다시 준엄성을 회복하였다. "그 말은 나중에 이야기하세. 자네에게는 지금부터 정말 일이 시작되는 거야. 지금은 정말 달아날 시기가 아니란 말이야. 하지만 오늘은 일을 좀 쉬게. 점심은 내 집에서 하도록 하세."

점심때, 골드문트는 머리에 빗질을 하고 말쑥한 차림으로 찾아갔다. 그는 스승의 식탁에 초대받아 가는 것이 어떤 의미를 갖고 있으며 또 얼마나 대단한 호의인지 알고 있었다. 하지만 입상들로 꽉 차 있는 복도를 향해서 계단을 올라갈 때 처음에 두근거리는 가슴을 안고 아담하고 고요한 방안으로 들어갔던 때만큼 그의 가슴은 존경과 불안스런 기쁨으로 가득차지는 않았다.

리스벳도 진한 화장을 하고 보석이 반짝거리는 목걸이를 달고 있었다. 식탁에는 잉어와 포도주 이외에 또 하나 뜻하지 않았던 것이 놓여 있었다. 스승이 그에게 가죽지갑을 선사한 것이다. 안에는 금화가 둘 들어 있었다. 완성시킨 조각품에 대한 보수였다.

부녀가 서로 이야기를 주고받는 사이, 골드문트는 이번에는 가만히 있지 않았다. 두 사람은 그에게 이야기를 걸어오며 잔을 서로 부딪혔다. 골드문트의 눈은 부지런히 움직였다. 그는 절호의 찬스를 놓치지 않고 품위있고 거만한 얼굴의 그 아름다운 처녀를 이리저리 뜯어보았다. 그의 두 눈은 그 처녀가 얼마나 그의 마음을 사고 있는지를 감추지 않았다. 그녀가 그에게 귀여운 모습을 보여 주기는 하였지만 얼굴이 빨개지기는커녕 따스한 느낌조차 주지 않는 데 크게 실망했다. 다시 한 번 그는 아름다운 이 얼굴이 이야기하고 또 그 비밀을 고백하도록 떼를 써보고 싶은 마음이 불현듯 일었다.

식사 후 그는 자리를 물러나 잠시 복도에 진열된 입상들을 구경했다. 오후에는 정처없는 건달처럼 걷잡을 수 없는 허전한 가슴을 안고 시내를 한 바퀴 돌았다. 그는 정말 예상 외로 스승한테서 크게 인정을 받았다. 그런데도 왜 그것이 그를 기쁘게 해주지 않았을까? 왜 첩첩이 쌓여 있는 그 경의가 속시원한 맛을 풍겨주지 않았던가?

얼핏 생각이 나서 그는 말을 빌려 가지고 그가 처음으로 스승의 작품을 보고 그의 이름을 얻어들은 수도원으로 몰고 갔다. 그 때는 불과 몇 해 전의 일이었지만 지금 생각하니 까마득한 옛날 같았다. 그는 성당에서 성모상을 발견하고 다시 자세히 살펴보았다. 이 작품은 오늘도 그때와 같이 그의 마음을 빼앗고 무서운 힘을 가지고 압도했다. 그것은 그의 요한상보다도 아름다웠다. 깊이와 신비에서는 그의 것과 같았으나 기교에서는 아무 데고 부자연스럽지 않고, 노련한 점에서는 그의 것보다 뛰어났다.

그는 지금 이 작품에서 예술가만이 볼 수 있는 면을 보았다. 차림의 미묘한 움직임, 기다란 두 손과 손가락의 대담한 형태, 통나무의 우연한 구조의 예민한 활용 등 여러 가지 아름다운 점은 전체와 환상의 단순함이나 깊이와 비교해 본다면 문제도 되지는 않았지만, 그래도 존재하고 있었으며 대단히 아름다웠다. 그것은 은혜받은 사람이라 하더라도 손재주를 근본적으로 해득하고 있을 경우에만 가능한 일이었다. 그런 것을 만들어낼 수 있으려면 그의 영혼 가운데 형상을 품고 있을 뿐만 아니라 눈과 손의 수련을 거듭해서 쌓아올리지 않으면 안 되었다. 하지만 체험과 관찰과 사랑에서 잉태할 뿐만 아니라 작은 것까지 완전한 솜씨가 가해져야 만들어질 수 있는 그런 아름다운 것을 한번 만들어 내기 위해서 자유를 희생하고 크나큰 체험을 희생해서 일생을 예술에 바치는 수고스러움이 과연 가치있는 일일까? 그것은 하나의 커다란 의문이었다.

골드문트는 밤도 이슥해진 뒤에야 지친 말을 끌고 시내로 돌아왔다. 어느 목로주점 하나가 아직 문을 닫지 않았기 때문에 거기 들어가서 빵과 포도주를 먹었다. 그런 다음 시장에 있는 그의 방으로 올라갔다. 그는 자신의 마음을 종잡을 수도 없었고 만사가 의혹으로 가득 차 있었다.

제 12 장

이튿날, 골드문트는 일터에 가볼 마음이 내키지 않았다. 마음 우울한 날 자주 그를 몰아내던 종전의 버릇이 시내를 한 바퀴 돌게 하였다. 그는 여인들이나 하녀들이 시장에 가는 것을 구경하기도 하며 특히 생선시장 우물가에 걸음을 멈추고 생선 장수나 선머슴 같은 아낙네들을 쳐다보기도 하였다. 그들은 생선전을 벌이고 흥정을 붙이며 은색의 차디찬 생선을 통 속에서 끄집어 내어 손님들에게 권하고 있었다. 생선들은 괴로운 듯 아가리를 벌리고 황금색 눈알을 불안스레 치뜨고 고요히 죽어 가거나 맥없이 허둥대며 죽음을 거역하고 있었다. 여태껏 몇 번이나 느껴왔지만 생선에 대한 동정과 인간에 대한 슬픈 불만이 그의 가슴에 충격을 주었다.

왜 그들은 이다지도 멍청하고 선머슴 같이 어리석을까? 왜 생선 장수도 그 아낙네들도 또 값을 깎는 손님들도 모두 다 눈치채지 못할까? 왜 이 생선의 아가리가, 죽음의 공포에 떨고 있는 눈알이, 한없이 버둥대는 꼬리가, 그 흉악하고 무익한 절망적인 싸움이, 말할 수 없이 아름답고 신비스러운 동물의 참을 수 없는 이 변화가, 가냘픈 마지막 맥박이, 하나하나 죽어가는 피부가 그리고 숨이 끊어져 전신을 뻗고 누워 흐뭇한 대식가(大食家)의 식탁을 위해 애처로운 토막 신세가 되어 가는 꼴이 그들의 눈에는 비치지 않는단 말인가? 그네들은, 이들 인간은 아무것도 보지 않고, 아무것도 모르고, 눈치채지 못하고, 아무 말도 그들 귀에 들어가지 않는다. 불쌍한 귀여운 동물이 그들 눈앞에서 죽어가든, 스승이 성자의 얼굴에다 인간 생활의 모든 희망이나 고귀함이나 괴로움이나 졸라매는 듯한 어두운 불안을 전신이 오싹하도록 뚜렷이 나타내

든, 그들에게는 마찬가지로 아무것도 보지 않고 아무것도 그들 마음에 충격을 주지 않는다! 그들은 모두 좋아하고 있거나 일을 하고 있으며, 점잔을 빼며, 서두르며, 울부짖으며, 웃으며 서로들 트림을 하며, 호들갑을 떨며, 익살을 부리며, 2페니 때문에 이빨을 내밀고 싸운다. 거기에 모두 기분이 좋아 자신과 세계에 크게 만족하고 있다. 그들은 돼지였다. 아니 돼지보다도 훨씬 더 흉하고 막되어 먹었더라! 아니, 아니 골드문트 자신 적지않게 자주 그들과 어울려 즐거운 기분에 날뛰며 처녀들 꽁무니를 쫓아다녔다. 연상 킬킬거리면서도 태연히 구운 고기를 접시에서 끄집어 내어 먹었다. 하지만 별안간 신들린 사람처럼 즐거움과 침착성을 잃고 마는 것이었다.

자기 만족이나 점잔을 빼는 것이나 영혼의 안일과 같은 개기름이 뚝뚝 떨어지는 자아도취는 언제나 그에게서 떨어지고 마는 것이었다. 그는 고독 속으로, 명상의 경지로, 유랑으로, 괴로움이나 죽음이나 일체 영위(營爲)에서 의심스런 점에 대한 관찰로, 심연의 응시에로 끌려가고 말았다. 그리하여 무의미한 것이나 무시무시한 것을 응시하는 데 절망적으로 몰두하고 있으면 느닷없이 어떤 기쁨이나, 과격한 연정이나, 아름다운 노래를 부르거나 스케치를 해보고 싶은 욕망이 불현듯 일어나는 것이었다. 꽃향기를 맡으며 고양이와 장난하고 있는 가운데 인생과 거짓 없는 화합을 회복하는 것이었다. 그것은 지금이라도, 내일이라도, 모레라도 회복할 것이다. 세계는 다시 좋아지고 들어맞을 것이다. 하지만 다시 정반대의 것이, 비애나 명상이나 죽어가는 고기라든지 시들어 가는 꽃에 대한 절망적이요, 동시에 가슴 쓰린 사랑이나 돼지처럼 멍청하게 아무것도 보지 않고 할일 없이 밥만 먹고 사는 인간에 대한 공포 등이 되살아오는 것이었다. 그럴 때는 한결같이 쓰디쓴 호기심과 가슴을 쥐어뜯는 깊은 상처로써, 그가 갈빗대 사이에 칼을 찔러 전나무 가지 위에 피투성이를 만들어 놓고 와 버린 유랑 학생 빅토르를 생각하지 않을 수 없었다. 대관절 빅토르는 어떻게 되었을까? 산짐승들한테 송두리째 먹히고 말았을까? 이렇게 그는 생각을 더듬어 나가지 않을 수 없었다. 그리고 그 뼈는 어떻게 되었을까? 그것이 형태를 잃고 흙으로 화할 때까지는 얼마쯤 걸릴까? 몇십 년, 안 그러면 불과 몇 년?

아, 오늘도 동정의 시선을 고기한테 보내고 구역질나는 것을 참으며 눈으로 시장 상인들을 노려보고 있었다. 지레 죽을 듯한 우울증과 세계나 자기 자신에 대한 쓰디쓴 적개심으로 가슴이 꽉 차오를 때면 또 빅토르를 생각하지 않을 수 없게 된다. 어쩌면 그는 발견되어 묻혀지지 않았을까? 만일 그렇다면 지금쯤 살덩이가 말짱하게 뼈에서 떨어졌을까? 그리고 죄다 썩어서 벌레한테 먹히고 말았을까? 대머리에는 머리카락이, 눈두덩 위에는 눈썹이 아직 남아 있을까? 모험과 사건과 놀랄 만한 익살이나 농담의 기특한 유희에 충만해 있었던 빅토르의 생활 가운데서 대체 무엇이 남아 있다는 말인가? 살해자가 가지고 있는 몇 가지 단편적인 추억 이외에 보통 사람 같지 않았던 이 인간의 존재 가운데서 어느 무엇이 생존을 계속하고 있을까? 그가 여태 사랑한 여자들의 꿈속에 빅토르와 같은 인간이 있을까? 아, 온갖 것은 지나가고 흘러가 버렸다. 모든 것은 그같이 되었다. 이내 피었다가 이내 시들고 말아, 그 뒤에 눈이 쌓였다. 몇 년 전, 예술에 대한 열망과 니콜라우스 스승에 대한 불안하고 깊은 존경을 어찌할 길이 없어 이 도시를 찾아왔을 때, 그 자신의 가슴 속에는 세상이 얼마나 아름다운 꽃이 되어 피어 있었던가! 하지만 그 중에서 무엇이 아직 살아남아 있는가? 불쌍한 빅토르의 모습 이외에 아무것도 남아 있는 것이 없었다. 누구라도 좋으니 그때 그에게, 니콜라우스가 그를 자기와 동등한 사람이라고 인정하여 조합에 그를 위해 스승의 면허장을 요구하는 날이 오리라고 말해 주었더라면 그는 이 세상의 모든 행복을 손아귀에 쥐었다고 믿었을 것이다. 하지만 이제와서 보면 그것도 시든 꽃, 말라 버린 것, 고독한 것에 지나지 않았다.

그런 생각을 하고 있을 때, 골드문트는 별안간 하나의 얼굴을 보았다. 그것은 단지 순간적인 일이요, 실룩거리는 번뜩임에 불과했지만 생명의 심연에 웅크리고 앉은 이브의 얼굴을 본 것이었다. 지워져 가는 미소를 띠며 아름답고 끔찍한 눈초리로 출생, 죽음, 꽃, 속삭이는 가을 잎새, 예술, 부패를 향해서 빙그레 웃음 짓고 있는 얼굴을 본 것이었다. 인류의 어머니한테는 만사가 다 마찬가지였다. 그 불쾌한 미소는 달처럼 만물 위에 걸려 있었다. 우울하게 명상에 잠겨 있는 골드문트도 생선 시장의 돌바닥 위에서 죽어 가는 잉어나 마찬가지로 쌀쌀맞고 그 앙큼스런 처녀 리스벳도, 지난번에 그의 금화를 훔치고 싶어 못견딘 빅토르의 뼈나 마찬가지로 이브한테는 사랑스런 존재였다.

벌써 번뜩임은 사라지고 신비스러운 어머니의 얼굴은 안개 걷히듯 사라져 버렸다. 하지만 그 창백한 빛은 골드문트의 영혼 한가운데서 빛을 끄지 않고, 생명과 고통과 숨막히는 그리움의 큰 파도가 되어 그의 가슴을 도려내듯 흘러내렸다. 아니, 그는 생선 장수나 시민이나 부지런한 사람들과 같은 부류들의 행복과 배부름을 바라지 않았다. 그런 것들은 아무려면 어떠랴. 아, 실룩거리는 창백한 이 얼굴, 무르익어 통통한 늦여름과 같은 입, 무거운 그 입술 위에 이름 지을 수 없는 죽음의 미소가 바람과 달빛처럼 달려가 버렸다.

골드문트는 스승이 사는 집 쪽으로 걸음을 옮겼다. 점심때여서 안에서 니콜라우스가 일을 끝내고 손을 씻는 소리가 들릴 때까지 기다리다가 다가갔다.

"말씀드릴 게 있어서 왔습니다. 스승님. 손을 씻으시고 저고리를 입으실 때까지의 시간이면 다 되는 것입니다. 저는 한 숟가락이라도 좋으니 진실을 맛보고 싶습니다. 지금 말씀드리는 것은 이 다음에는 두 번 다시 말씀드릴 수 없는 것입니다. 저는 한 사람의 인간과 이야기하지 않고는 못 견딜 지경입니다. 선생님은 그것을 이해하실 수 있을지도 모르는 유일한 분입니다. 유명한 일터를 가지고 있는 분, 사방의 도시나 수도원에서 많은 의뢰를 받고 있는 분, 두 사람의 조수와 훌륭하고 아무 아쉬운 것 없는 가정을 가지신 분, 그런 사람을 향해서 말씀드리는 것이 아닙니다.

제가 알고 있는 제일 아름다운 조각품, 즉 저 수도원의 성모상을 만드신 선생님께 말씀드리는 것입니다. 저는 이분을 사랑하고 받들어 그분처럼 되는 것이 이 세상에서 저의 최대의 목표인 것 같았습니다. 저는 지금 하나의 조각품, 요한상을 만들어 놓았습니다. 선생님의 성모상만큼 완전무결하게 만들 수 없었습니다만 그와 유사하게는 되었습니다. 다른 입상은 만들 수도 없습니다. 제게 요구하여 그것을 만들라고 강요하는 그런 입상은 존재하지도 않습니다. 오히려 요원하고 거룩한 하나의 입상이 존재하고 있습니다. 그것은 제가 언제든지 한번 만들어 내지 않으면 안 될 것입니다. 하지만, 지금은 만들 수가 없습니다. 그것을 만들기 위해서는 저는 더욱 많은 경험과 체험을 쌓지 않으면 안 될 것입니다. 3년이나 4년 안에 만들 수 있을지, 10년 뒤 혹은 더 늦어질지도 모르며 결국 안 될지도 모릅니다. 하지만 선생님, 저는 그때까지 손일을 하거나 입상에 락카칠을 하거나 설교단을 문지르기가 싫습니다. 일터에서 직공 생활을 하기도, 돈을 벌기도, 보통 직공들처럼 되기도 싫습니다. 저는 방랑하고 여름과 겨울을 느끼며 세상을 구경하고 그 세상의 아름다움과 무서움을 맛보고 싶습니다. 배고픔과 갈증에 허덕이고, 여기 선생님 슬하에서 생활하고 습득한 모든 것을 잊어버리고 해방되고 싶습니다. 저도 언제 한 번은 선생님의 성모상처럼 아름답고 깊이 마음을 감동시키는 것을 만들고 싶습니다만 선생님처럼 되고, 선생님과 같은 생활방식을 취하고 싶은 욕망은 추호도 없습니다."

스승은 손을 씻고 물기를 닦은 다음 돌아서서 골드문트를 쳐다보았다. 그의 얼굴은 정색을 하고 있었으나 노하지는 않았다.

"자네 이야기는 다 들었다. 이제 어지간히 해두자. 일은 얼마든지 있긴 하지만 너한테 시키고 싶지는 않네. 나는 너를 조수로 보고 있지는 않단 말이야. 너는 자유가 절실히 필요하다. 이봐 골드문트. 나는 여러가지 것에 대해서 너하고 의논하고 싶단 말이야. 아니, 지금은 아니고 한 이틀 사이에. 그간 너는 마음대로 시간을 보내려무나. 이봐, 나는 너보다 훨씬 나이깨나 먹고 여러 가지를 경험도 해왔단다. 나는 너하고 생각은 다르지만 네 기분이나 생각은 알겠네. 한 이틀 안에 너를 부르러 보낼게. 네 장래에 대해서 이야기해 보자. 나는 여러 가지 계획을 가지고 있다네. 그때까지 참는다면 어떨까! 마음을 기울이고 있던 작품을 완성시켰을 때, 그때 기분이 어떤가를 나는 충분히 알고 있어. 그 허전함을 알고 있어. 하지만 그것도 지나면 아무것도 아니야."

골드문트는 어수선한 마음으로 그 자리를 떴다. 스승은 그에게 호의를 가지고 있기는 하지만 그것이 그에게 무슨 소용이 있을까?

시냇가에 그가 즐겨 찾는 곳이 있었다. 그곳은 물이 그리 깊지도 않고, 허접쓰레기나 폐물들이 꽉 차 있는 바닥 위를 힘차게 흐르고 있었다. 어부들이 살고 있는 여러 집들이 그 시내 속으로 여러 가지 잡동사니를 버렸다. 그곳을 찾아 둑에 자리를 잡고 앉아 물 속을 들여다보았다. 그는 물을 무척 좋아하는 편이었다. 어떤 물도 그의 마음을 끌었다. 마치 수정의 실 같은 물 속에 시선을 던져보니 잘 보이지도 않는 어둠침침한 밑바닥 여기저기에 무언지 어슴푸레 황금빛을 던지며 반짝반짝, 마치 사람의 마음을 홀리듯이 비치는 것이 보였다. 분명히 뭐라고 말할 수는 없었지만, 낡은 쟁반이 부서진 것이나 팽개쳐 버린 굽은 낫이거나 투명하고 미끄러운 돌멩이거나 유리를 입힌 벽돌 같았다. 때로는 연꽃 줄기 같은 것인지도 몰랐다. 혹은 전어란 놈이 밑에서 돌아누워서 하얀 배와 비늘에 잠시 광선을 받았는지도 몰랐다. 과연 무엇인지 똑똑히 구별할 수는 없었으나 까만 물 밑에 가라앉은 황금 보물처럼 어렴풋이 잠깐 비친다는 것은 이상스레 아름답고 매혹적이었다.

진짜 비밀이나 영혼의 실제 형상은 사소한 이런 물의 비밀과도 같다는 생각이 들었다. 말하자면 윤곽도 형태도 없이 요원하고 아름다운 가능성을 잠시 비춰줄 뿐 포장으로 둘러쳐 있고 뜻도 애매하였다. 푸른색 시내 밑바닥의 어둠 속에서 잠시 동안 형상키 어려운 황금색이나 혹은 은색을 지닌 무엇이 반짝 비쳐온다. 그것이 아무것도 아니라 하더라도 매우 고마운 약속에 충만해 있다는 것은, 마치 반쯤 뒤에서 쳐다본 어떤 사람의 어렴풋한 옆모습이 때로는 한없이 아름답거나 듣도보도 못한 슬픈 무엇을 알려 주는 것과 같았다. 혹은 밤길을 가는 짐 실은 수레 밑에 달린 램프가 수레바퀴가 회전하는 거대한 그림자를 벽에 대고 그리는 것처럼, 그 그림자의 움직거림이 1분간 베르길리우스의 작품 전체와 마찬가지로 수많은 정경이나 사건, 이야기에 충만할 때도 있었다. 꿈같은 비현실적인 마법의 소재로 짜여져 있었다. 그것은 무(無)이면서도 세상의 모든 형상을 내포하고 있었다. 투명한 것 속에 모든 인간과 동물과 천사와 마귀의 형태를 항상 깨어 있는 가능성으로써 다루고 있는 물과 같은 것이었다.

다시 그는 그 현상에 몰두했다. 자신을 망각하고 흐르는 시냇물을 가만히 보았다. 형태도 없는 미광이 물바닥에서 떨고 있는 것이 보였다. 왕관이나 발가벗은 여자의 어깨가 감실거리는 듯했다. 한때 말브론에 있었던 때 라틴어나 그리스어의 글자 속에서 똑같은 형태의 꿈과 변화의 마술을 본 기억이 떠올랐다. 그때 그것을 두고 나르치스와 이야기한 적은 없었던가? 아, 그것은 언제쯤이었던가? 몇백 년 전의 일이었을 테지? 아, 나르치스! 그를 만나, 그와 한 시간 동안 이야기하고, 그의 손을 잡고, 차분하고 영리한 그의 목소리를 들을 수가 있다면 골드문트는 기꺼이 금화 두 개를 던지기를 사양치 않았을 것이다.

물밑의 금빛 반짝거림이나 그림자나 움직이는 생각 등, 비현실적이요 요정의 환상과 같은 모든 것이 어쩌면 이다지도 아름다울 수가 있을까. 그들은 예술가들이 만들 수 있는 아름다운 것들과 정반대인데도 도대체 어쩌면 그렇게도 아름답고 또한 즐거울까? 그 이름지을 수 없는 아름다움은 모두 형태라는 것이 없고 완전히 신비에서만 성립되었는데도, 예술품의 경우는 이와 정반대로 철두철미 형태였으며, 철두철미 뚜렷한 언어를 발산하고 있었다. 스케치되었거나 통나무에 새겨진 머리나 입의 선만큼 가치 없고 명확한 것은 없었다. 정확하게 또 극도로 정밀하게 그는 니콜라우스의 작품, 마리아상의 아랫입술이나 눈꺼풀을 묘사할 수가 있었다. 거기에는 애매하다거나, 형태가 없는 것은 하나도 없었다.

골드문트의 생각은 계속 거기에 집중되어 갔다. 가장 명확하고 형태가 뚜렷한 것이 가장 파악하기 힘들고, 형체도 없는 것과 아주 동일한 작용을 영혼에 끼친다는 것이 어찌하여 가능한지 그에게는 분명치 않았다. 그런데도 그런 생각에 계속 집중할 동안 한 가지는 명백해졌다. 즉 어디 하나 비난의 여지가 없고 잘 만들어진 예술작품 대부분 전혀 그의 마음에 흡족하지 못하고 일종의 아름다움이 있는데도 지루하고 거의 밉살스럽게 생각되는 이유를 알게 되었다. 일터나 성당이나 궁전은 그런 불쾌하기 그지없는 예술품으로 꾸역꾸역 차 있었다. 그 자신도 그 중 몇 개를 만드는 데 협력하였다. 그런 작품은 최고의 것으로 욕망을 돋우면서도 그것을 충족시키지 못하고 그런 작품에는 신비라는 주제가 결여되어 있기 때문에 심한 환멸감을 갖게 만들었다. 다시 말하면 꿈과 최대의 예술 걸작이 공통으로 가지고 있는 신비에 불과한 것이었다.

골드문트의 생각은 계속되었다. 내가 사랑하고 그 뒤를 밟고 있는 것은 신비라는 것이다. 나는 자꾸 신비가 번뜩이는 것을 보았다. 언제든 가능한 날이 오면 이 신비를 예술가로서 표현하고 이야기를 시키고 싶다. 그것은 위대한 산모 이브의 자태다. 그 신비의 본질은 다른 형상과는 달라서 이런저런 개개의 점, 특별히 풍만하다거나 수척하다거나 선머슴 같다거나 뛰어나다거나 힘차다거나 우아하다는 그런 것이 아니다. 다른 경우에는 융합하기 어려운 세상에서 최대의 대립, 즉 출생과 사망, 호의와 잔인, 생명과 파괴 등이 이 형체 속에서는 휴전조약을 맺고 공존하고 있다는 점에 있는 것이다. 내가 이런 형체를 생각해낸 것이라면, 또 그것이 단지 나의 생각의 유희거나 야심에 차 있는 예술가의 소망에 불과한 것이라면, 그다지 섭섭하지도 않고 그 결점을 깨달아 그 형상 자체도 잊을 수가 있었을 텐데. 하지만 이브는 생각이 아니다. 나는 그것을 생각해낸 것이 아니라 본 것이기 때문에! 그것은 나 자신 속에 살아 있다. 나는 그것을 몇 번이나 만나본 일이 있다. 내가 처음으로 이브를 어렴풋이 감지한 것은 겨울 밤, 어느 마을에서 순산하는 농부의 아내의 침대 위에서 등잔을 들고 있지 않으면 안 되었을 때였다. 그때 이브의 형상이 나의 마음속에서 생명을 갖기 시작하였다. 그것은 간혹 한참 동안 멀리 가버려 눈에 보이지 않지만 어느 틈에 또 눈부실 정도로 나타난다. 오늘도 그렇다. 한때는 내가 가장 사랑하는 형상이었던 나 자신의 어머니 형상이 이 새로운 형상에 송두리째 변신하고 말아 버찌처럼 그 속에 들어가 있다. 그는 이렇게 생각을 더듬었다.

그는 지금 분명히 그의 현재 상황의 결정에 대해 불안을 느꼈다. 그는 지금 나르치스와 수도원에서 이별하던 그때에 못지않게 중대한 행로에, 즉 어머니를 향한 행로에 서 있었다. 아마 언제든 한 번은 이 어머니가 모든 사람의 눈에 보이는 형성화된 형상으로, 그의 두 손이 빚은 작품으로 나타날 테지. 아마 거기에 목표가 있고, 그의 생활의 의미는 거기에 숨어 있으리라. 아마 그것은 그도 알 수 없었으나 하나만은 알고 있었다. 즉, 어머니를 따르고, 어머니를 향해서 걸어가고, 어머니한테 끌려가고, 어머니에게서 불리어지고 하는 것은 좋기도 했고 그것이 생명이었다. 아마 그는 어머니의 형상을 만들지는 못하리라. 어머니는 언제나 자꾸자꾸 꿈으로만, 예감으로만, 유혹으로만, 거룩한 비밀의 황금빛 반짝거림으로만 도사리고 있을 것이다. 하지만 지금은 어머니를 따라야 하였으며 그의 운명을 어머니에게 맡기지 않으면 안 되었다. 어머니는 그의 별이었다.

지금이야말로 결정이 그의 눈앞에 다가와 있었다. 모든 것은 명백해졌다. 예술은 아름다운 것이지만 여신도 아니요, 목표도 아니었다. 적어도 그에게는 그렇지 않았다. 그가 따라가지 않으면 안 되는 것은 예술이 아니요 어머니의 부르는 소리였다. 손가락을 더 교묘하게 해주는 것이 무슨 소용이 있나? 그것이 어디까지 가는가 하는 것은 니콜라우스 스승의 예를 보아서도 알 수 있었다. 명예와 명성과 돈의 여유는 안정된 생활에 이르게 함과 동시에 그 신비를 터놓는 유일한 방법인 내적 감각을 고갈시키고 위축시키는 데 이른다. 값비싸고 예쁜 장난감을, 예를 들면 각종 사치스런 제단이나 설교단이나 성 세바스찬이나 한 개에 4탈레짜리 예쁘장한 곱슬머리 천사의 머리를 만들게 된다. 정말이지 잉어 눈 속의 황금빛이나 나비의 날개 가장자리에 있는 달콤하고 엷은 은색의 잔털 같은 것은 예술작품으로 가득찬 홀 전체보다도 한없이 아름답고 생명이 약동하고 훌륭하였다.

어떤 소년 하나가 노래를 부르면서 둑길을 따라 내려오고 있었다. 가끔 노래는 멎었다. 소년은 손에 들고 있던 커다란 흰 빵을 물어뜯었다. 골드문트는 소년을 보자 빵을 한 조각 달라고 부탁했다. 그는 손가락 두 개로 부드러운 쪽을 뜯어 그걸로 조그만 공을 만들었다. 그는 둑에 나서서 공 모양의 빵을 한 개씩 천천히 물 속에 집어던졌다. 어두컴컴한 물 속에서 하얀 공이 가라앉자 얼른 몰려드는 고기들이 그것을 둘러싸는 것을 보았다. 결국 어느 한 놈의 아가리에 삼켜지고 말았다. 동그란 공이 차례차례로 가라앉아 사라지는 것을 깊은 만족감을 가지고 바라보았다. 그런 다음 그는 시장기를 느끼고 그의 애인을 찾아갔다. 푸줏간의 식모로 있는 여자로 그는 그 여자를 '소시지와 햄의 여왕'이라고 불렀다. 평소의 휘파람으로써 그 여자를 부엌 창문으로 꾀어 무엇이든 요기가 될 만한 것을 얻어 가지고 시내 저쪽의 포도밭에 올라가서 먹어치울 작정이었다. 포도밭의 기름지고 빨간 흙이 살찐 포도나무 잎새 밑에서 힘차게 빛나고 있었다. 봄이면 거기에는 포도 냄새를 은근히 풍겨주는 파랗고 조그만 히아신스가 피었다.

하지만 오늘은 결의와 각성의 날인 것 같았다. 카트리네가 창문에 나타나 야무지고 약간 선머슴 같은 얼굴로 이쪽을 향해서 웃어주었기 때문에 신호를 하기 위해 손을 뻗었는데 대뜸 그는 전에 똑같이 여기 서서 그 여자를 기다렸던 때를 머릿속에 그려보지 않을 수 없었다. 동시에 지루할 만큼 확실하게 이후로 몇 분간 일어날 모든 광경이 벌써 눈앞에 나타났다. 그 여자는 그의 신호를 알아차리면 얼른 들어가서 집 뒷문으로 뭔가 불에 구운 것을 손에 들고 나타날 것이다. 그는 그것을 받아들고 동시에 그 여자의 손을 어루만져 주며 그 여자가 기대하는 대로 그녀의 손을 제 몸에 지그시 눌러줄 것이다. 그러나 이런 몇 차례 경험의 기계적인 과정을 반복하여 그 속에서 그의 역할을 연출한다, 소시지를 받아든다, 힘찬 유방이 지그시 눌려오는 것을 느낀다, 답례라도 하듯이 약간 눌러주는 그런 것이 별안간 너무나 어리석고 추잡한 것 같았다. 그는 갑자기 그 여자의 선량하고 선머슴 같은 얼굴에서 혼이 빠진 습관과 표정을, 그 여자의 정다운 웃음 속에서 너무나 자주 본 것 같은 것을, 무슨 기계적인 것을, 신비스럽지 않은 것을, 그에게 적합하지 않는 것을 본 것 같았다.

그는 평상시의 암호를 끝까지 손으로 그릴 수가 없었다. 그의 얼굴에서 웃음이 얼어붙어 버렸다. 그가 아직도 그 여자를 사랑하고 있단 말인가? 아직도 열렬하게 그 여자를 탐내고 있단 말인가? 아니, 그는 너무나 자주 이곳을 찾아왔고, 너무나 자주 똑같은 웃음을 보아왔고, 그냥 거기 답해준 것뿐이다. 어제까지도 주저하지 않고 할 수 있었던 것이 오늘은 별안간 불가능해졌다. 식모는 아직도 서 있었으나, 그는 싹 돌아서서 이제 두번 다시는 나타나지 않을 결심을 하고 골목길 안으로 모습을감추고 말았다. 어떤 다른 놈이 그 젖가슴을 어루만질 테지! 어떤 다른 한량놈이 그 맛있는 소시지를 먹게 되겠지! 몽땅 뒤집어보면, 이 개기름이 번질번질하고 아무 불만 없는 도시에서 뭘 그리 매일매일 처먹기만 하고 낭비만 일삼았던가! 돼지 같은 이곳 사람들은 왜 그리 게으르고, 사치스럽고, 성미가 까다로울까! 그들 때문에 매일같이 수많은 돼지와 송아지들이 도살당하고 수많은 가엾고 연약한 생선들이 시내에서 낚아지는 것이다. 그리고 그 자신도 얼마나 사치에 물들고 타락한 신세가 되고 말았는가! 그는 이 개기름이 번지르르한 시민들과 얼마나 구역질이 날 정도로 닮아 있는가! 그래도 유랑하던 때, 눈으로 하얗게 뒤덮인 들판에서는 바싹 마른 오얏이나 묵은 빵껍질까지도 여기서 편안하게 생활하며 맛보는 조합의 회식보다도 단맛이 있었다. 오, 유랑이여! 자유여! 달빛이 교교한 황무지여! 회색으로 흠뻑 젖은 아침의 풀 속에서 자세히 들여다본 동물의 발자국이여! 이곳 도시의 시민들간에는 만사는 매우 뜻대로 되고 값도 싸기도 했다. 사랑마저도. 그는 그러한 것에는 이제 싫증이 났다. 그는 별안간 그런 것에 침을 내뱉었다.

이곳 생활은 이제 의의를 상실하고 말았다. 그것은 앙상한 뼈였다. 스승이 모범이 되고, 리스벳이 공주였을 동안에는 그 생활도 아름다웠고 의의도 있었다. 그가 요한상을 만들고 있을 동안은 그래도 참아왔다. 이제는 그것도 끝나고 향기는 밑바닥을 드러내고 꽃은 시들고 말았다. 한없이 그를 괴롭히고 도취시키기를 그치지 않던 무상의 감정이 심한 파도로 그를 사로잡고 말았다. 온갖 것은 순식간에 시들고, 온갖 흥미를 순식간에 잃고 말았다. 뼈와 먼지밖에 아무것도 남지 않았다. 하지만 유일하게 남은 그것은 영원의 어머니, 슬픈 사랑의 미소와 흉한 사랑의 미소를 머금은 태고의, 그리고 영원히 앳된 어머니였다. 잠시 동안 다시 그는 그 어머니를 보았다. 머리카락 속에 별을 이고 있는 거대한 여인이었다. 세상의 끝에서 꿈꾸듯 웅크리고 앉아 꽃을 하나씩 하나씩, 생명을 하나씩 하나씩 따서는 천천히 그것을 바닥 없는 나락으로 떨어뜨리는 것이었다.

골드문트가 시든 한 가닥 생명이 자신의 등뒤에서 퇴색하여 가는 것을 보며 고별의 슬픈 어지러움 속에서 정든 그 마을을 떠돌고 있을 때 니콜라우스 스승은 골드문트의 장래를 걱정하며 안절부절 못하는 이 손님을 언제까지나 정착시키기 위해서 무진 애를 쓰고 있었다. 그는 골드문트를 위해 스승의 면허장을 발부하도록 조합을 설득하는 것은 물론이요, 또 그를 제자로서가 아니고 협력자로서 영속적으로 자기 집에 붙들어 놓고 주문에 대해서는 일일이 그와 의논해서 만들고 수입의 분배자로 삼을 계획을 세웠다. 그것은 리스벳을 위해서도 모험일지 몰랐다. 물론 그렇게 되면 이 젊은이는 그의 사위가 될 것이다. 하지만 요한상과 같은 조각품은 니콜라우스가 여태껏 고용한 제일 솜씨 있는 조수도 결코 만들 수 없는 것이었다. 게다가 그 자신은 나이가 들고 착안과 창작력에 부족함을 느끼고 있었다. 더군다나 그의 유명한 일터가 그저 너절한 수공업으로 전락하는 것을 보기가 싫었다. 골드문트를 상대하기가 힘들어도 큰 마음먹고 해보지 않으면 안 되었다.

그래서 스승은 곰곰히 계산해 보았다. 골드문트를 위해서 뒤뜰에 있는 일터를 개조 확대하고 다락방을 그에게 내주자. 조합에 가입시키기 위해 새옷을 그에게 보내주자. 미리 리스벳의 의견도 물어 보았다. 리스벳은 지난번에 점심을 같이 한 뒤로 똑같은 것을 기대하고 있었다. 과연 리스벳은 아무 반대도 하지 않았다. 그 젊은이가 정착하여 스승이라 불리어지게 된다면 그 여자는 그에게 아무 불만이 없었다. 이 점에서도 아무런 장애는 없었다. 니콜라우스 스승과 그의 솜씨는 이 집시를 길들이지 못한다 하더라도 리스벳이라면 꼭 성공하겠지.

이렇게 만사는 꾸며져서 목표로 하는 새를 위해 미끼가 그물 뒤에 교묘하게 달려 있었다. 어느날부터인가 모습을 나타내지 않는 골드문트를 부르러 보냈다. 그는 또 식사에 초대받고는 옷을 손질하고 머리칼을 다듬은 다음 나타났다. 아름답게 새로 단장한 방안에 앉아서 스승과 그의 딸과 잔을 나누었다. 드디어 딸이 자리를 뜨고 니콜라우스가 그의 크나큰 계획과 제안을 끄집어 내었다.

"자네는 내 말을 이해하여 주겠지." 스승은 뜻밖의 고백을 한 다음 이렇게 말을 덧붙였다. "말할 것도 없지만, 젊은 사람이 일정한 수업 연한도 마치지 않고 이렇게 빨리 스승이 되어 따뜻한 둥지 속에 들어간 예는 여태껏 없었던 일이야. 크게 성공했다고나 할까, 골드문트."

놀랍고 답답한 마음으로 골드문트는 스승의 얼굴을 빤히 쳐다보며 아직도 반이나 남아 있는 잔을 옆으로 밀쳐 버렸다. 실은 건

달처럼 나날을 보냈기 때문에 니콜라우스한테 지독한 잔소리나 듣고 조수로서 스승의 집에 남아 있으라는 제안을 받을 줄로만 알았다. 하지만 사태는 이 지경이 되고 말았다. 스승과 이렇게 마주앉아 있지 않으면 안 된다는 것은 슬프기도 하고 답답한 일이었다. 그는 얼른 대답할 말을 찾지 못했다.

스승은 파격적인 그의 제안이 냉큼 환희와 겸양으로써 받아들여지지 않자 다소 긴장하고 실망한 표정으로 일어서면서 말했다.

"나의 제안이 뜻밖이기 때문에 우선 자네는 잘 생각해 보는게 좋겠지. 그게 내 마음에 좀 들지 않는단 말이야. 자네가 크게 기뻐할 줄 알았는데. 하지만 별것 아냐. 그럼, 생각할 시간을 주지."

"선생님," 골드문트가 어렵게 말했다. "진정하십시오! 선생님의 호의에 대해서 진정으로 감사드립니다. 그 이상으로 이 못난 저를 제자로서 대우하여 주신 선생님의 인내심에 대해서도 감사를 드립니다. 선생님한테서 입은 은혜를 저는 결코 잊지 않을 겁니다. 하지만 생각할 시간이 필요하지 않습니다. 저는 이미 결심했습니다."

"어떻게 결심했나?"

"선생님의 초대에 따르기 전에, 선생님의 배려에 찬 제안을 알기 전에 저는 결심했습니다. 저는 더이상 여기 있지 않을 겁니다. 저는 떠나렵니다."

얼굴이 창백해진 니콜라우스는 어두운 눈으로 그를 쳐다보았다.

"선생님," 골드문트가 애달프게 호소했다. "선생님께 심려를 끼쳐 드리고 싶지 않습니다! 저의 결심을 선생님께 말씀드렸을 뿐입니다. 그것을 변경할 마음은 없습니다. 저는 떠나지 않으면 안 됩니다. 방랑길을 떠나야 합니다. 자유를 찾아가야 합니다. 한 번 더 진정으로 드리는 감사를 받아 주십시오. 그리고 서로 정답게 헤어지기를!"

그는 스승에게 손을 내밀었다. 눈물이 금세 쏟아질 듯했다. 니콜라우스는 그의 손을 뿌리쳐 버렸다. 얼굴색이 창백해지고 분노 때문에 거친 발자국 소리를 내며 방안을 빠른 걸음으로 왔다갔다 하기 시작했다. 골드문트는 스승의 그런 모습을 여태껏 보지 못했다.

그러다가 스승은 별안간 발걸음을 멈추고 갖은 힘을 다 해서 자신을 억제하며 골드문트의 얼굴도 보지 않고 이빨 사이로 토해내듯 말했다. "좋다, 그럼 가! 빨리 가! 네 얼굴을 두 번 다시 보지 않겠다! 내가 나중에 후회할 만한 것을 하거나 이야기하지 않도록! 가!"

또 한 번 골드문트는 스승에게 악수를 청했다. 스승은 내민 손에 침이라도 뱉을 듯했다. 똑같이 얼굴이 핼쑥해진 골드문트는 돌아서서 살며시 방을 나왔다. 바깥에서 모자를 쓰고 조심스럽게 계단을 내려갔다. 내려가면서 조각한 지주(支柱)의 머리 위에 손을 대어 보았다. 다 내려서자 조그만 안마당 일터에 들어가 잠시 요한상 앞에 서서 이별을 고했다. 지난번에 기사의 성과 가엾은 리디아한테서 떠날 때보다 더한 깊은 상처를 가슴에 안은 채 집을 등졌다.

생각보다 빨리 진행되었다! 소용없는 말은 조금도 하지 않았다! 그것이 마음을 위로해 주는 유일한 생각이었다. 문지방을 넘고 바깥에 나서니 골목길과 시내가 별안간 변해서 서먹서먹한 얼굴색을 하고 그의 눈을 빤히 쳐다보았다. 우리의 마음이 익숙한 것들과 이별을 하게 되면 그런 표정을 하는 것이다. 그는 고개를 돌려서 현관문을 힐끔 쳐다보았다. 이제 아무 인연도 없고 그에게는 단단히 자물쇠를 채워놓은 집의 문이 되어 버렸다.

방안에 들어서자 골드문트는 떠날 차비를 차렸다. 물론 그다지 준비할 것은 없었다. 이별을 알리는 것 이외에 아무 할 일도 없었다. 벽에 자신이 그린 그림이 한 장 걸려 있었다. 부드러운 마돈나였다. 그의 소유물인 물건들이 걸려 있었고 여기저기 흩어져 있기도 했다. 손님으로 갈 때 쓰는 모자, 한 켤레의 댄스용 신발, 한 꾸러미의 도화지, 조그만 기타, 그가 빚은 조그만 점토상 몇 개, 애인들한테서 받은 선물인 조화 다발, 루비같이 빨간 술잔, 하트형의 딱딱한 꿀과자 등 잡동사니들이었다. 그 어느 것에도 뜻이 있고, 내력이 있고, 그리운 것이지만 지금은 몽땅 성가신 허잡쓰레기들이었다. 그 중 어느 하나도 가지고 갈 수는 없었으므로, 겨우 집주인한테 가서 루비 술잔을 강하고 아주 멋진 사냥칼과 바꾸어 가지고 안마당의 숫돌에 날을 세웠다. 꿀과자는 부숴 가지고 옆집 닭장에 쏟아 넣었다. 마돈나상은 하숙집 안주인에게 주고 그 대신 쓸모 있는 것들로 바꾸어 받았다. 낡은 여행용 멜빵이 달린 가죽가방과 휴대식량을 잔뜩 얻었다. 가방 속에다 그가 가지고 있는 두세 벌의 내의와 빗자루 대에 둘둘 감은 몇 장의 조그만 스케치와 그 밖의 식량을 넣었다. 다른 잡동사니는 남겨두지 않으면 안 되었다.

이별을 알려야 할 여자가 시내에 몇 사람 있었다. 그 중 한 사람과는 어제 저녁에 함께 있었지만 그의 계획에 관해서 한 마디도 말하지 않았다. 막상 봇짐을 싸짊어지자 발꿈치에 엉켜붙는 것이 하나둘이 아니었다. 그것을 정색으로 받아들여서는 안 된다. 그는 집안 사람들한테만 작별인사를 하고 다른 사람은 찾지도 않았다. 새벽에 떠날 수 있도록 밤에 그렇게 해두었다.

그렇지만 어디 그런가! 아침에 그가 막 가만히 집을 빠져나가려고 하는데, 아니나다를까 누가 일어나서 그를 부엌으로 불러들여 우유 스프를 대접하는 것이었다. 이 집 딸로 열다섯 살 되는 소녀였다. 시원한 눈매를 가지고 있었으나 허리 관절을 다쳐 다리를 절름거렸다. 마리라는 이름의 소녀는 밤을 새운 듯 핼쑥했으나 단정한 차림에 머리에 빗질을 잘 하고 있었다. 소녀는 부엌에서 따뜻한 우유와 빵을 가져다 주며 그가 떠나는 것을 매우 서운하게 생각하는 모양이었다. 그는 소녀에게 고맙다는 인사를 하고 동정심을 잔뜩 담고 가느다란 입술에 이별의 키스를 해주었다. 소녀는 단정한 맵시를 잃지 않고 두 눈을 지그시 감고 그의 키스를 받았다.

제 13 장

새로운 유랑 생활이 시작되어 다시 찾은 자유를 허겁지겁 맛보며 골드문트는 우선 고향도 시간도 잊은 나그네의 생활방식을 다시 배우지 않으면 안 되었다. 유랑자들은 아무한테도 복종하지 않고 날씨와 계절에만 예속되어, 아무 목표도 가지지 않고 하늘을 지붕삼고, 우연에 대해서는 몽땅 자신을 드러내고, 어린애 같고 용감한 생활, 불쌍하고 강한 생활을 보낸다. 그들은 낙원에서 쫓겨난 아담의 아들들이다. 아무 죄 없는 동물의 황제들이다. 그들은 하늘의 손아귀에서 시시각각 그들에게 주어지는 것을 받는다. 해와 비, 안개와 눈, 더위와 추위, 안락과 괴로움을 받는다. 그들에게는 시간도 역사도 노력도, 집을 가진 자들이 맹목적으로 믿고 있는 발전이나 진보라고 하는 묘한 우상도 없었다. 유랑자는 그가 멍들기 쉬운 감정을 가지든, 선머슴 같은 마음을 가지든, 솜씨에 능숙하든 우둔하든 용감하든 겁쟁이든 항상 그의 마음은 어린아이요, 항상 그는 첫날과 같이 온갖 세계 역사의 시작 이전처럼 생활하고, 항상 그의 생활은 얼마간 단순한 본능과 필요에 의해서 이루어진다. 그 사람이 영리하든 어리석든, 모든 생활이 얼마나 나른하고 무상한가를, 또 살고 있는 모든 것이 눈곱만한 그의 따뜻한 피로써 얼음장같이 차디찬 세계를 얼마나 보잘것없이 근심에 차서 참아 간다는 것을 깊이 깨닫게 되는 것이다. 혹은 불쌍한 위장의 명령에 단지 어린애처럼 침을 질질 흘리며 따르고 있든, 그는 언제나 소유한 인간이나 안주해 있는 인간의 반대자요, 불구대천지 원수다. 소유하고 안주한 인간은 모든 존재의 허무함이나 모든 생명의 끊임없는 쇠퇴, 온누리에 가득차 있는 용서의 여지가 없고 얼음장같이 차디찬 죽음 같은 것을 회상시켜 주는 것을 좋아하지 않기 때문에 유랑자를 미워하고 멸시하고 두려워한다. 유랑자 생활의 천진성, 어머니의 혈통, 규율과 정신에 대한 혐오, 단념, 몰래 자꾸만 죽음에 달려가는 태도, 그런 것들이 골드문트의 영혼을 오래 전부터 붙잡고 특성을 형성하고 있었다. 그렇더라도 정신과 의지는 그의 가슴 속에서 둥지를 틀고 있었고 그가 예술가였다는 것이 그의 생명을 기름지게 해준 것은 물론이요, 또한 그의 생명을 괴롭히기도 했다. 모든 생활은 분열과 모순에 의해서 기름지게 되는 것이요, 꽃피게 되는 것이다. 도취라는 것을 모르는 이성과 냉정이란 도대체 뭘까? 죽음을 등뒤에 두고 있지 않는 감각의 기쁨은 뭘까? 음양의 영원한 불구대천지 원수가 없다면 사랑이란 도대체 뭘까?

여름과 가을이 지나갔다. 골드문트는 간신히 몇 달을 보냈다. 감미롭고 향기로운 봄을 정신나간 사람처럼 돌아다니면서 보내고 말았다. 사철은 화살같이 흘러갔다. 여름의 높은 태양은 뒤쫓기는 사람처럼 자꾸자꾸 서산으로 달려갔다. 한 해가 지나고 또 한 해가 지났다. 골드문트는 이 지상에 기갈과 사랑과 이 조용하고 끔찍스런 사계절의 빠른 발자국 이외의 것이 있다는 것을 잊어버린 사람 같았다. 그는 완전히 어머니와 본능의 원시세계에 가라앉고 만 것 같았다. 하지만 그가 꿈속에서 헤매든, 꽃이 피고 지는 골짜기를 바라다보며 생각에 잠긴 휴식 속에서 헤매든, 그는 관조의 세계에 눈을 모으고 예술가가 되어 있었다. 그러다가는 사랑스럽고도 허무하고 무의미한 인생을 정신의 힘을 빌려 불러내어 의미 있는 것으로 변화시키고자 못내 그리운 아쉬움에 가슴을 태우는 것이었다.

빅토르와의 모험이 전개된 이후 언제나 혼자 헤매다니던 그는 어느 날 한 친구를 만나게 되었다. 그 사나이는 이상하게도 골드문트를 따라다니며 좀체로 떨어질 생각을 하지않았다. 하지만 그는 빅토르 같은 사람은 아니었다. 로마 순례자로 순례모를 깊숙히 눌러 쓴 청년이었다. 이름은 로베르트, 고향은 보덴호반, 어느 수공업자의 아들로 잠깐 동안 학업은 성(聖) 갈루스 수도원 학교에서 했었다. 어릴 때부터 로마 순례를 못내 그리던 이 청년이 그것을 실행에 옮길 최초의 기회를 얻은 것은 아버지의 죽음으로 인해서였다. 아버지 생전에는 그의 일터에서 가구사로 일을 도왔다. 이런 로베르트가 아버지의 장례를 치르자마자 그의 어머니와 누나에게 그의 용솟음치는 감정을 진정시키기 위해, 또 그의 죄와 그의 아버지의 죄를 참회하기 위해 즉시 로마를 향해 순례 행각을 떠나야만 하겠다고 이야기했다.

여자들이 통곡하고 나무라고 말려도 소용없었다. 그는 어머니와 누나가 간곡하게 만류하는 것을 듣지 않고 순례 길에 올랐던 것이다. 그를 몰아댄 것은 무엇보다 그의 방랑적 기질이었다. 그것과 아울러 표면적인 신앙심이 결부되어 있었던 것이다. 말하자면 성당이 있는 장소나 종교적인 행사가 거행되는 근처를 헤매는 것을 좋아하며, 예배나 세례나 장례나 미사나 향기나 촛불 등을 좋아하는 것이었다. 라틴어를 좀 하기는 했지만 천진한 그의 영혼이 지향하고 있는 것은 학문이 아니고, 성당의 아치형 천정 그늘에서 명상에 잠기거나 고요히 무아경에 접어드는 것이었다. 어릴 때는 미사의 복사(服事)로서 열렬히 마음을 기울여 봉사도 했었다. 골드문트는 이 사나이에 대해서 정색한 태도를 가지지 않았지만 그래도 싫지는 않고, 타향을 헤매 다니는 충동적인 본성에서는 얼마간 통한다고 생각하고 있었다. 그러니 그때쯤 로베르트는 아무 불만 없이 방랑을 계속하고 있었다. 로마에도 갔었고 수많은 수도원이나 목사댁에서 과객 신세를 졌다. 산맥도 남쪽 나라도 구경했다. 로마에서는 성당이란 성당은 모두 들어가 보았다. 종교적인 의식에 참례해서 마음도 한결 흐뭇해졌다. 몇백번의 미사도 드렸다. 가장 유명하고 가장 신성하다는 곳에서 예배를 보고 성례를 받았다. 그의 보잘것없는 청춘의 죄와 아버지의 죄의 참회를 위해 필요 이상의 향연(香煙)을 빨아들였다.

1년 이상이나 과객 신세를 지다가 결국 돌아와서 아담한 선친의 집에 발을 들여놓았을 때 가족들은 그를 성서에 나오는 방탕한 아들처럼 맞이해 주지 않았다. 그가 집을 비운 동안 누나는 집안일의 의무와 권리를 마음대로 행사했다. 부지런한 직공을 고용해서 그와 결혼하여 집안과 일터를 완전히 지배했다. 그래서 집에 돌아온 로베르트는 얼마 지나지 않아 그가 없어도 좋은 존재라는 것을 알았다. 그가 이내 다시 방랑길에 오르고 싶다는 이야기를 끄집어 냈을 때 아무도 그를 붙잡지 않았다. 그는 그것을 서럽다고 생각지는 않았다. 어머니한테서 돈 얼마를 얻어 다시 순례복을 입고 새로운 영지(靈地) 행각을 떠났다. 지향도 없이 강산을 횡단하는 유랑자가 되었다. 저명한 영지의 기념 동메달이나 정성드린 묵주가 그의 순례복에서 소리를 냈다.

이렇게 하여 그는 골드문트를 만나게 된 것이다. 낮 동안을 그와 같이 걸어가면서 유랑자의 경험담을 나누었다. 바로 다음 작은 읍에서 헤어졌지만 또 이곳 저곳에서 만나 결국 완전히 합세하고 말았다. 둘은 다정하게 서로 돌보는 길동무가 되었다. 골드문트는 그의 마음에 하나 부족한 데가 없었다. 그는 골드문트의 호감을 얻으려고 애썼다. 골드문트의 학문이나 대담성이나 정신 등, 어디 하나 부럽지 않은 것이 없었다. 또 그의 건강이나 힘이나 공명심도 사랑스러웠다. 골드문트도 천성은 나쁘지 않은 사람이기 때문에 둘은 친해졌다. 단지 한 가지 골드문트의 마음에 들지 않는 것이 있었다. 그것은 그가 비애나 명상에 뒤덮이는 날이면 당초에 입을 열려들지 않고 길동무 같은 건 언제 있었냐는 듯이 무시해 버리는 것이었다. 그럴 때는 지껄이거나 묻거나 위로하려 들어서는 안 되고 그가 하는 대로 내버려두고 잠자코 있지 않으면 안 되었다. 로베르트는 이것을 이내 알아차렸다. 골드문트가 라틴어의 시구나 노래를 잘 외운다는 것을 안 뒤, 또 대성당 현관 앞에서 골드문트가 그에게 석상(石像)에 대한 설명을 하는 것을 들은 뒤, 또 그들이 텅빈 벽에 기대어 쉬고 있을 때 골드문트가 빨간 분필로 벽에 대고 두툼한 선으로 자기 크기만한 소묘를 하는 것을 본 이래로 그는 골드문트를 하느님의 총아라고 아니 마법사라고까지 믿게 되었다. 또 골드문트가 여자들의 총아라는 것을, 흘깃 눈초리 한 번과 웃음 한 번으로 많은 여자를 챙기는 것을 로베르트는 동시에 알았다. 그것은 좀 안되었기는 했지만 그래도 놀라지 않을 수 없었다.

어느 날, 그들의 행로는 뜻하지 않게 중단되었다. 그들이 어느 마을 근방에 접어들자 한 떼의 농부들이 어떤 사람은 곤봉을 들고, 어떤 사람은 막대기를 들고, 어떤 사람은 도리깨를 들고 그들을 맞이했다. 지휘자는 멀찌감치에서 얼른 돌아가라, 한 발자국도 다시는 딛지 말라, 얼른 꺼져 없어져라, 안 그러면 때려죽인다 하고 고함쳤다. 골드문트가 도대체 무슨 일인지 알아보려고 하는데, 던져진 돌이 가슴을 때렸다. 몸을 돌려보니 로베르트는 이미 도망치고 있었다. 농부들은 때려죽일 듯이 밀려왔다. 골드문트는 도망치는 놈 뒤를 어정어정 따라갈 수밖에 별 도리가 없었다. 로베르트는 들판 한가운데 서 있는 구세주 십자가 밑에서 오들오들 떨면서 그를 기다리고 있었다.

"넌 용감하게 도망쳤구나." 골드문트가 웃었다. "하지만 저 개똥 같은 놈들, 아둔한 돌머리로 대체 뭘 생각하고 있을까? 전쟁이라도 터졌나? 무장한 보초들을 마을 어귀에 놓고 아무도 안 들여보내다니! 왜일까, 아무래도 이상한걸."

둘다 알 수가 없었다. 겨우 이튿날 아침이 되어서야 그들은 외딴 어느 농가에서 무엇을 만났다. 그래서 그 비밀을 캐낼 듯했다. 그 집 구조는 오두막집 하나, 외양간과 헛간이 둘, 높다란 풀과 수많은 과일나무가 있는 녹지에 둘러싸인 집이다. 묘하게도 잠잠해서 다들 잠들은 것 같았다. 사람의 목소리, 발자국 소리, 아이들의 울음 소리, 큰 낫 가는 소리 등 아무 소리도 들리지 않았다. 풀밭에서 암소 한 마리가 울고 있었다. 젖을 짜주는 시간이라는 것을 알 수 있었다. 둘은 집 앞에 가서 문을 두드렸으나 대답은 없었다. 외양간에 가도 활짝 열어젖힌 채 텅비어 있었다. 헛간의 짚지붕 위에는 연한 초록색 이끼가 햇빛에 춤추고 있었다. 거기 가도 사람 그림자 하나 없었다. 허물어질 대로 허물어진 이 집을 보니 놀랍고 어이가 없어 둘은 다시 안채로 돌아왔다. 또 대문을 두드렸으나 대답이 없었다. 골드문트가 문을 열려고 달려들자 뜻밖에 문에는 자물쇠가 채워져 있지 않았다.

그는 문을 안으로 밀어붙이고 어둠침침한 방으로 들어갔다. "실례합니다." 큰 소리로 불렀다. "아무도 안 계십니까?" 호기심에 이끌려 골드문트는 안으로 밀고 들어갔다. 하지만 안은 쥐죽은 듯 고요했다. 로베르트는 대문 앞에 선 채 들어오지 않았다. 오두막집 안에는 지독한 냄새가 풍겼다. 이상야릇하고 가슴이 답답한 냄새였다. 아궁이에는 재가 잔뜩 쌓여 있었다. 입김을 불어보니 밑바닥에 숯이 된 통나무 조각에 아직 불똥이 남아 비치고 있었다. 그때 아궁이가 있는 곳 뒤쪽 어슴푸레한 데에 누가 앉아 있는 것이 보였다. 누가 앉아 자고 있었다. 할머니 같았다. 불러도 아무 대답이 없었다. 마치 이 집은 귀신이 곤두박질을 한 것 같았다. 앉아 있는 사람의 어깨를 정답게 톡톡 쳤으나 꼼짝도 안했다. 자세히 보니 그 여자는 거미줄 한가운데 앉아 있었다. 거미줄 몇 오라기는 그 여자의 머리칼과 무릎에 단단히 붙어 있었다. 시체라고 생각하니 갑자기 떨렸다. 확인하기 위해 그는 불을 피우기 시작했다. 이리저리 휘저으며 불어대니 활짝 피어올라 기다란 막대기에 불이 붙었다. 그것으로 앉아 있는 여인의 얼굴을 비춰보니 호호백발에 푸르죽죽한 시체의 얼굴이 나타났다. 한쪽 눈은 치켜뜨고 희부옇게 납덩이처럼 비쳤다. 할머니는 의자에 앉은 채 죽은 것이었다. 이제 도와줄 수도 없었다.

번쩍거리며 타는 막대기를 들고 골드문트는 자세히 조사해 보았다. 뒷방으로 통하는 문지방 위에 또 하나의 시체가 누워 있는 것을 발견했다. 팔구 세쯤 되어 보이는 소년이 퉁퉁 부어올라 찌푸린 얼굴로 내의만 입고 문지방 모서리 위에 엎어져 있었다. 두 손 다 조그만 주먹을 단단히 쥐고 있었다. 골드문트는 흉한 꿈이라도 꾸고 있는 듯이 깊숙이 계속 들어가 뒷방까지 갔다. 거기에는 들창문이 열려서 밝은 빛이 새어들어오고 있었다. 조심조심 불을 끄고 불똥을 문질러 껐다.

그 뒷방에는 침대가 세 개 놓여 있었다. 하나는 텅비어 있고 남루한 회색 이불 밑에 짚이 그냥 드러나 있었다. 두번째 침대에 또 하나 시체가 있었다. 털보 사나이, 뻣뻣한 채 반듯이 누워 있었는데 머리를 뒤로 젖히고 턱과 수염을 곧추세우고 있었다. 이 집 농부임에 틀림없었다. 움푹 들어간 얼굴은 가까이 할 수 없는 죽음의 색채를 띠고 희뿌옇게 빛을 던지고 있었다. 한쪽 팔은 바닥에까지 축 늘어져 있었다. 거기에는 뚝배기 물통이 나 뒹굴고 물이 쏟아져 있었다. 쏟아진 물은 아직 바닥에 완전히 스며들지 않아 움푹 들어간 한쪽으로 몰려 조그만 물집을 만들고 있었다. 또 하나의 침대에는 린넬 홑이불에 감긴 키큰 여자가 드러누워 있었다. 얼굴을 침대에 파묻고 까슬까슬한 금발을 밝은 빛에 내놓고 있었다. 그 옆에 린넨 이불에 감긴 채 그 여자와 부둥켜안고 있는 어린 소녀가 드러누워 있었다. 다같이 금발에다 죽은 얼굴에 청회색의 주름이 있었다.

골드문트의 눈은 시체에서 시체로 옮아갔다. 소녀의 얼굴은 이미 상당히 변형되어 있었으나 비통한 죽음의 공포를 아직도 얼마간 남기고 있었다. 침대 속에 폭 파묻혀 있는 어머니의 목덜미와 머리칼에서 분노와 불안과 달아나려고 했던 심한 초조를 읽어낼 수 있었다. 특히 완고한 머리칼은 아무래도 죽지 못하고 있었다. 농부의 얼굴에는 반항과 이빨을 깨물고 참아 견딘 고통이 나타나 있었다. 그는 죽기 힘들었으나 사나이답게 죽은 것 같았다. 털투성이의 얼굴은 전장에서 쓰러진 졸병과 같이 허공을 찌르듯 뻣뻣이 솟아 있었다. 가만히 그리고 꿋꿋이 뻗어 있는, 얼마간 이빨을 깨물고 있는 그 자세는 아름다웠다. 이렇게 죽음을 맞이한 사나이는 맥도 못 추는 비겁한 인간은 아니었을 것이다. 하지만 문지방에 엎어져 있는 조그만 소년의 시체는 애처로웠다. 그의 얼굴은 아무것도 말하는 것이 없었으나 문지방 위 그의 위치는 단단히 쥐고 있는 조그만 주먹과 함께 어쩔 줄 모르는 고뇌와 듣도 보도 못한 고통에 대한 하염없는 저항 등, 많은 것을 전해주고 있었다. 그의 머리 바로 옆쪽 문에는 고양이가 드나드는 구멍이 뚫려 있었다. 골드문트는 모든 것을 자세히 관찰했다. 틀림없이 이 오두막집 속에 전개된 광경은 상당히 흉했다. 냄새는 지독하였다. 그럼에도 불구하고 모든 것이 골드문트를 잡아끄는 크나큰 힘을 가지고 있었다. 모든 것이 위대함과 운명에 가득차 있었다. 그다지도 진지하고, 거짓 하나 없고, 그 속에 무언가가 그의 사랑을 물고늘어져 그의 영혼 속까지 밀고들어왔다.

그동안 바깥에서는 로베르트가 참을 수도 없고 겁도 나고 해서 고함을 지르기 시작했다. 골드문트는 로베르트를 좋아하기는 했지만 그 순간 불안과 호기심과 아무것도 아닌 일에 물고늘어지는 인간이 시체와 비교해서 얼마나 가엾고 가치없는 존재인가를 생각하고 있었다. 그는 로베르트한테 대답하지 않았다. 예술가만이 가질 수 있는 특이하고 진정에 찬 공감과 차디찬 관찰력이 묘하게 혼합한 감정으로 시체를 살펴보는 데 정신이 팔려 있었다. 드러누워 있는 모습, 앉아 있는 모습, 머리, 손, 동작을 하다 그대로 굳은 모습, 자세하게 관찰 못할 것이 없었다. 귀신이 곤두박질을 친 이 집은 왜 이다지도 조용할까! 왜 이다지도 이상하고 구역질나는 냄새가 났을까! 아궁이의 불똥이 아직도 뿌옇게 비치고 있는 이 조그만 집, 시체가 뒹굴고 주검이 차 있는 이 집, 왜 이다지도 무섭고 슬퍼질까! 이내 움직이지도 않는 이 인물들의 뺨에서 살이 떨어지고 쥐새끼들이 그 손가락을 물어 뜯을 것이다. 다른 사람들이 널이나 무덤 속에서 잘 감추어지고 사람들 눈에 띄지 않는 데서 해치우는 최후의 가장 비참한 것을, 즉 파멸과 부패를 여기 이 다섯 사람은 자기 집 안방에서, 백일하에, 문도 잠그지 않고, 부끄럼도 없이, 저항도 없이, 해치워진 것이었다. 벌써 골드문트는 몇 차례나 시체들을 보아 왔지만 죽음이 이다지도 가차없이 드러난 광경을 만난 적은 없었다. 그는 그것을 깊이 마음속에 받아들였다.

현관 앞에서 울부짖는 로베르트의 고함 소리에 결국 방해를 받아 바깥으로 나갔다. 친구는 벌벌 떨며 그를 쳐다보았다.

"왜 그래?" 공포에 질려 로베르트가 목소리까지 낮추어 물었다. "안에 아무도 없나? 왜 그런 눈을 하고 있지. 이야기 좀 해줘!"

골드문트는 냉정한 눈으로 그를 보고 있었다.

"들어가서 네 눈으로 보렴. 이상한 농가야, 나중에 저기 있는 살찐 암소 젖이나 짜자꾸나. 그럼 들어가!"

로베르트는 한참 망설이다가 집안으로 들어갔다. 아궁이 있는 데로 더듬어 갔다. 거기서 앉아 있는 노파를 발견했다. 그것이 죽었다는 것을 알자 고함을 쳤다. 그는 눈을 동그랗게 뜨고서 얼른 돌아왔다.

"아이고! 죽은 여자가 아궁이 옆에 앉아 있단 말이야. 어떻게 됐어? 왜 아무도 옆에 없니? 왜 묻어주지 않아? 아이고! 냄새야."

골드문트가 웃었다.

"넌 정말 대단한 영웅이야, 로베르트. 하지만 너무 조급히 서둘러 온걸. 죽은 할머니도 저렇게 말이야, 의자에 앉아 있으면 정말 볼 맛이 있거든. 하지만 한두 발자국 더 가보면 더 볼 만한 것이 있을 거다. 다섯이야, 로베르트. 침대에 셋이 있고 문지방 한가운데는 어린애가 죽어 있단 말이야. 몽땅 죽었어. 가족이 모두 쓰러져 죽었어. 이 집은 시체뿐이란 말이야. 그래서 아무도 저 암소의 젖을 안 짜는 거야."

어이가 없어 그는 골드문트를 뚫어지듯 쳐다보았다. 그러다가 별안간 숨이 넘어가는 듯한 목소리로 소리쳤다. "오라. 이제야 난 농부들이 어저께 우릴 마을에 안 들여 놓으려는 이유를 알았어. 그래, 그래. 이제야 모든 게 확실해졌다. 페스트야! 목숨을 걸고 말하지만 확실히 페스트야. 골드문트! 넌 긴 시간 동안 있었으니 틀림없이 시체를 만졌겠군! 비켜, 내 옆에 오지마! 넌 틀림없이 균이 묻었어. 골드문트, 섭섭하지만 난 떠나야겠어. 네 옆에 있을 수가 없단 말이야."

그는 벌써 달아나려고 했지만 골드문트가 옷을 단단히 붙들었다. 골드문트는 로베르트를 무언의 비난 속에서 준엄하게 쳐다보며 발버둥치는 그를 단단히 붙들었다.

"요 꼬마야," 그는 정다움과 멸시 섞인 어조로 말했다. "넌 생긴 것보다 영리하구나. 네가 말한 대로일지도 몰라. 요 다음 집이나 마을에 가면 알테지. 아마 페스트가 이 지방에 만연하고 있을지도 몰라. 우리가 무사히 이곳을 빠져나갈 수 있을지 어떨지 곧 알게 될 거야. 하지만 널 놓칠 수 없단 말이야. 요 꼬마 로베르트야. 이봐, 나도 피눈물이 있는 놈이야. 내 마음은 너무 약하단 말이야.

넌 저 집안에서 병이 옮았을지도 모른다. 만일 여기서 널 놓치고 만다면 너는 어느 이름 모를 들판에 쓰러져서 혼자 죽어갈 거야. 그렇게 되면 네 눈을 감겨주는 이도, 네 무덤을 파주는 사람도, 흙을 덮어주는 사람도 없을지 몰라, 그렇게 생각하면, 아니, 이봐, 로베르트 난 불쌍해서 숨이 막힐 지경이다. 그러니 두 번 다시는 말 안할 테니까 정신을 바짝 차리고 내가 말하는 것을 잘 외워두란 말이야. 알겠니, 우리 둘은 똑같은 위험 속에 놓여 있어. 네 가슴에 화살이 꽂힐지 내 가슴에 화살이 꽂힐지 그것은 몰라 그러니 같이 있잔 말이야. 우리는 같이 죽거나 같이 이 저주받은 페스트를 빠져나가든가 하는 두 가지 길뿐이야. 네가 병이 들어 죽게 되면 내가 묻어줄게. 꼭 그렇게 하겠어. 만일 내가 죽게 되면 네 마음대로 하려무나. 나를 묻어주든 도망쳐 버리든 나는 아무 상관없다. 하지만 그 전에는 놓치지 않겠어. 알아둬 ! 우리는 서로 벗이 필요하단 말이야. 자, 입 닥치고. 나는 아무것도 듣기 싫어. 어디 아무 데서나 외양간에서라도 통을 찾아. 이쯤 해두고 소젖이나 짜지 그래."

로베르트는 시킨 대로 했다. 이때부터 골드문트는 명령하는 사람이 되고 로베르트는 복종하는 사람이 되었다. 그래서 둘다 불편없이 지냈다. 이제 로베르트도 도망치려고는 하지 않았다. 그는 변명하듯 말했다. "난 그때 네가 좀 무서웠어. 네가 시체들만 있는 집에서 돌아왔을 때의 얼굴이 싫었어. 페스트를 짊어지고 왔구나 하고 생각했지. 하지만 페스트가 아니라도 네 얼굴은 달라졌어. 그 집에서 본 게 그렇게 지독했었나?"

"지독하기야," 골드문트는 망설이다가 말했다. "내가 거기서 본 것은. 우리 모두에게 절박한 것이었어. 우리가 페스트에 걸리지 않는다 하더라도."

유랑을 계속하는 동안 두 사람은 곳곳에서 그 지방을 휩쓸고 있는 페스트에 부딪혔다. 다른 마을 사람을 들여놓지 않는 마을도 적지 않았다. 어떤 마을에서는 아무 방해도 받지 않고 오솔길을 통할 수가 있었다. 텅비어 있는 집들도 많았다. 수많은 시체들이 묻히지도 않은 채 밭이나 방에서 썩고 있었다. 외양간에서는 암소가 젖을 짜주지 않거나 배고파서 울부짖고 있었다. 혹은 가축들이 들판에서 우왕좌왕하고 있었다. 그들은 몇 번이나 암소와 염소의 젖을 짜주고 먹이를 주었다. 또 숲 기슭에서 염소 새끼나 돼지 새끼를 구워먹고, 주인이 없어진 지하실에서 포도주나 과일주를 내어와서 마시는 등 훌륭한 생활을 보냈다. 어디가도 먹을 것은 넘치도록 있었다. 하지만 맛은 반밖에 없었다. 로베르트는 자꾸만 페스트를 겁냈다. 시체를 보면 구역질을 하고 공포 때문에 실신할 때가 한두 번이 아니었다. 몇 번이나 그는 전염됐다는 생각에 그 병에 효험이 있다 하여 머리와 손발을 긴 시간 야영의 모닥불 속에 집어넣기도 하였다. 그뿐만 아니라 자다가도 발이나 팔, 어깨에 종기가 나지 않았나 하며 온몸을 비벼대었다.

골드문트는 몇 번이나 로베르트를 나무라고 멸시까지 했다. 그는 그의 공포도 구역질도 막무가내인 것 같았다. 대규모 주검의 광경에 심하게 마음이 끌리고, 영혼은 위대한 가을로 충만하고, 가슴은 장송곡 소리에 무겁고, 긴장하고 음산한 마음으로 죽음의 나라를 지나갔다. 가끔 영원한 어머니의 형상이 나타났다. 보는 사람을 돌로 변화시키는 요괴 메두사의 눈을 가진, 또한 괴로움과 죽음에 가득찬 무거운 웃음을 머금은 뺘옇고 크나큰 얼굴이었다.

어느 날, 둘은 조그만 도시를 찾아갔다. 성문에서 성벽 전체에 걸쳐서 집 높이만큼 빙 둘러서 망보는 통로가 나 있었으나 위에는 누구 하나 보초 선 사람이 없고, 활짝 열어젖힌 성문에도 보초는 없었다. 로베르트는 시내로 들어가는 것을 거절했다. 골드문트한테도 들어가지 말라고 애원했다. 그때 종치는 소리가 들렸다. 성문에서 신부님이 십자가를 손에 들고 나왔다. 그의 뒤에서 세 대의 수레가 따라나왔다. 두 대는 말이 끌고 한 대는 황소가 끌었다. 수레에는 위에까지 시체가 차곡차곡 쌓여 있었다. 하인 몇 사람이 이상한 망토를 입고 얼굴 깊숙이 두건을 싸서 감추고 수레 옆을 걸어가며 말과 소를 몰고 있었다.

로베르트는 얼굴색이 파래져서 자취를 감추고 말았다. 골드문트는 짧은 거리를 두고 시체 실은 수레 뒤를 따랐다. 이삼백 발자국쯤 걸었다. 거기는 묘지가 아니고 아무것도 없는 들판 한가운데 구덩이가 파여 있었다. 삽으로 세 번 정도 판 깊이였으나 홀처럼 컸다. 골드문트는 그냥 서서 막대기나 쇠갈퀴를 든 하인들이 시체를 수레에서 끄집어 내려 그냥 구덩이에 넣는 것을 보고 있었다. 신부는 그 위에서 몇 마디 중얼중얼하다가 십자가를 흔들며 떠나가 버렸다. 하인들은 편편한 무덤의 사방에 불을 놓고 아무 말없이 시내로 가버렸다. 누구 하나 무덤을 덮어주려 하지 않았다. 내려다보니 오십 구 이상이나 안에 처박혀 차곡차곡 쌓여 있었다. 대부분이 알몸이었다. 빳빳한 채 무얼 애원하듯이 여기저기 손이나 발을 허공에 뻗고 있었다. 그가 돌아와 보니 로베르트는 몹시 서두르며 떠나자고 애원했다. 그가 애원하는 것도 당연한 일이다. 그는 골드문트의 방심한 눈초리 속에서 그가 너무도 잘 알고 있는 바로 그 명상에 잠긴 감정과 무서운 것에 대한 집착과 가공할 만한 호기심을 보았기 때문이다. 결국 친구를 붙들지도 못했다. 골드문트는 혼자서 시내로 들어갔다.

보초도 서 있지 않는 성문으로 들어갔다. 그의 발자국 소리가 포석에 밟혀 메아리쳐 오는 소리를 들으며 이때까지 그가 지나온 수많은 소도시나 성문들이 기억에 되살아났다. 그곳에서 울부짖던 아이들의 울음소리, 소년의 유희, 여인들의 싸움, 아름다운 음향을 던져주던 대장간의 모루채 소리, 덜커덩거리는 수레 소리, 그

밖에도 수많은 소리들이 그를 맞아 주었던 광경이 그의 머릿속에서 전개되었다. 부드러운 소리, 딱딱한 소리들이 한데 얽혀 그물처럼 얽히고설켜 인간의 노동이나 환희와 일과 사교를 알려 주는 것이었다. 하지만 지금 여기 텅빈 대문과 사람 하나 없는 오솔길에는 웃음 소리 하나, 울음 소리 하나 들리지 않았다. 만사가 죽음의 침묵 속에 굳어 쓰러져, 그 속에서 퐁퐁 솟는 우물의 노래하는 멜로디가 너무도 높고 귀따가울 정도로 울려왔다. 활짝 열어 놓은 창문 뒤에는 여러가지 빵이 진열된 한가운데 빵장수가 보였다. 골드문트는 제일 좋은 밀가루빵을 가리켰다. 빵장수는 기다란 빵 집게로 조심조심 빵을 내어주며, 골드문트가 돈을 치르기를 기다렸다. 그러나 나그네가 돈도 내지 않고 빵을 물어 뜯으며 앞으로 가버리자 창문을 탕 닫기는 했어도 중얼대지는 않았다. 어느 아담한 집 창문 앞에 점토 화분이 줄을 지어 있었다. 보통때면 거기 꽃이 만발해 있을 테지만 지금은 메마른 잎새들이 텅빈 화분 위에 고개를 숙이고 있었다. 어느 집에서 어린애들의 흐느낌과 통곡 소리가 들려왔다. 하지만 다음 골목에서 골드문트는 위층 창문 뒤에 어여쁜 처녀 하나가 서서 머리에 빗질하고 있는 것을 보았다. 그 여자가 그의 시선을 느끼고 내려다볼 때까지 그 여자를 쳐다보았다. 그가 그 여자에게 정답게 웃음을 던져주자, 빨갛게 상기된 여자의 얼굴에도 서서히 가냘프게 웃음이 흘러내렸다.

"빗질은 금방 끝나니?" 위를 쳐다보고 소리쳤다. 생글거리며 그 여자는 밝은 얼굴을 창틈으로 내밀었다.

"아직 병에 안 걸렸니?" 그가 물었다. 여자가 고개를 저었다. "그렇다면, 나하고 이 죽음의 도시를 도망치자. 숲속에 들어가서 재미있게 지내자꾸나."

여자는 무슨 말을 하는지 의아해하는 눈초리였다.

"뭘 생각하는 거냐? 나는 진심으로 말하고 있어." 골드문트가 소리쳤다. "넌 아버지하고 어머니하고 같이 있나? 안 그러면 이 집에서 일하고 있니? 다른 집이구먼. 그럼 나오렴. 늙은 사람은 죽도록 내버려두지 그래. 우리는 젊고 몸도 건강하잖아. 잠깐 동안이나마 재미있게 지내자나. 이리 오렴. 갈색 눈이 아름다운 아가씨! 농담이 아냐."

처녀는 놀라고 망설이며 그를 뚫어지게 쳐다보았다. 그는 슬금슬금 걸어서 사람도 없는 골목길을 하나 둘 돌다가 또 슬금슬금 돌아왔다. 여전히 처녀는 창가에 고개를 내밀고 서 있었다. 그가 돌아온 것이 무척 반가운 모양이었다. 이내 그 처녀는 따라와서 성문에까지 가기도 전에 그와 어울렸다. 조그만 보따리를 손에 들고 빨간 수건을 머리에 친친 감고 있었다.

"이름은 뭐지?" 그가 물었다.

"레네. 당신하고 같이 가겠어요. 이 도신 정말 지독해요. 몽땅 죽잖아. 그만 갑시다. 어서!"

성문 근처에서 로베르트가 얼굴을 찌푸리고 땅바닥에 웅크리고 앉아 있었다. 그는 골드문트가 보자 펄쩍 뛰어 일어났으나 처녀를 보고는 눈을 동그랗게 떴다. 이번만큼은 골드문트의 말을 얼른 듣지 않았다. 불평을 토하다가 급기야 말다툼이 벌어졌다. 저주받은 페스트 소굴에서 사람을 데리고 나와 길동무가 되라고 강요하다니, 이건 미친 짓도 이만저만이 아니다. 그것은 하느님을 시험하는 거다, 그는 싫다 이제 같이 가지 않겠다. 그의 인내에도 한계가 있다고 말했다.

골드문트는 그가 침착성을 돌이킬 때까지 저주를 하건 울부짖건 그냥 내버려두었다.

"그런가," 그는 말했다. "실컷 노래를 불러 주었구나. 이제 같이 가지. 아름다운 길동무가 생긴 걸 너도 기뻐할걸. 이름은 레네고 내 옆에 있을 거다. 하지만 너도 이제 기쁘게 해주마. 로베르트,

좋아. 우리는 좀 쉬었다가 건강한 생활을 하자구. 페스트를 피하는 거야. 빈 오두막집이 있는 아담한 장소를 찾든가 새집을 짓든가 해서 거기서 난 레네와 같이 부부생활을 할 테야. 너는 친구로서 같이 살고 말이야. 이제 노독을 풀고 오순도순 지내 보지그래. 알겠어?"

물론 로베르트는 승낙했다. "레네와 악수를 하라거나 그의 옷을 만지라고 하지 않는 다면야."

"아니," 골드문트가 말했다. "그런 거는 요구하지 않아. 그뿐일 줄 아나? 레네한테 손가락 하나 닿는 것까지도 엄금이다. 그런 건 꿈에도 생각지 마라!"

세 사람이 짝이 되어 계속 걸었다. 처음에는 아무 말도 없었으나 처녀는 차차 입을 열기 시작했다. 다시 하늘과 나무와 풀밭을 보게 된 것이 얼마나 기쁜가를 말했다. 페스트의 도시, 그곳의 공포를 어떻게 표현해야 좋은가를. 이야기를 해서라도 목격하지 않으면 안 되었던 비참하고 전신에 찬물을 끼얹는 듯한 광경에서 자신을 해방시키려고 했다. 여러가지 듣기 싫은 이야기를 했다. 조그만 도시는 지옥임에 틀림없었다. 의사 둘 중에서 하나는 죽고, 다른 한 사람은 부자집에만 간다는 것, 거의 집집마다 시체가 뒹굴고 있으나 실어내는 사람이 없기 때문에 시체가 썩는다는 것, 집에는 시체를 갖다 묻는 인부들이 도둑질을 하고 불의의 씨를 맺어 강간을 했다는 것, 또 그들이 가끔 시체와 함께 아직도 목숨이 붙어 있는 병자도 침대에서 끌어내어 수레에 집어던져 시체와 함께 구덩이에다 내동댕이쳤다는 것등을 이야기했다. 그녀는 여러가지 지독한 이야기를 알고 있었다. 아무도 처녀의 이야기를 방해하지는 않았다. 로베르트는 놀라는 가운데도 침을 질질 흘리면서 듣고 있었다. 한편 골드문트는 조용히 그리고 뭘 그리 대단하냐는 듯하였다. 흉한 이야기를 자기하고 싶은 대로 내버려 두고 아무

이야기도 안했다. 무슨 말을 할 필요가 있단 말이냐?

결국 레네도 지치고 말았다. 눈물은 마르고 말은 다하고 말았다. 골드문트는 계속 걸어갔다. 가다가 몇 절이나 되는 노래를 가만히 부르기 시작했다. 한 절마다 그의 목소리는 목청을 돋구어 갔다. 레네는 방긋 웃음을 띠었다. 로베르트는 즐겁고도 이상하다는 듯 듣고 있었다. 여태 골드문트가 노래부르는 소리를 듣지 못했었다. 골드문트는 무슨 영문인지 안 되는 것이 없었다. 저렇게 걸어가면서 노래를 부르고 있다. 이상한 인간이다! 교묘하고 맑은 노랫소리, 하지만 목청을 낮추어 흘려내는 목소리, 벌써 둘째 절에 가서는 레네도 가만가만히 따라 불렀다. 이내 목청을 돋구어 합창했다. 저녁 무렵 저 멀리 황무지 너머에는 검은 숲이 있고, 그 건너에는 푸르고 낮은 산들이 있었다. 산들은 안쪽에서 자꾸 푸르러 가는 듯했다. 걸음을 옮겨놓는 박자에 따라서 두 사람의 노래는 어느 때는 즐겁게, 어느 때는 장엄하게 들렸다.

"오늘은 썩 기분이 좋군." 로베르트가 말했다.

"응, 즐겁고말고. 물론 오늘은 즐겁지. 이런 예쁜 색시를 발견했잖어. 오 레네, 시체 치우는 인부 놈들이 널 나 때문에 남겨 두었다니 정말 고맙지 뭐냐. 내일쯤은 아담한 우리 보금자리가 발견될 테지. 그럼 우린 즐거운 생활을 하게 되고, 살과 뼈가 서로 가지런히 보기 좋게 붙는 걸 기뻐할걸, 레네. 언젠가 가을이었지? 그때 어느 숲속에서 달팽이가 제일 좋아하는 걸로 사람도 먹을 수 있는 두툼한 버섯 본 일이 있나?"

"응, 있구말구요." 그 여자는 깔깔거리며 웃었다. "몇 번이고 보았지."

"바로 그것과 똑같이 네 머리칼은 갈색이란 말이야, 레네. 냄새도 똑같이 좋거든. 노래 또 하나 불러볼까? 안 그럼 넌 배고프니? 내 봇짐 속에는 아직도 좀 좋은 게 있어."

이튿날, 그들은 찾고 있던 걸 발견했다. 조그만 백화나무 숲속에 통나무로 세운 오두막이 있었다. 아마도 인부들이나 사냥꾼들이 세운 것 같았다. 안은 텅 비어 있었다. 문은 자물쇠를 비틀고 열었다. 로베르트도 아담한 오두막이고 좋은 환경이라고 생각했다. 목동도 없이 혼자 서성대고 있는 염소 떼를 도중에서 만났다. 그 중에서 통통한 암놈을 한 마리 데리고 왔다.

"자, 로베르트, 넌 목수가 아니더라도 전에는 가구사였잖아. 우린 여기서 살 테다. 너는 우리들 궁성에 벽을 만들지 않으면 안 돼. 방이 두 개 되도록 말이야. 레네와 내가 쓸 방 하나, 너와 염소가 쓸 방 하나. 먹을 것도 이젠 많지 않다. 오늘은 염소 젖만 가지고 만족하지 않으면 안 돼. 많든 적든간에 말이야. 그러니 너는 벽을 만들어야 해. 우리 둘은 잠자리를 주선할게. 내일은 먹을 것을 찾으러 나가자."

세 사람은 일을 시작했다. 골드문트와 레네는 잠자리에 깔 짚이나 덩굴이나 이끼를 찾으러 나섰다.

로베르트는 벽을 만들 나무를 자르기 위해 들판에 뒹구는 돌에 칼날을 세웠다. 하지만 그 공사는 하루 가지고는 끝낼 수가 없기 때문에 저녁때 로베르트는 바깥으로 자러 갔다. 골드문트는 레네가 아직 남자를 모른다는 것을 알아챘다. 그래서 그런지 부끄럼을 여간 타지 않았다. 하지만 애정이 풍부하고 그윽한 여자라는 것을 알았다. 그는 레네를 어린애 안듯 가슴에 안고 긴 시간 잠자지 않고 심장의 고동을 듣고 있었다. 이미 레네는 지쳐 잠들었어도 그 여인의 갈색 머리칼 냄새를 맡으며 힘차게 끌어당기는 동시에 가면을 둘러쓴 악마가 몇 대의 수레에 가득차 있던 시체를 집어던진 그 커다랗고 편편한 구덩이를 생각하고 있었다. 살아 있다는 것은 아름다웠다. 행복은 아름답고 순간적이며 청춘은 아름답지만 이내 시들고 마는 것이었다.

오두막의 칸막이 벽은 매우 보기 좋게 완성되었다. 나중에는 세 사람이 함께 달라붙어서 일을 하였다. 로베르트는 그의 역량을 보이려고 했다. 대패질하는 받침과 연장과 자와 못만 가진다면 무엇이든 만들어 줄 텐데 하고 자꾸 이야기했다. 하지만 가지고 있는 것은 불과 칼과 손뿐이므로 열두 개 백화나무를 잘라서 그걸로 오두막 마룻바닥에 단단한 울타리를 만들어 두는 정도로 만족하지 않으면 안 되었다. 그리고 칡덩굴로 얽어매어 사이를 막는 길밖에 별 도리가 없다고 덧붙였다. 그것은 시간이 좀 걸렸지만 즐겁고 재미있었다. 모두 같이 도왔다. 사이사이에 레네는 딸기를 찾고 염소를 보러갔다. 골드문트는 근처를 돌아다니며 살펴보고, 먹을 것을 물색하고, 필요한 것을 이것저것 가지고 돌아왔다. 부근에는 사람 하나 없었다. 그래서 특히 로베르트는 매우 안심했다. 전염이나 적대 행위에 대해서는 안전했지만 먹을 것을 아주 조금밖에는 발견할 수 없다는 불리한 조건이 있었다. 부근에 비어 있는 농가가 있었는데 집 안에 시체가 없었기 때문에 골드문트는 그들의 통나무집 대신에 그곳을 숙소로 정하자고 제의했으나 로베르트는 온몸을 부들부들 떨면서 거절했다. 그리고 골드문트가 그 빈 집에 들어가는 것을 싫어하여 거기서 가지고 나온 것은 일일이 불에 그을려 소독하기 전에는 로베르트는 손에 대지도 않았다. 골드문트가 거기서 발견한 것은 많지는 않았으나 그래도 조그만 의자 둘, 젖을 짜넣는 통이 하나, 그릇이 몇 개, 도끼가 하나였다. 어느 날 그는 들에서 닭을 두 마리 잡았다. 레네는 골드문트를 사랑하며 행복해 하였다. 셋이서 아담한 고향을 이루어 가며 나날이 조금씩 보기 좋게 만들어 간다는 것은 즐거웠다. 빵은 없었다. 그 대신 또 한 마리의 염소를 키웠다. 갓을 갈아놓은 조그만 밭도 발견했다. 칡덩굴로 엮은 벽은 완성되었다. 잠자리를 다시 고치고 아궁이도 만들었다. 시내는 멀지 않았고 물은 맑고 달콤했다. 일을 하면서 자주 노래를 불렀다.

어느 날 함께 우유를 마시며 가정적인 생활을 구가하고 있을 때 레네가 별안간 꿈같은 소리로 말했다. "하지만 겨울이 오면 어떡해요?"

아무도 대답을 안했다. 로베르트는 그냥 웃었다. 골드문트는 놀란 장닭처럼 앞만 쳐다보고 있었다. 아무도 겨울 걱정을 않고 아무도 오랫동안 눌러앉는 것을 생각하지 않고, 고향이라고 하지만 참다운 고향이 아니라는 것, 자기는 유랑의 길동무가 되어 있다는 것, 이런 것을 레네는 차츰 깨달았다. 여자는 말없이 고개를 숙였다.

그러자 골드문트는 어린아이에게 말하는 것처럼 농담과 격려의 말을 섞어가며 이렇게 말했다. "넌 말이야, 농사꾼의 딸이니까 늘 고생하는 걸 걱정하지. 레네, 걱정할 것 없어. 페스트의 전염기가 끝나면 꼭 집에 갈 수 있을 거야. 페스트도 제가 언제까지 한통을 치나. 그게 끝나거든 부모한테 가든지 다른 친척한테 가든지 해. 안 그러면 도시에 다시 돌아가서 남의 집일을 하면 빵을 얻을 수 있지. 하지만 지금은 여름이야. 어디 간들 죽음만이 널 기다리고 있어. 그러나 여긴 깨끗하고 우리하고 편하게 지내잖아. 그러니 여기 그냥 있어. 마음이 내킬 때까지 여기 있는 거야."

"그리고 그 다음은요?" 레네는 크게 소리쳤다. "그 다음은 만사가 다 끝이에요? 당신은 가고 마나요? 그리고 난?"

골드문트는 그의 머리를 가만히 잡아당겼다.

"바보 같은 꼬마야. 넌 이제 시체 버리는 인부도, 집안 사람이 다 죽어 없어진 가정도, 불이 활활 타오르던 시외의 크나큰 구멍도, 다 잊어먹었니? 그 구멍에 드러누워 내의를 비에 적시는 것을 면한 은혜를 감사드려야 할 판이야. 너는 도망쳐서 손발이 포동포동하고 웃으며 노래부를 수 있는 신세가 된 것을 고맙게라도 생각해라."

그 여자는 좀처럼 노여움을 풀지 않았다.

"하지만 난 다시는 여길 떠나고 싶지 않은걸. 당신을 놓치기도 싫어요. 모든 것이 끝나 버리고 지나가 버린다는 것을 생각하면 즐겁지도 않아요!"

골드문트는 다시 한 번 대답했다. 정답게, 하지만 확실한 의도가 담긴 어투로 말했다.

"레네, 거기 대해서는 이때까지 모든 성인 군자가 다 골치를 썩은 일이야. 오래 지속하는 행복 같은 건 없어. 만약, 지금 우리들이 갖고 있는 것이 너한테 도움을 주지 못하고 또 기쁨을 갖다주지 않는 거라면 나는 당장에 이 오두막에다 불을 놓겠다. 그리고 각자가 자기 좋을 곳으로 가자꾸나. 이제 그만두자, 레네, 이 이야기는 그만 해도 돼."

레네는 복종했다. 하지만 레네의 환희 위에 그림자 하나가 떨어진 것이었다.

제 14 장

여름도 아직 완전히 다 가기 전에 오두막집 생활은 그들이 생각지도 않았던 다른 형태로 종말을 고했다. 어느 날 골드문트는 새 잡는 활을 가지고 소쩍새나 그 밖의 다른 짐승을 잡으려고 그 근방을 서성대었다. 레네는 가까이에서 딸기를 모으고 있었다. 때때로 그는 레네의 사냥 구역을 지나치며 덤불 너머로 레네의 고개가 솟아 있는 것을 보기도 하며 그의 노랫소리를 듣기도 하였다. 때로는 레네가 갖고 있는 딸기를 조금씩 훔쳐 먹으며 앞으로 나가 있다가 잠시 레네를 쳐다보지 않았다. 그는 그리움과 화나는 마음을 반반씩 가지며 레네를 생각하고 있었다. 레네가 다시 가을이나 장래 이야기를 끄집어낸 것이다. 임신한 것 같다고도, 그를 놓치지 않는다고도 하였다. 머지않아 끝장나겠다고 그는 생각했다. 그때는 혼자서 로베르트도 남겨두고 봇짐을 싸짊어지자. 겨울쯤 가서는 대도시의 니콜라우스 스승한테 가서 겨우내 거기서 보내자. 이듬해 봄에는 새 신발이나 사서 뛰어나와 고생을 하더라도 말브론 수도원까지 가서 나르치스한테 인사라도 하자. 아마 십 년쯤 그를 보지 못했을까. 가령 하루나 이틀이라도 좋으니 그를 만나봐야겠다.

갑작스런 소리가 그를 명상에서 깨웠다. 별안간 그는 온갖 생각이나 소망을 갖고 잠시 정신이 다른 곳에 있었다는 것을 알았다. 귀를 기울여 들었다. 불안에 찬 소리가 되풀이되었다. 분명 레네의 목소리 같았다. 레네가 그를 불러대는 것이 짜증스럽긴 했지만 그쪽으로 가 보았다. 이제 제법 가까이 갔다. 확실히 레네의 목소리였다. 레네는 크나큰 위기에 빠져 있는 것처럼 그의 이름을 불러댔다. 그는 여전히 얼마간 분통을 터뜨리며 발걸음을 재촉했다. 레네의 울부짖음 소리가 반복되는 것을 듣자 그의 마음속에서는 동정과 근심이 차올라왔다. 겨우 레네를 찾아보니 레네는 뒹굴면서 내의가 갈가리 찢긴 채 레네를 정복하려는 사나이와 격투를 벌이고 있었다. 골드문트는 황급히 달려갔다. 그의 심중의 울화와 불안과 슬픔이 알지 못하는 이 폭한에 대한 미칠 듯한 분노로 폭발하고 말았다. 그놈이 레네를 완전히 땅바닥에 때려눕혔을 때, 골드문트가 그놈을 불의에 습격한 것이다. 드러난 레네의 젖가슴에선 피가 흐르고 있었다. 나그네는 강한 욕정을 참을 길 없어 레네를 끌어안았던 것이다. 골드문트는 그놈을 잡아눌러 분노에 찬 두 손으로 목을 졸랐다. 만져 보아도 말라빠져서 뼈만 닿을 뿐, 염소 같이 털만 자란 놈이었다. 골드문트는 희열을 느끼며 계속 졸랐다. 결국 그놈은 레네를 놓고 맥없이 그의 수중에서 몸을 뻗고 말았다. 계속 졸라대면서 그는 힘을 잃고 반이나 기절한 사나이를 질질 끌어서 불거져나와 있는 회색 바위 있는 데까지 갔다. 거기서 그는 굴복한 사나이를, 굉장히 무겁긴 했지만 두세 번 일으켜 세워서 머리를 칼날 같은 바위에다 쥐어박았다. 그러고는 목이 부러진 몸뚱이를 집어던졌다. 그래도 그의 분노는 아직 가라앉지 않았다. 더 때려줄 참이었다.

레네는 얼굴을 반짝이며 쳐다보고 있었다. 젖가슴에서는 피가 계속 흐르고 있었다. 아직도 온몸을 부들부들 떨며 괴로운 듯 숨을 몰아쉬고 있었으나, 이내 발딱 일어나서 쾌감과 경탄에 찬 황홀한 표정으로 그의 믿음직한 애인이 침입자를 질질 끌고 가서 목을 부러뜨리고는 시체를 탁 걷어차 버리는 것을 바라보았다. 맞아 죽은 뱀처럼 시체는 사지를 뻗고 쓰러져 있었다. 엉성한 수염과 엷은 빈약한 머리칼을 가진 허연 얼굴이 비참하게 거꾸러져 있었다. 레네는 환호성을 울리며 일어서서 골드문트의 가슴에 안겼으나 별안간 혈색을 잃고 말았다. 공포는 아직도 가시지 않았다. 구역질이 날 것 같아 레네는 풀밭에 쓰러지고 말았다. 하지만 이내 레네는 골드문트와 함께 오두막으로 걸어서 들어갈 수가 있었다. 골드문트는 마구 할퀸 레네의 가슴을 씻어 주었다. 한쪽 가슴에는 악한의 이빨에 깨물린 상처가 있었다.

로베르트는 그 사건에 매우 흥분하며 격투에 관해서 자세히 물었다.

"목이 부러졌어? 대단한데. 골드문트! 모두 당신을 무서워해야겠는걸."

하지만 골드문트는 더이상 이야기하고 싶지 않았다. 지금은 그도 제정신을 차리고 있었다. 시체에서 떠나올 때 그는 가엾은 노상 강도 빅토르와 더불어 제 손으로 죽인 사람이 둘이라는 것을 생각지 않을 수 없었다. 로베르트한테서 물러나기 위해 그가 이렇게 말했다. "허지만 너도 뭘 좀 해보지 그래. 가서 시체를 처분하는 것이 어때. 구멍을 파주는 것이 힘들거든 갈대 못에 갖다 버리거나 돌이나 흙으로 잘 덮어주든가 해라." 하지만 그런 부당한 주문은 거절당했다. 로베르트는 시체를 만지는 것을 싫어했다. 어떤 시체든지 페스트균이 있을지도 모른다는 것이었다.

레네는 방안에서 뒹굴고 있었다. 젖가슴을 깨물린 상처가 쑤셨으나 이내 마음이 가뜬해져서 일어나 불을 피우고 저녁 식사로 우유를 끓였다. 레네는 몹시 기분이 유쾌했으나 일찍 침실에 들어가야 했다. 레네는 골드문트한테 아주 탄복하고 있었기 때문에 어린 양과도 같이 시키는 대로 고분고분했다. 골드문트는 말없이 우울한 표정이었다. 로베르트는 이 증상을 잘 알고 있는 터이므로 가만히 내버려두었다. 골드문트는 밤이 이슥해지자 잠자리에 들려고 했을 때, 레네 쪽으로 허리를 굽히고 귀를 기울였다. 레네는 자고 있었다. 그의 마음은 침착성을 잃고 빅토르를 생각하며 불안과 방랑의 충동을 느꼈다. 고향을 그리는 것도 이제는 마지막이라는 생각이 들었다. 하지만 한 가지 사실이 특히 그를 생각에 잠기게 했다. 그가 죽은 놈을 흔들어서 집어던졌을 때 그를 쳐다보고 있던 레네의 눈길을 놓치지 않았다. 그것은 기묘한 눈초리였다. 결코 잊을 수 없는 눈초리라고 생각했다. 동그랗게 뜬 놀란 듯 황홀한 눈에서 긍지와 승리가 빛나고 있었다. 복수와 살해를 함께 기뻐하는 깊은 정열이었다. 그는 그러한 것을 여자의 얼굴에서 본 일도 없고 예기한 적도 없었다. 그 눈초리가 없었더라면 아마 레네의 얼굴을 해를 거듭하면서 잊어버렸을 것이다. 그 눈초리가 농사꾼의 딸 같은 여자의 얼굴을 크고 아름답고 무섭게 만들었다. 몇 개월 동안 '이걸 그려야지!' 하는 소망이 물결친 적은 전혀 없었다. 그 눈초리를 보았을 때 그는 일종의 공포와 함께 그 소망이 다시 솟는 것을 느꼈다.

잠이 오지 않아 그는 결국 몸을 일으켜 오두막에서 나왔다. 바깥은 시원했다. 바람이 백화나무 가지에서 살랑거리고 있었다. 어둠 속을 이리저리 거닐다가 돌 위에 앉았다. 그러자 명상에 잠겨 깊은 비탄 속에 젖어들었다. 빅토르가 불쌍했다. 오늘 때려죽인 그 놈도 불쌍했다. 순진과 동심을 잃은 것을 통탄했다. 수도원을 도망치고, 나르치스를 버리고, 니콜라우스 스승을 화나게 하고, 아름다운 리스벳을 단념한 것은 이렇게 황무지를 잠자리로 정하고, 길 잃은 가축을 기웃거리고, 돌 틈 바위에 불쌍한 사나이를 때려죽이기 위해서인가? 그러한 것에 의미가 있었던가? 살 가치가 있었던가? 무의미와 자기 자학 때문에 가슴은 미어질 듯했다. 그리고 뒤로 드러누워 길게 사지를 뻗고 희뿌연 밤의 구름을 쳐다보았다. 기나긴 시간을 이렇게 보고 있으니 생각하고 있었던 것도 사라지고 말아 하늘의 구름을 쳐다보고 있는 건지, 자기 자신의 마음속에 있는 구름 낀 세계를 보고 있는 건지 알 수가 없었다. 돌 위에서 그냥 잠이 든 순간, 별안간 흘러가는 구름 속에서 번갯불처럼 번쩍 하며 커다란 얼굴이 나타났다. 이브의 얼굴. 육중하게 베일을 뒤집어쓰고 있었으나, 별안간 눈을 크게 떴다. 육욕과 살인의 쾌감에 찬 눈이었다. 골드문트는 이슬에 젖을 때까지 잠을 잤다.

이튿날 레네는 병이 들었다. 할 일이 많았다. 로베르트는 아침에 조그만 숲에서 양 두 마리를 보았으나 곧 놓치고 말았다. 그가 골드문트를 데리러 왔다. 둘은 반나절이나 쫓아 다니며 겨우 한 마리를 잡았다. 저녁 무렵 양을 데리고 왔을 때 그들은 지칠 대로 지친 몸이었다. 레네의 병세는 몹시 나빴다. 골드문트가 자세히 살펴보고 만져보니 페스트 종기가 있었다. 그는 그것을 감추고 있었으나 로베르트는 의심을 품고, 레네가 아직까지도 앓고 있다는 소리를 듣자 오두막집에 들어오려 하지 않았다. 밖에서 잠자리를 찾겠다고 하며 염소도 데리고 갔다. 염소라고 옮지 말라는 법은 없다는 것이었다.

"그렇다면 나가려무나." 골드문트는 화가 나서 소리쳤다. "너하곤 두 번 다시 만나기 싫다." 그는 염소를 붙들고 칙백나무 벽 뒤로 끌고 갔다. 로베르트는 염소를 끌고 온 데 간 데 없이 사라졌다. 그는 페스트에 대한 공포, 골드문트에 대한 공포, 외로움과 밤에 대한 공포 때문에. 참담한 기분이었다. 그는 오두막 근처에서 드러누웠다.

골드문트가 레네에게 말했다. "난 네 옆에 있을 거야. 걱정 마라. 꼭 다시 건강해질 거야."

레네가 고개를 살레살레 저었다.

"당신도 병에 걸리지 않도록 조심해요! 이제 내 옆에 와서는 안 돼요. 날 위안하려고 애쓰지 말아요. 나는 죽지 않으면 안 돼요. 하지만 언제든 당신의 잠자리가 텅비어서 당신에게서 버림받은 것을 깨닫는 것보다는 죽는 게 차라리 나아요. 아침마다 떠나시지 않았나 하고 애를 태웠더랬어요. 저는 죽는 게 차라리 나아요."

이튿날 아침 레네의 기색은 사뭇 달라졌다. 골드문트는 가끔 레네한테 물을 먹여 주다가 틈틈이 눈을 붙인 것이 겨우 한 시간 정도였다. 날이 훤히 새자 그는 레네의 얼굴에서 확실히 죽음이 닥친 것을 알 수 있었다. 벌써 완전히 시들고 핼쓱한 얼굴이 되어 있었다. 그는 잠시 동안 바깥에 나와 숨을 들이키고 하늘을 보려고 했다. 숲 기슭, 구부정한 몇 그루의 빨간 소나무 줄기가 벌써 햇빛을 받아 반짝이고 있었다. 공기는 맑고 감미로운 향기를 실어다 주었다. 먼 고개는 아직도 아침 구름에 뒤덮여 보이지 않았다. 그는 몇 발자국 앞으로 걸어가 지친 팔다리를 뻗고 심호흡을 했다. 이 슬픈 아침의 세계는 아름다웠다. 곧 방랑을 다시 시작하리라. 이별을 고할 때였다.

숲 있는 데서 로베르트가 부르는 소리가 들렸다. "좀 나았냐? 페스트가 아니면 나도 그냥 있겠다, 골드문트 화내지 마라, 나는 그동안 양을 지키고 있고 싶다."

"양을 데리고 지옥에라도 가려무나!" 하고 골드문트가 소리쳤다. "레네는 죽어간다. 나도 전염되었다."

마지막 말은 거짓이었다. 로베르트한테서 떠나기 위해 그렇게 말한 것이었다. 가령 로베르트가 마음이 상냥한 사나이라도 이제 골드문트에게는 지긋지긋했다. 이놈은 너무나 겁이 많고 치사했다. 이런 숙명적인 동요가 격심한 시기에는 너무 부적합한 사나이였다. 로베르트는 이제 다시는 나타나지 않았다. 해가 빨갛게 타오르고 있었다.

레네에게로 다시 오자 레네는 잠을 자고 있었다. 그도 한 번 더 잠이 들었다. 꿈속에서 지난날 그의 말이었던 블레스와 수도원의 탐스런 밤나무가 나타났다. 그는 끝도 없는 먼 나라와 황무지에서 잃어버린 아름다운 고향을 되돌아보고 있는 것 같았다. 눈을 떠보니 블론드 수염이 나 있는 뺨에 눈물이 흘러내리고 있었다. 모기 같은 소리로 레네가 무엇인지 소곤대었다. 그는 자기를 부르는 소리라 믿고 잠자리에서 일어났으나 레네는 누구에게 말을 거는 것이 아니라 애무의 말, 바가지를 긁어대는 말을 혼자서 주워섬기고 있을 뿐이었다. 좀 웃다가는 하늘이라도 꺼질 듯이 한숨을 쉬고, 흐느껴 울다가는 또 잠잠해졌다. 골드문트는 발딱 일어서서 온통 찌푸리고 있는 레네의 얼굴 위에 허리를 굽혔다. 초토를 이룬 듯한 죽음의 입김 밑에 비참하게 구부정하고 흩어진 선을 그의 눈은 쓰디쓴 호기심을 가지고 쫓아갔다. 사랑하는 레네여! 귀여운 아이야! 너도 나를 버리려는구나! 그의 가슴은 소리치고 있었다. 너도 벌써 나에게 지쳤니?

달아나고 싶었다. 헤매고, 행진하고, 공기를 마시고, 지치고, 새로운 형상을 볼 수가 있다면 그의 마음도 한결 가벼워지고 깊은 우울증도 치유될 것이다. 하지만 그렇게는 되지 않았다. 여기 레네를 혼자 죽게 한다는 것은 불가능하였다. 맑은 공기를 마시기 위해 두 세 시간마다 잠시 바깥에 나가는 것도 할 수 없었다. 이제 레네는 우유를 마시지 않았기 때문에 그가 실컷 마셨으나 그 밖에는 먹을 것도 없었다. 염소를 몇 번 바깥에 데리고 나가서 풀을 뜯게 하고, 물을 마시게 하고, 운동을 시켰다. 그리고는 다시 레네에게로 돌아와서 정답게 이야기도주고 겁도 내지 않고 그 얼굴을 들여다보았다. 절망, 하지만 조심스럽게 레네가 죽어가는 것을 지켰다. 레네의 의식은 가시지 않았다. 가끔 잠들었다가 눈을 뜨면 어렴풋이 눈을 뜨고 있었다. 눈까풀은 지쳐서 맥이 없었다. 연약한 색시도 눈과 코 가장자리가 차츰차츰 나이 들어가는 듯했다. 물이 뚝뚝 떨어질 듯 건강한 목덜미 위에 자꾸 시들어 가는 할머니의 얼굴이 얹혀져 있었다. 레네는 어쩌다가 '골드문트'라든가 '귀여운 이'라든가 하며 한 마디 할 뿐 희멀겋게 부푼 입술을 혓바닥으로 축이려 들었다. 그러면 그는 레네의 입술에다 몇 방울 물을 흘려넣어 주었다.

그날밤 레네는 죽었다. 울지도 슬퍼하지도 않고 죽었다. 약간 몸을 움칠했을 뿐 호흡이 멎고 말았다. 피부 위로 죽음의 입김이 흘러갔다. 그 광경을 보니 그의 가슴은 파도쳤다. 생선시장에서 몇 번이나 보면서 불쌍하다고 생각한 빈사 상태에 빠진 생선 생각이 났다. 생선이 죽어가는 모양도 바로 이러했다. 움칠했다가는 까무락거리는 고통의 소름이 피부 위를 달려가면 광택도 생명도 쓸어가고 말았다. 그는 한참 더 레네 옆에 무릎을 꿇었다. 그리고는 바깥에 나와 싸리풀 덤불 속에 앉았다. 염소 생각이 나서 또 한 번 안으로 들어가 염소를 데리고 나왔다. 염소는 풀을 찾아내자 땅바닥에 주저앉았다. 그는 염소 옆구리를 베고 밝을 때까지 잤다. 마지막으로 오두막에 들어가 엮어놓은 벽 뒤에 가서 불쌍한 레네의 얼굴을 바라보았다. 고인을 그냥 거기에 둘 수는 없었다. 그는 바깥에 나가 고목과 시든 잔가지를 긁어모아 그것을 오두막에 집어 던지고 불을 붙였다. 오두막 속에서 점화 도구 이외는 아무것도 꺼내오지 않았다. 순식간에 바싹 마른 칡덩굴 벽은 빨갛게 타올랐다. 그는 바깥에 서서 얼굴을 불빛에 그을리며 지붕 전체가 불길에 싸여 맨처음 용마루가 타내리는 것을 바라보았다. 염소는 겁을 집어먹고 울면서 내쳐 뛰었다. 염소라도 잡아 먹으며 유랑의 발자국을 떼놓을 힘을 얻는 것이 옳았을 테지만 그렇게는 할 수 없었다. 그는 염소를 들에 내쫓고 떠났다. 숲속에까지 화장터 연기가 따라왔다. 이렇게 비참한 기분으로 방랑길에 오르기는 처음이었다.

하지만 그를 기다리고 있었던 것은 생각보다 훨씬 나빴다. 맨처음에 만난 농가나 가는 마을마다 그런 식으로 시작해서 갈수록 나빠갔다. 그 지방 일대의 넓은 강산 천지가 죽음의 구름 밑, 전율과 불안과 영혼의 암흑의 포장 밑에 있었다. 죽음에 폐가가 된 집들, 사슬에 얽매인 채 굶어 죽거나 썩은 개, 묻혀지지 않고 뒹구는 송장들, 거지 행각에 나선 어린애들, 교외에 있는 대량의 무덤들, 이것들은 제일 지독한 것이 아니었다. 제일 지독한 것은 무서움과 죽음의 불안을 짊어지고 눈이나 영혼마저 상실한 듯한 살아 있는 사람들이었다. 유랑자는 온갖 곳에서 기묘하고 흉악한 것을 보고 들었다. 아들이나 마누라가 병들면 부모는 아들을, 지아비는 지어미를 버렸다. 시체 치우는 인부들이나 병원지기들은 사형 집행인처럼 날뛰고 있었다. 그들은 사람이 죽고 텅빈 집에서 강도질을 하고, 제멋대로 시체를 묻거나 빈사상태에 빠진 병자를 숨도 거두기 전에 침대에서 끄집어내 시체 운반차에 실었다. 공포에 떠는 도망자가 혼자서 비참과 인간의 접촉을 피하여 가며 죽음의 촉수에 내쫓기어 헤매고 있었다. 그런가 하면 다른 놈들은 한데 휩쓸려서 얼토당토 않은 향락에 빠져 주연을 벌여놓고 주검의 귀신이 연주하는 바이올린을 반주로 춤과 애욕의 향연을 벌이고 있었다.

또 무덤 앞이나 사람이 없어진 집 앞에서 광란의 눈초리로 웅크리고 앉아 말려주는 자 하나 없이 통곡하다가 막 호통치는 자도 있었다. 무엇보다 지독한 것은 참을 수 없는 이 불행에 대해서 책임질 사람을 찾고 있었다는 것이다. 이 전염병을 책임 질 극악무도한 자는 누구 누구라고 주장한 것이었다. 악마와 같은 인간이 페스트의 시체에서 병균을 얻어 와서 벽이나 문의 손잡이에 묻혀놓고, 또 우물에 독을 넣거나 가축들에게 독을 먹여 죽음을 퍼뜨리기 위해 애쓰면서 다른 사람들의 불행을 보고 희열에 젖는다는 것이었다. 이런 잔학한 행동을 했다고 의심을 받은 사람은 달아날 틈이 없으면 그뿐이었다. 재판소나 폭도들에 의해 죽임을 당했다. 또 부자는 가난뱅이한테 죄를 뒤집어씌웠으나 그 반대일 때도 있었다. 유태인, 혹은 남쪽 나라 사람, 혹은 의사의 소행이라고도 했다. 어느 곳에서 골드문트는 유태인 거리에 집집마다 불이 붙어 있는 것을 보고 물어뜯어 죽이고 싶도록 약이 올랐다. 그것을 빙 둘러싸고 사람들이 득실거리고 있었다. 울부짖으며 달아나는 사람이 있으면 무기의 힘을 빌려 화염 속에 도로 집어넣었다. 불안과 분격에 눈이 뒤집힌 결과, 곳곳에서 죄 없는 사람이 다치고 추방되고 고문대에 올랐다. 골드문트는 분노와 구역질에 터질 것 같은 가슴을 부여안고 쳐다보고 있었다. 온세계가 파괴되고 몰살되었다. 환희도 순진도 사랑도 이 지상에는 이제 존재하지 않는 것 같았다. 간혹 그는 향락가의 격심한 향연으로 몸을 피했다. 저승 사자의 바이올린이 울려 나오지 않는 곳이 없었다. 이내 그도 그 소리에 익숙해지고 말았다. 자주 그는 자포자기에 빠진 연회에 참석하여 기타를 켜거나, 관솔불 빛을 받으며 무더운 밤을 같이 추고 노래하며 새웠다.

그는 무서움을 몰랐다. 한때 죽음의 공포를 톡톡히 맛본 적은 있었다. 언젠가 겨울 밤 전나무 밑, 빅토르의 손가락이 그의 목을 졸랐을 때, 또 살을 에는 방랑시절의 눈과 굶주림 속에서 그것을 상대로 하여 싸울 수 있는 죽음이요, 그것을 상대로 방비할 수 있는 죽음이었다. 손발을 떨며, 방비해서 이기고 뚫고 지나왔다. 하지만 이 페스트와는 싸울 방도가 없었다. 제 마음대로 날뛰는 대로 버려두고 몸을 맡길 수밖에 없었다. 골드문트는 진작부터 몸을 맡기고 있었다. 그는 두렵지 않았다. 타오르는 통나무집에 레네를 남겨두고 온 다음, 죽음으로 짓밟힌 강산을 매일매일 헤매다닌 이래 이제 생명 같은 것은 문제도 되지 않았다. 하지만 거대한 호기심이 그를 정신차리게 했다. 그는 생명을 베어내는 죽음을 보아도 싫증이 나지 않았다. 인생 무상의 노래를 들어도 싫증이 안 났다. 어떠한 경우에도 물러서지 않고, 어떠한 곳에도 걸음을 멈추어 눈을 동그랗게 뜨고 지옥을 뚫고 지나간다는 고요한 정열에 사로잡혔다.

어느 폐가에서 곰팡이가 슨 빵을 뜯어먹었다. 미치광이 집합소 같은 주석에서 노래도 부르고 술도 마셨다. 시들어지기 쉬운 쾌락의 꽃을 땄다. 아낙네들의 취한 듯 응시하는 눈초리를 보았다. 주정뱅이의 빈 껍질같은 희멀건 눈초리를 보았다. 숨이 끊어져 가는 사람들의 가물거리는 눈초리를 보았다. 열이 올라 절망상태에 빠진 여인을 사랑했다. 한 쟁반의 수프를 받고 시체를 나르는 심부름을 했고 한두 푼의 돈을 받고 시체 위에 흙을 덮어주는 심부름을 했다. 세상은 암흑과 광포의 세계로 화했다. 저승 사자가 통곡을 하며 죽음의 노래를 불렀다. 골드문트는 두 귀를 열어놓고 정열을 불사르며 그것을 들었다.

그의 목표는 니콜라우스 스승이 사는 도시였다. 그의 가슴 속의 목소리가 그리로 끌고 갔다. 길은 아직 멀었다. 주검과 쇠약과 임종에 가득차 있었다. 슬프게 끌려갔다. 죽음의 노래에 취하고, 뜬세상의 소리 높이 울부짖는 고뇌에 자신을 맡기고, 슬프게 더욱 열렬히, 오관을 활짝 열어젖혀 놓았다.

그는 어떤 수도원에서 새로 그려진 벽화를 구경했다. 오래 관찰하지 않을 수 없었다. 시체가 춤추는 모습이 벽에 그려져 있었다. 그림에는 희멀겋고 피골이 상접한 저승 사자가 왕이나 사교(司敎)나 수도원장이나 백작·기사·의사·농사꾼·용병 등, 온갖 인간 군상을 너울너울 춤추면서 이승 밖으로 데리고 나갔다. 뼈만 남은 악사들이 움푹 팬 뼈를 악기 삼아 반주하고 있었다. 호기심에 찬 골드문트의 시선은 그 그림을 깊이 빨아들였다. 이름도 모를 예술가 친구 중의 하나가 흑사병에 대해서 본 것이었다. 피할 수 없는 죽음에 대한 가차 없는 설교를 사람들의 귀에 쨍쨍 울리도록 외치고 있었다. 훌륭한 그림이었다. 좋은 설교였다. 이 낯선 동료의 보는 법이나 채색법은 나쁘지 않았다. 그 과격한 그림에서는 피골이 상접하고 흉악한 가죽을 치는 음향이 울려나왔다. 하지만 그것은 골드문트 자신이 보고 체험한 것은 아니었다. 여기에 그려져 있는 것은 준엄하고 용서 없는 불가피한 죽음이었다.

그러나 골드문트라면 다른 그림을 그렸으리라. 저승 사자의 광포한 노래는 그의 가슴 속에서는 완전히 다른 가락을 연주하고 있었다. 피골이 상접하지도 않고 준엄하지도 않고 오히려 달콤하고, 유혹적이고, 고향으로 이끌듯 어머니와 같은 가락을 연주하고 있었다. 죽음이 생명을 향하여 손아귀를 뻗쳐올 때 매섭게 도전적으로 가락을 연주할 뿐만 아니라 애정에 푹 빠져 결실의 가을처럼 기름지게 가락을 울리는 것이었다. 죽음이 가까우면 생명의 희멀건 등불은 더 밝게 절실하게 타는 것이었다. 죽음은 다른 사람한테는 병사요, 판관이요, 엄격한 아버지였을지 모르지만 적어도 그에게 죽음은 어머니이기도 하였고 애인이기도 하였다. 그가 부르는 소리는 사랑의 유혹이요, 그와의 접촉은 사랑의 몸부림이었다. 골드문트가 그려진 죽음의 벽화를 다 보고 나서 걸음을 떼어 놓았을 때, 뭔가 새로운 힘이 스승이 있는 데로, 창작이 기다리는 데로 이끌어 갔다. 하지만 곳곳에서 새로운 광경과 체험에 부딪혀 지체되었다. 떨리는 코구멍으로 죽음의 공기를 들이마셨다. 곳곳에서 동정과 호기심이 한 시간 혹은 하루를 요구했다. 울어대는 농사꾼의 조그만 사내아이를 사흘이나 곁에 두고 몇 시간이나 업어 주었다. 기갈에 허덕여 초주검 된 대여섯 살의 아이 때문에 몹시 진땀을 뺐고 뿌리치기도 힘들었다. 간신히 숯 굽는 여자가 아이를 맡아 주었다. 그 여자는 남편이 죽었기 때문에 어린아이를 가까이에 두고 싶었던 것이다. 또 며칠 동안 주인 없는 개가 한 마리 그를 따라와서 그의 손에서 무얼 얻어먹었다. 잠잘 때는 그의 몸을 따뜻하게 해주었으나 어느 날 아침에 없어지고 말았다. 그는 서운했다. 그는 개와 이야기하는 버릇이 있었던 것이다. 그는 곧잘 반 시간 가량, 그 개한테 명상적인 이야기를 해주곤 하였다. 인간의 나쁜 점에 대해서, 신의 존재에 대해서, 예술에 대해서, 그가 젊은 시절에 한때 알고 지냈던 율리에라는 기사 딸의 젖가슴과 엉덩이에 대해서. 물론 골드문트도 죽음의 방랑을 거듭하고 있는 사이에 약간 정신이 이상해져 있었다. 페스트가 창궐하는 지대의 인간은 다소 정신 상태가 비정상적이었다. 완전히 미친 사람도 많았다. 젊은 유태계 여인 레베카도 정신이 돈 것 같았다. 이글이글 타오르는 듯한 눈동자에 검은 머리칼의 아름다운 이 처녀와 그는 이틀 동안이나 함께 지냈다.

레베카를 발견한 곳은 어느 소도시 교외의 들판, 까맣게 숯이 된 불탄 자리에 그 여자는 웅크리고 앉아 통곡하고 있었다. 제 얼굴을 치며 검은 머리칼을 쥐어뜯고 있었다. 그 머리칼은 연민이 생길 만큼 아름다운 머리칼이었다. 그는 그 여자의 광란에 춤추는 손을 꽉 쥐었다. 자세히 보니 얼굴도 몸매도 대단히 아름다운 여자였다. 그 여자는 아버지를 불쌍히 여기면서 통곡하고 있었다. 그 여자의 아버지는 다른 열네 명의 유태인과 함께 관청의 명령에 의해서 화형당했던 것이다. 그 여자는 도망칠 수 있었으나 자포자기적 감정에 홀리어 다시 돌아와서는 자기도 함께 타죽지 못한 것을 원통히 여기고 있었다. 그는 잡아당기는 여자의 손을 단단히 쥐고 온화하게 타일렀다. 동정과 보호의 속삭임도 해주었다. 마지막엔 힘껏 도와 주겠다고 제의했다. 그 여자는 아버지를 묻는 것을 도와달라고 했다. 두 사람은 아직 열기가 남아 있는 잿더미 속에서 뼈를 하나도 남기지 않고 주워모아 들판 저쪽 사람의 눈에 띄지 않는 데로 운반해서 흙을 덮어 주었다. 그러는 사이에 밤이 되었다. 골드문트는 어느 참나무 우거진 숲속에 처녀를 위해 잠자리를 마련해 주었다. 보초를 서겠다는 약속을 하고 귀를 곧추세우고 있으려니, 그 여자는 드러누워서도 울먹거리더니 나중에는 흐느낌으로 변하여 결국 잠이 들어 버렸다. 그래서 그도 조금 잤다.

아침이 되자 그는 그녀를 달래기 시작했다. "넌 혼자서 지낼 수가 없다. 유태인이라는 것이 발각되면 맞아죽을 거야. 우락부락한 유랑자들은 널 납치해 갈 것이다." 숲속에는 늑대나 집시가 있다고 처녀에게 말했다. 하지만 그가 데리고 가면 늑대나 인간으로부터 지켜 줄 수 있다, 왜냐하면 그가 그 여자를 매우 불쌍히 여기기 때문이다. 그는 사람볼 줄 아는 눈이 있고 무엇이 아름다운 것인지도 알고 있다, 이 어여쁘고 영리한 아가씨가 짐승한테 잡아먹히거나 차곡차곡 쌓인 장작더미 위에서 태워지는 것을 결코 잠자코 볼 수는 없다고도 말하였다. 그 여자는 우울한 얼굴로 듣고 있더니 펄쩍 뛰어일어나 달아나 버렸다. 이야기를 계속하려면 우선 쫓아가서 그 여자를 붙잡아야 했다.

"레베카, 내가 너한테 나쁜 마음을 가지고 있지 않다는 것을 알지. 너는 슬퍼하고 있다. 아버지만 자주 머릿속에 그리고, 지금은 사랑 같은 건 통 마음에도 없는구나. 하지만 나는 내일이나 모레, 아니면 훨씬 나중에 네 의사를 타진해 보겠어. 그때까지 나는 널 지키고 먹을 것도 갖다 주기는 하겠지만 네 몸에 손가락 하나도 대지 않겠어. 마음이 가라앉을 때까지 통곡하려무나. 내 옆에 있을 때는 슬퍼하든 기꺼워하든 상관 않겠다만, 내 마음은 언제든 널 기쁘게 하는 데만 힘쓰겠어."

하지만 아무리 설득해도 소용없었다. 그 여자는 이빨을 깨물고 미친 듯이 말했다. 그 여자를 기쁘게 해주는 것은 뭐든지 싫다. 괴로움을 갖다주는 것을 하고 싶다. 기쁨과 같은 것은 이제 절대 생각지도 않으리라. 늑대에게 물리는 것이 빠르면 빠를수록 고마운 일이다. 이제 가시오. 소용 없는 일이다. 이제 이야기는 귀가 따가울 정도다 라고 말하였다.

"이거 봐," 그가 말했다. "너는 어디 가나 죽음이 도사리고 앉아 있다는 것을, 집집마다 도시마다 사람이 죽어가는 것을, 만인이 비탄 속에 잠겨 있다는 것을 모른단 말이냐. 네 아버지를 태워 죽인 바보들의 울분도 괴로움과 비탄 이외 아무것도 아니란 말이야. 다들 괴로움이 너무 큰 탓이야. 알겠냐, 우린들 별 수 있겠어? 저승 사자한테 붙잡혀 들판에서 썩어갈 운명에 놓여 있잖아. 그 다음에는 우리들 뼈를 가지고 두더쥐가 골패를 놀 거란 말이야. 그 전에 생명을 즐기고 서로 좀 사랑이나 하자꾸나. 아, 하얀 네 목덜미와 예쁘장한 발이 애처로워 못견디겠어! 귀엽고 아름다운 레베카, 나하고 같이 가. 네 얼굴이나 쳐다보고 네 시중을 들어주고 싶을 뿐이야."

그는 긴 시간 애원했으나 문구나 이유를 캐고 들어가는 것이 얼마나 무익한가를 별안간 의식했다. 그는 입을 꼭 다물고 하염없는 눈으로 그 여자를 쳐다보았다. 긍지와 교양미에 가득찬 그 여자의 얼굴은 거절 때문에 얼음장같이 차디찼다.

"당신들은 그런 사람이군요." 그 여자는 드디어 증오와 멸시에 가득찬 목소리로 말했다. "당신들 기독교인들은 그렇고 그런 사람이군요! 우선 여염집 처녀가 그 아버지를 장사지내는 것을 도와준다지만 그 아버지도 당신들 동포가 죽인 거예요. 당신 같은 사람이야 우리 아버지의 손톱만큼의 가치도 없어요. 장사를 치르자마자 남의 처녀를 제것이 되라느니 사랑을 하자느니 하다니요. 당신들은 그렇고 그런 사람들이에요! 처음엔 말예요, 난 당신이 좋은 사람이거니 생각했더랬어요. 하지만 그렇지 않아요. 아, 당신네들은 돼지예요."

그 여자가 주워섬기고 있을 동안, 골드문트는 그 여자의 눈 속을 쳐다보았다. 증오심의 한쪽 구석에 그를 감동시키고, 참회하게 하고, 가슴 속 깊숙이 무엇인지 파고 들어가는 것이 보였다. 그 여자의 눈 속에 보인 것은 죽음이었다. 하지만 죽지 않으면 안 된다고 하는 체념이 아니고 죽고 싶고 또 죽음을 불사하겠다는 의지요, 대지의 어머니의 부름에 조용히 따르겠다고 하는 헌신이었다.

"레베카," 그가 나지막이 말했다. "네 말이 옳을지도 몰라. 나는 네게 선의를 가지고 있었으나 결코 좋은 인간은 아니야. 용서해 줘. 지금 처음으로 너를 알았어."

그는 모자를 벗고 여왕에게라도 하듯 깊숙이 고개를 숙여 인사한 다음 무거운 가슴을 안고 그 자리를 떠났다. 그 여자를 자멸에 맡길 수밖에 없었다. 긴 시간 그는 슬픈 마음으로 남아 있었다. 아무하고도 이야기하고 싶지 않았다. 서로 닮은 점은 조금도 없었으나 긍지가 높고 불쌍한 유태계 처녀는 어딘지 모르게 기사의 딸 리디아를 상기시켰다. 이런 여자를 사랑한다는 것은 괴로움의 근본이었으나, 불쌍하고 겁많은 리디아와 사람을 싫어하는 차디찬 유태계 처녀, 이 두 사람 이외에 여자를 사랑한 적은 통 없는 것 같은 기분이 들었다.

그의 생각은 그 후에도 며칠 더 그 검은 머리의 처녀에게 찾아갔다. 며칠 밤이나 꿈속에서 늘씬하고 불타는 듯한 그 몸매의 아름다움을 보았다. 그 아름다움은 행복과 꽃다움에 운명이 결정되어 있었던 것 같은데도 벌써 죽음에게 손을 내밀고 있었다. 아, 저 입술과 젖가슴이 '돼지들'의 밥이 되고 들판에서 썩지 않으면 안 되다니! 저 귀중한 꽃을 구할 힘과 마력은 없을까? 아니, 그런 마법은 있다. 즉 그 여자가 그의 영혼 속에서 생을 계속하고, 그에 의해서 형성되고, 간직되어진다면 그만이다. 그의 영혼이 얼마나 형상으로 채워져 있는가, 죽음의 강산을 기나긴 시간 헤매다닐 동안 얼마나 많은 형상이 그의 마음속에 그려졌는가를 느끼고 놀람과 황홀감을 감출 길 없었다. 그의 충실은 얼마나 긴장을 느끼게 하였는가! 그것을 가만히 생각하고 잘라내어 영속적인 형태로 변화시키기를 그는 얼마나 애타게 갈망하고 있었던가! 그런 마음은 불꽃이 튀기 듯 애타게 강해져만 갔다. 아직도 사방으로 흩어진 눈과 호기심에 찬 감각을 가지고 있긴 하지만 종이와 연필과 점토와 통나무와 일터와 제작에 대한 가실 줄 모르는 동경에 차 있었다.

여름은 갔다. 가을이나 적어도 초겨울쯤에는 페스트도 가라앉을 것이라고 많은 사람들은 단언했다. 즐거움도 없는 가을이었다. 골드문트의 발자국이 지나가는 강산에는 과일을 거두어 들일 사람도 없었기 때문에 나무에서 떨어져서 풀밭에서 썩고 있었다. 다른 지방에서는 도시에서 밀려온 우락부락한 부랑자들이 과일들을 제 마음대로 노략질하고 못 쓰게 만들어 놓았다.

서서히 골드문트는 그의 목표에 접근해 갔다. 그는 마지막에 이르러 도착하기 전에 페스트에 걸릴지 모른다, 아무 외양간에서나 죽지 않으면 안 될지도 모른다는 공포에 휩싸였다. 이제는 죽기가 싫었다. 한 번 더 일터에 서서 제작에 마음을 바치는 행복을 맛보기 전에는. 지금 비로소 세계가 너무나 넓고 독일 제국이 너무도 큰 것 같았다. 어떤 아름다운 도시도 휴식하게끔 그를 꾀어내는 힘을 가지지 않았다. 아무리 아름다운 농사꾼의 딸도 하룻밤 이상 그를 붙들 수가 없었다.

어느 날, 어떤 교회 옆을 지나갔다. 그 현관 옆, 조그만 장식 기둥의 힘으로 버티어 있는 벽감(壁龕) 속에 고대의 수많은 석상들이 서 있었다. 천사·사도·순교자 등, 자주 본 적이 있는 석상들이었다. 말브론의 수도원에도 이런 종류의 석상은 얼마든지 있었다. 그가 젊은 시절, 정열을 가지고 있지는 않았지만 그래도 즐겨 본 것들이었다. 보기에도 그것들은 아름답고 품위있어 보였으나 좀 지나치게 정중하고 얼마간 딱딱한데다 곰팡이 냄새가 났다. 맨 처음 길고긴 유랑생활의 종말에 감미롭고 슬픔에 찬 니콜라우스 스승의 마리아상에 매우 충격을 받고 매혹당한 뒤로, 그는 이런 장중한 석상이 지나치게 무게를 가지며 딱딱하고 낯설다고 생각했다. 그는 그것들을 무시하는 태도를 취했다. 새로운 스승의 수법이 더 약동적이요, 내면적이요, 영감적인 예를 발견한 것이다. 하지만 오늘, 새로운 갖가지 형상들로 마음이 충만하여 격심한 모험과 체험의 상흔과 자취를 영혼에 새겨 두고, 명상과 새로운 제작에의 하염없는 그리움을 가지고 속세에서 돌아와 보니, 이 원시적이며 준엄한 석상들이 그의 가슴을 별안간 극도의 격렬한 힘으로 눌렀다. 그는 경건한 마음을 가지고 신성한 석상들 앞에 섰다. 그 석상들 속에서는 묵은 옛날의 가슴이 생을 계속하며 벌써 전에 없어져 버린 종족들의 불안과 도취가 몇 세기 뒤에 돌에 엉켜붙어 굳어졌어도 아직 인생 무상에 대한 반항을 나타내고 있었다. 메마른 그의 가슴 속에 외경심과, 낭비하고 헛되이 보내고 만 생활에 대한 공포가 경건한 몸부림을 치며 부글부글 끓어올랐다. 그는 오랜 시간 해보지 않았던 것을 하였다. 그는 고백하고 벌을 받기 위해 참회하기로 작정했다.

하지만 교회 안에 참회 의자가 있기는 있어도 그 어디에도 신부가 없었다. 신부들은 죽었거나, 병원에 드러누웠거나, 도망쳤거나, 전염을 겁내었거나 한 것이었다. 교회는 텅비어 있었고, 골드문트의 발자국 소리가 돌로 만든 아치형 천정에 부딪혀 메아리쳐 왔다. 그는 텅빈 참회의자 하나를 잡고 꿇어 엎드려 눈을 감고 창살 속에다 대고 속삭였다.

"거룩하신 하느님, 제가 어떻게 되었는가를 보십시오. 저는 속세에서 돌아왔습니다. 흉악하고 소용없는 인간이 되고 말았습니다. 저는 젊은 시절을 방탕자처럼 헛되이 보냈고 그 시절도 얼마 남지 않았습니다. 저는 사람을 죽이고, 도둑질을 하고, 간음을 했으며, 다른 사람의 빵을 가로챘습니다. 거룩하신 하느님, 왜 당신은 우리를 이렇게 만드셨으며 이와 같은 행로를 걷게 하셨습니까? 우리는 당신의 아들이 아니란 말씀입니까? 당신의 아들은 우리를 위해 죽지 않았단 말씀입니까? 우리를 인도하시는 성자와 천사는 없습니까? 안 그러면 그런 것은 잘도 꿰어맞춘 거짓말이고, 어린 아이들에게 이야기로 들려주고 신부들 자신이 웃음거리로 하는 장난에 불과합니까? 저는 당신을 알 수가 없게 되었습니다. 아버지이신 하느님이시여, 당신은 세상을 흉악하게 만드시고 흉악한 질서 속에 두고 계십니다. 저는 집집마다 골목길마다 시체가 깔려 있는 것을 제 눈으로 보았습니다. 부자들이 그들 집에 축대를 쌓거나 도망하는 것을, 가난뱅이들이 그들의 형제들을 묻어주지 않고 그냥 팽개쳐 두는 것을, 그들이 서로 의심을 품고 유태 사람들을 가축처럼 때려죽이는 것을. 아무 죄도 없는 수많은 사람이 괴로워하고 멸망하여 가는 것을. 수많은 악한 자들이 안락에 젖어 있는 것을 제 눈으로 똑똑히 보았습니다. 당신은 우리들을 몽땅 잊으시고 버렸습니까? 당신께서 만드신 우주에 완전히 싫증이 났습니까? 우리를 몽땅 멸망의 구렁텅이로 빠뜨릴 작정이십니까?"

하늘이 꺼질 듯 한숨을 쉬며 그는 입구에서 걸어나왔다. 천사나 성자 등 수척하고 높다란 무언의 석상들이 인간의 손에 의해서 인간의 정신에서 만들어져 가지고, 준엄하고 무감각하게 어떤 원망이나 물음에도 까딱 않고 법의를 걸친 채 좁디좁은 자리에 서 있었다. 하지만 품위와 아름다움으로 차례차례 죽어가는 인간의 세대에 초연히 서 있는 모습은 무한한 위로요, 죽음과 절망에 대해 개가를 올리는 승리였다. 아, 여기에 불쌍하고 아름다운 유태계의 처녀 레베카, 통나무집과 함께 타죽은 가엾은 레네, 정다운 리디아나 니콜라우스 스승도 한 몫 끼어 설 수가 있다면! 하지만 그들은 언제 한 번은 여기에 서 있을 것이다. 그는 그들을 여기에 걸어두고, 그에게 오늘의 애정과 고뇌와 불안과 정열을 뜻하는 그들의 모습은 후세 사람들 앞에 이름도 이야기도 모른다 하더라도 인간 생활의 무언의 상징으로서 그냥 서 있을 것이다.

제 15 장

이윽고 목적지에 다다랐다. 골드문트는 이전에 한 번 스승을 찾기 위해서 들어간 문을 지나서 동경의 도시에 발을 들여놓았다. 주교(主教)의 도시에서 오는 수많은 소식은 오는 도중에서 벌써 들었다. 거기서도 페스트가 만연하고 있다는 것을, 아직도 창궐하고 있다는 것을 알았다. 불순한 일이나, 민중의 소동이나, 황제가 임명한 총독이 질서를 회복하고 긴급명령을 내려서 시민의 생명 재산을 보호하기 위해 파견되어 왔다는 것이었다. 주교는 페스트가 돌발하자 대뜸 도시를 버리고 먼 지방에 있는 그의 성으로 옮겨갔다. 그런 소식을 이 나그네는 통 염두에도 두지 않았다. 도시와 그가 제작하고 싶은 일터만 남아 있다면! 아무것도 그에게는 중요하지 않았다. 그가 도착했을 때는 페스트도 고개를 숙인 때였다. 사람들은 주교의 귀환을 기다리며 총독의 퇴거와 평화로운 일상생활의 재회를 꿈에 그리고 있었다.

오래간만에 도시를 보았을 때, 재회와 회향의 정이 여태껏 맛본 일이 없었던 것처럼 격렬하게 골드문트의 가슴에 솟구쳤다. 그는 자신을 억제하기 위해 평소와는 달리 정색한 표정을 지었다. 아, 조금도 변한 것이 없구나! 성문도, 아름다운 우물도, 대사원의 볼썽 사나운 낡은 탑, 마리아 교회의 늘씬한 새 탑, 성(聖) 로렌츠의 맑은 종소리, 눈이 부실 듯한 넓은 시장! 그 모든 것이 그를 기다리고 있었다니 얼마나 좋은 일인가! 여기에 도착하면 산산이 부서졌거나 새로운 건물이나 고맙지도 않는 묘한 표식 때문에 분별할 수 없어, 모든 것이 낯설고 변해버린 장면을 도중에서 상상해본 일은 없었단 말인가? 한 집 한 집을 추억 속에서 끄집어 내면서 골목길을 돌아가니 자연 눈물이 글썽글썽하여졌다. 아담하고 안전한 집, 불만 없는 시민생활 속 고향을 가지고 안방과 일터에 주저앉아 가족·하인·이웃 사람 사이에서 생활하고 있다는 믿음직한 안정감 속에 안주하고 있는 사람들은 부러운 존재가 아닐까?

오후도 한 고비가 지난 때였다. 골목길 남쪽에 집이며, 요리점이나 조합의 간판, 조각한 대문, 화분들이 따뜻하게 볕을 쬐고 있었다. 이 도시에도 광란에 떠는 죽음이나 제 정신을 잃은 인간들이 대부분이었다는 것을 회상케 하는 것은 아무것도 없었다. 아치형 다리 밑을 맑은 시내가 싸늘하게, 연초록색으로 연한 청색으로 흘러가고 있었다. 골드문트는 잠시 축대 위에 앉았다. 지금도 여전히 연초록색의 수정 같은 물 속에서 환영 같은 까만 고기들이 냅다 달려가거나 콧대를 물결에 거슬러 대고 가만히 있기도 하였다. 지금도 변함없이 어슴푸레한 밑바닥 이쪽 저쪽에서 그 가냘픈 황금빛이 깜박거리며 온갖 것을 암시하고 자꾸만 환상을 돋군다. 그것은 다른 시내에도 있고 보기에도 말쑥한 다리나 도시는 다른 데도 있었다. 하지만 그는 오랫동안 이런 것을 본 일도 없고 똑같은 감정도 가진 적이 없는 듯했다.

두 청년 쇠고기 장수가 웃어대며 송아지를 몰고 갔다. 그들은 이층의 노대(露台)에서 빨래를 걷고 있는 하녀와 눈짓으로 농담을 주고받고 있었다. 왜 그리 쉽게 만사는 지나가고 마는가! 바로 얼마전만 해도 여기서 페스트의 불이 붙어 병원의 급사들이 뽐내고 있었는데 지금은 생활의 흐름이 제 길을 찾아 사람들은 웃으며 농담들을 했다. 그 자신도 다른 길을 못 갔다. 그도 거기에 앉아 재회에 마음은 빼앗기고 감사하며 정주하고 있는 사람들에게 공명까지 하고 있었다. 마치 불행도 죽음도 없었던 것처럼 방긋 웃음을 띠며 그는 일어서서 곧장 걸어갔다. 니콜라우스 스승이 사는 골목길로 접어들어, 예전에 몇 년간 매일같이 일하러 간 그 길을 다시

걷자니 가슴이 두근거렸다. 그는 걸음을 재촉하여 오늘이라도 스승을 찾아뵙고 사정을 듣고자 했다. 내일까지 기다린다는 것은 전혀 불가능하기라도 하듯, 조금도 지체할 수 없었다. 스승은 아직도 그에게 화를 내고 계실까? 벌써 오래 전의 일이었으니까 그런 것은 뭐 대단치는 않을 테지. 그런 것이 있다손치더라도 극복해 나갈 수가 있을 것이다. 스승만 계시고 일터만 그냥 있으면 만사는 뜻대로이다. 마지막 순간이 되어서 뭘 놓칠 염려라도 있기나 한 듯, 그는 정든 집을 향하여 걸어갔다. 손잡이를 돌려보니 잠겨 있었다. 그의 가슴은 한없이 울렁거렸다. 무슨 흉사라도 있는 것이 아닌가? 예전에는 대낮에 이 문이 잠겨 있으리라는 것을 상상도 못했다. 그는 세게 노크를 하고 문 열리기를 기다렸다. 별안간 가슴은 불안에 싸였다.

나이든 하녀가 나왔다. 옛날에 그가 처음 이 집에 들어섰을 때 맞이해 준 하녀였다. 추한 모습이 되어버린데다 더 늙고 인정미도 없어졌다. 그 여자는 골드문트를 못 알아 보았다. 그는 불안한 목소리로 스승의 안부를 물었다. 그 여자는 이상하다는 듯, 멍청한 얼굴로 그를 쳐다보았다.

"스승이라뇨? 여긴 스승 같은 사람 없어요. 가요. 아무도 들여놓지 않을 테니까요."

그 여자는 그를 문간에서 밀어 내려고 했다. 그는 그 팔을 잡고 귀에다 대고 소리를 질렀다. "마르그리트, 제발 말 좀 해줘! 나 골드문트야. 모르겠어? 니콜라우스 스승을 만나고 싶단 말이야."

반쯤 빛을 잃은 원시안에서는 환영의 기미조차 보이지 않았다.

"여기엔 이제 니콜라우스 스승은 없어." 그 여자는 내뱉듯이 말했다. "니콜라우스 스승은 죽었어. 가세요. 여기 서서 참새처럼 지껄일 수 없단 말예요."

골드문트의 마음속에서 모든 것이 산산조각나고 말았으나, 그는 노파를 밀쳐 버리고 어두운 복도를 지나서 일터로 달려갔다. 하녀가 허겁지겁 쫓아왔다. 일터에는 자물쇠가 잠겨져 있었다. 울부짖고 욕설을 퍼붓는 노파에게 쫓기면서도 그는 계단을 쫓아올라가 보니 좀 어두컴컴하였지만 그래도 익숙한 장소에 니콜라우스가 모아놓은 목상(木像)들이 서 있는 것이 보였다. 그는 큰 소리로 니콜라우스의 딸 리스벳을 불렀다.

방문이 살며시 열리고 리스벳이 나타났다. 두 번이나 다시 고쳐보고 그 여자라는 것을 겨우 알아내자 그 모습에 그만 가슴이 미어졌다. 문에 자물쇠가 잠겨진 것을 알고 놀란 순간부터 이 집안은 하나에서 열까지 유령이라도 나올 듯 심상치 않았고 답답한 꿈이라도 꾸듯하였다. 그런데 지금 리스벳의 모습을 보니 정말 온몸이 오싹해졌다. 아름답고 긍지가 있던 리스벳이 무슨 일에도 겁이 많고 허리가 구부정한 노처녀로 변해 있었다. 얼굴은 병색이 짙었으며 차림은 아무 꾸밈도 없는 검은색 옷에 눈초리는 불안정했고 불안에 차 있었다.

"실례합니다. 마르그리트가 들여보내 주질 않았어요. 절 알아보지 못하세요. 골드문트예요. 아, 말을 좀 해봐요. 아버지가 돌아가셨다니 정말이에요?"

그 여자의 눈초리로 보아 겨우 그를 알아챈 것 같았으나 그가 이 집에 좋은 인상을 남기지 않았다는 것도 짐작할 수 있었다. "그래요, 골드문트예요?" 그 여자가 말했다. 그 목소리에는 여전히 예전의 오만불손함을 엿볼 수 있었다. "애써 오셨는데 안됐군요. 아버지는 돌아가셨어요."

"그럼 일터는요?" 그는 겨우 물어 보았다.

"일터라뇨? 자물쇠가 채워진걸요. 일을 찾으려거든 다른 데나 가보아요."

그는 정신을 차리려고 애를 썼다.

"리스벳," 그는 정이 담뿍 어린 음성으로 말했다. "난 일감을 찾고 있는 게 아니에요. 스승과 당신의 안부를 묻고 싶었을 뿐이에요. 이런 소식을 들어야 하다니 정말 슬프군요! 고생도 어지간히 하셨구려. 당신 아버지의 은혜를 고맙게 여기는 제자에게 무슨 부탁할 일이 있으면 일러 주시오. 그러면 영광이겠습니다. 아, 리스벳! 당신이 그렇게, 그렇게 지독하게 고생하고 계시는 걸 보니 제 가슴은 터질 듯합니다."

그 여자는 방으로 쑥 들어가고 말았다.

"고마워요." 그 여자가 망설이다가 말했다. "이제 당신은 아버지한테 아무 시중도 들 수 없어요. 나한테도요. 마르그리트가 바깥으로 안내해 드릴 거예요."

그 여자의 목소리는 숫제 성한 소리 같지가 않았다. 노여움과 불안이 반반이었다. 만약 그 여자가 용기가 있었다면 그에게 마구 욕을 퍼부으며 쫓아냈을 거라고 느껴졌다.

벌써 그는 아래층에 내려가 있었다. 노파는 그가 나간 뒤통수에 대고 문을 탕 닫고 빗장을 채웠다. 빗장 두 개의 우악스런 소리가 아직도 그의 귓전을 울렸다. 관 뚜껑에 못 박는 소리같이 들렸다.

천천히 둑까지 돌아와서 냇가의 아까 그 자리에 다시 주저앉았다. 해는 벌써 서산으로 넘어갔다. 물 위를 타고 차디찬 바람이 불어왔다. 그가 앉아 있는 돌은 차가웠다. 냇가의 오솔길에는 인기척이 없고, 센 화살 같은 물결이 다리 기둥에 부딪혀 소리를 낼 뿐이었다. 밑바닥은 어둡고 황금빛 미광조차도 반짝이지 않았다. 아, 지금 둑에 넘어져서 시내에 빠져 버리고 만다면 하고 그는 생각했다. 다시 세계는 죽음에 차 있었다. 한 시간이 지났다. 황혼이었다. 결국 눈물이 흘러내렸다. 그냥 주저앉아 울었다. 손과 무릎 위에 따뜻한 눈물방울이 떨어졌다. 그는 고인이 된 스승을 위해, 아름다움을 잃고 만 리스벳을 위해, 레네를 위해, 로베르트를 위해, 유태계 처녀를 위해, 공연히 낭비해 버린 그의 청춘을 위해 눈물을 쏟았다.

밤늦게야 그는 예전에 친구들과 자주 술잔을 들이켰던 목로주점에 들어갔다. 그 집 마담은 골드문트의 얼굴을 잊지 않고 있었다. 그는 빵을 한 조각 청했다. 마담은 그것을 내주고 포도주까지 친절하게 서비스해 주었다. 그는 빵도 포도주도 입에 대지 않았다. 그 가게의 벤치에서 그날밤을 잤다. 이튿날 아침, 마담이 그를 깨웠다. 고맙다는 인사를 하고 그 자리를 떴다. 가다가 빵을 먹었다.

생선 시장으로 가보니 그 전에 방을 빌린 집이 있었다. 우물 옆에서 생선 파는 여인이 살아 있는 상품을 팔고 있었다. 그는 통속에서 반짝거리는 고운 생선들을 가만히 들여다보았다. 요전에도 가끔 본 일이 있었다. 생선들한테 곧잘 동정을 해서 파는 여인들이나 사는 사람들을 화나게 했던 것이 생각났다. 역시 아침이었는데 이곳을 이렇게 걸어다니며, 생선이 불쌍하다고 생각하며 몹시 서러워하던 때를 기억해 냈다. 그리고 오랜 시간이 지나고 억수 같은 물이 시내를 흘러내려갔다. 그때 서러웠던 것은 잘 기억하고 있으나 무엇 때문에 그렇게 서러워했던가를 기억하지 못했다. 말하자면 슬픔도 사라져 가고 고통과 절망도 사라져 갔다. 환희와 동시에 그것들도 지나가고 퇴색하고 깊이와 가치를 잃고 말았다. 결국 한때 그의 가슴을 그다지도 쓰라리게 하였던 것이 무엇이었나를 이제 생각할 수 없게 되었다. 아, 고통도 이제 느낄 수 없게 되었다. 오늘의 그의 고통도 언젠가는 시들고 소용 없는 것이 되고 말 것이다. 스승은 고인이 되었다. 그에 대한 원한을 품고 죽었다. 열어놓은 일터가 아무 데도 없기 때문에 창작의 행복을 맛보거나 차곡차곡 쌓여 있는 형상들을 영혼에서 내려다볼 수가 없다는 절망감도 똑같이 되고 말 것이다. 그렇다, 영락없이 이 고통도 이 쓰디쓴 괴로움도 낡아 버리고 시들고 말 것이다. 그는 그것들도 잊어버리고 말 것이며 아무것도 영속하는 것은 없다. 괴로움까지도 영속하지 않는다.

생선을 정신없이 바라보며 그런 생각에 잠겨 있을 때 나지막한 목소리가 그의 이름을 정답게 불렀다.

"골드문트." 새침한 소리였다. 소리나는 쪽을 쳐다보니 좀 호리호리하고 핼쑥하며 검고 고운 눈의 나이 어린 처녀가 서 있었다. 그 처녀가 그를 불렀으나 그는 알지 못했다.

"골드문트! 당신 골드문트죠?"라고 새침한 소리로 물었다. "언제부터 또 시내에 들어왔나요? 날 기억하지 못하세요? 나 마리예요."

하지만 그는 기억이 없었다. 그 여자는 전에 하숙하던 집의 딸이라는 것, 그가 떠나던 날 아침 일찍, 부엌에서 우유를 끓여 주었다는 것을 이야기했다. 그 이야기를 하면서 그 여자의 얼굴은 빨개졌다.

그래, 마리였다. 허리를 제대로 못 쓰는 호리호리한 아이였는데 그때는 정말 정답게 그를 돌봐주었다. 그는 겨우 모든 것이 다시 생각났다. 그 여자는 어느 차디찬 날 아침 그를 기다리고 있다가 그가 떠나는 것을 몹시 서운해하며 우유를 끓여 주었던 것이다. 그가 키스를 하자, 그녀는 마치 성례라도 받는 것처럼 조용히 그리고 정중하게 받아들였다. 그 후 그는 그녀를 생각한 일이 없었다. 그때 그녀는 아직도 어린애였다. 이제 성장하여 매우 시원한 눈을 가지고 있었다. 하지만 여전히 절뚝거리며 좀 가엾게까지 보였다. 그는 그녀와 악수를 나누었다. 이 도시에 그를 아직도 기억하고 다정히 대해주는 사람이 있다는 것이 반가웠다.

마리는 그를 데리고 갔다. 그는 그다지 사양하지 않았다. 그의 그림이 아직도 걸려 있고 그의 빨간 루비 술잔이 난로 위 서가에 얹혀 있는 방, 그는 양친의 방에서 점심을 먹고 며칠 묵어가기를 권유받았다. 그를 다시 만나게 되어서 기쁘다고 했다. 여기서 그는 스승의 집에서 일어난 이야기를 들을 수 있었다. 니콜라우스는 페스트 때문에 죽은 것이 아니었다. 페스트에 걸린 것은 리스벳이었다. 리스벳은 빈사 상태에 빠졌다. 리스벳의 아버지는 죽음을 각오하고 간호했으나 딸이 다 낫기도 전에 죽어 버렸다. 리스벳은 구해낼 수 있었지만 그녀의 미모는 사라지고 말았다는 것이다.

"일터는 비어 있지요." 하고 집주인이 말했다. "솜씨 있는 조각가한테는 좋은 보금자리가 될 거고 돈도 넉넉히 있을 테죠. 잘 생각해 봐요, 골드문트! 그 여자는 싫다고는 안할 겁니다. 그 사람은 이 사람 저 사람 가릴 처지가 못 되니까요."

그는 또 페스트가 유행했던 때에 대해서 이것저것 물어 보았다. 폭도가 우선 병원에 불을 놓고, 다음에 부자집 몇 채를 습격해서 약탈했다는 것, 주교가 도망치고 없었기 때문에 잠시 동안 도시는 질서와 안전을 잃고 말았다는 것등을 알게 되었다. 또 그때 마침 가까이 계셨던 황제가 총독으로 하인리히 백작을 이곳에 파견하였다. 그는 매우 과감한 사람이어서 몇 사람의 기사와 군인으로 도시의 질서를 회복했다. 하지만 이제는 총독의 통치가 끝나도 좋을 무렵이어서 모두들 주교가 돌아오길 기다리고 있다. 백작 총독은 시민들한테 너무도 많은 부담을 강요했다. 총독의 첩 아그네스도 질색이었다. 그 계집은 정말 요녀였다. 아니, 곧 그들은 걷어치울 것이다. 시 참의회는 온정 많은 주교 대신에 저런 궁정 출신의 군인을 짊어지고 들어온 것을 벌써부터 거부하고 있었다. 아무튼 총독은 황제의 총아요, 매일같이 공사(公使)다 사절이다 해서 마치 왕후나 장군을 맞이하듯 하고 있다. 대충 이런 이야기였다.

이번에는 손님도 그의 체험담을 들려달라고 부탁받았다. 그는 서러운 듯 말했다. "이야기도 되지 않는걸요. 나는 많이 걷고 또 걸었죠. 하지만 어디를 가나 전염병이요, 시체가 아무 데나 뒹굴고 있잖아요. 어디를 가나 사람들은 공포 때문에 제정신을 잃고 흉악한 마음들을 품고 있었어요. 요행히 나는 살아남았죠. 언젠가 한번은 죄다 씻은 듯이 잊어버리고 말겠죠. 돌아와 보니 스승도 이 세상 사람이 아니구요! 한 이틀 쉬어 묵게 해주시오. 그리고는 또 떠나야지요."

그는 휴식 때문에 묵은 것은 아니었다. 실망을 해서 마음을 종잡을 수 없었던 탓이요, 행복했던 시절의 추억이 도시를 정들게 하고 불쌍한 마리의 사랑이 고마웠기 때문이었다. 그는 거기에 답해줄 수가 없었다. 그녀한테 줄 수 있는 것은 우정과 동정뿐이었다. 하지만 조용하고 은근한 그녀의 사모하는 정은 그의 마음을 안정시켜 주었다. 그러나 무엇보다도 그를 이곳에 단단히 붙들어 매어둔 것은 일터는 없고 이것 저것 아쉬운 것이 많다 하더라도 다시 예술가가 되려고 하는 그의 불타는 듯한 욕구였다.

며칠을 두고 골드문트가 한 것이라고는 스케치 정도에 그쳤다. 마리가 종이와 펜을 마련해 주었다. 그는 방안에 들어앉아서 계속 스케치를 했다. 아무렇게나 회칠한 형상이나 감정이 뚝뚝 떨어질 듯한 섬세한 형상 등으로 큼직한 종이에 가득 채우기도 했고 충만한 마음속의 그림책을 종이 위에 옮겨놓기도 했다.

몇 번이고 레네의 얼굴을 소묘했다. 그 겁탈자가 맞아죽은 후, 만족과 사랑과 살인의 환희에 젖어 방긋 웃음지은 레네의 얼굴을, 마지막 밤 벌써, 무형으로 용해하여 대지에 돌아가려 하던 레네의 얼굴을 소묘했다. 부모가 있는 데를 가려고 문지방 위에서 주먹을 불끈 쥐고 숨이 끊어진 농사꾼의 아들을 소묘했다. 시체가 쌓여 있는 수레, 그것을 무거운 듯 끌고 가는 세 마리의 얼룩말, 그 옆에 페스트 예방용 검은 색 마스크의 틈새에서 음울한 눈동자를 굴리며 길쭉한 막대기를 가진 시체 처리하는 인부, 이런 것을 소묘했다. 그는 자꾸만 레베카를 소묘했다. 검은 눈을 가진 늘씬한 유태계 처녀를, 그 뾰족하고 자만에 찬 입술, 고통과 분노에 찬 얼굴, 연애를 하는 데 알맞게 만들어진 듯하던 우아하면서 연약한 자태, 그는 자신을 스케치했다. 방랑자로서, 애인으로서, 생명을 베어내는 저승 사자한테서 도망치는 놈으로서, 생명의 기갈에 허덕이는 자들의 뒷그늘에서 춤추는 자로서 자신의 모습을 그렸다. 옛날에 본 리스벳 양의 새침하고 단단한 얼굴, 노파 마르그리트의 찌푸린 얼굴, 니콜라우스 스승의 정답고 무섭게 보이던 얼굴, 온 정성을 들여서 백지 위에 그렸다. 또 가느다랗고 어렴풋한 선으로 커다란 여인의 자태를 그렸다. 두 손을 무릎에다 공손히 놓고 우수에 잠긴 눈 아래 미소의 흐느낌을 풍기는 대지의 어머니를 윤곽만 그렸다. 스케치를 하는 손에 흘러가는 듯한 이 감정과 환상은 끝없는 쾌감을 주었다. 며칠 사이에 그는 마리가 마련해 준 종이를 한 장도 남기지 않고 스케치했다. 마지막 종이 한 조각을 잘라서 건정건정한 선으로 고운 눈매와 체념한 입을 가진 마리의 얼굴을 스케치했다. 그것을 그 여자한테 선사했다.

스케치를 하면서 울적하고 꽉 막힌 듯한 그의 감정이 홀가분해진 것 같았다. 스케치를 하고 있는 동안은 그가 어디에 있는지를 잊었다. 그의 세계는 책상과 흰 종이, 밤이면 양초뿐이었다. 그는 지금 겨우 눈을 뜨고 최근에 체험한 것들을 기억에 호소해 보았다. 그리고는 용서없고 새로운 방랑이 눈앞에 다가와 있는 것을 보고, 재회와 고별이 반반씩 뒤섞인 기묘한 분열의 감정을 가지고 시내를 기웃거리기 시작했다.

산책을 하는 도중에 한 여인을 만났다. 그 여자를 한 번 딱 쳐다보자 뒤섞인 그의 모든 감정에 새로운 중심을 얻게 되었다. 그것은 말을 탄 여인, 눈매는 뭔가 탐하는 듯 다소 쌀쌀맞고, 어디 하나 빈틈 없는 몸매, 향락욕이나 권력욕이나 자만심이나 예민한 관능의 호기심에 찬 화려한 얼굴, 키는 후리후리하고 머리칼은 밝은 금발의 여인이었다. 밤색 말을 집어타고 누구라도 막 부려먹고 싶은 듯 거만하게 도사린 자태였다. 부려먹는 데 낯설지는 않은 듯했으나 무뚝뚝하거나 딱딱하지 않았다. 얼음장같이 쌀쌀한 눈 아래 콧구멍이 온 세계의 냄새를 향해서 숨쉬고 있었다. 커다랗고 느슨한 입은 받는 것도 주는 것도 모두 가능할 것 같았다. 골드문트가 그 여자를 쳐다보자 첫눈에 그는 완전히 눈이 떠졌다. 이 여자를 한번 정복해 보자는 욕정에 사로잡히고 말았다. 이 여자를 정복한다는 것은 고상한 목표인 것 같았다. 그 여자를 수중에 넣는 길목에서 목이 떨어진다 해도 그다지 후회스러울 것 같지 않았다. 이내 그는 금발의 여인이 사자와 같은 관능과 영혼이 흘러넘쳐 어떤 공포도 받아들여 섬세한 동시에 맹렬하고, 아주 오래전부터 이어받은 피의 경험에 의해서 정열을 알고 있다는 것을 느꼈다.

그 여자는 말을 타고 지나갔다. 그는 그 여자를 바래다 주었다. 곱슬곱슬한 금발과 파란 벨벳 깃 사이 수려한 이목구비가 돋보였다. 오만하고 우쭐거리기는 했지만 부드러운 어린애 같은 피부였다. 그가 본 여자 중에서 제일 아름다운 것 같았다. 그 목덜미를 만져보고 그 여자의 눈에서 파랗고 차디찬 비밀을 떠내고 싶었다. 그 여자가 누군지를 물어보는 것은 쉬웠다. 그는 그 여자가 성에 살고 있는 아그네스라는 여자로 총독의 애인이라는 것을 이내 알게 되었다. 그 정도로는 놀라지 않았다. 황후라도 상관없었다. 그는 우물의 물통 옆에 서서 자신의 영상을 비춰 보았다. 그 모습은 금발 여인의 모습과 형제처럼 닮아 있었다. 다만 굉장히 강해보일 뿐이었다. 그는 선뜻 그가 알고 있는 이발관에 가서 여러 가지 말로 꾀어서 머리칼과 수염을 짧게 깎고 곱게 빗질까지 했다.

이틀 동안 그녀의 뒤를 따라다녔다. 아그네스가 성에서 나오면 낯선 금발의 사나이가 문간에 서서 그 여자를 흠모하는 눈길로 쳐다보았다. 아그네스가 성벽을 빙 둘러서 말을 몰면 오리나무 숲에서 낯선 사나이가 걸어나왔다. 아그네스가 대장간에 갔다가 나오면 또 낯선 사나이를 만났다. 그 여자는 거만한 듯한 눈초리로 그를 흘깃 쳐다보았다. 그때 그 여자의 콧망울이 움직였다. 이튿날 아침, 그 여자가 그에게 도전적으로 웃었다. 총독인 백작도 보았다. 당당하고 과감한 사나이였다. 쉽게 보아넘길 수 없는 사내였다. 하지만 벌써 머리칼은 백발이고 얼굴에는 수심이 역력했다. 골드문트는 이 사내라면 자신있다고 생각했다.

그 이틀 동안 그는 행복했다. 다시 찾은 청춘이 반짝이고 있었다. 그 여자에게 모습을 들이밀고 선전포고를 한 것은 마음이 후련하였다. 이 미인 때문에 자유를 잃는 것도 아름다웠고 이 여자 때문에 그의 생명을 거는 것도 깊은 자극이 되었다.

사흘째 되는 날 아침, 아그네스는 말을 타고 시종을 데리고 성문에서 나왔다. 그 여자의 눈초리는 얼른 호전적인 동시에 다소 흥분을 감추지 못하고 뒤를 밟는 사나이를 찾았다. 그는 벌써 거기 와 있었다. 그 여자는 시종에게 심부름을 시켜 돌려보냈다. 혼자 말을 몰고 가면서 아랫마을 다리 곁 성문을 지나가며 다리를 건넜다. 오직 한 번만 뒤를 돌아보았다. 낯선 사나이가 따라오는 것이 보였다. 순례사 성 파이트로 가는 길에서 그 여자가 그를 기다리고 있었다. 그 근방은 그때 매우 한적했다. 그 여자는 반 시간이나 기다리지 않으면 안 되었다. 낯선 사람은 천천히 걸었다. 숨을 헐떡거리며 오기는 싫었던 것이다. 건강한 얼굴색에 웃으면서 진홍색 들장미 열매가 달린 작은 가지를 입에 물고 그는 걸어왔다. 그 여자는 말에서 내려 말을 붙들어 매고 험한 돌담의 담쟁이 덩굴에 기대서서 뒤를 밟는 사나이를 쳐다보고 있었다. 그 여자와 눈을 마주대고 서서 그가 모자를 벗었다.

"왜 내 뒤를 밟는 거예요? 내게 무슨 볼 일이라도 있어요?"

"오, 내가 당신한테서 무엇을 받는 것보다 오히려 당신한테 무엇을 주고 싶습니다. 나는 당신한테 나 자신을 선물로 드리고 싶습니다. 아름다운 부인이여, 그런 다음에는 당신 마음대로 날 처분해 주시구려."

"좋아요. 당신을 어떻게 처분할지 생각해 봅시다. 하지만 이런 곳에서 아무런 위험도 없이 꽃을 꺾을 수 있으리라고 생각했다간 큰 잘못이에요. 내가 사랑할 수 있는 것은 만일의 경우 생명을 내걸 수 있는 사나이뿐이에요."

"당신은 나를 지배할 수 있습니다."

그 여자는 목에서 가느다란 황금 목걸이를 풀어서 그에게 주었다.

"당신 이름이 대관절 뭐죠?"

"골드문트."

"좋습니다. 황금의 입술! 당신의 입이 얼마나 훌륭한가 한 번 맛보겠어요. 잘 들어요. 당신은 이 목걸이를 저녁 때 성에 갖다 바치면서 당신이 찾은 거라고 말하세요. 이걸 손에서 놓치면 안 돼요. 내가 당신 손에서 받아질 테니까요. 사람들이 당신을 거지라고 생각하더라도 지금 입고 있는 그대로 오세요. 하인들 가운데 누군가가 당신한테 큰 소리로 고함을 질러도 그대로 있어요. 내가 안전하다고 믿을 수 있는 부하는 성 안에 단 둘밖에 없는 것을 알아두세요. 마부 막스와 시녀 베르타, 둘 중에 한 사람을 붙들고 나 있는 곳으로 안내를 받아요. 성 안에 있는 다른 사람들은 백작을 포함해서 경계해야 해요. 모두 적들이니까요. 미리 알려 둡니다. 당신의 생명에 관계되는 일일지도 몰라요."

그 여자는 그에게 악수를 청했다. 그는 빙그레 웃으며 그 여자의 손을 잡고 사뿐히 키스한 뒤 그의 뺨에 대고 살짝 비볐다. 그리고는 목걸이를 집어넣고 언덕 비탈을 내려와 시내와 도시가 있는 쪽으로 걸어갔다. 포도밭은 벌써 시들어 갔다. 나무들 사이에서 노란 잎사귀들이 하나씩 하나씩 떨어졌다. 골드문트는 시내를 내려다보며 그립고 사랑스런 도시라는 생각이 들었을 때, 웃으며 고개를 저었다. 며칠 전만 해도 그렇게 서러웠는데 어려움이나 고통도 허무하다고 할 만큼 서러웠는데, 지금은 마치 황금빛 잎사귀가 가지에서 떨어지는 것처럼 그런 감정은 모두 사라지고 말았다. 그 여자에게서 비쳐 나오는 사랑만큼 그를 향하여 사랑이 비쳐진 적은 여태 한 번도 없었던 것 같았다. 그 우아한 자태와 황금색 화려하고 빈틈 없는 생명은 어릴 때 말브론에서 가슴에 지녔던 그의 어머니의 형상을 생각하게 했다. 그저께만 해도, 세계가 한 번 더 이렇게 즐겁게 그의 눈에 대고 웃어 주리라는 것을, 한 번 더 생명과 기쁨과 청춘의 물결이 이만큼 넘쳐흐를 듯이 밀어닥치며 그의 핏속을 흐르는 것을 느낄 수 있으리라 짐작 못했었다. 그대로 흉측스런 이 몇 개월 동안 죽음을 피할 수 있었다는 것은 얼마나 행복한 사실인가!

저녁때, 그가 성에 나타났다. 성 안마당이 떠들썩했다. 말의 안장이 내려지기도 하고 심부름꾼들이 달리고도 있었다. 신부들이나 고위 성직자들의 작은 행렬이 하인들에 의해 인도되어 안쪽 문을 지나서 계단을 올라갔다. 골드문트는 그 뒤를 따라붙으려고 했으나 문지기에게 붙들리고 말았다. 그는 황금 목걸이를 꺼내어 이것을 부인이나 시녀 이외의 사람에게는 내주지 말 것을 분부받았다고 했다. 그에게 하인을 하나 붙여놓고 복도에서 한참 기다리게 했다. 겨우 예쁘장하긴 하지만 왈가닥 같은 부인이 나타나 그의 옆을 지나치면서 나지막한 목소리로, "당신 골드문트예요?" 하고 묻더니 따라오라고 눈짓했다. 그 여자는 문 하나를 지나서 살짝 없어져 버렸다. 잠시 후 다시 나타나서 안으로 들어오라고 눈짓했다.

그는 조그만 방안으로 들어갔다. 털가죽과 달콤한 향수 냄새가 코를 찔렀다. 못에 옷과 망토가 잔뜩 걸려 있었다. 부인용 모자가 나무 못에 걸려 있고 갖가지 신발이 활짝 열어놓은 옷장에 줄지어 있었다. 그는 여기서 반 시간 동안이나 서서 기다리며 향수 뿌린 옷 냄새를 맡기도 하고 손으로 털가죽을 만져 보기도 하고, 아무 데나 걸려 있는 보기 좋은 것들에 침을 꿀꺽꿀꺽 삼키고 있었다.

드디어 문이 열렸다. 시녀가 아니고 아그네스가 목에 흰 털가죽 깃을 단 연한 하늘색 차림으로 들어왔다. 기다리고 있던 사나이 쪽으로 한 발자국 한 발자국 서서히 걸어왔다. 차디찬 물색 눈이 정색을 하고 그를 노려보았다.

"기다리게 했습니다." 그 여자가 나지막이 말했다. "하지만 안전하다고 생각해요. 교구의 성직자가 백작한테 와 있어요. 백작은 같이 식사도 하고 또 오래 이야기도 할 거예요. 신부들과의 이야기는 언제나 오래 걸리거든요. 그 시간은 당신과 나의 것이에요. 자, 어서 오세요, 골드문트."

그 여자는 그한테 허리를 굽혔다. 애타 목말라하는 그 여자의 입술이 그의 입술 가까이에 왔다. 둘은 아무 말없이 최초의 키스로 인사를 했다. 잠깐 동안 주저하다가 그는 그 여자의 목덜미에 손을 휘감았다. 그 여자는 침실로 그를 인도했다. 거기는 높고 밝게 양초가 켜져 있었다. 식탁에 식사 준비가 되어 있었다. 둘은 자리를 잡았다. 그 여자는 재빨리 빵과 버터와 약간의 고기를 그의 앞에 갖다놓고 백포도주를 푸른 빛깔의 술잔에다 따랐다. 그녀도 마셨다. 두 사람의 손은 서로를 더듬으며 애무했다.

"당신은 도대체 어디서 날아왔죠?" 그 여자가 물었다. "아름다운 나의 새여! 당신은 군인이에요? 아니면 노름꾼인가요? 안 그러면 단지 불쌍한 떠돌이인가요?"

"나는 당신이 바라는 모든 것이에요." 그는 웃었다. "나는 완전히 당신 거예요. 바라신다면 나는 노름꾼이 되겠소. 당신은 나의 달콤한 기타예요. 내가 손가락을 당신 목에다 놓고 당신을 악기라고 하여 켜면 천사의 노랫소리가 들립니다. 자, 그리운 이여, 나는 당신의 맛난 과자를 먹고, 당신의 백포도주를 마시기 위해 온 것은 아니에요. 나는 단지 당신 때문에 온 거랍니다."

그는 하얀 털가죽을 그 여자의 목에서 살짝 풀고, 입고 있는 옷을 벗겼다. 바깥에서 신하나 신부들이 의논을 하든, 하인들이 소리를 죽이고 걸어가든, 가느다란 초생달이 숲 그늘에 온통 사라지고 말든, 사랑을 나누는 두 사람은 전혀 몰랐다. 낙원 동산이 그들을 위해 꽃피고 있었다. 서로 부둥켜안으며 향기나는 낙원 동산의 어둠 속에 헤매어 들어갔다. 하얀 꽃의 비밀이 흘러내리는 것을 보며 애정과 감사의 정이 얽힌 손으로 그리워하는 낙원 동산의 열매를 땄다. 이 노름꾼은 이런 기타를 여태 켜본 적이 없었다. 또 기타는 기타대로 이처럼 강하고 익숙한 손가락 밑에서 울려본 적은 없었다.

"골드문트," 그 여자는 불타오르듯 그의 귀에 대고 속삭였다. "아, 당신은 뭐라면 좋을지 모를 마술사 같아요! 달콤한 금붕어, 난 당신의 아이를 갖고 싶어요. 아니 그보다도 당신 옆에서 차라리 죽고 싶어요. 날 삼켜 버려요! 그리운 내님이여, 날 녹여 버려요! 날 죽여 줘요!"

차디찬 그 여자의 눈 속에 있는 심술이 눈 녹듯 녹아 버려 희멀겋게 되는 것을 보자 그의 목구멍 한복판에서 행복의 가락이 울려 퍼졌다. 애욕을 못 참는 몸부림과 죽음처럼 그 여자의 두 눈동자에서 소름이 스쳐지나갔다. 숨이 끊어져 가는 생선의 비늘 위에서 은빛 소름이 꺼져가듯, 시내 밑창에 이상야릇한 그 미광이 샛노란 금빛으로 비치듯 무릇 인간이 체험할 수 있는 모든 행복이 이 한 순간에 응결하고 만 것 같았다.

그 직후, 그녀가 지그시 눈을 감고 몸을 사시나무 떨듯하며 누워 있는 동안, 그는 살며시 일어나서 옷을 주섬주섬 입었다. 그는 한숨을 푹 쉬며 여자의 귀에다 대고 말했다. "아름다운 내 사랑이여, 나는 떠나겠소. 난 죽고 싶지 않아. 백작한테 맞아죽기 싫어. 그보다 나는 오늘 한 것처럼 한 번 더 당신을 행복하게 해주고 싶어. 한 번 더, 몇 번이라도, 몇 번이라도!"

그가 옷을 다 입을 때까지 그녀는 아무 말없이 그냥 누워 있었다. 그는 살며시 이불을 덮어 주고, 그녀의 눈에 키스했다.

"골드문트," 그녀가 말했다. "아아, 당신은 떠나지 않으면 안 되나요! 내일 또 와요! 위험하면 알려 줄게. 또 와요! 내일 또 와요!"

그녀가 방울끈을 당겼다. 의상실 문에서 아까 그 시녀가 그를 성 밖까지 데려다 주었다. 시녀한테 금화 한 닢 던져주고 싶었으나 얼른 그의 빈곤이 부끄러워졌다.

한밤중에 그는 생선 시장에 서서 하숙집을 쳐다보았다. 아무도 자지 않는 사람은 없을 거다. 아마 밖에서 밤을 새우지 않으면 안 되겠지. 뜻밖에 바깥문은 열려 있었다. 살짝 기어들어가서 문을 잠갔다. 그의 방은 부엌으로 통해서 갔다. 거기에 불이 켜져 있었다. 이름뿐인 석유등잔에 비치어 마리가 조리대 옆에 앉아 있었다. 두세 시간 기다렸기 때문에 막 잠이 든 참이었다. 그가 들어서자 그녀는 깜짝 놀라 일어섰다.

"아, 마리, 아직 안 잤니?"

"자지 않았어요. 안 그랬더라면 당신이 집에 돌아오더라도 문이 잠겨 있었겠죠."

"기다리게 해서 미안해, 마리. 매우 늦었지. 화내지 마라, 응."

"난 당신한테 화낸 일 없어요, 골드문트. 좀 서운할 뿐이에요."

"서운하면 어떻게 해, 원. 왜 서운해?"

"아, 골드문트. 내가 몸도 건강하고 아름답고 병신이 아니라면 하고 생각해요. 그렇게 되면 당신은 밤에 다른 집에 가서 다른 여자를 사랑하지 않아도 되잖아요. 그러면 당신은 또 내 곁에서 조금은 날 사랑해 주실텐데."

그 여자의 부드러운 음성에는 희망이 없었고 쓰디쓴 데도 없었다. 슬픔이 있을 뿐이었다. 어찌 할 바를 몰라 그는 그 여자 옆에서 있었다. 한없이 불쌍했으나 뭐라 말할 수도 없었다. 조심스럽게 그는 그 여자의 머리를 잡고 머리칼을 어루만져 주었다. 그 여자는 선 채 가만히 있었으나 머리칼에 남자의 손이 닿는 것을 느끼자 몸을 떨며 흐느꼈다. 잠시 후 수줍은 듯 말했다 "자리에 들어가요, 골드문트. 바보 같은 소리를 했어요. 이제 졸려요. 안녕히 주무세요."

제 16 장

행복하고 초조한 하루를 골드문트는 언덕 위에서 보냈다. 말을 가지고 있었더라면 스승이 만든 아름다운 마돈나가 있는 수도원에 오늘이라도 당장 쫓아갔을 것이다. 그것을 한 번 더 보고싶어 견딜 수가 없었다. 밤중에 니콜라우스 스승을 꿈에 본 것 같았다. 아니, 그것을 만회할 수는 있을 테지. 가령 아그네스와의 사랑의 행복이 잠깐 동안이라 하더라도, 나쁜 결과가 될지 모른다 하더라도 오늘은 행복이 절정에 이르렀다. 그것을 손톱만큼도 놓쳐서는 안 되었다. 그는 오늘 아무하고도 만나기 싫었다. 마음을 산란하게 하기 싫었다. 따스한 가을날을 바깥에서, 나무와 구름 밑에서 보내고 싶었다. 그는 마리에게 시골을 산보할 작정이니 돌아오는 시간은 늦을 것이고 빵을 실컷 가지고 가고 싶으며 밤에는 그를 기다릴 것까지 없다고 말했다. 마리는 아무 말도 않고 빵과 사과를 잔뜩 싸주며 낡은 그의 웃저고리에 솔질을 해주었다. 옷이 해진 곳을 그녀는 첫날에 꿰매주었던 것이다. 이렇게 그녀는 그를 보냈다.

그는 개울을 건너고 텅빈 포도밭을 빠져나와 가파른 계단 길을 올라갔다. 높은 숲속에 빠져들어 갔으나 산머리에 올라설 때까지 걸음을 멈추지 않았다. 거기까지 가보니 해가 가지들이 앙상한 나무들 사이에서 새어 들어오고 있었다. 티티새가 그의 발자국 소리를 듣고 숲속으로 도망쳤다. 거기서 겁을 집어먹고 웅크리고 앉아 새까만 눈알을 반짝이고 있었다. 훨씬 발 아래 쪽에 푸른 활 모양으로 개울이 흘러가고, 시내가 차곡차곡 쌓아올린 노리개처럼 조그맣게 깔려 있었다. 거기서는 기도 시간의 종소리 이외에는 아무 소리도 들리지 않았다. 여기 산머리에 옛날 이교도 시대의 조그만 성벽과 보루가 있어 잡초에 뒤덮여 있었다. 축성 같기도 하고 무덤 같기도 하였다. 그는 그 중 하나 위에 걸터앉았다. 말라서 바스락거리는 가을 풀밭에 앉아 널찍한 골짜기 전체와 개울 저쪽의 언덕과 산들을 건너다보았다. 산마루들이 굽이쳐 흘러 마지막에는 산맥과 하늘이 푸른색 속에 융합하여 산인지 하늘인지 분간할 수 없었다. 이 넓은 강산을 하나 남기지 않고 아득한 저쪽에까지 그의 발자국을 남겼던 것이다. 지금은 멀리 떨어져 있고 추억 속에 잠겨 있는 이 강산 전부가 한때는 그의 가까이에 있었고 현재였던 것이다.

숲속에서 그는 많은 잠을 잤고, 딸기를 먹고, 굶주리고 헐벗었던 것이다. 중턱과 황무지 벌판을 떠돌며 슬퍼하고 기운을 얻고 피곤했다. 머나먼 저곳 어디에 선량한 레네의 불에 탄 뼈가 놓여 있을 것이다. 저쪽 어디에 그의 친구 로베르트가 페스트에 걸리지 않았다면 여전히 봇짐에 떠돌아다닐 것이다. 저쪽 어디에 죽은 빅토르가 누워 있을 것이다. 저기 어느 한 군데, 머나먼 곳에 요술에 걸린 것처럼 그의 소년시절의 수도원이 있었다.

아름다운 딸들이 있던 기사의 성이 있었다. 불쌍한 레베카가 애처롭게 쫓겨 달아나거나 숨이 끊어졌거나 했다. 멀리 흩어져 있는 황무지의 들판이나 숲, 도시들이나 여러 마을들, 산성들이나 수도원, 이들 모든 사람들, 그것들이 모두 살았든 죽었든 그의 마음속과 추억 속에, 사랑과 회한과 동경 속에 존재하고 서로 결합되어 있는 것을 그는 알고 있었다. 그리고 그가 저승 사자한테 잡혀간다면 여자와 사랑이, 여름의 아침과 겨울날 밤도, 가득히 실려 있는 이 그림책 전체가 산산이 흩어지고 소실되고 말 테지. 아, 지금이야말로 그보다도 더 오래 갈 수 있는 무엇을 만들어 놓고 뒤에 남겨둘 시기임을 느꼈다.

오늘까지의 생활과 방랑과 세상사를 구경했던 이후의 세월의 성과는 아무것도 없었다. 남아 있는 것은 그가 예전에 일터에서 만들었던 한두 개의 조각품, 특히 요한상과 이 그림책, 그의 머릿속에 있는 비현실적인 세계와 아름답고 하염없는 추억의 세계뿐이었다. 마음속에 있는 세계들을 외부로 잘 표현해낼 수 있을까? 안 그러면 언제까지나 이렇게 계속해 나가야 하는가? 항상 새로운 도시, 새로운 경치, 새로운 여자, 새로운 체험, 새로운 형상 등이 쌓여갈 뿐, 그 사이 그가 얻을 수 있는 것은 불안정하고 동시에 아름답고 괴로운 듯 넘쳐 흐르는 마음뿐이었다.

인생이 바보 취급을 받는다는 것은 매우 모멸적인 일이었다. 웃고도 울고도 싶었고 생활을 즐기거나 오관을 희롱하고 어머니 이브의 젖가슴을 실컷 빠는 방법도 있었다. 그렇게 한다면 물론 고도의 향락은 얻을 수 있었으나 인생의 덧없음을 막을 재간은 없었다. 그런 경우는 숲속에 있는 버섯과 같이 오늘은 아름다운 색깔로 뽐내고 있으나 내일은 썩어 버리고 말 것이다. 또 수세(守勢)로 나와서 일터에 틀어박혀 덧없는 생명을 위해 기념비를 세운다는 방법도 있었다. 그렇게 하려면 생활을 단념하지 않으면 안 되었다. 그러한 경우 사람들은 단순한 도구에 불과하고 만다. 물론 불후의 것에 봉사하고 있기는 하지만 바싹 마르고 생활의 자유와 충실과 즐거움을 잃고 마는 것이다. 니콜라우스 스승의 생활방식이 바로 그러하였다.

아, 이 생명 전체는 그 양자를 획득하고, 생활이 멋없는 양자택일에 의해서 분열되지 않는 경우에만 의미가 있는 것이었다. 생활을 희생시키지 않는 창작과 창조의 고귀함을 버리지 않는 생활, 그것은 과연 불가능할까?

그것이 가능한 인간은 아마 이세상에 존재하지 않을 것이다. 충실하기 때문에 관능의 향락을 잃어버리지 않는 남편이 있었을까?

자유와 위험의 결핍 때문에 가슴이 바싹 마르지 않은 정주자들이 있었을까? 그는 그러한 사람을 아직 보지 못했다.

무릇 생존은 이원과 대립에 근거를 두고 있는 것 같았다. 사람은 여자거나 남자요, 떠돌이거나 평범한 시민이요, 이성적이거나 감정적이다. 빨아들이는 입김과 토해내는 입김, 자유와 질서, 충동과 정신, 그 양자를 동시에 체험할 수는 도저히 없었다. 항상 한 쪽을 메우기 위해서는 다른 쪽을 잃어버리지 않으면 안 되었다. 더욱이 그 어느 것이나 동시에 중요하고 열망할 가치가 있었다. 여자 편이 그 점에서는 훨씬 쉬운 것 같았다. 여자한테는 천성, 즉 쾌락이 자연히 결실을 이루고, 사랑의 행복에서 어린애가 태어날 수 있도록 만들어져 있었다. 남자에게는 이 단순한 수태 대신에 영원한 동경이 있었다. 모든 것을 이렇게 만들어 놓은 하느님의 심사는 어떤 것일까? 자기 자신이 창조한 것에 대해서 심술궂게 웃고 있는 것일까? 아니, 하느님이 아기 사슴이나 수사슴, 날고기나 새·숲·꽃·사철 등을 만들었다고 한다면 심술궂을 리가 없다. 하지만 하느님이 만드신 것에는 틈바구니가 들어 있었다. 만든 것이 실패하여 불완전하든, 또 인간이라는 존재의 이 틈바구니와 동경에 대해서 특별한 의도를 가지고 있든, 또 이것이 적의 싹 즉 원죄든, 왜 이 동경과 충족하지 못한 것을 죄악이라고 하는 것일까? 인간이 만들고 감사의 제물로서 하느님한테 돌려 준 모든 아름다운 것과 신성한 것은 동경과 충족하지 못한 것에서 발생하지 않았단 말인가?

그런 생각에 머리가 어지러웠지만 눈은 시내로 향해서 시장·생선 시장·다리·교회·시청을 살폈다. 거기에는 성도 있었다. 지금은 하인리히 백작이 통치하고 있지만 당당한 주교의 어전(御殿)이었다. 그 탑과 길쭉한 지붕 밑에 아그네스가 살고 있었다. 아름다운 여왕 같은 그의 애인이 살고 있었다. 그 여자는 몹시 앙

큼한 여자같아 보였지만 사랑에는 정신을 잃고 자신을 떠맡길 수 있는 여자였다. 그 여자 생각이 떠오르면 한결 기뻤다. 기쁨과 감사의 마음에 젖어 지나간 밤의 정사를 머릿속에 그려 보았다. 그 밤의 행복을 맛보기 위해서는, 굉장한 여자를 그처럼 행복하게 해 줄 수 있기 위해서 여태까지 그의 생활 전체를 필요로 했던 것이다. 여자들한테서 얻은 모든 훈련, 모든 방랑과 괴로움, 밤을 새우며 헤매었던 눈 벌판의 밤, 동물, 꽃, 나무, 물, 생선이며 나비들과의 우정과 교제 등, 그런 모든 것이 필요하였다. 거기다가 쾌감과 위험 속에서 예민해진 감각, 고향을 잃은 생활, 마음속에 다년간 쌓여진 그림의 세계 전체가 필요하였다. 그의 생활이 아그네스처럼 마법사의 꽃이 피는 정원에 있을 동안에는 탄식할 필요가 없었다.

그는 가을색 짙은 언덕 위에서 방랑과 휴식과 배고픔과 아그네스와 저녁 등을 생각하면서 하루종일을 보냈다. 땅거미가 질 무렵 다시 시내로 돌아와서 성 가까이로 갔다. 밤은 싸늘했다. 집집마다 고요하고 창살의 빨간 눈으로 내다보고 있었다. 노래부르며 가는 어린 소년들의 행렬에 부딪혔다. 그들은 칼로 판 홍당무를 막대기에 끼워서 메고 갔다. 홍당무에는 얼굴들이 새겨져 있고 불이 켜진 양초가 꽂혀 있었다. 작은 가장행렬은 겨울 냄새를 싣고 왔다. 골드문트는 눈가에 웃음을 띠고 그들을 바라보았다. 긴 시간 그는 성 앞에서 서성거렸다. 교구의 성직자는 아직 머물러 있었다. 그 근방 어느 창문 앞에 신부처럼 보이는 사람이 서 있는 것이 보였다. 드디어 그는 성안으로 들어가서 시녀 베르타를 찾아내는데 성공했다. 또 의상실에 숨어 있자 아그네스가 나와 손을 내밀며 그를 그녀의 방으로 인도했다. 아름다운 그 여자는 애정어린 눈으로 그를 맞이했다. 그러나 조금도 기뻐하지 않고 어쩐지 슬픈 얼굴이었다. 상심하고 있는 것 같기도 하고 태연하지 못한 것 같기도 하였다. 그 여자를 즐겁게 하는 데 골드문트는 진땀을 빼지 않으면 안 되었다. 그의 키스와 사랑의 속삭임을 듣고 있는 동안 그 여자는 서서히 얼마간의 자신을 얻는 듯했다.

"당신은 정말 사랑의 회동을 잘 시키는군요." 그녀는 감사의 마음으로 말했다. "당신이 애정의 손길을 뻗쳐주고, 비둘기처럼 울고 이야기를 벌려 놓으면, 나의 아리따운 새여, 당신의 목에서는 참 그윽한 소리가 나는군요. 골드문트, 나는 당신을 사랑해요. 여기서 멀리 도망칠 수 있다면 오죽 좋겠어요! 난 여기 있기 싫어요. 안 그래도 얼른 끝날 걸 뭘요. 백작은 불리어갈 거예요. 곧 바보 같은 주교가 돌아오겠지요. 백작은 오늘 신부들한테 시달려서 화가 났어요. 아, 당신이 백작한테 들키지 않으면 오죽 좋겠어요! 만약 들키는 날이면 한 시간도 더 살 수 없어요. 난 아무래도 당신이 걱정이에요."

그의 기억 속에서 거의 사라진 음향이 솟아올랐다. 이런 문구를 언젠가 한 번 들은 적이 있었다. 전에 한 번 리디아가 사랑과 불안과 애정과 슬픔에 차서 이렇게 말한 적이 있었다. 공포의 흉악스런 정경을 온 머릿속에 그리면서 리디아는 밤에 이렇게 그의 방을 찾아왔던 것이다. 그는 그렇게 애정과 불안에 찬 문구를 듣는 것이 좋았다. 비밀이 없는 사랑은 무엇이며 위험이 없는 사랑은 무엇일까?

그는 부드럽게 아그네스를 품속으로 끌어당겼다. 머리칼을 어루만지며 여자의 손을 잡았다. 여자의 귀에 사랑을 속삭였다. 그리고 여자의 속눈썹에 키스해 주었다. 여자가 그를 위해 그렇게 걱정해 주고 근심해 주는 것을 보고 감격하여 가슴이 뛰었다. 여자는 그의 애무를 받아들이고 사랑에 몸부림치며 그에게 몸을 내맡겼다. 하지만 여자는 명랑해지질 않았다.

별안간 여자는 심하게 온몸을 부들부들 떨었다. 가까이에서 문이 닫혀지는 소리가 들렸다. 급한 발자국 소리가 방 가까이에서 들렸다.

"아아, 그 사람이에요!" 여자는 절망적으로 외쳤다. "백작이에요. 빨리 의상실을 나가면 도망칠 수 있어요. 들키지 않도록 해요!"

벌써 그녀는 그를 의상실에 밀어 넣었다. 그는 혼자서 머뭇거리다가 어둠 속에서 손을 더듬었다. 저쪽에서 백작이 아그네스와 큰 소리로 이야기하는 것이 들렸다. 그는 의복 사이로 손을 더듬어 출입문을 향해 갔다. 소리를 죽여 한 발자국 한 발자국 옮겼다. 겨우 복도로 통하는 문옆에 와서 살짝 열려고 했다. 그 순간 문 바깥쪽에서 열쇠를 채운 것을 알자 비로소 그도 엉거주춤했다. 그의 심장은 사납게 고동치기 시작했다. 그가 여기에 들어오고 나서 누가 이 문에 열쇠를 채운 것은 운수 사나운 우연이었을지 몰랐다. 하지만 그는 그렇게 믿지 않았다. 그는 함정에 빠졌던 것이다. 이제는 마지막이었다. 그가 여기에 살짝 기어들어왔을 때 누가 그를 보았음에 틀림없었다. 온몸을 부들부들 떨며 그는 어둠 속에 서 있었다. 그러자 '들키지 않도록 해요!' 하는 아그네스의 작별인사가 생각났다. 그렇다, 그녀가 들키면 안 된다. 그의 심장은 두방망이질 치고 있었다. 하지만 결심이 그의 마음을 단단하게 하고 그는 입술을 깨물었다.

그것은 모두 순간적으로 일어난 일이었다. 이윽고 저쪽에서 문이 열렸다. 아그네스의 방에서 백작이 들어왔다. 왼손에 촛대를, 오른손에 날카로운 비수가 들려 있었다. 바로 이 순간 골드문트는 가까이에 걸려 있는 망토 가운데서 몇 개를 얼른 벗겨서 팔에 걸었다. 도둑이라고 생각하게 할 심산이었다. 어떻게 생각하면 그것이 면구지책인지도 몰랐다.

백작은 곧 그를 발견하고는 서서히 걸어왔다.

"누구냐? 여기서 뭘 하느냐? 대답해. 안 그러면 찔러죽인다."

"용서해 주십시오." 골드문트는 속삭이듯 말했다. "소인은 가난뱅이입니다. 나리께서는 이다지도 부자가 아니십니까! 소인이 훔친 것은 몽땅 돌려드리겠습니다. 나리! 자 여기 있습니다."

그리고 그는 망토를 바닥에 놓았다. "그래, 그럼 도둑질했구나? 못 쓰게 된 망토 때문에 생명을 걸다니 영리하지 못한 자식이구나. 너, 이놈 이 도시에 사는 놈이냐?"

"아닙니다, 나리, 소인은 집도절도없는 가난뱅이입니다. 한 번만 봐주십시오."

"닥쳐라! 네놈이 결국 아내를 욕보이려고 할 만큼 대담한 놈인지 어떤지를 난 알고 싶을 뿐이야. 하지만 네놈은 아무튼 목을 달아맬 놈이니 그걸 조사할 필요 없다. 도둑놈으로 충분하다."

그는 닫혀 있는 문을 심하게 두드렸다. 그리고 "바깥에 누가 있냐? 문 열어!" 하고 소리 질렀다.

문이 바깥쪽에서 열렸다. 부하 세 사람이 칼을 빼들고 준비하고 있었다.

"이놈을 잘 묶어." 백작은 조롱과 거만이 섞인 소리로 고함쳤다. "여기서 도둑질을 한 부랑자다. 감금해 두었다가 내일 아침에 이 악한을 교수대에 올려라."

골드문트는 저항도 하지 않고 두 손에 포승을 받았다. 그는 그렇게 묶인 채 기다란 복도를 지나고 계단을 내려가서 안마당을 건너갔다. 하인 하나가 초롱불을 들고 앞서 갔다. 그들은 쇠창살을 두른 지하실의 둥근 문앞에서 멈췄다. 말이 오고가고, 꾸중하는 소리가 요란했다. 문의 열쇠가 없어진 것이다. 부하 하나가 초롱불을 받아들었다. 하인이 열쇠를 가지러 쫓아갔다. 이렇게 하여 무장한 사람 셋과 묶인 사람 하나가 문앞에서 기다리고 섰다. 초롱불을 든 놈은 호기심이 나서 묶인 사람의 얼굴에 불빛을 비추었다. 그때 이 성에 손님으로 와 있던 많은 사제들 가운데 두 사람이 그 옆을 지나갔다. 그들은 성안의 예배당 쪽에서 왔다. 이 무리 앞에서 발걸음을 멈추었다. 그리고 부하 세 사람과 묶여 있는 사나이가 서서 기다리고 있는 장면을 주의깊게 쳐다보았다.

골드문트한테는 사제도, 그를 지키고 있는 사람도 보이지 않았다. 불을 얼굴 바로 앞에 갖다대어서 그의 두 눈이 타오를 듯했기 때문에 가느다랗게 까물거리는 불빛 이외는 아무것도 볼 수 없었다. 어둠 한가운데 도사리고 있는 불빛 뒤에서 그는 무서움 때문에 온몸을 오들오들 떨면서 형체도 없는 무엇을, 커다란 도깨비와 같은 것을, 즉 심연과 죽음을 보았다. 그는 두 눈을 한 군데만 모으고 아무것도 보지도 듣지도 않고 서 있었다. 사제 가운데 한 사람이 열심히 부하들과 이야기를 하고 있었다. 이놈은 죽지 않으면 안 된다, 도적놈이다 하는 소리를 들었을 때, 사제는 고해 신부한테 참회를 했느냐고 물었다. "아뇨, 현행범으로 지금 막 잡혔습니다." 하는 것이었다. "그렇다면," 사제가 말했다. "내일 아침 미사 전에 성병(聖餠)을 가지고 이사람한테 와서 참회를 들어주자. 그 전에 그를 데리고 가버리지 않도록 너희들은 약속해라. 백작하고는 오늘 이야기를 하겠다. 이놈은 도둑놈일지 모르지만 모든 천주교도나 마찬가지로 고해 신부한테 참회를 하고 성병을 받을 권리가 있다."

부하들은 감히 반대하지 않았다. 그들은 이 신부들을 알고 있었다. 백작한테 오는 사신들 중의 하나로 백작의 식탁에서 식사를 하는 것을 자주 본 일이 있었다. 가난한 부랑자라고 해서 참회를 용서하지 말라는 법은 어디 있느냐 말이다.

사제들은 갔다. 골드문트는 그냥 서서 두 눈을 한 군데만 모으고 있었다. 이윽고 하인이 열쇠를 가지고 와서 문을 열었다. 묶인 사람은 아치형 천정의 지하실 안으로 인도되었다. 그는 이리 비틀 저리 비틀 하면서 계단을 몇 개 미끄러져 내려갔다. 주위에 삼각

의자가 몇 개 있고 테이블도 있었다. 그곳은 포도주 저장 창고 앞 방이었다. 그들은 조그만 의자를 테이블 옆에 가지고 와서 거기 앉으라고 명령했다.

"내일 아침 일찌감치 신부가 올 거다. 그러면 참회 정도는 할 수 있다." 부하 가운데서 한 사람이 그에게 말했다. 그리고 그들은 나가서 육중한 문에 조심스럽게 자물쇠를 채웠다.

"여보시오, 불은 놓고 가시오." 골드문트는 말했다.

"안 돼, 이런 게 있으면 무슨 일을 저지를지 몰라. 마찬가지야. 점잖게 벌이나 받도록 마음을 단단히 먹고 있어라. 불이라고 해서 언제까지 타라는 법이 있나? 한 시간도 채 못 돼서 다 타버리고 말걸. 자, 잘 주무시기나 해."

그는 어둠 속에 혼자 남겨졌다. 조그만 의자에 앉아서 머리를 테이블 위에 처박았다. 이렇게 앉아 있는 것은 불쌍하기 그지 없었다. 꽉 졸라매인 손목이 아파 견딜 수가 없었다. 하지만 그런 감각도 나중에 가서 비로소 의식하였다. 처음에는 단지 그냥 앉아서 머리를 교수대에 얹어놓는 것처럼 테이블 위에 얹어놓고 있었다. 이제 그는 피할 수 없는 것에 자신을 맡기고 죽음의 운명에 따르는 것을 육체와 오관과 함께 해보자는 충동으로 몰려가고 있었다.

그는 영원처럼 기나긴 시간을 그렇게 앉은 채 비통하게 웅크리고 있었다. 그리고 운명을 받아들이고 인식하여 그것을 가지고 자신을 채우려고 시도했다. 지금은 땅거미가 졌지만 이제 밤이 시작된다. 이 밤의 종말과 함께 그의 종말도 오게 된다. 그것을 이해하는 것을 그는 시도하지 않으면 안 되었다. 그는 내일쯤은 살아있는 목숨이 아닐 거다. 그는 목이 매달리고 새들이 와서 앉거나 주둥이로 톡톡 쪼아댈 것이다. 그도, 니콜라우스 스승처럼 통나무집에서 레네가 불타죽고 만 것처럼, 수레에 잔뜩 채운 시체들처럼 변하고 말 것이다. 그것을 인식하고 거기에 채워지게 된다는 것은 쉬운 일이 아니었다. 그것을 인식한다는 것은 전혀 불가능했다. 그는 아직 헤어지지 못한 것이, 이별을 고하지 않은 것이 너무나 많았다. 그것을 하기 위해서 밤의 몇 시간이 그에게 주어진 것이다.

그는 아름다운 아그네스와 이별을 고하지 않으면 안 되었다. 아름다운 그 여자의 육체를, 밝고 반짝거리는 머리칼을, 차갑고 파란 두 눈을, 향기로운 살갗의 달콤한 황금빛 잔털을 이제 보지는 못할 것이다. 잘 있거라, 푸른 두 눈이여! 잘 있거라, 이슬에 촉촉히 젖은 듯 가냘프게 떠는 입술이여! 아직도 몇 번이나 그 입술에 키스하리라고 믿었었는데. 아, 오늘도 고개 위에서, 늦가을의 뙤약볕에서 그는 얼마나 그녀를 생각하고, 그 여자에게 귀를 갖다대고 그리움을 호소했던가! 하지만 그는 언덕과 태양과 하얀 구름이 떠도는 푸른 하늘과 나무들과 숲과 유랑, 아침과 낮과 저녁에도, 사 계절에도 이별을 고하지 않으면 안 되었다. 마리는 지금도 자지 않고 있을까? 선량한 사랑의 눈초리를 가진 마리, 다리를 절룩거리며 걷는 불쌍한 마리, 그 여자는 부엌에서 새우잠을 자다가 또 눈을 뜰 테지. 하지만 이제 골드문트는 집에 돌아갈 수가 없을 것이다.

아, 종이와 연필과 지금부터 만들 작정이었던 많은 형상에대한 희망! 모두가 멀리 멀리 떠나고 말았다! 나르치스와 그리운 사도 요한과의 재회의 희망도 포기하지 않으면 안 되었다.

그 자신의 두 손, 자신의 두 눈, 배고픔과 목마름, 먹는 것과 마시는 것, 사랑, 기타를 켜는 것, 잠, 눈뜬 채 모든 것에 이별을 고하지 않으면 안 되었다. 내일, 새가 하늘을 날더라도 골드문트는 볼 수 없으리라. 창가에 기대어 소녀가 노래를 불러도 그 노래를 이제 들을 수 없으리라. 시내는 흐르고 검은색 고기는 묵묵히 헤엄쳐 간다. 바람이 불어 땅바닥의 노란 잎사귀를 쓸어간다. 햇빛이 내리쬐고 하늘의 별이 반짝인다. 젊은 사람들은 무도장을 찾아가고, 첫눈이 먼 산에 쌓인다. 모든 것이 그렇게 이어간다. 나무들은 그림자를 옆에 던지고 사람들은 생기 가득찬 두 눈으로 즐겁고 슬프게 쳐다본다. 개들은 짖어대고 암소들은 이 마을 저 마을의 외양간에서 소리를 내지른다. 모든 것이 그대로지만 그는 없다. 이제 모든 것은 그의 것이 아니고 모든 것에서 그는 떨어져나가고 말았다.

그는 황야의 아침 냄새를 맡았다. 달콤하고 싱싱한 포도주와 싱싱하고 단단한 호두 맛을 보았다. 하나의 기억과 화사한 세계 전체의 눈부신 반사가 억눌린 그의 가슴을 뚫고 날아갔다. 아름답고 뒤엉킨 생활 전체가 가라앉은 듯, 이별을 고하듯하며 한 번 더 그의 오관 전체를 뚫고 비쳤다. 터져나오는 고통에 그는 몸을 움츠렸다. 눈물이 하염없이 두 눈에서 흘러내렸다. 흐느껴 울면서 격동에 자신을 맡겼다. 굵은 눈물이 뺨을 타고 내렸다. 고꾸라질 듯 끊임없는 고통에 몸을 맡겼다. 아, 골짜기여, 숲에 뒤덮인 산이여, 푸른 오리나무 숲속을 흘러내리는 개울이여, 소녀들이여, 다리 위의 달밤이여, 빛에 춤추는 아름다운 그림의 세계여, 어떻게 너를 버릴 수가 있단 말이냐! 그는 울음을 그치지 않고 어린아이와도 같이 테이블 위에 쓰러졌다. 괴로운 가슴 속에서 한숨과 애원의 비명이 밀고 올라왔다. "아, 어머니. 아, 어머니!"

그가 이 마법적인 이름을 부르자 그의 기억의 한 구석에서 하나의 형상, 즉 어머니의 형상이 그에게 대답을 해왔다. 그것은 그의 사상이나 예술가의 꿈에 그려진 어머니의 모습이 아니고 그 자신의 어머니의 형상이었다. 수도원 생활 이래 한 번도 본 적이 없는 것 같은 생생하고 아름다운 어머니의 형상이었다. 그는 그 어머니한테 애달픔과 죽지 않으면 안 되는 운명의 참을 수 없는 괴로움을 눈물로써 호소했다. 그는 어머니한테 몸을 맡겼다. 숲과 태양,

두 눈, 두 손과 그의 전존재와 생활을 어머니의 두 손에 돌려 드렸다.

눈물을 한참 쏟고는 잠이 들었다. 극도의 피로와 졸음이 어머니처럼 그를 안아들였다. 한 시간이나 두 시간 잠을 자고 나면 비참한 상태에서 구출될 수 있을 것이다.

다시 그는 눈이 뜨이고 심한 고통을 느꼈다. 묶인 손목이 타는 듯 아팠다. 잔등과 목덜미를 잡아당기듯 고통이 달음박질쳤다. 간신히 일어나서 제정신을 차리고 자신의 처지를 다시 인식했다. 그의 신변은 완전히 암흑이었다. 그가 얼마나 잠을 잤는지 알 수 없었다. 아직 몇 시간이나 생명이 붙어 있을지조차 알 수 없었다. 바로 다음 순간에 그들이 쫓아와서 죽음의 장소로 그를 데리고 갈지도 모르는 일이었다. 그때 신부가 그를 찾아오겠다던 약속이 문득 떠올랐다. 성병이 크게 소용되리라고는 기대되지 않았다. 완전한 방면과 죄악에 대한 용서도 그를 천당으로 데리고 갈 수 있는지 없는지 알 수 없었다. 천당이나 아버지신 하느님이나 심판이나 영원이 있는지 없는지도 몰랐다. 그런 것에 이미 오래 전부터 확신이라는 것을 상실하고 말았다.

영원이라는 것이 있든 없든, 그는 그러한 것을 바라지도 않았다. 불안하고 무상한 이 생명, 이 호흡이 피부 속을 내 집으로 삼고 있다는 것, 그것 이외에 아무것도 바라지 않았다. 산다는 것 이외 아무것도 바라는 것이 없었다. 그는 미친 듯 일어나 앉아 어둠 속을 이리 비틀 저리 비틀 하며 더듬어서 벽까지 가서 똑바로 기대어 생각하기 시작했다. 구원의 손길이 없는 바도 아니었다. 어쩌면 신부가 구원의 손길인지도 누가 아나? 어떻게 하면 신부한테 그의 무죄를 믿게 해줄 수 있을까? 그를 위해 말이라도 좀 해줄까? 연명이나 혹은 도망치는데 힘이라도 되어주지 않을까? 그는 열심히 생각에 몰두했다. 그것이 아무 소용 없다해도 그는 단념하고 싶지 않았다. 승부는 졌다고만 단정할 수 없었다. 우선 신부를 내 편에 끌어넣는 데 애를 써볼 것이고, 그 다음은 그를 매혹시켜 놓고 동정심을 품게 하고 그를 납득시킨 뒤 그의 마음에 들도록 극력 애써볼 것이다. 신부만이 그의 도박에서 오직 하나의 좋은 카드였다. 다른 가능성은 모두가 다 꿈이었다. 그렇다고 하더라도 우연이라는 것도 있었다. 형무관이 복통을 일으킨다든가, 교수대가 부러진다든가, 미리 생각지도 않던 도망칠 가능성이 생긴다든가, 하여간 그런 것도 있을 수 있었다. 아무튼 골드문트는 죽는 것을 거부했다. 죽음의 운명을 받아들이려고 했지만 허사였다. 그것은 실패로 돌아가고 말았다. 그는 방위에 전력을 다해 마지막 순간까지도 싸워나갈 테지. 지키는 놈의 발을 걷어차거나, 형무관을 넘어뜨리거나, 최후의 순간까지 모든 힘을 다해 생명을 보전하여 나갈 것이다. 아, 신부를 움직여서 두 손의 포승을 풀 수가 있다면 얼마나 좋을까! 그렇게만 된다면 뭐라도 할 수 있을 텐데.

그 사이에도 고통은 염두에도 두지 않고 이빨로 포승을 풀려고 애를 썼다. 사나운 미친 개와도 같이 필사의 노력을 다하여 포승이 얼마간 늦추어졌다고 생각되는 데까지 끌고 갔다. 그는 숨을 헐떡이며 감옥의 어둠 속에 서 있었다. 부풀어오른 팔과 손이 매우 쑤셨다. 숨을 좀 쉴 수 있게 되자 벽을 따라 더듬으면서 조심스럽게 앞으로 나가, 촉촉히 젖은 지하실 벽을 한 발자국 한 발자국 옮기면서 튀어나온 모서리는 없는가 찬찬히 찾아보았다. 이때 지하실 감옥에 들어왔을 때 헛디딘 계단이 문득 떠올랐다. 그것은 쉽사리 발견되었다. 그는 무릎을 꿇고 앉아 돌계단의 모서리 가운데 지점에다 포승을 비벼대었다. 포승 대신에 자꾸만 손의 관절이 돌에 부딪혔다. 불덩이같이 뜨거웠다. 그는 피가 흐르는 것을 느꼈으나 계속 비벼댔다. 문과 문지방 사이에 희멀건 아침 빛이 희미하게 가느다란 선을 보여줄 때쯤 그는 목적을 달성했다. 포승은 마찰에 의해서 끊어졌다. 그는 포승을 풀 수가 있었다. 두 손이 자유로워졌다. 하지만 그 뒤에는 손가락을 제대로 놀릴 수가 없었다. 두 손이 부르터올라 감각이 없어졌다. 팔은 어깨까지 뻣뻣이 굳어 버렸다. 손과 팔을 움직여 보지 않으면 안 되었다. 피가 다시 제대로 돌도록 무리해서 움직여 보았다. 이제 그는 썩 좋은 계획을 짰다.

신부한테 전혀 도움을 못 받게 되면 그저 눈곱만한 틈이라도 단둘이 있을 때 신부를 때려죽이지 않으면 안 된다. 의자 하나만 가지고도 목적을 달성할 수 있을 것이다. 목졸라 죽일 수는 없었다. 그러기에는 손과 팔힘이 모자랐다. 그러니 신부를 때려죽여서 얼른 그놈의 옷을 바꾸어 입고 탈출하는 것이다! 다른 놈들이 맞아 죽은 신부를 발견할 때까지 성에서 빠져나가야만 한다. 그런 다음에는 계속 달아나는 것이다! 마리가 집에 불러들여 감추어 줄 테지. 그것을 애써보지 않으면 안 되었다. 그것은 가능한 일이었다.

골드문트는 그의 생전에 이때만큼 날이 새는 것을 쳐다보면서 애타게 기다리며, 오금을 바싹바싹 졸라매며, 더욱이 무서워 떤 적은 없었다. 긴장과 결심에 이빨을 달달 떨었다. 그는 사냥하는 포수의 눈으로 문 밑의 틈에서 새어들어오는 가냘픈 빛줄기가 차츰차츰 밝아오는 것을 주시하고 있었다. 그는 테이블 있는 데로 돌아갔다. 두 손을 무릎 사이에 끼고 조그만 의자에 웅크리고 앉아 있는 모습을 보이려고 했다. 포승이 끌러져 있는 것을 얼른 눈치채게 해서는 안 되었다. 두 손을 마음대로 놀릴 수 있게 된 때부터 그는 죽음을 믿지 않았다. 탈출할 결심이었다. 가령 그 때문에 전세계가 산산조각이 난다 하더라도, 그는 어떤 희생을 치르더라도 살 결심을 했다. 그의 코는 자유와 생명에 대한 욕망에 떨고 있었다. 바깥에서 도와주러 오는 사람이 있는지 없는지는 상관할 바가 아니다. 아그네스는 여자요, 그 여자의 힘은 별 것 아니다. 아마 그 여자의 용기도 그럴 것이다. 그 여자가 그를 저버린대도 별로 이상할 것은 없다. 하지만 그 여자는 그를 사랑했으니까 어떻게 좀 도와줄 수도 있을 것이다. 바깥에 시녀 베르타가 살짝 찾아왔는지도 모른다. 또 아그네스가 심복같이 부리고 있다던 마부가 있지 않는가? 아무도 나타나지 않고 아무 신호도 없으면 그의 계획을 실천에 옮길 뿐이었다. 실패한다면 의자를 가지고 지키는 놈을 때려죽인다. 두 놈, 세 놈, 몇 놈이라도 오는 대로 죽여 버린다. 확실히 유리한 점이 하나 있었다. 즉, 그의 눈은 어두운 데 익숙해져 깜깜한 가운데도 어떤 모습과 크기를 대충 짐작할 수 있지만 다른 놈들이 여기 처음 들어오면 장님이나 마찬가지겠지.

열에 들뜬 사람처럼 테이블 앞에 웅크리고 앉았다. 그리고 신부를 구원자로서 얻기 위해서 무슨 말을 할 것인지를 곰곰이 생각했다. 그것이 제일 첫 방법일 것이다. 동시에 그는 틈 사이에서 새는 빛이 조금씩 밝아오는 것을 애타듯 바라보고 있었다. 몇 시간 전만 해도 그렇게도 겁을 집어먹으면서 무서워했던 순간을 지금은 마음을 졸이서 기다리고 있었다. 이제는 거의 참을 수 없는 지경에까지 다다랐다. 무시무시한 긴장에 더는 참을 수 없었다. 그의 체력과 주의력, 판단력과 기력도 차츰 감퇴해 갔다. 긴장한 이 준비 태세와 살아야겠는 결의가 아직도 왕성하게 용솟음치고 있을 동안에 문지기가 어서 신부를 데리고 와주지 않으면 안 되었다.

이윽고 바깥 세계도 눈을 떴다. 드디어 원수가 가까이 왔다. 안마당의 자갈길 위에 발자국 소리가 메아리쳐 왔다. 열쇠가 구멍에 쑤셔 넣어지고 비틀어졌다. 그 소리 하나하나가 기나긴 죽음의 정적 다음의 뇌성과 같이 크게 울려왔다.

이윽고 육중한 문이 서서히 조금 열리며 삐거덕 소리를 냈다. 신부가 문지기도 없이 혼자 들어왔다. 그는 양초가 두 개 꽂혀 있는 촛대를 가지고 들어왔다. 골드문트가 생각한 것과는 아주 딴판이었다.

그리고 얼마나 이상하고 감동적인 광경인가! 들어온 사제 뒤에서 눈에 띄지 않는 손이 문을 다시 닫았으나 사제가 입고 있는 것은 말브론 수도원의 사제복으로 옛날에 다니엘 원장이나 안젤름 신부나 마르틴 신부가 입고 있었던 눈에 익고 그리운 옷이었다!

그 모습은 골드문트의 가슴 속에 뭐라 말할 수 없는 충격을 주었다. 그는 두 눈을 옆으로 돌리지 않을 수 없었다. 이 수도원복의 출현은 순풍에 돛을 달게 된다는 것을 약속해 주고 있는지도 몰랐다. 좋은 징조인지도 몰랐다. 하지만 그래도 때려죽이는 방법 이외 도망칠 길이 없을지도 모른다. 그는 입술을 깨물었다. 이 사제를 때려죽인다는 것은 너무도 힘든 일일 것이다.

제 17 장

"예수 그리스도여 찬양받으시라." 신부가 이렇게 말하며 촛대를 테이블 위에 놓았다. 골드문트는 눈을 내리깐 채 중얼거리며 대답했다.

사제는 가만히 있었다. 골드문트가 불안해져서 앞에 있는 사람한테 무엇을 더듬듯이 두 눈을 치켜뜰 때까지 사제는 그 자리에서서 묵묵부답이었다. 골드문트를 어리둥절하게 한 것은 이 사람은 말브론 수도원 신부 복장을 하고 있을 뿐만 아니라 원장 직위의 표지를 달고 있었다.

그는 원장의 얼굴을 쳐다보았다. 윤곽이 뚜렷하고 확신에 찬 얼굴, 수척한 얼굴에 아주 얇은 입술을 하고 있었다. 안면이 있는 얼굴이었다. 골드문트는 도깨비에 홀린 듯 그 얼굴을 쳐다보았다. 완전히 정신과 의지에 의해서 형성된 듯한 얼굴이었다. 그는 손으로 촛대를 움켜쥐고는 그 눈을 보기 위해 낯선 사람의 얼굴에 촛대를 갖다대었다. 그는 그의 두 눈을 보았다. 촛대를 도로 갖다놓을 때 그것은 그의 손 안에서 떨고 있었다.

"나르치스!" 그는 거의 들릴 듯 말 듯 속삭였다. 주변에 있는 모든 것이 빙글빙글 돌기 시작했다.

"그래, 골드문트. 한때 나는 나르치스였다. 하지만 그 이름은 벌써 전에 버렸다. 너는 잊었을지 모르지만. 나는 성직을 받은 이래 요한이라 부른다."

골드문트는 마음속까지 흔들렸다. 별안간 전세계가 변화하고 말았다. 초인간적인 그의 긴장이 별안간 뒤집혀서 숨이 콱 막힐 지경이었다. 그는 부들부들 떨었다. 어지러운 감정이 그의 머리를 텅빈 기포(氣泡)와 같은 느낌을 갖게 했다. 그의 위가 오므라들었다. 눈 한구석에서는 들먹들먹해 오는 흐느낌과 같은 것이 불타오르고 있었다. 정신을 잃고 혼수 상태에 빠지려는 순간 그의 마음속에 있는 모든 것이 바라는 것은 그것뿐이었다.

하지만 나르치스를 보면서 생각난 소년시절의 깊은 기억에서 하나의 경고가 부글부글 끓어올랐다. 한때 소년시절의 그는 이 아름답고 엄숙한 그 앞에서, 뭐든지 다 알고 있는 이 검은 눈 앞에서, 방성대곡을 한 적이 있었다. 그는 그것을 두 번 해서는 안 되었다. 지금, 그의 일생을 통해서 가장 이상한 순간에 이 나르치스가 도깨비처럼 다시 나타난 것이었다. 생각컨대 그의 생명을 구하기 위해 다시 나르치스 앞에서 흐느껴 울든가 실신상태에 빠져 버리는 것이 좋단 말인가? 아니, 아니! 그는 견뎌냈다. 마음을 억제하고, 위를 움켜잡고, 현기증을 머리에서 쫓아 버렸다. 지금은 약점을 보여서는 안 되었다.

억지로 자제한 목소리로, "자네를 여전히 나르치스라고 부르는 것을 용서해 주지 않으면 안 되겠네."라고 겨우 말했다.

"그렇게 부르게. 악수하지 않겠나?"

골드문트는 다시 자신을 억제하였다. 소년 같은 강인하고 다소 조소 섞인 어조로 학생시절에 자주 한 것처럼 대답을 쥐어짜냈다.

"용서해, 나르치스." 그는 싸늘하게, 약간 무뚝뚝하게 말했다. "자넨 원장이 됐군. 하지만, 나는 여전히 부랑자일세. 거기다가 우리들 대화는 섭섭하지만 오래 끌지 못한다네. 나르치스, 아무튼 나는 교수대에 목이 매달릴 신세가 돼 있으니 말일세. 한 시간 안에, 혹은 그보다 빨리 교수형을 당할 걸세. 이런 말을 해두는 것은 다만 상황을 명백히 하기 위해서네."

나르치스는 얼굴 빛 하나 변하지 않았다. 친구의 몸짓 가운데 약간의 소년다운 천연함과 허풍이 그를 우습게 하고 동시에 감동시켰다. 그의 자긍심이 그를 억제시켜 울면서 부둥켜안기기를 금하고 있는 것을 나르치스는 이해하고 무리가 아니라고 생각했다. 사실 그도 이와 같은 재회를 하리라고는 상상조차 하지 못했지만 이 조그만 희극이 마음속으로 이해가 갔다. 이보다 빨리 골드문트가 그의 마음속에 기대를 가질 수는 없었으리라.

"아니, 좋아." 하고 말하는 동시에 그는 침착성을 되찾았다. "그것은 그렇다치고 교수형에 대해서는 걱정하지 않아도 좋네. 자네는 특사를 받았네. 자네한테 사실을 알리고, 자네를 데리고 가도록 부탁을 받았네. 자네가 이 도시에 머무르지 못할 형편이 됐으니 말일세. 이런저런 이야기로 지새울 시간은 넉넉히 있을 거야. 그런데 어떤가, 악수해 주지 않겠나?"

둘은 서로 손을 잡은 채 한참 동안 꼭 쥐고 있었다. 그리고 둘 다 깊은 감동을 느꼈으나 그들 말 가운데는 시치미 딱 떼는 희극이 아직도 얼마 동안 계속되었다.

"좋네, 나르치스, 그럼 이 상서럽지 못한 숙소를 나서보세. 나는 자네 일행에 한 몫 들겠네. 말브론으로 돌아갈 건가? 응? 그것은 좋은 일이야. 어떻게? 말 타고? 썩 좋은걸. 그럼 초점은 말을 어떻게 수중에 넣느냐가 문제군."

"말쯤이야 수중에 넣을 수 있지. 우리는 두 시간 안에 출발하게 되네. 아, 그런데 자네 두 손이 왜 그래? 아니, 온통 벗겨지고 부르트고 피투성이군! 골드문트, 어떤 대접을 받았길래!"

"나르치스, 그만두게. 내가 스스로 두 손을 이렇게 한 거라네. 나는 묶여져 있었기 때문에 자유롭게 되지 않으면 안 됐다네. 쉬운 일이 아니었어. 그것은 그렇다치고 아무도 안 데리고 나한테 들어오다니 용기가 이만저만이 아닌걸."

"용감하다니? 위험 같은 건 없었어."

"아, 나한테 맞아죽을지 모른다는 조그만 위험에 불과했어. 나는 그런 방법까지 생각하고 있었어. 사제가 나한테 온다는 이야기가 있었기 때문에 그자를 때려죽여서 그의 의복으로 바꾸어 입고 도망치리라. 썩 좋은 계획일 거야."

"그럼 자네는 죽고 싶지 않았군? 죽음에 반항할 작정이었나?"

"확실히 그렇게 할 작정이었어. 자네가 그 사제일 것이라고는 물론 전혀 몰랐었지."

"아무튼," 망설이듯 나르치스가 말했다. "그것은 정말 흉한 계획이었군. 고해 신부로서 너한테 오는 사제를 자네는 정말 때려죽일 수가 있었을까?"

"나르치스, 자네야 물론 죽일 수가 없었지. 아마 말브론의 사제복을 입고 있었더라면 신부를 죽일 수야 있었겠나. 하지만 누구라고 할 것 없이 다른 사제였더라면 꼭 해냈을 거야."

별안간 그의 목소리는 슬픔과 어둠에 잠겼다.

"그것은 내가 죽인 최초의 사람이 아니었을 테니까."

누구도 말이 없었다. 둘다 가슴이 아팠다.

"그럼 거기 대해서는 나중에 말하자." 하고 나르치스는 차디찬 목소리로 말했다. "자네 마음만 있다면 언제든지 나한테 참회할 수가 있어. 혹은 그 밖에 네 생활에 대해서 이야기하여도 좋아. 나도 자네한테 이것저것 이야기할 것이 있다. 갈까?"

"잠깐만, 나르치스! 무슨 생각이 떠오른 것이 있는데, 그것은 내가 자네를 한때 요한이라고 부른 적이 있다는 거야."

"이해가 가지 않는데."

"아니, 물론 그럴 테지. 자네는 아직 아무것도 모를 거야. 벌써 몇 년 전에 나는 자네한테 요한이라는 이름을 붙인 적이 있어. 그것은 언제까지나 변치 않을 걸세. 나는 전에 조각가였다네. 또 다시 그렇게 되려고 생각하네. 그때 내가 만든 제일 좋은 상은 목조의 청년상인데 그것은 자네의 형상이었어. 하지만 그것은 나르치스라는 이름이 아니고 요한이라는 이름일세. 십자가 밑의 요한 사도란 말이야."

그는 일어서서 문 있는 데로 갔다.

"그럼 자네는 아직도 나를 생각하고 있었나?" 나르치스가 나지막이 물었다.

똑같이 나지막한 소리로 골드문트가 대답했다. "그래, 나르치스, 나는 언제나 자네를 잊지 않고 있었다네."

그는 요란하게 육중한 문을 밀고 나섰다. 희멀건 아침 해가 새어 들어왔다. 두 사람은 이제 아무 말도 안했다. 나르치스는 그를 객실로 데리고 갔다. 그를 수종하는 젊은 수도사가 거기서 부지런히 짐을 꾸리고 있었다. 골드문트는 음식을 먹고 두 손을 닦은 다음 붕대를 약간 얻어 감았다. 벌써 말이 끌려 나왔다.

그들이 말을 탔을 때 골드문트가 말했다. "또 하나 소원이 있네. 생선 시장으로 해서 길을 잡아주게. 거기 좀 볼일이 있네."

그들은 출발했다. 골드문트는 성안의 창문을 몽땅 살펴보았다. 혹시 아그네스가 어디에 보이지 않는가 해서였다. 그는 이제 그 여자를 볼 수 없었다. 그들은 생선 시장을 지나갔다. 마리는 골드문트를 매우 걱정하고 있었다. 그는 마리와 그 양친한테 이별을 고하고, 몇 번이나 인사를 하며 언제 다시 오겠다는 약속을 한 후 말을 몰고 갔다. 말 탄 사람들이 보이지 않게 될 때까지 마리는 현관에 서 있었다. 그리고는 천천히 그녀는 집안으로 절룩거리며 들어갔다.

말을 타고 가는 일행은 모두 넷이었다. 나르치스와 골그문트와 젊은 수도사와 무장한 마부 한 사람이었다.

"내 말 블레스를 아직 기억하고 있나?" 하고 골드문트가 물었다. "자네 수도원의 마구간에 있었던 말 말이야."

"확실히 기억하고말고. 하지만 그놈은 이제 없어. 자네도 기대하지 않을 테지. 그것을 처분한 지 아마 칠팔 년은 됐을 걸."

"자네가 그놈을 잊지 않고 있었다니!"

"물론 기억하고 있지."

골드문트는 블레스의 죽음을 슬퍼하지는 않았다. 나르치스는 동물 같은 것을 통 염두에 두어본 적이 없고, 수도원의 말 이름 같은 것은 잘 알지도 못할 텐데 블레스를 잊지 않았다는 것이 골드문트한테는 매우 반가웠다.

"자네는 나를 비웃을 테지." 골드문트는 또 이야기를 꺼냈다. "자네 수도원에 대해서 내가 처음으로 질문한 것이 그 불쌍한 말이었다니. 내 자신도 정이 떨어지는데. 실은, 특히 다니엘 원장의 안부를 물어보고 싶었으나 그 사람이 죽었다는 것은 알겠네. 자네가 후계자가 돼 있으니 말일세. 죽은 사람 이야기만 자꾸 하는 것을 피하고 싶었어. 나는 지금 죽음을 빼놓고는 아무 말도 안 되는 걸. 싫증나도록 보아 온 페스트라든지 말이야. 하지만 벌써 화제에 오른 것이고 한 번은 이야기해야 되지 않겠는가. 언제, 어떻게 다니엘 원장은 죽었는지 말해 주게나. 나는 그분을 아주 존경했어. 안젤름 신부와 마르틴 신부도 아직 생존해 계신지 말해주게. 아니, 나는 아무리 흉악한 것이라도 들을 각오가 서 있다. 하지만 적어도 자네가 페스트를 모면한 것이 무척 반갑다네. 물론 나는 자네가 죽었으리라고는 전혀 생각지도 않았으며 도리어 재회를 굳게 믿고 있었네. 그러나 섭섭하게도 겨냥이 틀려진 것은 내 체험일세. 나의 니콜라우스 스승, 그 조각가가 죽었으리라고는 상상도 못했어. 꼭 그를 다시 만나서 새롭게 그의 슬하에서 일하리라고 결심했었지. 하지만 막상 가보니 그 사람은 죽어 버렸지 뭔가."

"대충 이야기하면," 나르치스는 말했다. "다니엘 원장은 벌써 팔 년 전에 병도 괴로움도 없이 돌아가셨다. 나는 그 사람의 후계자가 아냐. 내가 원장이 된 것은 겨우 일 년 남짓해. 다니엘 원장의 후계자는 마르틴 신부였어. 전에 교장하던 분 말이야. 그는 지난 해 일흔을 채우지 못하고 돌아가셨어. 안젤름 신부도 이제는 안 계셔. 그분은 너를 좋아해서 가끔 네 이야기를 했다. 결국 걸을 수도 없었고 누워 있는 것도 매우 괴로워했다네. 그는 수종 때문에 돌아가셨어. 그래, 페스트가 우리 있는 데도 찾아와서 많이 죽었다. 거기 대해서는 이야기 않겠다.! 더 물을 것이 있나?"

"물론, 많이 있지. 그 중에서도 어떻게 해서 자네가 이 주교의 도시, 총독 있는 데로 오게 됐나?"

"거기에는 긴 사연이 있어. 자네한테는 싫증날 테지. 정치에 관한 것이니 말이야. 백작은 황제의 총아야. 여러 가지 문제에 대해서 전권을 맡기고 있다. 현재, 황제와 우리 성직자 사이에 조정해야 할 여러 가지 사건들이 많아. 교단에서는 백작과 교섭할 사신의 역할을 나한테 맡겼네. 성과는 거둘 수가 없었어."

그는 입을 다물었다. 골드문트는 그 이상 묻지 않았다. 어제 밤 나르치스가 백작한테 골드문트의 생명을 빌었을 때, 냉혹한 백작에 대해서 얼마간의 양보를 하고 이 생명의 대가를 치르지 않으면 안 된 것을 골드문트는 들을 필요조차 없었다.

그들은 말을 몰고 갔다. 골드문트는 이내 피로를 느껴 안장에 앉아 있는 것도 힘들었다.

한참 후 나르치스가 물었다. "자네가 도둑질 때문에 잡혔다는 것은 정말이냐? 백작은 자네가 안방에 들어와서 도둑질을 했다고 주장하던데."

골드문트는 깔깔 웃었다. "실은 내가 도둑놈처럼 보였을 테지만 백작의 애인과 수작하고 있었지. 틀림없이 백작도 그것을 알고 있었을 거야. 나를 도망치게 해주었다니 정말 이상한 일이야."

"그야, 그도 아는 사람인걸."

그들은 계획한 하루의 여정을 끝낼 수가 없었다. 골드문트는 너무나 피로해서 이제 두 손으로 고삐를 잡을 수도 없었다. 그들은 어느 마을에서 숙박했다. 골드문트는 잠자리에 눕자 미열이 났다. 그래서 이튿날도 거기서 그냥 누워 있었다. 그 다음에는 여행을 계속할 수가 있었다. 두 손이 곧 회복되자 기마 여행을 크게 즐기기 시작했다. 얼마나 오랫동안 말을 타보지 못했던가! 그는 생기가 돌고 젊어지고 명랑해졌다. 가끔 마부와 경마를 하고, 이야기하고 싶은 마음이 내키면 친구 나르치스한테 여러 가지 질문을 빗발같이 퍼부었다. 나르치스는 차근차근히, 흐뭇한 마음으로 거기에 응해 주었다. 그는 또 골드문트의 이 과격하고 어린애 같은 질문을 좋아했다. 그 질문은 친구의 정신과 총명에 대한 무한한 신뢰심으로 가득차 있었다.

"하나 물어볼게, 나르치스. 자네들도 유태 사람들을 태워죽인 적이 있나?"

"유태 사람들을 태워죽인다고? 어떻게 우리가 그런 짓을? 우리 있는 데는 유태 사람이 없다."

"맞았어. 하지만 자네는 유태 사람들을 태워죽일 수가 있나? 그런 일을 가능하다고 생각할 수 있느냐 말일세?"

"아니, 어째서 우리가 그런 짓을 하지? 자네는 나를 광신자라고 생각하고 있나?"

"말하는 것을 이해해줘, 나르치스! 자네는 어떤 경우에 사람들을 죽이라는 명령을 혹은 안 그렇더라도 그 승인을 내리는 것을 생각할 수가 있느냐는 거야. 그런 명령을 내린 후작이나 시장이나 주교나 관헌들은 얼마든지 있는걸."

"나는 그런 종류의 명령은 내리지 않겠지. 그러나 그런 잔인성을 방관하고 참지 않으면 안 되는 경우는 있을 수 있어."

"그럼 자네는 그것을 참아 나갈 수 있을까?"

"그렇지. 만약 그것을 지지할 권리가 내게 주어진다면. 자네는 유태 사람들을 태워죽이는 것을 본 적이 있군, 골드문트?"

"응, 있고말고."

"그래, 자네는 그것을 저지시켰는가? 안했단 말인가? 그것 보래두."

골드문트는 자상하게 레베카 이야기를 했다. 이야기를 하는 도중에 그만 흥분해 버렸다.

"그래, 지금." 그는 과격하게 결론을 맺었다. "우리가 살지 않으면 안 되는 세상은 어떤 종류의 세계일까? 지옥이 아닐까? 악도 오를 뿐더러 흉측하지 않느냐 말이야?"

"확실히 세상은 그렇게 됐어."

"그러냐!" 골드문트는 화를 내며 소리쳤다. "자네는 요전에 세상은 거룩하다, 세상은 여러 개의 원의 크나큰 조화다, 그 중앙에 조물주가 군림하고 있다, 존재하는 것은 좋다 하며 얼마나 주장했던가! 아리스토텔레스에 그렇게 써 있다느니 성 토마스에 있다느니 하고 자네는 말했네. 그 모순에 대한 설명을 무척 듣고 싶은걸."

나르치스가 껄껄 웃었다.

"자네 기억은 놀라운데. 하지만, 자네는 곡해를 했네. 나는 조물주를 항시 완전한 것으로서 떠받들었으나 창조된 것을 떠받든 적은 결코 없다네. 나는 세상의 악을 부정한 적은 없어. 지상의 생활이 조화롭고 옳다, 또는 인간은 선량하다, 이런 것을 진실한 사색가는 아직 한 번도 주장한 적이 없다네. 도리어 인간의 마음이 지향하는 것이 악이라는 것은 성서에 뚜렷이 씌어 있네. 우리는 매일같이 그 실증을 보고 있다."

"대단히 좋은 말일세. 이제야 겨우 자네들 학자들이 어떻게 생각하고 있는가를 알았네. 말하자면 인간은 나쁘단 말이지. 지상의 생활은 평범함과 더러움에 꽉 차 있다는 것을 자네들은 인정한단 말이야. 자네들 사상과 교본 속에는 그 배후의 어느 한구석에 정의와 완전함이 존재해 있다. 그것은 존재해 있을 뿐 아니라 그것을 증명할 수도 있다네. 하지만 단지 소용없는 것들만 있다네."

"자네는 우리들 신학자에 대해서 증오심을 갖고 있군! 자네는 여전히 사색가는 아닐세. 자네는 뭐든지 한데 범벅을 만들어 버렸네. 자네는 뭐든지 좋으니 좀 습득하지 않으면 안 될걸세. 하지만 도대체 왜 자네는 우리가 정의의 관념을 사용하지 않는다고 말하는가? 매일, 매시마다 우리는 그렇게 하고 있네. 이를테면 나는 원장이요 수도원을 관리하지 않으면 안 되네. 그 수도원 속에서는 바깥 세상과 마찬가지로 완전하지도 않고 죄악을 벗어나지도 못하고 있네. 하지만 우리는 원죄에 대해서 항상 되풀이해서 정의의 관념을 대항시키고 있으며 불완전한 우리 생활을 정의에 의해서 측정하고 악을 시정하며 우리 생활을 하느님과 결부시키려고 시도하고 있네."

"물론 그럴 테지, 나르치스. 내가 자네 말을 하며 자네가 좋은 원장이 아니라고 말하는 것은 아니네. 하지만 레베카나 화형당한 유태 사람, 공동 묘혈, 대량의 죽음, 페스트의 시체가 너저분하게 깔려 지독한 냄새를 풍기고 있던 골목, 방, 흉하게 허물어진 거리, 혼자 동떨어져 오갈 데 없는 아이들, 사슬에 매인 채 굶어죽은 집 지키는 개, 이런 온갖 것들을 잊지 않고 그 광경을 눈앞에 그려보면 내 가슴은 쓰려온다네. 우리들의 어머니는 우리들을 절망과 공포와 악마로 가득찬 세계에다 풀어놓고 간 것 같은 생각이 든다네. 어머니들이 우리를 낳지 말고, 하느님이 이 무서운 세상을 만들지 말고, 구세주가 이 세상을 위해 무익하게 십자가에서 피를 흘리지 않았더라면 더 나았으리라 생각하네."

나르치스가 친구를 향해 정답게 고개를 끄덕끄덕했다.

"자네 말이 전부 옳아." 그는 정색을 하고 말했다.

"제발 말 좀 해주게나. 있는 것 없는 것 죄다 털어놓고 이야기해주게. 하지만 자네는 한 가지 점에서 대단히 곡해하고 있네. 즉 자네가 지금 이야기하고 있는 것을 자네는 사상이라고 생각하고 있네. 하지만 그것은 감정이야! 생존의 공포에 시달리고 있는 인간의 감정일세. 그 슬픔과 절망에 찬 감정에다 완전히 다른 감정이 대립하고 있다는 것을 잊지 말게! 자네가 말을 타고 기쁨에 찬 감정으로 아름다운 강산을 돌아다닐 때라든가, 혹은 경솔하게도 백작 애인에게 비위를 맞추어 주기 위해서 땅거미가 진 무렵에 성안에 기어들어갔을 때는 세상은 자네한테 완전히 다른 모습을 제시해 주었겠지. 페스트의 집도, 화형당한 유태 사람도 모두 자네가 쾌락을 얻는 것을 눈곱만큼도 방해하지는 않았을 거네, 안 그래?"

"하긴 그래. 세상이 죽음과 공포로써 꽉 뒤덮여 있었기 때문에 나는 자꾸 나의 마음을 위로하고 이 지옥의 한가운데 피어있는 아름다운 꽃을 꺾으려고 시도했네. 내가 쾌락을 발견하게 되면 잠시 동안 공포도 잊어버리지. 그렇다고 해서 공포가 감소하는 것은 아니거든."

"사뭇 요령 있는 말을 하는군. 말하자면 자네는 이세상을 죽음과 공포가 포위하고 있다고 보는 것 같군. 그리고 거기서 도망치기 위해 쾌락 속에 뛰어들지만 쾌락은 오래 지속하지 못하네. 세상 사람들은 자네를 다시 황무지로 쫓아 버릴걸세."

"사실 그래."

"사람들은 대부분 그래. 단지 자네만큼 그것을 강하게, 과격하게 느끼는 사람은 많지 않아. 그 감정을 의식하려고 하는 요구를 가진 사람은 마찬가지네. 하지만 이것 봐. 자네는 쾌락과 공포 사이의 절망적인 왕복이나 생의 쾌락과 죽음의 감정 사이의 그네 이외에 다른 어떤 것을 시도해본 적은 없었나?"

"음, 물론 있었지. 나는 예술로써 그것을 시도해 보았다네. 아까도 말했지만 무엇보다 나는 예술가도 되었더랬어. 바깥 세상에 발을 들여놓은 지 3년쯤 됐을까? 그 사이 줄곧 부랑자로서만 떠돌았네. 그러던 어느 날 나는 한 수도원의 성당에서 나무로 조각된 마리아상을 보았지. 어찌나 아름다웠는지 첫눈에 내 마음을 빼앗겼지. 그래서 그것을 만든 스승을 찾아냈다네. 나는 그분을 만나보았지. 유명한 선생님이었어. 나는 그분의 제자가 되어 몇 년 동안 일했었어."

"그 이야기는 나중에 좀더 자세하게 들려주게. 그런데, 예술이 자네한테 가져다준 것, 즉 자네한테 의미가 있었던 것은 도대체 무엇이었나?"

"그것은 무상의 극복이었어. 인간생활의 싱거운 놀음과 죽음의 무도에서 무엇이 살아남는지를 알게 됐네. 그것이 말하자면 예술품이었어. 그것도 언젠가 한 번은 없어지고 말겠지. 타서 없어지거나 망가지거나 부서지거나 하겠지. 하지만 예술품은 몇 세대의 인간생활보다 생을 늘이고, 순간의 피안에 형상과 거룩한 것의 고요한 나라를 만든다. 거기 협력하는 것이 나한테는 귀중하고 위안이 되리라고 생각했어. 왜냐하면 그것은 무상한 것을 영원화시키는 데 가깝기 때문이야."

"마음에 드네, 골드문트. 자네가 더 많은 아름다운 작품을 만들기를 바라네. 자네 역량에 대한 나의 신뢰심은 크다네. 자네가 말브론에서 오랫동안 나의 손님이 되고, 자네를 위해 작업장을 마련하는 것에 동의해 주길 바라네. 우리 수도원이 예술가를 가져보지 못한 지도 퍽 오래됐네. 그런데 자네의 정의로는 예술의 기적을 아직도 다 퍼내지 못했다고 생각하는데. 예술의 본질은 돌이나 통나무나 색깔에 의해서, 무엇이 존재하지만 사멸하고 마는 것을 죽음에서 빼앗아서 더 오래 존속시킨다는 점에만 있는 것은 아니라고 나는 생각하네. 여러 가지 예술품, 즉 성자나 마돈나상을 보아오기는 했지만 그것들을 단순히 한때 생명을 가지고 있던 개인에 대한 충실한 초상이라고는 생각지 않네. 개인의 형태나 색깔을 예술가가 전달하고 있다고는 생각지 않는다네."

"자네 말이 옳아." 골드문트는 흥분해서 소리쳤다. "자네가 예술에 대해서 그렇게 조예가 깊을 줄은 몰랐어! 훌륭한 예술품의 원형은 실존적인 인물이 아니야. 실존적인 인물은 그 동기가 될 수 있을는지 몰라도 원형은 살과 피가 아니고 정신이야. 그것은 예술가의 영혼 속에 본적을 갖고 있는 하나의 형상이지. 나르치스, 내 영혼 속에도 그와 같은 형상이 꿈틀거리고 있네. 나는 그것을 언제 한 번 표현해서 자네한테 보여주고 싶어."

"훌륭하네! 골드문트, 지금 자네는 자신도 모르게 철학의 한가운데를 뚫고들어가 그 비밀의 하나를 이야기해 냈어."

"자네 나를 놀리는군."

"천만의 말씀. 자네는 '원형'에 대해서 이야기했네. 말하자면 창조적인 정신의 안 이외에는 아무곳에도 존재하지 않지만 물질 안에 실현되고 구체화될 수 있는 형상에 대해서 언급했다. 예술의 형태는 구체화되고 현실성을 갖기 전에 벌써 예술가의 영혼 속에 형상으로서 존재하고 있다! 그 형상 즉, '원형'은 옛날 철학자들이 '이데아'라고 명명한 것과 꼭 일치하네."

"그렇네. 그렇게 말하니 이젠 완전히 믿을 수 있을 것같이 들리네."

"그런데 자네가 이데아와 원형을 신봉한다는 것을 공언하는 걸 보니 정신적인 세계 즉, 우리네와 같은 철학자와 신학자의 세계에 들어와 있기도 하며 혼란과 괴로움을 극한 생활 전선 즉, 육체적 존재의 무한정하고 무의미한 죽음의 난무의 한복판에 창조적인 정신이 존재하고 있다는 것도 인정하고 있다네. 여보게, 자네가 그 옛날 나한테 왔을 때부터 나는 자네 내부에 있는 그 정신에 호소

해온 걸세. 자네 같은 경우도 따져본다면 그 정신은 사색가의 정신이 아니요 예술가의 정신이네. 하지만 그게 정신이지. 감각세계의 흐리터분한 뒤얽힘 즉, 쾌락과 절망 사이를 왕복하는 영원한 그네에서 탈출하는 길을 자네에게 제시하는 걸세. 여보게 골드문트, 자네한테서 그 고백을 듣고 나는 적이 기쁘네. 나는 그것을 기다리고 있었던 걸세. 그때부터 말이야, 자네가 자네 선생인 나르치스를 하직하고 자네 자신이 되는 용기를 발견하고서부터 말일세. 이제 다시 우리는 새롭게 친구가 될 수 있네."

골드문트는 이순간 마치 그의 생활이 의미를 얻은 것 같기도 하였고 위에서 그의 생활을 내려다볼 수 있는 것처럼 그의 생활의 커다란 세 단계 즉, 나르치스에 대한 의존생활과 거기에서의 이탈, 자유와 방랑시절, 귀환과 침체와 성숙과 수확의 시초가 똑똑히 보이는 듯했다.

환상은 다시 사라졌다. 하지만 그는 이제 나르치스에 대해서 의존적인 관계가 아니고 자유와 상호적인 관계를 발견하게 됐다. 그는 이제 나르치스가 그를 대등한 자, 창작가로서 인정해 주었기 때문에 비굴해지지 않고 월등한 정신의 슬하에서 손님 대접을 받을 수 있게 됐다. 자신을 그에게 드러내는 것과 자신의 내부세계를 조각으로 드러낼 수 있는 것을 그는 기뻐하고 있었다. 하지만 가끔 걱정스럽기도 하였다.

"나르치스," 그가 경고했다. "자네가 정말 어떤 요물을 수도원에 데리고 가는지를 알지 못하는 것 아닌가 염려되는군. 나는 수도사도 아니요, 그렇다고 또 수도사가 되고 싶지도 않아. 물론 나야 크나큰 세 가지 맹세를 잘 알고 하는 말일세. 쪼들림이야 충분히 알고 있네. 하지만 순결과 복종을 그다지 좋아하지 않아. 이 두 가지 덕은 나한테는 정말 사나이답지 않다고 여겨지네 이제 나는 신앙심이라는 것은 없네. 벌써 몇 년 전부터 참회한 일도, 기도드린 일도, 성찬을 받은 적도 없다네."

나르치스는 꼼짝도 하지 않았다. "보아하니 자네는 이교도가 다 된 것 같군. 하지만 우리는 거기 대해서 조금도 염려하지 않는다. 자네는 수많은 자네의 죄악을 이이상 뽐낼 필요는 없네. 자네는 이 뜬 세상의 생활을 보내고 부랑자처럼 지내왔지. 이제 자네는 규율이 무엇이며 질서가 무엇인가를 통 모를걸세. 확실히 자네는 형편없는 수도사가 될 테지. 하지만 나는 자네를 교단에 집어넣기 위해 초대하는 것은 아닐세. 우리들의 손님이 되고 자네를 위해 우리가 작업장을 마련해주는 영광을 갖기 위해 초대하는 것뿐일세. 그리고 또 한 가지가 있다. 즉, 우리들의 청년시절 자네를 눈뜨게 해주고 세속적인 생활을 시키러 내보낸 장본인은 나였다는 것을 잊지 말게. 자네가 좋은 사람이 됐든 나쁜 사람이 됐든, 이 점에 대해서 자네 바로 다음으로 나에게 책임이 있는걸세. 나는 자네가 무엇이 됐는가를 보고 싶네. 자네는 그것을 나한테 생활과 작품 등으로 보여줄 걸세. 만약 자네가 그것을 보여주고 나서 그리고 우리들 수도원이 자네가 있을 만한 곳이 아니라는 것을 내가 발견하는 일이 있을 때는 내가 먼저 자네에게 다시 수도원을 하직해 달라고 부탁하겠네."

골드문트는 그의 친구가 그처럼 원장으로서 행동하면서 세속적인 사람들과 세속적인 생활을 대하는 태도에 자신감을 가지고 이야기할 때마다 경탄하는 마음이 가득했다. 왜냐하면 그럴 때는 나르치스가 무엇이 되어 있는가 즉, 일개 남자가 되어 있는 것이 역력했기 때문이다. 고운 두 손과 학자의 얼굴, 정신과 교회의 인간이나 확신과 용기에 가득찬 사나이, 지도자, 책임지는 사람이 돼 있었다. 이 나르치스라는 사나이는 이제 옛날의 청년도, 부드럽고 열의 있는 사도 요한도 아니었다. 이 새로운 나르치스, 사나이답고 기사다운 나르치스, 그는 이 사람을 자기 손으로 만들고 싶었다. 수많은 형상들이 그를 기다리고 있었다. 나르치스, 다니엘 원장, 안젤름 신부, 니콜라우스 스승, 미모의 레베카와 아그네스, 그 밖에도 많은 친구와 원수들, 살아있는 사람이며 죽은 사람들, 아니 그는 교단의 친구가 되고 싶지는 않았다. 경건하고 학식있는 축에도 들고 싶지 않았다. 그는 작품을 만들고 싶었다. 한때 청년시절의 고향이 작품의 고향이 된다는 것은 그를 행복하게 해주었다.

그들은 차디찬 늦가을에 말을 몰았다. 그들은 낙엽진 나무들 위에 흰 서리가 소복이 쌓인 어느 날 아침, 사람 그림자 하나 없는 불그스레한 늪지대의 굽이진 넓은 들을 넘어가고 있었다. 기나긴 능선이 야릇한 감정으로 눈에 익은 추억을 불러주듯 했다. 높다란 물푸레나무숲과 시냇물의 흐름과 낡은 곡물 창고가 눈앞에 보였다. 그것이 두 눈에 확연히 드러나자 골드문트의 마음은 흐뭇한 불안에 쓰리기 시작했다. 한때 기사의 딸 리디아와 말을 달렸던 곳이라는 것을 알게 됐다. 그리고 이 벌판은 그때 쫓겨나와 하염없는 슬픔 속에서 떨어지는 눈비를 피하며 유랑하던 때 지나던 허허벌판이었다. 오리나무숲, 물방앗간, 성이 눈앞에 나타났다. 어쩔 줄 모르는 아픔을 갖고 서재의 창문을 바라보았다. 그는 전설같은 청년시절에 기사가 순례 행각을 하던 이야기를 듣고 그 기사의 라틴어를 고쳐 주었었다. 일행은 그 안마당으로 들어갔다. 그 집은 그들 여행의 일정에 든 곳이었다. 골드문트는 여기서 그의 이름을 부르지 않도록 또 마부와 같이 하인들이 있는 데서 식사할 수 있도록 원장한테 부탁했다. 지금은 노 기사도 리디아도 없었으나 사냥꾼과 하인은 몇 사람 아직 남아 있었다. 집안에는 미모의 기품있고 화려한 귀부인 율리에가 남편 곁에서 생활하며 지배하고 있었다. 그 여자는 여전히 샛별같이 아름답게 보였다. 매우 아름답지만 다소 마음이 불편해 보이기도 했다. 그 여자나 하인들은 골드문트를 알아보지 못했다.

식사 후, 땅거미가 진 정원을 빠져나와 울타리 너머 벌써 겨울색이 완연한 화단을 보았다. 그리고는 살며시 마구간으로 들어가 보았다. 그는 마부와 같이 짚단 위에서 잤다. 무거운 추억의 짐이 그의 가슴을 억눌렀기 때문에 자다가 몇 번이나 눈을 떴다. 아, 그의 생활은 왜 그다지도 산산히 흩어지고 열매를 맺지도 못하고 등 뒤에 가로놓여 있었을까! 훌륭한 정경은 산더미 같았으나 산산히 부서지고 가치도 사랑도 보잘것없었다. 아침에 출발할 때, 그는 행여나 율리에를 한 번 더 볼 수 있을까 하고 가슴을 두근거리며 창문을 쳐다보았다. 똑같이 바로 요 며칠 전 주교의 성 안마당에서 아그네스가 한 번 더 내다보지 않을까 하고 두리번거렸던 것이다. 아그네스는 나오지 않았다. 율리에도 이제는 자태를 내밀지 않았다. 그의 전생애도 이랬다고 생각했다. 이별을 고하는 것, 도망치는 것, 잊어버리는 것, 빈주먹에 덜덜 떨리는 가슴을 안고 그 자리에 서 있는 것뿐이었다. 하루종일 그는 그 생각에 쫓기었다. 그는 한 마디 말도 안했다. 우울한 얼굴을 하고 안장에 기대 있었다. 나르치스는 그냥 그대로 내버려두었다.

일행은 며칠 후 목적지에 도착했다. 수도원의 탑과 지붕이 두 눈에 들어오는 바로 그때 일행은 그 자갈이 많은 휴간지를 지나갔다. 거기서 그는 아, 얼마나 오래된 옛일인가, 한때 안젤름 신부를 위해 고추나물을 찾고, 집시 여인 리제에 의해서 성년이 되었던 것이다. 이윽고 일행은 말브론 정문을 지나 이탈리아산 밤나무 밑에서 말을 내렸다. 골드문트는 그 나무줄기를 애정에 찬 손으로 어루만졌다. 땅바닥에 시들어져 갈색으로 덮여 있는 딱 벌어진 가시있는 열매를 향해 허리를 굽혔다.

제 18 장

처음 며칠 동안 골드문트는 수도원 안에 있는 객실 가운데 하나를 얻어 지냈다. 그 다음 그의 소원대로 커다란 마당을 시장처럼 둘러싸고 있는 부속건물 가운데 하나를 얻어 대장간 건너편에 잠자리를 마련했다.

재회는 그 자신이 가끔 이상스레 여겼을 정도로 격렬한 마력을 갖고 그의 마음을 사로잡았다. 원장을 제외하고는 아무도 그를 알지 못했다. 여기 있는 사람들은 수도자건 속인이건 엄격한 질서 속에서 생활하고 괴로움을 몰랐다. 아무도 그를 방해하는 사람은 없었다. 하지만 안마당의 나무들, 정문과 창문, 물방앗간과 물방아, 복도의 포석, 회랑에 있는 시든 장미꽃 덤불, 곡물 창고와 식당 위에 있는 황새의 둥지, 이들은 그를 알고 있었다. 어느 구석에서도 그의 과거와 청년시절의 추억이 꿀과 감동의 향기를 풍겼다. 사랑이 모든 것을 다시 보고 모든 소리를 다시 듣도록 재촉했다. 저녁 기도의 종소리, 일요일의 종소리, 비좁고 이끼가 잔뜩 낀 돌담 속의 깜깜한 물방아 돌리는 소리, 문을 지키는 수도자가 저녁에 정문을 닫으러 갈 때 철렁대는 열쇠 꾸러미 소리, 속인의 식당 지붕에 빗물이 쏟아져 흐르는 돌 홈 곁에는 풍락초와 질경이 같은 조그만 잡초들이 여전히 우거져 있었다. 대장간 뜰의 사과나무 고목은 널리 퍼진 가지를 여전히 비비꼬고 있었다.

하지만 조그만 학교 종이 울리고 휴식시간에 수도원 학생들이 계단을 내려서며 안마당에 떼를 지어 내려올 때마다 골드문트는 다른 어느 것보다도 더 크게 감동되었다. 소년들의 얼굴들은 왜 그리 한결같이 어리고 순진하고 귀여운가. 그도 한때는 정말 저들처럼 순진하고 무뚝뚝하고 귀엽고 어린애 같았을까?

하지만 그는 이 눈에 익은 수도원 이외에 통 모른다고 하여도 과언이 아닌 것을 발견했다. 그것은 처음 며칠 동안에 벌써 그의 두 눈을 빼앗았던 것이나 차츰 중대성을 더해가서 산만하기는 하지만 눈에 익은 것과 결합해 갔다. 그 이유는 여기에 새로운 것은 무엇 하나 더 보태진 것은 없었고 몽땅 그의 학생시절과 그전의 백 년 이상이나 되는 시절에 일어난 것과 매일반이었으나 그것을 보는 그의 두 눈이 학생의 두 눈이 아니었기 때문이다. 그는 이 건축의 규모, 성당의 아치형 천정, 옛날 회화, 제단과 정문의 석상이나 목상 등을 보고 느꼈다. 그때 당시 그 장소에 똑같이 있었는데 지금 비로소 그는 그것들의 아름다움과 그것들을 만든 정신을 볼 수 있었다. 그는 위층에 있는 예배당에서 낡은 석조 마리아상을 보았다. 그는 소년시절에 벌써 그것을 보기를 즐겨 스케치도 했었는데 이제야 그는 그것을 초롱초롱한 두 눈으로 보았다. 그리고 그것이 제일 성공적이요 제일 잘된 그의 작품으로도 능가할 수 없을 만큼 훌륭한 작품이라는 것을 깨달았다. 그런 훌륭한 것들은 얼마든지 있었다. 그리고 그 각각이 그것들만으로 서 있는 우연이 아니고 어느 것이나 똑같은 정신에서 발생하여 낡은 벽이나 기둥이나 아치형 천정 사이에서 자연스런 고향 속에 있는 것처럼 서 있었다. 여기에서 수백 년간 세우고, 새기고, 소모하고 생활하고, 생각하고, 가르친 것은 하나의 계통이요, 하나의 정신이었다. 그리고 한 그루 나무의 가지들이 서로 붙들고 있듯이 서로 받쳐주고 있었다.

골드문트는 이 세상의 조용하고 힘찬 통일 가운데서 자신이 매우 작은 존재라고 느껴졌다. 골드문트는 그의 친구 나르치스가 원장 요한으로서 이 세차고도 조용하고 친밀성이 있는 질서를 관리하고 지배하고 있는 지금보다 자신을 조그만 존재로 느낀 적은 여태껏 없었다. 학식이 많고, 입술이 엷은 요한 원장과 단순하고 인심좋고 소박한 다니엘 원장 사이에는 크나큰 개인차가 있을지 모르지만 그들 모두 똑같은 통일과 사상과 질서에 봉사하는 것은 물론이요, 그것에 의해서 지위를 얻고 거기에 자신을 몽땅 바치고 있었다. 그것이 그들 두 사람을 바로 수도원의 복장이 그러하듯 꼭 닮게 만들었다. 나르치스가 이 수도원의 중심에 놓여지고 보니 골드문트의 두 눈에 그가 대단히 크게 보였다. 물론 나르치스는 그에게 다정한 친구요, 주인으로서의 태도에는 변함이 없었다. 그는 이내 다정한 '자네'라든가 '나르치스'로 호칭하는 것도 어딘지 모르게 서먹서먹해졌다.

"요한 원장," 하루는 그가 나르치스에게 말했다. "슬슬 나는 자네의 새로운 이름에 익숙해지지 않으면 안 되겠네. 여기가 정말 있기에 편하다는 걸 자네한테 알리고 싶네. 자네한테 모두 참회를 해서 회개한 다음에는 속세의 수도자로서 수도원에 넣어 주었으면 하는 희망을 가지고 있다네. 하지만 그렇게 되면 우리들 우정도 끝장을 보고 말 테지. 자네는 원장이요, 나는 속세의 수도자니까. 하지만 이렇게 자네 있는 데서 무위도식하고 자네가 일하는 것을 구경할 뿐 나 자신은 아무것도 아니요, 또 아무것도 하지 않는다는 것은 도무지 견딜 수 없는 노릇이야. 나도 일을 해서 나의 능력을 자네한테 보이고, 교수형을 면제받은 것이 가상할 만한 일이었던가 아닌가를 보여 주었으면 하고 생각하는 바일세."

"기쁜 일이군." 나르치스가 말했다. 그 말 가운데는 여느때보다 더 정확하고 간명한 어조를 발견할 수 있었다. "자네는 언제든지 자네 일터의 설비를 시작해도 상관없네. 대장장이와 목수에게 자네 일을 돕도록 말하겠네. 여기에 있는 재료로서 쓸 만한 것을 발견하거든 뭐든지 갖다 쓰게! 바깥 운수업자들한테서 들여와야 하는 것은 목록을 만들게. 그리고 이제, 내가 자네와 자네의 의도에 대해서 생각하고 있는 바를 들어주게! 내가 생각하는 바를 다 이야기하는 데 시간을 주지 않으면 안 된다네. 말하자면 나는 학자이므로 내 사상의 세계에서 사실을 표현하는 시도를 하고 싶다는 말일세. 그 이외의 다른 말을 나는 가지고 있지 않아. 그럼 전에도 가끔 꾸준히 참아준 대로 한 번 더 나를 따라와 주게."

"자네를 따라가도록 애써 보겠네. 말해주게."

"내가 자네를 예술가라고 생각하고 있다는 것을 학생 시절에 벌써 몇 번이나 자네한테 이야기한 것을 기억해 주게나. 그때 나는 자네가 어쩌면 시인이 될지도 모른다고 생각했었네. 그때 자네는 독서라든지 필기에서 개념적인 것이나 추상적인 것에 대해서 일종의 반감을 가지고 있었네. 말 가운데서도 특히 감각적이요 시적인 성질이 갖추어져 있는 말과 음향을, 말하자면 그것에 의해서 무엇이 머릿속에 그려질 수 있는 그런 말을 자네는 즐겨했다네."

골드문트는 말을 가로챘다. "실례의 말이지만 자네가 특히 즐기는 개념과 추상도 따지고 보면 심상(心象)이나 형상이 아닐까? 안 그러면 자네는 정말 사색을 하기 위해 아무것도 머릿속에 그릴 수가 없는 어귀만을 사용하고 사랑한단 말인가? 무엇을 머릿속에 그리지 않고 생각할 수 있을까?"

"자네가 물어주니 고맙네! 하지만 확실히 사람들은 심상을 가지지 않고 생각할 수가 있네. 사색은 심상과 손톱만큼의 관계도 없다. 사색은 형상에 의해서가 아니고 개념과 공식에 의해서 행해지네. 바로 형상이 끝나는 데서 철학이 시작되지. 이것은 우리들이 전에 가끔 논쟁했었지. 말하자면 세계는 자네한테는 형상에서 생겼고 나한테는 개념에서 생겼다. 나는 자네한테 언제나, 자네는 사색가로서는 아무 쓸모 없다고 말했었다. 그러나 그것은 아무런 결함도 아니다. 그 대신 자네는 형상의 영역의 지배자라고도 했었지. 알아듣겠나? 나는 그것을 자네한테 명백히 해두네. 자네가 그

때 당시 속세로 뛰어나가는 대신에 사색가라도 되었더라면 불행을 초래했을지도 모르지. 간단히 말해서 자네는 신비주의자가 됐을 거야. 신비주의자는 심상의 세계에서 떠날 수가 없는 사색가다. 다시 말하면 사색가란 엉뚱한 말이야. 신비주의자는 표면에 나서지 않는 예술가 즉, 시구를 안 쓰는 시인, 붓을 가지지 않는 화가, 소리를 내지 않는 음악가야. 그네들 가운데는 덮을 수 없는 천성을 타고난 고귀한 정신이 있지만 그들은 모두 한결같이 불행한 인간이야. 자네도 그 중 한 사람이 됐을지 누가 아나. 고맙게도 자네는 그렇게 되지 않고 예술가가 되고 형상의 세계를 부리게 되었네. 거기서 자네는 창조자가 되고 지배자가 될 수 있지. 사색가로서 불충분한 세계에 머무르고 있는 대신에."

"심상의 작용 없이 생각하는 자네의 사색의 세계를 이해한다는 것은 나로서는 도무지 불가능한 것 같네." 하고 골드문트가 말했다.

"별 말을 다 하네. 이내 될 수 있을걸. 들어봐, 사색가는 세계의 본질을 논리학에 의해서 인식하고 표현하려고 드네. 사색가는 우리들 지성과 그 도구인 논리학이 불완전한 기계라는 것을 알고 있지. 똑같이 현명한 예술가는 그의 붓이나 끌이 천사 혹은 성인의 눈부신 본질을 결코 완전하게 표현할 수가 없다는 것을 잘 알고 있네. 더욱이 사색가도 그렇지만 예술가도 똑같이 각자의 방법으로 그것을 시도하고 있네. 그들은 그렇게 하는 수밖에 별 도리가 없는 거야. 인간은 자연한테서 주어진 천성을 가지고 자신을 실현시키려고 시도하는 데서 자기가 할 수 있는 최고의 것, 의미 깊은 것을 하기 때문이다. 그래서 나는 전에 자주 자네한테 말했었지. 사색가나 금욕주의자를 흉내내지 말고 자네 자신이 돼라, 자신을 실현하도록 노력하라고."

"자네 말하는 것은 이럭저럭 수긍은 가지만 자신을 실현시킨다는 말은 대체 무슨 의미를 가지고 있나?"

"그것은 철학적인 개념이지 달리 표현할 수가 없어. 우리들 아리스토텔레스와 성 토마스의 제자들한테는 모든 개념의 최고의 것은 완전한 존재이네. 완전한 존재는 신이지. 존재하는 다른 일체는 반 정도의 존재, 부분적인 존재에 불과해. 그것은 변화 과정에 있고, 혼합되어져 있고, 여러 가지 가능성에서 생겼네. 그러나 신은 혼합되어 있지 않고 하나야. 가능성을 가지지 않고 완전히 현실이야. 그러나 우리는 덧없는 존재요, 변화 과정에 있는 존재요, 가능성이 있는 존재다. 우리한테는 완전이라든가 완전한 존재라든가 하는 것은 없네. 우리들이 힘에서 행위로, 가능성에서 실현으로 나아갈 때 진실한 존재에 참여하고, 완전하고 신성한 것을 한 계단쯤 닮게 되는 것이지. 즉, 자신을 실현하는 것이네. 자네는 그 과정을 자신의 경험으로써 알고 있음에 틀림없어. 자네는 사실 예술가인데다가 여러 가지 형상도 만들었다. 그런 형상이 정말 잘 됐다면, 인간의 초상을 우연적인 요소에서 해방시키고 순수한 형으로 표현해낼 수가 있었다면 자네는 예술가로서 그 인간상을 실현한 셈이야."

"잘 알겠네."

"골드문트, 보다시피 나는 자신을 실현시키는 것이 내 성질에 다소간 용이하게 돼 있는 장소와 직위에 놓여 있네. 보다시피 나는 나에게 알맞고 나를 도와줄 단체와 전통 속에 살고 있지. 수도원은 천당이 아니다. 불완전에 가득차 있네. 더욱이 성실하게 수도원 생활을 보낸다는 것은 나 같은 종류의 인간한테는 세속적인 생활보다 얼마나 유익한지 모르네. 나는 도덕적인 설교를 하고 싶지는 않지만, 순수한 사색은 속세에 대해서 어느 정도 보호받는 것을 필요로 한다네. 그 순수한 사색을 행하고 가르치는 것이 나의 과제이기 때문에 나는 여기 수도원 안에서 자네보다 자신을 실현시키기가 훨씬 수월하게 된걸세. 그럼에도 불구하고 자네가 행로를 발견하여 예술가가 된 것을 나는 크게 기뻐하네. 왜냐하면 자네가 그렇게 되기에는 무척 난관이 많았을 테니까."

골드문트는 칭찬을 받고 당황하고 부끄럽기도 했으나 기쁘기도 했다. 이야기를 딴데로 돌리기 위해 친구의 말을 중단시켰다. "자네가 나한테 말하려고 한 것은 대강 짐작이 가네. 꼭 한 가지가 여전히 머리에 썩 들어오질 않아. 그것은 자네가 '순수한 사색'이라고 말하는 것이야. 말하자면 자네의 형상을 가지지 않는 사색과 아무것도 머릿속에 그릴 수 없는 어구의 조작 말이야."

"그건 보기 하나만 들면 얼마든지 명백히 해줄 수 있네. 수학을 생각해 보게! 수는 무슨 심상을 포함하고 있을까? 안 그러면 플러스와 마이너스의 부호는? 방정식은 무슨 형상을 포함하고 있을까? 전혀 포함하고 있지 않네! 자네가 산수나 대수 문제를 풀 때, 자네는 심상의 도움을 빌리지 않고 배운 사고 형식의 내부에서 형식적인 문제를 완성시키는 거야."

"맞아, 나르치스. 자네가 한 줄의 숫자와 부호를 써준다면 나는 심상을 쓰지 않고 계산해낼 수 있네. 플러스와 마이너스, 자승, 괄호 등에 의해서 문제를 풀 수가 있다. 그렇다 하더라도 한때는 됐었지만 지금은 안 될 거야. 하지만 그런 형식적인 문제를 푼다는 것이 학생들을 위해 지력의 수련이라는 가치 이외의 가치를 갖는다는 것은 도무지 생각할 수가 없네. 계산을 습득한다는 것은 정말 좋은 것이야. 하지만 한 사람의 인간이 일생동안 그런 계산 문제만 파고앉아, 언제까지나 숫자의 줄을 종이에다 잔뜩 써 둔다고 한다면 무의미하고 어린애 같은 짓이라고 생각하네."

"그것은 자네가 잘못 생각하는 것이야, 골드문트. 그 근면한 계산자는 선생이 그에게 내주는 새로운 숙제를 자꾸 풀고 있는 거라고 자네는 가정하고 있네. 하지만 그는 자신이 문제를 제출할 수도 있지. 거역할 수 없는 힘으로서 그의 내부에서 문제가 생겨날 수도 있는 거야. 사람들은 사색가로서 공간의 문제에 부딪혀 나는 힘이 있기 전에는 실제의 공간과 가설의 공간을 간혹 수학적으로 계산하고 특정하지 않으면 안 될 거야."

"그거야 그럴 테지. 하지만 순수한 사색의 문제로서의 공간의 문제는 한 인간이 그의 노력과 세월을 소비해야 할 대상은 아니라고 생각해. '공간'이라는 말은 가령 별의 공간이라고 하는 실제의 공간을 머릿속에 그리지 않는 한 나에게는 무요, 사색의 가치조차 없네. 그런 공간을 관찰하고 측정한다는 것은 확실히 가치있는 문제라고 생각하네."

나르치스는 웃으며 이야기를 가로막았다. "자네는 사색을 별 대수롭게 생각지는 않지만 사색을 실제적이요, 구체적인 세계에 응용하는 것은 무관하다고 말하려고 하고 있지. 우리들이 사색을 응용하는 기회와 그렇게 하는 의지가 부족한 것은 아니다 라고 자네한테 대답할 수가 있다. 이를테면 사색가 나르치스는 그의 사색의 결과를 그의 친구 골드문트에게도, 수도사 한 사람 한 사람에게 여러번 응용했다. 또 매시마다 그렇게 하고 있지. 하지만 만약 미리 배우고 연마하지 않는다면 어떻게 '응용'할 수 있을까. 예술가도 그의 눈과 공상을 부단히 연마하고 있네. 가령 그것이 실제 작품에는 극소수만 효과를 내고 있다고 하여도 우리들은 예술가의 수련을 높이 인정하네. 자네는 사색 그 자체를 배척할 수 없지만 그 '응용'을 시인할 수는 있네! 그 모순은 명백해. 그럼 날 좀 조용히 생각하게 해주게. 그리고 나의 사색을 그 성과에 따라서 판단하여 주게. 바로 내가 자네의 예술가로서의 존재를 자네의 작품에 따라서 평가하는 것처럼. 자네와 자네 작품 사이에는 아직도 장애가 있기 때문에 자네는 침착하지 못하고 흥분해 있네. 그 장애를 제거하거나 자네의 작업장을 찾거나 세우거나 하게! 그리고 자네의 작품에 열정을 기울여보게! 그렇게 하면 수많은 문제가 저절로 해결될 걸세."

골드문트는 그 이상의 좋은 것을 바라지 않았다.

그는 안마당 대문 옆에 비어 있는 곳이 작업장을 만들기에 적합한 장소임을 발견했다. 그는 스케치대나 다른 연장들을 자세히 제도해서 목수에게 주문했다. 또 수도원의 운송인들이 인접한 도시에서 차차 운반해 와야 할 물품들의 목록을 작성했다. 꽤 많은 목록이었다. 그는 목수들 집과 숲에 가서 잘라 저장하는 통나무를 조사해서 그의 작업장 뒤 잔디밭에 운반시켜 거기서 말리게 했다. 그는 손수 통나무 위에 덮어씌울 지붕을 만들었다. 대장간에서도 할 일이 많았다. 그 집 아들, 몽상가인 듯한 청년을 완전히 매료시켜서 자기 편으로 만들어 버렸다. 그는 그 청년과 함께 반나절 동안 대장간의 물통과 숫돌 옆에서 서서 보냈다. 거기서 재목의 가공에 필요한 조각칼과 끌, 송곳, 깎아내는 작대기 칼 등을 만들었다. 스무 살쯤 돼 보이는 대장장이 아들 에리히는 골드문트의 친구가 되었다. 그리고 그는 무엇이든 도와주고 타오르는 흥미와 호기심으로 가득차 있었다. 골드문트는 그에게 기타를 켜는 방법을 가르쳐 주겠다고 약속했다. 청년은 그것을 애타듯 바랐다. 목각을 해도 좋다는 것을 허락했다. 골드문트는 가끔 수도원이나 나르치스가 있는 데서 자신이 정말 소용없는 사람, 답답한 사람이라는 것을 느낄 때면 그를 사랑하고 끝없이 존경하는 에리히한테서 원기를 회복했다. 가끔 가다가 에리히는 니콜라우스 스승이든지 주교의 도시 이야기를 들려 달라고 골드문트에게 부탁했다. 골드문트는 흔쾌히 몇 번이고 이야기해 주었다. 그가 지금 여기 앉아서 노인처럼 과거의 이야기나 행위에 대해서 말하는 것이 묘하게 느껴졌다. 그의 생활은 비로소 이제 막 시작하려고 하기 때문이다.

그는 몇 년 동안 용모가 많이 변하고 나이보다 늙어버린 것을 눈치채는 사람은 없었다. 유랑과 불안정한 생활의 고초가 그를 겉늙게 했을지도 모른다. 흉하고 무서웠던 페스트 시대와 마지막으로 백작의 성에서 붙잡혀 지하실에서 그 공포의 밤을 드새웠던 것이 그를 마음속 밑바닥까지 흔들어 놓고야 말았다. 황금색 수염 속에 흰털, 얼굴에 잡힌 잔주름, 잠 못 이루는 밤 가끔 심중에 느끼는 일종의 피로, 쾌감과 호기심의 쇠퇴, 만족과 포만감의 미지근한 감정 등이 남았을 뿐이었다. 일 준비를 하거나, 에리히와 이야기를 하거나, 대장장이나 목수 사이에서 바쁘게 일을 할 때는 마음도 느긋해져서 거뜬하고 젊어졌다. 모두들 그를 흠모하고 좋아했지만, 그 사이에도 반 시간 내지 몇 시간 동안 기진맥진하여 미소를 짓기도 하며 또 꿈꾸기도 하면서 무감각과 무관심의 상태에 놓여질 때가 자주 있었다.

대관절 어디서부터 일을 착수해야 할 것인가 하는 문제가 그에게는 매우 중대했다. 여기서 만들게 될 첫작품으로 그는 수도원의 후한 대접에 보답코자 했기 때문에, 그것은 호기심을 채우기 위해 어디에 비치해 둔다는 그런 허술한 것이어서는 안 되었다. 수도원 안에 있는 옛날 작품들처럼 그 건물과 생활에 파고 들어가 그 일부가 되지 않으면 안 됐다. 제단이나 설교단을 제일 만들고 싶었지만 그 어느 것도 필요없고 놓을 자리도 없었다. 그 대신 다른 것을 발견했다. 신부들 식당 벽의 좀 높은 곳에 움푹 패어들어간 곳이 있었다. 거기서 젊은 수도자들이 식사 동안에는 언제나 성인들의 전설을 낭독했다. 그곳에 장식이 없었다. 골드문트는 낭독대 계단과 낭독대 그 자체에 목각 장식을 입혀 설교단과 똑같이 반쯤 부각된 형상 하나와 거의 형을 밖으로 드러내밀고 있는 몇 개의 목각을 만들기로 작정했다. 그는 그 계획을 원장한테 알렸다. 원장은 그것을 칭찬하며 환영했다.

이윽고 일에 착수하려 할 때 눈이 소복이 내렸다. 크리스마스는 벌써 지났다. 골드문트의 생활은 새로운 형태를 취했다. 그는 연기같이 사라지고 만 것 같았다. 아무도 그의 모습을 보지 못했다. 그는 이제 수업이 끝난 후 학생들을 기다리지 않았다. 숲속을 거닐지도 않았고 회랑을 걷지도 않았다. 식사는 방앗간에서 하였다. 그 방앗간은 그가 학생시절에 자주 드나들었던 곳은 아니었다. 그는 작업장에 조수 에리히 이외에 아무도 들이지 않았다. 에리히도 하루종일 골드문트한테 한 마디 말도 듣지 못할 때가 많았다.

첫작품이 될 낭독대에 대해 심사숙고해서 다음과 같은 계획을 짰다. 즉, 작품은 두 개의 부분에서 성립되어, 그 하나는 속세를 또 다른 하나는 신성한 언어를 나타낼 작정이었다. 아랫부분 즉 계단은 두툼한 참나무 둥치에서 성장해서 둥치 둘레를 돌고, 피조물 즉 자연과 족장들의 단순한 생활과 여러가지 형상을 나타낼 작정이었다. 윗부분 즉, 흉란(胸欄)은 네 사람의 복음서 저자의 상을 괴게 될 것이다. 복음서 저자 가운데 한 사람은 고(故) 다니엘 원장의 모습을 다른 한 사람은 그 후계자인 고 마르틴 신부의 모습을, 상징하고, 루카의 상에는 스승 니콜라우스를 영원화시키고자 했다.

그러나 생각한 것보다 더 큰 난관에 봉착해서 고생했다. 하지만 그다지 쓰지 않는 고생이었다. 선머슴 같은 아낙네의 사랑을 구하듯 그는 자신을 잃고 절망적인 감정 속에서 작품을 위해 노력했다. 고기잡이가 커다란 준어와 싸우듯, 성난 사자처럼 동시에 슬슬 어루만지듯 그는 작품과 싸웠다. 온갖 저항이 그를 가르치고 동시에 섬세하게 해주었다. 그는 다른 것은 모두 잊었다. 수도원도 잊고 나르치스도 거의 잊다시피 했다. 나르치스가 몇 번 오기는 했으나 스케치한 것 외에는 아무것도 볼 수 없었다.

하루는 골드문트가 그의 참회를 들어 달라는 소원을 말하여 나르치스를 놀라게 했다.

"이때까지 단단히 마음먹었으나 그렇게 못했어." 하고 그는 고백했다. "내가 너무나 보잘것없는 인간이라고 생각했던 탓이야. 나는 자네 앞에 정말 고개를 똑바로 들 수 없는 심정이었어. 지금은 좀 나아졌네. 나는 이제 일을 손에 들고 있고 무위(無爲)한 자도 아니다. 나도 수도원의 한솥 밥을 먹으니 질서에 따르고 싶네."

그는 이제야 참회를 할 시기가 왔다고 느꼈고 더 기다릴 수도 없는 심정이었다. 최초의 몇 주일 동안은 은둔 생활을 하며 재회와 청춘, 회상에 젖었었다. 그리고 에리히가 소망하는 이야기를 하는 사이에 그의 생활의 회고는 일종의 질서와 밝음의 경지에 옮겨져 있었다.

나르치스는 별로 정색하지 않고 골드문트의 참회를 받아들였다. 참회는 한 두 시간 걸렸다. 원장은 얼굴 표정 하나 변하지 않고 친구의 모험과 고생과 죄를 듣기도 하며, 또 여러 가지 질문도 하였다. 그리고 조금도 중단하지 않고 골드문트가 하느님의 정의와 선의를 믿는 마음의 소멸을 고백하는 부분도 조용히 듣고만 있었다. 원장은 참회하는 사나이의 여러 가지 고백에 마음이 뿌듯했다. 그는 상대가 얼마나 가슴이 뒤얽히고 놀라고 파멸에 부딪혔는가를 알았다. 그러다가는 다시 친구의 사심 없는 순진성에 감동하여 미소 짓지 않을 수 없었다. 왜냐하면 원장은 자기 자신의 의혹과 사색의 심연과 비교해 본다면 뜻도 없는 불건실한 사상 때문에 친구가 걱정하고 후회하고 있다는 것을 알았다.

골드문트가 이상하게 여긴 것은, 아니 실망한 것은 고해 신부가 그의 죄악 그 자체에 대해서 그다지 중대하게 받아들이지 않고, 오히려 그가 기도와 참회와 성례를 게을리한 것에 대해서 용서 없이 경고하고 벌한 것이었다. 원장은 친구에게 성례를 받기 전 사 주일 동안 절제와 순결한 생활을 하는 동시에 매일 아침 첫미사를 듣고, 매일밤 세 번 주의 기도와 마리아의 찬송을 부르는 것을 죄악의 보답으로 떠맡겼다.

그 뒤 원장은 그에게 또 말했다. "이 참회를 소홀히 여기지 않도록 자네에게 경고하고 또한 바라네. 나는 자네가 미사의 문구를 아직도 정확하게 외우고 있는지 어떤지를 모르겠네. 자네는 그 문구 한 마디 한 마디를 명심해서 그 말의 정신에 헌신하지 않으면 안 되네. 오늘이라도 둘이서 주의 기도와 찬송가를 두세 곳 같이 부르고 어떤 말과 의미에 자네가 특히 주의력을 집중해야 하는 가를 가르쳐 주겠네. 인간의 말을 이야기하고 듣듯이 성스러운 말을 이야기하고 들어서는 안 되네. 자네가 생각하고 있는 것보다 더 자주 일어날 것이지만 자네가 문구를 다만 중얼거리다가 그냥 흘려 버리는 것을 붙들기만 하면, 지금 이 시간과 나의 경고를 회상하게. 그리고 처음부터 다시 시작해서 내가 가르쳐 주는 대로 문구를 읊고 마음속에 새겨두게."

그것이 아름다운 우연이었든지, 혹은 원장의 심리학이 거기까지 손이 뻗쳤든지, 참회와 속죄에 의해서 골드문트한테는 잠시 동안 넘쳐흐르는 평화의 시기가 와서 행복에 푹 젖게 했다. 긴장과 근심과 만족에 가득찬 제작이 한창일 때, 그는 매일 아침과 매일 밤 가볍기는 하지만 그래도 양심적으로 행하는 종교적인 수련에 의해서 대낮의 흥분에서 구출되고, 그의 인간 전체가 더 높은 질서를 향해서 올라가는 듯했다. 그 질서는 제작가들이 흔히 갖는 위험스런 고독에서 그를 끄집어내어 어린이로서 하느님의 나라로 이끌어 주었다. 그는 작품을 위한 싸움에는 끝까지 고독한 인간으로서 견디어 나가지 않으면 안 되었고, 감각과 영혼의 모든 정열을 거기에 쏟지 않으면 안 되었지만, 기도 드릴 때는 어린아이의 순진성으로 되돌아갈 수 있었다. 그는 일할 동안에는 간혹 격정과 초조에 가슴을 졸이거나 육체적 쾌감을 느낄 정도로 도취했지만, 경건한 수련 시간에는 깊고 차디찬 물 속에 가라앉은 것처럼 감격의 경지와 똑같이 절망의 경지에서 벗어났다.

항상 좋은 결과만 오지는 않았다. 제작으로 불붙는 듯한 몇 시간을 보낸 저녁때면 마음이 산란해지고 안절부절 못할 때도 있었다. 기도의 수련도 몇 번이나 잊은 적이 있었다. 또 때로는 마음을 가라앉히려고 노력해도, 기도 소리를 내는 것은 결국 전혀 존재하지도 않는 하느님 혹은 자기를 도울 수도 없는 하느님을 찾고 있다, 부질없는 헛수고다 하는 허망된 생각에 방해받고 괴로움을 받았다. 그는 그것을 친구에게 하소연했다.

"계속하게," 나르치스는 말했다. "자네는 약속했으니 지켜야 하네. 하느님이 자네 기도를 들어줄지 어떨지, 자네가 상상하는 하느님이 존재하는지 어떤지 그런 것을 생각해서는 안 된네. 자네의 수고가 허망한 것인지 어떤지, 그런 것도 생각해서는 안 되네. 우리들의 기도가 향하여질 수 있는 것에 비교한다면 우리들의 행위는 모두가 다 허망한 것이지. 자네가 수련할 동안에는 그런 어리석고 유치한 생각을 완전히 봉해 버리게. 주의 기도와 마리아의 노래를 부르고, 그 문구에 몰두하고, 그리고 그것들로 꽉 차 있어야만 하네. 마치 자네가 노래를 부르거나 기타를 켤 때, 무슨 영리한 생각이라든가 사색을 쫓지 않고 될 수 있는 대로 순수하고 또 완전하게 차례로 소리를 내고 손가락을 놀리듯이 말일세. 사람이란 노래부를 동안에는 지금 노래를 부르는 것이 유익한가 무익한가를 생각지 않고 노래를 부른다네. 그와 똑같이 자네는 기도를 올려야 하네."

다시 성공했다. 긴장하고 열중한 그의 자아는 다시 넓은 아치형 천정의 질서 속에 감싸였다. 신성한 말은 다시 별처럼 그의 머리 위를 넘어서 그를 스쳐지나갔다.

골드문트가 속죄의 기간을 넘기고 성례를 받은 후, 나날의 수업을 계속하여 몇 주일 몇 개월에 이른 것을 보고 원장은 크게 만족해했다.

그동안 그의 작품은 진척되어 갔다. 두툼한 나선형의 계단에서, 식물·동물·인간 들의 갖가지 형태의 조그만 세계가 솟아 있었다. 그 중앙에 모든 국민의 선조인 노아가 포도 잎사귀와 송이 사이에서 피조물과 그 아름다운 그림책이며, 동시에 찬가로서 자유로이 희롱을 그치지 않으면서도 숨은 질서와 규율에 인도돼 있었다. 몇 개월을 통해 에리히 이외에 아무도 그 작품을 보지 않았다. 에리히는 손을 빌리는 것을 용서받고 한결같이 예술가가 된다는 생각밖에 다른 생각은 안했다. 그도 작업장에 들어서지 못하는 날이 있었다. 그런가 하면 또 골드문트는 그도 한 사람의 신자이자 제자를 가졌다는 것을 기뻐하여 에리히를 돌보아 주기도 하고 가르쳐 주기도 하고 습작도 시켰다. 이 작품이 완성되어 성공하는 날에는 에리히를 그의 아버지한테 부탁드려 데리고 와서는 영구적인 조수로 교육시킬까 하고 생각했다.

네 사람의 복음서 저자상의 제작에는 모든 것이 조화롭고 동시에 의혹의 그림자를 던지지 않는 가장 좋은 날에 할당됐다. 그의 생각은 다니엘 원장의 모습을 새긴 목상이 제일 잘된 것 같았다. 그는 거기에 대단한 애착을 가졌다. 그 얼굴에서는 순진과 선의가 반사하고 있었다. 그는 니콜라우스 스승의 목상에는 그리 만족하지 않았다. 하기야 에리히는 그것에 제일 탄복하기는 했었다. 그 목상은 분열과 비애를 표시하고 있었다. 그리고 높은 창조자의 계획의 충만과 창조의 허무에 관한 절망적인 지식의 충만과 또 잃어버린 통일이며 순진성에 대한 비애의 충만 등이 엿보이는 듯했다.

다니엘 원장의 목상을 완성하자 그는 에리히를 시켜 작업장을 깨끗하게 청소하라 했다. 그는 다른 작품엔 천을 둘러씌우고 그 목상만을 밝은 빛에 내놓았다. 그리고는 나르치스한테 갔으나 그가 분주하게 일을 했기 때문에 참을성 있게 그 이튿날까지 기다렸다. 그리고 점심때 나르치스를 그 목상 앞으로 안내했다.

나르치스는 그냥 서서 쳐다보았다. 그냥 선 채 몇 분이고 학자답게 세심하게 그 목상을 관찰했다. 골드문트는 나르치스 뒤에 서서 묵묵히 마음속의 폭풍우를 가라앉히려고 노력했다. 그는 생각했다. '지금 만약 우리 둘 중의 어느 하나가 나쁘다면 탈이다. 내 작품의 솜씨가 충분치 못하거나 나르치스가 이것을 이해할 수 없는 날에는 여기서 나의 제작은 모두 가치를 잃고 마는 것이다. 내가 너무 성급했었나.'

골드문트한테는 몇 분이 몇 시간이나 된 것 같았다. 그는 니콜라우스 스승이 그의 최초의 스케치를 손에 들었을 때를 생각하고, 뜨거운 이마에 촉촉히 젖은 두 손을 긴장한 나머지 꽉 눌렀다.

나르치스가 골드문트 쪽을 돌아보았다. 그 순간 골드문트의 맥이 탁 풀린 듯했다. 그는 친구의 얼굴 속에 소년시절 이래 그에게서 그처럼 눈부시게 비쳐본 적이 없는 무엇을 발견했다. 그것은 하나의 미소, 정신과 의지로 가득찬 얼굴에 나타난 수줍다고 해도 과언이 아닌 하나의 미소, 사랑과 헌신의 미소였다. 이 얼굴의 고독과 자랑이 한순간 깨어져서 사랑에 가득찬 마음 이외는 아무것도 생기지 않는 듯했다.

"골드문트," 하고 나르치스는 아주 나지막하고 여전히 음미하는 소리로 말했다. "자네는 내가 대뜸 예술 비평가가 되리라고는 기대하지 않을 테지. 내가 예술 비평가가 아니란 걸 자네도 뻔히 알고 있네. 나는 자네 예술에 대해서 자네가 웃어넘길 것 밖에는 아무것도 이야기할 수가 없네. 하지만, 한 가지만 이야기하게 해주게. 첫눈에 나는 이 사도는 다니엘 원장이라는 걸 알았다. 아니, 원장 그 사람일 뿐만 아니라 그가 당시 우리네한테 의미한 모든 것, 즉 품위·선의·단순 등도 나타나 있다고 생각했다. 지금은 고인이 되고 없는 다니엘 신부가 우리들 청년들에게 공경받던 모습으로 완연히 여기 다시 내 앞에 서 있네. 그분과 함께 그당시 우리들한테는 거룩하기도 하고 잊지 못하게 하는 모든 것이 여기 서 있네. 자네는 이것을 내게 보여줌으로써 나에게 부족함이 없는 선물을 해주었어. 우리들의 다니엘 원장을 다시 가져다 주었을 뿐만 아니라 자네는 처음으로 자네 자신을 완전히 흉금을 터놓고 나에게 보여준 걸세. 이제는 자네가 누구라는 걸 나는 알겠네. 이제 거기 대해서는 이야기를 말자구. 이야기해서는 안 되네. 아, 골드문트, 이런 때가 오다니!"

커다란 작업장 안이 쥐죽은 듯 고요했다. 골드문트는 그의 친구가 마음속에서 감동하고 있는 것을 보았다. 왠지 모르게 거북해져 숨도 막힐 지경이었다.

"정말," 짤막하게 그가 말했다. "나도 기쁘네. 하지만, 자넨 지금 식사하러 갈 시간이 아닌가?"

제 19 장

골드문트는 이 작품을 제작하는 데 2년이 걸렸다. 그 다음부터는 에리히를 완전히 제자로서 부릴 수 있게 됐다. 계단의 목각에는 조그만 낙원을 창작했다. 그는 아늑한 감정 속에서 나무나 무성한 잎사귀와 잡초 같은 것이 자라서 나뭇가지에는 새들이 뛰노는 평화로운 들판을 새겼다. 그 사이에는 동물들의 몸뚱이라든지 머리가 군데군데 솟아 있었다. 평화롭게 움트는 이 낙원의 한복판에 족장들의 생활의 몇몇 단면을 표현했다. 부지런한 이 생활이 중단되는 것은 드물었다. 제작을 할 수 없던 날은 거의 없었다. 공연히 떠들썩해지거나 싫증이 나서 작품에 염증을 느끼는 날은 드물었다. 그러한 날이 있기만 하면 그는 제자에게 일을 맡겨 버리고 시골로 가버리거나, 말을 타고 가든가 해서 숲속에서 자유와 유랑생활의 향기로운 냄새를 맡았다. 이곳 저곳 농사꾼 딸을 찾아가거나 사냥도 나가고, 푸른 풀밭에 몇 시간이고 드러누워 숲의 타박 잎사귀의 아치형 천정이나 양치식물이나 금잔화 들에 뒤덮인 황야를 쳐다보기도 하였다. 하루나 이틀 이상 집을 비운 적은 없었다.

그는 다시 새로운 정열을 가지고 일을 시작했다. 잡초 모양 무성히 뒤덮인 식물을 황홀한 감정 속에서 새기는 것은 물론이요, 사람의 머리를 통나무 속에서 사뿐히 애정을 기울여서 파내기도 하고, 힘을 주어서 입이나 눈이나 수염 등을 새겨 나가기도 했다. 에리히 외에 이 작품을 알고 있는 사람은 나르치스뿐이었다. 그는 자주 작업장에 들렀다. 작업장이 나르치스한테는 간혹 수도원 안에서 제일 고마운 장소가 됐다. 기쁨과 경이로움을 갖고 그는 구경했다. 거기에는 그의 친구가 불안과 자랑과 순진성을 가슴에 부둥켜안고 있던 것이 꽃을 피우고 있었다. 거기에는 하나의 창조물, 아늑하고 샘솟는 하나의 세계가 자라나고 꽃피고 있었다. 하나의 유희에 불과할지는 몰라도 논리학·문법·신학 등을 가지고 노는 유희보다도 졸렬한 유희가 아니라는 것은 확실했다.

그는 어느 날 생각에 잠겨 말했다. "골드문트, 나는 자네게서 많이 배우고 있네. 예술이 무엇인지 알게 된 것 같네. 전에만 해도 예술이라는 것은 사색이나 학문과 비교해 보면 정색하면서 받아들일 것은 아니라고 생각했었네. 인간이라고 하는 것은 정신과 물질로써 돼 있는 불안정한 혼합물이며, 정신은 영원한 것에 대한 인식을 여는 대신에 물질은 인간을 끄집어내려 무상한 것으로 묶어놓는 것이기 때문에, 생활을 높이고 의미를 제공하기 위해서는 인간은 감각에서 떠나 정신적인 것을 향해서 노력하지 않으면 안 된다고 말이야. 내가 예술을 존중한다고 했지만 그것은 습관에서 그런 것이지 실은 예술을 경시하고 있었다네. 지금 비로소 나는 인식을 향하여 가는 길이 얼마나 많이 있는가를, 정신의 길은 유일한 길이 아니고 또 아마 최상의 길도 아니라는 것을 깨닫게 됐네. 정신의 길은 나의 길일세. 확실히 나는 그 길에 그냥 걸음을 멈추고 있겠지. 하지만 자네는 그 반대의 길, 즉 감각을 통하는 길에서 대다수 사색가들이 할 수 있는 것과 똑같이 존재의 비밀을 깊이 파악하고 훨씬 더 생생하게 표현하는 것을 나는 보고 있네."

"그렇다면 심상을 가지지 않는 사색이란 대관절 무엇인가를 내가 이해할 수 없다는 것을 자네도 이제 알게 되었군." 하고 골드문트는 말했다.

"나는 벌써 그것을 알고 있었다. 우리네의 사색은 끊임없이 추상적이요 감각적인 것에 대한 무시요, 동시에 순수하게 정신적인 세계의 건설을 위한 시도네. 하지만 자네는 그 반대로 가장 변하기 쉬운 것과 가장 속된 것을 가슴에 받아들이기도 하고 바로 무상한 것 안에 존재하는 세계의 의미를 알려 주기도 하네. 자네는 무상한 것도 소홀히 하지 않고 거기에 심신을 바치지. 자네의 현실에 의해서 그것이 최고의 것이 되기도 하고 영원한 것이 비유도 되네. 우리 사색가는 세계를 하느님에게서 분리시킴으로써 하느님한테 가까워지려고 노력하네. 자네는 하느님의 창조물을 사랑하고 다시 창조함으로써 하느님에게 가까워지지. 사색이나 예술이나 다 인간이 만든 것으로서 불충분하기는 하지만 예술이 사심은 더 적네."

"나도 모르겠네, 나르치스. 하지만 인생의 문제를 종결짓거나 절망을 방지하는 데는 자네 같은 사색가나 신학자들이 더 성공할 듯한데. 나는 벌써 오래 전부터 자네 학문을 부러워하지 않는다네, 이 사람아. 하지만 나는 자네의 그 침착성과 평정, 평화를 정말 부러워한다네."

"골드문트, 나를 부러워할 것까지는 없어. 자네가 생각하는 것 같은 그런 평화는 존재하지 않아. 평화라는 것이 확실히 있기는 하지만 우리들 내부에서 지속적이고 우리에게서 작별하지 않는 그런 평화는 존재치 않아. 항상 부단한 싸움에 의해서 쟁취하고, 매일 새로 쟁취하지 않으면 안 되는 그런 평화가 있을 뿐이야. 자네는 내가 싸우고 있는 것을 보지 못하네. 자네는 내가 연구하고 있을 때의 싸움을 모르네. 기도실 안에서의 나의 싸움도 모를 걸세. 자네가 그것을 모른다는 것은 그리 나쁘지 않은 일이야. 자네는 내가 자네만큼 외곬에 좌지우지하지 않는 것을 볼 뿐일걸. 그걸 자네는 평화라고 생각하지. 하지만 그것은 싸움일세. 옳은 모든 생활이 그러하듯이, 자네 생활도 그러하듯이 싸움과 희생일 걸세."

"우리가 거기 대해서 논쟁을 하려는 것은 아니야. 자네도 내 싸움의 전부를 보고 있는 것이 아니니 말이야. 이내 작품이 완성되리라고 생각할 때 내 마음이 어떤지를 자네가 이해할까. 다 되기만 하면 반출되어서 비치될 거야. 다들 나에게 얼마간의 칭찬하는 말을 해주겠지. 그리고 나는 나의 작품 속에서 미흡한 여러 가지, 더욱이 자네들에게는 전혀 보이지도 않는 여러 가지 점에 대해서 슬픔을 감추지 못하고 홀딱 빼앗긴 텅빈 작업장으로 돌아오겠지. 나의 마음속은 작업장이 마찬가지로 텅비고 껍질만 남아 있을 거다."

"그건 그럴지도 몰라. 그 점 서로 완전히 상대방을 이해하지 못해. 하지만 선의를 가지고 있는 모든 인간의 공통적인 것은 이런 것이야. 그것은 즉, 결국 우리들은 우리들의 작품을 부끄럽게 여기고, 다시 처음부터 시작하지 않으면 안 된다. 항상 새로운 희생을 바치지 않으면 안된다는 것이지."

몇 주일 후 골드문트의 대작은 완성돼서 비치되었다. 그가 벌써 몇 해 전에 맛본 일이 있던 것이 반복되었다. 그의 작품은 다른 사람의 소유로 옮겨지고, 관찰되고, 비평받고, 칭찬받았다. 사람들은 그를 칭찬하고 그에게 경의를 표했다. 하지만 그의 마음과 작업장은 텅비어 있었다. 그 작품이 그 희생에 상당했는지 어떤지는 그도 이제 알 수 없었다. 제막식 때, 그는 신부들의 식탁에 초대되었다. 잔칫날 음식과 수도원에서 제일 오래된 포도주가 나왔다. 골드문트는 멋진 생선과 고기를 실컷 먹었다. 오래된 포도주 이상으로 나르치스가 그의 작품에 표한 경의와 열의와 기쁨이 그의 마음을 더 든든하게 해주었다.

원장의 희망과 주문으로 새로운 일거리가 벌써 장만되었다. 이 수도원에 소속돼 있으며 말브론의 신부 가운데 한 사람이 사제로서 일 보고 있는 노이첼의 마리아 예배당을 위해 제단을 만드는 것이었다. 골드문트는 이 제단을 위해 마리아상을 만들어 잊을 수 없는 그의 청년시절의 인물들 가운데 한 사람, 아름답고 겁 많은 기사의 딸 리디아를 그 목상에 나타내 영원화시키고자 했다. 그렇지만 이 부탁은 그한테 그리 중대하지 않았다. 그것은 에리히가 직공 졸업 작품으로 만들게 하는 것이 적당하다고 생각했다. 에리히가 솜씨를 보이면 골드문트는 에리히를 언제까지나 좋은 협력자로 가질 테지. 에리히는 그를 보충해 주고, 그가 혼자서 염원하고 있는 제작을 위해 몰두할 수 있는 자유를 제공해 주겠지. 이윽고 그는 에리히와 함께 제단을 만들기 위해 통나무들을 고르고, 그것을 에리히한테 정돈시켰다. 골드문트는 자주 에리히를 혼자있게 했다. 그는 다시 방랑을 시작하여 숲속을 멀리까지 돌아다녔다. 어느 날 골드문트가 며칠 동안이나 돌아오지 않자 에리히는 그것을 원장에게 알렸다. 원장도 골드문트가 언제까지나 돌아오지 않을까 해서 걱정스러웠다. 그 사이에 골드문트는 돌아와서 일 주일 동안 리디아상을 제작하고 다시 유랑하기 시작했다.

그는 근심이 있었다. 대작을 완성시키고 나서 그의 생활은 무질서해졌다. 그는 아침 미사를 게을리하고 초조와 불안 속에 파묻혀 있었다. 지금 그는 니콜라우스 스승을 머릿속에 몇 번 그려 보았다. 그리고 자기 자신도 이내 니콜라우스처럼 성실하고 충실하고 또한 교묘하지만 자유와 젊음을 잃어버리지나 않을까 하고 두려워했다. 최근 조그만 체험이 그를 명상에 잠기게 했다. 그는 유랑생활을 하는 도중에 프란체스카라는 어느 농사꾼의 딸을 발견했다. 썩 마음에 들어서 그 여자를 유혹해 보려고 애썼다. 물론 사랑을 구하는 옛 기술을 모다 발휘했다. 처녀는 그의 잡담을 즐겨 듣는 것은 물론이고 그의 익살에도 싫지 않은 듯 깔깔 웃었으나 그의 윙크는 거절했다. 처음으로 그는 자신이 젊은 여인들한테는 노인으로 보인다는 것을 느꼈다. 그는 이제 거기에 가지는 않았지만 잊지는 않았다. 프란체스카의 말이 옳았다. 그는 변모해 있었다. 자신도 그것을 느꼈다. 그것은 일찌감치 백발머리나 눈가의 몇 줄

주름살이 아니고, 그보다는 도리어 태도나 심정 속에 있는 무엇이었다. 자신이 과년했다는 생각을 갖기도 했고 니콜라우스 스승을 매우 닮아간다고도 느꼈다. 그는 불쾌감을 갖고 자기 자신을 관찰하며 어깨를 으쓱했다.

그는 자유의 신세가 아니고 정주한 신세가 되고 말았다. 이제는 독수리도 아니요 토끼도 아니고 가축이 되고 말았다. 바깥을 돌아다니는 날에는 새로운 방랑과 자유보다도 과거에 대한 향수나 지난날 유랑에 대한 회상에 빠졌다. 그는 그러한 것을 사라진 미끼의 냄새를 더듬는 개처럼 애달픔과 자신을 잃고 추적했다. 하루나 이틀, 바깥에서 날을 보내고 어정어정 하다가 일을 쉴라치면 할 수 없이 잡혀오고 말았다. 양심의 가책을 느끼는 것은 물론이요, 작업장이 그를 기다리고 있는 것 같고 착수한 제단이나 준비한 통나무나 조수 에리히에 대해서 책임을 느꼈다. 그는 이제 자유로운 신세가 아니었다. 이제 젊지도 않았다. 리디아 마리아 상을 완성하면 짐을 싸짊어지자, 한 번 더 유랑생활을 해보자고 굳은 결심을 했다. 이렇게 기나긴 시간 남자만 수두룩 한 수도원에서 생활하는 것은 좋지 못했다. 수도사들한테는 좋았을지 모르지만 그한테는 좋지 못했다. 사나이들하고는 청산유수같이 이야기할 수가 있었다. 그네들은 예술가의 일에 대해 이해심을 갖고 있었다. 하지만 떠들썩한 거라든가 애무, 유희와 사랑, 아무 생각도 않고 대충 넘긴다든지 하는 것은 사나이들 간에는 잘 되지 않았다. 거기에는 여인과 유랑과 방랑, 항상 새로운 정경 등이 필요했다. 여기서는 신변 일체가 회색과 진지한 점을 띠고 있기도 하며 육중하고 남성적이었다. 그는 거기에 전념하기 위해 애썼다. 그것은 그의 핏속에 스며들어갔다.

떠난다는 생각이 그를 위로시켰다. 좀더 속히 자유로운 신세가 되기 위해 기운차게 일을 시작했다. 통나무 속에서 리디아의 모습이 차츰 그를 향해 밀고옴에 따라, 고귀한 그 여자의 무릎에서 엄숙한 차림의 주름을 밑으로 새겨감에 따라, 깊고 하염없는 기쁨 즉 그 목상, 수줍은 미모의 주인공인 처녀의 몸집, 그 시절과 첫사랑, 첫여행, 청춘 등에 대한 슬프고도 가엾은 애착심이 그를 황홀하게 했다. 그는 경건한 마음으로 목상 제작을 계속했다. 그것이 그의 최상의 것과 그의 청춘과 그 위에 뒤덮을 수 없는 아늑한 추억과 한덩어리가 돼 있는 것을 느꼈다. 그 여자의 갸우뚱한 목과 다정다감하고 애수 깃든 입과 얌전한 두 손과 길쭉한 손가락과 아름다운 반월형 손톱 등을 만들어 간다는 것은 여간 기쁜 일이 아니었다. 에리히도 찬탄과 공경에 찬 애착심을 가지고 자주 그 목상을 관찰했다.

거의 완성에 가까웠을 때 골드문트는 그것을 원장한테 보였다. 나르치스가 말했다. "여보게, 이것이 자네가 만든 제일 아름다운 작품일세. 온 수도원 안에 이것과 필적할 만한 작품은 하나도 없다네. 나는 요 몇 개월 동안 얼마나 자네 때문에 걱정했었는지를 고백하지 않을 수 없네. 자네는 초조와 괴로움 속에 빠져 있었지. 자네가 자취를 감추어서 하루라도 돌아오지 않을라치면 나는 걱정이 돼서 이제 영 돌아오지 않을지도 모른다 하고 생각했었네. 하지만 자네는 지금 이런 훌륭한 목상을 만들었네! 나는 자네를 기쁨으로 여기는 동시에 자랑스럽네!"

"그래, 이 목상은 썩 잘 됐네. 하지만 나르치스, 내 말하는 것을 들어 보게! 이 목상이 잘 되기 위해서는 내 청년시절 전체, 나의 방랑과 연애와 수많은 여인에 대한 사랑이 필요했었다네. 그 우물에서 나는 퍼올린 것이라네. 우물은 이제 텅비게 될 테지. 나의 마음속은 허물어진 성같이 될 걸세. 나는 이 마리아를 완성할 것이야. 하지만 끝나면 잠시 휴가를 떠나네. 얼마나 오래 걸릴지 나도 모르네. 나는 나의 청춘과 한때 내가 애착을 기울이고 있었던 모든 것을 다시 찾아나갈 것이야. 자네는 알겠나? 아니, 좋아. 나는 자네 손님이었더랬어. 여기서 한 나의 일에 대해서 보수를 받은 적은 한 번도 없었어……."

"나는 자주 보수받을 것을 요구했었네." 나르치스가 항의했다.

"그래, 이제 그것을 받겠네. 새 의복을 주문하겠네. 옷이 다 되면 말과 몇 탈레의 돈을 얻어서 세상에 나간다. 아무 말도 않고. 나르치스, 애달퍼하지 말게. 여기가 이제 내 마음에 들지 않는 것은 아닐세. 어디를 간들 여기보다 더 있기 편하지는 않을걸세. 사정이 딴판일세. 내 소원을 성취할 가망성이 있을까?"

거기에 대해서는 그 이상 언급되지 않았다. 골드문트는 단출한 승마복과 장화를 주문했다. 여름이 가까이 오기 전에 그것이 그의 마지막 작품이기라도 하듯 마리아를 만들어 갔다. 애정을 기울인 성심을 가지고 두 손과 얼굴과 머리칼에 마지막 완성을 서둘렀다. 그는 출발을 망설여 연기하고 있는 듯, 이 마지막 미묘한 일로 조금씩 뒷덜미를 잡히고 있는 것을 기쁨으로 하는 듯 보일 때도 있었다. 하루 하루가 지나갔다. 여전히 이것 저것 정리할 것이 있었다. 나르치스는 눈앞의 이별을 쓰디쓰게 느끼고 있었으나, 골드문트가 마리아상에 애착을 기울여 떠나지 못하고 있는 데 대해서 어렴풋이 미소를 던졌다.

어느 날 골드문트가 별안간 작별하러 와서 나르치스를 놀라게 했다. 하룻밤 사이에 결정한 것이었다. 새로운 차림에 새 벨벳 모자를 쓰고 나르치스한테 하직하러 왔다. 그는 조금전에 참회도 하고 성례도 받았다. 이제 잘 있으라는 인사말을 하고 여행을 축복받기 위해 온 것이었다. 두 사람의 이별은 서글펐다. 골드문트는 마음속에서 생각하고 있었던 것보다 더한 용기와 무관심을 가장하고 있었다.

"또 자네를 만날 수 있을까?" 나르치스가 물었다.

"그거야 멋진 자네 말이 내 목을 비틀지 않는다면 확실히 또 만나게 될걸세. 그 밖에는 아무도 자네를 나르치스라 부르며 걱정을 끼치지 않을걸세. 그것은 믿어 주게나. 에리히를 돌보아 주는 것을 잊지 않길 바라네. 또 내 목상에 아무도 손을 안 대도록! 그것은 전에도 이야기했듯이 내 방에 그냥 둬. 열쇠를 잃지 않길 신신당부하네."

"여행하는 것이 기쁜가?"

골드문트는 두 눈을 깜박거렸다.

"응, 좋아 확실히. 하지만 막상 떠나려니까 생각한 것보다 덜 즐겁네. 바보 같은 녀석이라고 자네는 비웃을 테지. 하지만 이별은 그리 쉬운 일이 아니란 말이야. 이 집착이 아무래도 마음에 안 들어. 이것은 병과 같은 것으로서 나이 젊고 든든한 사람한테는 없지. 니콜라우스 스승도 그랬었어. 아, 무익한 것은 지껄여 뭣해! 여보게 날 축복해 주게. 나는 떠나네."

그는 말을 타고 가버렸다.

나르치스는 자꾸 친구를 생각했다. 그를 걱정하고 그에 대해서 그리움도 가졌다. 도대체 골드문트는 그에게 돌아올까? 달아난 그 새가! 귀여운 그 나비가! 기묘하고 사랑스런 그 사나이는 또 제멋대로의 분방한 궤도에 몸을 실었다. 그는 다시 애타고 흥미에 찬 듯 어둡고 강한 충동에 따라 폭풍우와도 같이, 싫증도 모르고, 큼직한 아이처럼 세상을 떠돌 것이다. 하느님이 그와 함께 하시기를! 그가 무사히 돌아오기를! 이제 또 그는 범나비처럼 종횡무진으로 날아다닐 것이다. 다시 죄를 범하고 여자를 유혹하겠지. 욕정에 따라서 아마 또 살인이나 위험이나 감금 속에 빠져 죽을지도 모른다. 그가 나이먹은 것을 애달파하며 정말 어린애 같은 눈으로 보고 있는 이 금발의 소년은 왜 그리 사람의 애를 썩이는가! 하지만 나르치스는 진정으로 그에 대해서 기쁨을 감추지 못했다. 이고집쟁이 어린이가 정말 제어하기 어려웠다는 것, 굉장히 외곬이었다는 것, 지금 또 뛰어나가서 울분을 풀어 헤뜨려 놓는 것을 나르치스는 마음속에서 유쾌히 받아들였다.

매일 어느 시간이고 원장의 생각은 친구한테로 돌아갔다. 사랑과 그리움과 감사와 걱정 속에서, 때로는 우려와 자책 속에서. 그가 얼마나 친구를 사랑하고 있으며, 친구가 변하지 않길 바라고 있으며, 그가 친구와 친구의 예술을 통해서 얼마나 윤택해졌는가를 좀더 고백했어야 하지 않았을까? 그는 친구에게 그것에 대해서 별 이야기하지 않았다. 아마 지나칠 정도로 이야기를 하지 않았던 것이 아닐까? 친구를 붙잡아둘 수도 있었을 것을.

그는 골드문트로 인해 윤택해졌을 뿐만이 아니라 더 빈약해지기도 했다. 더 빈약하고 더 약해졌다. 그것을 친구한테 보여주지 않은 것은 확실히 다행이었다. 그가 살고 있는 세계와 고향, 그의 수도원 생활, 직함, 학식, 훌륭하게 조직된 사상의 구성, 이런 것은 몽땅 친구로 인해 가끔 크게 동요를 받고 또 의심을 받았다.

틀림없이 수도원 즉, 이성과 도덕 면에서 본다면 그 자신의 생활은 더 좋고, 더 옳고, 더 안정되고, 더 질서가 있고, 더 모범적이었다. 그것은 질서와 준엄한 봉사 생활, 부단한 희생, 밝음과 옳음을 향한 새로운 노력이었다. 예술가나 유랑자나 여인을 유혹하는 생활보다 훨씬 깨끗하고 나았다. 하지만 위에서, 즉 하느님의 세계에서 본다면 과연 모범적인 생활의 질서와 규율, 속세와 감각적 행복의 단념, 더러움과 피에서의 이탈, 철학과 공경에의 침체 등은 골드문트의 생활보다 나을까? 인간은 과연 기도의 종소리가 시간이나 행사 등을 알려주는 그대로 규칙적인 생활을 하도록 만들어졌단 말인가? 인간은 과연 아리스토텔레스와 토마스 아퀴나스를 연구하고 그리스어에 정통하며 관능을 억제하고 속세에서 달아나도록 만들어졌단 말인가? 인간이란 하느님에 의해 만들어졌을 때 관능과 충동, 피가 흐르는 수수께끼, 죄악이나 향락이나 절망으로 달리는 능력 등을 가지고 있었던 것은 아닌가? 원장의 생각이 친구에게 달리고 있을 때 그는 이런 의문부호를 찍는 것이었다.

그렇다, 골드문트와 같은 생활을 보낸다는 것은 아마 더 유치하고 더 인간적이기만 한 것은 아니다. 두 손을 털고 속세를 떠나 깨끗한 생활을 하며 조화롭고 아름다운 사상의 화원을 설계하고 안전한 화단 사이를 몸에 티끌 하나 묻히지 않고 거니는 대신, 온몸이 오싹해지는 격류와 뒤얽힘 속에 몸을 맡겨 죄악을 범하고 그 쓰디쓴 결과를 부담한다는 것은 결국 더 용감하고 더 위대한 것일지도 모른다. 헐어서 너덜너덜한 신발을 신고 숲속이나 국도를 헤매 다니기도 하고, 햇볕이 쬐면 쬐는 대로, 비가 내리면 내리는 대로, 배고픔과 고생이 겹치면 겹치는 대로, 그냥 시달림을 받기도 하고, 관능의 향락에 놀아나기도 하고, 괴로움으로써 그 속죄를 하며 살아 나간다는 것은 아마 곤란과 용기와 값비싼 희생이 더 강요될 것이다.

아무튼 골드문트는 나르치스에게 다음과 같은 것을 보여 주었다. 즉, 고귀한 위치에 서도록 정해진 인간은 피 끓고 도취적인 생활의 혼란 속으로 자맥질해 들어가서 먼지나 핏속에 첩첩이 쌓인다 하더라도 비겁해지거나 한데 범벅이 되어서는 안 되는 동시에, 마음속의 신성한 것을 잃지 않으며, 깊숙한 어둠 속에서 길을 잃는 한이 있더라도 거룩한 그의 영혼의 안마루에서는 신성한 빛과 창조력을 끄지 않는다는 것을 보여 주었다. 나르치스는 친구의 얽히고설킨 생활 속을 깊숙이 들여다보았다. 하지만 친구에 대한 그의 사랑과 존경심이 줄어들지는 않았다. 아니 그뿐인가. 때묻은 골드문트의 두 손에서 괴이할 정도로 조용하게 살아나는 동시에 마음속의 형식과 질서에 의해서 빛을 더해가는 목상이 되는 과정을 두 눈으로 본 뒤, 또 영혼에서 빛을 방사하는 깊숙한 얼굴, 티끌 하나 없는 식물이나 꽃, 애원하는 손이나 은혜받는 두 손, 대담하고 온화한 동시에 자랑스런 혹은 거룩한 자태들이 완성 돼 가는 과정을 본 뒤, 나르치스는 불안정한 이 예술가의 마음, 유혹자의 마음속에는 넘쳐흐를 듯한 빛과 신의 은총이 둥지를 틀고 있는 것을 알았다.

대화 속에서 그의 규율과 사상의 질서를 친구의 정열에 대립시켜 친구보다 우월감을 갖는 것은 쉬운 일이었다. 하지만 골드문트가 만드는 목상의 조그만 자태 하나하나, 눈이나 입이나 곱슬곱슬한 수염이나 의복의 주름살 하나하나가 사색가가 할 수 있는 이상으로 더 현실적이고 약동적인 동시에 대체할 수 없는 것이 아니었던가? 마음은 언제나 저항과 고난에 차 있는 그 예술가가 현재와 장래의 무수한 인간들을 위해 그네들의 고난과 노력의 상징을 높이 들지 않았던가? 무수한 사람들의 기도와 공경과 마음의 슬픔과 그리움의 표적이 되고 위안과 보증과 격려를 발견할 수 있는 그런 목상을 높이 들지 않았던가?

나르치스는 생긋한 웃음에다 슬픔에 차서 청년시절의 시초에 친구를 인도하고 가르친 장면을 남김없이 회상했다. 친구는 감사한 마음으로 그것을 받아들였던 것이다. 언제나 그의 우월성과 지도성을 인정했었다. 그런 다음에 친구는 무진한 정적 속에서 채찍질받은 그의 생활의 폭풍우와 괴로움 속에서 태어난 작품을 높이 쳐들었다. 어구도, 가르침도, 설명도, 경고도 아닌 높이 쳐들어진 참다운 생활이었다. 거기에 비한다면 그의 지식과 수도원의 규율과 변증법을 내세운다 하더라도 그것은 얼마나 빈약한가!

이러한 문제를 싸고 돌며 그의 사상은 빙글빙글 돌았다. 그가 예전에 골드문트의 마음을 뒤흔들며 경고하여 그의 청춘에 간섭하고 그의 생활을 새로운 장소로 옮기게 해 주었듯이, 그 친구는 돌아온 뒤부터 그를 괴롭히며 뒤흔들어 의심과 자기 검토를 하지 않을 수 없게 만들었다. 친구는 그와 동격이 되고 말았다. 나르치스가 친구에게 주었던 것이 모두 몇 배가 되어 되돌아왔다.

말을 타고 떠나간 친구는 그에게 생각할 시간을 제공했다. 몇 주일이 흘렀다. 밤나무꽃이 핀 지 이미 오래 되었다. 젖빛의 유난히 파란 떡갈나무 잎사귀는 벌써 까맣고 딱딱하게 굳어 버렸다. 벌써 황새는 정문의 탑 위에서 알을 까 새끼를 데리고 다니면서 나는 방법을 가르쳐 주었다. 골드문트가 떠나 있으면 떠나 있을수록 나르치스는 자기에게 친구가 얼마나 귀중한 존재인가를 알았다. 수도원 안에 박식한 몇 분의 신부가 있었다. 그 중의 한 분은 플라톤의 정통자, 한 분은 훌륭한 문법학자, 두 분은 면밀한 신학자였다. 수도사들 가운데는 언제나 지지받고 변치 않는 성실한 사람이 몇 있었다. 하지만 자기와 대등할 수 있는 사람, 성실하게 대결할 수 있는 사람은 없었다. 바꿀 수 없는 이 요소를 제공한 사람은 골드문트뿐이었다. 그것을 지금 또 잃어버려야 한다는 것은 참으로 견디기 힘들었다. 그리움을 안고 생각은 자꾸만 멀리 떠나간 친구를 향했다.

그는 자주 작업장으로 가서 조수 에리히를 격려했다. 에리히는 제단을 만드는 일을 계속하며 스승이 돌아올 날만 고대하고 있었다. 때때로 원장은 마리아상이 있는 골드문트의 방문을 열고, 목상에 쳐져 있는 천을 조심조심 걷어서 그 옆에 웅크리고 앉았다. 그는 이 목상의 유래를 알지 못했다. 골드문트는 그에게 리디아 이야기를 해준 적이 없었던 것이다. 하지만 나르치스는 모두 감각으로 느끼고 있었다. 이 처녀의 자태가 오랫동안 친구의 가슴 속을 차지하고 있는 것을 알았다. 친구는 그 여자를 유혹하고 기만하고 버렸을지도 모른다. 하지만 친구는 그 여자를 그의 영혼 속에 숨겨두고 가장 좋은 남편보다도 더 충실하게 지켜, 기나긴 세월을 보낸 다음 아름답고 감동적인 그 처녀의 목상을 만들어, 그 얼굴과 태도와 두 손목에 연애하는 사나이의 모든 애정과 흠모와 그리움을 부어넣은 것이다. 식당 낭독대에 새겨진 목상에서도 친구 신상에 대한 이것 저것을 읽어낼 수 있었다. 그것은 방랑자와 충동적인 인간의 신상이었다. 고향 없는 사나이, 정처없는 사나이의 신상이었다. 하지만 여기 남아 있는 것은 모두 선량하고 충실하고 생명에 충만하고 사랑에 충만해 있었다. 이 생명은 왜 그다지도 신비에 가득하고, 그의 물결은 왜 그다지도 흐리고 사자처럼 날뛰었던가! 그리고 그 생산품은 왜 그다지도 고귀하고 명백했던가!

나르치스는 싸워서 그것을 제압했다. 그의 궤도에 저항하지 않았다. 그의 엄격한 봉사를 조금도 소홀히하지 않았다. 하지만 그는 친구를 잃고 슬퍼했다. 그의 마음은 하느님과 그의 직무에만 바쳐야 하는데도 친구에게 너무 마음이 쏠려 있는 것을 깨닫고 슬펐다.

제 20 장

여름은 가고, 양귀비꽃 · 도깨비부채꽃 · 선옹초 · 과꽃 등은 시들어 사라지고 말았다. 연못의 개구리는 조용해지고 황새는 높이 날아갈 준비를 했다. 그때 골드문트가 다시 돌아왔다.

어느 보슬비 내리는 오후, 그는 돌아와서 수도원에 들어가지 않고 정문에서 곧장 작업장으로 들어갔다. 말을 끌지 않고 그냥 걸어서 왔다.

에리히는 골드문트가 들어오자 깜짝 놀랐다. 보자마자 그가 골드문트라는 것을 안 것은 물론이고 그의 마음은 스승을 향하여 격동쳤다. 하지만 거기에 돌아온 사람은 완전히 다른 사람인 것같이 보였다. 가짜 골드문트, 나이든 사람, 반쯤 사라진 듯한 먼지투성이의 회색 얼굴, 움푹 들어간 얼굴에 또 병으로 시달리는 표정, 하지만 거기에 기록되어 있는 것은 고통이 아니고 오히려 하나의 미소, 호인 같은 늙은이의 끈기있는 미소였다. 그는 간신히 두 다리를 끌다시피 걸음을 옮겼다. 병든 몸에 매우 지친 것 같았다.

이렇게도 달라진 모습으로 돌아온 골드문트는 이상하다는 듯 젊은 조수의 눈을 빤히 들여다보았다. 그는 돌아온 것을 별로 부산스럽게 떠들지 않고 마치 옆방에서나 나온 듯, 계속 거기에 그냥 있었던 듯 행동했다. 그는 악수하고 아무 이야기도 하지 않았으며 인사도 질문도 말도 없었다. 단지 '자야지' 할 뿐이었다. 극도로 지친 것 같았다. 그는 에리히를 떠나 보내고 작업장 옆 그의 방으로 들어갔다. 거기서 그는 모자를 벗어던지고 신을 벗고 침대로 걸어갔다. 방 한구석에 마돈나가 천을 둘러쓰고 서 있는 것이 보였다. 그는 그쪽을 향하여 고개를 끄덕이기는 하였으나 가서 천을 벗기려고도 하지 않았다. 그 대신 조그만 창가에 가서 에리히가 바깥에서 당황해서 대기하고 있는 것을 보고 소리쳤다. "에리히, 내가 돌아온 것을 아무한테고 이야기할 필요 없다. 나는 매우 지쳤다. 내일까지 시간이 있으니 말이야."

그리고는 옷 입은 채 그대로 침대에 드러누웠다. 조금 후 여전히 잠을 이루지 못하자 일어나서 고달픈 듯, 조그만 거울이 걸려 있는 벽 쪽으로 가서 들여다보았다. 거울 속에서 그를 향해 바라보고 있는 골드문트를 주의 깊게 쳐다보았다. 기진맥진한 골드문트, 지독하게 하얘진 수염을 가진 사나이, 지치고 나이 들고 시들어빠진 사나이였다. 흐리멍텅한 조그만 거울 표면에서 그를 바라보고 있는 사나이는 얼마간 노망이 든 노인이었다. 눈에 익은 얼굴같기도 하지만, 서먹서먹해진 얼굴이었다. 눈앞에 있는 사람 같지 않았다. 그하고는 아무 관계가 없는 사람 같았다. 그것은 그가 알고 있는 이 얼굴 저 얼굴을 회상케 했다. 얼마간은 니콜라우스 스승을, 얼마간은 지난날 그를 위해 시동의 옷을 만들게 한 노 기사를, 또 얼마간은 성당에 있는 성 야곱을, 순례 모자를 깊게 눌러 쓰고 지독한 노령에다 회색빛이기는 하지만 아주 명랑하고 친절하게 보이는 털보의 노성(老聖) 야곱을 회상케 했다.

이 낯선 사람에 대해서 자상하게 알아두는 것이 문제의 초점이기라도 하는 듯, 그는 거울 속의 얼굴을 이리저리 뜯어보았다. 그는 고개를 끄덕이고 그렇다, 그것은 그 자신이었다. 그가 그 자신에 대해서 가지고 있는 감정과 꼭 들어맞았다. 몹시 지친데다 얼마간 둔해진 노인이 여행에서 돌아왔던 것이다. 보기에도 허름한 사나이, 어디 하나 뽐낼 데 없는 사나이였다. 하지만 그는 그 사나이에게 아무런 반감도 가지지 않고 오히려 호감을 가졌다고나 할까. 그 사나이는 옛날의 아름다운 골드문트가 가지지 못했던 것을 얼굴에 가지고 있었다. 지쳐서 힘이 다 빠졌는데도 불구하고 만족

혹은 그 정도는 아니더라도 평정의 표정을 지니고 있었다. 그는 아무 뜻 없이 웃으면서 거울 속에 있는 모습이 같이 웃는 것을 보았다. 호락호락하지 않은 사나이를 여행에서 집으로 데리고 온 것이다! 다 떨어진 누더기에 돈 한 푼 없는 알거지가 돼서 잦은 기마 여행에서 돌아왔다. 말이나 짐이나 탈레를 잃었을 뿐만 아니라 다른 것도 없어지고 말았다. 청춘, 건강, 자신감, 얼굴의 홍조, 힘있는 눈초리 등이 그에게서 떠나가고 말았다. 하지만 그 모습은 그다지 나쁜 모습도 아니었다. 예전의 골드문트보다 그의 마음에 들었다. 그 사나이는 더 나이 들고 쇠약하고 애처로웠지만, 그럴수록 더 악의가 없고 불만이 없고 친밀감이 있었다. 그는 웃다가 주름 잡힌 눈꺼풀 하나를 내렸다. 그런 다음 침대 위에 드러누워 잠이 들었다.

이튿날, 그가 방안 책상에 기대어 스케치를 좀 하고 있으려니 나르치스가 찾아왔다. 그는 문간에 서서 말했다. "자네가 왔다는 이야기를 들었네. 고마운 말일세. 무척 기쁘네. 자네가 찾아와 주지 않기 때문에 내가 자네한테 왔지. 자네 일에 방해라도 되나?"

그가 가까이 왔다. 골드문트는 종이에서 몸을 일으키고 손을 내밀었다. 에리히가 그에게 귀띔을 해주었는데도 그는 친구를 한 번 보자 깜짝 놀랐다. 친구는 정답게 웃음으로 인사를 해왔다.

"응, 돌아왔지. 무고한가? 나르치스, 오래간만일세. 아직 찾아보지 못한 것을 용서하게."

나르치스는 친구의 두 눈을 들여다보았다. 그도 이 얼굴이 윤기를 잃고 애달플 정도로 시들어 버린 것을 보았을 뿐만 아니라, 다른 것 즉 평정 아니 무관심, 체념과 노인들이 갖는 만사 무관심의 표정도 보았다. 사람의 얼굴을 알아보는 데 경험이 있는 그는 서먹서먹해지고 변해버린 골드문트가 이제 완전히 그의 영혼이 현실에서 까마득히 먼 곳으로 떠나고 말아, 꿈길을 걷기도 하고 혹은 피안의 세계로 통하는 문 곁에 서 있기도 한 것을 알아보았다.

"어디 아픈가?" 그는 신중히 물었다.

"응, 앓고 있어. 여행을 시작하고 며칠 안 돼 벌써 앓기 시작했지. 하지만 내가 얼른 돌아오고 싶지 않았던 심정은 짐작할 테지. 내가 그렇게도 속히 나타나서 승마할 때 신는 신을 다시 벗어던졌다면 자네들은 나를 실컷 웃음거리고 만들었을 거야. 그렇지, 나는 그게 싫었단 말이야. 나는 계속 앞만 보고 가다가 좀 걸었지. 여행에 실패했기 때문에 부끄러웠어. 너무나 호들갑을 떨었더랬어. 좋아, 말하자면 나는 부끄러웠었지. 그거야 자네는 이미 알고 있을 테지. 자네는 무섭게 영리한 사람이니 말이야. 실례했네. 무슨 말을 물었었나? 아무래도 도깨비한테 홀린 것 같군. 나는 언제나 무엇이 문제의 초점인가를 잃어버리고 만단 말이야. 하지만 내 어머니 말이야. 그건 자네의 말이 맞았어. 정말 슬펐지만, 그래도……."

그의 중얼거리는 소리는 웃음 속에 사라지고 말았다.

"우리는 자네를 다시 든든하게 해주겠네, 골드문트. 자네를 부자유하게 하지는 않겠다. 하지만 몸이 불편해졌을 때 왜 얼른 돌아오지 않았나! 자네가 우리를 부끄러워할 게 뭐 있나? 얼른 돌아왔더라면 좋았을 것을."

"응, 이제 겨우 알았어. 정말이지 깨끗이 돌아올 용기가 없었더랬어. 정말 수치스러운 행동이었어. 하지만 이제 돌아왔어. 또 형편이 좋아질 걸세."

"몹시 앓았나?"

"앓았느냐구? 응, 지독하게 앓았지. 하지만 앓는다는 것은 썩 좋은 거야. 그것이 내 본심으로 돌아가게 한걸. 이제 부끄럽지도 않아. 자네한테도. 자네가 내 생명을 구하기 위해 감옥으로 나를 찾아왔을 때 나는 어찌나 부끄러운지 이를 뽀드득 갈지 않을 수 없었단 말이야. 지금은 그것도 지나가고 말았어."

나르치스는 손을 친구의 팔에 얹었다. 친구는 이내 입을 다물고 웃음을 머금은 채 눈을 감고 평화롭게 잠이 들었다. 원장은 깜짝 놀라 줄달음을 쳐 수도원의 의사 안톤 신부를 부르러 갔다. 두 사람이 돌아왔을 때 골드문트는 스케치 대에 기대어 잠들어 있었다. 두 사람은 그를 침대에 눕히고 의사가 옆에 남아 있었다.

의사는 그의 병이 절망적이라고 했다. 병자는 병실 하나에 옮겨졌다. 에리히가 문앞에서 꼭 지키고 있었다.

그의 마지막 여행의 우여곡절은 결국 하나도 명백해지지 않았다. 토막토막은 그가 이야기했으나 많은 것을 추측할 수밖에 없었다. 그는 멍청히 누워 있을 때가 많았다. 때로는 열이 오르고 헛소리를 했다. 때로는 의식이 확실했다. 그럴 때마다 나르치스를 불렀다. 나르치스에게는 골드문트와의 마지막 대화가 대단히 중요했다. 골드문트의 보고와 고백의 서너 단편은 나르치스가 전하고 다른 것은 조수가 전했다. "언제부터 앓기 시작했나? 그것은 내가 떠나던 첫날이었어. 나는 숲속에서 말을 몰고 있었다. 나는 말과 함께 거꾸러져서 시냇물에 떨어져 온 하룻밤을 차디찬 물 속에 빠져 있었어. 거기서 갈빗대가 부러지고부터 고통이 시작되었지. 그때 나는 여기서 멀리 떠나지 않았지만 돌아오기 싫었더랬어. 유치한 생각이지만 비웃음을 받을 거라고 여겼네. 그래서 나는 계속 말을 몰았지. 너무나 아파서 탈 힘도 없어지자 말을 팔고 말았네. 그런 다음 어느 병원에서 오랜 시간 드러누워 있었더랬어.

나는 이제 여기서 그냥 주저앉는다, 나르치스. 이제 말도 탈 수 없고 유랑생활도 할 수 없다. 춤도 여자도 마지막이야. 아, 안 그랬더라면 나는 더 오래, 아마 몇 년이고 바깥에 있었을 거다. 하지만 바깥세계가 나한테 이제 기쁨을 주지 않는다는 것을 알았을 때, 유명을 달리하기 전에 좀더 스케치나 하고 목상이나 몇 개 더 만들어 기쁨을 갖고 싶다라고 생각했었어."

나르치스는 그에게 말했다. "무엇보다 자네가 돌아와 주어서 기쁘네. 자네가 없는 것이 얼마나 서운한지. 나는 날이 새면 언제나 자네를 생각했지. 이제 돌아올 마음이 없어진 거라고 걱정한 때도 몇 번인지 자네는 모를거야."

골드문트는 고개를 저었다. "아니, 없어졌대도 별 대수로운 일은 아니었겠지, 안 그래?"

나르치스는 슬픔과 애처로움에 가슴을 태우며 서서히 골드문트 쪽으로 허리를 굽혔다. 그리고 두 사람의 우정이 계속된 이래 여태 해보지 않았던 것을 지금 했다. 그는 골드문트의 머리칼과 이마에 그의 입술을 갖다대었다. 처음에는 미심쩍은 듯, 그 다음은 감동에 못 이기는 듯, 골드문트는 뭐가 어찌 되는가를 의식했다.

"골드문트," 하고 친구는 그의 귀에 대고 소곤대었다. "좀더 일찍 자네한테 이야기할 수 없었던 것을 용서해 주게. 주교의 성에 있는 감옥에 자네를 찾아갔을 때, 또 자네의 최초의 목상을 보게 되었을 때, 나는 이 이야기를 자네한테 했어야 옳았는데. 오늘 내가 그 이야기를 자네한테 말할 수 있게 해주게. 말하자면 내가 자네를 얼마나 사랑하고 있으며 언제나 자네가 나한테는 얼마나 귀중한 존재이며, 자네가 내 생활을 얼마나 윤택하게 해주었는가 하는 것등을 말일세. 자네한테는 별 의미도 없을는지 몰라. 자네야 물론 사랑이 습관처럼 돼 있고 또 희귀한 것도 아니지. 자네는 수많은 여인들한테서 사랑도 받고 호강도 받았었지. 나한테는 뜻이 다르다. 나의 생활은 사랑에 주린 창자를 움켜쥐고 있었다. 나는 최상의 것에 굶주리고 있었네. 다니엘 원장은 내가 거만하다고 말씀하신 적이 있었네. 아마 그분 말씀이 옳았을 거야. 나는 사람들에 대해 부당하지는 않아. 사람들에 대해 정당하고 꾹 참아나가기를 무척 애쓰고 있지만 여태껏 사람을 사랑한 적은 없네. 수도원 안에 두 사람의 학자가 있다면 박학인 쪽을 나는 좋아하네. 약한 학자를 그가 약한데도 불구하고 사랑한 적은 없다네. 그럼에도 불구하고 사랑이 무엇인가를 안다고 한다면 그것은 자네 덕분일세. 모든 사람들 가운데서 유독 자네만을 나는 사랑할 수 있었다네. 그것이 무엇을 의미하는지는 자네는 추측할 수 없을걸세. 그것은 사막 속에 있는 우물을 의미하는 동시에 황량한 들판에 꽃 피는 나무를 의미하는 거야. 내 가슴이 메마르지 않는 동시에 하느님의 은총이 찾아들어오는 것을 받아들일 수 있는 장소가 남아 있는 건 오직 자네 덕분이네."

골드문트는 기쁜 듯, 하지만 얼마간 당황한 듯 웃었다. 의식이 또렷해졌을 때 나지막하고 침착한 목소리로 그가 말했다. "내가 교수형에서 구출되어 같이 돌아왔을 때 내 말 블레스의 안부를 묻자 자네는 설명해 주었지. 그때 나는 보통 말의 분별도 잘할 줄 모르는 자네가 블레스를 염려해주었다는 것을 알았지. 나를 위해 그렇게 해주었다는 것을 알고 반가움도 이만저만이 아니었다네. 즉, 자네가 정말 나를 사랑하고 있었다는 것을 나는 알았네. 나도 자네를 언제나 사랑하고 있었어, 나르치스. 내 생활의 반은 자네한테 사랑을 구하는 작업이었어. 자네도 나를 좋아하는 것을 알고는 있었지만 자네같이 자신이 강한 사람이 그것을 나한테 말하리라고는 전혀 생각하지 못했네. 그것을 지금 자네는 나한테 말했네. 내가 달리 아무것도 가지지 아니한 이 어려운 상황에 부랑과 자유, 속세와 여인들이 나를 영 이별하고 만 지금 나는 그 사랑을 받아들이는 동시에 자네에게 감사를 올리네."

리디아 마돈나상이 방 한가운데 서서 옆에서 구경하고 있었다.

"자네는 언제나 죽는다는 것을 머리에 새기고 있군?" 나르치스가 물었다.

"응, 그렇네. 그리고 내 일생이 어떻게 됐는가를 생각하고 있네.

내가 자네 학생이었던 청년시절, 나는 자네와 같은 정신적인 인간이 되고 싶다는 소망을 가졌었지. 자네는 그것이 나의 천직이 아니라는 것을 지적했네. 그런 다음 나는 그 생활의 반대면 즉, 관능의 세계에 몸을 던졌다. 거기서 쾌락을 발견하는 것을 여인들이 용이하게 해주었어. 모든 여자에게 싫은 내색 없이 응했네. 하지만 나는 여인들이나 관능적 향락을 경멸하는 것 같은 그런 단어는 쓰고 싶지 않네. 나는 때로 매우 행복했었지. 관능적인 것을 정신화시킬 수 있는 것을 체험하는 행복으로 나는 축복받고 있었어. 거기에서 예술이 생긴 거야. 하지만 지금은 두 개의 불꽃도 꺼져 버리고 말았다. 육체적인 향락의 동물적인 행복을 나는 가지지 않았다. 지금 여자들이 나를 향해 줄달음질쳐와도 나는 그 행복을 가지지 않을 거야. 예술품을 만드는 것도 이제 나의 소망이 아니다. 형상은 싫증나도록 만들었지. 수는 문제되지 않아. 그러니 나는 이제 죽어야 할 시기다. 나는 흔쾌히 죽겠어. 죽는 데에 흥미를 갖고 있단 말이야."

"흥미를 가지다니 왜?" 나르치스가 물었다.

"그거야 말해도 어리석기만 하겠지. 하지만 나는 정말 흥미를 가지고 있네. 피안에 대해서가 아니야. 나르치스, 그것은 통 마음에도 없어. 고백해도 좋다면 나는 피안 같은 것을 믿고 있지도 않아. 피안 같은 것은 존재하지도 않는단 말이야. 말라버린 나무는 영원히 죽고 동사(凍死)한 새는 두 번 다시 깨어나지 않아. 사람도 죽으면 마찬가지야. 없어지고 나면 잠시 동안은 그 사람을 생각할지 모르지. 하지만 그것도 오래 가지 않는다. 아니 내가 죽음에 흥미를 가지고 있는 것은 내가 어머니를 향하여 가는 길목에 있다는 것이 언제나 변치 않는 나의 신앙 혹은 나의 꿈에 불과한 것이기 때문이다. 죽음은 맨처음 사랑이 이루어졌을 때의 행복과 마찬가지로 크나큰 행복일 거라고 나는 생각하네. 나를 다시 받아

들여서 허무와 순결 속으로 돌아가게 해주는 것은 큰 낫을 가진 죽음이 아니고 어머니다, 하는 생각을 나는 뿌리칠 수가 없네."

골드문트는 벌써 며칠째 입도 떼지 않았으나, 그 뒤 나르치스가 마지막으로 찾아갔을 때 친구가 다시 눈을 뜨고 이것 저것 주워섬기는 것을 발견했다.

"안톤 신부는 자네가 자주 무서운 고통을 느끼고 있음에 틀림없을 거라고 하던데. 골드문트, 자네는 어떻게 그리 조용히 참아 나갈 수 있나? 자네는 이제 평화를 발견한 것같이 보이네."

"하느님과의 평화 말인가? 나는 그 평화는 발견하지 못했어. 하느님과의 평화를 나는 바라지도 않네. 우리는 세상을 찬양할 필요도 없네. 내가 하느님을 찬양하든 않든 하느님한테는 그다지 문제도 되지 않을 거야. 하느님은 세상을 지독하게 만들었지. 하지만 나는 내 가슴 속의 고통과는 평화롭게 됐다. 그것은 옳다. 나는 전에는 고통에 그다지 잘 견디어내지 못했다. 죽는다는 것은 나한테는 그다지 어려운 일이 아닐 거라고 종종 생각했었지만 아무튼 그것은 과오였네. 그날 저녁 하인리히 백작의 감옥에서, 죽는다는 것이 정말 심각한 문제가 됐을 때 그것을 알았다. 나는 그냥 죽어갈 수가 없었단 말이야. 그러기에는 나는 너무나 강하고 너무나 격정적이었어. 그놈들은 나의 수족을 하나씩 하나씩 두 차례로 때려죽이지 않으면 안 됐을 거야. 하지만 이제는 달라졌네."

말하는 것이 그를 피로하게 했다. 그의 목소리는 차츰 기력을 잃어갔다. 나르치스는 무리하지 않도록 부탁했다.

"아니," 하고 그는 말했다. "나는 그것을 자네한테 이야기하겠다. 전 같았으면 자네한테 이야기하는 것을 부끄러워했을 거야. 자네는 웃지 않을 수 없겠지. 말하자면 내가 말을 잡아타고 여기서 나섰을 당시 무턱대고 간 것은 아니었네. 하인리히 백작이 귀국해서, 그의 애인 아그네스가 곁에 있다는 소문을 들었다네. 아니 좋아, 자네한테는 그다지 중요하지 않을 거야. 지금에 와선 나한테도 그리 중요한 것 같지 않아. 하지만 그때 그 소식은 나를 참지 못하게 했네. 내 생각은 아그네스뿐이었지. 그 여자는 내가 알고 있는 여자 중에서 또 내가 사랑한 여자 중에서 제일 아름다운 여자였어. 나는 그 여자를 다시 만나서 한 번 더 그 여자와 사랑을 나누고 싶었어. 나는 말을 타고 갔지. 일 주일 후에 나는 그 여자를 발견했다. 그 여자의 아름다움은 여전했지. 나는 그 여자를 발견하여 그 여자 앞에 자태를 드러내어 그 여자와 이야기할 기회를 얻었지 뭔가. 하지만 생각 좀 해봐, 나르치스. 그 여자는 이제 나 같은 인간하고는 상종도 하지 않으려 들었어! 나는 그 여자한테 너무나 나이먹고 아름다움도 향락도 줄 수 없었던 거야. 그 여자는 이미 내게서 아무런 기대도 가지지 않았네. 그래서 나의 여행도 사실상 종말을 고하게 된 거야. 하지만 나는 자꾸 앞만 보고 말을 몰았네. 그처럼 실망하고 가소로운 행색을 끌고 자네 있는 데 돌아오기는 싫었지. 그처럼 가련한 모습을 말에 몸을 실었을 때, 힘도 젊음도 영리한 재주도 벌써 말짱하게 나에게 떠나고 말았지. 아무튼 말과 함께 절벽을 타고 시냇물 속에 떨어져 갈비뼈를 다치고 물 속에 처박혀 있었으니 말일세. 그때 나는 생전 처음으로 정말 고통이라는 것을 알았네. 떨어질 때 내 가슴 안에서 무엇이 뚝 끊어지는 것이 나한테는 차라리 기뻤네. 차라리 그 소리를 듣고 거기에 만족했었다.

나가 자빠져서 죽지 않으면 안 된다는 것을 알았지만 감옥 안과는 만사가 달랐어. 나는 조금도 거역하지 않았지. 죽는다는 것은 이제 시들하지도 않다고 생각했지. 나는 심한 고통을 느꼈다. 나는 그 고통을 그때부터 쭉 겪고 있네. 만약 자네가 거기다가 지금 나름대로의 이름을 붙인다면 꿈이나 혹은 환상이라고 할 만한 것을 나는 가지고 있었지. 나는 쓰러져 있었어. 가슴 속이 불붙은 듯이 아팠네. 나는 고함을 쳤지. 하지만 거기에 어떤 소리가 깔깔대고 있는 것을 들었다. 유년시절부터 통 듣지 못했던 소리였네. 그것은 나의 어머니의 목소리였다. 육체적인 쾌감과 사랑에 가득찬 그윽한 여자의 목소리였어. 그리고 나는 그것이 어머니라는 것을 알았다. 어머니가 내 옆에 와서 나를 무릎에다 얹어 놓고 내 가슴을 풀어헤쳐서, 손가락을 갈비뼈 사이에다 푹 쑤셔 넣어 내 심장을 꺼내려는 것이었어. 그것을 보고 이해했을 때는 벌써 아픈 것도 사라졌지 않았겠나. 지금 그 고통이 다시 찾아와도 그것은 고통도 원수도 아닐걸세. 그것은 내 심장을 꺼내는 어머니의 손가락이다. 어머니는 부지런히 그 작업을 계속했어. 어머니는 때때로 밀고 와서는 쾌감을 맛보듯이 신음한다. 때때로 어머니는 낄낄거리면서 애정이 담뿍 어린 속삭임을 던진다. 가끔 가다 어머니는 내 옆에 있지 않고 높은 하늘에 계신다. 구름 사이 어머니의 얼굴이 구름처럼 크게 보인다. 거기에 떠돌면서 슬픈 웃음을 띠고 있다. 그 슬픈 웃음이 나를 빨아당기고 심장을 가슴 속에서 꺼낸다."

자꾸 그는 그 여자, 어머니에 대해서 이야기했다.

"자네는 아직도 기억하고 있나?" 그는 최후의 어느 날 물었다. " 나는 내 어머니를 잊고 있었지만 자네가 또 이상한 힘을 가지고 불러내 주었지. 그때도 동물의 아가리가 내 내장을 물고 늘어진 것처럼 무섭게 아팠었어. 그때 우리는 아직 청년이었지. 아름다운 소년이었지. 하지만 벌써 그때 어머니는 나에게 소리치고 있었지. 나는 따르지 않을 수 없었어. 어머니는 어디든지 있다. 그 여자는 집시의 여인 리제였다. 니콜라우스 스승의 아름다운 마돈나였다. 그 여자는 생명이요, 사랑이요, 쾌감이었다. 그 여자는 지금은 죽음이요, 손가락을 내 가슴 속에 쑤셔넣고 있다."

"너무 많이 이야기하지 말게, 이 사람아." 나르치스가 만류했다. "내일까지 기다리지."

골드문트는 미소를 또 얼굴에 띠고, 그의 두 눈 속을 들여다보았다. 여행에서 가지고 돌아온 새로운 미소였다. 지독하게 나이들고 형편없어 보이기도 하고 좀 멍청한 것같이 보이기도 했지만 때로는 선의와 지혜가 그득해 보였다.

"여보게." 그가 소곤댔다. "나는 내일까지 기다릴 수 없다. 나는 자네하고 작별을 고해야만 하겠어. 작별을 위해 나는 자네한테 죄다 이야기해야만 하네. 조금만 더 들어주게. 나는 어머니 이야기를 들려주고 싶었어. 어머니가 손가락으로 내 심장을 빙 돌아서 꼭 누르고 있는 이야기를 들려주고 싶었어. 어머니의 형상을 만든다는 것은 몇 해 전부터 가장 사랑스럽고 가장 신비에 찬 꿈이었어. 그것은 나에게는 모든 형상 가운데서 가장 신성한 것이었지. 언제나 나는 그것을 내 가슴 속에 지니고 있었네. 사랑과 신비에 찬 모습을 말일세. 요전까지만 하더라도 어머니의 형상을 만들지 못하고 죽는다고 생각하면 도무지 못 참을 것 같았고 나의 일생 전체가 무익한 것같이 생각되었어. 보게, 어머니와의 관계는 실로 이상하지 않는가. 나의 손이 어머니를 만들어 내는 대신에 나를 만들어 내는 것은 어머니란 말이야. 그 여자가 두 손을 내 심장 부근에 대고 심장을 꺼내어 나를 텅비게 해버렸다. 그 여자는 나를 유혹해서 죽음의 길로 인도했다. 나와 함께 내 꿈도, 아름다운 형상도, 위대한 인류의 어머니 이브의 상도 죽어 버리고 만다. 또 그것이 보인다. 만약 손에 힘만 있으면 나는 그것을 만들어 낼 수가 있었을 것을. 하지만 내가 그 여자의 신비를 표현하는 것을 그 여자는 바라지 않는다. 오히려 그 여자는 내가 죽는 것을 바라고 있다. 나는 기꺼이 죽는다. 그 여자가 그것을 나에게 용이하게 해준다."

나르치스는 어쩔 줄 모르면서 친구의 이야기를 귀담아 들었다. 이야기를 잘 알아들을 수 있기 위해서는 친구의 얼굴 위에 몸을 굽히지 않으면 안 되었다. 똑똑히 들리지 않은 말도 많았다. 하지만 그 비밀은 그냥 감추어진 대로였다.

그리고 병자는 다시 한 번 눈을 뜨고 친구의 얼굴을 한참동안 쳐다보았다. 그는 눈으로써 친구와 이별을 고했다. 몹시 고개를 흔들려는 듯한 동작을 하며 그는 소곤대었다. "하지만 나르치스, 자네가 만약 어머니를 가지고 있지 않다면 앞으로 대관절 어떻게 죽을 작정인가? 어머니 없이는 사랑할 수가 없어 어머니 없이는 죽을 수가 없어."

그 뒤에 또 뭐라고 중얼중얼했으나 그것은 이미 알아들을 수도 없는 소리였다. 최후의 이틀 동안, 나르치스는 밤낮을 가리지 않고 친구의 침대 옆에 앉아 숨이 끊어져 가는 친구를 지켰다. 골드문트가 마지막 남긴 말은 그의 가슴 속에서 불꽃처럼 타올랐다.

옮긴이 약력

서울대학교 문리과 대학 독문과 졸업
서울대학교 대학원 독문과 수료
고려대학교 문리과대학 강사 역임
서울대학교 교양학부 교수 역임

저 서
헤르만 헤세 《차륜 밑에서》

지성과 사랑 〈서문문고 40〉

초판 발행 / 1972년 6월 25일
개정판 1쇄 / 1997년 3월 15일
글쓴이 / 헤르만 헤세
옮긴이 / 이 병 찬
펴낸이 / 최 석 로
펴낸곳 / 서 문 당
주소 / 서울시 마포구 성산동 103-7호
전화 / 322—4916~8 팩스 / 322—9154
등록일자 / 1973. 10. 10
등록번호 / 제13-16

* 잘못된 책은 바꾸어 드립니다